长篇小说

阿耐

大江东去

三

Beijing United Publishing Co.,Ltd.

北京联合出版公司

🐼 1995年

01

梁思申戴着硕大墨镜，开着彪悍的大切诺基轰隆隆压着马路来到东海总厂宿舍区。她还是第一次来，到了大门口，看看里面即便是冬天，依然显得草木葱茏的住宅片区，她拿出地图来先确认，免得贸然闯错地方。确定无误，就长驱直入，反正就这么个小区，几幢别墅，能错到哪儿去。她昨天下班后出发，中间找地方住一宿，今天又清早出发现在才到，早累得连话都不想说，就坚信自己的判断，懒得问门卫。

但等梁思申绕着圈子找到一群别墅，看着几乎没差多少的一幢幢别墅，忽然泄气了。现在宋运辉不在，是她昨晚叫他尽管上班别管她，她知道宋运辉年底不知道多忙。可是她一个人怎么自己上门跟屋里的新公婆说话啊，难道站门口不尴不尬地介绍自己？她觉得不是味道，莫名地多愁善感起来，这样子的进门……

她心里冒出一个念头，要不调头去找家宾馆先蹲下吧，等宋运辉下班接了她再过来。

但没容她多想，却见不远处一幢房子里匆匆地跑出两个老人来，正是以前见过的宋运辉父母，二老的脸上挂满欢喜的笑容。她忽然忍不住落下眼泪，觉得这样真好，她心里有底了。

梁思申放下两大皮箱，给宋运辉打过电话，想扮着贤惠帮宋母打下手。她别的不会，打鸡蛋还行，可是宋母安排的菜里没有鸡蛋可打，宋母看着她一双娇嫩得如葱管一般的手，也不敢让她做事，反而新用的保姆都没地方挤，只好到处擦桌子。梁思申几眼看下来便知道宋父宋母懦弱得不会用保姆，她趁宋母出去应门，便自作主张让保姆进来厨房，支使保姆主勺做菜。她现在被外公发配住到被称作"锦云里"的外公宅子里去，手下一口气用了两个保姆和一个花工，要不然老大房子，那么多珍贵家具，还有新养的两只拉布拉多犬，一个保姆连抹灰都抹不过来，遑言其他。她分派保姆做事得心应手得很，与工作没什么两样。宋母在门口接了一个也住别墅的家属送来的一篮子自家院子出产的菠菜回来，见梁思申已经指挥保姆做上了事，她反而松一口气，这个一看就贵气的儿媳想帮她做事，她也手足无措。

但是三个人对着无话可说，宋季山夫妇的普通话极其糟糕，梁思申则是听力水平有点糟糕，两下里凑一起，变本加厉。梁思申终于找出事来，上楼整理她的皮箱。但二老抢着要给梁思申拎大皮箱。梁思申连忙抢了一个过来，自己拎上楼去，终于看到宋运辉说的装修一新的楼上房间。这间卧室连着浴室，宋运辉说是他父母非要让出来给他们做新房的，楼上其他房间分别是书房、宋引的房间，和宋季山夫妇的房间。两间朝南，两间朝北，中间还有一个卫生间，都似乎是装饰一新的样子。

然后，宋季山夫妇目瞪口呆地看着这个新儿媳妇从两只大得不像话的皮箱里拎出无数漂亮衣服和无数瓶瓶罐罐。梁思申都被看得不好意思，又不便说什么，只好接受宋母的帮忙，拿大量衣服侵占一长排衣橱的半壁江山，看到自己的衣服与宋运辉的各占一半领地，她不由得微笑，真是奇异的感觉呢。

宋母抱着一件毛毛的衣服，惊奇地对丈夫道："小辉说要做这么长衣橱，我们还说全家被子放进去地方都有多，看看，这都快没地方了。"

梁思申总算听懂,笑道:"我自己家里是用一个房间放衣服的。"

宋母不由得环顾一下新房,心说有这么大吗?那得多少衣服啊,穿得过来?她将手中的毛毛衣服交给梁思申挂,小心地问:"这件衣服很贵吧,是什么毛?"

梁思申已经看出公婆两个老实,而且没恶意,就实实在在地道:"这件是羊绒镶狐狸毛披肩。别担心,我有打算,不会乱来,基本上是年税后收入的五分之一拿来买这些衣服首饰的。美国的收入高,我这一行的收入更高,再加上我自己又有投资,做得不错,收入不算坏。宋如果去美国的话,他那样的身份,收入肯定比我好得多。"

宋季山的普通话很差,但还是想说话:"小辉跟我们说过,说你一个人在美国,非常不容易,非常不容易。"

梁思申费劲将脸挤成一团,即使宋季山将话说上两遍,她都没听出几个字,宋季山夫妇却都被她的样子逗笑了,这才觉得这个儿媳可亲起来,看起来真如宋运辉说的挺容易相处。毕竟儿子是儿子,程开颜是程开颜,即使以前与程开颜和平共处那么多年,可儿子离婚后又给他们找来一个新儿媳,他们当然是不可能替程开颜对付眼前这个新儿媳的,他们只是担心,儿子怎么伺候这个娇贵的儿媳妇啊。

梁思申却是很放心,宋运辉的爸妈太容易相处了,比她自己的爸妈不知道容易相处几倍。她有什么话,只要直说,说明理由,老两口就会接受。收拾完后,她便自作主张,指挥着二老一起去接宋引中午下课吃饭。如此高大的车子,宋引坐在里面觉得异常威风凛凛,一扫以往坐在爸爸车子里每每被人俯视之恨。宋引也没表现异常,一见面还与梁思申拥抱一下,亲上一口,而且已经被宋运辉教着改口叫"阿姨"。宋季山夫妇看着都觉欣慰,只要和平共处就好。

梁思申没想到,载着一车人到宿舍区,却见宋运辉从门口迎出来,而且出乎所有人的意料,光天化日之下,宋运辉就给她一个拥抱。虽然这个拥抱带有的礼节性成分比较多,但已够让熟知宋运辉性格的家人差点晕倒,这家伙什么时候变得如此肆无忌惮了。宋运辉当然清楚自己在做什么，他以前的婚姻其实大家都看在眼里，他今天当众这么做，无非是宣示一个姿态，没法给梁思申一个婚礼，没法在婚礼上告诉大家他有多爱梁思申，没法在婚礼上确立梁思申此后在东海总厂的地位，不能让人们一如既往地如对待程开颜似的对待梁思申，他只有用上这么一招。

宋运辉还告诉梁思申，她来了，他终于放心了。

梁思申起先不大明白，她对于中文总是有些接收不灵光，再说又被宋运辉的拥抱搞得头晕目眩，一时没反应过来。但等回头细细一想，再看看与她相处融洽的宋家二老和宋引，终于明白宋运辉那句话的意思。他们两个人的事已经不仅仅是两个人的事，他们终于已经是一家，一大家子。她担心宋运辉与她父母相处不来，宋运辉又何尝不担心。

宋运辉才第一次看到梁思申的车子，看着忍不住地笑，心想：这个小姑娘，别看外表淑女，内心野得不行。他忍不住跳上去开了几步，也是喜欢，觉得很男人，然后才拉着笑嘻嘻看着他的梁思申和宋引一起进屋。别墅这一块犹如小区的盆地，多少双眼睛从窗户后面看到了这一幕，有些还是做了夜班勉强睁开的睡眼。宋运辉最后进屋，不由自主地往周围环视一遍，才将门关上，他今天太高兴，但他再高兴也不会失分寸。

晚上的时候，宋运辉还是请了寻建祥夫妇和其他几个副厂长夫妇一起去饭店吃饭，彼此介绍，大家都是会做人的人，饭桌上气氛融洽。宋引在家跟着爷爷奶奶做作业，其间还接了一个电话。等爸爸吃饭回来，宋引跑下来，挥着一本标注拼音的书拉着梁思申要求做游戏。宋运辉也凑过去瞧，见是一本童话书，宋引翻的正是白雪公主那一页。宋引说她要扮白雪公主，让梁思申演后母王后。

宋运辉当即脸上变色，感觉女儿这么做事出有因，他问跟着下来的母亲："妈，谁来过电话？"

宋母为难地看看已经蹲下去与宋引说话的梁思申，轻轻地用老家话道："猫猫妈。"

宋运辉脸色一变再变，却见梁思申已经与宋引咯咯笑着拉勾。他就道："猫猫，作业做完没有？别光顾着玩。"

宋引大笑道："爸爸别扫兴。阿姨说她做苹果，让白雪公主咬呢，阿姨说我肯定捧不住苹果。"

梁思申给宋运辉一个眼色，对宋引笑道："苹果跑啦，苹果跳到沙发上啦。"引得宋引追着满屋子笑满屋子跑。终于，梁思申假装在沙发上摔倒，宋引扑上去搂住梁思申的脖子就冲着梁思申的脸重重吻了一口，欢快大叫道："我咬到苹果啦，我咬到苹果啦。"

梁思申笑道："不算，你咬的是苹果柄，你看，伸出苹果的不是苹果柄吗？"

宋引忙又冲回来，照着梁思申肩膀咬上一口，大叫胜利。这才肯跟着奶奶上去继续做作业。宋运辉忍不住冲梁思申竖起拇指："你反应真快，谢谢你。"

梁思申笑道："你这么紧张做什么，我还跟小猫猫计较吗？猫猫真乖，知道脸不能咬，亲了我一脸口水呢，猫猫爸爸负责帮她清理。"

宋运辉清楚梁思申是寻他开心，要挟他用嘴去擦，他终究是没法在父母面前这么放肆，掏出手帕给梁思申擦了。但他还是忍不住道："别放心上，这事我会立即处理。"

梁思申踢他一脚："你再那么认真我都不耐烦了，我又不是没见过猫猫妈，她什么人我还不知道？我跟她较真？完了，今天吃太饱，为了给你撑场子，我吃太饱了，明天起码得胖一斤。"

"我明天去改号码，以后猫猫打电话我得监听。不怕冷的话，出去散散步，要不要？周围的护城河很漂亮。"

"好。"梁思申立刻答应，她巴不得有与宋运辉独处的空间，可是一看宋家父母就是老实人，她不便跟对付外公一样拉着宋运辉就上楼没良心地独处去。她飞快套上羽绒服，又将宋运辉的大衣递上，两人收拾了出门。

夜晚人少，两人挽手而行，但在东海厂宿舍区里，两人也仅仅说些天气真冷风真大之类的话，等走到空旷的马路上，梁思申马上道："我跟你说个原则性问题，有关我和猫猫的关系。"

"哦，猫猫一直很喜欢你的。"

"是的，我也喜欢她。但我看你挺封建，好像我跟你结婚我顺理成章就是外公嘴里说的后娘填房似的，可是我不想做猫猫的妈，猫猫的妈只有一个。我因为你而爱猫猫，并且作为一个成年人，对猫猫忍让提携，所以我做猫猫的大姐姐或者阿姨都没关系。这是一个观念问题。猫猫让我做白雪公主的后妈，或者灰姑娘的后妈，我都不会生气，因为我没想过替代猫猫心中妈妈的位置，心里没鬼。你也别培养猫猫误认我为妈妈，那是剥夺猫猫的权利。"

　　宋运辉听了惊讶，他心里确实有重新组成一个家庭，他和梁思申是猫猫的爸妈，猫猫是他们共同的女儿的想法，他很希望培育猫猫和梁思申之间的亲情，但没想到梁思申丁是丁卯是卯，分得这么清楚。他想了会儿，才道："我同意，我以后尽力做到不混淆。思申，我爱你，你很大方。但其实你很爱猫猫，而且爱得得法。"

　　"猫猫很可爱，要不是她那么可爱，我为了你爱猫猫就比较勉为其难，我嘴上信誓旦旦，可能下面就使诡计对不起猫猫。你爸妈也真是……太好的人啦，我都怕闹到他们。他们会不会受不了我的脾气？他们肯定不会当面说，只会逆来顺受。对了，忘了说我也爱你，现在好像你比我还主动呢。"

　　"你是个很会照顾别人情绪的人，你不会乱来。他们本来挺担心，怕跟你合不来，但我今天看着你做得挺好，把两个可以闷一天都不说话的人都调动起来了。我们需要一直肉麻下去吗？我又想说这三个字。"

　　梁思申哈哈大笑，左右看看没人，就亲了上去。宋运辉却知道周围是革命群众的海洋，警惕的眼睛如同头顶密布的星星，也就点到为止。他征询梁思申的意见："我担心猫猫妈对猫猫有不良影响，会不会是过分操心？看今天的事情，我担心猫猫被教会仇恨。"

　　"嗯，这事确实不好，她再怎么着也不能拿自己女儿当跳板来针对我，培养我跟猫猫对立对她女儿有什么好处？妈妈应该先护住女儿再说。"梁思申心里其实一肚子"没脑袋没策略"之类的腹诽，可是她才不要跟那种人计较，她硬是要保持姿态，无论如何不将有些话说出口。这姿态，在宋运辉眼里便是教养，他最欣赏的就是梁思申的教养。

两人各有所好，一路亲密地散步一圈才回，梁思申这才消除今晚暴饮暴食的内疚之心。

宋运辉很喜欢这样，他总觉得，自姐姐之后，他又有了一个可以什么都说什么都说得通的亲人。而这个亲人，没道理的时候还会耍赖，让他现在把"我爱你"三个字当作顺口溜来说都觉得还无法确切表达自己的心意。

回到家里，宋运辉把众人送的礼物给梁思申看。梁思申看到杨巡的礼物，一把扔在旁边不要。宋运辉也并不理会。两个人的心里都不再拿杨巡当朋友，甚至连熟人都不愿是。

02

杨巡到工厂拆迁现场转一圈，见到杨速管理得井井有条，但他还是将进度检查一遍，了然在胸后，才去寻建祥那儿拿钱。拆迁即将完成，工钱必须支付。

他开车停到路边，见一辆牛高马大的深灰吉普车停他前面，这种吉普车他从没见过，看上去似乎比寻常吉普更高大威猛。他看着喜欢，不由得凑过去细看。抬头先看到吉普车里有人，那人舒舒服服靠着车椅看报纸，他这么看去，正好那人的脸被报纸遮住。他没在意，司机等候在车上的事他见多了，没几个老板或者官员出来办事是跟他一样自己开车的。

他忍不住摸摸车子有棱有角的线条，实在喜欢不过，又伸腿踢了一脚那宽厚的轮胎，感觉到这车子晃都不晃，底盘异常扎实。他心说现在走出去到处都是筑路，要是有这么一辆车，别说底盘这么高不会给磕到，便是坑坑洼洼也是如履平地啊，不用跟他的桑塔纳似的得捡道走。

宋母不知道梁思申与杨巡有那么一段过节，她见梁思申从申宝田那儿回来后无所事事，就邀请梁思申一起来逛市场，家里一下子添了两口人，她说有许多东西要买。梁思申没解释，载着公婆两个到了市场，但她没下车，她烦杨巡，自然不愿进杨巡的店门。宋母还以为她不愿挤人阵，也不勉强，老夫妻自个儿进去了。梁思申就晒着太阳听着音乐看报纸，看得昏昏欲睡，忽觉车子一震，似是受到撞击，她一下直起身来，往外一看，却见前面杨巡低头欣赏着她的车子。真是不是冤家不聚头，这个人怎么可以如此鲁莽地踢她车子，什么人。

杨巡几乎是慢如蜗牛地挪到驾驶室旁，他想与司机搭个话，讨个人情看看车里面，一抬头，却整个人如电击一般怔住了。里面正是他这几天日思夜想的梁思申横眉竖目地盯着他。杨巡早听寻建祥说梁思申这几天在这儿，也听申宝田提起，可没想到他竟能见到，一时竟说不出话来，只愣愣看着梁思申。

梁思申几乎是在看到杨巡的同时就检查门锁。却见杨巡这种眼神，竟然不是她以为的深恶痛绝。她开始不理解了，但她不想搭理人品如此不堪的人，就举起报纸将外面的人隔离，不要再看到杨巡。

杨巡回过神来，见此无语，还能说什么，他哪里还有脸说。再说梁思申已经结婚，嫁的是对他同样重要的宋运辉，他即使有话也不便再说。可他还是伫立好久，眼看着这张报纸没有放下的意思，只得怏怏而走。一步三回头的，指望着半路能看到梁思申放下报纸，让他再看一眼，可是一直到他走进市场大门，都未如愿。他心里非常地灰，不住回想刚才惊鸿一瞥中梁思申的印象，可是都想不起来，他那时惊呆了，脑袋短路。他想来想去，终于想到一个办法。梁思申等在车上还能为什么，肯定不可能是为看他的市场而来，他开始满市场地找宋家的人。

果然，让他找到宋家父母，他连忙上去殷勤陪伴购物，做得滴水不漏。宋季山夫妇最高兴看到杨巡这个老乡，见到杨巡终于不用咬着舌头说普通话，他们还奇怪杨巡最近为什么一直不过去玩，还跟杨巡说起他们家现在的儿媳与杨巡是旧识。杨巡忍痛含笑，对宋家父母道："我早就知道宋厂长对小梁非常好，宋厂长开心坏了吧？"

宋母笑道："还用说吗，小辉成天眉开眼笑的。哎呀，小杨，你忙你的去，你也是大忙人呢，我们转转就走，小梁外面车上等着我们呢，今天不用你送。"

杨巡没走，硬是跟着宋季山夫妇买完用品，他将所有东西都拎在自己手上，领着宋季山夫妇七拐八弯抄近路走出门去。

梁思申等好久才放下报纸，这才冷冷地打量眼前这家市场。看上去市场似乎往西扩展了一些，而又有朝东的地方似乎又在造什么建筑的样子，没想到杨巡还真是打不死的蟑螂，反弹如此之迅速，大约也只有这样人品的人才能生命力如此顽强。梁思申正感慨间，却见公婆被杨巡陪着从市场大门出来。她无奈，叹了声气，杨巡这人依旧无孔不入，她只得跳下车去，给公婆打开车门。

杨巡这才看清梁思申，见她穿着浅驼色不像短大衣的衣服，下面是长靴，依然亭亭玉立，而最要紧的是，眉梢眼角都是盖都盖不住的春意。杨巡最清楚这意味着什么，他见过的人多，但是梁思申只跟他说了声"你好"便找别的事做去了。杨巡想主动搭讪，心想即便只议论一下车子也好，可他愣是开不了口，也是找着借口与宋季山夫妇说话。一直等宋季山夫妇与他告别，车子绝尘而去，他才又发了好久的呆。

完了，他心说，彻底完了。

这么好的人，即使她喜欢的车子他也喜欢啊，他当初怎么鬼迷心窍，杨巡直是无精打采了一天。

其后，杨巡不断听到有关宋梁二人的传闻，因这两人都是在本市大大有名，宋运辉自不必说。梁思申则是以财力著称，此前当然是与杨巡合资的资金实力，此后则是与市内著名企业家申宝田的合作显示的资金实力。当然杨巡心里清楚，与申宝田的合资是申宝田的曲线救国。

有人说，宋运辉的新夫人气质相当好。杨巡心说，这还用说，他又不是瞎眼。

有人说，宋运辉对新夫人相当好，以往从来不带夫人出席应酬，现在两人形影不离。有次与几个相熟官员年尾私人聚会，两人还小朋友似的手拉手到场，全场哗然。杨巡听到这条，心底泛酸，心说若是换作他是宋运辉，他可以让梁思申骑着出场。

还有人说，宋运辉的夫人对宋运辉相当好，大家吃饭闲聊，她有时就静静看着宋运辉高谈阔论。这条传闻对杨巡打击最大，杨巡太清楚梁思申是个什么样的人，别看她平日里谦谦君子一般，骨子里可是骄傲得不得了。她那样子待宋运辉，还能因为什么原因，这两个人，也算是青梅竹马吧，杨巡无限酸楚地感慨。

梁思申这几天确实是跟着宋运辉应酬。她本想不去，可是那些应酬宋运辉难以推却，她不忍心看宋运辉因为推却而得罪人，可又不愿意难得相聚时间被应酬剥夺，干脆精心梳理后跟着宋运辉出席。宋运辉也告诉她不要有顾虑，那些人不是金州或者东海总厂的人，那些人都不认识程开颜。梁思申去了之后便知，与宋运辉参加的应酬，同合资之初与杨巡一起参加的应酬有本质的区别，这区别就在场合的档次。位置未必代表档次，但高位者自有其高位之道，即使肚子一堆草包，场面上也可做出一团锦绣，仅此已经足够，谁能要求他人个个绅士？

但这样的应酬，让梁思申看到地方执行中央政策的思路。她经常与爸爸通话，交流政策视点，而爸爸的视点属于爸爸所在的地方，沿海城市又有不同，泼辣辣更有奋发之势。比如《公司法》正式实施半年以来，对全市企业改革重心的战略性影响。用宋运辉的解读说，过去的改革注重对企业的扩权让利，是量变，而现在的改革思路则是朝质的升华的方向走，朝制度创新的方向走。大家在饭桌上就"产权清晰，权责明确，政企分开，管理科学"进行非正式讨论，几杯酒下肚，大家的议论走向宽松，各自交流从各种渠道得来的经验和解读，也有人说出自己的看法。

梁思申最先听着觉得这是很简单的道理，难道这也需要讨论？但是渐渐地，她听出自己的浅薄来，原来他们还得通盘考虑全市国有资产的盘活问题，还有企业职工的社会保障问题，他们着眼的不仅仅是一两家企业的生存。有一位局长说，他们局在全市有两家企业出不错的拳头产品，因此资金充足，日子好过。但是其他下属企业被三角债困扰，又缺乏资金实行更新换代，犹如陷入泥淖，越挣扎越深陷，外人唯有眼睁睁看其没顶。但是如果局里出面通盘考虑的话，情况又会不同，比如说由两家优势企业牵头，整合其他小企业，剥离弱势产业，开展多种经营，既能盘活优势企业的资金，又能有效消化弱势企业的资产负债，还可保证所有企业职工不下岗。也有一位副市长对宋运辉提出，东海总厂目前是市第一利税大户，但是东海总厂对本地经济和产业的辐射却是没有，他请宋运辉考虑如何带动地区经济。副市长提出，市里已经多次提出建议，但是碍于以前分属不同系统，大家都只能各扫门前积雪，现在趁东海总厂也在改制的机会，能不能同时考虑带动地方经济。

梁思申旁听着这才清楚，除了多种经济形式之外，即便是国营经济，也还有地方之分，部门之分，未必都是一统。理论上她早知道企业隶属，但是没想到实际操作上还有这样那样的问题需要解决，而且看上去还挺复杂。梁思申这才能进一步深入理解前年底的《关于建立社会主义市场经济体制若干问题的决定》，也才能进一步领会前不久邹家华副总理在全国建立现代企业制度试点工作会议上的讲话，也理解宋运辉为什么说是质变，听了这些人结合现状进行的讨论，梁思申真正体会到为什么邹家华说这是最深刻的变革，原来这是突破原有框架的变革。从政企关系、产权关系，到企业的组织结构、管理体制等方面，都将发生重大变革。而现在，则只是开始。

梁思申心想，难怪外公一直看重宋运辉，原来看重的就是宋运辉说出来做出来的都是可以进入实际操作。她果然不行，她在她的领域可以畅行，但她暂时还无法突破她的领域，这就是她的局限。

她终于从一次一次的饭局中也明白一个大家心照不宣的道理，原来信息的获得，并不能单纯从文件收集或者报纸杂志获得，广交朋友在中国是非常重要的一条渠道。比如她，因为出身，她可以从家里获得很多信息，现在又可以从宋运辉这儿得到一部分，看来，她还得在上海拓展她的朋友渠道，未必来了上海就是进入信息的真空，她只是不得其门而入，她以前真是夜郎自大了点。

因此她很少说话，多听少说，多想少说。当然，有人如果关心地问起她有关国外经验的时候，她还是言之有物的，而且理论性非常强，总能给宋运辉挣足面子。在外人看来，就成了梁思申深度迷恋宋运辉，一副贤惠相了。

无奈彩云易散，霁月难逢，两人鸾凤和鸣不到十天，便得继续两地分居，连宋引都依依不舍，抱着驾车欲行的梁思申哭得需宋运辉抱下来。梁思申的回家行程也是一变再变，最终还是坚持非要把宋运辉送到东海厂门口，看他进去上班了，才依依不舍而别。

回到上海，梁思申便不再失信梁大的睦邻友好行为，有空经常参与梁大和李力他们的小圈子活动，她本身就是个爱热闹的。她更多的还是在自己的工作圈内交友，还偶尔把外公的锦云里拿出来招呼朋友。外公很喜欢这样的聚会，一高兴就扔掉别墅搬来锦云里，把小王和专门负责做中餐的保姆也带来伺候，一时锦云里的美食和锦云里的别致，还有锦云里主人的好客大方，在圈内口口相传，梁思申想请谁来，几乎没有请不到的。不仅梁思申交了许多朋友，便是两周来一次的宋运辉都跟着交了不少朋友，而且是"有用的朋友"。

一到寒假，宋运辉便应梁思申的要求，将宋引送去上海锦云里，以免程开颜以寒假为借口要求女儿去金州或者自己来东海。经过上回白雪公主的事，他现在步步设防。而且宋运辉也决定不再顾及情面，干脆一刀切断母女两个的关系，设法不让她们相见，免得女儿又受不良影响。他太看死程开颜，不相信程开颜是个可以被他说服的人，因为他早就认定程开颜是个不理智的人。

杨巡一直等到梁思申离开，才如溺水的人终于被拎出水面，终于走完一段煎熬日子。那几天他几乎连走路都会摔跤，只因总是左顾右盼寻找那辆彪悍汽车的身影。因此他那几天连市内有限几家高档饭店都不敢去光顾，只怕进门看到梁思申与宋运辉在一起。他这时候才知道，他其实还挺能用情的，并不是杨逦说的他现在是色鬼一个。

但杨巡这几天的日子依然过得很飘，人总是跟丢了魂一样，有一天竟然还鬼使神差地将车子开到东海总厂宿舍区门口，待得醒悟，惊出一身汗，他来干什么，被宋运辉看到会怎么想。

杨速自己有了女朋友，又兼男孩子粗心，只知道大哥最近心情不好，却不知道大哥心情不好的原因。只好一个电话把一向在大哥面前胆子老大的杨逦叫来，让杨逦对付大哥。

可是杨逦寒假回来，问来问去也问不出什么。这事说来话长，杨巡无法将来龙去脉跟弟弟妹妹们交代清楚，但不说清楚又无法解释他的悔恨，他唯有不说。杨逦只好说大哥现在想扮忧郁王子。

去年春节杨巡轰轰烈烈地相亲，这个春节杨巡修身养性，除了走亲访友，就是在家看杨逦带来的书，圣人一般。

03

雷东宝在春节前接到消息，说陈平原春节会回家一段时间。对于陈平原，雷东宝心怀歉疚，他总觉得如果不是他手头的行贿证据雪上加霜，陈平原的判罪不会加重这么多。无论陈平原手指怎么伸，他小雷家有今天，到底是与陈平原的大力帮忙分不开的。当年判决之后，他们在同一农场服刑，雷东宝对陈平原多有照顾，但是陈平原那边也有人帮着活动，日子过得不错，但两人所在营地离得稍远，没见多少次面，陈平原在里面的时候已经不怪他了，因此听说陈平原暂时出来的消息，他赶紧准备下钱物，见天色暗下来，便悄悄找去，而且还叫韦春红一起去。

雷东宝万万没有想到，陈平原家的楼道门庭若市。雷东宝擦着两个下来的人进去，看到陈平原家高朋满座。好几个人认识雷东宝，雷东宝也认识好几个人，大家看到雷东宝一致噤声，只有陈平原笑道："东宝，知道你会来，坐这儿。"

众人都有些惊异，觉得陈平原挺大度的。雷东宝当仁不让地坐到陈平原身边，韦春红没地方坐，只好远远拣把小凳子将就，但韦春红松一口气，雷东宝跟她说陈平原不怪罪的时候，她有些不信，还以为是因为都在服刑，陈平原不愿得罪牛高马大的雷东宝。今儿这么一看，似乎还真是雷东宝说的这么回事，但她不明白了，陈平原何以如此大度。

当着那么多人的面，雷东宝将双手一拱，当众道："陈书记，我向你赔罪。"

陈平原微笑道："还说这个干什么，我们在里面不是全解释清楚了吗？大家，东宝这个人的性子我最懂，他讲义气，你们看看他这块，是个小人吗？害我的事他做不出来，这不他自己也关进去了吗，他也是悔得不行啊。"

雷东宝感动，又是连连拱手："没话说了，没话说了。"

陈平原道："这儿都是朋友，东宝你也别客气。给我带什么来？我可想你以前带来的野味。"

"有，野猪肉，我早早让春红找下的。还有只野猪肚，冬天补身子最好。陈书记，你这回来，是暂时还是不走了？保外办下来没有？"

"在办，还欠一些手续，还是你早出来，到底……"陈平原说到这儿一顿，他本来想说到底有亲戚下死力帮忙就是不一样。但是这话说出来得罪眼前这一帮总算还是把他办出来的人，他今非昔比，有些话只能咽进肚子里算数，他呵呵一笑，将漏洞抹掉，"到底是有钱能使鬼推磨啊，呵呵。"

雷东宝没说啥，也跟着干笑几声，这感慨，其实两人在里面时候早就一起议论过。他今天来，有重要目的。"陈书记，等你回来，我想八抬大轿请你给我们小雷家做顾问，我们一帮粗人，只有你最了解我们。"

陈平原愣了下，却笑道："让我考虑考虑，反正还没到时候。"

雷东宝笑道："考虑啥呢，我这辈子难得听几个人的话，一个就是你。你就应了吧，别嫌我们庙小。"

陈平原还是微笑，没有答应。雷东宝却看到韦春红给他使个眼色，他便住口。大家又说了会儿话，陈平原才又问雷东宝："东宝，你那小舅子现在怎么样了？"

雷东宝没隐瞒，当着众人的面，把宋运辉现在的发展情况，行政级别以及宋运辉在这边协助市里发展的事业，和这边要好朋友等，都简单扼要跟陈平原说了一下。陈平原听了笑道："呸，有那么好桩脚，还请我去做什么顾问，我跟你说，我即使去，一不上班，二顾而不问，何况我还不想去。"

雷东宝道："随便你怎样，你就算是名都不挂，我还是拿你当顾问。我就认你。"

陈平原没答，但一直笑眯眯的，心情看上去比雷东宝进来时候好了许多。

等夜深人静，大伙儿一起告辞出来，让陈平原好好休息。雷东宝夫妇开车回到家里，才有可能说话。韦春红进门就道："东宝，你这顾问的主意算是出对了，今天让陈书记很有面子。"

雷东宝道："他下半辈子财产没收了，退休金没了，总得有地方挣钱。还别说，他脑子好，以前老徐说过，陈书记这个人是个人才，只要用得好。"

"我看他也担心下半辈子收入问题。今天一屋子这么多人，真能拿出实货的有几个？他愁着呢。你这么一表态，有几个本来还观望的，这下也不能拿出比你差太多的态度。他们啊……到底是那么多年的同僚，谁做什么都清楚着呢，总不能看着陈书记一个人吃苦。"韦春红微微撇嘴，她在县里经营了几年当时县里最高级的饭店，看多听多。

"那你给我使眼色干吗？"

"怕你说多反而错，好像你现在财大气粗可以不把原陈书记放在眼里似的，让人看着好像是你给陈书记一口饭吃，到底你以前只是个村书记，他是县委书记，他怎么好意思一口答应到你手底下讨口饭吃，让大家看他现在落魄相。你看这不是后来陈书记故意问起你们小辉了吗，他现在越是这样，越要面子着呢。小辉越是能干，你还请陈书记做顾问，越说明你记情，越说明你重视他，他有面子。别人旁边也得掂量掂量你的意思，给他更多面子。"

雷东宝一想，果然是这样，笑了："反正陈书记知道我，他自己会想办法让我把话说出来，给他挣面子。"

"你意思我不用给你使眼色？真是过河拆桥，没良心的。"

雷东宝笑道："什么话，你能，我才要你一起去，谁说你眼色不要紧？"

韦春红这才笑了，点头道："他还真了解你。今天陈书记都没说你什么，还替你说话，这一来，以后县里的人都不好再说你什么。"

"我知道，今天当面说，以后做给他们看，会不一样。不过现在已经不一样了，我替县里做了那么多事，他们也又开始重视我，给我政策。"

"还是不一样的，得等陈书记真的回来，有些事请他出面就行了。东宝，这么看来，我又可以回县里办饭店了，以后看来不会再有事。或者开家分店，市里这家还留着？"

"市里这家也放着，开得好好的，别停。你回县里吧，我们来去也方便。"

"我再想想，我得把人手物色好了才行。都春节了，这事急不来。"韦春红忽然又一笑，"你那小辉小舅子现在也两地分居，比我们离得还远，你们可真是宝一对。"

雷东宝道："他高兴着呢，就是要他每天飞他也愿意。他跟我说他现在骂人少了，我说他以前都是下面憋得慌闹的。我春节看他那张脸去，还成天拉着不。"

韦春红咯咯地笑："哎，我真想不出来呢，不知道小辉见到小梁是啥样，我一定要看看他们俩在一起的样子，我真好奇死。"

雷东宝也是不怀好意地笑，这事说到做到，他立刻给宋运辉打电话，问清宋运辉春节动向，原来是去上海过春节，他立马要求也去。但放下电话，雷东宝就惊讶了："呀，小辉不让我去，小辉怕新老婆。"

韦春红了然道："老夫少妻，都那样。"

"小辉又不老。"

"比起他那个手伸出来跟嫩豆腐一样的新老婆，当然老，再说小辉厂里又是海风吹又是太阳晒的，本来也显老。"

雷东宝听着不乐意，道："男人显老点又怎样。不是这个问题，有些女人让人一看见就不敢大声气儿，小辉新老婆就是那种人，小辉姐姐也是那种人。"

韦春红一听，快快地道："你就只敢冲我大嗓门。"

雷东宝道："你还真别装细巧。"说着就上楼去，将楼下扔给韦春红。韦春红关门关窗到处查了一遍，才关灯摸黑上楼。

宋运辉接完电话给梁思申打，这时候宋引已经睡觉，梁思申告诉他宋引在她的手提电脑上玩了一晚上水管工游戏，又学会好几句英语会话，与外公一起弹奏钢琴，白天还跟外公一起雕了一根乌木筷子，好不容易才肯睡觉。宋运辉听着心说除了英语，其他都是他家做不到的。即使宋引能自个儿在家弹钢琴，可哪有人跟她一起弹，在上海估计还梁思申的小提琴一起上呢。女儿在梁家的生活可以称之为经历。最初梁思申邀请宋引去上海的时候，他有点怕梁思申太操心，而他妈也担心梁思申一个大姑娘家管不管得好孩子，可又不敢跟去看。没想到宋引在上海锦云里挺吃得开，外公还挺喜欢这个总说他穿得太花的小封建。

梁思申打完电话，见外公还歪在罗汉床上，就道："还不上去睡？不会是专门等着跟我谈话吧？"

外公点点头，放下手头的旧《申报》和放大镜，道："我准备出五十万给小竺开个古玩店，又卖又收，我自己也可以玩玩，你这几天赶紧给我办了，注册用你的名字。"

"别为难我，外资注册很麻烦。"

"你不行用你妈的名字。"

"不行，他们公职人员，你少给他们惹麻烦。才五十万人民币，人家竺小姐伺候你这么多天，全给她也不算多。"

"我给是我人情，我没做好前期被她钻空子是我老年痴呆，两码事。谁像你，倒贴找个先生，还替人养拖油瓶。我跟你说啦，投资也得看看人的资质，这个小姑娘脑袋不是一流，比她爸差得远，比起你小时候更差远了，你适可而止，还是留点本钱养你自己的。"

梁思申悻悻地："我还不是想多一事不如少一事，防患于未然，省得她亲娘拉去教上几天，又给我制造低级矛盾。"

外公一针见血："我看你是先下手为强，不给她亲娘借看女儿制造机会见女儿亲爹，制造他们一家三口亲密相处场面。嘿嘿，没想到啊，受的西方教育，东方怨妇的一套你无师自通啊。不愧是我亲外孙女，出手比你两个舅妈漂亮。"

梁思申被说中心事，只得嘿嘿一笑揭过不提。因她知道宋运辉是个注重家教的，当着宝贝女儿的面是不肯给前妻下不了台的。可是她嘴上可以大方，心里一想到他们原一家三口坐一起笑容满面地吃饭，她就憋气，只好主动出手，找个漂亮借口断绝他们的接触。宋运辉不知道，为此还心存感激呢，没想到还是被外公识破。她只得道："你等着，开店的事妈妈来了再说，宋的行不行？"

"不行。"外公否定得非常坚决，但外公并不说出原因。对于宋运辉，外公欣赏宋的能力，但是并不认可宋的人品，任凭宋梁两个在他面前表现得蜜里调油，他都认定宋运辉休妻再娶另有目的，而不是梁思申说的什么感情深厚。外公认为，再深厚的感情，若是换梁思申只是小家碧玉，宋运辉还能如此执著？不说别的，宋运辉前面一个妻子也是小小的干部，可见这人选择婚姻的功利性极强。因此，项目交到宋运辉手里执行是可以的，那是利用宋运辉的能力，可产权不能放到宋运辉名下，那是有去无回，当然外公不会说出理由，免得得罪。"这事不急，我先物色下门面，就这儿附近，慢慢装点起来。还有一些事，春节得来不少人，你得预先多准备几只煤气瓶，电费去交好，别让人把电线拉了。水费据说有人上门来收，哪天轮到我们抄表的时候你得挨家挨户去收，呵呵，好玩得紧。我这儿手头现金没了，明天你带我支票走，给我取点美金来，这几天黑市兑换价日跌夜跌，我得多换点人民币放着。你回来经过香港的时候，多带点干鲍干贝鱼翅燕窝回来，我付钱。再给我带些内衣来，这边的内衣不能穿，白衬衫也带几件，还有盥洗用品，都用老牌子。所有你帮我采购的物品，我按总价的10%支付你佣金。"

梁思申不疑有他，应了一声便罢，但是挺头痛。以前很多事情可以扔给梁大解决，现在搬出别墅，住着是有品位了，离工作地点也近了，可家常生活一地鸡毛，千头万绪都需她出面去做，又不能扔给外公，说不出口。唯有煤气瓶之类可以交给花王，其他缴费之类的事，锦云里的电费动辄上万，还为此申请的单独线路，外公怎么可能放心让花王等人拿着这么多现金。她少不得明天飞美国前把所有事情做完。国内服务业还不发达，排队真正是逼疯人。她自己还有事呢，梁大春节结婚，不仅大伯二伯分别从老家和北京赶来，爷爷奶奶都回来，还有梁大妈妈家的亲戚也从北京来，她少不得从美国采购新年礼物分派，再加外公的衣物，她只怕三只皮箱都不够，天呐，都说结婚后家务激增，她现在深有体会。可是她觉得她有能力承担，相比起其他上海女人，她有财力，有脑力，做事自然稍微容易一些。

宋运辉拒绝雷东宝来上海过年，是因为他深知这次的春节是他的大考，不想大大咧咧的雷东宝再给他乱上加乱。虽然与梁家父母已经达成电话沟通，可是见面一起生活几天，那又是另一回事。而且，他还得出席梁家大孙子的婚宴，他届时会遇到大批梁家亲戚，那都是些什么人，梁思申早就与他说明了，因此宋运辉提前离开东海厂，连夜自己飞车赶到上海，第一件事就是去梁思申指定的美发厅修理自己。

年夜饭是与梁家人一起吃的，外公、梁父、梁母和宋引。梁思申反而还在美国，都是场面上的人，既然婚姻已经既成事实，彼此也就以礼相待。但是一桌人又没什么亲情可以叙说，外公当仁不让地抓住好不容易见面又没梁思申霸占着的宋运辉谈投资项目进度。

梁父听着，轻轻与妻子道："你爸想利用小宋做免费劳力。"

梁母点头："小宋刚进门，不便拒绝。老头子真能抓机会，但囡囡肯罢休？"

梁父笑了，很轻很轻地道："我现在总算明白，为什么囡囡为个外婆遗产还得打官司，现在外公却轻易把这幢房子写到她名下，两人早已心照不宣。"

梁母哭笑不得："这孩子，这孩子……"

梁母看看身边专心吃非常鲜美的鲍鱼的宋引，忍不住摸摸小姑娘的头发，心里想着，不知道她的亲外孙或者亲外孙女是什么样子，一定更漂亮更聪明。可估计女儿肯定现在还没生孩子的打算。一直等宋运辉照顾了女儿去睡觉，梁父才正式跟宋运辉谈起他们省有几家企业的情况。宋运辉有些吃惊，没想到梁父也有插手的意思。而梁父更猛，他希望宋运辉立刻着手，赶在改制试点企业筛选之前，先下手为强，免得被改制试点工作束缚手脚。梁父还说，所有的当地政府部门的工作，由他来做。

宋运辉很快明白了梁父的意思，也明白梁父话里话外的潜台词。他想了好一会儿，才道："那，看来得在国内注册一家公司了。"

外公却道："眼光别放那么窄，只看到自己手里那点子权。告诉你们，你们的银行贷款利息太高啦，简直是惩罚性利率，我一辈子都没看到过几次，专门针对你们的高通胀的啦。拿那么高利息的贷款做投资，基本上是老寿星吃砒霜，万一通胀给如愿收紧，你们完啦。还是乖乖拿我的钱，我到美国银行贷款，最终受益我们三个可以坐下来谈。"

梁母看着王、梁、宋祖孙三代谈得热闹，忍不住问了宋运辉一句："小宋，今年物价涨得厉害，你们工资涨了没？"

宋运辉道："涨了，不敢不涨，现在外资企业招聘广告上面直接标明工资，我们不涨的话，工人都跑去外资企业。"

"涨幅大吗？"

"工资涨幅没法大，只能奖金福利上面增加收入。跟外公谈的项目就是准备增加职工福利用，到时每人手里分一份原始股。如果不做这些打算，相比物价涨幅，我们的收入都在缩水。"

梁母听了点点头，叹了声气："唉，我和囝囝爸爸的工资也是，钱越来越不值钱，各方面的用度却是越来越大，今年春节的礼物，还都仗着囝囝从美国背来。你们慢慢聊，我先上去休息，赶一天路，累了。"

宋运辉看看上楼去的梁母，感觉梁母的心情可能比较复杂。他不知道有些事经梁父插手之后，梁思申会怎么看。不仅宋运辉感慨，梁父也是心有触动，看着妻子的身影一时无语，等外公也上楼去，才有些遮掩地对女婿道："太太理想主义，是做丈夫的成功。"

宋运辉联想到自己，不由得会意一笑，与岳父的距离顷刻拉近。"爸，我估计思申也理想主义，接受不了你辅助出资。"

梁父自嘲："看来我作为父亲，也很成功。"他摸出一包香烟，看看宋运辉，笑道，"你不会真戒了烟？母女俩都不在眼前，来一支？"

宋运辉推辞道："还真戒了，谢谢爸。"

梁父有些惊异："你倒是能下狠心，是不是准备迎接小生命？"

宋运辉笑道："我们顺其自然，没做任何措施。"或许是姐姐去世的阴影已经淡去，宋运辉才刚结婚就极其希望有与梁思申共同的孩子，他把自己的强烈愿望与梁思申说起，梁思申勉勉强强地同意。宋运辉清楚当时看到梁思申答应的时候，他很开心，他感觉自己心里有隐隐的焦虑。

"挺好，我们刚才也说起什么时候给你们抱孩子。"梁父再度惊异，看起来他和妻子都猜错了，看起来女儿比他们意想中更重视这段婚姻，而不是跟他们第一次说起时候的潇洒态度。或许是因为说起第三代，翁婿两个人的心理距离进一步拉近。梁父吸一口烟，用夹着香烟的手指指眼前的客厅，道："你对锦云里感觉怎么样？"

宋运辉笑道："第一次来看，只看到一堆旧家具，后来才一点一点地品出其中的好来。最难得是把不舒服的旧家具改造得可以舒服地用，而且还是不计价值地摆着率性地用，这才是真正底气，需要多少文化底蕴和丰厚家底啊。"

梁父感慨："梁大前阵子跟我说，看到囡囡装修的别墅，本来以为这就是资本主义，看了外公的锦云里才知道囡囡的不过是中产阶级。他以前羡慕囡囡的开放式厨房气派亮丽，没想到锦云里的厨房偏居一角，关在门里，设备齐全，但模样一般，原来因为厨房不是真正富贵的主人出没的场合。阶层的不同，思维的不同，都反映在房间布置的细节上。梁大说他和他的几个朋友以前还以为自己得天独厚，看了锦云里才自惭形秽。"

宋运辉听了心说，估计这是梁父自己的内心想法，他有些明白，梁父这是在跟他解释今天插手的原因。他笑道："我现在麻木了，还能怎么样，起码我还是占着宿舍区最大的别墅。"

梁父看宋运辉一眼，道："现在国家开放了，放进来的诱惑越来越多，我们都目不暇接，何况你们年轻人。连老头子们都闲不住了。你知道我这回最感慨的是什么吗？囡囡的爷爷，他是诗书世家出身，再加经历无数起落，本来应该全看开了的，可这回竟然为找不到合适的西装来参加大孙子的婚礼而沮丧，差点为此不肯来上海。他还是离休干部，待遇已经算是高的，可相比过去的生活水准，还是一落千丈了，他们没奖金垫补。"

宋运辉看看梁父已经斑白的双鬓，心里明白还有几年就要退休的梁父这是心有戚戚焉了。他想了想，道："相比之下，看看思申的外公，一样的努力，不一样的结局，不能不让人感慨。"

梁父点点头："这些话，听到囡囡耳朵里，又是腐败了。"

宋运辉不由得微笑道："思申已经与过去有些不一样了，最近刚帮一家集体企业转制，使了不少心照不宣的手法，她现在分析问题很客观。"

"呵呵，现在还是你更了解她。"梁父心里有些不是味道，可又不能不承认现实，又想，其实过去似乎也是宋运辉更理解梁思申，"你今天自己开车过来，中午也没休息一下，还不累吗？"

"路上打过盹，还好，相比每天的工作量，今天算清闲。"

"身体真好，年轻。好吧，明早接囡囡的事也交给你，我肯定起不来。我上去休息了，今天拎了两次行李，才是从家里楼上拎到楼下，再从梁大车上拎进这儿二楼，现在右手臂就沉沉地酸，不中用啦。你也早点休息。对了，带着名片吗？明后天我带你跟亲戚认一遭。囡囡不办婚礼，搞得你们被动。"

梁父上楼，到楼梯口，不由得往下看看，见宋运辉正检查门窗关合，又看宋运辉熟练开启美国带来的报警设备，然后才留下几盏灯昏昏照着，跟着上楼。他回头跟妻子说，这个女婿做人非常努力，也非常能思考，只是有点努力得可怕，幸好是女婿，如果与这样的人共事，不知多累。梁母也说女婿看上去太深，她有些为女儿心里没底。两人心里都捏着一杆秤，过后几天得以过来人的眼光好好评估女儿女婿的关系，有什么问题可以事先提点。

宋运辉回去自己卧室，好好将今天梁父意外提出的插手回味了一遍。心里想着，要不要跟梁思申说明，最终决定还是说，他刚才还打保票跟梁父说梁思申已经很会客观分析现实，怎么轮到他手上又担心起来了呢。

宋运辉第二天一大清早就出门去机场接梁思申，开的是梁思申的大切，因为听说梁思申带了三大口皮箱，他的奥迪估计不够装。初一清晨的上海街面难得地清静，就跟他刚出来的锦云里一样，过年的时候那些国产保姆都不肯上班，外公一点办法都没有，幸好还有菲佣小王在家。宋运辉下来的时候，小王也才刚起来，忙给他做了咖啡，宋运辉自己做的吐司，小王因与宋运辉沟通良好，很是谢谢了他。宋运辉感觉菲佣比较合理，不比国内保姆，有些太自卑，有些当家作主意识太强，幸好外公够奸，一家中外四个帮手，个个服服帖帖。梁思申还说为一个家忙死，其实若没外公帮手，这个锦云里早鸡飞狗跳，其中微妙，不是梁思申这个大而化之的人能理解的。

大年初一的国际到达出口也是难得寥落，不过也可能是因为新年，出来的旅人带着的行李特别多，好多人除了一只皮箱之外，还背着红一条白一条的大编织袋。宋运辉相信梁思申再多行李也不肯背编织袋，梁思申这个人太注意形象。想到每次相聚，总能看到梁思申洗漱之后得摆弄半天瓶瓶罐罐，他再看几遍也总是记不住那些瓶瓶罐罐的用处，他还算是学化工的。梁思申还每天晚上睡前把第二天要穿的衣服费尽心思地搭配出来，她有那么多衣服，却总是抱怨缺这缺那。想起这些，他一个人站在空阔的国际到达出口微笑。她有时是那么理智，有时又是那么率性，有时精明过头，有时简单得没道理，内心非常骄傲……

笑眯眯地想着这些，时间过得飞快，很快便见梁思申推着大大一车行李东张西望地出来。宋运辉上前先拥抱了她，才接过行李车，梁思申先笑嘻嘻地道："我爸妈昨天没欺负你吧？"

宋运辉听着不由得笑："怎么可能，我昨晚跟你爸谈得挺晚，还说了一些你爷爷的事，还有……你爸的感慨。今天长途飞机坐得脸色不大好，回去先睡会儿，我已经吩咐小王给你榨好橙汁。"

梁思申却神秘地笑道："我已经在香港睡一晚上了，不过不大睡得着。你知道我昨天想到什么吗？嘻嘻，想的时候我都忍不住笑。我看宾馆里的电视放古装戏，里面女的叫男的三郎，我想我到了古代该叫你什么郎，宋郎？二郎？立刻就想到辉郎了，哈哈，大灰狼。要不是天太晚，我当即就想跑出去买一顶小红帽跟你配套。"

宋运辉听着也笑："你要是叫我大灰狼，猫猫得跟你理论。不问问你爸跟我谈什么？"

"呃，不问，逃不过仗着长辈身份又是考察又是试探的，我问了生气。"

"没有，且不说你爸妈都是大方人，以你爸妈的水平，他们想试探我，也不用那么低级地拿话考察，后面几天看着就行。"宋运辉推着车子到门口，小车无法出门，只得一只一只地将行李拎到门外，让梁思申看着，他去取车接应。梁思申倒是有些不解了，爸妈拿起电话总是就宋运辉的问题问东问西，怎么见了真人反而不问了，反常啊。

风很冷，才一会儿工夫梁思申等得手足冰凉，等车子一来，她嗖地蹿上车去，把行李扔给宋运辉处理。宋运辉早知如此，这是家教加出国受教育的结果。他不由得想到那么身份俨然的梁父要等梁母上楼睡觉后才敢吸烟，还自嘲地说"太太理想主义，是做丈夫的成功"，不由得莞尔。他也知道，等他上车，一定有亲吻拥抱等着犒劳他，他估计梁父也是这么被梁母收服的，久后习惯成自然。等他收拾好行李上车，果然不出他所料，他虽然早知道有这么一套，可还是吃这么一套，只觉得所做的一切非常顺理成章。

两人上路后，宋运辉基本上没有时间说话，都是梁思申在告诉他，她回美国做了些什么事，他笑眯眯地听着，等她说完。梁思申滔滔不绝好一会儿，忽然急转直下："你知道我为什么脸色差吗？清早起来赶飞机，吃隔夜面包没胃口，吐了，好难受，飞机上还一直在反胃。"

宋运辉一愣，他是过来人，立刻敏感地道："会不会有了？"忍不住一边开车一边扭头看梁思申脸色，似乎他的眼睛能做青蛙试验。

梁思申也吃惊："不会吧，那么快？"但想了想便释然，"不会，那个才刚来过。"

宋运辉一听，心里微微失望，他更敏感地感觉到，梁思申的语气里没他那么强烈的激动，但他还是温言道："等下到家还是先喝点粥吧，别先喝橙汁。"

梁思申却笑嘻嘻地凑过来，道："大灰狼，你非常紧张，你车子都开得蛇行了。"

宋运辉勉强一笑："昨天你爸爸跟我谈起我们的孩子，他们也非常向往。"

梁思申吃惊："他们不是……他们倒又急着想要了？"

宋运辉知道"他们不是"什么："你别再这么想你爸妈，他们现在跟我聊得很好，昨晚你爸爸还跟我谈了你爷爷的失落，推己及人，他也说到他心里的矛盾，这些与我有时的感慨很一致。你看，我们都已经聊得这么深入。"

"啊，原来你们已经暗度陈仓。大灰狼，你别一张臭脸，我们都那么聪明，要一个孩子还不是简单不过的事情。"

宋运辉不由得笑道："要孩子跟聪明有什么内在必然的联系吗？"

"就是逗你笑的，别急，顺其自然。"

宋运辉有些不好意思地道："我不是急，我刚才激动坏了，想到我们的孩子，我们的，多让人激动。"

梁思申听了反而笑，想到宋运辉已经有了一个女儿，却还这么激动，她心里非常清楚这是为什么，因此心里很是好受，只觉得没怀上还真是可惜。"我一定努力争取。"她说出这话，自己也笑出声来，可又忍不住感慨，"我们比较麻烦，两个人离得远。我很怕，我正着手独立主持一个大项目，怀孕会造成很大影响。不过我聪明，是不是，既然别的女人都能做好的古老行当，我一定也能行。连外公这张坏嘴都说，我们的孩子肯定是最聪明的，我非常向往看到。"

宋运辉这才发自内心地笑在脸上，他发现自己太紧张梁思申了，有点紧张得想用孩子绑住这么优秀的她。到锦云里门前的时候，他忍不住伸手紧紧拥抱梁思申，好一会儿才放手，下去开大门。果然梁父看到就早早迎出来，他们没了热烈亲密的机会。

梁家父母带上女儿女婿去梁思申爷爷住的酒店拜年，外公不高兴一起去，但大家当然带上了宋引。梁思申也清楚大家都会怎么议论，她无所谓，又不是什么大不了的事，反而是梁家父母和宋运辉心里都敏感着。已经结婚的梁三问梁思申怎么想着找个有婚史又有孩子的，梁思申反而神色自若地反问梁三怎么会有这么落后的中式想法，只因梁思申在众堂兄妹中是潮流的风向标，梁三反而觉得自己真的很封建闭塞。

梁思申应付了梁家兄姐的问候，再看宋运辉娴熟老练，不卑不亢地与她家这些达官贵人亲戚交往而不落下风，她再次问自己，究竟爱他什么。如同过去，依然没有答案。似乎与宋运辉在一起是顺理成章的一件事。但因为宋运辉是第一次出现在梁家，很多人好奇地非要问个明白，为什么与那么一个条件看上去不般配的人结婚，梁思申只好一再地非常肯定地回答，他非常聪明，她一向只喜欢聪明人。众人将信将疑，但都心里怀疑其中必有猫腻，两人看上去并不般配，女的太流光溢彩，男的则是一看就是从下面奋斗上来的小户人家出身。

不仅是梁思申，宋运辉也在深切感受着梁家与他家的不同。这家人里面的大多数，都是跟梁思申似的，内心无比骄傲，行为上则是持以良好修养，看仔细了才能感受到有些高高在上的冷漠。他以往接触的人中，老徐也是这样一个人。梁思申的爷爷虽然没外公那么刁钻泼辣，可也是不易对付的，他被抓住问了好多问题。令他感激的是，岳父一直陪在他身边，有什么过分的地方，由岳父出言打断。但爷爷最终还是肯定了他，只因为他是做技术出身的，爷爷喜欢实干的人，而非他现在的身份修养。宋运辉觉得梁思申的爷爷和外公都是无比怪诞的人，可又有性格。

中午吃饭，梁家一大家子加上梁大母亲家一大家子，整整开了四桌。

梁父让宋运辉与他同桌，那一桌都是梁父一辈的人，也是所谓都在官场上的人。宋运辉还是第一次参与这种人物们举重若轻的随意交谈，令他大开眼界。而这一餐的交谈，也令在座看到宋运辉的潜力。但这一餐饭，吃得宋运辉差点筋疲力尽，他终于见识了梁家。

也终于明白，为什么在梁父职位并不显赫的情况下，萧然却对梁思申心怀忌惮。

第二天正月初二梁大的婚礼上，宋运辉再度见识梁家的气派，不过当天大家的注目重心已经转移向梁大新娘子的娘家，宋运辉得以旁观。梁思申这才有时间与宋运辉窃窃私语，告诉他谁谁有什么什么。梁思申见多而倦，宋运辉则是初见欣喜，宋运辉此时已经很能理解梁思申为什么应付大场面的时候游刃有余，她根本就是在那里面泡大的。宋运辉看到女儿宋引也是东张西望没事人一般，不由得嬉笑感慨，他的心理素质还不如女儿，但估计女儿出入这种场合多了，以后也与梁思申没什么两样。

宋运辉在观察着梁家，梁父梁母则是实地观察女婿。对于宋运辉内心的真实动机，他们无法考证，但是从小两口之间的关系来看，他们看得出宋运辉非常爱他们的女儿，经常是微笑注视着放任着他们的女儿，也看得出偶尔有轻声提点，看上去完全是一个成熟男人对待妻子的态度，也有点好得令人不能相信。梁父梁母反复背后商量，估计女儿女婿早在爱情之前已经培养出过人亲情，此后的爱情反而是顺水推舟的产物。老两口一时都有些不知如何定义女儿女婿的关系，但他们心里都想到，如果宋运辉没有婚史的话，那一切就完美了。

这几天，对于宋引来说，真是大开眼界的寒假。假期结束，跟着爸爸的车子回到家里，她一张小嘴都忙不过来，跟爷爷奶奶叙说那上海的灯红酒绿、红男绿女。宋季山夫妇都是目瞪口呆，没想到中国的土地上，还有他们想象不到的某种生活。宋运辉倒是没说什么，让父母不用在意那些富贵繁华，以后梁思申来还照样对待便是。

春节过后，宋运辉便立刻投入协助某下游企业改制工程的实际操作，他首先通过当地政府的帮忙，以及与梁家一位亲戚的联络，顺利通过层层申报和严格筛选，将项目列入省百家试点企业名单，终于获得改制的通行证。几乎与此同时，他们与当地政府临时成立的现代企业制度试点领导小组紧密配合协作，建立起试点工作班子，专门负责制订实施试点工作计划。

宋运辉手中的工作进度一如既往地安排得密不透风，而他对一半由东海厂抽调人员组成的试点工作班子的第一要求就是"高效"，由他每天傍晚亲自过问工作进展。很快，试点工作的总体指导思想便制定出来：一、根据《公司法》的精神，建立健全企业法人治理结构；二、明确投资主体，明晰产权归属；三、实现投资主体多元化，多头引资，争取吸引外资；四、调整企业资产负债结构，以多种形式消化企业原有债务；五、彻底政企分离。

外公首先拿到指导思想传真，因为宋运辉这几天正在上海办事，所有不着急的常规传真都是传到锦云里，等晚上他回来看。锦云里的电话号码固定，大家都已经知道如果宋运辉不在东海总厂，往锦云里这个电话传一份总是没错的。外公拿放大镜看着传真内容，仔仔细细看了两遍，才笑了出来，自言自语道："这个狡猾的，说得多冠冕堂皇，好像引进外资还是件利国利民的大好事。"

等梁思申下班回家，外公把传真交给梁思申看，笑嘻嘻地道："你看，同样一句话，你前几天的案子说得太赤裸裸，审批时候才会那么难。你以后也要站到小辉的角度看问题，拿点政策高度出来说话。"

梁思申其实一直在参与宋运辉的改制试点进程，两人经常商讨如何做到一步到位，政策制定别给以后留下漏子。因此对于试点工作的指导思想早就心中有数，但是看到传真内容，也忍不住笑出声来："原来话要这么说。哎，我们正在制作的一份报告看起来得重写，一份拆为两份，一份交给香港股民看，一份交给权力机构看。"

外公最初装着不在意的样子，但等梁思申说完，就道："我是不是得准备钱了？最近人民币对美元贬得厉害，美元越来越不值钱，得让小辉加把劲，快点。"

"快不起来，从指导思想确立到试点方案经过讨论拿出，起码得一个月。然后就得报请省体改委审批。我最感兴趣的是他们最后的试点方案会怎么处理那个债务重组问题，债转股？增资减债……"

"反正都是便宜我这个资本家，呵呵。"外公才不高兴关心那些细节问题，那些换汤不换药的操作，不过是程序而已。他只袖手悠笃笃地看结果，"你们的衣服今天拿来了，你试穿看看。不行的话，用你外婆以前的衣服。小辉身量与我年轻时差不多，也可以用我过去的衣服。我看着不好，做工粗糙，跟解放前的做工没法比。料子也挑不出好的，都是些行货。这几天院子里花儿开得好，你们赶紧把照片拍了。"

"噢，在哪儿？"梁思申立刻有了积极性，两眼一扫，便扫到罗汉床上放着的一只绿缎包袱。这些是外公让一家他看着还行的裁缝上门量了她和宋运辉的身材后定做的传统衣服，衣服式样都是外公自己选定的，根本就不让宋梁二人插手。梁思申一直好奇得很，不晓得外公会弄出什么衣服来给她穿。不过春节过后一个太阳微阴的天气，院子里曾经晾晒过一次外公外婆过去的绸缎衣服，当时满院子的花团锦簇，看得梁思申好生艳羡，尤其是外婆的衣服，在外公不耐烦的指点之下，她才知道什么滚啊镶啊的，原来过去的宽袖大袍里蕴藏着无数风流。她早就想知道给她拍结婚照穿的衣服会是什么样，拎起包袱就往楼上去了。

宋运辉回来的时候，走进高墙里面的深院，立刻就闻到一股扑鼻的清香，正是春兰吐蕊。但宋运辉知道，早上出去的时候伴着一院子淡淡雾气的香气更浓，远非晚上的可比。走进院子，仿佛走进另一个世界，高高围墙不仅将满世界的喧嚣隔在门外，连空气似乎都是不一样的。而今天最难得的竟然是屋子里传出来的外公和梁思申的笑声，虽然都是轻轻的，可是在高墙内的幽静环境里，也是清晰可闻。

宋运辉奇怪了，今天什么事情，竟然让祖孙两个一齐笑出声来。这祖孙两个，明明都是挺智慧的人，偏偏祖孙在一起总是货不对板，两个人总是为斗气而斗气，谁也不肯稍做退让，宋运辉私下劝说梁思申忘记旧事放开心胸，没用，跟外公说收拾意气为老而尊，也没用。两个人总是一个笑的时候一个生气，更多时候是两败俱伤。一起都笑的日子凤毛麟角。

宋运辉好奇地开门进去，却见梁思申穿一袭鹅黄大襟衫子，瘦高的人硬是给穿得宝塔一样扎实，整个身材淹没在绫罗绸缎里。看见他来，还假模厮样地举起手中檀香扇子，扭扭捏捏冲他做个万福，脸上早已歪眉歪眼满是鬼脸了。宋运辉一见就大笑，赶紧把手里的包扔到桌上，免得笑到手软捏不住。外公也是笑得滚在床上，一串的"哎哟哎哟"。梁思申看见一个箭步过去，大力将外公扶正了，还真怕老头子笑得岔气。外公坐正了笑道："我一辈子都没见过穿上这种衣服越发滑稽的人，简直是沐猴而冠。"

"真的不搭调吗？"梁思申不信，在落地穿衣镜面前转来转去，觉得自己挺美。

宋运辉笑道："不错，我想穿着这套衣服站到外面开满花的苹果树下拍照，一定很美。你今天怎么可以早回？"

外公早抢着道："小辉你这回审美总算对了，我给你们约下礼拜天拍照，布景全听我的，有些东西我开地下室取出来用一下，务必给你们布置得原汁原味，绝不露馅，任何内行人都看不出年代。小辉，你换上那件宝蓝的给我看看。"

宋运辉笑道："我倒是认识一个识货的，在北京，什么时候拿去给他看看，真要这么麻烦吗？思申你有没有时间拍？"

梁思申在镜子面前将一头长发挽来折去，道："你在家我当然早回，下刀子也得早回。照片当然要拍的，以后老了拿出来给孩子们看，瞧瞧，奶奶以前打扮打扮也是美女。快，我来帮你穿。"

宋运辉听着又笑。本来以为穿件衣服有什么难的，没想到还真难上手，只得与梁思申钻一起研究好一阵子，才想办法系上带子。外公只笑眯眯看着，硬是不出声指点，似是等看好戏，好歹两个聪明的孙辈没让他得逞。但等宋运辉全套宝蓝万字团花长袍配镶了不知多少花头的石青褂子穿好，外公立刻扔过来一柄紫檀木骨子的泥金扇子，让两人站一起给他瞧。他看来看去，觉得还是宋运辉的气质更像样一点，梁思申穿上龙袍也成不了太子，一脸的飞扬跋扈盖也盖不住。老头子自己先摆弄起他的收藏老蔡司相机指挥着两人站起坐下好好拍了几张。

宋运辉本来只是陪玩，可是上手以后却觉得是真好玩，尤其是他棕色长衫梁思申大红裙卦，被外公赶到书房体验红袖添香夜读书，做出种种古典样子，诸如泼墨挥毫读线装书拉手说话等。宋运辉真是非常想早一天看到外公接连拍了十几张的照片会是什么样子。外公眼睛不好，焦距还是他对的，他已经看到镜头里的美。玩了半天，宋运辉才想起他有电话要打，只得罢手，梁思申也才感到肚子饿得擂鼓。宋运辉跟梁思申在一起后，不知玩了多少以前从没想到过的东西，每次在锦云里的心情都非常好，有再大压力，在回到锦云里关上大铜门的一刻，便卸压一半。

宋运辉打上了电话就一时扔不下，东海总厂也正在改制，转股份制，有关产权的问题也需调整，财务部门好多问题需要请示，宋运辉盘腿坐在罗汉床上外公常坐位置对面，一手话机一手铅笔，一个电话打个没完。

梁思申吃她的酸奶水果沙拉，眼睛则是专注于刚从自己包里取出的一份文件，两只墨黑拉布拉多在她身边盘旋。只有外公没事干，不时给一句"装什么样，又没人给加薪"。梁思申吃完，见宋运辉还在打电话，而且是口气相当严厉，不由得轻轻对外公道："你以前跟部下说话也是这样？"

外公转身看了会儿，才道："我扔椅子的时候都有，这么说话还是客气的。"

梁思申道："我们不。我也意识到我们的国内雇员说话声音比较大，有时候我皮笑肉不笑给出的指令，他们比较会忽视。不过我还是不喜欢大嗓门，也不愿发脾气，宁愿拿语言来压制。"

"你们是洋行那一套，假惺惺。我喜欢小辉这样子的，简单直接，没废话。臭小子，电话费原来都是他打出来的。"

梁思申估计工厂环境下面说话也轻缓不了，但宋运辉平时说话，以及宋家人说话声音都不大，跟她家差不多。她看宋运辉没完没了，一块给他煎的牛排眼看变冷，她就倒了一杯温水拿去放到宋运辉手边，拍拍他手臂提示他喝水，又走开不去打扰。

宋运辉好不容易打完一个电话，见梁思申从烤箱搬出一只大钢盘放到他面前炕几上，里面有荤有素，都是今天的菜被梁思申挑了他爱吃的放进烤箱再加工，让他放下电话就有热的吃。外公看宋运辉吃饭吃菜，他外孙女诣媚地切割牛排送到宋运辉嘴里，不由得撇嘴，现在的年轻人真没规矩，好起来一身轻骨头，跟他吃饭时候却狂看资料，当他不存在。

宋运辉边吃边对还在饭桌边细嚼慢咽吃养生餐的外公道："外公，传真背后体现的政策，要不要等你吃完一起说？"

"我听这个干什么，我用人不疑。"外公还挺不耐烦。

"触霉头了吧？"梁思申取笑宋运辉，但宋运辉按住她没让她就外公的"用人不疑"反唇相讥。梁思申还挺听宋运辉，但还是冲拿着大盘子去厨房交给小王洗的宋运辉做个鬼脸。宋运辉性格很强，总喜欢将她的工作也一并规划上，也不怕脑袋累着。

其实宋运辉已经看出梁思申无法吃透政策的原因，她还太年轻，对过去政策的变化了解不深，因此也看不出现今出台政策的来龙去脉。他要告诉她那些细微的差别和进步，以及政策制定背后方方面面的考量。让她别拿到政策就跟其他洋鬼子似的只知道挑不足，看不到中国社会的发展，更无法在吃透政策的基础上有所为有所不为。但他也知道梁思申心高气傲，总是拎着她耳朵灌输也不好，他有时候就借道外公，侧面敲打梁思申，可惜外公今天不领情。

但他忽然想到一件事，走出厨房就道："我们市里组织一批企业家自费赴香港考察学习，杨巡也在名单之内，这个星期天会过来上海赶飞机。他通过寻建祥跟我联系，问能不能跟你我吃顿饭，给他机会向你道歉。他说他这段时间想了很多，知道以前辜负你。我看他这话说出来，说明他总算问题看到点子上了。"

"星期天我们要拍照，没时间。"

"可以晚上。"

梁思申奇道："你的意思是不是同意一起吃饭？"

宋运辉笑道："我不想同意，他对你有企图。不过他既然目的在你，我还是问一下你的态度。"

梁思申不怀好意地道："那要不我单独跟他吃饭吧？"

宋运辉兵来将挡，面不改色："只要你愿意，我才不会阻止你。"

梁思申郁闷："你不会表现出稍许的在意吗？你不重视我。"

外公飞来一句："你这些小花枪，小辉早把你看得透透，我都不好意思再看着跟我血缘关系的外孙女总拎不清，提醒你一下。"

梁思申怒目而视，无比郁闷。宋运辉只得连忙拉梁思申上去书房单独相处。外公总是不遗余力冷不丁地打击梁思申，因为他在，梁思申总是不设防，因此次次被外公打中，外公更加乐此不疲。

梁思申被宋运辉在后面推着上楼，嘀咕几声，才问："杨巡现在在市里排得上号了？"

"是，这一年他资产增值很快，而且都是优质资产，我估计他的负债没以前高了。他现在做事沉稳许多，今年我已经遇到他两次，说话举止已经比较上台面。他在做欧洲风情购物街项目，说是你以前规划的。不过有些议论说他傻，这么好的地段，他没拿来把房子造高一些，比较浪费。"

"萧然呢？"梁思申听着听着又反感上了，立刻转开话头，"我听梁大说萧然现在比较焦头烂额。"

"萧然的事都被你当初料中，他现在想通过政府插手阻止增资，也跟我说想鼓动下面工人闹事气走日本人，不过人心不在他这一边，我看他没太多措施反日本人。可是政府插手，闹大了怎么办？日方通过外交途径提出抗议了会如何？我已经警告他，不过他胆子大，又被逼上梁山。对了，你退出的那家商场走高档路线，现在生意好像并不怎么样。"

"商场方面你别替梁大他们愁，他们只要能维持日常开销就能支持住。他们的利润主要体现在固定资产增值上。这一年多的增值够他们开心的。萧然这人，只会窝里横，我早跟他说了其他抵消损失的措施，他偏不行动，自找。"

外公的书房宽大得不像话，靠墙是一色镶玻璃楠木书柜，里面大半是过去外婆喜爱收集的古今中外书籍。有次爱书的李力来参观，一见这等收藏，顿时魂飞魄散，一张脸白了红，红了白，如此再三，依依不肯离去。但梁思申和宋运辉甚少有时间放在这些书籍上，他们两个各占一把大交椅，趴在紫檀镶嵌螺钿大书桌上总能忙到半夜，两人都有做不完的事，看不完的从纽约寄来的报纸。

宋运辉有时很想不回东海总厂宿舍区的家，可实在是分身乏术。

04

杨巡终究是没能跟宋梁两个一起在上海吃上一顿饭，他其实也知道是这个结果，但他是个不怕挫折的，即使知道不可能，他还是要试试，谁知道老天弄不好开恩掉下来个万一呢。现在既然没有万一，他也没啥可失落的，也终于把忐忑等待见面，忐忑计划见面穿着言语等的心思都放下。他知道自己是没指望的，但心里极其希望能化解梁思申和宋运辉对他的不良印象，也是希望趁宋运辉在上海心情最好的时候能化解多少算多少，看来没法如愿。他也只好作罢，只是这两个人都是锦衣玉食高高在上的样子，他想通过其他渠道用实际行动表达自己的悔悟都不得其门。

杨巡在上海的时间只好都交给妹妹，带着杨逦逛街吃喝，收下杨逦让他去香港购物的单子，累得筋疲力尽才回宾馆睡觉。第二天就飞到了香港，原以为上海已经够繁华，没想到与香港一比，上海简直是农村。站在四面都是高楼，抬头只能看到小小一片天的街上，杨巡这时才能领会梁思申有次安慰他的话。梁思申那次跟他说，站在纽约街头看世贸中心，抬头久了差点摔跤。杨巡也终于见识到了梁思申曾经说起过的吃穿用度无所不包的大型超市。看着满架子花花绿绿的商品，看到同行的企业家如鱼得水纷纷放开腰包采购，杨巡汗津津地想到，这要是哪天他那儿也有环境这么舒适亮堂、货物无所不有的超市，他的日杂市场还怎么混。

他认真地将超市逛了个遍，晚上又悄悄溜出来，独自逛了宾馆附近另一个超市。一边看一边问自己，换作是他，他愿意在这样的超市里买东西，还是在他的日杂市场里买东西？市里目前也开了一家小小超市，但那几乎是把原来的百货店摆成开架，原来站柜台里面圈养的售货员变成散养，货色不多环境没这儿亮堂宽敞，因此顾客也不多，对他的市场没任何冲击。但若是换作这样的超市呢？

几乎没人盯着，他可以随意徜徉，爱看什么看什么，有的打开罐子闻一闻都没人忽然从旁边抢出来呵斥，或者要他买下负责。在里面购物非常舒适，他即使一分钱都没买也没什么，没人管他。杨巡看得又是兴奋又是害怕，流连到超市打烊才依依不舍而归。

但杨巡回到宾馆，却发觉同行的人都不在。他奇怪了，但没多费心，赶紧拿纸拿笔，记录下在超市看到的几种常见货品价格。他好奇，这么好的环境下面买东西，会不会价格特别贵？但如果特别贵的话，还有谁上门去？可如果价格不比外面小店或者批发店高，超市又是靠什么维生？还有，他的日杂市场里每天都有小偷小摸发生，大多不是职业小偷，而是不自觉的人相当多，那还是每个摊位都有人盯着呢，偌大超市又如何防备顾客往包里掖货品？杨巡还好奇那种拿货品刷一下就啪一声计算出价钱的机器，他买的一些东西都是这么算账出来的，又快又准。

等杨巡把价格记录，把问题记录，他忍不住脚头又痒，裤兜里揣几块钱又出去溜拐。香港的夜晚近乎不眠，转弯抹角总能见到有店面热热闹闹地营业着，而且不少食店里面人头攒动，但杨巡今天不关心这些，他东张西望地找那些士多，打听同种货品的价钱与超市的有啥不同。但是士多里的人大多不会说普通话，杨巡也怀疑他们说出来的价钱很有杀北佬的可能。杨巡完全是凭自己多年经商，从小本生意往上滚的经验与士多老板扯皮，好歹得到几个价钱，不免也意思意思买了几样小东西，受点人家的奚落，对比超市明码标价的价格，士多店并不便宜。

回来路上，杨巡心想，差不多的价格，换他自然愿意去超市，谁去那么麻烦的士多，选择少不说，还得跟老板斗智斗勇，一个不小心就上当。而且凭杨巡多年做生意经验，他很相信，士多这种小店，拿出来的货品猫腻也多，进这种地方买东西得祭出火眼金睛。但为什么香港既然有那么多的超市，人家小士多也能生存？杨巡脑袋里无数个为什么，一路想得差点走错回头路，香港的市面让他眼界大开。

回到宾馆，却见申宝田们已经回来。申宝田看到杨巡就神秘兮兮地笑，杨巡看到面泛红光浑身酒气的申宝田，也心照不宣地笑。但申宝田看到杨巡竟然掏笔记录，不由得走过去看了一眼，一看之下，奇道："你……你没……我们还都以为你小子溜得快，一个人搞地下活动去，你到底干什么去了？"

杨巡笑道："我在看香港的集贸市场跟我们那儿的有什么不同。哎，你们去哪儿了？看什么？"杨巡到底是卖了个关子，不肯说得详细，因申宝田也是个精明人。

申宝田笑道："你倒是用功。我们看什么你别问，明晚吃完饭好好等着就是。"

杨巡边说边记录，看申宝田从卫生间出来，实在是管不住自己的嘴，道："今天看到的这些，其实三年前梁小姐已经跟我说起过，不过那时候我没概念。非得等我亲眼看到才能体会她说话的深意。"

申宝田清楚两人恩怨，但申宝田即使喝了不少酒，人也还兴奋着，却能管住自己的嘴："年轻嘛，你已经不错了。什么时候去美国看看，我这几年去过几个国家，纽约和东京算是城市到顶了。我们今天去的超市你别以为大，美国还有更大的，进去停车场都有足球场那么大，里面看电影吃饭啥都有，转一天都转不出来，你那市场哪天做成那样，差不多了。"

杨巡听了吃惊："那得多大，要几层楼才能解决？"

"他们都放在郊区，老大一片地，去的人自己开车，美国佬家里都有车。我们还不行，我们这儿人出门一趟当大事情做。"

杨巡听着点头，那倒是，骑车的怎么能跟开车的比。但他心里因此益发坚定欧洲风情购物街的建设。这世上有很多东西是他没见过，而且是以他有限商业经验所想不到的，而梁思申则是在发达资本主义国家生活多年，又有从事行业之优势，比之申宝田更是前瞻几倍。他只要扪着良心反思，很多梁思申跟他说过的东西，在现在的中国大地上一年又一年地在得以实现。因此由梁思申原本为自己打造的规划，她肯定有过调查有过比对，相信拿出来的方案是着眼于长远的。想到这儿，他又是忍不住叹气。如果没以前的那次分裂，他今天完全可以操起电话立刻给梁思申汇报心得，从她那儿获取肯定和解惑，以轻易解开他心中无数谜团。他现在最想知道的是，超市占据如此好的地段，想来得付出很多租金，而且又看来是固定资产投入不小，每日水电运行费也是不小，因此附加在每件商品上的成本不会小，可它出售的商品为什么却能与士多店不相上下，这其中有什么窍门？可惜，现在问不到了，现在连约请吃饭人家都不赏脸。

申宝田看看杨巡，也没深入与之探讨。自从梁思申前年找他帮忙劝说杨巡之后，他开始疏远杨巡，感觉杨巡这个人不地道。再加后来与梁思申因为假合资的事多有接触，他是个精明到家的人，识人极深，看出梁思申是个赤诚的人，当然有些大小姐脾气，但还是非常明理。他心说连梁思申那样的人都无法合作，他更否定杨巡的为人。只因大家都是生意场上的人，而且杨巡知道他假合资的事，他总有些担心杨巡嘴巴不牢靠，因此也有意应酬着杨巡。但再想深入地交心，就没了，心是随随便便可以交给不让人放心的人的吗？但杨巡是个不肯冷场的人，没话也要找话说："申总，你都跑美国见过更大世面了，还来香港做什么？"

申宝田笑嘻嘻地道："香港东西便宜啊，我买几块手表带回去。顺便也买些金货，这边店里做出来的纯金十二生肖，小小几克黄金能做得又薄又大又亮，样子又好看，拿出去送人面子十足。正好市里组织这个活动，干吗不来？"

杨巡一听大悟："难怪，难怪，我说我们都逛超市，你一个人怎么拐进金店里去了。申总买些什么，我也买点，哎呀，美金带得不够。"

申宝田一笑，他公司的产品多年出口，他当然是老马识途。杨巡也知道这其中的差距，他想来想去，于是这回跟团参观了香港之后，回头想办法自己一个人再跑一次香港，细细地把香港摸一个透。

现在他家杨速已经学到本领，可以把日常事务有条不紊地管理起来，而手下的人手也基本稳定，各就各位，杨巡可以不用时时刻刻盯在现场，他觉得有时间应该多出去，开开眼界，长长见识。他一向知道做事情应该抢在别人前面，抢在前面的人才有钱赚。而抢在别人前面的办法除了自己拍脑袋想，更要紧的是向发达地区取经，比如说向上海，向香港，甚至以后向美国取经。

他还是从上海转机，他当然知道从深圳过去更便宜，但他想先在上海调查一下市场之后再说。但看来看去，上海没有那么大的超市，他心中就留下个问号：为什么上海人口那么多，上海平均收入又比别处高，上海出国见识过超市的人更多，为什么没有人在上海这么一块宝地开上一家大型超市？

杨巡这回没通知杨逦，他要做正经事。他比照着地图到处转悠，哪儿热闹去哪儿，一整天下来，竟然大腿酸疼。原来最近几年以车代步，人已经变得娇贵。但晚上的时候，他忍不住去到他曾经进去过的梁思申家别墅。他熟门熟路，也应对得体，以为进去大门不是问题，没想到门口保安却告诉他，这户人家最近没住这个地方。杨巡奇了，这么好的房子不住，还住哪儿？反正天气已经是五月初，不冷，空气中都是潮潮的暖意，他不急着回宾馆，与保安聊了会儿天，才知道梁思申早已搬走，据说去住更好的地方了，具体是哪儿，保安也不知道。

杨巡无奈，快快回宾馆睡觉休息。一早收拾了去虹桥机场搭飞机，他出境经验少，因此不敢怠慢，到得太早，办完所有手续，低头一瞄手表，竟然离起飞还差两个小时。他只得坐在候机室里无聊地东张西望，看一批一批的出境者来了又走，大多是外国人，杨巡看得兴致勃勃。

没想到，他会在候机厅见到梁思申。梁思申穿着半长不长的一件看上去旧旧的线衫，下面也是半长不长的一条白色裤子，卷发梳成马尾，身上背一只可以放进一张A4纸的大包。他见梁思申旁若无人地进来，熟门熟路地找地方坐下，根本就没看到他杨巡。

杨巡当真是没想到会在这儿遇到梁思申，呆了一下，当即跳起来，决定抓紧时间凑上去说话，但才等他走近，却见梁思申从包里掏出一只叫响的手机，正是最新的摩托罗拉薄型翻盖。杨巡见此不得不止步，无奈坐在后面不去打扰。他听见梁思申一声喂之后，声音变得又媚又嗲，他心说一定是宋运辉的电话。他不想做小人，可是他无可避免地听到梁思申说话："你又骗我……真的来了？可是我已经出关，去香港……当然是办事，亚太区开会……明天？唔，明天让我在香港再待一天吧，我要去个拍卖会……不是外公吩咐，我自己想看看，外公朋友把册子送到锦云里，我看着喜欢……你只能呆一天吗……好吧……可是那拍卖会……"

杨巡心说什么拍卖会，梁思申这个人花头真多。但听得梁思申对着电话一会儿说昨晚做梦做到什么，说到关键处就用上英语，杨巡听得心里煎熬，天呐，听着这样的说话，宋运辉怎么吃得消，宋运辉怎么那么好福气。这个电话整整持续到登机，梁思申才关上手机。杨巡这才嗖地冲上去，站到刚起身的梁思申面前，故作镇定地道："梁小姐，你也去香港？"

梁思申惊讶，愣了会儿，才道："是，走吧，登机了。"

杨巡忙道："我帮你拎包？"

梁思申只点点头道："谢谢，不用。"便顾自走了。

杨巡在后面紧紧跟上，他只能紧跟着。等上了飞机，他就等在过道，见有人要冲梁思申身边坐下去，他连忙花言巧语跟人换了位置。他终于稳稳地坐到梁思申身边，闻到一股舒服的香气，梁思申不由得一皱眉头。

杨巡当然清楚地看到了梁思申的排斥，但是他只能硬着头皮上，这是天上掉下来的机会。因此他也不寒暄了，单刀直入："梁小姐，我向你道歉。我以前做错了，我去年底才知道我错在哪里，我对不起你的好意。"

梁思申只皮笑肉不笑地道："谢谢，不用道歉，你已经承受许多。"

杨巡这时觉得自己有些穷于应对，竟是想了好久，才道："我以前那是耍无赖，以前的不算。"

梁思申听了有些惊讶，但是想到杨巡以前连跪都做得出来，又惊讶不起来，只微微一笑，欠了欠身，没做回答，从包里窸窸窣窣翻出一本资料，轻轻说声"对不起"，便打开资料看起来。

杨巡无奈，见她总是无动于衷的样子，心里非常难过，酝酿好半天，才又硬着头皮道："我去年底才意识到，我最大的错误是辜负你的善意。我这一辈子做生意过来，从小都是别人算计我，我算计别人，因此我已经养成习惯，做事之前先做好善后。对于你的投资，其实我心里是真没想揩油的，我真的那时候还想着具体工作我多做一点没什么，可我还是做了……坏事，我不知不觉还是防着你。对不起，我是真心说对不起，不管你相信不相信，我都要对你说。我那时候是发疯了，我那时候只想着你不相信我，你辜负我的辛苦，我还想怎么宋厂长申总他们都偏心你，我都没想想问题出在我自己身上。"

听到这儿，梁思申有些动容，她转过脸看了下杨巡，但一看到这张脸，就想到杨巡过去的花言巧语，心里又厌恶。她扭回脸，面对资料，淡淡地道："没什么善意不善意，只是投资而已，合则聚，不合则散，不用弄得太复杂。"

"不是，你对我是很善意的，我发疯过后才回想起来，合作以前你都是不计报酬地帮我，包括投资，最初起念是因为你想给我这个当时无法注册的个体户一个外资身份，省得又挂靠出毛病。我想来想去，除了我去世的妈，还没有人给过我这么多无偿帮助，我当时怎么会糊涂得连你也提防上，我那时候还挺恨你。好了，我现在说完了，不过你肯定不会相信我，我这人两片嘴唇一滑什么话都说得出来，你早知道的，我只想请你给我机会弥补。"

梁思申当然不会再相信杨巡嘴巴一滑说出来的话："你太客气了。呵，对不起，我回头要开会，让我抓紧时间把资料看完，好吗？"

杨巡忙道："你忙，你忙，需要什么叫我一声。"不敢再打扰。再看梁思申的资料，密密麻麻的英文字，不由得想到他还真配不上她，像她跟宋运辉说话，说高兴了可以中英文一起来，他哪儿听得懂，每天赔笑脸都来不及。

梁思申依然不相信杨巡，她认真看她的资料，不理坐在旁边的杨巡。

杨巡挺无聊的，只好看报纸杂志，帮梁思申递饮料零食。等中午吃饭的时候，他见梁思申只吃了一点点，忍不住将刚才看着梁思申飞快吃完的零食递给她，道："饭不好吃？你吃这个。"

梁思申正拿着纸巾擦嘴，闻言愣了一下，看看杨巡，看看他递来的零食，说声"谢谢"，没扔回去，任杨巡放在她面前。但是她没吃，一直到下飞机，将资料收拾进去，却将零食包放回杨巡面前。杨巡无比尴尬，让开身子挡住后面人，让梁思申先走。他跟着出去，原指望可以做把苦力帮梁思申拎行李箱，他记得梁思申这个人身外物非常多，没想到人家有车来接，他只好放弃，追着说一句他来香港是来看超市学经验的。他看到梁思申回头冲他礼节性地笑笑，挥手跟他说再见。他看到那笑容淡得都没体温高。

他只能自嘲，人啊，不能做错事，现在对着梁思申没辙。

他忽然想到，宋运辉面对梁思申也没辙。以前都是程开颜等着大忙人宋运辉恩召，现在梁思申比宋运辉还忙，忙了还不够，还生活丰富多彩，还什么拍卖会的，宋运辉想见娇妻一面都难，真是三十年风水轮流转了。

杨巡一肚子甜酸苦辣咸地出了机场，找家宾馆住下，随即出门先买双他知道的名牌鞋子NIKE穿上，开始以两只脚对香港进行地毯式的商业考察。

杨巡想从对香港的考察中摸索出梁思申设计规划欧洲风情街的思路，他同时也不想做个规规矩矩的好孩子，他要在梁思申的思路上，建立自己的思路，不被任何人左右，因此他且看且思，且思且看，看似悠悠闲闲东张西望的一个人，混在走路快得像打仗的香港人流中，异常不搭调。

当然路上总能见到灯红酒绿，可是杨巡现在娇贵许多，比不得当年初到东北时，一整天全程走下来，早有气没力，可回到旅店还得撑着眼皮做记录。他这一周的香港之行，竟然无比纯洁。可是这话说出去，了解他的人都不相信，说杨巡这是给自己脸上涂金，又没人记情，也没人相信。但杨巡回家路上也是略带遗憾地想到，真是那么筋疲力尽吗，竟然没去见识一下香港的花花绿绿？

一个星期看香港，而且是有的放矢地看香港，杨巡似乎是看到许多。

他看到人的经济生活水平上去之后，商业社会将是如何走向。但是他也想，相比香港人那么多钱，中国要发展几年才能达到香港人的收入水平？现在全市能有几个人能像他杨巡一样大摇大摆走进香港超市放开购物？就算是超市放到国内，货品用的是国内的物价，又有多少人敢进去超市？杨巡心底下怀疑，估计国内人走进超市，一半货品要么进了他们肚子，要么进了他们口袋。

这次考察下来，杨巡心中对超市的评价一边倒，那就是目前暂时不可行。而其中最大的原因，则是他在东北与老王一起做煤矿生意导致大大吃亏的那一次积累下的经验，手头不能持有太多容易搬运损毁的货品。尤其是超市为了保证货架琳琅满目，那不知得有多大一个仓库存放货品，谁能知道什么时候来个水火无情，或者查封哄抢呢。他是吃过大亏心有余悸的，不知不觉总是有了一点倾向。带着这种倾向看超市，他越看越感觉超市目前并不可行。他心说难怪申宝田出国看到连电影都可以在里面看的超市，回国却没有行动，别人也不是不会算计。

倒是让他对欧洲风情街的布局有了新的想法。他看了香港那些活跃的街市，看到那些橱窗内外的光怪陆离，想到欧洲风情街的建筑设计也是用了大量大面积橱窗，他想到，可不可以也弄出这么一个跳跃时尚的风格来，让人一走进这条街，就感觉走进香港，甚至走进连他都没去过的欧洲？

说到时尚，他就想到杨逦，那小家伙真能花钱，刚去读书的时候身边只得两只皮箱，现在竟然有了四只，满满的都是衣服，开店最能赚的就是杨逦那些女孩子们的钱，赚的都是黑心钱啊。杨巡知道那些在外资企业工作的女孩子们寻常一个月工资有一两千，吃饭又要不了多少钱，剩下的全花在衣服鞋子上，满大街的都是那些人在逛街。像他的日杂市场赚的都是一些细水长流的辛苦钱，一家子来市场批发一趟，出手还不如女孩子们在店里买一件衣服花的钱多。估计梁思申也是最有数这门道的，跟梁思申前后接触那么多次，他就没见梁思申有哪件衣服重复。看香港也是，满街都是做女人生意的店。

但杨巡想归想，还是找几个朋友商量欧洲风情街的租户布局。因为他照旧是没等房子造好装好，就已经声势造出去，早早跟人签订出租协议，收取租金用于建设了，这是他的老套路，比问银行贷款不知道合算多少。如果真是要将欧洲街的布局朝着他香港参观回来后的时尚意图发展，看来有些租户必须劝退。那些人的什么糖果店五金店之类的自然是说什么都不能出现在时尚街区的，风格格格不入。但是签约的租户肯退吗？因此杨巡不能轻举妄动。

但是能给他出好主意的人不多，毕竟不是所有朋友都走出过国门。但都感觉现在百货店正是女装区大于男装区，据说销售额也是大于男装，这个时尚街的定位应该有点意思。杨巡几天征求意见下来，见没个真正能说出甲乙丙丁的，心里失望。寻建祥妻子却否定杨巡所说的女人开销比男人大的说法，她说男人在衣服上面的开销要么没有，要么惊人。比如现在流传说男人的衣服可以不显山不露水，但是领带皮带鞋子手表拎包却不能不精，这一精就是上万元的开销。

杨巡听了心说也是，他刚从香港买的手表就值两万多，这还是中档的，要是上面镶上几颗钻石，就跟梁思申外公有次来戴着的那种，那就难说了。还有他现在的包和西服，他很早的西服就已经上几千了，这价钱不知可以买几件杨逦的衣服。弄不好百货商店那么多女装，加起来还不如小小区域内的男装贵。杨巡想来想去，先决定与原本签约交钱了的与时尚不相衬的租户解约，问题是合同白纸黑字，人家又已经交了钱，他凭什么解约？

杨巡想来想去，把原本每间实用面积二十几平方的店面房改成两间二十几平方合在一起并为一间的规制，然后分别找人谈话，要么解约，要么再出一倍的价钱租下更大面积的店面。因为他的合同后面本来就有一句附加，说最终租赁面积以店铺交付时候的实际面积来定。所有人都吃了一个哑巴亏，有老实的拿回租金算数，但大多数租户不肯罢休，最先租户还只是单打独斗，但渐渐地这些租户联合起来，天天轮班到欧洲街现场办公室报到，闹得不可开交。有天晚上，更有人操起工地现成的砖瓦，将沿街一侧的大玻璃窗敲碎好几扇，等保安闻声赶来，那些人早不知所终。

杨巡不吭气，悄悄安排老乡晚上埋伏，恭候破坏者。接连等了三夜，又有人出手砸窗，被老乡们一举逮住，打个臭要死，还被扔进派出所好生处理。而第二天欧洲街上就出现几个挂着橡皮警棍拿着对讲机的保安，谁再进办公室闹事，打出去，没二话。那些租户自然是不肯就此罢休的，哪儿有压迫，哪儿有更强的反抗，一时欧洲街工地鸡飞狗跳，而杨巡的出手则是越来越没情面。终究乌合之众敌不过杨巡花钱雇的保安，没多久，反抗烟消云散。

对于这个结果，早在杨巡意料之中，他已经自重身份不再参与现场，最多隔着窗户看着外面争端，鼻子里面嗤嗤地冷笑。但是店铺收回来了，回头又找谁去开店，却是大大的问题。

05

宋运辉出差去上海没遇到梁思申，但还是自觉晚上住到锦云里去，正好看到上回拍的结婚照已经拿来，有大有小，大的当然让挂着摆着用，小的一式五份，一份宋家，一份梁家，另外备用。宋运辉正好因为试点企业上市的事要去北京活动，他略一思虑，便将一份照片好好包起来，放进行李箱里，带去北京。

到北京的头天晚上，宋运辉单独请老徐吃饭，希望老徐帮忙为试点企业列入上市名单出力。两人坐下没几分钟，老徐就问起宋运辉到底跟谁结婚，宋运辉便凑巧地将照片拿出来给老徐看。老徐一看第一张，就不由得笑道："小宋，你也搞这一套？听说现在年轻人拍婚纱照，你倒是比他们还超前啊。这照片是在哪家照相店里拍的？布景非常正宗啊。上海的……王开？"

"是请人在她外公家拍的，布景也都是她外公亲手布置的，摆设方位据说一丝不苟，非常有讲究。你看这几张彩照用的是新做衣服，那几张黑白的都用的是她外公外婆的旧衣服，连我这个外行人都看得出其中的考究。"

老徐听了点头："原来是这样的人家出来，难怪看着地道。这些衣服真漂亮，不过新不如旧，旧的确实考究。还有家具……当然，呵呵，你们俩更出众。小宋，我家还有两个更爱好的，照片能不能让我拿去给他们看看？明天还你。"

宋运辉知道说的肯定是老徐的父母，忙笑道："当然可以。如果老人家方便，非常欢迎他们去上海做客。我是个见识不深的，很难描画。她外公家的房子是民国时期的老房子，深宅大院的，里面的摆设更是她外公一辈子的收藏，这些照片里拍的还不到十分之一。她外公是归国华侨，年纪大了，喜欢找也是有文化的同龄人说话。我曾跟他提起过老徐你家，他向往得紧，可是八十多岁的人了，有些心有余而力不足。他肯定很欢迎你这样的知音过去，要不我安排一下？那边房子大，住一个班的人都可以。"

老徐不由得冲宋运辉微微一笑，他当然知道宋运辉巴不得巴结他，宋运辉正找他办事呢。可他实在抵不住照片带给他的诱惑，点头答应。但心里奇怪，这种人家的姑娘，又是自身年轻有为的，怎么会嫁给宋运辉这么一个乏味的官僚。

宋运辉闻言大喜，连忙又追上一句："最近抽得出时间吗？我刚从上海来，院子里一棵几十年树龄的香橼花开得正好，坐在下面，那花瓣直往身上掉。还有蔷薇木香什么的，她外公说，过了这一季，夏天院子里都只是些晚上才开的香花了。"

"神仙福地。"老徐满眼掩盖不住的向往，"我家老爷子以前也是在上海的，解放后才搬到北京，对上海依恋极深，即便没事，每年都要去上海走一遭的，他只说再不走，上海的旧迹会给拆得越来越少。小宋，这些是他们老年人的情怀，你不会懂。我晚上回去这就做工作去。东宝近来在做什么？"

宋运辉有些惊异老徐几年以后再度提起雷东宝，心想难道邀请老徐一家去上海的作用这么显著？"大哥去年开始花大力气整合全县的小电线厂，通过县里的大力配合，和他们的技术输出，现在做到每家小电线厂都能做出合格产品。今年，也就不久前吧，听说效应已经显现，不少客商闻风而至。包括小雷家自己电缆厂的订货量都大幅提高，现在有几条生产线得开三班做。基本上已经形成集群效应。"

老徐听了奇道："东宝怎么想出这主意来的？他倒是个天生的带头人，虽然做事态度稍嫌粗暴些，可他能天然服众。噢，对了，我怎么能忘记你这个军师，呵呵。"

宋运辉笑道："是我太太外公出的好主意。不过大哥也被他骂得狗血喷头。对了，原来的陈平原书记也已经保外，现在被大哥邀请做小雷家的顾问，现在给大哥出主意的人多的是。"

老徐听了就笑，但他没有就此置评，只笑道："家有一老，如有一宝，你太太外公真丰富。"

"是啊，他是一本厚重的书。"宋运辉感觉老徐有些不想多谈有关雷东宝的话题，大约只是想简单了解一下动向，他也不便继续这个话题，只能费尽心机寻找另外的，"金州又换老总的事，不知老徐听说了没有？"

"哎，老水究竟是怎么回事，你跟我说说，我正想找人问，又不便让他们误以为我想插手。"

宋运辉心下松了一口气，吃饭到现在，总算是，终于是，找到老徐能共鸣的话题。现在的老徐位置显要，虽然依然对他亲近，他前几天电话邀请吃饭老徐也肯一口答应，但是话题上面就不随便了许多，宋运辉一上来就感觉费劲。而且宋运辉又不会喝酒，无法借酒调节气氛，心里非常为餐叙结果担心。好歹，活了。他连忙从谢总上任开始的步步为营说起。总算这顿饭吃得非常顺利，时间虽然不长，但两人说得意犹未尽，因此自然而然就因着共同经历过的复杂的金州说起国企缺陷、国企改制和宋运辉正在着手的协助地方改制试点项目的种种考虑，以及试点工作面临问题的种种解决方案，等等。融洽的气氛促进后面话题的讨论和被接受。宋运辉一直小心翼翼地调节饭桌气氛，不断调整自己的话题深度，务必将他的请求完整传达给老徐，并让老徐先做初步认可。

老徐其实最先因着答应宋运辉去他妻子外公家参观，而对宋运辉的努力顺水推舟，送他一个人情。但后来听着听着觉得试点工作确实有不少新思路新观点可寻，因此放弃本来听汇报的心态，与宋运辉探究讨论起来，后来实在忍不住，问道："小宋，你这些想法与你那位投行的太太有关吗？"

"不仅是她，还有她外公，和我们一起认识的朋友。不过最主要的还是企业向市场经济过渡中遇到的实际问题引发的需求和思考。因需求产生的思考，是我们试点工作问题解决的主要方向。这回试点企业所在市有好几家类似企业，可是规模有大有小，设备技术有新有旧，发展前景参差不一。我们的考虑是有机捏合这几家企业，集中资金优势，引进先进设备和技术，提高我们东海厂下游产品的深度加工能力，形成拿得到国际市场的拳头产品。从目前进度来看，试点方案获得省里通过后，我们已经着手通过招商引进三千万美元的外资，又通过关停兼并小企业，转让小企业资产获得一千多万人民币的资金，还通过债务重组，合理解决拖垮企业的三角债和陈旧债务，并已经联系洽谈先进设备。应该说这个速度不算慢，令人难以想象的是，那些老企业在试点工作中焕发出来的全新精神面貌……"

老徐不由得插了一句话："他们可能等这一天也等急了。需求产生的动力，不错，我们很多改革是由下而上，包括改革最初的联产承包，都是需求促进思考，思考促进改变，改变形成实践，又通过总结实践获得理论，再从上到下地推广。你还记得当年小雷家他们的闯劲吗？"

宋运辉听了微笑："怎么会不记得，那时候可真敢，大哥也幸好得到老徐你这样开明的县委书记支持。"

老徐听着也是会心微笑，不由自主地喝了一口酒，悠然想了会儿，才道："你这个星期六星期天让东宝也去你外公家，我们三个聚聚，好久没见东宝啦，想知道他现在怎么样，他们老人家归他们老人家聚会。"

宋运辉惊喜，忙道："大哥当然有空，那就定这个大礼拜。"

老徐道："我替我父母做一回主，呵呵。对了，你既然已经引进外资，为什么还有上市筹集资金的打算？"

宋运辉连忙继续解释，老徐都听得津津有味。

等饭局结束，站饭店门口送走老徐，宋运辉不由得长长呼出一口气，好累，比开一天的车都累。与老徐谈得再好，毕竟已经不是过去那么随意了，当年老徐教他怎么喝红酒的一幕如今是无论如何都不会重现了，今天只有他恭恭敬敬给老徐斟上适量的红酒。虽然老徐对他依然重视，而且将他视为一系里面的人，他们的交情离放开怀抱还远着呢。因此今天虽然谈得好，可老徐对于某些要求还是口风很紧，他只有寄希望于老徐一家的上海之行。

那些事与外公切切相关，宋运辉与外公一商量，外公自然一口答应。

但是外公答应之后，宋运辉便想到一个问题，虽然梁思申今天身在香港，可礼拜天的时候应该可以回来。他很想梁思申，可是又有点不希望梁思申参与礼拜天的聚会，因为那天他肯定比较拘谨。因为对于老徐，他心中一向没有把握，他总感觉老徐从来是用着他，又防着他，甚至还带着些高干子弟的狂傲而藐视他。宋运辉对老徐接触到上海锦云里的收藏后会露出什么情绪心里没有把握，他有些担心。

他想着，就先给还在香港的梁思申打电话，号码是外公记下给他的。但是宾馆房间没人。宋运辉既然拿着电话，就给家里去一个，没想到宋引这么晚了还在做作业，听老母亲讲，是宋引这回小测验成绩只有八十几分，很不好，被老师罚抄错处二十遍。宋运辉立刻想到，他最近一如既往地繁忙，但是他繁忙之外，又是大把心力和大把空闲时间都放在上海放在梁思申身上，对女儿自然是疏于教导。宋运辉心里很内疚，叫来女儿听电话，好好交谈了二十分钟，才把原因问出来，原来宋引说最近爸爸不关心她的成绩，她没劲学习了。宋运辉少不得勉励督促一番，回头心里好一阵子不舒服，为自己这个当父亲的失职。宋运辉不免想到，如果也把女儿送出国，女儿能不能跟梁思申学得一样好？他虽然是个溺爱孩子的父亲，可仍旧清楚地意识到，他女儿做不到，他的女儿似乎没梁思申那么高的智商。

想到女儿的教育，宋运辉无法不头疼。想到饭桌上老徐那种说不出什么滋味的态度，他又心里不快，很想跟梁思申通电话说说。他俩虽然聚少离多，可最少一天一个电话，对彼此的事情了若指掌，宋运辉已经很习惯在闲暇时间里抓起电话，因此这两个经常跟苍蝇一样满天飞的人约定出差时候到一处落脚地，就给锦云里的外公留下个电话，以便相互联络。但是宋运辉此时打电话给梁思申，梁思申依然没回宾馆。看看时间，已经是晚上十点多。他只得在总机留话，让梁思申复电。

然后，宋运辉便一直下意识地等着梁思申来电，洗漱的时候都会不由自主先观察一下卫生间里的电话安放在哪个角落。偏偏梁思申的电话久久不来，他不免越来越心浮气躁，几乎是隔十分钟看一次手表，每看一次，便胡思乱想一次，想到梁思申这么开放的人到了香港就跟放风一样，会不会抓紧时间夜生活？想到他见识过的国外夜店，他便更加心浮气躁，因为他知道梁思申才不惮于进出那些地方。想到梁思申那些花花绿绿的衣服，想到她平日里对着他收放自如的调情态度，他心中无比煎熬，他不能想象梁思申捏着酒杯跟别的男人夜店相对。

就在宋运辉几近崩溃的时候，电话终于轰然而至，宋运辉几乎是通灵地就想到电话那头是梁思申，他在抢起话筒的同时重重呼出一个长气，又于百忙中看了一眼手表，时间正好是零点。

"这么晚才回？""这么晚还没睡？"两人几乎是同时说话，都是认定对方就是他们要说话的人。但是梁思申抢着继续说下去，语速是与这个休息钟点不相称的轻快节奏："我想你留言要我回电肯定有事，就不怕这已经是你睡觉时间了，我出去玩了。"

"和同事？"

"不跟男同事一起出去玩，那是猥琐行为。有两个中学同学这几天也正好在香港，我们约了一起去兰桂坊。我一晚上都在煽动他们来上海，你呢？"

宋运辉清楚梁思申的中学同学情结，那帮人都是出身良好的阶层，又是寄宿，中学同学之间的共同语言比之散养的来自各阶层的大学同学更多。"我跟老徐一起吃饭，完了就回来等你电话，你看我多可怜，怕你来了找不到人，我只好连门都不敢出。老徐对我们锦云里很有兴趣，我邀请他去上海玩，他答应周六就过去，你周末回上海吗？"

"你在，我当然回，要我这个女主人做什么吗？"

宋运辉有些头痛，当然不可能叫梁思申别回，他也想见她。"不用做什么，你外公已经答应安排，你来就行。刚刚给我妈打电话，宋引数学小测验才八十几分。原来我最近疏于督促，她读书不用功了……"

"嘿嘿，你只顾得了一头。"

宋运辉道："我正要跟你取经，你小时候怎么做到自觉的？"

"你还不是一样？有什么可奇怪的，争取第一是一种享受，你也说过很享受奔跑乐趣的啊，难道这是先天的？"

一说到先天，宋运辉无法不想到猫猫的娘，那个学什么都不成的程开颜，不由得皱起眉头："但愿不是天生的，我回头还是好好跟猫猫讲讲，小孩子总是能纠正的。"

"其实小学的成绩别太在意了，滑一下就上去了，一点要紧都没有。"

"倒不仅是成绩，主要还是得培养她学习的态度。暑假的时候我盯着她，不能让她放开玩了。她会不会旁骛太多，什么队活动的，弹钢琴的，还有表演什么的，因此影响学习？"

梁思申断然否定："不会。我小学时候比猫猫还多一项芭蕾舞班，也没见影响了我学习。中学时候依然参加学校的乐队和舞蹈团，还有烹饪班之类的业余活动，也没影响学习。对了，刚与同学约定暑假这个时间年休一起去印度，主题是探寻香料，因为我正好一个项目结束，本来还想带上猫猫一起去长见识，估计猫猫爸这下不会同意了。"

宋运辉听了，大大地一愣，比听到女儿成绩乱来还愣："年假不能来东海吗？很想你来。"

"我也是犹豫了好一阵子，可是印度香料对我诱惑太大，我从小就向往的，听说都有一千多种呢，而且可以接触到我收藏已久的檀香……"

梁思申的解释里听得出内疚，但是宋运辉的心里升上一丝紧张，电话那端梁思申还在撒着娇解释，他心里却想到，他只要有时间，就千方百计与梁思申在一起，这不，连女儿的功课都荒了，可梁思申似乎没那么在乎他。他还是忍不住打断梁思申的解释，问道："你们准备几个人去？都有些谁？"

"就是最近在香港的两位同学，都是男性，没关系吧？"

宋运辉只得故作大方："这什么话，不过我得适度表示一下嫉妒。我很想跟你一起去。"

"如果想去，是一定抽得出时间的，你对那方面的东西没兴趣，还是别勉为其难。我这回来香港的飞机上看到有个抽出时间玩香港的人，杨巡，他想办法坐到我旁边跟我说了很多话……"

"又是他，他哪来那么多废话？有完没完？"宋运辉被梁思申弄得一肚子郁闷，听到杨巡又不三不四凑近他太太，今晚上一肚子火气全冲向杨巡。

梁思申被宋运辉语气里的烦躁吓了一跳，想来想去是因为她，可他又不会冲她发脾气，只有火烧到杨巡头上去了，她便解释道："杨巡向我道歉，说明原因，就那样了，懒得再跟杨巡说话。你是生我的气吧？"

"没有，你晚回，又是在陌生的香港，我担心你一夜。"

梁思申微笑："我是成年人，有自己的判断和生活。偶尔泡吧蹦迪，偶尔向往一下神秘的印度，都是很正常的娱乐，不会出轨。我其实心里很反对你有工作没娱乐呢，所谓娱乐只有饭后去卡拉OK，公私不分，无法愉悦自己。"

"我跟你在一起不是也去酒吧，去逛街？"

"你是被动，被我拖着走，你没什么自己的兴趣爱好，你最大的爱好就是家人和我，我得意。"

宋运辉本想反对，但听了最后一句，立刻没了脾气，悻悻地道："我还是有爱好的，音乐，尤其是大提琴。其实你周末回来我未必有时间陪你，我得对老徐公私不分，你还是在香港玩吧。"

梁思申将功补过："我还是回来，气象预报说台风提前登陆上海，不回就糟了。大灰狼，我很爱你，不许生气啦，你再生气我只好哭了。"

宋运辉无奈，她好像比他还委屈。他压根不舍得跟梁思申说重话，明知道她不是个爱哭的人，可还是接受威胁，克制了自己情绪，反而是他解释了好几句才作罢。但回头想到老徐的态度，尤其是想到女儿可能的天性，和梁思申对他似乎谈不上如胶似漆的新婚感情，他满心烦闷，又拿这些人没办法，只有一门心思地烦杨巡。再想到那些梁思申的同学又不知道怎么黏梁思申，肯定跟杨巡一样的腔调，他就更烦，心里一肚子无名火，越发地厌恶杨巡。

这一夜宋运辉都没法好好睡。女儿的事有待他回家好生验证，他还想好好跟女儿的老师谈话，他需要对女儿做横向比较。但他又很焦虑，他接触过梁思申的童年，有些……真无法比较。他好歹安慰自己，像他和梁思申都是出类拔萃的，他不能对女儿过分要求。而他更是做梦都梦到梁思申亲口跟他确认不再去印度，而是去东海陪他。他甚至有些怀疑即使他有时间，梁思申都不需要他陪着玩，因为他不会玩。他有些忧心他和梁思申之间的观念差距，他还忧心自己是不是老了，跟不上梁思申的活跃脚步。

早上还是梁思申一个电话进来叫醒他，他才知睡过了头。清早听到梁思申的呢喃声音，他只想无数次地说"我爱你"，但梁思申早就比他说在前头。他一时满心舒坦，可又满心莫名的焦虑。一直到出门与同事会合，才将这些情绪放在心底，不再胡思乱想。

梁思申心里却是奇怪宋运辉的情绪，心说他不至于这么封建吧，难道他见不得她与男性朋友的正常交往？可又看着不像，他不是那种没见过世面的人。她想难道是因为撇下他去印度，他认为她不够爱他？那是冤枉她。但梁思申不想放弃爱好的印度之行，只有多加行动抚慰丈夫。她争取周五就回上海，特意等在机场，迎候比她晚两个小时到达的宋运辉，她要让宋运辉知道，她有多么在乎他。

宋运辉与几个同事一起飞到上海，出来意外见到拖着行李的梁思申，果然非常惊喜，撇下同事就两人一起走了。留同事在他身后做了很多鬼脸。两人回到锦云里也没多停留，听外公说明一下明天怎么安排，两人就出去外面共享情调晚餐。地点都是梁思申安排，一向都是这样。宋运辉惊异地看到，在银河宾馆用完饭后，穿着下摆长长短短的怪诞T恤的梁思申将他带入另一楼层的Galaxy Disco。这是宋运辉完全不熟悉的世界，而梁思申进去却游刃有余。但梁思申不放他游离，硬拉着他进舞池泡着。可怜宋运辉连慢三慢四都不会，何况蹦迪。他手里还被梁思申塞了一罐啤酒，他不幸还因为热得满头大汗而喝了好几口。渐渐地，酒精上头，他才有些放开，好在周围人头攒动，谁也不会关心他怎么动，他开始觉得拥着爱妻在舞池里摇摆很愉快，他也不知道是他带着梁思申跳，还是梁思申带着他跳，反正借着酒劲放浪形骸了一夜。

等走出舞厅，都觉得耳朵一清，浑身舒爽。宋运辉忍不住道："我们走走，今晚上空气很好……还不想回家。"

梁思申笑道："你堕落啦，有趣吗？这就是夜生活。心理疲劳时候肆无忌惮出一身汗，完了就不钻牛角尖了。"

有些借着刚才跳舞的泼辣劲，宋运辉酸溜溜地问："也是跟我一起一样的跳吗？"

梁思申呵呵一笑："下回我带你去DD's，另一种风格。嘿嘿，要是被小引看到，又要指责我耍流氓了。"

宋运辉大笑，没穷追不舍："去美国考察，虞山卿想带我去跳舞，我还一口气拒绝，也差点说他想带我堕落。以前我刚毕业，有一阵子流行跳舞，但又被禁止，不能公开，跳舞就有些走向……堕落，呵呵，什么黑灯舞贴面舞的，还被抓过几个人，当流氓罪论处。以前大寻就是跳舞的干将，偷偷摸摸不知道跳了几回，还为跳舞打架斗殴。所以我印象中的跳舞都比较不堪，今天看着还行啊，也没什么妖魔鬼怪。"

梁思申大感兴趣，没想到跳舞在国内还有这么一段曲折历史，立即缠着宋运辉给她说说。两人不急，沿着马路走了会儿，又吃了一回粤式宵夜，才油光满面地回家。两人的说话远多过平时。宋运辉心里积累的焦虑化解了好多。

06

雷东宝没想到老徐又会想起他。他出狱后接受过宋运辉的警告，但他还是不死心地联系了一下老徐留给他的电话，在接电话的人那儿留言，结果果真没联系上。对于这回的被邀见，宋运辉说以平常心对待，但是雷东宝无论如何都平常不起来，更想不出老徐为什么忽然想见他。他忍不住请教他现在的高参陈平原。没想到陈平原现在无官一身轻，说话很彻底，说老徐能力见识都好，可老徐自以为平易近人，其实一直不露痕迹地骄傲着，因此团结不了群众。老徐自己可能还感慨生不逢时，天妒英才。陈平原还说老徐这种人清高，跟老徐比清高或者跟着老徐清高都落下乘，不如走向另一个极端，一根粗肠子捅到底，反而容易说话。但陈平原也说不出老徐见他做什么。

雷东宝心说自己过去与老徐交好，难道是沾了粗野的光？但他还是穿戴整齐了才去上海，穿的是韦春红为他在外贸制衣厂淘来的专门做给老外穿的特大号T恤。是梁思申在机场接的他，说宋运辉刚接了老徐一家走。雷东宝见到梁思申的大切，伸掌使劲拍了两下，好生喜欢，可又嫌没他的轿车派头。梁思申听着晕倒，但没解释，请雷东宝上车开走。她非常想不明白，宋运辉嘴里跟仙女一样的他姐姐是怎么跟雷东宝成一家的，而且据说还是自由恋爱结的婚。倒是上回元旦遇到的那个干瘦女子与雷东宝才是异常登对。

梁思申开车飞快，雷东宝都替她捏把汗，结果几乎是与前面宋运辉的车同时到达锦云里。梁思申惊异地看到雷东宝肥胖的身躯嗖地飚出车门，与前车出来的那个老徐紧紧握手在一起。梁思申从小对于老徐这样的人见得多，没看出有什么特别。她对于宋运辉的殷勤和雷东宝的热情都侧目，不过违心地承认，雷东宝这个粗人的热情更中看一些。

对于老徐家父母一进门对锦云里青眼，她也不以为奇，倒是对老徐儿子的一脸大方比较喜欢，她还奇怪外公的酸文假醋。她看到老徐父母送了一轴草书给外公，说是老徐父亲写的，外公连声叫好，但据她了解，外公在字画方面见识是不怎么高明的，高明的是外婆。

众人寒暄后，老徐母亲招手请她过去，拉着她的手，笑眯眯地打量后，才道："果然是个清俊的女孩子，喜欢的都跟人不一样。你还喜欢玉石？"

梁思申笑嘻嘻地道："今天知道贵客来，我带着这串小时候玩的东西，想着阿婆肯定也喜欢，果然。阿婆里面请，一路辛苦，先喝喝茶休息一会儿。"

外公难得摆出慈祥的样子，道："思申从小喜欢这种小玩意儿。看这位小公子刚才进门研究了一下青砖地面，难得有人留意脚下的细节，看来以后也是个人物啊。请，里面请。"

这种风雅的招呼，别说雷东宝插不上嘴，连宋运辉都只有帮着收卷轴的份儿。宋运辉看到梁思申非常收敛地扶着徐母一起进去，不由得微笑，对老徐道："很希望我的孩子跟小徐一样有格调。"

老徐微笑："这是指日可待的，环境造就人。"

宋运辉当然知道老徐说的肯定不是宋引，而是他与梁思申的孩子。他陪着老徐进门，留心看到，老徐一进门就是满脸兴奋，对着一屋子旧家具满心喜欢的样子。老徐父亲也是连连说不舍得坐，还是在外公的再三客气下，终于坐下。但外公一看梁思申放着桌上已有的茶盏不用，却亲自动手搬出一盘子各式各样的茶盏来，终于隐忍不住，奇道："你怎么拿不成套的东西招待贵客？小孩子不懂礼数。"

梁思申笑道："才不是，我看阿公自己的字都写得那么好，怎么还会看得上匠人描着字的杯子，赶紧换了没字没画的，免得贻笑大方。"

徐母笑道："妹妹真是有趣，我也不喜欢什么粉彩五彩的，就喜欢一水儿纯粹的宋瓷。最最讨厌后世匠人画蛇添足，我家里好好一只玉壶春瓶吧，偏偏被哪个不懂意趣的匠人写上'冰清玉洁'这四个字，生怕别人看不出瓶子的冰清玉洁似的。再说这种瓷器上描出来的字，怎么能跟纸笔写出来的比。"徐母果然挑了一只建窑的杯子，徐父也是踊跃地选了一只蟹青铁口的杯子，老徐挑的是一只白色的，小徐没得挑，拿着剩下的一只艳艳的粉青荷叶碗喝茶。

宋运辉一边看着，这才明白梁思申投其所好的用意，连外公都心里赞许这个马屁拍得高明。于是大家的话题立刻从客套转移到对清朝满是吉祥寓意瓷画的非议，这方面正是外公擅长的，外公立刻把过去非议外婆喜欢粉彩的话语搬出来与大家品评。外公说瓷器的美在于釉色，在于器形，宋朝之后善用了釉色，先是发展出青花，后来越来越五彩缤纷，却丢弃了本，抱住了末，越来越无美感。要不是客人在，梁思申听了还真想由衷地表扬一句"终于说了点人话"。

大家议论一番，外公这才满意来客的格调，邀请参观他地下室的收藏。其实大家都是奔着这收藏来的，可非得如此水到渠成一下，才显得大方体面。在一边听得云里雾里，自始至终没发一言的雷东宝立刻就说："我不下去，我看了也白看。"

梁思申自端出茶水后便一直旁听，没再有插嘴之类的行动，这下也道："我上面陪着大哥，我对那些曾害得我从小提心吊胆擦拭灰尘的东西没有好感。"

梁思申的话，只有外公和宋运辉明白真正意思，小徐还笑道："我跟梁姐姐一样抵制，但这儿的要看。"宋运辉自然是陪了下去，但是梁思申看着他的举止，心里一阵不适，不由得扭开了脸不看。

雷东宝闷了一早上，等那些人全下去不见，他用难得的小嗓门轻问梁思申："你知道老徐现在是什么级别？"

"行政级别？看官衔，应该是正厅。"

"那不是才比小辉大一级？十年前他离开我们那儿时候已经是县委书记了。"雷东宝不由得想到陈平原的那些话。初听的时候还真难听，可现在回头一想，尤其是对比着他家小辉，看起来陈平原的话还真有理。

"不能这么比，还得看权大权小，再说越往上，越难升，千军万马过独木桥似的，小辉十年后还是副厅都难说。"

雷东宝奇道："你不是洋人吗，这种事也懂？"

梁思申笑道："我会背九九表之前就能背这种行政级别，比宋还早知道呢。我遇到文化人才说自己是洋人，要不然难道露怯给他们？就跟你似的，开口闭口'我大老粗'，人家都不好意思再挤对你。"

"被你识破了，你这小姑娘真好玩。"雷东宝哈哈一笑，"哎，你和小辉，谁听谁的？"

"你和韦嫂，谁听谁的？你先说我才说。"

"我家这不是明摆着的吗，都听我的，我一句话。"

"那以前你和小辉的姐姐呢？"

雷东宝想了想，才道："以前家里大事小事我都爱听她的，她拿不定主意才听我的。快说你的，小辉这个人主意大得很，以前也是家里一句话。"

梁思申还是第一次考虑这个问题，想了好一会儿，才道："一家人，还需要分谁听谁的吗？算我都听他的。"

"赖皮。"雷东宝觉得这个答案言不由衷，"你能这么做姿态，换我做小辉，就是死心塌地听你的也甘心。你行。"

梁思申愣了一下，道："人家跟你说实话，你当我是跟你家小辉耍阴谋。"

"谁说你耍阴谋，以前小辉他姐看上去都能让我一把捏死，可就是把我治得服服帖帖的，我喜欢她治我，干吗，跟阴谋有什么关系？"

梁思申再愣，终于悟出两人对话牛头不对马嘴。她不再议论这话题，而是轻问："听说大哥很听老徐的？"

"是啊，他从县委书记开始就支持我的工作，给我说的事一向很有理。"

梁思申不以为然地道："听他还不如听你家小辉，你家小辉是实干出身，经营和技术都是一流，不像他，官场混了那么多年，早脱离实际，我家好多亲戚都是。说出来的话宏观指导意义大于实际效用，对你不适合。所谓高屋建瓴，没落到实处的话，其实就是假大空。"

雷东宝没想到梁思申再次如陈平原那么评价老徐，两人，一个是了解老徐的，一个是了解官僚的，这倒是让雷东宝诧异了，他对老徐可是崇敬得很。"你想错了，他帮我做的都是实打实的事情，比如猪场的沼气池什么的。"

梁思申不知为什么，讨厌老徐对宋运辉有些居高临下的态度，撇嘴道："多大的事，我随便一说，也能给你说出好多招来，关键都是你自己做的，你别把自己的功劳抹杀，以为别人有多权威。"

雷东宝看看梁思申，心里似乎还真是那么回事，可他心里崇敬老徐惯了，却又不大能接受梁思申的观点，只能道："话不能这么说，起码人家对症下药，号准我的脉才说。"

"那是。"梁思申不再坚持，"我去看看他们菜做得怎样，大哥你是不是要多多地吃肉？我们吃西餐，分餐制。"

"好好的吃什么西餐，刀叉那么好玩吗，我用筷子。"

雷东宝跟梁思申走进厨房一看，见中外三个帮佣，心说比上回见面更大气派，刚才门口还见一个开门的呢，总共加起来有四个。他家还一个没有，没法比，雷东宝想到说到："哎，你去小辉家，得多少人伺候你？"

梁思申本来对这个大哥以诚相待，此时一会儿被询问家里究竟是听谁的，一会儿又被怀疑她怎么差遣着宋家人，她终于忍不住，道："大哥你放心，你家小辉不是个容易欺负的，你不用费劲为他多方试探。"

"那倒是，我出去喝茶，你慢慢来。"

梁思申在厨房里哭笑不得，对雷东宝没法好感起来。她都不知道鲁智深有哪儿可爱，她反正是受不了鲁智深，哪有这么肆意干涉私人家务的琐碎鲁智深。

终于那些人从地下室出来，梁思申招呼大家入座就餐。徐家人都刀叉用得挺好。只有雷东宝用筷子。大家依然谈的是有关古董的话题，雷宋两个依然插不上嘴，而梁思申则是懒得插嘴，那四张嘴已经够热闹，外公有的是调剂气氛的本事。而且她心里的不舒服更甚，因为她看到宋运辉对徐家人太殷勤，很有所图的模样。她不喜欢宋运辉这样子，即使有所图也可以做得不卑不亢点，他好像太热衷。

梁思申心烦气躁，迁怒于看似不动声色的老徐，但她是个有家学渊源的，脸上看不出什么情绪。她烦躁了一会儿，决定主动出手帮宋运辉的忙，免得他那么辛苦。也想借机离场会儿，眼不见为净，就拿她的精密手工机械煽动小徐。男孩子果然喜好那些，立刻跟老徐要求去参观。

梁思申带小徐离开时候正好听外公对徐父道："我最近收集老《申报》，那些过时新闻，现在看着不知多有味道，好像是又回去活了一遍。那时候报纸的文采好，哪里像现在的，鸡毛蒜皮都是一篇。徐兄弟哪几年住上海？可能我这儿有那几年的。我这儿经常有几个老朋友过来喝茶，翻着那些报纸讲古，聊一下午都不会倦。"

这个话题又是非常让人感兴趣，仨老人说得兴致勃勃。雷东宝则是对所有的话题都是兴致缺缺，不知道他们热衷那些个做什么，他顾着吃自己盘子里的牛排，西餐里他最喜欢牛排。宋运辉等小徐兴致勃勃地走后，忍不住问："老徐担不担心孩子旁骛太多，影响学习成绩？"

老徐微笑道："不担心。我们做父母的只要引导得法，引导孩子培养良好的爱好，孩子自然会为了爱好潜心学习。主动想学，与被逼学习，效果不一样。从目前来看，我可以骄傲地说，我们引导得当。"

雷东宝终于找到话说，就不吐不快。"那也得看孩子脑袋，脑袋不好，扔进皇帝家里养着也没用。脑袋好的，你看小辉，高中没读，自己一边养猪一边看书照样考上大学。老徐你家都是聪明人，你就是不操心，这孩子也错不了。"

老徐依然微笑道："那不一样，我们说大了是德智体美劳全面发展，往小里说，我们要培养孩子的综合能力，不能只盯住成绩。让孩子做个完整自立的人，才是我们做父母的任务。东宝，你孩子呢？"

雷东宝道："没，我现在这个媳妇下不了蛋，我烦得要死，你别问我这问题。你还是问我小雷家企业怎么样，我这辈子都扔那儿了，其他什么都没干出来。"

饭后，老的都上去午睡，宋运辉请老徐和雷东宝去偏厅聊天。

小徐对梁思申的车子极其喜欢，更对她不拘一格地加工古董非常有兴趣，尤其是对她地下室那套小小的德国原装加工设备爱不释手，争着要给她加工个什么。梁思申想到她并不中意的杨巡送给她的并不中意的结婚礼物，干脆拆了那串红珊瑚珠子与小徐一起玩。小徐有才气，随手就画出几幅簪子模样的草图，与梁思申商量之下，两人一致通过，选用看似最简单的，但其实是需要拉制极细银丝缠绕而成的款式。

　　梁思申才不肯费尽心机讨小徐的好，当然就不肯找话题嘘寒问暖。她只是与小徐一起设计工序，争论工艺，将步骤争论出结果，才指导小徐依照计算出来的尺寸开始动手。因为梁思申的严谨科学，小徐反而收起骄傲，对梁思申尊重起来，渐渐地，口气都开始不一样，"梁姐姐"喊得异常自觉。慢慢地做顺手起来，两人才开始聊起家长里短。小徐说他读书的地方，他的朋友，梁思申也说她的中学，她的同学。小徐对梁思申的中学非常向往。更是问起华尔街是什么，华尔街究竟干什么。梁思申一一作答，她轻描淡写地说华尔街不稀奇，可是小徐已经把梁思申看作神人。

　　梁思申渐渐地也喜欢上小徐，因为这个半大男孩子修养很好，审美也出色，更难得的是做事有始有终，本来拉银丝是烦琐的事，但小徐不厌其烦，不是越做越糙，而是越做越精，精益求精。做完，两人都对成品非常满意，也非常得意，誉之为作品。这个时候，梁思申向小徐透露了她的印度寻香之旅计划。小徐非常神往，但并不提太多要求或问题。

　　梁思申不由得拍拍还趴在工作台上收拾起工具的小徐的肩，道："你小小年纪做人这么小心，不过我能理解，我爸爸也是跟你爸爸差不多身份的人，我从小就学会不给爸妈添麻烦。"

　　"是吗？可我有些同学张扬得很，可能跟我家里有个对我并不很宽容的后妈有关。"

　　梁思申道："这就是你的不是了。我先生家里也有前妻生的一个女儿，传统说法，我也是后妈。但是我在培养孩子拿我当朋友，孩子还是有她自己唯一的妈妈，我们相处良好。你已经是大人，你应该放开怀抱，也以对待朋友的心态对待你爸爸的后妻，宽容是彼此的，不能只要求一方做到，首先后妈这个名词挺难听，对吧。如果她不宽容，你也别太多要求，毕竟她对你没有责任。"

小徐看着梁思申想了会儿，认真地点点头，但不免问道："是不是美国人都这么想？"

"可能吧，也可能只是我的想法。"

"谢谢你，梁姐姐，我回家试着做去，不过我得先说服我爸爸。他们从来就让我叫她妈妈。"

梁思申微笑地给宋运辉挣分："我先生很开明，我的意见他很接受，唯一修改的是叫法，说我实在是太没大没小，连做他女儿姐姐都无所谓，那可不行，哈哈。对了，你替我修个灯台，有处钢丝我拗着费劲，弄得底脚总不稳，正好今天你这苦力送上门来，非把你用得彻底不可。"

"行。"小徐回答得干脆。等傍晚两人一起回锦云里的时候，小徐几乎完全被梁思申"收买"。

偏厅里的三个人则是主要听雷东宝说小雷家的发展。老徐详细询问遇到的各种阻力是什么，比如政策阻力、行政阻力等。问起来就跟挤牙膏似的，因为雷东宝不善于夸夸其谈，反而还是旁边的宋运辉就自己知道的情况做些补充。宋运辉一直不明白老徐怎么忽然又提出见雷东宝，听着两人交谈，他心说老徐总不至于是通过雷东宝来了解地方情况吧。难道是重拾交情？可看着老徐与雷东宝说话时候已经不再是过去的随意，明显已经有了一段看不见的距离，他觉得又不是重拾交情。宋运辉一时不得其解，总觉得老徐这个人心思太深，令他捉摸不透。

宋运辉也不知道梁思申带着小徐怎么去了那么久还没回来。他太了解梁思申，吃饭时候已经看出梁思申微笑下面的冰山，他只能庆幸她还是微笑着，当然，他也知道梁思申不会不微笑。可是他为她忧心。

等夕阳西下，太阳光绕过锦云里的屋顶，将探入锦云里围墙的一蓬梧桐叶得涂得金镶玉，宋运辉从落地长窗看到梁思申终于带着小徐回来了。他看到走出车门的梁思申与小徐谈得很好的样子，不由莞尔。老徐敏锐地捕捉到这份不属于会谈气氛的微笑，不由得顺着眼光往外看去，一看之下便是明了："小宋找了个非常称心如意的太太。"

"她很好。"宋运辉没有收起微笑，直言不讳。老徐听了微微一笑。

那边梁思申与小徐带着刚做的银簪子给三个坐在香橼树下的老人看。大家说笑了会儿，就又是吃饭。晚饭是中餐，基本上是迎合老年人的胃口，饭菜做得软熟。但时下盛行的山珍海味自然是一件不少，还加上梁思申从香港带来的燕窝和雪蛤。梁思申说起才刚在香港参加的苏富比春季拍卖会里面的珍品，外公则是补充他参加过的那些有惊有险的拍卖，在座的都听得津津有味，眼界大开，这一顿饭大家都觉得吃得挺有档次。

饭后，外公亲自送徐家一行到大门口，由宋运辉载着徐家一行去住宾馆。

梁思申看着大门关上，对外公道："你做戏水平一流。"

外公哈哈一笑："看钞票分上。今天的香橼花开得好，天气也好，挺给我面子。"

雷东宝吃了个闷饱，只觉得在这个香喷喷的院子里站着没法消化，就对梁思申道："我出去走走，你们别担心我。"

梁思申本着做主人的客气，道："大哥想去哪儿，我带你去，晚上出租车难找。"

雷东宝道："憋了一整天，说了半天话，说什么都不知道，我得去外面遛遛，透几口气。"

外公听了又是哈哈一笑："傻蛋，让人使了还当人家是好人。"

"谁？你说老徐？他干吗使我，我又帮不上他什么忙。"

"呵呵，这其中的细微奥妙，你怎么看得出来，思申都恐怕蒙在鼓里呢。"外公却尽是冷笑，并不解释。

梁思申受外公提点，转念一想，也不由得冷笑起来，原来如此。她不由得看看依旧茫然的雷东宝，心生同情："大哥，别理我外公，我陪你出去走走，回头正好遇到小辉的车子就乘回来。"

雷东宝又不是傻子，等走到外面，就问道："到底老徐叫我来干什么？"

梁思申见他既然非问不可，就道："老徐嘛，对他和他父母这样的人来说，锦云里是极大诱惑。可是他想来，就得接受我们的招待，他又不愿顶着利用职权的口实，那口实听上去挺下作。拉上你来，此行就变成漂漂亮亮的叙旧了，上海之行才算符合他们的颜面。你知道他来，宋得掏出多少腰包？回程机票，两间宾馆一夜住宿，还有两餐的珍馐，你说老徐会不会算账？"

雷东宝听了愣了半晌，才问："小辉跟老徐在搞什么？"

梁思申连忙辩解："公事。"

雷东宝不由得"操"了一声，心说难怪说了一下午话，他都没拎出半个头绪："小辉知道吗？"

"他昨晚还在奇怪。到底姜是老的辣，只有外公看得明白。"

雷东宝听了这话，心里才舒服起来。只要小辉没有算计他。他感慨道："我请前县委书记陈平原做我顾问之后，才知道我有时候吃亏了还不知道。还幸好我皮实，顶得住。你们这些个知识分子啊，拿那些个想鬼点子的力气去做事有多好。"

"做人境界不一样，自然想法也不一样，不能强求统一。"

"不痛快。"

"那是你的想法。"

"那你干吗不痛快。"

"谁不痛快？"

"你痛快你还陪我出来？"

"你前言怎么推出的后语，什么逻辑关系。"

"我不清楚你什么关系不关系，你就是不痛快。"

"一个硬币扔上去，百分之五十机会是反面，你就雷铁口吧，总有一半蒙中。别自己不痛快找我撒气。"

雷东宝果然是一肚皮不快，本以为最信任最推崇的人，被梁思申和外公一看却是那样没意思，偏偏他想来想去又清楚梁思申说得没错，再加前面早有陈平原的话打底，他想不信都难。他来前还一肚皮热情，没想到却是这般结果，他心里更是闷气，但他自然是不肯在梁思申这个小姑娘面前说出疑问，他只是梗着脖子道："你知道我不痛快，就不会让着我点？你还是我弟妹呢。"

"别人凭什么给你撒气。冤有头债有主，你想找老徐撒气，我现在就回去开车载你去。"

"你走，你走，我不跟娘们吵架。"

"对，你当然不能跟女人吵架，赢了，是胜之不武；输了，更惨。幸好你现在明白。"

雷东宝头痛，他最擅长的是粗话，是巨灵大掌，可这些对着梁思申都施展不开，只得更加郁闷地道："你走，你咋还不走，我不跟你吵。"

"都走出这么远了还让我一个女人独自回去？这是夜里哦，一个女人走夜路多危险。"

"你这女人真烦，麻烦精。走，回去，我宁可没出来，小辉怎么吃得消你。"

"早跟你说了，做人境界不一样，想法不一样，小辉就喜欢我这样的。可怜韦嫂，遇到你这么个不会怜香惜玉的。"

可惜雷东宝说不出"子非鱼，焉知鱼之乐"之类的话，又不能骂"小妖精你懂什么"，更不能说韦春红不知多中意他，怕太流氓。只有憋闷，反而把老徐为了面子叫他来上海的闷气给忘了，一路光顾着跟梁思申吵架。梁思申跟雷东宝闹了会儿，一天的闷气也出了不少。回转路上倒是诚心诚意地道："韦嫂跟着你还是好的，大哥你天生宽容，不会小肚鸡肠。"

"少堵我嘴，小辉来了我照样告状。"

"告呗，看你家小辉向着谁。"

话说着，宋运辉正好开着车子转回来，一眼就看到一条细的一条圆的人形在前面晃，特征太明显，他一看就认出是谁，便踩下刹车，降下车窗问："你们没休息？"

"休息个头，让你们搞一下午脑子，这下你们都满意了？"雷东宝边说边拉开副驾车门，自顾自坐了进去。梁思申只好坐到后面。雷东宝不死心，没坐下就把梁思申的推测说了出来，又追着问："是不是，是不是？"

宋运辉一时没吱声，想了会儿，才回头对梁思申道："你怎么想到的？我还琢磨了一下午，就是不明白干吗大老远地要大哥来上海陪着。"

"外公这个老狐狸提示的。"

"难怪。"宋运辉说了两个字后便没了声音，似乎是专心开车。一边的雷东宝便心里明白，宋运辉肯定梁思申的猜测，他这时候反而没别的话说，长长叹了一声气，冒出一句"知识分子啊……"便没了下文。

宋运辉只得意有所指地道："你别叹气，都是人在江湖，有些时候不得不做些妥协。"

梁思申听着明白，宋运辉这话是跟她说的，但她已经跟雷东宝夹缠不清地吵了一顿，心里早闷气一清，因此很能体谅宋运辉的无奈，伸手指耙了下宋运辉的头发，轻道："理解。"

宋运辉提了一天的心才放下，对雷东宝道："大哥，明天我陪老徐他们到上海各处走走，你要是也去，我就换思申的车子；如果不去，让思申带着你到处走走。"

"算了，我明天一早坐火车回家，你老婆我不敢麻烦她，这个麻烦精。"

宋运辉不知道梁思申怎么折腾了雷东宝，不由得笑道："你那么大块儿怎么会真跟她动气。对了，你不是铜厂二号机组上马了，正对这铜矿流口水吗，你跟思申说说，她对收购什么的最懂。"

雷东宝到地儿了跳下，郁闷地道："我跟你老婆没话说，又不能捏死她，又看你面上不能骂她，净挨她耍无赖。呀，老王先生太极拳很溜啊。"

"别说，跟我吵几句，你不是不闷气了吗。"

雷东宝听了一愣，看着梁思申甩手进门，忍不住对宋运辉道："你老婆真是妖精，你吃得消她？"

宋运辉笑道："她帮你消气，你还怨她？没良心。"

"都你们有理，你们这帮臭老九。"

那边外公缓缓地收起姿势，深深吐纳一口，才一边做起太极云手，一边不紧不慢地道："东宝啊，你来，我跟你说。别生气，这种事常有，这个社会从来官最大，官说什么做什么，你看着听着就是，别往心里去，别认真拿他们当回事，他们要没了印把子，啥都没有。看看，他们做一辈子官的，跟我做一辈子商的，怎么比啊。这件事告诉你一个教训，别跟官做朋友，对他们，你能用，就交往，不能用，远远避开，理都不要理。你现阶段能用得着的只有你那些地方官，老徐这种官太远啦，你以后敷衍他一下就行，别太实诚。"

雷东宝没想到老头子把他叫过去说的是这些，他听着有点道理，但辩解道："老徐以前是我们那儿的地方官，以前跟我很好，哥们一样。"

梁思申原本是进去的，闻言不由得从门口倒退出来，静静听完，哟了一声，以示存在。宋运辉对外公说的道理也懂，但没想到外公还会和颜悦色地宽慰人，看来还真是喜欢雷东宝的。他也站住，想听听后面还说什么。外公果然继续不紧不慢地道："官啊，谁进了这条道，慢慢地，慢慢地，姓啥名啥都不重要了，最后都变成同一种人：官，这叫同化。没办法啊，大家都那么做，你能不那么做？所有的异类都是要做出头椽子的，活不长的，何况是在最磨人的官场。要么走人，要么成官僚，没第二条路。你听懂我的意思？所以你对哪个官都不要太当回事。"

外公这话说出，在场的其他三个都没了声音，尤其是从小在官堆里长大的梁思申，更是如醍醐灌顶。她不由得将眼睛瞥向正轰隆轰隆向着官僚方向奔跑的宋运辉，想到他这一整天的言行，不由得暗自叹息。她都快弄不清，外公这话究竟是对她说的，还是对雷东宝说的，她真是感触太深。

宋运辉也是不由得想到自己，想到自己本来只是一个技术员，慢慢地，慢慢地，可不也成个"官"了。他看向梁思申，见梁思申也瞪着眼睛看他，院子迷醉的灯光下，他看到的是梁思申两只依然纯粹的眼睛。他想到，刚入大学做学生证的时候，他的眼睛也是这样，黑就是黑，白就是白，即使透过镜片，都能看到四射的光彩，不过他现在"官"了。

雷东宝知道外公这人说话一向高深得很，今天这是对他说，才说得那么直白，他也想了，外公这话对，比如陈平原，现在无官一身轻，人都大变样了，与过去说话做人完全不同。那么老徐？那就让老徐"官"去吧。他这下更没什么可憋气的了，说声"姜是老的辣"，这还是照搬刚才梁思申的话。但雷东宝还是不免想到，说来说去，他就是因为身份与人差距太大才受到此般待遇。他不得不反思出狱后被宋运辉强摁着施行的低调，他继续低调下去，人们会不会认定他一直没法翻身，从此看死了他？

宋运辉冲梁思申走过去，勉强微笑道："外公真是人老成精。""是啊，是啊。"梁思申一时难以回答，因为她想到小时候看人上她家的门，她爷爷她伯父还有她爸爸对待人家的态度，心中有些哭笑不得。其实她是最熟悉的，可是换作宋运辉求人的时候，她怎么就看不惯了呢。而她工作中，也有时不知不觉在利用女性的优势吧，有时候自知理亏，她不知不觉就小了声音，细了音调，让上司不忍指责。谁不是有求于人，又被人求呢？谁知道爸爸见上司时候又是什么模样，只是没让她见到而已。等听到宋运辉问她"想什么"，她没答，但反身一个拥抱亲吻，道："你的事情有眉目了吗？这一天可真辛苦。"

宋运辉没想到是这待遇，惊异了一下，碍于有旁人在，他没梁思申开放。"老徐来上海，事情基本上定了一大半……"宋运辉边说边推梁思申进门，等进门，将其他两人隔在门外，才道："很多政策执行起来弹性很大，同一件事，你可以被高标准严要求，也可以睁只眼闭只眼，很多都是看执事者的态度。遇到这种比较高级的审批，我这个主事的不出面，意味的是我们的轻慢，后果可想而知。可是我出面……我其实是个技术型官僚……"雷东宝在外面看到，心说这个妖精对宋运辉倒是腻得很，奇怪的是宋运辉现在小动作也多，跟以前很不一样。

梁思申道："我懂。我在想我自己，这个项目结束后，我估计得侧重开拓，唉，以后跟官们打交道的机会可得多了，怎么办呢。哎，灰狼，不过你今天会不会表现得操之过急了点，显得太热衷。"

宋运辉还是背后冒出冷汗，佯笑道："有吗？不过我是真的心急。老徐这儿是一关，后面还有无数关卡等着我。还有，思申，我来上海，一直蹭着外公的，而且一直以来是他在支持我，我得给他一个报答。"

　　梁思申有数，宋运辉自己工资不高，但是来上海用车用电话用什么，外公都是大方得很，主动奉上，锦云里有时都跟是东海厂驻上海办似的。可是宋运辉又怎可能白吃白用。再有，结婚以来两人的开销也都是她出大头，基本上宋运辉只要顾着他父母女儿的生活便可，像宋运辉那样的人，又怎可能心安理得。他横里没法出，总得想办法在竖里找补。可见，她无形中给宋运辉的压力也非常大。

　　外公锻炼完了和雷东宝进来，一见小两口又凑一起私语，就故意问了一句："小辉，怎么样了？"

　　"可以了。明天我带他们去崇明一个农场走走，中饭外面吃，下午直接去机场。"

　　"唔，你跟我来，我拿几样东西给你，敲敲钉脚。思申也来，帮我找几张申报，今天听老徐说起过去的事，我想到有两张说到他们家的，刚看到过，找出来装个好匣子送他们。这种礼送出去比你们寻常请客送礼要有用点。"

　　雷东宝帮不上忙，但也跟去书房，一眼看到满满一屋子的书架，都惊呆了。他再看梁思申，心说书读多了不都是成书呆子的吗，怎么会出这么个妖精？雷东宝一点都想不到，书中还会出一个名叫"颜如玉"的妖精。

　　但是梁思申理解归理解，想到宋运辉白天神情的时候，心里还是怪怪的不舒服。

　　宋运辉第二天送走老徐，赶着回来与梁思申匆匆见一面，便不得不分离，回去处理工作。对于这么个活色生香的太太，他即便是满满的操心，可也身不由己，只有相信两人自小建立起来的感情。回到东海，宋运辉又吩咐在北京的手下打点其他几位要紧人物，而他这边，则是开始照着审批将于近期获得通过的可能安排工作了。

　　自从春节团聚后，宋运辉基本上已经养成不间断经常给梁家父母打个电话的习惯，其实也没什么可说的，问好而已。但是梁父总是想继续春节的话题，要求宋运辉找时间过来一趟，实地考察一下他看中的几家企业环境。他也会派人立即将这几家企业的资料专程送上。但当宋运辉提出要不要跟梁思申说的时候，连梁父都犹豫了。梁父最终还是要求宋运辉别说此事，等此事稍微有了眉目后再说。两人心照不宣，知道梁思申不肯滥用职权牟取私利的脾气。

宋运辉虽然答应了梁父，心里却是并不愿意瞒着梁思申，也没法做到装作忽略而忘记告诉梁思申的样子。那么聪明的梁思申在他面前总是简单、简单、再简单，几乎没用心机，全然透明。反而以前脑袋并不怎么样的程开颜都还知道对他用用心机呢。让他又怎么可能忍心瞒着梁思申做事。他想来想去，决定还是趁哪天见面时候面对面地将事情告诉梁思申，她有情绪，也可以当场解决，而不用隔着一条电话线费思量。

可梁思申最近忙手头一个项目的上市，连续做空中飞人，他没法见到她，只好将事情先行搁置起来。但心里有些七上八下的，尤其是按照进程去了梁思申老家，与梁父会面，与梁父推荐的那些企业领导会面之后，他更是有些担忧。

雷东宝终究是没有如他赌气所说的第二天即走，既然来了上海，既然见到老王先生，他就磨着外公讨经验。他发现对着外公说他雷霆这半年来的发展就容易多了，因为他只要说个头，外公就心急地帮他想好尾，而且这想好的尾基本与他做出来的差不多。若是差得多，那他就缩回脖子等着老头子骂。老头子骂起来那是一点都不客气的。

但雷东宝对铜矿的妄想，被外公一顿暴风骤雨般的骂给浇灭了。外公说，既然以前说铜冶炼行业最赚钱的是中游电解加工企业，而不是铜矿，为什么一定要买利润微薄的铜矿非要搞个大而全才舒服。雷东宝反正胆子一向大，就理直气壮地说出自己的意思，说有了铜矿，就更有自主权。而且雷东宝还听人说，那些矿产资源类的东西只有越采越少，又不是做砖头的泥巴，哪儿挖下去都有，全国都没几处有铜矿，少才珍贵。因此雷东宝想着，占着！

外公最先觉得雷东宝说得有点道理，有些不甘心地闭嘴不说了，但绝不肯表扬雷东宝说得好。问题是外公是个心高气傲惯了的人，让他承认刚才说的错误，那是打死他都不肯的，而即使他不承认，他只要自己意识到刚才否定得鲁莽，他心里同样是不舒服。他这样的人，能马失前蹄，让雷东宝以为他不英明吗？那是万万不行的。

外公多的是借口避开话头给自己时间找理由扳回一局，因此雷东宝眼花缭乱地看着外公拨弄茶叶煮水泡茶之后，听到外公又振振有词地说开了。外公说推测到矿产资源会升值，这谁都会，最笨的就是雷东宝这种人，早早拿钱去占了一座矿山等发财，这纯粹是守株待兔的愚蠢行为。万一铜矿要到十年八年后才升值，这么长一段时间里不是一大笔钱都给铜矿困死了吗，土财主才那么做。铜矿这种矿产资源，聪明人只有眼看着升值机会来到，才肯下手购买，买了让它一年内就升值，升得差不多了就抛掉，转手另一项高利润生意。只有傻瓜才会让钱占着茅坑不拉屎。

梁思申在旁边听着哈哈大笑，知道外公在强词夺理，但也不能不承认外公说得有理，不过这种高级别的投资理念显然不是雷东宝现阶段能接受的，也可能不是雷东宝这个朴实性格的人能做到的。但雷东宝果然还是被打击到了，越想越觉得外公的话有理，都不知道十年八年后会不会升值的东西，现在买下占着他本来就紧张的资金，多亏，他又不是没有其他投资渠道。于是雷东宝说到做到，一下就灭了那个买铜矿的想法，而是准备一直观望，等看到有巨大利润可能的时候才买。他心里想，这种老牌帝国出来的人真不得了，怎么什么都能看得比他透比他深。

外公看到雷东宝这么倾服，当然是沾沾自喜，喝了好一大口茶。但是对于雷东宝主抓整顿全县电线小厂却一分钱都不要的事实，外公自然是又予以了疾风暴雨式的批判，说这简直是愚蠢透顶、全无经济意识的行为，是不符合目前提倡的市场经济氛围的大锅饭行为。雷东宝虽然不服，但是没反驳，老头爱说就说呗，他感觉老头子这回没看到他义务劳动所产出的社会效应，老头是不会知道现在全县的小电线生产厂家对他是多么服帖，这种服帖对他的铜厂是多大的利益支持。做老大要有付出有回报，不能只知道占便宜却什么都不付出，那样做不长。不过老头对他教育甚多，让老头说几句就说几句，他虽然脾气并不怎么样，可能忍的时候，比乌龟都坚决。

但雷东宝千问万问，都没法问出如何解决他而今流动资金紧张的最佳答案。随着周围小电线厂用铜的逐步增加，铜厂流动资金捉襟见肘。而随着集群效应的逐步体现，电缆厂设备开足马力生产，电缆厂的流动资金也告急。可是雷东宝的贷款还是希望渺茫。他现在每天被流动资金逼得火烧屁股。可是外公却一听这个话题就想到雷东宝既然贷款无门，肯定就得尝试私人借贷，跟他讨教那不就是试探他的意思吗，外公当然顾左右而言他。

雷东宝回到小雷家，就被小三告知陈平原要他找时间去一趟。陈平原现在是雷霆公司的顾问，但从不来小雷家坐班，有事的时候都是一个电话打给雷东宝，让雷东宝去市里商量。别人都还背后腹诽陈平原一介落毛凤凰拿着雷霆公司不菲的顾问费还如此作为，雷东宝却并不这么想，雷东宝理解陈平原而今不上不下的心理，那种地位巨大改变导致的心理煎熬，他当初还没被保外的时候也领略过，他曾经非常害怕回到小雷家后没立足之地，因此他愿意敬着陈平原三分，反正他皮实，去一趟市里看陈平原也没啥费劲，再说陈平原这个人那是真的有才。

陈平原看到进门的雷东宝一脸油光，撇嘴道："不是车来车往的吗，怎么每天弄得红烧猪头一样？"

雷东宝并不在意，拍拍自己胸膛，道："你别嫌我，我刚从上海回来，说你找我，我脸都没洗就赶来你这儿。我不买铜矿了，我让小辉老婆的外公说服了，老头子就是高。"

"他怎么说？"陈平原伸出一条腿，拦住雷东宝冲进他家卫生间的脚步，就是不让雷东宝在他家洗脸，这家伙常搞得一地都是水。

雷东宝无奈，只好回身到一把木沙发上坐下，将老头子的话原原本本说了一遍。陈平原听了不由自主地点头，认真听完了，陈平原才道："我也早跟你说买铜矿要三思，不过我的原因不一样，我给你查了政策，你这种乡企想买异地铜矿，做梦。见了老徐？"

雷东宝点点头："他挺好，还见到了他儿子，都不错。"

陈平原看看雷东宝的脸，奇道："怎么，受气啦？活该，自己送上门去让人玩弄，到底怎么回事？"

雷东宝想不说，但是陈平原挖空心思就是要问出个究竟。雷东宝不耐烦了，只好道："他变了。"

陈平原噗地笑了出来，这才满意地道："这就错啦。不是他变了，是你们之间的社会关系变啦，算了，花时间买个教训吧，又没伤筋动骨。我今天叫你来，是给你介绍一个人，人已经来了，住在旅馆里。你给我回去你老婆饭店里好好换件衣服洗干净脸再来，你这样子走出去，人家还以为今天吃饭啃红烧猪头。"

雷东宝呸了一声，笑着起身道："也不表扬我先杀奔你这儿，连家都不回，你想介绍谁给我？我以前没听你说起过。"

"一个国营电解铜厂的年轻工程师，名字你还跟我提起过，我今天给你请来了，你得给我好好待他。你那破公司，别的都不少，我看少的就是技术，而且少的是核心技术带头人。你还记得是谁吗？"

"项东？"雷东宝眼睛瞪得铜铃一样，"他肯来？你怎么说动他的？"

"我怎么说动他的你别问，我反正答应他这儿的市区户口和房子都给他落实，其他的你听了也没用，我拿你钱财替你消灾，这点事情还不会居功。你快去洗澡换衣服，换件登样点的，别……"

"别红烧猪头，哈哈。"雷东宝笑着打开门，"项东这个人，我听说肯学肯干，与工人打得火热，就是不大会团结领导。这种人好啊，跟小辉一样，有前途。我早前问正明能挖来不，正明说人家国营的哪肯过来。"

"正明是怕项东来了，他得彻底交出铜厂吧。你说，解决户口，解决档案，还有什么不肯来的理由？这些关系问题我会解决。你快走，再不走我得熏香除臭气了。"

"那是，正明那几根小肠子。我走，我走。"雷东宝走在楼梯上，快活得想跳起来。项东啊，多的是可以去的地方，陈平原到底通过什么法子把项东请来见面的？他无法不佩服陈平原那张能把死人说活的嘴，非常佩服，以前就见识过陈平原脑子一转稍微一拨弄就把一件事提升到一定高度，让别人服服帖帖无话可说，这也是过人的本事啊。他也无法不佩服陈平原超前的行动能力，人家怎么就看到他现在急欲全速扩张的迫切心情呢？他此次上海之行认识到，他不能仅仅局限于收回江山，扩大规模，他更需开创一个新天地，令人对他刮目相看：让宋运辉不要再指责他冲动，令老徐不会再止步于他们之间的差距。那就需要大力引进得力人才。那个项东，他要定了，排除千难万险，都要项东进门。

雷东宝背着手冲进韦春红的饭店，一头扎进浴室洗澡。韦春红跟着出差了好几天的丈夫上楼，站在浴室门口问："你啥时回来的？你不是说上海待一夜就回吗？"

"才多待两夜，哪那么多废话。你说，如果小辉来管我们电解铜厂，我得出他多少工资？"

"工资不工资先别说，你怎么摆平正明。就算你自己亲手管铜厂，你总也得给正明几句话交代。"

"正明，现在不上不下。说到技术，新一批人上来，技术比他精，说到销售，红伟面前没正明的份。"

"你想甩了正明啦？可正明知道你们太多猫腻，甩了麻烦。"

"谁说甩了，正明好歹全面发展，电缆、铜厂、销售都知道，再说辛辛苦苦跟我那么多年，功劳苦劳都有点，我没你那么黑心黑肺。要不我提拔他当我副手？红伟会不会吃醋？妈的，就这么定。有个副手，以后进机关找小老爷烧香磕头的事都扔给正明。说正事，给铜厂厂长多少钱？"

"别个厂长多少钱，铜厂当然也多少啦，你一碗水要端平的。就算真是小辉来，总不能比你收入高吧？"

雷东宝想了想，道："不行，铜厂跟电缆厂都不同，以后重点发展铜厂。你外面门关上没有，我出来啦。"说着也没等韦春红退出，就走出浴帘，擦干穿衣。

韦春红早见怪不怪，还赞叹一句："腰围又大了，每天都得给你改裤子。谁要来管铜厂？"

"还没谈下，让陈书记一起去谈。等下接人过来，边吃边谈，你整桌陈书记爱吃的。"

别看雷东宝胖，穿起衣服来却是麻利，说话间就胜利完成，又蹦跶几下震服帖了，就擦着韦春红出去，拎包下楼，都没二话。他到门口时候才想起来现在的宋运辉出门时候还得跟妖精老婆亲热一番，他不由得回头看看干姜瘪枣般的韦春红，甚没兴趣，又转回头走了出去。

项东住在火车站旁边的旅馆，没什么档次，就二三十块一天的光景。雷东宝一看就得出结论，项东没钱。

和他一起乘车来的陈平原道："还用说，那边的铜厂要有钱才怪了。跟你说好，除了户粮关系，市区一套三室一厅房子，我答应他的是年收入不少于我的五万一年，你答应？"

雷东宝不由得惊道："陈书记，你可真能谈，我还以为得不止十万。"

陈平原道："要不省下的五万给我？我等下给你引见后你们自己找地方谈，我回家。大热天的，我懒得跟你们混。"

雷东宝笑道："五万块钱不给你，我给你辆桑塔纳开开，你不是自己会开车吗？"

陈平原有些吃惊，站在旅店门口不急着进去，拿眼睛上上下下打量雷东宝："你不是说钱紧？"

"再紧也不能亏了你。如果今天跟项东谈得好，我也给他买一辆，让他以后回市区房子方便。"

陈平原没想到雷东宝做人这么义气，一时挺感动的，却有意板着脸道："要买买奥迪，桑塔纳我开不出去，掉价。"

"买不起，明年要是流动资金缓过气来，换。"

陈平原没有应声，知道雷东宝说一不二，他拍拍雷东宝的肩膀，带雷东宝一起进去旅店。进去看到项东，三个人寒暄之后，雷东宝看到陈平原竟然原原本本将刚才旅店门口的对话跟项东复述了一遍，一句不漏。连那句"如果今天跟项东谈得好，我也给他买一辆"都没落下。复述完毕，陈平原都不让其他两人插嘴，对着项东语重心长地道："说这些话的东宝，这个胖子，最近一直在为找钱奔波。多的我不说，小项你是个明白人，下面的事你们自己谈吧。这一辆车千万别让飞喽，看你自己本事。"

陈平原果然说走就走，扔下雷东宝和项东在房间里相对。项东看雷东宝对着他上下打量，眼光出奇地好玩，不由得好笑道："雷总看我干什么？"

"我看你挺像我小舅子，我以前每天想着挖他出来，结果他官越做越大。走，去我老婆饭店边谈边吃，你别有压力，谈不好谈得好，你都还是项东，不会少你一块囫囵肉。我不会假客气，一张脸也没啥好看的，你别跟我粗人在意。"

项东对眼前这个粗人有些哭笑不得，一时对会谈有些迷惘起来，不知道被陈平原天花乱坠地煽动到这儿来，是不是个错误，但他没吱声，跟着雷东宝出来，一起坐车到韦春红的饭店。但是他看到雷东宝雪亮的进口车，却不明白为什么有那么好的车，却没流动资金。

雷东宝却一开始没谈铜厂，而是跟项东谈起宋运辉当年在金州总厂技改遇到麻烦，不得不谎称患甲肝，到他家来躲着曲线救国。他现在已经理解宋运辉当年为什么不肯离开，宁愿憋屈，因为宋运辉说过离不开金州那么大的舞台。他现在也有大舞台了，站到大舞台上，再回想过去刚创业时候的规模，那是完全不一样的心情，连他这个粗人都感受得到。但他还是替那时候的宋运辉憋屈，那哪是人过的日子，做人怎么能委屈成那样。

然后他告诉项东，他现在的规模在全省同类企业中属于前茅，但在全国当然是排不上号，国字号企业比比皆是。他现在好在，有可以看到的利润预期，也就是说，有继续扩展的潜力。应该说，这个舞台现在已经不小，而且也热闹了。他直接问项东怎么想。但项东回答之前，他却又肯定地说项东简直没有拒绝的理由。

项东真是一时无语。他这么个技术高超的人，多的是人请他，请他的人也都是出的高工资，他一向来者不拒，都有接触，以便自己有所选择。但雷东宝这样的一上来用小舅子宋运辉的事暗射他跳槽的矛盾心态，又对此理解得基本一丝不差的，还是唯一。他现在是男怕入错行，女怕嫁错郎，很想跳槽选择一个好的舞台，有物质基础，又有施展空间，这都需要一个能知人善任的领导。对于雷东宝，他最初只感觉此人是求贤若渴的大老粗，但雷东宝这一席自说自话下来，他倒是看出这人粗中有细。

韦春红自雷东宝落座后，就一直在好奇，因此借倒水过来瞄瞄，见雷东宝一桌坐的是个白面书生，戴着一副眼镜，面相实在，哪里有宋运辉的样子。雷东宝看着戴眼镜的就是书生，其实宋运辉早就不是书生，而是个官员模样了。

雷东宝见韦春红偷偷摸摸来，白了她一眼，索性把韦春红介绍给项东："这位是我爱人，这家饭店是她开的。"

项东客气地起身递上名片与韦春红握手，心说这对看上去像是一起苦过来的夫妇，但他没跟韦春红说太多话。雷东宝和韦春红都看出此人一身傲气。项东坐下，就很直截了当地问："雷总，如果我加盟，您希望我做什么？"

雷东宝道："我也正要问你，你的技术是没话说的，其他你还能做什么？"

"照保守而稳妥的办法，我应该以技术进入，彼此考察后再定。但是作为雷霆这样的乡镇企业，里面的关系网相对比其他厂家复杂，人员盘根错节都是不出五服的亲戚，我如果只作为一个技术人员，根本无法发挥。"

"这个不是问题，雷霆只有一个头，我。问题是你以前做的大多是技术，也做技术管理，但你没做过经营。"

"对于这方面，我来前已经打听过，雷霆铜厂的产品比较单一，基本上只做给电线电缆用的产品，而且产品销路就目前雷霆并未达到饱和的产量来看，不成问题。另一个是进料的问题，我了解进货渠道。"

"那么说，你全厂拿下来是没问题的？"

"是的，但您得放权让我发挥。如果我们能谈下，车子房子户口都可以暂时不要，我过来看三个月，彼此熟悉。"

"我找上你本来就是诚心诚意的，既然你也这么诚心诚意，还有什么可讨论的。还有我们铜厂的设备，你也是不用问的，那两条线对你小菜一碟。你说还有什么？最多还有我这个人，我这人是粗人，用你，就信你，放你权，给你大方福利，没其他废话，你只要试过三个月就晓得。要是你试着不行，我二话不说送走你，只要你不害我，我也对外一句废话都没有，所有损失我不会跟你算账。怎样？很简单嘛。"

项东愣了一下，心说还真是挺简单一件事。本来还当作终身大事一样地考虑跳槽，怎么事情放到雷东宝嘴里就成区区小事了。对的，他有技术，不怕没处去，为什么不放开胆量试试，别止步于磋商。项东不由得觉得自己有些好笑，明明简单的一件事，他非要想得那么复杂。可见化繁为简，也是智慧。"那行，雷总，回头我安排好家里的事，就过来试三个月，彼此若合适再谈继续。试用期间拿固定工资，三千一月，行吗？"

"行，你也爽快。吃菜，我提我的要求。现在铜厂好像是电缆厂的车间，做出来的东西都给电缆厂用。我的目标是把铜厂做成独立的，不能电缆厂有点问题，铜厂也跟着一起垮台，我要做双保险。可是我想不出该往哪个产品发展才算有前途。好好坏坏的选择太多了，可我们不比国营厂，我们的方向一定要准，要不我们都得喝西北风，没人供着我们。请你来，你一定要把我的这个思路放在主要位置，发展出独立的铜厂。眼前我们雷霆的情况是这样，流动资金紧张，外债有一点，是以前留下来的，不多，也不用急着还。"

"不是可以跟银行借？"

"银行讨厌我。可我不能不要贷款，我正让陈书记帮忙。谁都知道，我这种资产负债率接近零的企业，只要贷款进门，就发了。你说我这舞台行吧？哎，你以后叫我雷书记，我以前是村书记，他们都叫顺口了，改不了。"

项东话不多，只微笑听着，默默想着。但雷东宝也是个不会天花乱坠的人，他把该说的说完，也不说什么了，于是两人都默默吃菜。雷东宝忽然想到一事，才又道："你来先住我家，不住宿舍。为啥呢，就你说的，厂里都是村里人当家，你住我家，他们怕我，不敢给你下绊子。等你坐稳位置，你想住哪儿就哪儿，随你挑。"

项东不由得疑惑地问道："雷书记这么爽快，一直给我提供便利，但你有没有想到我会做什么手脚？"

雷东宝笑道："你一外乡人，小泥鳅掀不起大浪，我不怕你使坏。"

项东听了不由得又笑了："雷书记，你看问题一针见血。"

"不是我一针见血，是你们知识分子想得太复杂。一针见血的是我小舅子老婆的外公，老人精，以后有机会带你看看。吃，本来请陈书记一起来的，他硬是不肯跟我吃，说我一吃起肥肉，他先倒了胃口。"

"陈书记……听说……"

"这事我告诉你，陈书记是个有本事的。"两人终于找到了话题，雷东宝将小雷家近几年的发展说给项东听，项东则是说了他所在厂最近几年的事情，彼此谈得并不投机，因观念不同，但都能退让一步，倒也将一顿饭时间抻得长长的，吃了两个多小时。吃完，雷东宝跟韦春红打个招呼，将项东送回旅馆，他则是一刻不落杀奔正明家。

雷东宝还没到正明家，正明却早已得到雷东宝会见项东的消息。因为韦春红的饭店现在几乎是雷霆的食堂，早有认识项东的业务员看到雷东宝和项东吃饭。消息传到正明耳朵里，正明心里一团焦躁。电缆厂那群新冒头的有技术有干劲，而且还抱团，又有现在的新贵小三加盟，他已经无缘插手。若再来一个项东，那么他去哪儿？因此他在心里求爷爷告奶奶，希望雷东宝与项东谈不成，最后谈崩。

但万一谈成了呢，他与妻子商量，他能怎么办。两人飞快地想出很多正明的下场，个个下场都比较悲惨，村人逢低踩的毛病他们又不是不知道，士根的下场就是绝好的例证，因此两夫妻不得不想到走还是留，怎么走怎么留。越想越生气，正明想自己说什么也是雷霆的开国元老，又是雷东宝坐牢时候的守家功臣，雷东宝怎么说不用就不用，要来新人替代他了呢。但雷东宝连士根都可以说不用就不用，他正明又算什么呢。说起来，雷东宝还是记恨刚出来时候他没去迎候吧。

正明正抓耳挠腮，家中大门被人拍响，不仅门响，外面还传来雷东宝的大嗓门。正明两夫妻对视一眼，这一刻，正明相信项东和雷东宝肯定谈下了。他脸色铁青，但也不得不走去开门。

雷东宝一进门就看到正明脸皮僵硬，立刻明白，道："知道了？给我看脸色？"

正明勉强笑道："哪敢给书记看脸色，书记请坐，喝茶。"

雷东宝开门见山："我请项东来，已经谈好，先试做铜厂三个月。我不会亏待你，我打算安排你做雷霆的副总，我下面就是你。你从项东来那天起，不再具体负责工厂具体事务，就这么定。"

正明没想到是这么个安排，他想了好久，才问："那我做什么？"

"不是说做副总吗？我管不过来的事你来管，你一张脸比我长得好，以后大多数事情你出面。"

"书记，我哪里敢抢你的事。你管着审批权，你是雷霆的标杆，我怎么敢越过你？你还是给我个干脆的吧。"

"你什么意思？你说我架空你？我是没义气的人？你看低我？那你说，你想干什么？本来我想听陈书记的话把雷霆改集团，总部设到市里去，这些事都你来做，我最烦这种水磨工夫，你去做最好。好，你不干，我培养小三。"

正明在雷东宝一连串的决定下一张脸挂了下来，哭丧着道："书记，你还是没给我具体工作。"

"我也不知道雷霆变集团能变出些什么花头来，你自己找工作做，也给我找事情做。都要我教你的话，还让你做副手干吗，叫小三就行。你在基层有一定威信，换红伟就不行，红伟在两个厂的根子没你深。你好好想，这两天跟谁也不许说，要么答应，要么离开雷霆，两条路。想出来之前，你给我关门里，不许离家一步，我走了。"

正明两夫妻看着雷东宝连沙发都没坐热就走，都一致没出声挽留，眼睁睁傻愣愣地看着他出门，好一阵子的沉默。好久，正明妻子才道："这算是重用呢，还是架空呢？"

正明茫然地摇头："不知道，都是他一个人说了算。"

正明妻子忧心忡忡："若说真是架空，也不像，他这霸王……"正明妻子忽然想到门还开着，忙先去把大门关了，对自雷东宝来后就一直站着没挪窝的丈夫道，"他要真不给你事做，照他一向的霸道，哪里需要绕个圈子把你架空了才杀？是不是怕你说出些啥去？"

"他哪会怕我闹啊，他连士根都敢说不用就不用，我算老几？只怕我还没闹起来，就得让他指挥四宝把我们一家灭了。可能他又要给项东位置，又有些不舍得放我。要不，我自己开电线厂去？也不行，要么离开本地，否则电线厂还是在他控制下，红伟现在想让哪家小电线厂死就哪家，也狂得很，不行。"

"要不，真的老老实实做他副手？可这个位置难坐啊，责权不分明，摆明以后要跟他起冲突嘛。这不是让你以后天天跟着他背后做孙子吗？"

正明颓然坐下："你看孩子做作业去，我好好想想。"

正明妻子离开，留下正明一个人在客厅里发呆。他想了所有的因果，若从收入从社会地位两方面来讲，委曲求全地留在雷霆辅佐雷东宝是最佳出路。可这个辅佐的位置没根基，而且又是未来职责不清的情况下，难啊，都得看雷东宝的脸色。雷东宝只要翻脸，就全玩完。这位置风险太大了。可是，项东的来已经注定了，他也可以肯定的是，雷东宝一定会血腥地坐镇铜厂，直到把项东稳稳插入铜厂才会罢休。他正明再兴风作浪也改变不了事实，除非他顶翻雷东宝。他更不可能偏居到电缆厂，没雷东宝支持，回不去了。他想来想去，还真只有两条路，没中间道路。

他想，在眼前还没翻脸的前提下，他选择留。以后不行，起码也有一个口实，是雷东宝对不起他。

既然留……

正明毫不犹豫地起身，速战速决，先找雷东宝把话敲定了，别蝎蝎蛰蛰还什么考虑几天，反而不讨好。他敲开雷东宝的家，没想到雷东宝却已经上楼洗漱睡觉，还是雷母来开的门。他也不客气，直接上楼去找雷东宝，因他知道，迟一天早一天，对于在雷东宝心中刻下的印象而言，那是截然不同。

　　果然，雷东宝挺开心，半躺在床上表扬正明脑袋清楚，干脆就布置任务，让正明开始去市里物色办公室，好的话索性买个小楼，正式开始构建集团架构。

　　正明答应了回到家里，又想了半天。从今往后，他正明在小雷家的优势全没了，雷东宝可以随心所欲处置他，全都看他未来的表现。看来他必须开始好好逢迎雷东宝，让雷东宝见他如见亲人，就跟雷东宝看见从小一起同学的红伟一样，那才能保住自己的位置江山永固。至于怎么做，正明一时也想不出，但总之是投其所好。正明想，这不是古代的奸臣吗？可是，不如此，他还有其他选择吗？

　　过几天，项东就被雷东宝很高调地迎进小雷家，安插在铜厂厂长位置上。而正明在忙于建构雷霆集团之余，见缝插针地找机会在雷东宝面前晃晃，摸摸雷东宝的顺毛，不管仔细观察雷东宝于公于私究竟最急需什么。

　　不久，正明在多次请示雷东宝的意见后，买下市区二类地段新办公大楼的整整一层，请人粉刷装修，迅速弄出个样子。又登报招聘新人以充填集团办公室。而向工商机构改注册的工作也紧锣密鼓地展开。他其实也一直密切关注着项东的工作，他想看看，项东如果坐不稳，雷东宝又将如何收场。他看到项东上任之后，连续两个星期没有任何动静，只一个劲地调研调研调研。他又看到项东晚上住在雷东宝家，经常与雷东宝谈到挺晚。他心说看这样子项东把雷东宝勾引住了，因为他了解雷东宝，如果雷东宝对话题不感兴趣，那是猴子屁股坐不住。那么，他回去小雷家重新主持两家厂子的希望基本也没了。

　　正明只好死心塌地做他的集团公司事宜。改一个名目，工作却是千头万绪。但正明两家大厂都管了，还能怕这些琐碎小事。他还能找出时间亲自面试络绎前来应聘的年轻人。其实是他心里烦闷，想看看小年轻们在他面前出洋相。

　　然后正明看到了冯欣欣，当冯欣欣坐在才装修了一半的大办公室里等面试的时候，正明一眼看到她就觉得熟悉。正明想来想去想不出，面试的时候也忍不住问了好几个问题，看自己是不是与冯欣欣有过交集，看起来也没有。正明只感觉这女孩子文文静静的，说话细声细气的，看着挺舒服，打字速度快，能熟练操作WIN3.2，就让冯欣欣留下电话回家等通知。但不确定用不用这个冯欣欣，因为她学历不高，才职高毕业。

正明一直到晚上回到小雷家，看到雷东宝的家，才忽然醒悟为什么看着冯欣欣眼熟，原来冯欣欣像雷东宝去世的妻子宋运萍。正明当时就站在黑暗中笑了，而且笑得非常轻松。回到家里，正明并没对自家妻子提起。

07

梁思申下班赶赴外公的古董小店，履竺小姐的电话约请。有些闲事她不能不管，因为竺小姐电话里明着对她说，跟她说的事可能会刺激外公的老命。

梁思申心说能有什么事，无非是分手而已。外公这辈子经历的生离死别太多，女儿都能失散几十年，哪里还会把个区区竺小姐放在眼里。但想到两个各怀鬼胎的男女对质又没意思，她到底还是维护自己的外公，这是一种在她看来很不理智的维护，可人不就难脱那几根不理智的烦恼丝吗？反正给外公两个小时，不算多。

六月的上海已经很热，打开车门便感觉如被一层黏糊附身，走一段不到百米的路便一身不自在。但是只要钻进开着冷气的古董店，看到泛着陈年幽光的各色古玩，一颗心便安静下来。柜台后，是一身雪青真丝短衫的竺小姐。竺小姐的玉臂轻扬的时候，荷叶袖泛出一阵涟漪，映得一张脸平静而美丽，没有梁思申预料中的紧张。梁思申看着心说，这个竺小姐跟上外公后，审美突飞猛进。

梁思申也没客气，进门就问："是不是准备与我家外公分手？"

"是的，我准备出国，我想今天把店子盘给你，这些是账本。"

"多谢你有始有终，恭喜你心想事成。账本我不看了，交给外公自己处理，还有什么吗？"

"我建议你还是看看的好，我们当面交接清楚。"

"我不担心，如果有误的话，我们只要报警就可以影响你出境。我想这也不是你愿意看到的结果。"

竺小姐愣住，一张脸终于抑制不住地变幻起颜色来，好久，她才道："我真讨厌你。"

梁思申只是淡淡地耸耸肩，没应答。

"请你告诉你外公，我结婚了，我怀孕了，就这样，我走了。"

竺小姐最后的话有些咬牙切齿，梁思申依然没说话，默默看着竺小姐拎起皮包扬起下巴走出店门。让她说什么才好，揭发竺小姐这一刻的外强中干？其实竺小姐这种话对外公说没影响。外公付出财物时，就压根没想买竺小姐的感情，又怎么可能为竺小姐的结婚怀孕动容？

梁思申为古董店关门落锁，用的是竺小姐移交的钥匙。但是她想了想，还是从包里捏出一枚回形针，用指甲钳夹出两厘米长的一段来，塞进锁孔，做完手脚才回去自己车上，从倒车镜上却看到自己也似乎是扬着下巴的样子，忙低头平视，一笑，心虚的人才需要虚张声势呢。

她也由不得好奇竺小姐的办事效率。即算是她结婚后，外公顾忌到她的感受而少邀竺小姐上门，又因年老体迈和面子问题而不可能常到古董店伴竺小姐开店，竺小姐怎么就那么能耐不仅抓紧时间结婚，还抓紧时间怀孕了呢，连她结婚这么多天都还没消息呢。想到这儿，梁思申忽然想到一件事，最近忙得晕头转向，工作千头万绪，她都忘了这个月的例假似乎还没有来。这一想，只觉腹中有股子冷气直冲头顶，脑袋一阵子晕眩，难道她也怀孕了？

因此外公坐在夜色渐深的院子里，看到的是梁思申大步从车子里出来，但三步之后，却又改作细细碎碎的莲花步，可步速如急雨打莲叶一般。外公看着发笑，这蛮婆，想学闺阁小姐了，可闺阁小姐的小脚哪儿走得出这般泼风也似的速度。外公懒得起身跟上，在外面透过玻璃窗了然地看着二楼梁思申的房间电灯亮起。祖孙一起生活了这么多日子，不知不觉地，外公还是掌握到了外孙女生活的规律。就像梁思申回来是绝不会跟他请示汇报，他早也了然。

但他没想到的是，梁思申正在自己房间里团团转，乒乒乓乓地翻出验孕棒，又抖抖索索地钻进洗手间测试，最后花容失色地一手验孕棒一手说明书，如此聪明的脑袋，却是需要费上好大工夫才能确定说明书的哪项内容可以与验孕棒观察窗上的红线对应。最后，梁思申瘫软在床上，长长呼出一口气，看来她的效率没比竺小姐差，她与宋运辉虽然聚少离多，可也成功怀孕了。

她拿起放在床头的电话，毫不犹豫拨通宋运辉的手机。此时手机已经基本全国漫游，她与宋运辉的联络方便许多。心情激动之下，她拨了不知道第几遍才把区号加9字头的号码拨通。接电话的却是令人失望的宋运辉的秘书，看起来这个工作狂又是下班时间在加班开会。她只得留下话，立刻打电话给父母。妈妈是一定在家的，妈妈一听到消息就尖叫一声，满是欢喜，但是妈妈随即就很关切地问宋运辉的反应。有孩子，对于她女儿是第一次，但是对于宋运辉是第二次，做妈的不肯让自己女儿吃亏，做妈的不动声色地在乎着。

梁思申极其无奈地道："他开会，我留话让他打来。"

梁母几乎是没有犹豫地提出要办病退来伺候女儿，但梁思申谢绝。妈妈坚持，唠叨着生孩子后还有养孩子，少了妈妈的帮助怎么可以，一定要提前退休，梁思申也只好随便她了。这个时候爸爸也不在家，不知在哪儿应酬，这年头好像各行各业的应酬忽然多了起来，男人们夜夜笙歌。放下妈妈的电话后梁思申下楼，心里由紧张转为喜悦，但又是非常不快，她这时候最想有个温暖的怀抱让她安心下来，让她有勇气面对怀孕的种种，可是那怀抱还在开会。

下来见外公正慢吞吞踱进门来，梁思申才想起竺小姐的事情，心说难怪竺小姐要昂首挺胸，人家当然是骄傲的，有爱人陪伴着她。梁思申现在情绪跟过山车似的，滋味复杂。

外公看到梁思申脸色复杂，其实也头痛，他即使再老辣，也不喜欢总被伶牙俐齿的外孙女顶撞得没意思，心里暗自运气做好反击准备，后发也可先至。

梁思申过去厨房看看晚饭的菜，出来就对外公道："外公，有两件事要跟你说一下。第一件事，我怀孕了。"

外公挺惊讶："你不是职业女性吗？不是说职业女性都千方百计把婚期孕期推后，换升官发财吗？"

梁思申没想到外公的问题与妈妈的截然不同，不得不想了一下，才道："顺其自然吧，一个凡人哪来那么多规划。第二件事……"

"你哪来那么多大智慧，这话我听着挺对，人这辈子，不能不信命，我越老越信命，有些人自以为聪明，跟命对着干，都是劳命伤财。回头你的饭菜都跟我的一样，你的饮食没营养。你别苦着一张脸，不就是小宋不在身边吗，多大的事，你多怀几次孕就不会太当回事了，吃饭。"

梁思申被外公打断，本以为又会听到什么嘲讽，却被外公后面的话惊住，看看外公，自觉地离开原本远远地与外公对峙着的长餐桌另一端，乖乖坐到外公身边，但看着满桌的熟软饭菜，不由得疑问一句："我胃口好像还挺好的样子？"

"那是福气，但未必一个月后还能好，别牛吹在前面。第二件事是什么？"

梁思申这时候有些不忍心打击外公，小心地看着外公的脸色道："竺小姐打算出国了，这是她移交给我的古董店钥匙，账本之类的我都放在店里没拿来。"

外公显然是比较吃惊："她说什么原因没有？"

"不外是找到更好的依靠，祝福她。店里有没有贵重物品，要不要今晚就去验收？"

外公显然比较气闷："应该是我不要她，怎么可以是她先提出？"

梁思申诧异："这话我记得我高中时候说过，后来就没这么无聊了。"看外公态度，她就把竺小姐结婚怀孕之类的话更咽进喉咙里。

"返老还童不行吗？"外公还是板着脸，但要说太不快，也没有，

"饭后载我去店里,我要看看。"

梁思申放心了,看起来外公最关心的还是他的财产,因此她也就心不在焉了,更关心那边客厅里的电话机。本来她一向晚上不吃什么东西,这会儿开戒,现在开始是两张嘴在吃饭了。她其实一向不打没准备的仗,关于怀孕的书早有阅读,也早在营养方面做出准备,可事到临头还是慌,很想找个人靠着,她一时有些没法接受这个事实,她需要诉说,需要分享。

外公这时候也是沉默着,一直想着心事。梁思申想不出老头究竟是不忿还是伤情,她自己也神思恍惚着,所以还不如说话扰心。"外公,听说没有,今年的大学生价格特别贱,今年是国家第一年不包分配,由着大学生自己找工作。"

"小竺的时候已经贱价啦,包分配包回老家做没文化人都能做的事,还不如不要分配。闯回上海又没有户口,在上海找工作都难。这国家,匪夷所思。"

"难怪她说她没选择。"梁思申没想到外公才一句话就提到小竺,"你喜欢她,不会对她好点?"

外公却直说:"没什么喜欢不喜欢,只有些习惯。看起来她对我挺失望,老不死,指望不上遗产。我对她不错,给她的钱比小辉收入高,开店也是有意培养她一门手艺,可惜她只想白吃白拿。你有钱有靠都还在努力做事,我看不出她有什么理由荒废好好的脑子只想白吃。"

"她是以青春做一次性投资,从这个角度看,你给的报价并不高。"

外公冷笑道:"我跟小竺摆明了是交易,她接受就留,不接受就另换高枝,很简单。"

"如果她是找到丈夫了呢?"

外公继续冷笑:"恭喜那瘟生。"

梁思申点头:"还是挺男人的,我看下资料,你慢慢吃。"

"这就去,不吃了。"外公扔下筷子,去换衣服准备出去。

梁思申难得地没去打击他,仔细检查一下手机的电量,就拿上必需的用品先去把外公的车子倒出来。等外公出来时候,车子里面冷气已经开足。但是外公让梁思申换大切，因为大切安全性能好。梁思申不清楚外公怎么一下对她体贴起来，难道是因为她有孕了？因为外公重视宋运辉，连带把带着一个宋运辉的球的她也重视起来了？以前外公可是说什么都不肯降格坐她的大切的。

两人一路无话，到了店门外，外公看梁思申低头用包的磁性搭扣在忙碌什么，奇道："你做啥手脚了？"

"我往锁孔放了一根细铁丝，吸出来就好。"

"哦，你怕小竺手里另外有钥匙？倒是聪明。"

"不能不防。"梁思申说着就熟练地把铁丝吸出少许，又用两根手指轻轻一捏，就取了出来，这才开门开灯开空调，让外公进去。正好这时她的电话响了。她想到外面接听去，可外面一阵热浪一阵烦，只得退回接起。正是宋运辉。她两眼也同时瞄上了手表，一看已经是八点多，不由得叹道："你又还没吃晚饭吧？"

"吃了，开会间隙让食堂送来两个馒头，你今天没加班？"

"嗯。我……我好像怀孕了，自己已经测试出来。"外公在旁边清点着要紧货物，听到这儿不由嗤之以鼻，到底是蛮女，一到紧张的时候用词就不准了，这时候应该含蓄地说"我有了"。

宋运辉在办公室里却差点当众跳起来，难怪梁思申有史第一次留言说十万火急。"什么感觉？人舒服不？我……我在办公室。"

"一点感觉都没有，你不奖励一个飞吻或者什么的？"

宋运辉只能在办公室里嘿笑，但坚决地道："我晚上过去上海。"

"唔，不用，现在没飞机火车了，得自己开车，辛苦。"但是梁思申嘴上拒绝着，脸上早已乐开了花，"不用来，不用，我能照顾好自己，再说现在什么迹象都没有，真的，你很忙。"

宋运辉即使再激动，也听得出前面梁思申言简意赅，后面就话多了，他只是道："我这儿几件事处理一下，得稍晚点才能出发，估计明天早饭时候才能到，你不用等门。"

梁思申关住电话，就眉开眼笑了，却看到外公皱起眉头。而她妈妈的电话接踵而至，她没来得及顾上外公，先跟妈妈报告宋运辉连夜赶来。梁母这才心里平衡。原来梁母上一个电话后，就连发十二道金牌将丈夫叫回家，两人一起想出一些注意事项，先说给女儿参考。但梁思申说不用，她看了国外权威书籍，只要回去再对照一下就清清楚楚，还对梁母说出来的一些约定俗成事项进行科学的反驳，搞得梁父梁母挺没成就感的，可那是他们女儿，没办法。

等梁思申终于打完马拉松式的电话，外公才道："少几样，小竺识货，拿的是最贵重的。"

"放店里的都不是最贵的，就算送她吧，也算是一场缘分。"

"送她是送她，冤大头是冤大头，这事一定要搞清楚。走吧，其他一些廉价的我没兴趣查。"

"那你准备怎么办？"

"明早你送我去警局。"

"何必啊。"梁思申耸耸肩，将门又锁如法炮制了，与外公一起回家。

到家，小王却递上一个箱子，说是刚刚竺小姐送来的，外公立刻打开箱子看，一看就点头道："还有点良心。"

梁思申一笑："我跟她说过，我不怕她拿什么，我报警会影响她出境。"

"妈的，现在大陆人靠不住的多。"

"东西拿回来，你也别骂了。你本来就没好好待见人，人家也不会好好待见你，我上去看书。"

"你慢些，这两样，送她吧，你联系她，我懒得见她了。"

梁思申耸耸肩，道："她一准不敢回我电话，要不你试试？"

外公看看梁思申，又看看一箱子东西，再看向梁思申，摇头道："做人，还是需要点智慧的。"

梁思申感觉外公这算是变相表扬她，但她心情好，就说了句"得知足"，不跟外公多争论，其实外公缺点知足的智慧，依然小碎步地走上楼去。

第二天，果然宋运辉在早饭时间赶到，只可怜了他的司机。梁思申那个心花怒放啊，恨不得不去上班，还是宋运辉看着时间不对硬把她送去才罢。这边外公笑嘻嘻地嘲笑宋运辉总算可以放心了。宋运辉只会在疲倦的脸上展示一个疲倦的笑，什么都瞒不住外公，幸好外公比较中立，否则他死无葬身之地。他本质是个技术人员，因此他对于一直没彻底搞清梁思申为什么爱他为什么嫁他非常在意，源头都搞不清楚，叫他怎么放得下心来。那简直是把房子建在流沙之上的感觉。而有了孩子，一切大不一样。

宋运辉准备摸上楼去睡一觉，虽然一路在车上睡过来，可到底是不舒服。但外公叫住他："小辉，我看思申给我带来的那些政策条规，会不会我的投入变成非流通法人股？如果那样，我的投入不基本成废纸了吗？"

宋运辉笑道："我能那么傻吗？外公别操那些心。"他走上几个台阶，才忽然又想到问题，"暂时不能上市，但能平稳而且丰厚产出的重组企业，你要不要投？"

外公笑道："我一大把年纪，要来日方长做什么，我就一赌徒，抱世纪末心态，不能上市我不起劲。"

宋运辉听了笑，外公立场鲜明，真小人一个，倒是容易相处，"我看思申爸爸那边两家企业都是骨子相当不错的，但重组可能会遇到一些阻力，需要思申爸爸多方努力，估计得错过这回试点企业名单。错过这批的话，我对近期上市就不抱太大希望了。外公既然不喜欢就算了。"

外公当即敏锐地捕捉到宋运辉话里的"阻力"和"需要思申爸爸多方努力"，猫腻，这其中有猫腻。但那其中的猫腻外公一时想不透，只能拿眼睛看着宋运辉走上楼去，心里设想无数可能。

宋运辉在锦云里一向睡得特别好，估计是外公这个享受惯了的人做的好事，这房子外面看着老旧，里面通风隔音温度甚至包括湿度都是一流的，再加在梁思申身边开心，他倒下就睡着了。

只是睡完了起来吃中饭，梁思申却给他一个令他啼笑皆非的电话，原来梁思申请假溜出去一会儿自己去医院做了孕检。宋运辉心说她怎么就不叫上他一起去呢，怎么就独立得漫天乱飞呢，真让他这个做丈夫的没有成就感。

宋运辉吃了中饭就开始工作，他恨不得接通一个电话就附加一句"我又有孩子了"，可他毕竟不是毛头小子，只好低调。秘书告诉他又有一个号称十万火急的电话，来自雷东宝。宋运辉心说昨天一个十万火急的电话让他知道太太有了孩子，今天这个十万火急的电话又会告诉他什么。雷东宝一向不是嘴上跑马的人，他说十万火急，肯定有大事。但宋运辉有些心惊胆战地想到会不会又出大事，他有时候真是怕雷东宝那爱惹事的性子。因此拨通电话听到雷东宝气壮山河的一声"喂"，宋运辉先自松了半口气，还好没又给抓了："大哥你十万火急什么事，我也有事，我们思申有孩子了，你准备着封红包。"

"哦，男娃还是女娃？你占便宜啊，你老婆外国人，要生多少生多少，我还一个都没。要不你们多生几个，过继一个给我。"

宋运辉又好笑又黯然，可怜雷东宝命中没儿子，心里不知道多想要一个。"才怀上，哪儿就知道男女了。"

"多生几个儿子再过继给我，女儿我不要，女儿肯定像你老婆，太妖精了，吃不消。"雷东宝说完就大笑，心里能猜到宋运辉一听人家说他那个妖精老婆肯定得一脸不高兴，他就是故意要挑逗挑逗宋运辉，太难得的机会，"我有要紧事，你真不知道，我今天去新办公室看到一个人，一看见我就呆了，一头冲过去撞玻璃墙上，你知道是谁？"

宋运辉听电话中雷东宝的声音满是兴奋，奇道："谁？你看见我也不会那么激动。"

"就是，就是，你当然不如她。我看见你姐了，真一模一样，我撞了玻璃也不管了，赶紧掏出钱包看你姐照片，真一模一样啊。这个小姑娘现在是我们雷霆集团办公室文员。小辉，你快，赶紧过来看，要不行我带她去你家去。"

宋运辉奇道："长相差不多有什么稀奇，你别胡思乱想，借题发挥做出错事来。"

雷东宝给说得很没劲，一口气转不过来，伸出粗壮手指狠狠将电话掐了，吧嗒一声将手机扔桌面上，懒得理宋运辉。这么重要的一件事宋运辉竟然不当回事，叫他情何以堪。

宋运辉心说雷东宝学人家小孩子啊，做人还看皮相的。他估计雷东宝只是一时兴奋，姐姐都离开十年了，雷东宝哪来这么长情，无非是终于冲出小雷家进城，见到鲜嫩城里姑娘，一时目不暇接而已。但宋运辉不免想到这一两年里见识过的不少先富起来的人家里一个外面一个的不堪，他有些担心雷东宝这个直来直去的人会做出什么错事，以前雷东宝对韦春红，不也是又不肯娶人家又跟人同居吗，当时雷东宝说起来的时候并不怎么当回事。但宋运辉终于还是没将奉劝电话打出去。人家雷东宝好歹是一团热情还想着他的姐姐。

雷东宝扔了电话后，则是通过打开的总裁室门，朝外看走廊。虽然看不到冯欣欣的办公室，可一想到那个面目婉约的女孩就坐在那边，他心里激动，他生气宋运辉不把这事当回事，他估计这小子现在飞黄腾达，早忘了姐姐。

本来他还想把宋运辉当作第一个报道心情的人，没想到被浇一盆冰水，他灰心之下，叫隔壁的正明进来。这一个楼层目前都是他们雷霆集团的办公室，房间用铝合金玻璃隔断，里面人在做什么都可一目了然。只有雷东宝的总裁室外人是看不见的。眼下集团办公室里没几个人，正明一起身出来，似乎就搅起老大的动静。

08

正明早就看到雷东宝早上的剧烈反应，他一直在等雷东宝叫他议论冯欣欣此人，但等了半天都没等到，被叫进去都是说的一些工作上的事，他心里有些失望，以为雷东宝是只没缝的鸡蛋，看来是不是他得另想法子了。

但这回被叫进去，雷东宝却问他："旁边文印室那个小姑娘叫什么？是不是姓宋？"

正明终于松了口气，忙道："她姓冯，叫冯欣欣。职高毕业，今年虚岁二十一岁。"

"这么小？"雷东宝惊讶了一下，但随即想到他认识宋运萍的时候，宋运萍也才二十来岁，难怪看上去这么舒服，"你了解一下这个冯欣欣，看看她家有没有谁跟小辉家有关。"

"书记的意思是冯欣欣跟宋总姐姐很像？我看见时候也觉得像，特意侧面了解一下，她家还真没人姓宋，也没人姓宋总母亲的姓。小冯是郊区人，家跟宋总老家是一个东一个西，全不搭界。小冯现在是跟两个职高同学一起租房子住，没和家里人住一起。"

雷东宝脱口而出："哦，下班回家还要自己烧饭？可怜，才那么点大。今晚我们跟南京来的客户吃饭，把她叫上。"

正明笑道："那小冯还不开心死，我们今晚去哪儿吃？要不去金碧辉煌吧，吃完顺便唱歌。"

雷东宝几乎没想，就同意了，虽然以往雷霆有饭局大多放在韦春红那儿。正明微笑着出来，跟冯欣欣说今天老板带领一起去金碧辉煌见世面，冯欣欣小姑娘心性，高兴得不得了。还没下班，正明就带着冯欣欣一起开集团新买的三辆车中的一辆去火车站接南京来的客人，安排客人住进宾馆，耐心指导冯欣欣帮客人登记入住，令冯欣欣感激不已。冯欣欣还是第一次接触高档宾馆，脸上满是闪亮的憧憬。正明悄悄观察着，暗暗掂量着。

雷东宝和红伟一起等在包厢，雷东宝已经把冯欣欣其人告诉红伟，红伟心中好奇，翘首等待第二个宋运萍出现。但红伟忍不住偷偷观察雷东宝的脸色，竟然发现雷东宝看上去很是兴奋的样子。红伟不免想到韦春红的那张脸皮和韦春红至今未孕。红伟什么都不说，默默旁观。这种事插手了是小人，反对了是蠢人，这两种人他哪个都不想沾边。

　　终于南京的那两位客人进来了，红伟看到了冯欣欣。红伟一看到冯欣欣，就开始敏感地留意起正明的态度，果然见正明特意发话将冯欣欣安排在雷东宝的对面，又与客户没有直接接触，而是夹在正明和红伟之间，非常微妙。红伟鄙夷，但并没发话。南京客人不大会喝酒，大家吃了会儿便去唱歌，冯欣欣也去。红伟注视这冯欣欣的兴奋样子，心想这个女孩长得像宋运萍，神态却像宋运萍养过的兔子，两只眼睛红玻璃一般晶亮。红伟也看到雷东宝时不时鼓励冯欣欣想唱就唱，还特意叫来一个小姐帮忙点歌，不让冯欣欣忙碌。

　　雷东宝是越看越喜欢冯欣欣，心里不知道多想捏一把那张熟悉而娇嫩的脸，可终于还是因为客户在场而克制。一直等到唱歌结束，大家一起走到外面，雷东宝便发话，由他开车送客户回宾馆，顺便送也住市区的冯欣欣回租屋。

　　正明心照不宣，红伟答应则是当作反应迟钝。雷东宝几乎是急赶着地送客户回宾馆，客户客气说不要下车，他也真不下车，带上冯欣欣在宾馆院子里遛个弯离开。单独相处，雷东宝终于可与冯欣欣畅所欲言，他关切地问起冯欣欣家里几口人，为什么到雷霆来工作。冯欣欣本来对这个体积庞大、不怒自威的雷总有点怵，可几句下来就感受到雷总的善意，叽叽喳喳跟小麻雀一样地说开了。说了家里几口人，说了经济条件需要她出来工作养家，说了她职高毕业能进雷霆这样的集团工作真是荣幸，工资又高环境又好，比她其他两个一起住的同学幸运，还比她那些今年需要自己找工作的读中专的同学幸运，她说那些中专毕业的同学工资都还不如她，她以后一定好好工作。

　　雷东宝嗯嗯啊啊地听着，并在冯欣欣的指点下找路送她回家，他不厌其烦，甘之若饴。但等看到冯欣欣租住的房子，不由得惊道："你们三个女孩子住这种没防盗门的平房？要命。"

冯欣欣不好意思地道："我以前没钱，现在也才刚在雷霆领了半个月工资……"

雷东宝点点头："行，你下去吧。等等，车后面有客户送的东西，我看看是些什么。"

冯欣欣不知道什么事，老老实实在车旁等着。雷东宝下去打开后备箱一看，笑了："真空包的盐水鸭，还有板鸭，你都拿去吧，招呼你小姐妹一起吃。"雷东宝说着拎出老大两只黑色塑料袋交给冯欣欣。冯欣欣显然很高兴，乖巧地又是谢谢雷总，又是雷总再见，听得雷东宝耳朵里跟滴了蜜糖一样，带着满心欢喜而去。

回到韦春红饭店，见韦春红还睡意蒙眬地等着他，他看着韦春红想着冯欣欣，对贴上来的韦春红没感觉，连捏一把都没有。韦春红奇怪了，雷东宝都有超过三天没来市里住，怎么对她反常地没热情。韦春红候着雷东宝睡着，起身偷偷将雷东宝全身检查个遍，查不出异常，这才放心回床上睡觉。

雷东宝第二天去上班，冯欣欣对他不再那么紧张。回头雷东宝跟正明说起小姑娘住的地方不安全，正明立刻心领神会，替冯欣欣租下一处一室一厅的公房，冯欣欣欣然搬进去住，租费自然是放在集团列支。此后只要有吃喝玩乐，雷东宝便带着冯欣欣，几乎有一刻都离不开冯欣欣的意思，冯欣欣也是格外信任这个雷总，小姑娘自作主张教雷东宝打字。正明则是眼明手快地替雷东宝打点善后，一方面替雷东宝制造接触机会，一方面暂时不在集团办公室放一个小雷家人。因此人们虽然看到老板与冯欣欣有异，却暂时没有风言风语传到小雷家诸人耳朵里。

雷东宝一直想越过那一步，可一直心有顾忌，他总归是觉得婚外与人乱搞不好。但不到一个月的有一天，他喝了点，冯欣欣也喝了点，他照例送冯欣欣回家，进门就忍不住行动了。冯欣欣坚拒不从，提出不结婚不给碰。雷东宝抱着细腰一握的冯欣欣哪里还把持得住，当即满口答应，说冯欣欣只要给他怀个孩子，不论男女，他都离了那头。当晚雷东宝就宿在冯欣欣的小香闺。而冯欣欣也争气，第二月就怀上了。

喜得已经四十多了还没孩子的雷东宝将冯欣欣视若珍宝。不用雷东宝下令，正明就把冯欣欣的租房换大，方便往后有人进门照顾。即使有些事是正明没想到的，但只要雷东宝一开口，不管有理没理，正明都是一句"你是老大，你说了算"，无论如何都能把雷东宝要求的事情圆满完成。雷东宝最先听见这样的话还觉得不自在，可后来越来越习惯，渐渐变得理所当然，别人有顶撞，他还觉得不是味道，他们算老几？因此他也越来越倚重正明。正明也更事事贴心，亲手调教出一个守得住嘴巴的司机，以方便怀孕的冯欣欣用车。雷东宝偷懒，顺便也用起司机，自己懒得开车了。

但是租房总不是办法，雷东宝考虑买间房子给冯欣欣住。他自己的钱都是韦春红严管着，他只能拿出一万来，他只好将这两个月的收入黑了不上交，又问正明借一部分，凑足十万，给冯欣欣买下市区新建的两室一厅，等简单装修后让冯欣欣搬入。还让正明动用集团在市区的便利，问人事局要来迁户口的名额，把冯欣欣迁为市区户口。冯欣欣眼看着日子如芝麻开花节节高，自然是眉开眼笑等着雷东宝离婚娶她。

而此时，难题也同时摆在雷东宝面前。离婚，说得容易，可真做出来，雷东宝难以越过自己心里的那道坎，毕竟与韦春红这么几年的夫妻，他最苦的时候，别人都离开他，韦春红是始终站在他身边的人之一，要他跟韦春红说出"离婚"两个字，真难。可是不说，他又怎么舍得冯欣欣肚里的孩子？他这辈子命里亏儿子，每次去庙里算命每次都这么说，他都已经快失望了，现在冯欣欣肚子里有种，他能不要？他嘴里跟冯欣欣敷衍着，行动上犹豫加犹豫，知道消息后好几天没行动。

那边，韦春红到底是坐实了自己的怀疑。本来雷东宝此人大大咧咧，四海为家，几天不回家也是常有的事，但是雷东宝即使再几天不回家，却不会几天不要她，因此韦春红感觉非常反常。韦春红向难得回来一趟的雷东宝询问，被雷东宝眼睛一瞪就瞪回去。韦春红试着从小雷家的几个相好的朋友那儿入手，可人们都说没见雷东宝做什么事。韦春红只得认定自己多疑，又耽搁了几天，好生观察。只是越看越不对，那天雷东宝换下来的内衣里，她终于勉强戴上揿了一年都不敢戴的老花镜，发狠找出两根长头发。头发都跑进内衣了，那还能不出问题？韦春红当即打电话找雷东宝询问，但是雷东宝一句"神经病"就把电话挂了，什么解释都没有。

韦春红又气又急但不会没招，她立刻叫来一个小厨子，让骑上她的大白鲨摩托，去雷东宝集团新办公室所在地埋伏盯梢，务必抓个现场。小厨子连盯三天，雷东宝也连着三天没回家，韦春红气急得满嘴燎泡的时候，终于得到确切结果，雷东宝这三天都宿在一处小区居民楼里，与一个小姑娘同进同出几次。

韦春红气得眼睛血红，妖精，果然有妖精抢她老公。她想立刻上门找雷东宝论理，但又怕打草惊蛇，便将一肚皮气忍而不发，照常将晚上的生意做下来。晚上下班前擂鼓点将，第二天一早趁店里生意还没开始，带上两个跟她做了近十年的厨师杀奔那处居民楼。一个厨师手起斧落，一把砍猪腿的斧头劈开大门一伙人冲进门去。却见人去楼空，他们不知道冯欣欣正好昨天搬去了新房子，韦春红气得操起凳子乱砸。

等房东闻讯赶来，只见一室狼藉，韦春红他们早撤了。房东当然不甘损失，一个电话打给正明，一个传呼打给冯欣欣，要两人赔他的家具门窗。正明一听就知道坏事，立刻蹿到雷东宝的办公室通报敌情。雷东宝这等泰山崩于前而不乱的人都吓出一身冷汗，心说他这辈子怎么专门在子息上面出问题。今天幸好没出事，要是昨天没搬，依韦春红的性子，还不把冯欣欣当妖精打趴了，他的孩子还能保得住吗？

雷东宝知道他不能磨蹭了，再磨蹭，伤到的就是他好不容易得来的孩子。他立刻打电话让冯欣欣这两天别出门，别让韦春红找到。冯欣欣却在那边哭哭啼啼地问他，会不会有生命危险，要不要把这种来路不正的非婚生孩子打掉，要不她现在开始跳绳子跳掉吧，急得雷东宝也想血洗办公室。

雷东宝更不能等，立刻飞车前去韦春红的饭店，进门，就见韦春红叉腰骂人，饭店里面就像台风压境。雷东宝视而不见，进门就一把抓住韦春红往楼上走，韦春红给拖了一个趔趄，反手就是一口，生生将雷东宝咬得放开手。雷东宝急了，一把操起干瘦的韦春红就上楼，不管她怎么踢蹬，硬是又抱又拖地上去他们的房间，扔到床上踢上门。

韦春红怒斥："谁神经病？那狐狸精是谁？住哪儿？我劈了她……"

"我对不起你，我们离婚，她有我孩子了。"

韦春红本来怒得张牙舞爪，闻言如遭雷击，整个人如泥塑木雕，脑袋一片空白。孩子！雷东宝的命门，也是她的命门。一句话中，似乎"离婚"两个字已不再是重心。

雷东宝到底是心虚，看着韦春红这样他心里也不好受，但既然离婚势在必行，他又不会甜言蜜语，就只有背着手站在一边看着。

韦春红好久才回过魂来，眼泪断线似的掉下来："东宝，我除了没给你生个孩子，我哪儿对不起你了？"

"没有，你对我很好，是我对不起你。"

"我不行，我没法给你生个孩子，我对不起你们雷家。要不你跟那小姑娘说，孩子尽管生，生下来我给她养，我保证比孩子亲妈还亲。东宝，求你别跟我离婚……"韦春红说着，无力地倒在床上哀哀痛苦，她是那么地无能为力，谁让她不能给雷东宝生个一男半女，她最知道雷东宝求子心切，以往不信鬼神的人现在到处烧香拜佛求个子息。要她还如何责备雷东宝，全都是她没用啊。

"不行，孕妇要去医院正规检查，没结婚没准生证的不行。这事我对不起你，要怎么离，你一句话。"

"准生证我去打，行不？要不我去跟小姑娘说说，让她算是替我生，行不？你不会说软话，我来说，我可以跪她，只要她给你留个种下来，行不？我保证不会再动手，她要动手我也打不还手，骂不还口。东宝，别跟我离婚，行不？"

雷东宝没想到韦春红这么求他，好像反而他有理了似的，他还以为照着韦春红的泼辣性子，应该是刚才那样照着他咬一口才对，他都不忍心看倒在床上披头散发的韦春红，只能转过身去，背对着她，要不然他说不下去。"那小孩，我要定了。我已经四十多了，等不及，孩子要是有个三长两短，大家都别活了。你好好想，你有什么条件快提。"

"我要什么条件啊，我只要不离婚，你什么条件都可以商量。"

其后，雷东宝说什么，韦春红都是咬定不离婚，其他都好商量。雷东宝看拧上了，只好走掉。他知道自己理亏，但是理亏也只能理亏到底了，他太想要个孩子了。

韦春红见雷东宝不顾而去，号啕大哭，她知道自己希望渺茫，她现在虽然真是杀了那狐狸精的心都有，可是她不能杀，那狐狸精肚子里有雷东宝的种。现在就是狐狸精打上门来，她都得好茶好饭地伺候着，不敢怠慢。她又不是不知道计划生育政策严格，狐狸精想要正常生个孩子，一定要通过正常渠道，她能不让路吗？可是她能让路吗？她要是退出，以后雷东宝身边还有她的位置吗？那个还是年轻的妖精，又为雷东宝生了孩子。她人老珠黄，肚皮不争气，比都不用跟那妖精比。

韦春红哭了好一会儿，才擦干眼泪，找最后的稻草。她最知道能说服雷东宝的人有限，连雷家老娘都不行，她只有抱一丝希望找宋运辉帮忙。可她心里其实不抱希望，她是替代宋运辉姐姐的人，宋运辉刚开始并不待见她。可她指望宋运辉这个规矩人能站在道德的立场上指责雷东宝的犯错，要雷东宝迷途知返。

没想到电话打过去，接电话的是个年轻女人的声音。韦春红一想，难道是宋运辉那个后妻？这一想，立刻感觉自己找宋运辉说话有多荒唐，那也是一个离婚再娶的男人呢。但她现在抓救命稻草，只能死马当活马医了，"你是小梁吗？你在东海啊，我是韦春红，他大哥雷东宝的……"

"啊，韦嫂，你好。我休年假，这几天过来住着。你怎么，身体不大好？感冒？"

"我哪儿感冒啊，我还不如死了好……"被梁思申一问，韦春红一腔委屈又找了回来，眼泪再度夺眶而出，"东宝……东宝他跟单位一个小姑娘好上了，小姑娘孩子都替他怀上了，他今天来跟我闹离婚。你说我哪儿对不起他，他要孩子他尽管外面生来，我会替他养，他怎么一点情分都没有一定要跟我离婚呢……"

梁思申最先大惊，但听着听着就目瞪口呆了，对雷东宝不理解，对韦春红更不理解。那边韦春红哭得肝肠寸断，她这边看着忙忙碌碌不知道跑来跑去干什么的宋引发呆，发现她的情操真是不够高尚，她对宋运辉的婚生子女都没韦春红那么忘我。这时候她看到宋运辉洗完澡下来，她冲宋运辉摆摆手，示意这个电话不要他接。

"那你准备怎么办呢？"梁思申等着韦春红好不容易哭诉告个段落，才插话进去。

"你让宋总帮忙跟东宝说说，行不？东宝是我性命，他要跟我离了我不能活呀。你让宋总跟他说说，你也是女人，你能理解我吗？我要跟东宝一辈子的啊，我……"韦春红泣不成声，后面只听她的哭声。

梁思申一迭声地答应："行，我一定说，是，谁结婚不是想着一辈子的。你等我们消息。"

宋运辉等梁思申放下电话，才奇道："谁？工会？这种电话也打来我们家？"

"我们上去说。"以前宋运辉曾经对她有过建议，希望她在宋家不提雷东宝。两人走进书房关上门，梁思申才道："来电话的是韦嫂，你大哥外面有人，外面那人还有了身孕，现在你大哥吵着要离婚。韦嫂寄希望于你。"

宋运辉一怔，不由得想到两个月前雷东宝跟他提起的所谓眉眼与他姐姐宋运萍长得一模一样的女孩，他忍不住呸了一声，心中很是气愤。将两个月前与雷东宝的对话跟梁思申说了一遍。

梁思申没想到还有这么个渊源，但她还是直言："我认为你大哥这么做不是对你姐的怀念，而是对你姐的亵渎。"

"对，出轨不用拿我姐做借口。我想骂人，我现在闭嘴十分钟，你别介意。"

梁思申一听，不由得笑出来，又知道不妥，宋运辉是最在意他那个姐姐的。这时才发现两人都还站着，便轻轻推宋运辉坐到沙发上，给他手边放杯水，自己掩门悄悄下去，让公婆几个先吃饭。宋母惊问是什么事，梁思申只说不是大事，但比较麻烦。宋母看梁思申的脸色才放心，梁思申捏捏也是一脸紧张的宋引的笑脸，笑道："爸爸有公事要忙，猫猫别担心。爸爸本事可大了呢，才没有解决不了的事，对吗？"

宋引点头，放心跟爷爷奶奶吃饭。梁思申去厨房吩咐保姆留下饭菜，又走上楼去。

宋运辉见梁思申进来，拉她的手一起坐下，道："这电话我没法打，首先，我会骂人；其次，就算是玉皇大帝来，估计也阻止不了他想要一个孩子的心，那是他的魔障；还有，你应知道农村人的习俗。"

"呸，我呸，我瞧不起。"但被宋运辉一说，梁思申就想到多年以前宋姐姐的死，想到不久前雷东宝携韦春红一起去东海看病。看起来宋运辉说得没错，这事无可挽回。但她忍不住一肚子的腹诽，对雷东宝的印象便是更差。"电话我来打。"

宋运辉摇头："就算是你吵赢了他，又怎样？"

"不怎样，就告诉他我们的不屑。"

宋运辉欲言又止，他离婚时，雷东宝可没说过什么，当然，这没法比。他转个弯，道："你说，换你外公会怎么打这个电话。"

梁思申想了想，道："妈妈的，搞个女人都会搞得鸡飞狗跳，出门撞车去算啦。切记，出门别告诉人你认识我。"

宋运辉不得不笑了一下，难怪这祖孙俩老是斗得旗鼓相当，原来知己知彼。他拨通雷东宝的手机，道："我宋运辉，妈妈的，搞个女人都会搞得鸡飞狗跳，出门撞车去算啦。切记，出门别告诉人你认识我，以后我不认识你，妈妈的。"说完也不管雷东宝说什么，狠狠挂了电话，吐出一口长气，道，"走，吃饭去。以后要学你外公，做人放肆些。"

梁思申哭笑不得："他会怎么想？"

"爱怎么想怎么想，我哪儿管得着他。哎，电话你接。"

梁思申接起叫响的手机，一听便知那边是雷东宝，她不管那边雷东宝的解释，兀自道："你别拿那女孩子像姐姐来强找理由，你这种理由让人不齿，亵渎姐姐在天之灵。你孩子？你为个孩子可以伤害一个可怜女人吗？你别我我我，你怎么了，你强你就可以欺负人？你强盗逻辑。宋以后不认识你。"说完也挂了电话，不听雷东宝继续辩解，但她忍不住道，"韦嫂真可怜，到这时候还指望着丈夫回头，还说愿意让外面孩子生下来她抚养，为雷家留后。最可怜的是，她只埋怨自己无能，是她的无能导致丈夫只好另寻出路，女人怎么能这么践踏自己？"

"韦嫂是个传统女人，以前看她是个厉害角色，当初为了丈夫还暗中给萧然下绊子，很有胆色，我也是那时候才开始欣赏她的，我没想到她今天会这么想，她在丈夫面前一向没主权。"

梁思申见宋运辉一再地不提"大哥"这个称呼，知道宋运辉为姐姐生气，她也叹息，她对雷韦两个都不亲，更无宋运辉那样千丝万缕的纠葛，她更能以局外人的眼光看问题，这个雷东宝真不是东西。

但宋运辉还是生气，吃完饭去书房，单独对梁思申说，他最初不喜欢雷东宝，后来才慢慢地赏识起来，也敬重起来，中间颇多曲折，但雷东宝今天做的这件事让他无比恶心。他现在都不愿想到雷东宝过去曾是他姐夫。因为他感觉雷东宝能跟那个皮料与他姐类似的女孩勾搭上，只能说明雷东宝以前都与他姐没有心灵交流，否则不会做出指鹿为马的荒唐事来。他为姐姐难过，非常难过，更为姐姐的早逝可惜。

宋运辉在这边生气，雷东宝在集团办公室里焦躁。雷东宝发现他现在是猪八戒照镜子，两头不是人。可是他还得回小雷家，因为已经跟项东约定今晚商谈铜厂发展下一步的思路。项东至今已经顺利展开工作，全面接手铜厂管理，并逐步将负荷拉高，提高生产效率。技术的力量是可见的，以前他们被一次爆炸吓怕，在项东的有效指挥下，逐渐走出谨小慎微的心理阴影。现在，也该是项东提出新的发展计划的时间了，差不多试用期三个月到期。

一路上，雷东宝满脑门的官司。他想不通宋运辉的态度，一样是离婚，当年宋运辉离婚时候他可没说什么，宋运辉今天这话到底是玩笑还是真话，他都搞不清。他最讨厌的还是梁思申的态度，那妖精凭什么说他，谁给她的特权她算老几，给三分颜色还真开上染坊了。雷东宝认定，宋运辉本质很好，就是被那妖精的枕边风给吹迷糊了。他压根就不要听妖精的，有时间他以后单独找宋运辉面谈。宋运辉自己一个接一个地生孩子，难道能忍心看着他绝后？看宋运辉说到又有孩子的时候那个兴奋样，难道他就不兴奋？男人嘛，应该都能理解。

因此雷东宝觉得他现在面临的最大问题只有离婚。没办法，孩子在娘肚子里日长夜长，他总不能让孩子生出来没户口。他也挺感激韦春红提出孩子生下来由她来养，可是一来孩子离了亲娘不好，二来冯欣欣又怎么肯，他又不是不知道冯欣欣借孩子上位的小心机，只有离婚一途，但又如何让韦春红答应。

雷东宝愁眉苦脸地回到老娘家里，见到项东趴在桌上写写画画，他老娘则是不知又跑哪儿热闹去了。雷东宝一走进去，项东便起身相迎。同项东这几天接触下来，雷东宝意识到，水平高超的知识分子未必像传说中的那么眼高于顶。以前以为宋运辉平常对他那是特殊关系使然，现在看项东也平易近人，跟铜厂所有人沟通顺畅得很，没人向他反映项东什么看不起人的事，最多鸡蛋里挑骨头，说项东一口普通话，最好给他配个翻译，大家都方便。不过这是题外话。

项东跟雷东宝提出，目前铜厂的负荷还没拉足，等拉足后，根据目前市场情况，会多出一部分产能，他准备慢慢地根据产能增加配备一个以加工出口铜制品为首的五金车间。先从铜制阀门、铜制水表入手，等待市场逐步打开之后，考虑增加冶炼能力，进一步减少成品杂质含量，以便未来考虑上马更高规格的电缆产品。然后扩大铜制品生产范围，考虑生产未来用途可能很广的铜管或者铜件。项东给出一个详细的计划表，时间、资金、绩效等都有详细规划。

雷东宝一听，有门儿，立刻就把什么大老婆小老婆都扔到脑后，专心致志于项东的说明。好啊，他找项东来铜厂当家，等的就是项东提出扩大生产建议的这一天。不等项东阐述计划有多可行，他心里已经认可一半。但是他即使打起十二分的精神，对于项东的话也只听懂不到一半。好在雷东宝不会不懂装懂，他不懂就不懂，只会理直气壮地不懂，因此他也能理直气壮地要求项东说得简单直白一些。

项东倒是喜欢这种理直气壮的不懂，不像他以前的领导，不懂就不吭声，一脸高深地装听懂，回头还要他写出详细书面报告，但他的报告呈交上去，多半是肉包子打狗有去无回，都不知道被领导塞在抽屉哪个角落。以前没有复印机，他不得不花时间抄写一份留底，后来有了复印机，千辛万苦获得复印批条，得以复印几份，交给领导的依然得是手写原件，要不然显得不尊重领导。日复一日，年复一年，他真是受够了。这回雷东宝的态度让他高兴，有问题提出，说明雷东宝认真考虑他的建议，有认真考虑，那么话才可以投机。

项东当然知道怎么说可以让雷东宝听得懂。他此前说得深奥，无非是想试探一下雷东宝的态度，毕竟彼此不熟，需要进一步了解。而且他平时总见雷东宝似乎懂得也不少的样子，他想试探一下雷东宝到底懂多少，现在试探表明，雷东宝仅仅懂得小雷家现有设备的大概和这个产业产品的大概。再一方面，项东多少是想显摆一下自己的能耐。于是项东深入浅出地再做一番说明。务必使雷东宝真正明白，产能必须提高，产品必须多样化，风险必须分摊到多样产品。

雷东宝听完解说，闭上眼睛静下心来考虑了会儿，才问出一系列问题。铜五金制品的技术要求高吗，设备要求高吗，出口容易吗，出口挣钱还是内销挣钱，既然如此为什么要先小规模试验，麻雀五脏俱全，老鹰也是五脏俱全，一样的五脏，为什么不搞大一些，人力投入可以摊平不少，为什么不做成规模，铜不够不可以向外买吗。

雷东宝的问题简单朴实，却又是出人意料地把复杂问题简单化。项东不得不在心里讪笑，发现自己太多书生小气，害得总是思考问题时候又精又深，却忽略宏观。

讨论问题的过程，其实也是解决问题的过程。往往问题在被讨论的同时，总能得出相应的结果。项东有想法，雷东宝有钱有权，两人凑一起商量，基本上不再需要其他人意见。事情很快便给确定下来，铜阀门或者水表的项目优先考虑，但先在附近看看有没有可以借壳的工厂，如果有，把它股份制过来，总比一穷二白地建起一个车间来得强。但项东说一穷二白也不是问题，他认识技术人员，这种车间只要有几个技术人员和能熟练操作机床的工人就行。

雷东宝感觉很好，总算第一次地，他在开始一个全新项目的时候不再有带着一丝盲目的心虚。

完了他就问项东："离约定三个月还有三天，这三天也不要了吧，我明天把车送过来，把房门钥匙送过来？"

项东也是有些谦虚又有些客套地问一句："书记看我还行吗？可以留下来吗？"

雷东宝笑道："废话不，留不留得下来你心里不是最清楚？我跟谁都没说你有这三个月试用，你也老实不客气，不出二十天就在铜厂放手动刀子，你早在那时候已经准备留下来了。"

项东讪讪地道："让书记识破了，呵呵。还不是要看看书记的意见。"

雷东宝道："你可真是实诚，差三天才肯招呼我。是不是技术人员都这样，钉是钉铆是铆？"

项东笑道："不过……好像是有点。那我们这么定，按照新出来的《劳动法》，我们签订一下劳动合同，再由厂里给我落实养老保险，收入的问题……"

"收入问题我给你做主，你提出来的准保没我说的高。一是在雷霆的股份，份额比我差一级，与正明同级；二是在我们一个场外销售公司的股份，也是这个级别。这个公司你最近应该有接触，我不瞒你，这是打算跟镇里打游击用的，现在总管这个县电缆行业的营销，每年收入也不错，你的股份还是跟正明平级，只比我和红伟少一点。这两份股份按照去年水平，总体算下来，你一年往小里说，最起码分到二十万。工资我不给你涨了，涨了也没多少，别让你工资弄得比我的还高，你做出头橡子。你既然来了这儿，我看还是不要刻意把你当外乡人，对你工作更有利，你看吧。"

但是项东已经翻阅过铜厂去年的财务记录，今年他着手提升生产效益之后，利润可望翻倍。他考虑之下，道："谢谢书记给我这么优惠的条件。但是铜厂目前既然已经实现独立核算，应该有办法对铜厂进行独立考核。我与铜厂考核结果挂钩，我做得多，多拿；我做得少，少拿。一方面调动我的积极性，一方面也可以给我压力。书记你看是不是？"

雷东宝想了会儿，道："是这个道理。赶明儿我把电缆厂的厂长也这么计算一下，不过这下股份数就得拖几天了，我一时算不出来个准数。"

"行，书记你是爽快人，我相信只要我在铜厂干，你不会亏待我。"

雷东宝点头："没错，就这话。收入分配上，我们有教训，以前我只想到要大家做事，没想到要给大家分钱，钱拿来都发展滚发展了，结果出了一条人命，我进去坐牢，差点还给扣上大帽子判大刑。说来话长，以后你有兴趣问小三了解。你忙你的，我找隔壁正明说几件事去。"

项东起身送别。当然项东是绝对不会猜到雷东宝与正明谈话内容的。

雷东宝在路口叫正明出来，两人一起走去前不着村、后不着店、没遮没拦的桥头说话。正明一看这阵势就知道雷东宝想说的是什么，他忙递上一支烟，轻道："书记要我做什么？"

雷东宝刚才跟项东说项目时候的快活劲全没了，坐在桥栏上闷闷地吸烟："怎么离婚？"

正明也知道今天韦春红大闹租屋的事，但闻此言还是惊道："干吗离婚？"

"我要小冯肚皮里的小孩。"

"书记，你完全可以不离婚，我可以出面帮你同小冯谈，许她一点好处，小孩生下来归你，离婚这种伤筋动骨的事……再说影响也不大好。到底……是不是书记嫌春红姐长得老相？"

"你少瞎猜，跟你说了，我要孩子，我一点冒险都不敢。"

"书记，你的心情我理解，可你又不是不能生，你这不一炮命中了吗，你怕个什么？咱不说你跟春红姐的情分，就说你要离婚，你得分多少钱给春红姐，可买个小冯生的孩子，那套房子就算给她，再给她个十万，她能好好找个人嫁了，谁敢嫌她。书记，三思。"

"我对谁都没情分，我不宝贝谁，我只宝贝我的种。这孩子，肯定跟我那没生出来的孩子像。"

正明立刻没声儿了，但心里说，脑子肯定跟那个没生出来的孩子差许多，宋家人多聪明啊。

"你不是鬼主意挺多吗？怎么问你就没话了？"

正明只得赔笑，连声说让他好好想想。雷东宝没逼他，两人坐桥头抽烟。好一会儿，正明道："书记，我去跟春红姐说说。"

"说什么？"

"书记就别问了，逃不过是我替书记挨春红姐骂去，春红姐骂爽快了，她是个明理的，她会做出正确决定。"

雷东宝想了会儿，道："行，你去，赶紧去，她还没关门，这时候。恐怕她关门了今晚也睡不着。"

正明问雷东宝拿了车钥匙离去。

韦春红的饭店今天早早打烊，而韦春红果然是没睡着。宋运辉给她的反馈是谈崩，连宋运辉都没办法，她还能指望谁。她又哭了好久，亲妹妹陪她一起哭一起骂，可也没用。尤其是想到今晚雷东宝又不知在哪个屋里找那狐狸精鬼混，韦春红更气得了无生趣。这个时候正明敲门，韦春红估计这是个说客，她让正明进来，看正明到底打算说什么。

正明进门，韦春红劈面就道："你还有脸见我，他们当着你勾搭成奸，你瞒得好！"

正明连忙赔笑："这事我有责任，我有责任，我向春红姐道歉。刚才我也劝了书记，别提离婚，拿笔钱打发了那丫头，孩子拿来春红姐养着，书记总算有后，大家照旧过日子，不是好？春红姐你说呢？但书记怕那女孩子打胎。你说一手钱一手棍子伺候着，小姑娘有家有庙的，敢打胎吗？"

韦春红道："对，就那话，你给我跟狐狸精去说。"

正明小心地道："可书记说不行。书记说那孩子肯定最像他过去那个没见天日的孩子，因为那狐狸精长得像宋总的姐姐，书记一点风险都不敢冒。"

韦春红今天第二度惊住，久久地只有进的气，没有出的气，她到现在才明白雷东宝的真正心思。想到雷东宝至今皮夹里还夹着宋运萍的照片，再加雷东宝想死了要个孩子，这两条加起来，她一个半路夫妻又没养个一儿半女的还有什么话可说。

正明等了会儿，等到韦春红终于眨了眼睛，合上嘴唇，才道："春红姐，你做了我那么多年的姐，我实心实意劝你一句，当务之急，让孩子平安生下来，让书记记你的情。至于以后，你还有什么顾忌？书记总是欠你的。"

韦春红猛地扭头，盯住正明，好一会儿，才缓缓点头："你让我想想，你回吧。"

正明赔笑告辞，走出门外才敢喘出长气。他清楚韦春红的为人，市县开两家饭店岂是容易的，那是黑白两道都得摆平的活计，比开贸易公司还复杂。除了生孩子，韦春红实在没办法，其他岂有韦春红做不到的？基本上，如无意外，他算是圆满完成书记交给的任务了。

正明走后，韦春红泪也不流了，人也清楚了，与妹妹关门商量对策。都觉得正明说得实在。她也不等雷东宝再上门来，自己打电话上门给雷东宝，说她念在多年情分上，答应离婚，不让雷东宝为难，但希望小雷家的生意继续交给她做，雷东宝这两年挣的钱留给她养老，其他什么要求都没。

雷东宝不知道正明究竟跟韦春红说了什么，让韦春红答应得如此干脆。这要求不高，比他原来设想的要低。因为谁都知道雷霆才刚恢复没多久，他手头挣的交给韦春红保管着的没多少钱，他最大的钱财都在雷霆的股份上。他因此非常感激韦春红，连连说"我对不起你"。韦春红顺势提出要求，要求他再过去跟她过上一夜，雷东宝也答应。韦春红放下电话苦笑，这往后，她这正儿八经的大老婆，转身反而要变成小老婆了，但她能忍。

雷东宝回头就把跟陈平原跑银行的差使交给正明，为铜厂增建新车间准备充足资金。正明正喜欢做这种出头露面的事，最先还是陈平原打电话上门预约，他跑上去联络，后来他就自己跑开了。雷霆用两年时间再塑本地产业界龙头老大身份，再加有陈平原找人牵线搭桥，银行毕竟对正明的上门半推半就。贷款渐渐进入实质性操作。也看贷款有望，更考虑到门面需要，正明提议集团买辆现在看来派头最大的德国奔驰轿车，向银行充分展示实力。这个提议正中雷东宝下怀，雷东宝虽然心疼，可答应了。除了奔驰，还能有什么可以更好地衬托他的老大身份。他们向汽车公司预付定金，等着贷款落实就提车入库。

雷东宝的离婚操作也很顺利，很快他就办了人生的第三次婚宴。第一次婚宴的时候他没钱，叫来朋友搞集体活动击鼓传花闹半天算完，满晒谷场的人送上的祝福比晒场夏天堆积的谷粒还多；第二次婚宴的时候他愁贷款，借结婚之际将各方大佬请进韦春红的饭店，婚宴现场办公，解决了贷款问题，都没几个人还记得这是婚宴，记得离席时候祝福一声；第三次婚宴，他在一家宾馆办的酒席，新娘子冯欣欣穿着雪白时髦的婚纱，站在肥胖的雷东宝身边，更是被映衬得美若天仙，但很多人嘴上祝福，心里不屑，这回的婚宴场面宏大，开了五十桌，收来的红包足够抵消婚宴支出。

而韦春红的饭店还是照常营业，雷霆的饭局基本上还是在她饭店里，有时候雷东宝喝多了，熟门熟路地自己走上楼去休息，大家都觉得这是理所当然。

09

梁思申终于没去成印度，老老实实来到宋家度假，没想到才来第二天，就来了雷东宝那一档子事。

为了梁思申的来，宋运辉赶紧给家里所有房间装上空调，一时厂长家看上去满墙都是空调外机。但即便只是装两台空调，也还是要了宋运辉的老命，一台一匹半的三菱分体壁挂机几乎是他的一月工资，何况柜机，还是梁思申拿钱给他才周转方便。可这样花钱，舒适度依然是大大不如锦云里。弄得宋运辉悻悻的，心里不是滋味，不过这些只是小意思，梁思申来才是最让他高兴的事。

雷东宝的电话过后，宋运辉自己打了个电话给韦春红，但也没法说到什么实质性内容，最多只能安慰而已。打完电话，见梁思申已经下楼去，楼下还传来叮叮咚咚的钢琴声。宋运辉莞尔，这个时间不是宋引练琴的时间，一定是梁思申使什么花招让宋引练琴。但他想到程开颜一个劲要求过来看宋引的电话，心里就烦，不得不做了恶人，很难听地回绝。按说分手切忌藕断丝连，可有个孩子夹在中间，就没法做得彻底。想到韦春红还拿生不出孩子当自己的罪，他可真有些佩服梁思申，这么个时髦事业女性却说生就生，因此也不会有中年之后怀孕艰难的忧思。

他忍不住走下去，果然见梁思申坐在钢琴边，他听得出女儿总是有一段练不过去，到那儿总是拖个长音。他听了会儿，等不知几遍之后女儿终于越过那道坎，他才跟梁思申道："萧然想跟我们吃饭。"

"等梁大他们过来一起吃，省得今天一顿明天一顿，你时间多紧啊。他还没被日本人搞死？"

宋运辉笑道："他那是温水煮青蛙，可又不敢乱来，他父亲快退了。对，我们比较严肃地说件事。"

梁思申奇怪，起身跟着又回楼上去。"我们这回进来几个新人，其中两个是跟我差不多身份的人，他们可真会找人力资源。"

"有工作经验的，还是没工作经验的？"

"没工作经验，都是大学毕业出国读硕，毕业就给招回国。跟我差不多是半个土生的没法比，有文化隔阂，就有交流障碍，但也做得不错，我打算要一个来给我开拓市场，说起来倒是也谢谢外公带我出去。"

宋运辉笑道："好，有人来分担你的负罪感了。我好奇，他们跟你差不多脾性吗？"

"差不多，著名学府出身，都很优秀，聪明、能干，也没萧然那样的张狂，待人接物都很得体。不过我才接触几天，还不能下定论。呀，好像我在夸自己？"

"如实描绘。"宋运辉笑。

"打算什么时候让猫猫去美国读书？"

"这是我头痛的问题，首先是经济问题……"

"这不是问题，让外公负担费用，他没理由白使唤你。我读书的那家小学一般人即使有钱也很难进，外公是一方名人，有办法。进那小学后，进我读书的那家中学就容易点了。"

宋运辉没想到梁思申会提出让外公负担费用的话，还以为梁思申会比较清高地要求他撇清与外公的经济关系，没想到她说得那么理所当然，宋运辉一时有些想不通。但想不通归想不通，他得继续说下去："再一点，我考虑的是猫猫的智力。她能很快适应当地语言吗？能跟上同学们的进度吗？"

"不怕，如果跟不上就留一级。我出去时候都四年级了，不也没事？胆子大些就闯过去了。如果决定的话，我生孩子时候带猫猫过去，先适应一段时间的语言，然后我照料着进学校，观察几天。"

这是一个美好的计划，但是宋运辉不得不谨慎地道："我担心，猫猫的智力不如你，万一她跟不上进度，会不会自暴自弃？我听虞山卿说他儿子出去的时候遇到适应问题，有一段时间很自闭，幸好他太太跟在美国。"

梁思申想了想："是，压力很大，不过我一向胆大，自己找美国小朋友说话。猫猫比我淑女了点，要不过去观察几天，行的话留下；不行，等我产假结束一起回来？挺简单的。"

宋运辉想来想去，还是道："不简单，而且你那时候自己都忙不过来。你还记得你以前跟我说的吗，那时候你对那些风吹草动的不公平对待，可是上心得很，小孩子的承受度不如大人。"

"做爸爸的可真细心。是，过去跟舅舅们一起生活的阴影至今影响我脾气。你取舍吧，不过我看新进来的那两个大学毕业才出去留学的同事看上去也不错。呵呵，我现在有些佩服我爸妈把我送出去的勇气了。"

宋运辉也笑，但这笑有些涩涩的："不是我不放心，再说有你带着出去，我有什么不放心的。只是这学年结束时，我请猫猫的班主任吃饭了解情况，班主任很婉转地建议我，能不能取消猫猫的其他兴趣学习，免得占用太多精力。猫猫的课外班看来影响了她的学习，她一年级刚进去是班长，现在只是课代表，小孩子选班干部投票基本看成绩投的，你说我该不该顾虑猫猫去美国能不能适应？"

梁思申心说这也是，适应需要智力，但违心劝解的话她不说了，只点头称是。

"再说未来我的收入可能也可以再高些。好了，不说这些……"

"终于转入严肃话题？刚才的话题不严肃？猫猫的终身大事呢。"

"我没说不严肃。"

"怎么会没说，一定要直说了才算说吗，太小看我们的中文水平了，不严肃。"

宋运辉只好笑，他似乎不会赖皮，遇到梁思申轻轻一耍赖，他就没辙。再辩，只有更被抓辫子，还不如早早投降。

但梁思申显然没想放过他，笑道："咦，你平时几乎天天应酬加班的，我来会不会影响你的严肃工作？"

"那行，我们现在开始严肃工作。跟你说件事，你爸爸想让我效仿你外公参与的那个项目，与他一起改造两家你们省的企业。"

"哎，爸爸终于想革新了？可是国营银行经营领域如此单一，传统作风如此呆板，他作为一个地区领导忽然做出突破领域的改革，可能政策压力会挺大。嗯，他找你算是找对人了，你经手过一个项目之后已经熟悉门路，有些压力可以让你承担，爸爸可真好意思折腾你。你要是忙不过来，就拒绝吧，别不好意思。"

宋运辉听了大为意外，竟是好久没法答话。这次谈话是他计划良久多方措辞之后才得开展的，他最担心的是梁思申这个严守职业道德的人因此非常反感梁父的灰色行为，弄得他这个非梁家人就像吹枕边风搞揭发，挑拨父女关系似的，角色比较暧昧。他全然没想到对国情认识宏观、对官场认识微观的梁思申竟然对她爸爸存在认识盲区。他没想到，梁思申竟会没意识到她爸爸试图调用银行资金曲线服务自家创收。他犹豫了一下，将谈话中止，梁思申既然不知道，就不知道到底吧。"那好，我看看工作安排，如果安排不过来，只好跟你爸说对不起。"

梁思申也没当回事："知道申宝田申总吗？我请朋友把他一家办出国去了，他一直想请我吃饭想给我送礼，我没要。不过这回想问他借辆车子用用，来这儿没车真不方便。不会有人把以权谋私帽子扣给你吧？"

"有什么关系，这是你的交情。申总最近投资挺大，一条收费公路里有他不小的股份，他通过别人游说我们东海公司加入，我暂时没资金。他是个很有开阔思维的经营人才，你想不想撮合一下我和申总？"

"很容易，他也想认识你。"梁思申笑道，"要想富，先修路。我真是被这句话害惨了。我现在一看见前面修路先自觉吐起来，不等它颠我。我们是不是该下去跟你爸妈和猫猫说会儿话？"

宋运辉笑道："今天有点不想。"

"哎，还是下吧，再不下去他们心里该埋怨我独占你了。"

梁思申早已看出宋家父母都是和善得令人产生内疚感的人，所以她也加倍善待。她最喜欢的话是一句歌词，朋友来了有好酒，豺狼来了有猎枪。猫猫喜欢她，她也喜欢猫猫，白天她闲着也是闲着，带着猫猫出去逛街，结果一逛两逛，逛到她参与设计的欧洲风情街上，那儿都是漂亮的衣服，美美的小首饰，天热太阳烈，游人却可以猫在宽阔的欧式走廊阴影下闲逛，猫猫很喜欢这儿。

梁思申也喜欢，她甚至觉得这条街比李力梁大最终接手的百货商场还有韵味。美中不足的是两边店面中间马路上穿梭的自行车和汽车。她当年的设想是把这儿做成步行街，但从眼下这条簇新的商业街来看，杨巡没那么大的活动能量。

其实梁思申拖着猫猫逛街的时候，杨巡看到了他。虽然现在街上女孩的衣服也亮丽起来，店里也不乏上千元的时装，可梁思申一出现就吸引他欧洲街管理办公室男女员工的眼光，他也就顺势看到了。他看到梁思申的时候不由得在心里想骂人，他刚对一个女孩子有点心思，可她一出现又让他没意思了。

回来过最后一个暑假，准备不日出发去上海报道工作的杨逦也看到了，待得杨逦认出梁思申，她不由得踢了大哥一脚，怒道："真不争气，人家怎么待你，你还对她贼心不死。"

"以前那事起因在我，我后来想清楚了。老四，说起来你应该向梁小姐学，她待人非常明理。像她那样出身的人，就算是鼻子朝天都没人说的，可她不一样。你有个没多少钱的大哥，我看你已经在我办公室里横行。你这样的态度拿去上班，我都有点担心你，做人还是夹着尾巴的好。"

"别口是心非了，大哥，说瞎话是最达不到教育效果的。瞧，她们进肯德基了。她不是说品位好吗，怎么吃那垃圾食品？"杨逦偏不服气，大学四年，让她眼界开阔，明白心有多大，天有多高。

"你不也巴不得天天吃肯德基？去叫老二来。"杨巡记得以前梁思申说过中餐吃多了那胃就想吃西餐。

杨逦懒得动，只是拿脚一撑桌子，椅子正好滑出去，滑到办公室门口时候她便双脚点地，正好停在门口。然后她观察一下，见有人正好看向这边办公室，杨逦就伸手示意那人叫外面的杨速进来。杨巡在一边看着一张脸虽然没变，可陷在眼眶里的两只墨黑眼珠子却是深了又深。他一向是宠着这个妹妹的，但刚才杨逦对梁思申无理由的刻薄让杨巡稍微反感了一下，于是他这个时候就是以没有偏心的、不偏不倚的心态看待杨逦的这场偷懒了。

刚才杨巡说杨逦横行的时候，还带着点戏谑，可这时候心里感受不再轻松。他心中默默调整了一下准备召开的家庭会议内容。

杨速进来，就自觉把门关上，笑道："老四这个新秘书特别懒。"

杨巡道："懒倒无所谓，反正我本来就没要求。但不能对同事太不尊重。"说到这儿，杨巡脸色一端，严肃地对杨速道，"同事跟你是什么关系，你是发工资给同事还是同事欠你的钱，你凭什么肆意指使同事？我刚才跟你说的要你学习梁小姐的合理，看起来你没当回事。你看看老二，他现在管着具体工作，我基本不用插手，可你看老二有要个小办公室没有，有看老二对同事吆喝没有，没有。老二都没有，你凭什么？你是比老二的贡献大还是资格老？老四，你刚才这种混账态度，大哥前两年最混账时候也犯过，以为手里有几个小钱，跟谁都可以呼来喝去，最后栽了跟头才明白这世上山外有山，天外有天，我们这种小小的人根本算不得什么。做人，顶要紧的，把自己当个人看，把别人也当个人看。好了，别一说就给我眼泪，我们说说你分配后的事情。"

杨巡本来想拿出平时教训员工的态度把杨逦好好教育一番，免得小妹啥都不懂，走上社会遭人欺负。没想到才没说几句杨逦就给他眼泪看，他只好收起狠话，后面越说越不针对，越说越宏观，最后只好无奈地虎头蛇尾了。

杨速此时已经基本上成为杨巡的最佳拍档，他见此调节了一下气氛："先说个最要紧的，等下我们再去吃肯德基？"

杨速没想到这个肯德基正好是刚才被讨论过的，杨巡闻言看着含着泪水瞪着他的妹妹道："我都在想你回头才一千多块工资，不如我每月给你的多，还哪来的钱去吃肯德基，一顿肯德基起码吃掉二十块啊。"

杨逦倔强地道："我工资很快就能提高的。"

"好，这话说得很有骨气。"趁杨逦低头的瞬间，给杨速做个眼色，见杨速心领神会，才接着道，"老四，以后你工作了，我们就不给你生活费了，你得开始独立生活。但考虑到你刚开始工作，工资不高，你们公司又不给宿舍，我看你付了房租就没钱吃饭，我们不放心。我已经让人去上海买下一间八十平方的房子，等你上班转好上海户口就去签合同办手续，房子就放在你的名下。但是我们需要说明的是，这房子只是借你的名，产权还是属于我，在你获得自己的房子之前借给你住。原因嘛，你也知道，没上海户口的人没法买上海房子，你看这样行不行？"

杨速听了此话吃惊。此前大哥和他商量时，两人都担心杨逦的安全，不敢让最小的妹妹租房子住，决定买套房子算是送给杨逦毕业工作的礼物。杨速不知道大哥为什么忽然改变主意，想到刚才大哥给他的眼色，他暂且不表。

杨逦却因为刚才被大哥教训，不愿领此恩惠："你想在上海买房子，我可以把我的身份证借给你。但是我不需要住到超过我收入水平的房子里去，我会与同学一起租房住。"

杨速心说怎么说僵了，他想插嘴，但被大哥又一个眼色镇住，只得继续闭嘴。杨巡就喝彩道："行，有志气。那这样，房子既然已经交钱了，等你身份证转好就去办下手续。完了我们签署一份协议，说明一下这房子的真正产权归属，杨速作证。"

杨速心说大哥这也太过分了，兄妹之间需要这样吗，又不是外人。果然杨逦道："大哥你放心，帮你这个忙还是会的，你想弄个清楚，我也赞成，但房子我不会去住。"

杨速忙道："老四不要往什么骨气不骨气上面想，大哥做生意一向亲兄弟明算账，签一个协议并没什么其他意思。"

"我清楚，现在又不是古代，现在都是口说无凭，立函为据。既然我的同学们刚毕业也能活下去，我为什么不能？"

"你不一样，你一直手头宽裕，你不知道一个人在上海工作生活有多艰难。"

"既然大哥以前才不到二十岁就能闯东北，我一个名牌大学的毕业生怎么可能活不下去。你们忙，我回家吃饭去。"

杨速看着妹妹愤然离开，对大哥怒道："大哥，不用分得那么清楚吧，不行用我的钱。"

杨巡摆手："我要让杨逦吃点亏学会做人，她现在骄得目中无人，我看跟她学校里花钱大方，很多人捧着有关。"

"可大哥，她是小姑娘，万一吃点有些亏就是一辈子的事。"

杨巡头痛，他也怕这件事："问题是杨逦要是性子不改，也是吃一辈子苦头的事。这样吧，还是照以前的老规矩，你去背着我照顾她，但别照顾得过头。那房子到时你去办手续，回头让杨逦自己花钱装修了住进去，算是名正言顺点。你给我记住，装修你可以出钱，但你最多只能保证装到简单生活需要。"

杨速道："大哥，还有没有其他办法？我怕老四这脾气，可能我再怎么说她都不肯去住。"

"有什么办法?你看看刚才,我让她去叫你,她立刻下手支使别人,派头那么嚣张,连我们两个都不会这么支使手下。我才一批评她,也没怎么说吧,她比我还有理。要说我养她一辈子也不是问题,可我只是个小生意人,有钱没权,罩得住她吃穿,罩不住她外面得罪人。总要让她自己学会做人才行。你试试,能劝住就住,不住也别勉强,她总要单飞的。"

两兄弟都对一个妹妹束手无策。正好这时候广告公司的业务员来,拿来设计好的欧洲风情街最后几间店铺的招租广告给杨巡过目。杨速也凑过去看,见上面醒目大标题是"尊崇领域,时尚荣享"。杨速心说这句子怎么半通不通,如此拗口。杨巡看着只觉得玄,玄得他都没敢吱声。他们自己设计出来的广告总是不好看,反映不出欧洲街的与众不同,而现在这八个字看上去个个字都挺高贵,却又感觉非常做作,与时下那些常见的广告味道大大不同。那广告公司业务员说,设计这广告的设计师从深圳来,以前在香港人开的公司工作,拿出来的文案与众不同。

杨巡这欧洲风情街的铺位本来是全部已经出租的,可他最后为了控制铺位的时尚风格,硬是伤筋动骨要了一番赖,于是风情出来了,却有几个铺位暂时没人租用。他想出一方面让业务员去找本市已经开着的有些档次的店铺过来加盟,一方面登广告吸引租户眼光,即使没找到租户,起码也可以为他的欧洲街打广告。所以,这个广告一定要够出位,够时尚。杨巡看来看去,这八个字够不错,就想答应。

杨速却提出如此不通顺,会不会被人讥笑没文化。比如明明只是商铺,说成领域会不会太夸张,前面尊崇似乎是动词,这荣享两个字似乎没怎么见过。杨巡文化水平低,虽然有自习过高中课本,心里总是有点没底气,杨速这句提示正好击中他的要害,他一时有些犹豫。

广告公司业务员就向杨巡滔滔不绝地介绍设计师的资历,杨巡听着又动心了,看来设计师是个很有文化的人。最后拍板决定就用这个,要求广告公司放到日报第一版下面。但两兄弟都有些担心,广告登出来后会不会成为笑话。根据广告公司的说法,两天后的星期三,可以见报,广告公司自有与日报社广告部非同寻常的关系。

杨巡想，就等两天后看反应吧。他中午吃完饭，在办公室沙发睡一觉，去党校参加培训。这是市里组织的对全市非公经济领域负责人的政策法规培训。不像当初组织去香港参观，大家那是踊跃报名，还得被择优录取，这次党校培训应者寥寥，还是各主管部门领导出面打招呼，才把一众非公领域的负责人押进课堂。杨巡野生放养惯了，哪里坐得住这四十五分钟，若不是怕听课时候打瞌睡出洋相，他一般中午根本无须午睡。

但杨巡心里也想去听听究竟有些什么政策法规。他想到最初从东北移植到这海滨城市，全靠宋运辉当初认准政策对沿海地区的倾斜，他若不是走对这一步，以东北现在发展不如沿海来看，他在东北未必会有今天的成就。还比如他拿下欧洲街地块的契机是有纺织局的朋友告诉他二轻局改制的政策动向，让他抢先一步，走在别人前头，拿下这块稀有土地。因此他早就知道，想赚钱，找政策，那是颠扑不破的真理。

但是政策停留在课本上，与政策流传在唇齿间，那完全是两个不同的概念。对于上面党校老师枯燥的讲解，他若非中午好生睡了一觉做好充分准备，保证不出十分钟就能打盹。他总算是勉为其难地坚持下来了，但老师还是看着一屋子三分之一的睡觉人口很是尴尬。课间时候杨巡问老师能不能讲些最新政策，最好能讲讲新出台政策与过去的不同，没想到这一问正好问到点子上了，不用照本宣科的党校老师当即旁征博引，滔滔不绝。起头讲的是去年出台的《公司法》的来之不易，其中涉及的方方面面问题背后有如此这般的制度考虑。

课堂上好几个人顿时竖起耳朵有了兴趣，尤其是杨巡更是挪窝搬到老师讲台前面，认认真真听老师细说由来，这才知道原来他经历过的不堪回首的红帽子经历还涉及私有公有、私营经济规模的逐渐被解套等问题。虽然这些话题并不能立即提醒杨巡现在可以投资什么、可以建设什么，可是这些话题却让杨巡将自身经历与政策相对照，渐渐明白自己所做的事究竟是什么性质，还可以放开到什么程度，或者有什么底线不能触摸。

当然，课堂上也有几个人依然听不进去这些脱离教材的内容，但老师已经不顾了，下面大多数人围成一圈听得认真，老师在上面就讲得开心。不知不觉又一堂课结束，大家索性邀请老师一起吃饭，移师到一家饭店的包厢。没了讲台课桌之区隔，又有杯酒下肚，自然大家的互动更热烈了。

杨巡自告奋勇地送老师回家，他自觉看问题又有新的角度了。他终于开始知道，原来报纸头版头条的新闻，可以这么样子地解读。但前提，当然是他必须了解更多过去的政策演变。

杨巡想到过去的政策有那么多，当然不可能做到面面俱到，总不能连计划生育政策也了解吧，他决定从经济相关政策入手。但是资料何来？他最终想出办法，干脆请那党校老师做私活，他出工资请那老师给他收集提炼自他出道之日起的种种经济政策。杨速对大哥的行为大感不解，杨巡也不明白自己这么做有什么明确目的，他只是感兴趣，非常感兴趣，他想，那就算作为一种娱乐吧，一样是花钱，总比吃喝玩乐强。而且他还投机地想，摸清政策发展轨迹，会不会让他有能耐预测政策未来走向呢。当然，他又很快讥笑着否定自己了，他算是什么啊，才小小一个个体户，哪有那么高的觉悟，要预测，那也是整天泡着那里面的党校老师他们的事，还有时不时跑北京的宋运辉他们的事。

但是，他想，熟读政策，起码能让他避祸吧。他已经吃过太多太多莫名其妙的苦头。

10

梁思申与一起过来的梁大、李力、萧然相约吃饭。正好宋运辉有事没法相陪，她就自己开着问申宝田要的车子，来到新建四星级丝路大饭店的十三楼。这家宾馆她知道，以前杨巡告诉过她，思路还是杨巡的，当中也有她的些微智慧在闪光。她到的时候那些人还没来，她就拿起一张当天的日报翻看。没想到有杨巡那家欧洲风情街的广告。看到那八个字的广告语，她忍不住笑，真是酸得别扭，亏杨巡会采用。不过似乎这样的效果应该比较好。

她前两天去过一次，一圈看下来只给宋引买了一些花花绿绿的饰品，自己什么都没买，但已经看出街道还缺少的是什么氛围。她还有招商的思路，但是她得憋住，她不想再傻乎乎凑上去帮杨巡。

一会儿李力先过来，看见梁思申就微笑道："赫本。"

梁思申笑，她为了封山育林，不惜剪掉缠缠绵绵的长发，不知多心疼。"梁凡还不下来？"

"我们刚到，你打我们电话的时候我们才办登记入住，修路塞车，耽误许多时间。梁凡……哈哈，竟然晕车。"

"咦，人种退化？要不要送去神农架充实野人种群？萧总还在厂里，他最近很痛苦，据说天天跟日本人开会。"

"我早先劝他宁可低价售出股权，割肉退出再说，他不肯。现在想退都没人接手了，他的光荣事迹几乎已经成为经典教材，说家喻户晓也不为过，估计他见你又得讨教招术了。"

"我没招，早前教过他，他没执行，现在为时晚矣。"她想了想，又补充道，"要是有招，杨巡还能不跟你们纠缠？看看这个广告，杨巡的一条商业街的招租广告，我看比你们的商场有创意。"

李力看了点头道："不错，有股来自珠三角的香港气。我们的商场经营情况不是很好，我倒是有些想放手把经营权交给杨巡了，只要他给我固定回报，你会不会在意？"

梁思申微笑："我无所谓，只是杨巡未必肯接这种经营性工作。梁凡来了，脸色苍白得像个吸血鬼。"

梁思申正想取笑梁大，梁大却没等落座，就急急地道："小七，怎么叫老萧一起来，我们最近都被他烦死了。等下他说什么你都别接招，他那又蠢又狂的德性，谁也救不了他。"

"哦，好。"梁思申这下不好意思再揶揄梁大，将手中的苦橙花油交给梁大，道，"擦人中和太阳穴，会舒服点。"

梁大拿了苦橙花油，却非要简单阅读了上面的英文说明才肯用："你拿这当万金油用？"

"我现在是孕妇，我得时时提防反胃。"

"你？"梁大两只眼睛瞪得老大，不由得看向他对面也惊得眼睛滚圆的李力，"真的还是假的？"

梁思申也奇了，道："我有必要撒谎？或者这事可行性不高？"

梁大奇道："李力，你看看我们俩的太太都还在讨论不生孩子，说生育影响这影响那。你看看小七这个干脆啊。你当初怕这怕那怕一大堆，结果你看，小七反而是最传统的。"

李力有些尴尬，梁思申也当作没听见。李力当即拿出手机给萧然打电话，不理梁大的取笑，没想到一问之下，却是萧然与日本人又在开会，开得没完了没法出来。这个消息让三个人都一声欢呼，如释重负。三个人这才好生依着自己性子点菜吃饭，都说好好的上海人，偏只有到了外面才有时间聚头吃饭。

梁大与李力不一样，在自家堂妹面前顾忌较少，与梁思申谈起对那家商场的忧心，他总感觉商场高了个档次，却没高的销售额，是个大问题。每天商场的灯亮晃晃地照着顾客空着手进、空着手出，这样下去总不是办法。梁大也提出想找杨巡谈谈让杨巡接手管理商场，但考虑到当初交恶，回头的会谈估计会比较艰难，他和李力准备让原本是杨巡手下的一位商场经理出面邀请杨巡一起吃饭，先缓和一下气氛。

梁思申奇道："是亏损到难以维持，还是想更上层楼？"

梁大实实在在地道："我们扩张之始，没有考虑到人才的扩张跟不上手中盘子的急剧扩张，所以现在很被动，上海那边我们每天可以盯着，对上海之外的两个项目就精力有限了。我看老萧犯的错误是不能当机立断甩掉烫手包袱，以致两只脚在泥沼里越陷越深。我们不能学他，想趁现在商场人气还旺，赶紧转型，找对出路。杨巡这个人一直在商业流通圈子里面打转，因此我想征求一下他的意见，如果他有好的想法，我们准备和他谈谈。"

"偏偏你现在又晕车。"梁思申仍不免要揶揄一把梁大才肯罢休，想到梁大是因为接手了她的糊涂账才致面临麻烦，她略作沉吟，道，"杨巡那儿……我替你们约吧。你手机给我，我不想用我的。"

"你们不是死对头了？小七，你要想清楚，你约了，你就得给我们做中间人。"

"知道，但我得想想他手机号码。"梁思申还在捕捉着打上火漆封存的记忆，李力已经翻出一只电子记事本查阅，一会儿工夫，李力就把杨巡的号码放到梁思申面前，这时候梁思申也想到杨巡的号码，对照之下才发现自己已经落后，人家杨巡的已经改作139开头的号码了。

电话响了很久，才被那边的杨巡接起，梁思申听见杨巡开口就说"晚上好，梁总"，一愣之下想到杨巡是在跟她手中手机的主人梁大打招呼，心说这双方互不联系，却是知己知彼得很。梁思申感觉有事有人无事无人，虽然知道杨巡不会讥笑她在香港机场时候扬长离开，现在却又巴巴地主动找上门，但自己总是心里尴尬。她有些自嘲地道："我姓梁，可不是总。我梁思申，在丝路大饭店十三楼吃饭，你有空出来吗？有两……"

"有，我立刻过去，十分钟。"

梁思申听到电话那边"我先走"的声音，估计杨巡在别处的一个饭局告别，忙道："我刚才的话没说完，想见你的是我堂哥和李总，你商场项目的其他两位股东，我只做个媒介，请你考虑后再答应。"

那边已经从饭桌边起身的杨巡愣了一下，才想到对了，这个电话号码是梁凡的，当然梁凡应该在场。那两个股东想要跟他谈什么？但杨巡还是英勇地道："我立刻过去。"无论到场时候会遇到什么事，他去是给梁思申一个回报。而且他想，梁思申亲自出面的事，总是梁思申自己能操控的吧，那应该不会对他有什么伤害。当初想清楚前因后果之后，他看人客观了许多。

梁思申对杨巡的态度有些惊异，回头想想杨巡在去香港飞机上对她的表态，难道这个人嘴里也能说出真话？她但愿自己这回不是再做东郭先生，希望杨巡真能良心发现。不过她对此所抱希望不大，她对杨巡这个人的真真假假已经没什么信心，因此她对梁大和李力道："我只负责帮你们叫来人，帮你们压阵，其余的你们自己谈。"

梁思申说话时，她自己的手机响起，却是宋运辉来电。没想到程开颜突袭来访，由其哥哥陪同直捣宋家探望女儿宋引。宋运辉说他正回家处理。梁思申心里添堵，不免想起妈妈在婚前的警告。她一时心烦意乱，她也知道自己最近可能荷尔蒙失常，情绪经常起伏，她只能勉强控制自己喜怒不形于色，却不能让自己心里超然，总是忍不住地想他们原本的一家三口见面会是什么光景，因为宋运辉的这个电话明显是提醒她短时间内别回家遇尴尬的。

梁大见梁思申脸上有些变色，等着她关掉手机，正要问什么，梁思申就要回苦橙花油。拿到苦橙花油的梁思申道个歉出去了，梁大与李力就商议该怎么与杨巡谈。

梁思申走到外面，才可以神色放肆了一下，她不由得想到前两天与宋运辉讨论的有关送宋引出国读书的问题，一时有些灰心，人家小姑娘自己有亲娘的，她着急多情什么啊。她不得不再次深呼吸，提醒自己理智、疏远，不要掺和宋引与宋引亲娘的事，她提醒自己，她所做的一切，无非是为宋运辉。

但她没清静多久，身后便传来一声欣喜的招呼："梁小姐？谢谢你还特意出来等我。"

梁思申一怔，感觉杨巡是误会了，但她也没解释，回身道："你来得好快，他们都在里面。"她看到杨巡穿一件竖条纹T恤，米色裤子，倒是挺干净利落的样子。两只眼睛则是依然墨黑，只是可能因为看到她而闪亮。

杨巡一径地误会梁思申站在外面是在等他，他心里非常高兴，可也隐隐有些担忧，难道与另外两个股东的会面将是一场硬战？要不然梁思申实在是没理由出来等。他看梁思申穿一袭黑色无袖、中间收腰但没腰带的窄裙，裙子上什么装饰都没有，那么简单，却那么高贵。他跟着摇曳生姿的梁思申一起进去，心说自己跟小厮一样。

等到桌边，杨巡便看到他们三个已经吃了一半。梁思申见此解释："对不起，我们吃饭说话提起你，我自告奋勇联系你，打断你那边吃饭，请见谅，我们另外点几个菜吧。"

杨巡连忙道："不用，不用，我那边正好已经结束，吃饱的才赶来这儿。李总好，梁总好，好久不见。"他说话的时候已经一眼关六将三个人都仔细看了一遍，见大家神色都挺轻松，先自放心，却见梁思申脸色不大好，不由得关心，可又不便多问，两人关系现时不比昔日。

　　对于商场的经营，杨巡虽说没法插手，可商场几个主要头目，除了上海派来的，他能买通的买通，能交往的交往，虽然不能说了如指掌，却也大致有数。他总得对自己怎么被黑心里有个数吧，总不能糊里糊涂在商场项目上背一身无底洞般的债吧，要看着不行，他就得豁出去拼命。因此对于今天的谈话，他基本能做到对形势有所把握，他只是无法把握这群高干子弟心里头的想法，他从来最忌惮这种子弟。

　　李力客气地道："杨总，对现阶段商场的经营有什么想法？"

　　杨巡笑道："我没想法，我只看到商场每天挺光鲜地开着，那就行。"

　　李力和梁大一时都没话，要他们如何解释为什么商场如此光鲜地开着，他们却想把经营权有偿转交？那简直是当着这个小生意人的面抽他们两张高贵脸的耳光。这才发现一句看似客气的话，其实回味辛辣。梁思申虽然心情无端烦躁，可也只好扮演好中间人的角色，有意打个圆场："刚刚看到报纸上有你欧洲街的招租广告。"

　　"哦，还行吗？我委托广告公司制作的，总算有点图案有些噱头。"

　　"挺好，不过谁要是自己去街上走走应该更好。"

　　"我那天看到你带着宋引逛街。本来想上去招呼……"

　　"欧洲街进驻的铺面控制得很到位。不过如果改成步行街就更好，而且街上也还缺一家有点品位的咖啡店，如果风和日丽情况下，撑几把大太阳伞，游客逛街累了伞下坐着喝咖啡聊天，又是看风景又是当风景，不是更有风情？"

　　"好主意，你的办法总是最好，可是步行街难办啊，上回跟朋友提起，朋友劝我趁早打消念头。"

　　"每个城市需要有一处悠闲逛街的所在，比如香港庙街、中环、旺角的步行街，那几乎是城市的商业标志。"李力插了一句嘴。但骄傲，还是让李力无法将商场的经营问题说出口。

"是，能申请到步行街，欧洲街的风格会更上层楼。杨……"梁思申忽然惑于如何称呼杨巡，过去都是直呼名字，现在再直呼似乎不妥，杨巡也现在改称她为"梁小姐"了呢，她迟疑了一下，道，"大家随意交流吧，杨总对商场现在的定位有什么看法？"

杨巡不便轻易评价商场，因不知在座李梁二人究竟是什么打算，只圆滑地道："我看着基本上是你原定的设想。"

梁思申道："我的？我只设想一个轮廓，我说具体的经营要根据本地平均经济水准和潮流风向来定。没关系，你畅所欲言，今天大家都是善……意。"说到这儿，梁思申自己也不信，不由得一笑，对梁凡道，"梁大，你得答应我不得秋后算账。"

梁凡点头。梁思申不等梁凡说话，就接着道："杨总，以前我跟你之间误会比较深，梁大是我堂哥，当然对你不客气。今天我们说好尽弃前嫌，三个股东正式坐一起友好商议商场的未来。我作为曾经在商场项目投入心血的一员，我今天做个中间人，如何？请双方都给我面子，如果答应，我们干杯。"

三个男人都诧异梁思申这么说话，尤其是梁大和李力，心说梁思申敢这么说，难道是她在杨巡面前还有一句话的分量？杨巡也是奇怪，难道今天的议题是和解？梁思申迎出门的用意便是捧他一下给他面子，以使他可以平等跟李力梁凡平等对话？和解，对他来说，无疑是砸在商场的股份失而复得。这样的好事，简直让杨巡有些不敢置信。三个男人不约而同沉默着举杯，与梁思申最早举起的酒杯碰了一下，但梁大和李力也都不约而同跟梁思申说道："你别喝。"

杨巡不知道怎么回事，看看梁思申，又看看同样是脸色苍白的梁凡，心中嘀咕，但他还是把杯中酒喝了。

梁思申道："杨总，我向两位提议，希望你这个本地人参与商场的经营，也向他们推荐你经营得很好的商业街和两家市场。我认为，杨总，你是投资人之一，又身在本地，商场经营方面的负担，你义不容辞。"

杨巡终于听出今天会面的主题，但不清楚另外两个投资人究竟怎么想，但他也终于忍不住道："梁小姐，你还是叫我杨巡吧，你叫我杨总，我全身汗毛都会跳舞。"等梁思申笑着点头，他又道，"我对商业方面见识有限，现在做的都是怎么把商铺租出去，租出去后他们怎么招呼客人上门，我就不管了，对商场的经营，我一窍不通。"

李力挺感谢梁思申帮他们说了会令他们尴尬的开场白，还一肩担负了比中间人责任更重的会谈组织者的使命，让他和梁凡不用对杨巡这个小商人低头，他明显感到谈话氛围宽松许多，话题也一下外延很多。他便解释道："现在的商场已经有别于过去的百货商店，过去的商店出资进货，堆放进仓库，然后逐步放到商店里面销售，商场赚取的是商品的差价。现在的商场发展趋势，在我们看来是上面有屋顶的购物街，你的欧洲街上面加盖一个屋顶，前后用大门封住，就立刻变成商场，因此经营商场与经营商业街异曲同工。你的欧洲街是出租一家一家门面，我们商场是将每个楼面划分成一块一块区域，按照分类将区域出租给不同商户，不知道我有没有将意思说明白？"

杨巡点头："我了解，像宝姿、提克、樱、蜜雪儿、紫澜门这些品牌也在我那儿开店，但我不清楚你们希望我怎么参与经营，我丑话说前头，我不是一个好合作的人，我喜欢自说自话。据我了解两位也是很强势的人，与梁小姐的放权很不相同。我看我要是掺和进来，肯定最后以闹矛盾收场。"

梁思申听到杨巡提她过去放权，不由得戏谑地撇了撇嘴。杨巡早就看到了，忙道："我再道歉一次。"梁思申一笑，不语。她今天出面帮梁大的忙，已经意味着不能再追究杨巡的意思，还再提什么。

还是李力道："杨总说的倒是实话。我看如果接受梁小姐提议的话，我和梁凡就得退出商场日常经营事务。最简单直接的办法，不如经营权交给你杨总，我们每年提取固定收益，至于商场建筑的增值，依然按照股份分享。"

杨巡说起正事，一脸冷静："可我对商场经营一窍不通，再加现在商场的经营档次追着上海跑，对本地顾客并不适合，我不知道由我来管会不会亏本。我要求不高，给我一年期限，亏了算我，赢了你们也没有，算是大家用一年时间冒一次险，一年后我们再坐一起谈固定收益分配数字。我还有一个建议，如果两位看得起我杨巡，你们索性把手里股份卖给我，也省得你们辛苦跑来跑去。说实话，这家商场我投入心血很多，比其他任何一个项目都多，投入的感情也很多。所以我虽然现在财力不一定够，可只要你们想转让，我砸锅卖铁都接着。"

梁思申听了前段，心说杨巡这个奸商可真说得出口，还一年期限的冒险呢。但听了后面，她立刻看向梁凡和李力，不知道这两人如何表态，也心说难道杨巡财力如此雄厚了？按说不可能，他的欧洲街只是出租，而不是卖产权，因此杨巡的固定资产账面值会比较高，但手头现金流不足。而这儿是金融并不发达的国内，杨巡收购资金何来。

李力看看梁凡，道："前面一个建议我们可以讨价还价，后面的建议……恕我无法接受。"

"大家都考虑吧，今天只是随便谈谈……"梁思申说到这儿，却一眼瞥到门口宋运辉走进来。她惊讶，这么快摆平前妻了？而且他本来没说要来的。她想招呼，可是看到宋运辉已经一眼看到她，她便懒懒等着他过来了，却见不断有人起立招呼宋运辉，她心说他倒是名人。好在宋运辉只是握手招呼一下，径直就来她这一桌。他们坐的是方桌，四个人刚好，宋运辉来，便得与梁思申挤坐一边桌沿。

宋运辉本来就对早知李力在场心存疙瘩，一来又见杨巡，心说他太太真是群狼环伺，因此与大伙儿招呼后，便毫不避嫌地对梁思申贴耳用英语道："我让司机送他们走，带上猫猫连夜离城回金州，十天后去接回。"外人看着都感觉两人真是亲昵，其实宋运辉是特意赶着过来，怕梁思申有情绪，而杨巡立刻便扭转脸去，不想看眼前一幕。

梁思申没想到宋运辉做得这么彻底，简直就跟送瘟神一样，她不由得道："会很辛苦。"

"放心，我不担心别人还担心猫猫呢。我已经吩咐司机在下一个城市住店，差不多不到两个小时路程。他们是存心打上门来的，原谅我处理起来不想留后患。"现在梁思申怀孕，经不起风吹草动。

梁思申点头，她见识过程开颜，以前对程开颜不以为然，现在则是不便置评，但心里知道，那种牛人是不大会理智地用脑筋做事的人。唯独可怜宋引，投胎是个技术活。

梁大见此笑道："你们两个不用这样吧？七妹夫，恭喜你即将当爸爸。"

这边宋运辉放心与梁大说笑，杨巡却是听了梁大的话傻眼。再看梁思申，见她稍稍往后撤了点，娇俏地趴在宋运辉肩背上，笑嘻嘻地看着宋运辉与梁大说他们梁家的事情，那副亲爱模样，他看着心里堵。

梁思申等宋运辉与梁大说了几句，才把今天将杨巡请来的前因后果说了一下，宋运辉本来是刻意冷落杨巡，到这时才若无其事地笑道："小杨，了不起。"

杨巡忙道："宋总这么说我得钻桌底了。当初如果不是宋总让我来沿海发展，我现在还蹲东北那旮旯冻着呢。在宋总面前我怎么敢称了不起。宋总，这几天听党校老师的课，我总算是知道那些政策的来龙去脉，想想当年我什么都不知道，到这几天才能真正体会宋总的长远眼光。宋总，再谢谢你。"

杨巡站起来敬酒，宋运辉拿起梁思申的酒杯，没站起来，与杨巡碰了下，稍微沾点酒意思了一下，杨巡则是全部喝完才坐。宋运辉微笑道："这个谢，我应该当得起。"但随即便放开杨巡，对梁思申道，"你喝酒？"

"喝了又怎么样？"

宋运辉只得纵容地笑笑。李力跟着梁大起哄，没事人一般，反而杨巡一身拘谨。梁大和李力都以为杨巡见了宋运辉不敢动弹。

陆续有几个人过来跟宋运辉招呼，敬酒。梁思申旁观，没再靠着丈夫撒娇，端庄地做其夫人状。这时候她才发现，其实宋运辉和李力梁大的年龄不相上下，可看上去宋运辉似乎成熟了许多。仔细看，宋运辉的鬓角依稀可见霜花。她心疼他，想到初见时他还是个豆芽菜似的少年，当时她和他曾那么快快乐乐地议论花鸟草虫的话题，而今他一路赤手空拳打拼到今天的成就，不知历经多少辛劳。

想到桌上还有一个人也是自己打拼过来的，她看向杨巡，见杨巡有些神思恍惚，她忽然想到，杨巡似乎只比她大一两岁。她不由得再看脸庞光滑的李力和梁大，心说她其实与李力梁大是一路货色。

饭桌上当然不可能达成最终口头协议，大家都比较诚意地约定明天晚上继续谈。回头散席，杨巡先送宋运辉和梁思申夫妇先行离开，他才回到自己车子，满心烦躁，他觉得他不应该对梁思申怀孕反应这么大，他们既然结婚，当然会生小孩。可他就是没来由地烦，似乎感觉他永远没指望了。他反而没心力去考虑正事，只一个劲地发呆。

他还想到，果然，相信梁思申的为人是没错的，看今天梁思申不计前嫌帮他重回商场，那是对他多大的帮助，他很相信，如果不是梁思申在场，他与梁凡、李力不可能平等谈话。可惜，老天只给他一次机会，今天梁思申虽然后来又称呼他名字，可已经不复过去的信任。他还同样失去宋运辉。

每每想到这些，杨巡都是懊恼万分，今天自然更添三分。

回到家里，见与他一起出去的杨速还没回来，只有杨逦在看电视。杨逦自与杨巡口角后，便对大哥实施冷战，但是杨巡对小妹"态度是好的，原则是坚持的"，早不到一天便又言笑无忌了，上海买房的事，却是交给杨速依旧照杨巡说的办。杨逦争气来争气去，毕竟知道自己刚开始工作收入有限，便心照不宣地不提。

杨巡一肚子的懊恼，正需要有人说，看到杨逦便道："今天我吃饭吃到一半，梁思申打电话让我过去。她帮我牵线，看起来我那些商场股份又可以回来了。你看，这人不错吧。"

杨逦并没挪窝，两眼盯着电视，却又没好好看，只是拿着遥控器不断地转台。闻言不屑地道："比如我去买一斤糖，第一种办法是店员抓了一斤多去称，中途不断抓出来才能达到一斤；第二种办法是店员先抓不到一斤，然后不断添加凑够一斤。同样是买一斤糖，经考证，后者给人的满意度要高得多。这就是没法用理智来说明的贪小心理的满足。商场的股份本来你就有份，人家先剥夺了你，现在又还给你，你还感激涕零呢，真是，梁思申这买卖做得也太绝了，连人心一并收买。"

杨巡听了无语，被杨逦这小家伙认定了的东西，她都能找到歪理，大学四年怎么光学了这些。他忍不住问："你现在的工作用不到专业，你不觉得可惜吗？"

"大哥这话太狭隘了，什么叫可惜，四年的时间重要，还是一辈子快乐地工作重要？当然是后者。当初选择专业的时候我只是个农村小丫头，只知道东海厂的宋厂长好威风，我要学他。但他再威风，放到上海也不过是沧海一粟。四年大学学的不仅是专业，更是洗脑，是学习全新的思考方式。既然在上海工作，目光要放远点啦。"

杨巡奇道："老三国外读回来，不是更得狂三狂四？"

"起码梁思申从国外转一圈回来，就不大看得起大哥你。"

杨巡道："回头上海多的是高鼻子，你当心。"杨巡的情绪很复杂，有喜有恼，懒得与杨逦争辩，进去浴室洗澡。本来两兄弟住着没叫保姆，自己随便打扫一下算数。但是进来一个小妹，两个当哥哥的就不便随便，只好过上有保姆的好日子，因此家里的浴室倒是每天干净亮堂。

杨巡透过镜子看到手臂上在东北做手术留下的疤痕，心说杨逦不吃亏不知道江湖险恶，她以为外面的人都是她妈妈她哥哥吗，像梁思申那样的人几乎是稀罕品种了，她还挑剔呢，但他现在即使再苦口婆心都说不通杨逦。杨逦心里有一套自以为比他这个当哥哥的更高明的名校理论，听不进他在社会大学滚打摸索出的家传土方。

一顿冷水澡冲下来，杨巡脑门子的热度才退了一点，人也平静许多。客厅里是一台一匹半的空调吹着，非常凉爽。杨巡坐下看着杨逦换着台专门看广告，在上海台停留的时间尤其多，连杨巡都觉得上海台的广告最好看。问杨逦为什么不看连续剧，杨逦鄙夷说电视剧弱智。杨巡又无语，他不知道他在杨逦眼里该是怎样的低级趣味，难怪前面谈过的两个大学生女朋友多对他有淡淡的不屑，原来都是杨逦这样的人。当然，他是初中生。

杨巡挺生气，他也觉得电视剧弱智呢，哪有好人好成不要命，坏人坏得没道理，可不喜欢就别看呗，多的是书。杨巡心中更确定，杨逦需要被社会好好教育。

但是被杨逦搅了脑子，杨巡倒是不再沉湎，开始考虑拿回商场的种种事宜。这时候，杨逦制造的电视杂音对他没影响了，他抱着手臂低头看地，回思今天晚饭上面的谈话。为什么梁思申肯出面打这个电话招呼他过去，从香港见面时候的情形看，梁思申即使不再责怪他，却也不想搭理他，因此这个电话肯定是有原因的。可是看后面的谈话，梁凡和李力又似乎是没考虑周全的样子。他知道商场经营不好，小亏，但也不至于弄到梁凡和李力要求着梁思申找他，这些小亏比之商场建筑物的升值，并不令人担心。如果说由梁凡和李力要求梁思申做强力中介，可能理由上说不通。

杨巡不知道梁凡和李力究竟是什么考虑。而其实商场被他经营，应该是对他非常有利的。他已经利用欧洲街收集一批经营有点档次消费品的公司，这些人的经营范围与商场的那些重叠。往后商场经营权到他手上的话，他几乎可以一统本城中高档消费品的市场了。再加他的两家集贸市场经营的百货日杂，他的战线将一贯到底，各档次全齐，他只有更方便管理那些经营消费品的公司。如果欧洲街加商场，这两家一起垄断本市一半中高档消费品市场的话，他手中的主动权更足了。这个主动权，意味的就是租金收入的提高。

那么，他对商场的经营权是不是该志在必得？可是，想到他只占有少量股份，做好了，提升的商场固定资产增值，他占不到多少，相比固定资产增值，经营收入着实不算多。而且经营得好的话，大股东随时可以开会夺回他的经营权。他吃力不讨好。最称心如意的途径，当然是收购梁凡和李力手里的股份了。可是，他们肯答应吗？

一会儿杨速回家，杨巡叫住杨速不让洗澡，细细与杨速讨论各种可能。杨逦最先侧着耳朵听了会儿，可后来越听越没劲，想那么多干吗，何不干脆点，明天见面摆出条件，答应就答应，不答应就不答应，这不很简单的吗。谁都不是笨蛋，难道会看不到好处坏处，需要那么磨叽做什么。她坐远了点，继续看她的电视，耳不听为净。

杨巡看小妹一眼，等结束讨论，才对杨逦道："老四，你要去的公司有多大规模？"

"不知道，反正是外资，走进去一看办公室就知道正规。"

杨巡点点头，道："好。老四你记着，你大哥我的资产，明天我让财务给你个确切数字。大哥说什么都要拿下这个商场。老四，如果大哥把几个场子整整，弄个集团，门面会怎样？"

杨逦一点都不示弱："大哥，你可以试试，你组建集团后，招得到排名前十的名牌大学毕业生不？"

杨巡笑道："不，我不组建集团，我这样挺好，手下的人个顶个地能用，再建一个不产生效益的虚架子集团干什么？我也不要做集团总裁，哈哈，小雷家的雷书记做了集团总裁还不是雷书记，没变。做人挣钱，悄悄的，别声张，自己高兴。"杨巡看向杨速，道，"老二，你有没有反对意见？"

杨速笑道："有时候看着那些钱比我们少人比我们狂的，还真是不甘心。"

杨巡听了又笑："要不我们这就去丝路夜总会玩？今晚就砸钱比谁送花多？"

"暴发户！受不了。"杨逦不知两个哥哥在取笑，忍不住尖叫起来。

杨巡只得解释道："我们开玩笑呢，我们连集团都不肯成立，怎么可能跟人拼钱去。钱比我多的人多了，近的有梁思申和申宝田。即使宋总只拿工资，我们见他还不得毕恭毕敬。老四，我只是要你记住你大哥二哥所做事业的规模。"

"干吗，跟我要进的办事处比？我们办事处在他们祖国另有机构。"

"不是，你记住就行，没别的。"

杨逦心里奇怪，可再问，两个哥哥却都笑而不言了。

杨巡则是若无其事地对杨速道："我明天直接去银行找陆行长，看他最近能给我贷出多少。三千万你看够不够？先谈这些吧，明晚我咬定买股份，还分期付款，看那两个公子怎么跟我还价。明天梁思申不在场，也不用顾忌什么。"

　　杨逦听着，心说不就是三千万吗，她记着，她记性可好着呢。

　　杨巡挺无奈地看看杨逦，又挺无奈地对着杨速笑，他还以为三千万已经是大数字了，没想到杨逦并没放在眼里。而他当然是看在眼里的，他把每一块钱都看得很重，杨速也一样。他自卖馒头开始，一分一分地算计着挣钱，为了多挣一分钱他和杨速要付出加倍曲折，为了多挣一块钱，他当年则是可以踩着黄鱼车将电线从城南送到城北，才能有今天的积累。可能杨逦没经历过这些，因此杨逦对他们在意的数字毫不敏感，他真是有些拿杨逦没办法。

　　但杨巡不是个轻易说放弃的，他反复提醒小妹记住，就是要杨逦回头工作的时候看看她接触的究竟是多大的生意，让她再回头看看她哥哥究竟是做多大的规模，有比较才会有发现。

　　但杨巡心里到底是有些愤愤的，没想到他自以为做得挺大的事业，竟然如此被杨逦这个黄毛丫头看不上眼。他不免想到最近几个朋友接二连三地把手中企业捏合捏合凑成一个集团，一个个名片拿出去都是集团总裁，他这个实际资产不比那些朋友少的人却还是满大街一抓一大把的总经理。但他思想斗争来去，最终还是不敢捏合个集团，他怕树大招风，招来如萧然之流的巧取豪夺。他这才笑嘻嘻地回去自己房间，闭门考虑明天怎么与陆行长谈话。

　　其实陆行长早已被杨巡勾兑得热络，虽然不常一起花天酒地，可是只要有事，都是拔腿就可以进门说话的，因此杨巡与陆行长谈，说的基本上是实话，问陆行长支持不支持他的收购，陆行长考虑到那商场是优质资产，表示同意，于是摆在杨巡面前的问题只有一个，那就是梁凡和李力肯不肯卖。

　　他想来想去，决定打个电话给宋运辉。宋运辉的电话他好长时间没敢随便打，号码都已经记不住，须得翻开电话本找出号码。好在宋运辉的电话号码他一向记在第一页，一翻就到。但他还是怀着忐忑的心情打这个电话，因为他打这个电话的目的是要宋运辉同意他跟梁思申说话，要不然他联系不到梁思申，也不敢乱联系。他打通宋运辉的手机，难得今天是宋运辉自己接听。他立刻老老实实地道："宋总，我小杨，我想跟你谈谈我回购商场股份的事，不知你是不是有空。"

宋运辉道："你别扯上我，你想找小梁是不是？你别打扰她，她最近身体不大好，我不让她操心。"

杨巡早知道是这个回答，他忙笑道："对不起，宋总，我昨天也注意到。可我想，商场项目是你太太亲手规划的，她一定不愿看着商场经营状况不死不活……"

"小杨，你接手只有做得更偏离她的设想，你自己独立操作后的商场装修后来不是给敲掉重来了吗。"

杨巡讪笑："宋总批评得是，我那时候眼皮子浅，后来去香港看了才知道人家是怎么活的。你就看在我把欧洲街的规划贯彻得那么彻底，帮我向你太太说说好不好？她帮我说一句，顶我磨破嘴皮子说几百句。"杨巡是硬着头皮说"你太太"这三个字的，心里可真是不愿意。

宋运辉道："我问问。"

然后杨巡就等着了，不知道宋运辉问没问，梁思申究竟什么反应。

宋运辉倒是没食言，因他知道梁思申在意那家商场，但梁思申在电话里反问："要不要帮他？"

"看你自己高兴。"

"不高兴，我看了你妈收藏的《渴望》，看不下去，我没法做慧芳那么好的人。"

宋运辉笑道："你自己看着办，晚上我会按时下班回来……"

"不如我们晚上吃完逛那商场吧，我以前厌恶得都没进去看一眼。不晓得梁大搞得怎么样，都是听他自己在说。"

宋运辉了然地笑道："你心里还是放不下那边。"

梁思申"警告"："你不能总一脸看穿我的样子，那不公平。不许笑，我知道你肯定在诡笑。"

宋运辉当然更是笑得开心，放下电话后还在笑，但是两夫妻都没给杨巡打电话，宋运辉是一忙起来就忘了，梁思申则是想亲探商场之后才肯做决定。杨巡等一下午都没消息，只得单刀赴会，再赴丝路大饭店十三楼。

没有梁思申压阵，他明显感觉得到，梁凡和李力对他的态度傲慢许多。他也强硬，为了达到最终收回商场的目的，他今天强硬地重复昨晚的两点建议，丝毫不肯退步，一口回绝李力的讨价还价。他说，既然合股，风险需要大家共担，承担的方式当然得表现在收益的分配上。

他们互相不相让的时候，宋运辉载着梁思申难得地出来逛街。这是周末的夜晚，商场人流如织，顾客看多买少，看似来享受免费冷气。

梁思申更是光看不买，第一次挽着丈夫的手悠闲地逛商店，感觉还挺好，只是偶尔宋运辉很不自觉地又走神一下，跟冲锋似的快步走了，她才需拉丈夫一把。宋运辉笑说让他逛店类似于虐待。

然后，宋运辉在电梯上看到前面牵着儿子的陶医生，他当作没看见，跨出电梯便挽起梁思申走向另一个方向。但梁思申的高挑梁思申的打扮梁思申的风姿，还是令陶医生看到这一对夫妇。陶医生看到时便下意识地背转了身当作没看见，可又忍不住一看再看，看他们的亲昵，看宋运辉脸上毫无保留的笑容，这个男人啊……

宋梁两人走了一圈才出来。外面虽然一团燥热，宋运辉却感觉就跟复活似的，刚才还满脑袋发晕，这会儿却神清气爽，还是他率先问梁思申："决定了吗？"

梁思申点头："我问问梁大究竟怎么想，看着商场连周末晚上都没一点促销，我心疼。"她拿了宋运辉的电话给梁大打，没想到梁大却回复说杨巡根本不是谈的态度，没有任何谈的余地，他们吃饭半个小时就谈崩。

梁思申看着宋运辉只会笑，原来昨天大家坐在一起，还真是她莫大功劳。她怎么就没这么重视自己的能耐呢。梁大说他不愿转让商场，这么好的地段，抢都抢不来，又不是亏得承受不住。宋运辉旁听着评论说换他也不肯转让，说杨巡胃口太大，异想天开。

宋运辉开车，两只耳朵听着梁思申给梁大说她今天看商场的感受，指出商场周末没有活动与没人在场做主分不开。宋运辉听着心急，忍不住对梁思申道："我来跟梁大说？"

"你开车别打电话。"

宋运辉当即把车子停到路边，与梁思申换了个位置，将手机抢回手中，他上手就很干脆地道："梁大，通过商场这一段时间来的运营，看起来有些经营中的问题不是靠你们来一天两天能解决的。你们是不是打算把经营权交给杨巡？"

"是啊，按说今天周末，明天是大礼拜，我看着没任何促销准备，他们也喊冤，说促销这么大的经济决策没我们点头签字不敢上手。这样下去不行，我跟李力已经商量好，可是杨巡今天没会谈诚意。"

"你们的心理价位是多少，我给你们做个中间人。"听梁大报出一个数字，宋运辉又道，"相对于你目前的亏损现状，你这个一百万税后利润上缴数字偏高。要不考虑一下逐级到位，第一年要求低一点，后面几年递进，你们也得考虑未来生活水准提高对利润的促进。"

梁凡与李力商量一下，两人决定保留这个一百万的中间值，其余由宋运辉替他们随机应变。

"梁大这孩子，竟然心里没个准数。思申，杨巡的手机号码是多少？今天索性替他们三个把问题解决掉。"宋运辉知道梁思申数字记忆好，就懒得自己翻阅通讯录了。

"梁大这孩子？梁大不比你小。杨巡的号码是139×××××××。喂，你刚才路边随便停车，会不会被交警抄牌？"

宋运辉拨下号码，才道："不怕，我这辆车交警知道的……喂，小杨，谈崩了？"

杨巡没想到等了一下午的电话现在才来，但自然是没法埋怨什么，忙道："是啊，刚才我们会谈气氛不大好，他们两个想压我答应，可他们既然要我出来经营，总得拿出点诚意来吧。宋厂长，都忘了谢谢你还关心我这件小事。"

"嗯，小杨，我跟我太太刚刚看了商场，完了准备参与你们讨论，没想到你们已经散场。我跟那边两位股东电话交流了几句，有这么两点意见：第一，股份转让是不可能的。我也奉劝小杨你打消这个念头，他们不缺资金，没等着现金下锅，除非你出极高的价钱；第二，他们愿意委托你经营商场，只计提固定数额分成。我建议他们考虑计提数字逐年递进，他们同意。小杨，你的心理价位是多少？我看看你们有没有商讨下一步的必要。"

梁思申在一边听着微笑，看来中间人还真得由宋运辉来做。他够权威，才会一点不客气地要双方各自报出心理价位，而她料定，双方都不敢对他弄虚作假。果然，她从宋运辉的重复中听出杨巡给出心理价位，当然不是昨天那个第一年全免的价位。

杨巡说了数字后，提议见面讨论。宋运辉懒得见面，"我太太开着车往家里跑，这么热的天，都还是家里窝着吧。我考虑一下你们双方的条件，你等我电话。"宋运辉合上手机，问梁思申，"你合计着，他们应该取哪个中间值？"

"你真替他们拿主意？"梁思申奇了，宋运辉一向不是多管闲事的人。

"给他们做个了断，省得他们麻烦你。你最近少操心，难得休假，好好养着。"

梁思申笑，心说他是怕她又单独见李力和杨巡吧，恨不得连电话都帮她打了："你决定，我懒得动脑筋。"

宋运辉看梁思申笑得诡异，知道这个雷东宝嘴里的妖精肯定猜到他的小心思，不由得笑着拧拧她的脸蛋。想到雷东宝，他才想起一件事来："呃，我在老家那边的项目需要验收，我不去也行，到场的话更好，你想不想跟我去老家？"

"想，不过没飞机可不去。"

"好。我们几位工程师准备开一辆面包车过去，我们俩飞过去吧。"

宋运辉很喜欢，见车子到家，他先跳出去给梁思申开门，又道，"我不陪你去小雷家了，不想见他们。"

夏天的夜晚，宿舍区还有很多人在外面游荡，梁思申也不管，出来就拉住丈夫的手，一起往里走。宋运辉笑道："他们现在流行一首打油诗来赞美你。说你来了后，他们不用见天地加班了，不用半夜三更担心BB机叫唤了，不用提着脑袋来见我了，变相说得我跟魔鬼似的。"

梁思申听了也笑："上帝说，安排我这个人下来，就是为了埋汰你来的，哼。"

"去，净学些坏词，普通话是越来越溜了。"

"去就去，我上茅坑儿，茅坑儿。"梁思申嘴里挂着余音袅袅的"儿"字，笑嘻嘻地去卫生间了。宋运辉在后面哭笑不得，不知道她什么时候又跟谁学来这"茅坑儿"三个字，如此字正腔圆。他跟父母去打个招呼，就又坐下打电话做商场那摊子事的中间人，只是脸上一直挂着笑。

梁思申出来先过去公婆房间打招呼，才又过来看宋运辉打电话，一边取出纸笔，把自己的想法列在纸上，要她不动脑筋，还真不可能。宋运辉伸着脖子过来看，一只耳朵手机，一只耳朵电话，果然就改口用了梁思申的数据，让双方好生考虑是不是接受。梁思申原以为会扯皮一会儿，没想到在宋运辉略带不容置疑口气的影响下，双方竟然很快一致同意接受梁思申提出的方案，于是宋运辉让他们明天就按照这个电话的精神草拟协议。

放下电话，宋运辉道："你的条件，我看着比较倾向梁大。"

"我看到杨巡虽然一张脸笑嘻嘻的，可两只眼睛深不可测地黑，就感觉这人不知又会做出什么事来。我就那么偏心梁大一点点。你今天做这个中间人，以后他们有什么事情，会不会怨你？"

"我不怕他们三个人中的任何一个怨我，他们都是成年人，谁也没捆着他们的手让签协议。"

"你平时处理工作也是这样子的？"

"工作又是工作，工作时候既然已经上升到需要我出面，协调的工作就没必要了。该拍板就拍板。怎么啦？"

"我今天才算见识你的当仁不让和雷厉风行。跟你比起来，我做的铺垫工作太多，不过那也是我地位限制。"

宋运辉须得转一下脑筋才想起，梁思申说的是他曾经传真给她的指点，他不免心中得意："以后跟你说话真得小心了，你什么都记着。"

梁思申笑，又道："你在杨巡面前好权威。"

"对杨巡不能不拉开一定距离，否则那小子就得顺杆子爬上来。这个人我现在也防着他一手，不想离他太近。"

"做人不能失信，信用。不好，有些想外公老头了，你打他电话聊几句，我不给他打，免得他得意。"

没想到外公那边挺热闹的，据说好几个小朋友在锦云里玩。外公还神秘兮兮地对宋运辉说，有位戴小姐长得非常有味道，哪天宋运辉来给他介绍。

这边宋家两夫妻笑笑闹闹的，那边杨家兄弟两个坐一起商量明天准备签的协议。刚才三方电话会谈说好，明天梁凡他们会带律师出面，杨家兄弟便着手考虑明天协议草拟时无论如何不能落下的条款。

明天本是准备送杨逦去上海的日子，看来他不能成行了，杨速也不能成行，他们明天签订协议之后面对的是海量的工作，两兄弟缺一不可。送杨逦的事，只能转交给欧洲街管理办的办公室主任。

11

雷东宝一直心急地等着冯欣欣的肚子大起来，可冯欣欣的小蛮腰却依然跟水蛇似的灵动。遵医嘱，他不能碰冯欣欣，好在韦春红那儿来者不拒。

通过陈平原带着正明和小三两个在银行的跑动，他终于获得一笔流动资金贷款。陈平原也很直接，拿到贷款，就手一伸，要求拿佣金。雷东宝心里骂陈平原蚊子腿上还要刮下三钱肉，可究竟还是把钱给了陈平原。若不是陈平原仗着老脸出马，他自己出去还不得拿钱开道？可想到陈平原跟他算得如此清楚，他心里还是不舒服。

傍晚的时候他要韦春红给他准备些小菜，他下班就过去吃饭。冯欣欣那个家现在是冯母管着饭菜，他吃不惯，还是韦春红那儿吃着舒服。反正他爱去哪儿去哪儿，谁都欢迎他。

到了饭店，见饭店照旧几乎满座。他一眼看到一位宋运辉介绍他认识的政府官员也在那儿吃饭，就过去招呼了一下，敬上一杯酒。那官员也不知有他，就笑着说等后天宋总过来，大家再好好聚聚。雷东宝诧异，宋运辉怎么没跟他提起？再一想，宋运辉已经好久没跟他打电话。他最近又国事家事天下事事事都忙，雷霆的铜五金车间正轰轰烈烈地筹备上马，虽说这回由项东管着，他需要操心的事比较少了些，可因为涉及大笔资金投入，需要他做大量协调工作，给项东撑腰，因此他都没闲工夫想到宋运辉。这一想到，他心说宋运辉难道还真跟他说不理就不理了？

雷东宝不是个把大小事情都放在心里憋着的人，有些事情他会闪着实诚的眼光不显山不露水地憋着，但大多数事情他都要弄个水落石出。他当即掏出手机给宋运辉打电话。好在宋运辉的电话还是9字头，他记得住。

"小辉，你后天过来？你说你怎么不通知我一声，你什么意思？"

宋运辉也很直接，道："已经告诉过你，我以后不认识你。"

"你到底什么意思？你好歹是个大人，别什么都听你那老婆的，你那老婆跟我又没十年交情。"这时候韦春红走过来，听了几句，也不知道雷东宝说什么。雷东宝就拿胖手指指对面椅子，让她坐下。

"我在家里吃饭，没法跟你说。什么时候有空我再打电话给你。"

宋运辉说完就把电话挂了，雷东宝却是气得跟韦春红道："你看，你看，小辉现在动不动摔我电话。"

韦春红心里便明白是怎么回事，但她不提自己的冤屈，反而殷勤倒一杯酒，道："宋总那是替我生气呢，赶明儿我跟他说说，我都以你的大局为重了，让他别为我多生气啦。"

"没，他是让他那个妖精老婆挑拨的，他那个妖精老婆事多，小辉大男人哪来那么多花花肠子。"

韦春红想到当初她打电话去宋家时，宋家两夫妻对他的安抚，心中又明白三分："这就是你的不是了。你跟小辉再亲，又哪里比得上他们两夫妻的关系。不说别的，他们两夫妻认识的时间都比你早，你这十年算什么。你这儿一个劲地反感小辉妻子，他还能不反感你？"

雷东宝恍然，韦春红却不给他机会说话，紧追不舍地道："你别跟我提兄弟情分，小辉跟我说过，你那些情分都是虚的，不是掏心窝子的，要不然你不会看到一个长相像他姐姐的就跟我离婚。你那些情分要是掏心窝子的，那女人的心窝子能跟运萍姐一样吗？你把那女人的心窝子跟运萍姐的当一回事，那你不是太对不起运萍姐的情分了吗？"

"你意思是我情分是真的，就是对不起他姐，我情分要是虚的，正好他不理我，你直接说我左右不是人吧。"

韦春红本身就是借题发挥，却见雷东宝竟也一句不提她的情分，心里不免伤心，但还是冷笑道："你说呢？否则你说你跟我结婚宋总都没说什么，这么多年还帮我们做了那么多事，怎么你一娶那个跟他姐长得像的他反而生气呢？"

雷东宝急道："他妈的，你说的吧，都你说的吧，小辉能说那瞎眼话？谁说我对他姐没掏心窝子？谁说我这几年对他没掏心窝子？"

"你呢，只会冲我撒气。我帮你解这个结，让你知道宋总为什么气你，你倒是好，好像还是我造谣。得，我该干吗干吗去，不招你惹你。"

雷东宝一声断喝："坐着，没让你走。"他却也没再跟韦春红说话，只一个劲喝了好几口闷酒，回想当初梁思申越过宋运辉指责他的话，几乎半瓶啤酒下肚，他才问："真是小辉跟你说的？"

韦春红道："结婚那么几年，我什么时候骗过你？都只有你在骗我。"

雷东宝又沉默，难道这就是宋运辉所想，说他其实对运萍没情分？

韦春红看着冷冷地道："也难怪宋总这么想。我虽然跟你不是结发夫妻，可好歹也是患难过来的，你对我说扔就扔，他还能不联想到他姐？你再把个小姑娘错认作他姐，他心里怎么能没想法？你惹谁不好，你去惹他姐？我是个娘家没人的，你爱怎么就怎么了，你啊……"

雷东宝因为韦春红为了成全他而爽快离婚，对韦春红总是怀着歉疚的，行动上从此礼让三分。这时候被韦春红指责，他也没有回嘴，只白了韦春红一眼，没有说话，好一会儿，才道："我有数。"

韦春红看看雷东宝脸色，大约知道他想什么，心里叹了一声，起身道："我忙去，你慢慢吃。对了，你吃的不用记账上，那么见外干什么。"

雷东宝却把酒杯一推，闷声闷气地道："不吃了，我上去睡觉。"

韦春红惊讶地看着雷东宝走上楼去，没说什么。心里只觉得侥幸，她还需靠着宋家人才能让雷东宝想到她。她看看一桌几乎没动过的酒菜，收拾了两个盘子一瓶啤酒，亲自端上去放雷东宝床头，才又关门下来。她知道雷东宝是个耐不住饿的，等会儿肯定要记挂住吃喝。

雷东宝躺在最熟悉的床上，心里很不是味道。可是想到冯欣欣肚子里的孩子，他又满心的牵挂。他想，他妈的管他呢，黑猫白猫先要了孩子再说。可是想到宋运辉疏远他的理由，他心里冤屈。他对宋运萍，压根就不是宋运辉想的那样。他关上手机又喝酒吃肉，完了把盘子往卫生间一塞就睡觉。等韦春红收工上来，他就醒来好好跟她温存一番，温存得韦春红稀软得跟只猫似的，他觉得还债了，放心睡觉。

韦春红真是拿他没办法，又爱又恨。

12

宋运辉回老家的时间安排得很紧，第一天白天他根本腾不出时间陪梁思申东游西逛。但梁思申不要他操心，自己一早去宾馆楼下买一张地图，摸到韦春红饭店门上去，请韦春红做导游，随便韦春红带着她往哪儿走。韦春红一点没客气，带着她叫上一辆出租车就去小雷家看。

梁思申第一次见识到小雷家。很脏，很灰，与印象中的乡镇企业形象相符，但热气腾腾，充满一种叫作"工业"的味道。很原始，却很有感染力。梁思申心说难怪外公会喜欢，她看着也挺喜欢的。韦春红还怕太阳晒化了这个雪白的女孩子，梁思申却是全身抹了防晒霜，好奇地一处处地印证宋运辉曾经跟他提起过的有关小雷家的传奇式的种种。

来往的众人都认识韦春红，很快就有人将韦春红陪着一个年轻美丽女性来参观的消息报告给在铜厂忙碌的雷东宝，雷东宝一算时间，心说来的不正是宋运辉那妖精老婆吗，她来干什么？他当即循着耳报找了过去，很快就看到韦春红与一个女子站在路上指指点点，那女子即使拿硕大墨镜遮住半边脸，他还是一眼就认出来，就是梁思申。

想到韦春红跟他提起的宋运辉的情绪，雷东宝这下只能对梁思申忍耐，怕惹了这妞就等于惹了宋运辉。他走过去就闻到一股好闻的春天橘子花似的香味，他不由得吸了吸鼻子，才道："春红，你去我家待着，我带小梁走走。"

韦春红立刻答应，但关心地对梁思申道："妹子，你要累了就赶紧歇息，这个时候逞强不得，他不懂关心人的。"

梁思申笑着与韦春红道别，然后才面对着雷东宝，道："我来看看你家小辉以前出没过的地方。"

"我知道你不会特意来找我，你要没怀着孩子我倒会相信你专门来跟我吵架。跟我走，小辉的事情，这里没人比我更清楚。哎，你行吗，会不会中暑？"

"有可能。"梁思申也没客气。

"你跟我去办公室等着，我给你叫辆三轮车来。你要有个三长两短，小辉还不跟我拼命。妈的，也是喜新厌旧，还说我。"

梁思申不搭腔，跟雷东宝说不通那些形而上的感情问题。她跟着雷东宝进去村办，雷东宝只介绍她是老王先生的外孙女，却硬是不说这是宋运辉的第二任妻子。大家也不知道，只觉得这个姑娘洋气、漂亮，符合老王先生外孙女的身份。梁思申心里生气，但也不提。

一会儿三轮车叫来，雷东宝却自己骑上三轮车，带着梁思申出去村办。雷东宝的举动，把大家都惊住了，梁思申也惊住，坐在三轮车里上不得下不得，非常尴尬。三轮车转弯拐出村办，梁思申眼见左右没人，才道："请你停下，我下车。"但是梁思申说出话来，便感觉自己说得没有力度，她一贯适合于幽静场所的音量和音频显然并不适合农村广阔天地和轮轴吱呀吱呀伴奏的三轮车上。

但雷东宝还是听到了，在前面大声道："你坐着，这儿没人拍你马屁，也没人拍小辉马屁。我有话要跟你说，别人不能听。"

"那你停下，我下来走，这样说话不对等。"

"你少啰唆，叫你坐着你就坐着。"

相对雷东宝大喇叭似的声音，梁思申只觉得自己的声音有气无力，她也不要求了，只好坐着。可又让她如何坐得安稳，她都不好意思舒舒服服靠着背坐。

三轮车才没出门多久，消息就飞快传开了，一传十，十传百，无数只脑袋从玻璃窗后面探出来，观看这一惊人场景。而没工作的小雷家人更是冲到太阳底下观看东宝书记甘为一个女人做三轮车夫，梁思申更是如坐火山口上。

三轮车吱呀吱呀地穿行在积灰厚重却树荫匝地的村路上，不时得避开隆隆开过的货车，穿行于飞扬如雾的烟尘里。梁思申拿块纸巾遮住鼻子，更无法说话。晃晃悠悠地，三轮车来到村后山下，预制品厂的门口。

雷东宝这才歇脚，指着后山蜿蜒的一条山路，道："你看，那路，最早去市里要从这条山路翻过去，得走老半天。那会儿没公共汽车，搭辆运输车去市里算享福。小辉以前上大学，就得从这里走过，去市里火车站乘火车。一九八○年冬天，他寒假回来过，那年下雪，他和他姐姐不小心掉前面大沟里，是我拉他们出来的，我们就这么认识的。妈的，肯定比你早得多。"前晚韦春红说他认识宋运辉的年日还不如梁思申，他当时没反对，却耿耿于怀。

梁思申不知道雷东宝究竟想说明什么，却没想到能了解到这么一段久远的历史，她看着眼前那条坑坑洼洼的山路，绝想不到宋运辉竟然是从这样的山路走出去上的大学。她惊呆了，看着那条几乎被废弃的山路，很想走进去看看，那儿是否还有宋家姐弟的足迹。雷东宝没听见梁思申说话，回头见她张着小嘴好像很惊讶的样子，道："不吱声了吧？"

"不。我比你早认识，我一九七九年就认识宋，我第二年就知道你。"

"知道我什么？他怎么什么都跟你说？你那时候才多大，你听得懂？"

"你不用心虚，宋不是个背后随便说人坏话的人。我从他嘴里听多有关你的话题，可见面……他美化了你。"

雷东宝忽略梁思申的观感，对宋运辉的美化表示满意："对，我们兄弟感情一向好。再告诉你，这预制品厂最早是小砖窑，我们小雷家村社队办企业第一炮就是在这儿打响的。看后面那些鳖塘没有，都是砖厂挖泥挖出来的大坑，干脆从山后水库引水过来养鱼。"

梁思申噢了一声，这些砖窑啊鱼塘啊都是宋运辉曾经告诉过她的神话般的故事，原来典出此地，而那小砖窑现在都英雄无觅。她见预制品厂门口一排花儿开得热闹，就问："厂门口那花儿就是据说农村女孩染指甲的凤仙花吧？"

"对，女孩子就关心这些。萍萍去那年，扔下家里几只花盆几棵花秧，我也不知道什么花，等天暖了都种外面院子里。马屁精都知道我喜欢这花，挖了籽去种，每年夏天到处都开凤仙花。走吧，看老屋去。"

梁思申没想到随手一指，便是过去种种，不由得看看路边不时冒出的开得璀璨的凤仙花，又看看前面已经汗湿的肥厚宽背，好生感慨。从雷东宝看似轻描淡写的描述中，她意识到自己对雷东宝可能有偏见。

这一路，看到过去雷宋联姻的晒场，看到曾经甜蜜、现在已经盖起厂房的老屋所在，看到宋运萍带领养兔收购兔毛的所在，听到好多相关的故事……走啊走啊，一直又走到一处小山包，雷东宝告诉梁思申，宋运萍就葬在上面。梁思申跳下来，要求上去。雷东宝没拦着，前面拨荆棘带路。很快，两人便到宋运萍坟前。雷东宝看梁思申摘下墨镜和帽子，在坟前双手合十拜了几拜，他看着满意，这才道："萍萍，这是你弟媳妇，大热天特意来看你。"

梁思申看看雷东宝，没说什么，又闭目合十在坟前把早想好的该说的在心里说一遍，才跟雷东宝说"回吧"，两人一起下山，雷东宝心说这个半洋人原来也迷信。

两人辗转又到而今小雷家的住宅区和工业区，这下雷东宝告诉梁思申的，都是他和宋运辉的交情，包括这住宅区的规划设计，包括那边工业区的改造更新，还有宋运辉当年来他家住过一段时间谎称甲肝与金州领导作对。梁思申听着，与过去的记忆印证，两人这会儿都心平气和，难得雷东宝不嚷嚷了，梁思申不讽刺了，可前面路上却热闹开了。梁思申看去，却见一个年轻女孩从前面路上跑过来，哭得披头散发。

雷东宝一看见就骂了声"操"，但立即灵活地跳下去，跑去迎住那年轻女孩，一把抱住不让蹦跶。原来是冯欣欣在小雷家工作的亲戚误会梁思申是个狐狸精，及时向冯欣欣示警，冯欣欣立马从市里杀来抢老公。

梁思申跳下车，惊异地看着眼前这一幕，从冯欣欣的哭闹中她猜到是怎么回事，她觉得自己还是不要插嘴为好。她不免想到现在雷家的韦春红，心说这下有点麻烦了。但见冯欣欣很快便擦干眼泪，挂上笑容朝她走来。梁思申心说，这不是宋家人的风格。她没动，她记着宋运辉的反感，也没摘下眼镜，只淡淡地注视着冯欣欣过来，听冯欣欣一路说着"原来是美国姐姐啊，我早想去看你了，可……"就是一动不动。

冯欣欣很快感觉到梁思申的冷淡，一张脸很是挂不住，不由得回头看雷东宝一眼，年轻女孩终究是生嫩，又不敢对梁思申轻举妄动。梁思申仔细打量冯欣欣这张据说与宋运萍很像的脸，从这张小眉小眼的脸上实在看不出宋家的气质。她见冯欣欣止步，才道："大哥，谢谢你陪我半天，我得回了。"说完，她就擦着冯欣欣离开，凭记忆摸去雷东宝家，见到冯欣欣真人，她把刚刚生出的心软又压了回去。

雷东宝料定梁思申与宋运辉穿一条裤子，肯定不会待见冯欣欣，却没想到她竟当没看见冯欣欣这个人。雷东宝暗自骂声"操"，扯起嗓门大声道："小三，小三，送小冯回去。"见有人探出脑袋应一声说去叫三主任，雷东宝才对冯欣欣道："看，丢人了吧，闹半天人家还看不起你，谁打电话告诉你的？"

"谁让你这两天都不来，人家还以为你干什么了呢。我现在不回，我今天要跟你一起回家，我去你家等着你。"

"到底谁打电话给你的？"

"不说，反正你有什么事都有人报告我，哼，你可别想瞒我。"

雷东宝最烦这种小伎俩，憋得满脸通红，可就是拿这个带球的没办法："你赶紧回家，我工作，没空跟你玩。"

"你不是陪你弟媳妇转悠吗，你有时间陪她怎么就没时间陪我呢，你再不陪我，我肚子里的宝宝都不认识你了。"

"好好，我晚上一下班就去你那儿，现在我没空。我弟媳妇是来工作，跟你不一样。不跟你说了吗，人家在美国大银行做事。妈的，小三这么磨蹭，还不来。"

小三终于开着车子出现，载上冯欣欣走了。雷东宝赶紧冲进最近的办公室，给自己家打电话，稳住刚走进他家的梁思申。但他没急着赶去，而是掘地三尺也要找到给冯欣欣打电话的冯家亲戚。很容易，厂里可以打外线的电话机并不多，一问就知道是谁打过电话。他找到那个亲戚，二话没说，就是两个大耳光。他妈的反了，敢监视起他来。他不敢动冯欣欣一根汗毛，他难道还怕了冯欣欣不成？

随即，雷东宝便赶回家。他妈与韦春红依然和平共处，韦春红有的是办法把雷母的话当耳边风。雷母更不敢对梁思申出什么话，知道她这个小雷家太后的干部家属身份与梁思申比实在算不上什么。等儿子出现，她就走了，三不管。

梁思申并没快嘴将冯欣欣杀来的事告诉韦春红，反而是雷东宝进来就把已经送走冯欣欣的消息透露了，韦春红的脸色变得难看了一会儿，就收起脸色没事人一般。梁思申准备回市里吃饭，雷东宝道："你别走，我还有话问你。你和小辉都说我以前对他姐没掏心窝子，你说，怎样才算掏心窝子了？"

梁思申没想到雷东宝那么直接，她想了想，才答："我不清楚你说的掏心窝子的意思，请原谅我中文不好。但从你对待韦嫂的态度，你不是个尊重太太的人。我们有理由怀疑，我们也正要问你，你懂韦嫂的心吗？你以前又懂姐姐的心吗？今天很巧，让我见识到冯小姐，我看来看去，冯小姐与宋家人完全不一样，你说她像，难道你以前看到的只有姐姐的皮相，而没看到姐姐的性格、言行甚至内心？"

雷东宝被梁思申绕得烦了，索性摸出皮夹，展开来给梁思申看："怎么不像？你看，你看。"韦春红心里感激梁思申帮她说话，但她旁观。

梁思申接了皮夹仔细看，心说果然是相像，但是她冷笑道："我不明白，姐姐会有冯小姐那么势利的眼睛吗，姐姐的性子是会当众撒泼的吗，我虽然没见过姐姐，可我相信宋家人不是那样的。因此我可以说你，别看你跟姐姐结婚那么几年，冲你连一个人都会认错，我就可以认定你根本不懂姐姐的心，正因为如此，宋心痛姐姐。"

不用说同是女人的韦春红，即便是雷东宝这回也听得出梁思申说的是什么，宋运辉心痛姐姐什么？就是心痛姐姐嫁错人，心痛姐姐因此早逝。雷东宝气得一拳砸桌子上，怒道："我跟他姐怎么样，你们懂个屁。你给我去问小辉，我到底对他怎么样，我以前对他到底怎么样，让他凭良心说，我有没有当他亲兄弟？"

韦春红见此连忙扯住雷东宝，按到位置上坐下，低声提醒他别吓到孕妇。雷东宝呼哧呼哧地别转脸去，免得再看见梁思申就管不住怒气，这女人简直指鹿为马。梁思申倒是不怕，但是愣了会儿，才又冷静地道："宋一直拿你当兄弟，而且是好兄弟，他说起你的时候，通常非常骄傲，所以我虽没来过小雷家，可对小雷家的一草一木早已非常熟悉。可你呢，你指鹿为马把个轻浮女孩指为姐姐，你简直是往宋的眼睛里揉沙子。你却还可以为一句话暴跳如雷，难道宋就不可以生你的气？"

　　韦春红心说这个小姑娘别看一张脸那么嫩，可真能骂人，但也眼见雷东宝与梁思申水火不容。雷东宝太独，不肯被人指责；梁思申太骄，容不得自己丈夫受委屈。还是她叹声气，站起身道："妹子，你别说他了，他也不容易，他这是多少个地方烧香拜佛才求来个孩子。他对我好着呢，我不怨他。"

　　梁思申心里挺替韦春红感到无奈，可也没办法，难道要她煽动韦春红争取女权？可她还是忍不住替韦春红瞪雷东宝一眼，与韦春红挽手离开雷家，上去门口的出租车。雷东宝好歹看宋运辉面上背着手送到门口，看两人离去，心里极度郁闷，这一早上亲自踩三轮车都没挽回事态。而对韦春红，雷东宝更是负疚。这么几天下来，对冯欣欣的新鲜劲也过去了，当然已经知道冯欣欣不是宋运萍，他这会儿又惦记起韦春红的好来。可冯欣欣肚子里不是有个他的孩子吗，韦春红能理解的。

　　雷东宝又回铜厂，而项东也正等着他。项东一看到他进来，就掩上门，严肃地道："书记，正要跟你说件事……"

　　"扇俩耳光的事吗？"

　　"是，但也不全是。首先，企业发展到现在，人员进出都应该规范控制，不能说进就进，而应该择优录取，尤其是不能安插亲戚朋友。你上面一开口子，别人也可以有样学样，对于铜厂未来职工素质的提高有影响，我对你前几天擅自安排三个亲戚进来铜厂持保留意见；其次，这是工厂，工厂有制度，不需要动手打人。"

　　雷东宝对于繁文缛节的反应，一向是简单的"操"，但当着项东，他捂住嘴忍了，还讪笑了："我今天怎么净挨教训呢。行，第一条我答应你；第二条我做不到，也不想做到。你不知道，我们农村里，拳头比什么都管用。"

"可是制度，有制度在的，不能不把制度当回事。书记，企业是要做大的，企业做大了，靠你这儿一拳那儿一脚，你忙得过来吗？我们得趁企业还没做大，先把制度建立起来，让大家都遵守制度，以后旧人带新人，企业就容易管了。"

雷东宝嘴上从善如流："好吧，我以后管着点手脚。"

项东知道今天的劝诫只能到此为止，但他还是要问："书记，你介绍来的那三个亲戚全是没文化的，让做基础工，他们还不愿意，仗着自己是皇亲国戚。不行的话，我开除他们行吗？再这么放着带坏别人。或者你教训他们？"

"我教训他们还不是动拳头？"雷东宝想了想，"你再替我忍七个月，到七个月还那样的话，开了。"

项东不明白为什么不多不少要七个月，但既然雷东宝给他准信，他就不提了，心里大约知道那三个皇亲国戚的分量，不重。他决定发动群众斗群众，将那三个人放到老车间去，让小雷家的人合伙对付那三个外戚。

雷东宝对于项东进来后逐步引进的规范化技术化管理很迷信，虽然他不懂，可他喜欢背着手看新招聘进来的技术员在项东的督促下搞测绘。测绘的东西是项东从上海花大钱买来的国外产品，项东说要做就要做好的，通过模仿国外的好产品，研制出自己的拳头产品，才能打进国际市场。雷东宝觉得很对。他从来就是那么一句话，项东只要考虑发展，其他钱的事由他全力解决。

他看了会儿，就午休铃声响了。他走出技术室，抓住准备去食堂吃饭的项东问："电缆能不能也想办法搞出口？"

"当然能，只要与出口国的标准合得上就行。不过据我所知，我们的电线虽然在本地是最好的，可技术含量不高，质量也……离出口还有一段距离。可能因为卖得好，大家都不用太留意提高质量，开发新品。"

"哦，要怎么做？"

"具体我说不上来了，我是外行。"

"那有没有跟你一样技术好又能管的人？你以前在铜厂应该知道几个。"

项东忙笑道："电缆厂不用找外人，那几个年轻人都不错。我看书记只要给他们压死任务，他们自己会找门路去。他们只是现在日子太好过了，不思进取。哎哟，书记可别说都是我说的，得让他们骂死。"

雷东宝笑道："我怎么会说呢。那你说，为什么你会想到要改进，他们想不到呢？他们有好几个人呐。"

项东没想到雷东宝会问出这个问题来，不由得愣了一下，心说这倒是好问题。他想了好一会儿，才道："可能是接触面的问题，我以前的厂虽然体制老化，可规模摆那儿，出去开会总能接触一些高端思路。但另一方面也要靠挖掘。有一部分人是自己爱好，自觉挖掘，但大多数人需要有人鞭策着去挖掘。"

"都有，他们两方面问题都有。"雷东宝又忍不住，道，"你是自己爱好，对吧？我挖到你真是老运气了。"

项东微笑。对于雷东宝很多处事办法，他常需要这个保留意见那个保留意见，经常会为雷东宝的种种不规范行为头痛。但是他感谢雷东宝识宝，因为雷东宝的识宝不仅表现在语言上，还表现在行动上，更落实在分配上。为此，他能对雷东宝的种种令他头痛的行为一笑置之，也对自己的工作勤勤恳恳、任劳任怨。他总觉得人做事为什么，一要做出成绩，二要成绩受人赏识。前者要求自己，后者要求别人。现在的环境他很满意，雷东宝对他是赤裸裸的赏识。

雷东宝却不知道知识分子有那么多的弯弯肠子。他就是很明确，项东是个宝，是宝就得捧住。但他也不免想到，宋运辉能因为一件看似很小的事情忽然翻脸不认人，他想到项东也是跟宋运辉差不多的人，很有书生脾气。

雷东宝晚上回到冯欣欣的家，却笑不出来。冯家亲戚已经把当众挨耳光的事哭诉到冯家，冯母的意思是息事宁人，冯欣欣却是正恃宠生骄的，说什么也要在亲戚面前为自己挣回脸面，让雷东宝低头认错。因为现在雷东宝对她事事都是好好好，惯她得很，她那些同学都说老男人最宠小娇妻，让她趁怀孕当儿先把规矩做下了。

雷东宝回去见饭菜已经摆上，却不见冯欣欣，问冯母，说是在屋里哭。雷东宝想到当年宋运萍怀孕时候脾气也怪得很，动不动就哭了闹了，跟平时为人全不相同。他进去看，这么热的天，冯欣欣却裹着毛巾毯背着他躺床上。雷东宝走近了，更是见冯欣欣一整张脸都捂在毛巾毯里。他不由得笑了，道："你不热啊，空调也不开，当心生痱子。"

"我没脸见人了，表哥跟我打个电话还被你扇耳光，我难道是小老婆吗？"

"什么屁大的事，你表哥正事不干只知道煽风点火，只给他两个耳光还是轻的。起来，吃饭。"雷东宝不耐烦了，便不高兴劝，顾自走出来。但他才转身，冯欣欣就哭开了。雷东宝听着难受，只能又转回去，好言好语地道，"小雷家是我一个人说了算，你让你表哥以后不许生妖蛾子，没他好处。"

"你还一个人说了算呢，你骗鬼呢，今天还让我看见骑三轮车拍你弟媳妇马屁……"

"我跟她说些要紧事，她跟你一样怀孕，大热天不方便满村子走，会中暑。"

"人家孕妇你护着，我怀孕你还气我。宝宝，妈妈对不起你，你爸爸只认八竿子打不到一块的弟媳妇，不认你和你妈。宝宝，妈妈都没脸见人了，让你爸爸这么欺负呢。"

雷东宝心说又来了，每次都是拿孩子要挟他。他不耐烦地一把抱起冯欣欣，扯掉她身上裹着的毛巾毯，懒得说什么，就往客厅抱去。却不料半路被冯欣欣挣下来，又逃回床上。雷东宝想回手去捉，冯欣欣却从床的这头跳到那头，小兔子一样地乱跳。雷东宝急了："你别乱跳，你小心……"雷东宝看着冯欣欣摇摇晃晃地跳，急得话都说不出来，冯欣欣跳一下，他的心揪一下，两只眼睛瞪得像铜铃。

但雷东宝越急，冯欣欣越跳，席梦思上面乱跳，她根本就觉得不会颠下来什么，一边跳一边尖叫："你爸欺负你妈，你还留着干什么，你妈没脸见人，你还出来干什么，统统死了算了，让你爸自个儿高兴去……"

"别跳，别跳……"可雷东宝在床下追到哪儿，冯欣欣就在床上跳到别处，雷东宝又是急又是怕，追得满头大汗，心火开始腾腾地窜上来了。梁思申中午说冯欣欣与宋运萍全不是一回事的话自动随着冯欣欣的一跳一跃一个字一个字地在雷东宝脑袋里乱蹦。

那边冯欣欣偷看到雷东宝一张胖脸憋得通红，却不再粗声粗气说话，以为她又拿孩子要挟成功，得意地更加油蹦跳。冯母外面都躲不住了，进来看看雷东宝，忙对女儿道："别跳了，你要跳出人命来吗？"冯母也加入床下扑冯欣欣的队伍。冯欣欣这下躲不掉，终于被雷东宝抓到。

雷东宝松一口气，压抑心头的怒火，闷声道："吃饭，别玩得过火。"

"那你打电话跟表哥道歉。他没面子就是我没面子，我没面子就是宝宝没面子，我们都没面子，我们还活着干吗。你今天不打电话可以，明天你一走我就去医院做掉……"

"妈的，做掉就做掉。"雷东宝终于火了，一把将本已抱住的冯欣欣扔回床上，怒道，"你爱闹就闹，你今天不闹掉，老子明天一早叫人拖你去医院打掉，你妈的我稀罕，给脸不要脸的，跳啊，跳，尽管跳。妈的，明天等着，你不去我让人架着你去，老子不要了。"

雷东宝说着，真的甩手出去不管了，自个儿坐下吃菜喝酒。这边冯家母女俩都吓傻了。冯欣欣傻好久，这下是真的吓得大哭起来。但这哭声听在雷东宝耳朵里，就是又狼来了。雷东宝在外面将酒杯一顿，骂道："哭你妈的，急着投胎去啊，投胎也等老子吃饱来了结你。妈的还哭，老子成全你，今晚就去做掉。"

雷东宝越骂火气越大，操起杯子狠命摔地上，起身撞开桌子，冲进卧室。冯母一看不好，赶紧阻拦，被雷东宝一把推开。雷东宝操起没几两重的冯欣欣就往外去。冯母急了，急冲到前面，挡在房门口。这时候冯欣欣也怕了，她说什么都没想到雷东宝敢不要她肚子里的孩子，而且还不是光说不练，而是玩真的了。她泣不成声地讨饶，连声说："我不敢了，我不敢了……"

雷东宝根本不听，一手挟着冯欣欣，一手想拖开那个年纪没比他大几岁的丈母娘，但丈母娘死死撑住不放松。雷东宝看着心烦，不肯跟女人扭打，就把冯欣欣往她娘怀里一扔，自己继续喝酒吃饭，两只眼睛则是狠狠盯着娘俩不放。冯欣欣早吓坏了，躲她妈怀里不敢看。她妈也不敢喊"东宝"了，道："雷书记，你慢慢吃，我跟欣欣洗把脸就出来。"

雷东宝横了一眼，没说，心里厌烦透顶。是啊，如梁思申所说，即使宋运萍当初怀孕后性情大变，可宋运萍怎么可能当众撒泼。这么一想，他把心中宝贝冯欣欣的心淡了下去。等会儿冯欣欣洗了脸拢了头发出来，被她妈教育了，乖乖坐到雷东宝身边靠着，两眼泪汪汪看着雷东宝，想哭又不敢哭。雷东宝一看这样子，心又软了。毕竟冯欣欣还是长得像宋运萍，再说又是这么嫩生生一个少女。但他心里有气，没理冯欣欣，反而是冯欣欣对他又是夹菜又是斟酒。

晚饭后看电视，冯欣欣也是不顾妈妈在场，紧紧靠在雷东宝怀里抱着无法合抱的雷东宝大肚子，非常温柔。冯母只好提前退场进自己房间睡觉。于是冯欣欣更是肆无忌惮，一只小手伸进雷东宝的衣服里。

一夜过来，雷东宝便把发火的事抛到脑后，但冯欣欣再不敢仗着孕妇身份闹事了，她总算是实打实见识到了什么叫雷老虎。

冯欣欣不闹，却变得黏人，雷东宝便又疏了去韦春红那里的次数。

却说梁思申与韦春红一起回市区，吃了一顿韦春红特意为她准备的清淡可口的私房菜。吃完，韦春红又非要护送梁思申回宾馆。梁思申坐在出租车里，想到雷东宝的负心，再看看韦春红这张长得比雷东宝老相好几年的脸，心里很是感慨，又因为不熟不便直言，就借口休息，拉韦春红进宾馆美容厅做脸。

韦春红虽然财大气粗，却还是第一次进美容厅享受。里面美容小姐比她脸还嫩的手指摸上她的脸，她忽然感觉自己原来已经老得如此不堪，禁不住两行泪水从眼角滑落，顺着耳根流进头发里。她见梁思申闭着眼睛让另一个小姑娘按摩，嘴里却非常复杂地罗列她这边的小姑娘替她做的项目：清洗、美白、补水面膜……她什么都不问，收起泪水静静挨着，让小姑娘为她忙碌。温柔舒适的触感之下，她苦累那么多年的心终于一松，坦然睡了过去。

梁思申的项目完成，她起身看着熟睡的韦春红，看她露在衣服外面的粗糙双手，不知怎么就想起刚才雷东宝指给她看的山路了。这个城市以前不知道如何，现在看上去是不如东海那边富裕啦，可能与沿海地区近年发展迅速有关。但毋庸置疑的是，宋运辉出去读大学时，家境是很不好的。但竟然是须走着去火车站——以前宋运辉都没提起过，梁思申也做梦都想不到。而那个初中毕业就高考，从那条蜿蜒山路走着出去读大学的少年，现在却是大家嘴里的宋总。

梁思申不由得想到她有次回国内过圣诞假期，长大后第一次见到宋运辉。那是在建设中的东海工地吧，那次见到的宋运辉又黑又瘦，只有两只眼睛炯炯有神，而那年他还不到三十。那年他都忙得只有与她吃一顿中饭的时间。

难怪他现在两鬓见霜，一个从山路走出来的根基一穷二白的男孩子，要用多少努力才能到今天的成就，其中辛苦，不足为外人道。他只在信中杂乱无章地痛诉过他对工作的热情和矛盾，他只说过"我很骄傲"，他从没对她说过辛苦。

相比之下，她独自在海外生存的曲折又算得了什么？对，当年他还伸手帮过她呢。在他面前，她以后不要再喊累。

她又想到初与宋运辉恋爱时候，他的扭捏生涩，一个结过婚的男人竟然还不如她老练。她以前还以为是因为他个性太严肃，现在才知，他哪有时间好好享受生活？想着想着，梁思申的眼睛涩涩的，柔肠百转地心疼。

一会儿韦春红的脸终于被整理出来，韦春红醒来，揉揉眼睛看镜子中的自己，看来看去，虽然还是这么张老脸，却没想到还真嫩了一些，血色好了许多。她很是喜欢。再看到一双手也被休整过，指甲修得整整齐齐，照梁思申的说法，还做过蜡膜，她看着果然是细致了许多，细致得她以后再不愿干厨房里的粗活。一觉睡醒，乌鸡变凤凰，这才是女人啊。可她有些讪讪地说，虽然像豆腐了，可还是老豆腐，与嫩豆腐没法比。

梁思申好人做到底，又带着韦春红做头发去，还是韦春红过意不去，坐在美发厅的椅子上硬是要梁思申回宾馆休息。看梁思申走后，韦春红心说，这个出身这么好的女孩子可真会做人，知道她今天心情不会好，就拖着身子陪她这么久。她不知道宋运辉以前的妻子是怎么样的，但心说肯定是没法跟梁思申比。虽说她才遭遇被外面狐狸精撬了婚姻的事，可她怎么都无法对宋运辉离婚再娶的梁思申反感。换她是男人，她也想要这样的老婆啊。她不免坐在椅子上叹气，可她也是很好的老婆呢。对，她以后要保养得好一点，要多疼疼自己。

梁思申回宾馆后没再出去，也没参加宋运辉评审会后的晚宴，她怕包厢里的香烟味。她休息足了，晚上独自去西餐厅吃了，回来看CNN。好在宋运辉很快回来，梁思申知道宋运辉是不愿冷落她的。她跟宋运辉说了去小雷家的事，见宋运辉一天高强度的忙碌下来，神情有些倦，她就拿来另外两个枕头都垫到宋运辉背后。

宋运辉把似乎还想忙碌什么的她拉住，两人一起靠枕头上，笑道："别忙，一起说说话，你也累一天了。"

"没有，我睡了一下午。你说，刚才我跟你说的东宝大哥的话，是不是真的？"

宋运辉犹豫一下，才点头："都是真事。"

"我上午后来都不忍心了，他是真爱你姐姐的，可是他的爱可能不同。你……"

"不。"宋运辉拒绝得很干脆，也没给任何解释。但见梁思申要起来，忙道，"别走，我……"

"你别动，我给你做面膜，嘻嘻，你放心，我现在用的都是最安全的，肯定没激素。今天带韦嫂做美容，我心里早想着怎么算计你了。"梁思申也知道宋运辉肯定拒绝与雷东宝和解，原因都不需要宋运辉勉强说出来，因此她自觉转了话题。

宋运辉也乐得不说，但笑道："不要，像什么话，那是你们女孩子做的。"

"听我的还是听你的？"梁思申说话间早拿来毛巾、水杯和各色瓶罐，硬是使出水磨工夫，将宋运辉按到她腿上躺下，任她肆意作法。宋运辉有些半推半就，但躺下就不肯再起来，闭目让梁思申的手轻轻揉过他的脸，往他脸上不知涂什么东西，凉凉的，香香的，很舒服。"我给你先磨砂，你胡子根比砂粒还硬呢。"

宋运辉的脑袋刚从战场一样的工作中脱离出来，又遇到雷东宝的事，本来转得飞快。但被梁思申三两下柔柔地拨弄，精神渐渐松弛下来，懒得去想公事，便有一搭没一搭地问："磨砂是什么意思？"

梁思申给他解释。按摩得差不多的时候，她擦掉手指上的磨砂膏，又帮宋运辉揉揉肩胛那儿的肌肉。宋运辉闭目享受，只觉得神仙不如。他怕自己睡着，辜负美意，就找话说："我问朋友借了车子，我不知道还认不认得路，明天带你去我家里看看，不过已经不是老房子，可不知道为什么，我做梦做到回家时候，看到的总是家里的老屋。"

"我也是，美国那么多年，做梦做到回家也是小时候的家。我今天看到你上大学去走的山路了，东宝大哥说就是在那条路上遇到你姐姐。"

"哦，说起来那还是古道呢。可惜这次时间不够，要不然真想去看看，明天想去我插队的地方吗？"

"要去，当然都要看看。等我生孩子后，我们另外安排专门时间走走这条路吧，算起来我小时候的日子过得真好。"

"是，你家不一样，你当时长得也跟其他小朋友不一样，站在那儿，气质就与其他小朋友区别开来了，我记得跟你说过插队的原因。"

"说过，为了读高中。"

"我插队时候就住猪圈旁边小屋里。上次去的时候还没拆，现在估计没指望了。我插队的地方再翻过山头，就是杨巡的家，更穷。"

"杨巡也不容易。"

"嗯。他最早的馒头生意，都是靠肩膀挑着挑出大山，走街串巷，他起点更低，企图心不免强了点。"宋运辉想到自己过去被虞山卿讥讽姿态难看，不由得一笑，他现在可以云淡风轻地对待。

"杨巡虽然辛苦有了今天，可人还是脱不了馒头气。我真惊讶你，我小学时候就没感觉你有农村气……"

"什么叫农村气？"

"我中文不好，哼。"

"呵呵。"宋运辉心里高兴，看起来是姿态问题，在梁思申眼里是努力，从另一个角度看叫姿态不美，全凭看的人怎么待他。

"你那时候一定想，怎么把那头母猪养肥，让它早早产崽。别整天吃晚饭跟吃药一样，往后没奶怎么办。"

宋运辉听了大笑，白天再累也不觉得了，所有辛苦都非常值得。

梁思申也是很喜欢两人这样的独处的。她不清楚以后自己有了孩子，自己的孩子插在她和宋运辉中间，她会不会觉得不便。在东海时候宋引很黏着她，很喜欢她辅导作业，很喜欢她给讲天南海北的故事，更喜欢和她一起游戏，因此宋引常喜欢横插在她和宋运辉中间，令得她和宋运辉独处的时间只有在宋引睡觉之后，她总是挺心有不甘的。

可现在她和宋运辉幸福地单独相处了，她又在心里内疚她抢了人家孩子的爸爸。因宋运辉把宋引送去金州十天，明着就是掐算好了她留在东海的时间而定。她忍不住有些煞风景地提醒宋运辉："好几天没去关心一下猫猫了，要不要打个电话去问问？"

宋运辉的眉头明显紧了紧："在她妈妈那儿，又和她外公外婆在一起，不会有事，我还是别节外生枝。"

"猫猫的妈妈还跟她爸妈住一起？上回好像你说的，她不是有未婚夫了吗？"

"听老蒋说又吹了。"宋运辉尽量地言简意赅，不想多说。

"为什么，你别挤牙膏啊。"

宋运辉不甘不愿地道："那男的据说心里有顾虑，怕因此得罪我，影响他在金州的前途。你知道，老蒋现在有意利用我以前新车间的人手培植新势力。老蒋到位后风向转了一转，就坏事了。"

梁思申大为惊异："还有这种事？"

"金州很封闭，封闭到你无法想象，所以我才把东海的宿舍区放到市区，算是半开放，否则也是差不多。其实我哪儿那么小心眼，离婚只是婚姻出错，不是双方谁对谁错。当时心急上火的也赖过别人的错，现在想想当时我也不对……思申，实话爱听吗？"

"哎，我还在犯金州人的错，不好意思。可这话你跟我说说还行，跟蒋总去说，人家可能还以为你惺惺作态。"

"所以你说我冤吧，我脸上的东西可以洗了吗？"

"可以了，最好全身冲洗，头发上可能有些粘到。"梁思申看宋运辉一跃而起，却见他拿着一张脏脸想来贴她的脸，连忙大笑避走。等宋运辉终于进去冲洗，她回头思考刚才宋运辉说的话，心里真是汗颜无比，宋运辉都看开了，她却还小心眼地计较着。她不得不承认，宋运辉比她有心胸，关键的，她估计还是因为宋运辉够冷静，甚至可以说是冷酷，竟能超然对待自己的过去。

梁思申看看浴室紧闭的门，不由得想到外公有次跟她聊天，提起宋运辉的性格。外公说宋运辉这个人是以工程人员分解机器设备的思考方式看待他周围的人的，几乎很少掺杂自己的情感进去。梁思申心想，会不会与宋运辉从小不属于主流，只能旁观同学们的革命行动有关呢？她不得其解，可她也不愿同外公一起分析宋运辉的性格，她宁可自己观察。她相信自己有办法让宋运辉在属于她和他的婚姻生活里，别想理智。她不愿意看到他继续太理智下去，她心疼。

她已经看到，宋运辉从刚结婚时候喜欢微笑甚至傻笑地看着她一个人叽叽呱呱，变为也参与着叽叽呱呱，变得越来越有互动，她觉得这就是进步，她喜欢看到这种进步。

一会儿宋运辉洗澡出来，走出来却意外地提了个建议："还早，要不要到外面走走。"他想的是梁思申一个人在这么小空间里关了一下午，肯定难受。

梁思申奇道："开车去你的老家锦衣夜行？"

"不是，就外面走走，散步。我对老家城市也并不熟悉，大概只熟悉一个火车站，可早已拆毁重建了。"

梁思申知道宋运辉一向好静，对他的提议只好观其行。两人都是难得出来逛夜市，好奇地一路研究大热天还风风火火烤羊肉串的，看烧得墨黑的高压锅土法爆玉米花，看路边小摊摆着无数盗版磁带、录像带，以及各色各样的小百货。两个一向车进车出的人都觉得很有意思，梁思申还在地摊上买了一枚旧旧的陶瓷毛主席像。

宋运辉怕梁思申走丢，一直拉着妻子的手，在这种烟火气十足的地方一起好奇，别说是梁思申这个半老外好奇，他这个每天醉心工作的人也如发现一个新世界。他喜欢身边的这个"伴"，他相信他这回的婚姻是对的。

只是梁思申而今有忌讳，面对好香的羊肉串和新疆葡萄干不敢张嘴，只好都塞给宋运辉吃，弄得宋运辉还是第一次当街吃零食，手里还捧一大包爆米花。

13

杨巡几乎是一接手商场的管理，就第一时间开始后悔。他因为赌气签回商场的经营权，等高兴劲过去，就想到他不是推翻在东北立下的誓言了吗？在东北的时候因为受老王售假冒伪劣品的牵连，仓库物资被人哄抢一空，他当时就看到开店面临的巨大风险，因此后来绝不沾手经营，他现在怎么脑子一混，将一家账面亏损的商场经营接手下来了呢，但合同已签，已经容不得他后悔。

他面对的是千头万绪，枝杈多到混乱的账目。上海派来的人即将引退，但这些留下来办移交的人，却经不起他几句话的提问。杨巡面对无数所谓商场管理套路，他头痛之余，直奔他认为的重点：钱。他就从钱进钱出的脉络入手，理顺那乱成一团的枝杈。

眼下的商场里，有些铺位是出租的，有些铺位则是商场自营的，自营的管得还行，进销存的账目都做得有条有理。但是出租铺位的收支，杨巡只问一个问题，原商场总经理就吃瘪。杨巡问出租铺位卖出去的商品如果不通过商场的口子统一结算，而是私下与顾客完成交易，不让商场经手而被商场收取一定额度的经手费，商场方面如何查证，又如何采取措施杜绝。那个商场总经理说了很多理由很多难处，可就是拿不出彻底解决问题的办法。

杨巡却是看着那总经理，对旁边的弟弟杨速道："做生意的哪个不是泥鳅，换我在商场租一个商铺，我也会做小手，你看我不是一看到这个制度就想到了吗，有钱不赚猪头三。"他取笑完了，才问那原总经理，"这条规矩，是上海那边传来的吗？"

商场原总经理道："这些在上海实施得很好，我们搬来这儿实施，其实做小手的铺位并不多，顾客大多还是喜欢通过我们商场的收银台付款的，免得买去的商品有问题没法退赔。"

杨巡不依，笑道："上海的人也是人。我说实话，管不住小手的制度，肯定是漏洞百出的制度，肯定不是好制度，所以这条制度没有解决的办法，只有把制度推倒重来。"杨巡说出这话的时候，心里忽然冒出熟悉的感觉，却想来想去不知出处。他迟疑了一下，对杨速道："我刚开市场的时候，从税务老爷那里拿来政策死背，你道是背什么，我就是找有什么地方可以钻空子。寻常不缴税是犯罪，钻空子不缴税是避税。后来看税务老爷一个一个新文件出来，都是堵那些漏洞的。老二，回头我们要好好站到租户的立场上看这些制度，看看到底有哪些漏洞。唉，头痛，自找麻烦。"

商场原总经理旁观杨巡的接手，对杨巡的这一番话却是深有共鸣，但他只微笑道："我们不是老板，我们是执行者，所以……"

杨巡好奇地道："你们上海也执行一样的制度？"

"有些因地制宜的小变动。"

杨巡没再继续这个好奇，但换成另一个好奇。他真是很想知道，梁凡和李力在上海的经营究竟挣不挣钱，管理是不是也这么千头万绪，如一团乱麻，光凭他看几眼制度，就可以想到好几招绕过收银台的措施。杨巡肯定地道："我得先顺着钱进出的路线，把钱漏洞眼都堵死，再考虑商场人气。"

但漏洞并不是想堵就堵，杨巡虽然是个最会钻空子的人，可架不住人家三个臭皮匠的群策群力，他于是接连与租用商铺的贸易公司或者办事处开会，研究更新制度。也让与会者提出建议，究竟别家商场怎么做，才能吸引顾客消费。

管商场这差使，杨巡有生第一次接触。他这人多疑，即使有下面几位早被他收买的经理的协助，他还是非自己搞清楚商场全部的运营脉动才肯放心，而在放心之前，他先管住钱匣子，跟钱匣子有关的制度，他优先照顾，优先理顺。

这一次接手经营，杨巡第一次体会到失眠。

以前都是身体累。最初做生意时候，他只要比别人跑动得勤，比别人的言行多一份热络，他就能赚到辛苦钱。然后的项目，他劳心与劳力并用，经常是一边跑政策，一边跑进度，累瘫在工地沙土堆上的时候常有，脑筋动得也不少，可最主要还是动在人际关系协调方面。这回，却是全部的劳心，所谓管理，他上手便遇到如何理顺制度脉络的大问题。这个脉络，远比他前面的两家市场一条街繁琐细致得多。而他本人向来是无拘无束的，对于如何建立制度，心中完全没谱。

杨巡当然借用外脑。但令杨巡觉得奇怪的是，大家都认同上海拿下来的那套规矩，还说这已经是改进得挺好的规矩。杨巡于是心里觉得奇怪了，这种漏洞百出的制度也算是先进？那究竟是他这个外行体会不到制度的先进，还是他这个外行突破约定俗成的旧眼光，不受局限而发现新问题? 杨巡认为应该是后者，但他接手的毕竟是全新的体系，而且又是庞大的关系到巨大利益的体系，他不敢大意，回过头继续研究现有制度的先进究竟表现在哪里。

他接手的几天里，每天大脑运转得飞快，每到下午三四点的时候都感觉脑袋发烫。他索性从电器楼层搬来一只小冰箱，往里面扔进去一打湿毛巾，轮流取出来顶头上降温。

时间不等人啊。他虽然守住了钱匣子，可是每天的水电人工费用哗哗地往外流，钱匣子靠守是守不住的，他得尽快产生效益出来，因此他必须分秒必争。

14

梁思申在休假结束前终于有办法把宋运辉和申宝田这两个大忙人的时间取一个最大公约数，安排两个人坐一起吃饭说话。正好那天杨巡也焦头烂额地找上申宝田，因申宝田公司的主流产品除了外销，大半进的就是全国各地有点档次的商场。杨巡目前经营的商场里面也有申宝田公司的一个专柜。杨巡心想申宝田接触的商场只有比本城的那些经销商多，申宝田一定比一辈子钻在本市几家商场打转的商业系统人士经验更丰富，申宝田又是个宏观眼光极好的，杨巡估计申宝田对各种商场的经营都有一本细账，他得找申宝田讨教经验。

杨巡特别抽出一下午的时间泡在申宝田的办公室里，厚着脸皮雷打不动，候着申宝田忙碌之余就抛出这几天积累下来的疑问。如此断断续续，倒也获得不少信息，证明他的好多疑问确实并非什么约定俗成，而只是积弊。申宝田果然告诉杨巡不少其他城市商场他认为比较有创意的制度。可申宝田实在是忙，杨巡的请教被打断得支离破碎，因此下班的时候，杨巡自然是踊跃要求请饭，以便饭桌上请教。申宝田只知道杨巡与梁思申的矛盾，自然是拒绝。但杨巡不肯放弃些许机会，硬是挤上申宝田的车子，嬉皮笑脸地说即使只有十分钟的时间也是好的，申宝田只好随他。

　　到丝路大饭店的停车场，他们停车的时候，竟意外遇见宋运辉和梁思申。杨巡看到申宝田不等车子停稳先降下车窗与外面的宋梁两位招呼，他忽然想到，难道申宝田今天约吃饭的是宋梁两位？哎呀，他要是挤得进去的话，那不仅是申宝田的经验，还有梁思申这个在美国逛街的高手啊。他当即跟着申宝田下车，厚着脸皮冲上前去先与宋梁两位打招呼，硬是想要造成他和申宝田一起出席的既成事实。

　　申宝田本来想与杨巡撇清，拉下脸让杨巡出局，却不料见杨巡冲到宋运辉面前汇报说已经根据宋运辉的指示与上海方面签下经营合同，具体条款如何如何。申宝田听着心说，难道他们恢复邦交了？那他倒是不便多说什么了，毕竟除了有限几个人，都至今还以为杨巡是宋运辉的铁杆老乡。梁思申却以为申宝田带着杨巡来，见杨巡说个没完没了，就建议上去一起吃饭，边说边谈。这话既然是当年的当事人之一梁思申说出来的，申宝田更是相信杨梁之间矛盾已经内部消化，他便也不多管闲事。唯有杨巡与大家一起走进宾馆大堂，暗自松了一口气，他自己知道有多侥幸。

　　但杨巡不得不面对一对虽然举止落落大方，可依然透着缠绵亲密的人。今天的位置是一张小圆桌，梁思申就自然而然地与宋运辉坐得很近。杨巡一时觉得怎么坐都错，坐到梁思申身边，显然会被宋运辉难看掉，坐到宋运辉身边，又正好对着梁思申，照样也不好过。好在申宝田今天目标明确就是为了跟宋运辉认识，因此当仁不让地就坐到宋运辉旁边，杨巡就只有被动的唯一选择了。他想，宋运辉看得到他的被动，因此无法责怪他，但他自觉离梁思申坐得远远的，与申宝田坐得很亲密。

　　在场没一个是笨的，全都看得出杨巡的难做。宋、申两个都想，早知今日，何必当初。

　　宋运辉和申宝田两个人寒暄过后，不知不觉就说到企业发展中遇到的瓶颈问题。还是申宝田先提起的，他说他的主业肯定还有发展空间，可是总感觉到一定程度之后，再想保持原有发展速度却难，可是他不肯按部就班，他希望继续照过去的速度快速扩张。然而，光靠继续做实业，速度的维持将难以为继。

宋运辉听着也不由得感叹，做实业的人需要耐得住寂寞。说到这儿，宋运辉忍不住问杨巡："小杨，小雷家实业现在的资金规模跟你比怎么样？"

杨巡终于有了说话机会，忙道："怎么能跟书记的比，现在这个行业只要说起雷霆，没有不知道的。"

"我前阵子听说雷霆问银行贷一千万的流动资金并不容易，我看你很简单啊。你问银行累计贷款有多少？"

"我的资产都在市区，属于优质资产，贷款稍微方便。"杨巡不便说出自己贷款的确切数字，便这么含混了一下。他心里忽然有那么一种感觉，如果在座只有梁思申一个人的话，他会说，即使知道梁思申回头肯定会与宋运辉互通有无。但是有宋运辉在场，甚至还有申宝田在，这个秘密他就不说了。

宋运辉没有追问。反而是梁思申说了句："我在国内看到的是，有些企业贷款很容易，有些企业贷款真难。继去年北京长城公司沈太福之后，无锡新兴公司邓斌正等待宣判，都是集资。"说到这儿，她微微侧脸对杨巡道，"沈太福的长城机电公司，也是挂名集体的个私企业。"

杨巡立刻心领神会："前阵子有跟朋友说起这事，我听了好半天后怕，我造两家市场时，一半的钱也是从个人手里集资的。"

宋运辉道："不一样，长城公司的集资扰乱国家金融秩序，并没有用借来的钱发展他们吹嘘中的科技实业，而是用后面人的集资付前面人的贷款。是完全的金融违法行为。"

梁思申想到她翻阅的资料里有记载，长城公司把集资来的资金在全国各地投资房地产项目。她记得当时与同事做过计算，照这几年地产增值的速度，长城公司可能负担得起集资的高额利息，但这条资金链非常脆弱，是建立在对高通胀和高增值的预期之上的，她和同事当时就预计迟早出事，但她不认同宋运辉的说法，当着众人的面就不否定了，回家自己说去。

杨巡听了再次后怕，原来这也是罪名。他记得当时在债务操作中也做过这种用后人的钱还前人的连本带息的事，不过同时把市场也造起来了。当年如果没造起来，钱又还不上了，他是不是也得跟沈太福一样地被判刑？但他没梁思申了解得深入，有些不明白沈太福玩那个金钱游戏做什么。申宝田已经先说了："我有些不明白长城公司为什么要用这种办法集资，几乎就是诈骗，明眼人只要想想，又不是短期头寸，那么高利息，长期经营谁负担得起。国家对这种事当然不会袖手不管。当初无锡那家也有人劝我出资，我看不出除了贩毒哪个项目能有那么高回报的，不信。我奇怪他们的集资招数怎么会有人那么多人上钩。"

宋运辉道："利欲熏心，利令智昏。"

梁思申再次无法认同宋运辉的武断，但她还是没出声。

杨巡私心里对那种集资行为同病相怜，就笑着抢断道："我前阵子利令智昏签下商场的经营权，这下头大了，今天一下午就缠着申总给提建议。现在三位高人在座，都帮我一把啊。"

梁思申一笑，没说。当时她看到杨巡愿意接手经营权的时候就惊讶过，这似乎不符合杨巡一贯标榜的原则。现在他既然接手了，即使她曾经做过中间人，她也问心无愧，她现在没有帮杨巡的喜好。她这一笑，就似乎是把杨巡的话当作笑话来听。虽然知道杨巡这一路走来不易，但杨巡不是有的是歪门子吗，她不想再次做傻子。

宋运辉也只是礼节性地问一句："很困难？万事起头难嘛。"

杨巡没缩回去，忙道："是啊，很困难，这已经不是万事起头难。我现在就跟是个小孩子闯进老法师堆里，人家都是多年搞商场的，我是隔行如隔山，什么都不懂。这几天都不知道怎么管才好，今天就追着申总问呢。"

宋运辉微笑道："你行的，我从你当时那么迫切想拿下经营权的时候就看出你胸有成竹。"

杨巡没办法，只得说句实话："我拿下经营权……起码想死活都有个明白，别让背上一屁股债还不知道怎么背的。"

宋运辉还是微笑道："你放心，没有人是万能的。但往大里说，只要团结群众，依靠群众，没什么事办不成。你以前多是单打独斗，即使与人合作，也几乎是你说了算，而商场的管理正因为千头万绪，需要的是团队的协作，你只能作为一个牵头人。你不如试着在坦诚待人、有所让利、职效挂钩的基础上组建一个团队试试，群策群力的效果要比单打独斗好得多。"

宋运辉这话说出，杨巡除了"好，我听宋总的"，再无其他话语。他做贼心虚，听出宋运辉话外有话，梁思申和申宝田也听出，宋运辉除了给杨巡支了一个几乎是大而无当的招，几乎字字句句指责当年杨巡对待合作人梁思申的态度。申宝田也是自从杨梁合作破产后，否定了杨的为人。见宋运辉这么说，他想，看来这两个老乡还没恢复邦交。他当然不会多说惹事。梁思申只低头吃菜，心里哭笑不得，心说宋运辉真损，令杨巡这会儿连再次道歉都不能，道歉反而显得不真诚。杨巡若是雷东宝那样的性子，也就当耳边风了，偏偏杨巡听得懂。

一桌人心照不宣了一下，宋运辉又与申宝田说上话。还是那个问题，主业之外做什么。梁思申知道申宝田的规模不小，建议申宝田申请上市，但是申宝田不答应，说是好不容易摆脱掉公婆管束，不想上市惹来监管。杨巡没法插嘴，听了申宝田的话心说上市不是圈钱吗，银行贷款那么难，他如果有上市机会，他说什么都要削尖脑袋了上。但他听到梁思申跟申宝田说起国外有本来上市的股份公司出于这样那样的考虑，也有选择退市的例子，上市不上市全在个人选择。越是想到梁思申在超前发展的老资本主义国家里见多识广，杨巡越是为他而今没法从梁思申嘴里挖到商场经营帮助而闹心。他今天算是看出来了，即使梁思申已经不生气，可梁思申的老公还气他当年欺负人呢。

一顿饭吃下来，申宝田和宋运辉认识得很好，都是真心相约以后经常有空见面，两人也彼此约下时间去对方公司参观。只有杨巡一无所获。

商场成了杨巡手中的热煎堆，烫手，又扔不得。他很想找个谁把商场转包出去，可是上海的李力和梁凡不答应。他只得勉强经营下去，心里后悔不迭，他最头痛的是商场占用了他大量时间，这些时间如果拿来做别的发展……

　　但杨巡做事，"狠"字当头。只要被他瞄上的，他非追根究底弄个清楚不可。既然商场的经营扔不得，他只好照着宋运辉说的办法，将原先的骨干组成一个管理团队，许以利润分成，利用团队的经验，和他自己的创新改良，加强商场管理，堵住收银口子的漏洞。那帮骨干都以为终于有了他们非上海管理人员的用武之地，因此干起来极有主观能动性。他们毕竟是多年商场的老手，给杨巡出的点子五花八门，反而令杨巡不知如何选择。

　　想来想去，杨巡还是又去香港取经。他本想带新委任的一个内行副总一起过去，他相信应该副总比他更看得出门道。可是副总的证件却拿不出来，杨巡只好再次单刀赴会，一个人去香港逛街。这回他逛街的目标又有不同，单纯只逛商场。他不仅看商场的布局，看不同商场陈列商品的不同，还看商场此起彼伏的活动。他还请能讲几句普通话的店员吃大餐，了解香港人的经营思路。整整两个星期，他一个人在香港省吃俭用，记录下一大本经验。

　　回来之后他对照着香港之行看自家商场，发觉李力和梁凡原先确定的铺面安排与他在香港看到的普遍情况差不多，都不需要他回来再做多少搬动。正好有朋友推荐河南郑州来的商场老手，那老手一上来就问杨巡在没在电视里看到过"中原之行哪里去，郑州亚细亚"的广告，杨巡当然知道，前两年的事了，他还知道"双休日哪里去，仟村百货赶集去"，电视上还放过改编的连续剧。但他奇怪，为什么后来电视上那些广告没了，是不用喊了，全国人民都去郑州逛街了，效果已经到了，还是亚细亚和仟村都隐退了。

　　杨巡暂时没同意应聘，但是与那个郑州商业老手谈了两天话。当他听到郑州各大商场的商战打到后来大家都无路可退，即使打折商品价格已经低于进货却还得为了赚人流硬着头皮坚持，他听得头皮发麻，不得不想到商场四楼那些由商场进货——库存——销售的电器产品。如果这边也打起价格战，他那四楼还不是死路一条？他最后没聘用那位来自郑州的老手，他决定不能沿袭商场进货——商场库存——商场销售的路子，一定不能把钱放出去把货捂在自己手里,那一段销售周期里,谁知道会出现什么亏损因子。但是看到别家商场都衣服食品电器首饰等一应俱全,是真正的百货格局,他又有些不敢裁去食品和电器两大块,非常矛盾。

他思来想去,最终决定,四楼的一半开成香港那样的超市,专门卖日用百杂和小电器。另一半租给一家私营家用电器公司,让那家公司的电器填满他的商场铺面。同时,他开始做VIP卡,做得就跟银行信用卡似的,但他的卡金光闪闪,非常喜气。他的VIP卡闪亮登场的时候,他仿照着香港的办法,做国庆打折返券销售。广告和海报早早在一星期前闹出去,宣传效果是不错的,国庆当时人流也是不错的,但节后杨巡让会计一算,当然是赚了不少,可是比起他投入的精力和资金,这份钱,赚得性价比太低。

既然已经上手,已经无法脱手,杨巡只能做着,愁眉苦脸地做着。但杨巡不是个肯按部就班老老实实的人,等门道摸清,他就让杨速接手具体事务,他自己脱身而去,考虑新的项目。只是商场仓储占用他巨额流动资金,令他没钱往别处施展拳脚。

15

梁思申回去,就得到两台配置新出的WIN95操作系统的电脑,一台台式,一台手提。WIN95操作系统几乎可称作划时代的革命性的友好界面令梁思申爱不释手,即使需要费时将许多资料从原来的电脑倒腾到新电脑上也无所谓。但可恶的是绝大多数软件依然只能在DOS环境下运行,那么好的新操作系统,她只能用上一半。

不料外公竟然迷上电脑附送的接龙游戏。以往外公闲时喜欢拿一副扑克牌玩接龙,可是洗牌翻牌哪里有电脑上那么方便,即使以前有竺小姐帮忙洗牌都没电脑方便。但现在梁思申是大肚婆,所有人都对她忍让三分,外公抢不到电脑,只好想办法要国外的儿子给他带一台电脑过来用。

梁思申终于见到外公口中的美女戴小姐,果然活色生香。她纯粹是因为戴小姐来自宋运辉的家乡而对戴小姐多重视一些，但这样三十来岁、五官姣好、活色生香的女子，在男人堆里非常受欢迎。外公也喜欢戴小姐，虽然戴小姐不如竺小姐一般会诗词歌赋，可是戴小姐开朗热情，性格犹如拉丁女子，她一进门锦云里就仿佛热气腾腾。外公背后说戴小姐胸大无脑，可又挺喜欢戴小姐来，还几次借小钱给戴小姐调转头寸。

经过一次见面，梁思申就问出该戴小姐叫戴娇凤，来自宋运辉老家邻县的一个村庄，她查了地图才找到大致方位。她倒是发现，那村庄与宋运辉插队的地方在同一个县，严格说起来，与杨巡的老乡关系更近。

梁思申本想哪天宋运辉过来上海时候与戴小姐来个老乡见老乡，两眼泪汪汪，她有点期待严肃的宋运辉遇到个活色生香的女老乡会如何对待。没想到她才在电话里一介绍，宋运辉立刻反映过来，这个戴娇凤会不会是杨巡在东北时期的同居女友。但梁思申问宋运辉想不想下次礼拜天来的时候见识一下杨巡的那个过去，宋运辉却没那兴趣，梁思申反而高兴。

但梁思申本来准备回美国生孩子的打算出了变数。她被国内的工作牵住，无法争取到去美国回炉培训的机会，等熬到产假时候又可能被航空公司拒收，她只得做好在上海生孩子的准备，反而宋运辉与梁父梁母都愿意这样。

橘子黄时，锦云里的银杏黄得娇艳，秋风吹过，落下一地斑驳。外公风雅，不让扫去银杏叶，任其写意秋色，一地娇黄。秋高气爽时节，阳光掠过飘摇的树叶洒在青苔描画的砖地上，如同给银杏叶打的追光。梁思申难得周末休息，而宋运辉又没来，她陪着外公一起在院子里晒太阳，据说是补钙。闲暇时节，她有大量的书要看，都是与育儿有关的。

十来点钟时候，大门被敲响，先放进来李力，李力喜欢锦云里二楼书房一屋子的古籍，他又很得外公赞赏，每次来的时候，外公都让他自己玩。今天也不例外，李力与两个主人寒暄几句，径直去书房。但外公说，李力看上去有心事。自从梁思申怀孕后，外公的性子稍微柔和了一些，祖孙俩只要不是原则性问题，竟能开始和平共处，互通有无。

过一会儿，敲门进来的是戴娇凤。梁思申这下对戴娇凤有了兴趣，手中的书都不看了，专等戴娇凤坐下说话。

外公听过梁思申转述，对于这个敢于在十年前闹私奔的女子更有兴趣，也是丢下电脑游戏等候挖掘。可怜戴娇凤哪里知道有大小两只狐狸瞄上了她，她还以为是随便聊天，大家说起过去的时候，她大大咧咧地也说起最初一段感情因为误会对方于激愤之下分手，却又在发现错误时候自己已经错上加错，只有不再回头。她不知道在座祖孙两个都知道对方是谁，她还提起初恋是最美的，最没心机的，如今还常常记起那时候的没心没肺。

祖孙看着美艳的戴娇凤，想到矮小的杨巡，都不敢再说他们认识杨巡，免得刺激这个心思简单的美女。但两个人都觉得，如今戴娇凤的丈夫虽然不是腰缠万贯，却是本市司法系统的干将，而戴娇凤自己又是在一家公司做得不错，倚仗丈夫的关系获得不少人脉，应该说日子过得不错，人大约在舒心的环境下才能宽心地对待过去复杂的种种吧。

梁思申中午时候亲自上楼，去书房叫李力下来吃饭。却见到李力拿着本书斜斜坐在太师椅上，眼睛不知对着哪个虚无的空间。直等梁思申敲门才回过神来，原本木然的脸上挂上笑容。

梁思申微笑问："有心事？"

李力微笑："没什么。刚才想到萧然，他大概看合资项目大势已去，只好扔下那头，出来重新做贸易。可惜资金给困在合资公司，他爸又步入退休，他的情势比较尴尬。"说到这儿，李力一笑，"有点兔死狐悲啦，呵呵。"

梁思申知道李力没说真话，也只是笑道："前年开始的调整，到今年底基本上已见成效，今年我们估计消费价格指数和固定资产投资增速都不会再超过二十，经济增速也应该比去年前年有所回落。萧然在这个惯性下降通道时期出击，会比较艰难一些。我们下去用餐吧，都十二点多了。"

李力忙笑道："你看我这个客人真不自觉。都说明年调控将继续，你们国外的舆论是怎么看的？"

"呵呵，我们国外的蛮人刚刚从崩溃论里拔出来，说出来的话做不得准。"梁思申先走前面下去，不过还是说了句正经的，"我们都感觉这回的调整能做到软着陆已是非常不易，下月北京的经济工作会议上，我们估计政策走向还是从紧。因为一批国有企业经过试点改制，明年开始应该陆续可见成效，这对国内生产总值的提升又是一大助力，估计国家就会在其他方面采取措施巩固调控效果了。怎么，跟你的有关？"

李力忙笑道："关系不是最大，不过通胀缩小，银行贷款利率依然居高不下，对于我们的利润有一定影响。"

"哦？不过事在人为。来，给你介绍，这位戴小姐，我们的客人。"

梁思申见李力对戴娇凤只是淡淡的，不知道是因为李力鉴赏美女的眼光独特，还是因为李力今天心神不宁。反而是戴娇凤早就知道只要来锦云里就能遇到贵人，知道李力身份后，对李力非常殷勤。令梁思申大惑不解的是，李力饭后又去书房闷了一个下午，晚饭时候才离开。

但等李力离开，梁思申立刻一个电话给梁凡，询问他们公司近况。等梁凡详细说明没出问题，梁思申才稍微放心，不过还是又一个电话打给她爸爸，让爸爸最近收紧对梁大的贷款。

天日已经渐短，不到下午五点钟就已昏暗。夜风一阵一阵地紧，卷起满园落叶纷飞，在夜灯下犹如雪花飞舞一般。

冬日不可避免地到来了。

1996年 🐼

01

年底时分，正是商家最忙季节。杨巡发出好多购物券，不少单位开着购买文具的发票几万几万地捧来现金购买购物券，杨巡也识做，虽然购物券不打折，但是主动按照一定比例给购买购物券的经办人几张购物券作为回礼，经办人都是心照不宣地收下，有些不久又捧着现金过来购买。再加上年底本就购销两旺，商场竟然难得出现销售高峰。

这时候，杨巡从报纸上了解到，有家外国大型超市在北京开业，那超市来自法国，名叫家乐福。正当杨巡思量着要不要忙过这阵子去北京看一眼，看是不是与香港的那些超市一样，却又从《新民晚报》得知，上海的家乐福也开业了。杨巡没有犹豫，只等元旦销售高峰才一过去，春节高峰还没杀到，马上拎行李直奔上海，领那合资大超市的市面。

因为有妹妹杨逦落户上海，杨家人在上海终于有了落脚点。杨巡下午一下火车就直奔那房子，他得先把大包行李处理掉了。那行李里面有两个哥哥给小妹买的贵价羊绒衫和围巾，有两个哥哥一致认为适合白领丽人穿着的品牌套装、大衣，当然也有国外大牌的巧克力、咖啡。两个哥哥认定小妹才那么点工资只够温饱，额外消费还是需要两个哥哥帮衬。但是杨巡因为有言在先，就不给现金只给实物。

杨巡下午三点多打开房门时，却意外发现杨逦这个时候竟然在家。杨巡立即看到杨逦的脸上很是不自然，但他还是关切地问："怎么啦，请假不上班？身体不舒服？"

杨逦迟疑良久，才闷声道："我辞职不干了。"

"怎么回事？什么时候的事？"

"元旦前的事，我发了工资走的。"

"那你这几天怎么过日子。"杨巡当即去厨房翻看，只看到几包方便面，"怎么回事？跟我说说。"

杨逦有些不情愿，但还是翘着嘴巴道："我们不是今年不包分配吗，公司就贱看我们，进去的人都没好位置，有些先做文印，有些先跑腿，把我分去reception，叫我一干就干到辞职为止。"

"那个锐什么什么的是什么位置？"

"reception就reception。"

"总有中文名目吧，梁思申那个半老外说话都不吐英文。"

"你就梁思申梁思申，reception就是接待。"

"啥，你一个重点大学毕业的去做接待员？这不是小看人吗？"杨巡当然知道接待是什么，档次高点的企业都在门口围个大柜台，柜台后站一个漂亮小姐，客户上门，第一个调戏的就是接待小姐。杨逦公司竟然让一做就是半年。杨巡很生气，但随即便冷静下来："你们那几个一起招进去的，不是有跑腿文印的吗，他们也还干那行？"

杨逦一时没吱声，闷一会儿，才避开眼去，硬邦邦地道："当然。"

杨巡当即发现杨逦撒谎。肯定其他几个已经脱离苦海，而杨逦估计个性很冲，不肯妥协，又不安于接待位置，被公司管理人员讨厌，因此就被有意摁在接待位置上不给挪窝，她脸面挂不住只有自动求去。杨巡不予戳穿，想着杨逦辞职已经难过，他别添乱了，岔开话题道："走，刚开了家超市，叫家乐福的，我们去买些东西。你跟我一起去。别拉着个脸，现在不是每星期都有人才市场吗，找工作容易。"

杨逦没应声，但默默跟着出门，上了出租车后，也是不肯说话，好像还是杨巡欠她似的。杨巡坐在前面，看计价器上面的数字飞转，脑袋里也是飞转着思考，要不要对妹妹施以援手。如果不施，就冲她那么点工资，估计现在已经钱包见底。可是如果施的话，助长的是杨逦那臭脾气，杨逦即使找到下一个工作，又如何能安心岗位。如今杨逦在家里都是车进车出，空调席梦思，即使他今天给带来的衣服，也是一套上千的，这样的花费，杨逦面对只值一件大衣价的工资，心态怎么好得起来。说起来，杨逦不肯脚踏实地工作，与他的纵容很有关系。

其实他现在给杨逦一个月几千块钱很容易，可那不是更加纵容杨逦了吗？杨巡的心徘徊在硬与软之间，无法做出决定。他深知，如果换作别人说起自家孩子的事，他一早会扔话出去让家长好生教训没出息的子弟，可是轮到他自己小妹，他却下不了手。一直到进去人声鼎沸的家乐福里面，杨巡才停止艰难的思考，推上一辆购物车开始他的观察。

与去年考察香港超市不同，这回进家乐福，他已经是一个商业系统从业人员，对百货行业的商品已经有了系统认识。此时面对看不到边的熟悉的商品和熟悉的价格，他的感受彻底不同。他看到，这里的商品基本涵盖吃穿住行，一个家庭只要要求不高，可以在这里买到所有家用。他看到这里的商品价格普遍比他的百货商场里面便宜，而同类商品的选择余地却更大，商品可用琳琅满目来形容。他看到这里的购物环境与香港的一样便利，没人在身边说三道四，拿什么不拿什么完全自由。他还看到，这里的灯光明亮空调温暖，售货员对外地阿乡没有晚娘脸。他更看到这里也是自动计价，非常便捷迅速，最后还送塑料袋方便顾客拎走。全跟香港的没什么两样。因此杨巡看到，即使今天不是休息日，即使现在还是上班时间，超市收银柜台面前还得排起长队，里面来往购物的人不知比香港多多少。他一下子消费了两千多块，而排他前面的两个人消费也不少。

走出超市，西北风让他火热的脑袋一下清醒，他就忧虑地对杨逦道："要是在我们市也开这么一家，我的商场还不喝西北风去？"这里带给他的震撼绝对比香港的超市更大，因为香港的超市远离内地，他即使前去取经，也最多只是感慨而已，可是上海的家乐福，却让他看到身后危机重重。

杨逦一圈超市逛下来，大哥又一下子给她买了不少食品家用，她的心情立刻好转，闻言就反应敏捷地道："上海也才只一家呢，不知几年后才能去二线城市。不过真要开那么一家在旁边，商场起码一半商品没销路了。"

杨巡点点头，好久都说不出话来，好不容易在黑暗中等到一辆出租车，将买来的东西塞满后备箱和后座，他才又道："以前梁思申跟我说起超市的时候，我还以为那种又亮又漂亮又有空调的地方东西一定贵死人，我还跟她说照国内经济水平起码十年都不需要超市。可没想到……还不到五年，我一点准备都没有。"

坐在后面的杨逦不由得探头看前面大哥的脸色，昏暗灯光下，她看到大哥两只眼睛发直，心事重重。"别担心，不是说了吗，上海也才开始，你还有几年准备时间呢，够多了，自己造一个也来得及。"

"自己造一个容易，可是我哪有钱库存那么多货物？那得多大流动资金。"杨巡不知道家乐福的经营模式是怎样的，他估计与自己商场四楼的小超市差不多，"只有老外才有那个钱啊，难怪是法国人开的。"

杨巡忧心忡忡，却也在忧心中看到一丝希望，"还好，家乐福的普遍价格还是比我市场那些摊位的贵，像我这样的人当然逛超市，可工资不到一千的，看到有一分钱的便宜当然是先奔市场。家乐福的运营费用怎么跟市场比，还好，没法比。"商场危殆，可好歹市场可以保住，杨巡终于放下一小半心事。

回到小区，天色已经全暗，家家户户的脱排油烟机喷出浓烈的菜香，被楼宇间的狂风一阵搅和，令杨家兄妹更觉饥寒交迫。杨巡让杨逦在楼下守着，他一趟一趟地拎东西上六楼。杨逦被一月的冷风吹着，一件一手长的呢大衣根本无法御寒，只盼着大哥快快来去，把东西收拾完。杨巡几趟六楼跑下来，人早累得腿脚打晃，身上的大衣早甩了。他最后一趟下来，索性把地上全部东西都收拾到自己手里，杨逦都不需要拎什么。但等杨逦准备空着两只手上楼，杨巡却叫住她。

"老四，去打几个电话，问问梁思申那单位具体地址。我上去烧饭炒菜。"杨巡摸出一张五十块钱交给杨逦，"电话费不够回来问我拿，用不完算你的。"

杨巡以为说完就可以上楼。不料杨逦接了钱，没掖进口袋里去，却跟着杨巡一起上楼了。"太冷了，回家用你的手机，现在不是能漫游了吗？"

杨巡一个人拎着所有东西往上走，气喘吁吁地道："手机通话费加漫游费，一分钟得多少，你公用电话一分钟才多少？快去快回。"

"大哥你怎么算账的，你给我五十块钱，就算通话加漫游，也够打二三十分钟的，手机打跟公用电话打有什么不同？今天温度接近零度，你想冻死我？再说即使我拿114查出梁思申的单位电话，可现在已经七点多，下班时间了，哪儿找得到人问地址？"

杨巡从肩膀上扛着的米袋后面艰难地看看小妹，他更意识到小妹辞职的根源在哪儿了。他走进门卸下货，一把抓了杨逦手中还嘲笑似的掂着的五十元，严肃地道："你工作态度很有问题。我来告诉你。第一，我给你五十块，你没用完，虽然对我来说一样是支出五十块，可对于你来说，却有收入。同样的效果，但用手机支出五十块的话，钱就全进电信手里去了，我一样还是支出五十块，但你一块钱都捞不到。你以为钱是那么好赚的吗？第二，你说你是外资企业工作过的，那你应该知道他们高层经常晚上要跟国外刚上班的通上话才能下班，只有你们这些说什么时候才能按时下班。你不在其位不谋其政可以，但你不能不知道上面的人在做些什么，还自以为是说什么七点人家已经下班，你犯的就是不懂又自以为是的毛病；第三，那就是你无知又懒。工作半年，连最基本的工作方式方法都不懂，却不肯尝试。114问电话是第一步，问到的电话后面没人等着回答你问题那是理所当然，但你不会电话号码最后两个数字稍微变化一下继续打吗？连号的电话号码基本在一个片区，多打几个基本可以问个八九不离十；第四，是你的工作态度问题。我上楼下楼背那么多东西，你不说帮忙一起扛，你打个电话帮我总行吧？我都已经要求你，这么冷的天，我如果没要紧事也不会要求你，可你还挑肥拣瘦，你在公司工作也是一样？人家出一千多一个月供着你是让你挑肥拣瘦去的吗？你给我好好想想，你工作的时候是不是没动脑筋？工作，不是家里，没人有义务喜欢你。我下去打电话，如果问到地址就不上来吃饭，你自己先吃。"

杨巡说了那么多，耐心详细分析了杨逦的错误，可是杨逦压根不服，他开门准备出去的当儿，杨逦就在后面道："你即使十万火急，可你也得注意方式方法，万一人家没上班，你的所有电话费不是泡汤了。万一你……"

杨巡没想到自己说得那么详细，杨逦还能来那么多万一，他懒得听下去，也没时间听，急急关门将杨逦的一万个万一关在门里面。杨巡一向自诩，只要是他想找的，没有找不到的。其实他早已知道梁思申办公室的电话和地址，他只是想测试杨逦到底有几分能耐而已，测试结果他非常不满，心想，杨逦这样的大学生要是到他手下，不等杨逦辞职，他先开了她。这时候杨巡心中已经决定，回头再给杨逦买五十斤大米和一些香肠水果等物，但绝不给杨逦钱。他已经看出，杨逦的问题完全是心态不好。他想看着，杨逦毕业一周年时候如果还改不了，他只好认了，以后供着小妹。

自从换新电脑后，梁思申每天从国外接受的信息量就大了很多，让她不再觉得处于信息真空。她请求她的同学朋友经常给她发邮件，她自己公司的信息传输也方便许多，只是网络速度很慢，每天都需要秘书收集存盘，她等下班后办公室安静，才能一目十行地浏览。但她有空的时候，大洋彼岸的老友们却都是清晨最忙时分，她总是无法在聊天室遇到他们。

看完便收拾一下下班。此时她已经大腹便便，可是国内孕妇装太过娇艳，她只得套上一件男式羽绒服打发这个短暂时期，她乘电梯直降到地下停车场，电梯门打开，却看到外面神色略带茫然的杨巡。但杨巡看到她的时候，立刻一张脸转出笑容。只是这张笑脸充满惊奇，杨巡惊奇的是印象中身材瘦高的梁思申竟会变成这个模样，即便是一向美丽的脸也有些浮肿。他心说难怪在停车场找不到她的大车子，现在上下那大车子不方便了。

梁思申挺烦杨巡阴魂不散又找上门来，这明摆着是她容易说话，杨巡可就没敢找宋运辉。但她见那么灵活的杨巡难得目瞪口呆说不来话，只得主动开口招呼："你在上海？来这儿找人？"

杨巡终于收回惊奇，忙道："我找你，新年好，门外不远有家餐馆，我想请你吃饭。"

"我很累，想早点回家，你有什么事吗？"

"没什么事，来看看你，又半年没见。我送你回家吧，我替你开车。"

"谢谢，我还行的。"

杨巡听梁思申一直婉言拒绝他，他也只得硬着头皮道："让我帮你开一次吧。我最近忙商场，一直没空过来上海，这回听说上海有外资超市开业，赶紧来看一下，看完一肚子的话想找个人说，就来这儿碰碰运气，哎呀，你换车了？"

梁思申当然没把驾驶位让出来，但一边开车门一边道："超市我也听说了，挺不错，谢谢你来看我……"

"人真不能做错一次。"杨巡听梁思申没热心议论的样子，心中感慨。

梁思申闻言微笑道："对不起，我现在体力不允许，一般都是早回，过去的事请别再提，都是仁者见仁。"

杨巡点头，有些违心地道："你上车吧，外面挺冷。那再见，以后去东海，随便什么时候打电话，我都在。"

梁思申钻进车子里，看看外面的杨巡，心里有些不忍，伸手打开副驾的门，让杨巡进来。"我送你去宾馆。"

杨巡近乎欢快地跳进车子，快乐地道："我送你，回头我打辆车回家。我小妹毕业了，分在上海，我给她在上海买了套房子，现在我来上海不用住宾馆，就住杨逦那儿。那小家伙上个月辞职，都没跟我说，今天我去才发现，家里清锅冷灶的，只有几包方便面，我没翻她钱包，不知道钱包还有几块钱。我批评她工作态度不对，可她死鸭子嘴硬，理由比我还足。唉，四年前差不多的时候我也找你讨论杨逦，你跟我说别多给钱，宁可多给物，结果我没做到，我养娇她了，她现在眼高手低。唉，怎么办，对不起我妈。"

梁思申原以为杨巡会跟她说看了家乐福超市后的感想，就跟以前似的，跟她商量造建材市场，造四星宾馆，造欧洲街和商场，满眼睛都是憧憬，满肚皮都是主意。没想到一上来就是家长里短，就跟每一个恨铁不成钢的家长一样焦急。她不由莞尔："那你要拿她怎么办？"

"我不知道，我明天给她备足够两三个月的柴米油盐，总不能饿着她。我看吧，她要是半年里面能出息，就让她继续待上海，要半年后还是有上顿没下顿，我不指望她了，捆也要捆回家自己盯着调教。"杨巡说的时候，不时看向梁思申，见她一直听着发笑，估计她在笑他的主意，只得也笑道，"没办法，老四嫌我没文化不肯听我，不认我的理。"

梁思申心说这个哥哥做得还是不错的。"你已经很会说了，死人都能说活。"

"我哪里，我哪里，呵呵。我……我……总之很对不起你，我现在话不多，更没几句人话，呵呵。"

梁思申一笑，转了话题："一九九五一年里，调控那么紧，你算是做得很好了。"

"我们下半年凑一起的时候已经都在讨论，就是给批，我们也暂时不敢上了，利息那么高，可……听说海南北海那边都有人跳楼了。我现在压力就很大，晚上睡觉想起商场那些库存每天吃掉的银行利息，心里割肉一样。今天再看到那样的超市，要是我商场边上也开上那么一家，我从五楼往下跳算了。你看着好了，很快的，不出三年超市就会过去。以前肯德基不是也只有北京上海才有吗，我到上海还特意去肯德基吃一顿，现在全国各地都有，我们那儿已经有两家，一家还是我的。你看，只要是好的，很快遍地开花。我今天看着超市就想，它超市卖什么，从今天起，全部从我的商场撤出，绝不敢跟超市重复。我今天就得准备起来，一点点地调整布局，要真等狼来了就迟了。没法跟它超市比价格，有些都比我进价还低，我都不知道他们怎么卖得出这种价格。这商场，不接手不知道，一接手才知道水太深了。"

梁思申听着满是道理，但只脸上笑笑道："对于你去年夏天肯接下商场经营权，我也奇怪，不是你一贯风格。"

"我也悔，可就算时间倒回去，我还是得接。放他们手里，他们每年给我制造亏损。与其不明不白亏钱，还是自己动手亏吧，起码亏得死心塌地。这与你无关，都是我自己的事。"

梁思申不愿多提商场的前因后果，只得再转话头，好在锦云里很近，很快便到了。"我到了，今天不请你进去喝茶。"

杨巡看看这陌生的环境，奇道："你不是住别墅吗？"

"这儿方便，上班近。呃，有个不情之请，这个地方你非请勿来。"

杨巡还以为梁思申不喜欢他像今天出现在她办公楼下面一样出现在这里，只得悻悻地道："好吧，以后我打你电话，行吗？"

梁思申只得索性摸出一张名片交给他，算是诚意。她名片上面没有记载手机号码，她不愿意每天被叫魂，但她就不明确说明，让杨巡别自说自话地摸上来，其实是因为戴娇凤。以杨巡只凭她一个工作单位的名字就能摸到她工作地点，杨巡只要有心，还能不顺藤摸瓜了解到戴娇凤去向？她还是别制造事端。

杨巡看梁思申开车进入大铜门，不由得绕着这么大院子的围墙走了一遭。围墙有些与别的房子连在一起，他没法精确看出大小，可毫无疑问，这院子很深，不比他老家山野之地的院子小。他不知道这房子是梁思申外公的，心说梁思申这个人可真会赚钱。可一想到这么会赚钱的梁思申如今对他守口如瓶，再也不会帮他，他心中遗憾非常。可是，他能强撬人家的嘴吗？

杨巡只打车到最近的地铁口，换乘地铁回杨逦家。他好好想了一路，走出地铁的时候，杨巡基本上心意已定，有关商场的，有关杨逦的。他走出超市的时候，还一肚皮的话无处诉说，可是遇到梁思申他也没讨教什么，可就仿佛跟完成一项宗教仪式，他现在需要的只有行动。他都没去想想刚才其实根本不用费心等在梁思申楼下那么久，没必要那么曲折那么麻烦，其实他在走出超市时候早就心意已定，不说也行。他可能只是延续了一个事前征求意见的惯性。

02

雷东宝也在抓破头皮。平时工资发下来，他都是自己拿一半，另一半给冯欣欣做家用。但是今年的年终分红，雷霆的倒也罢了，红伟那边的公司分红很是可观。因为对本地电线行业的集中整治，红伟的贸易公司又买又卖，生意滚得相当大，在好几大城市已经发展出经销点，因此利润跟着上去了。红伟满面红光地把一本存折交给雷东宝，雷东宝拿着却不知道放哪儿去。

项东虽然进来才半年，按比例所分得的钱比起正明他们来少一半还多，可他还是震惊了，这个数字，比雷东宝请他来小雷家时的口头许诺要大不少。他会议后就想找雷东宝说说话，说说这半年来的感受和对新一年的展望，他太震惊了，他抑制不住地想找人说。可是雷东宝此时头痛钱放哪儿的问题，把约谈拖到晚上。项东只得驾车从市里回小雷家，一路打着节拍放声高歌，唱的是翻身农奴得解放。

雷东宝却是对着存折为难。按他以往的规矩，不是应该交给老婆管吗，可是想到冯欣欣，他怎么都不放心把钱放到冯欣欣手里，仿佛冯欣欣跟他隔着一条心似的，他感觉冯欣欣不可能好好保管他的钱。给他妈是不可能的，他妈这个没原则的。当然他自己也可以管，塞保险箱里就是。可是他却不知不觉走到了韦春红的饭店。

他还是三天两头来这儿，可今天走到门口，却没伸出手去推门，在门口徘徊。这当儿中饭过去，晚饭还没开始，店门里面冷冷清清，店门自然也是关闭着。他犹豫了一下，还是推门进了，却见韦春红就在门里面捧着热水袋似笑非笑看着他。

他不知哪来的气恼，道："你看我来也不说给我开门。擦什么了，擦那么香的，你让人家吃饭还是吃你啊。"

韦春红依然似笑非笑地道："这是小梁送我的新年礼物，她和宋总都说这种香气最适合我。"

雷东宝立刻无话，现在他想了解宋家的事，还得通过韦春红。"就你贪小，他们送你什么你还真有脸都拿着。"

"哟，上门寻衅闹事啊。宋总前儿刚打电话来，说老家的腌鱼腊肉干笋干菜就是鲜，他家老爷子冬天照例胃口不好，可就喜欢吃老家去的东西。我等会儿就跟宋总说说，以后少跟我这种没脸的交往呢。"

雷东宝听了就明白，人家现在绕过他呢。他烦躁地道："跟我来，我有话跟你说。"

见雷东宝如此正经，韦春红就不调戏他了，吩咐店员看门，她跟着走上楼去说话。但她还是不想正经，每次雷东宝来她都欢喜得很，正经不起来。她坐到雷东宝身边，伸出被热水袋捂得红红白白的手给雷东宝看："你瞧，今年硬是没生冻疮，也没开裂，小梁教我的法子管用。"

雷东宝抓过手来一瞧，果然，她不说还真没留意，但嘴里还是没好话："你老妖精跟小妖精学，十几年饭白吃了。你别打岔，我跟你说事。"他掏出大红的存折，抓过韦春红的手，一把拍在韦春红手掌上，拍得韦春红如今嫩嫩的手掌生疼。"你替我保管，一半买股票存银行，你看着办，另一半估计开春要用到，我到时再问你拿。"

韦春红不知他葫芦里卖的什么药，不肯吱声，先接过存折翻看，一看里面的数字，立刻将存折一合，交还给雷东宝："你想清楚，弄不好你一分钱都拿不回，我才不给你写字据。"

雷东宝啧地一声："要你拿着就拿着，你不是最爱钱吗，装啥小脚。到底管不管，管的话赶紧穿上大衣，去银行换你名字。"

韦春红一听，当下就相当地明白雷东宝的意思了，顿时满面春风，扑过去就抱住那猪头啃了一口，赶紧穿上大衣跟雷东宝出去。雷东宝这才放下一头心事，只觉得这是理所当然。

在银行办理手续这等琐碎事，当然都是韦春红着手办的，雷东宝只需要腆着肚子站在一边指导就行，然而韦春红办这些是轻车熟路，因此雷东宝惜字如金，即使存折上面巨额现金的转户都不能让他开一下金口。

这时候正好有电话打到雷东宝的手机，他看都不看号码就接起来。拿着雷东宝淘汰下来的模拟手机的韦春红看见心说，既然都不看号码，还烧包地换数字手机干吗，都是钱多了烧的。要她说，既然都能用，换什么手机，她手里拿到钱就投资。自打前年雷东宝出狱后，她饭店的生意又恢复旺势，再说这两年大家呼啦啦地好像都钱很多似的，上饭店吃饭也跟不要钱似的，除了公款吃喝，个人吃喝也多了起来，韦春红去年一年市县两家饭店的收入竟是过去那么多年的总和。手头富裕的韦春红已经投资了几处市区一、二类地段的店面房，这是她与梁思申商量的结果。现在雷东宝的钱也到她账上，她打算与她的凑一起，回头再找几家店面房买下，当然房产证上得写她的名字。

雷东宝没去关心韦春红一直喜滋滋的脸色，韦春红的脸色阴晴圆缺，都是他一句话，他对韦春红有信心得很。他只是奇怪杨巡怎么忽然打他电话，那小子不是才刚元旦前给过电话吗。因为前年杨巡在他出狱的事上做过很多努力，他前年投桃报李，对杨巡手底下两家市场脱红帽子的工作给予很大支持，两人现在关系算是热络。听着杨巡一连串的"书记，新年好，新年好"，他干脆地笑道："是不是今年春节要回来？我请你喝酒。"

杨巡笑道："不是，书记，我跟你通风报信来的。我刚上朋友那儿查点政策，看到说今年开始出口退税率下调，还有传说很快进口税率也会下调，这些对你刚起步的铜五金出口很不利啊。你得早做打算，调整今年利润预期。"

"早知道了，现在我们跟进出口公司穿一条裤子。呀，小子，你现在嘴上一套很利索嘛，跟谁学的？"

杨巡又笑："哪儿利索了，跟书记怎么比，我新鲜热辣知道的东西，这不书记早了解了。咱不上台面，跟过年过节的猪头肉一样。好了，书记有准备就行，我白提一句。春节不回了，现在开了家商场，闹得每天跟坐牢一样。等我理顺了一定找书记喝酒去。要不书记你有空过来玩？"

"不去，我老婆春节生孩子。"

雷东宝接完电话，却没管韦春红听到他说生孩子的时候脸色变了一下，见韦春红已经办完手续，就拿回身份证，开车送韦春红回饭店，然后他就去忠富那远在穷山旮旯的养猪场。

忠富说不回小雷家就不回，在老娘娘家包了几间猪舍养猪至今已经两年，即使明明承包小雷家现成的养猪场比他自己通过资金积累，一砖一瓦地扩大猪舍快捷得多，他都不肯再回小雷家养猪。雷东宝本来冷眼旁观，看忠富要怎么收场，后来见忠富果说到做到，他倒是敬重。又快到春节，小雷家照例是要发年货，虽然雷东宝眼下不是村干部，可他手里抓着钱，小雷家村的行政事务依然是他说了算。他不就近到承包他猪场的那些老板手里拿猪，而非要绕远路问问忠富手里有没有猪。

可是去忠富猪场的机耕路根本没法开车，雷东宝不得不将车子停在路口，冒着寒风得走一里多路才能到猪场。忠富早接到电话说雷东宝要来，虽然没殷勤地等到村口去张望着，倒是一直一边做事一边关心着外面的动静。看到雷东宝走来，忙快步迎了出去。见面就笑道："哦哟，书记，听说下月就要当爹了？"

雷东宝眉开眼笑的，嘴里却道："头大啊，只能一窝生一个，要跟你这儿一窝生七八个多好。才一个，以后要我怎么养，我每天还不得找个人盯着他小子。"

忠富听着好笑，心说雷东宝为了这个孩子连婚都肯离，以后还不知道怎么疼这孩子。"听说前阵子你们都忙得很，都是书记亲自挥着鞭子赶大伙儿加班加点，今天怎么有空过来？"

"元旦前忙完了，现在得歇火喽，出口订单黄了好几单。我找你要几头猪，以前村里分几头猪，你今年给我留几头，数目你肯定知道的。要给我好猪啊，别挑病的瘦的杀熟。"

忠富听着开心，笑道："书记惠顾我生意，我怎么会乱来？猪肯定是有的，再说凭我，你就想换口味找头瘦猪病猪都没可能啊。书记这边请，我这儿简陋，没以前小雷家办公室好。"

雷东宝跟着忠富进去，扭着鼻子道："你这儿没沼气池吧，臭得很，我老远就闻到。"

"有沼气池，自己弄了个小的，够烧猪食。再大做不起，做出来的沼气也没地方用，不是以前小雷家，副业多。"

"要你回小雷家，你就不回，你就跟我赌气。今年变主意没有？"

"书记就别问了。再说现在我这儿摊子已经铺大了，也扔不下了啊。"

"现在年出栏几头？"

"不瞒你说，书记，去年一年养猪的都亏本。什么都涨价，猪饲料也涨，一头猪卖了还不够成本。村里人早把猪杀了，连猪娘也杀。我尽量缩小养殖规模，省得多亏，但留着优良品种，再亏都得撑着。大家日子过好了不得吃肉吗，等没人养猪了，我的猪又有人抢了。书记今天给我笔大生意，算是雪中送炭。我本来正愁过春节的钱。"

"市道总是有涨有落的，不过你说得没错，大家都要吃肉，猪肉总有地方卖。我知道你这几年有点积蓄，要真调转不过来，跟我说一声，别见外。"

忠富听着感动，笑道："书记，那我不见外，先跟你亲兄弟明算账。你先付定金给我，呵呵。"

"操，你还真不见外啊，去村里拿去。你等着，我给你问问，看有谁家也要发福利。"

忠富忙按住雷东宝的手，道："书记别忙。书记那么照顾我，我心里真是没说的。不过我忠富有一件好，我科学养猪，打个比方，别人家的猪吃一斤饲料长一两肉，我的可以长一两半，我节省开支就节在这里。我还行的。"

"还行就好。这几天跟朋友们吃饭，都说今年……啊，去年日子不大好过，我想来看看你，你没事就好。我走了，我晚上还得跟铜厂厂长谈。今年开始国家退税调整，你知道退税吗？我们现在基本上是亏本卖给国外，就等着它退税那点钱找补。现在退税降了，我们要么不提价，亏；要么提价，老外不要。得想办法，也想个跟你科学养猪一样的办法。我也愁。"

这方面忠富帮不上忙。两人又说几句，雷东宝去猪场看一遭就走。送走雷东宝，忠富一直很感动，知道雷东宝如果单纯为小雷家办年货的话，是没必要亲自来一趟的，雷东宝来，只为实地看一眼朋友到底好不好。这时候忠富心里有些动摇，他想到这一段时间里肯定有不少养殖户坚持不下去，得退出养猪圈子，包括租小雷家养猪场的养殖户也不会有例外，他完全可以乘虚而入，而且可以靠关系先拖一下承包费。但是他想来想去，最后还是自己摇头否定。既然出来了，就不想再回去，就这样做个朋友挺好。若真接近了，以雷东宝的性格，难免又会不由分说裹挟上他。

从忠富这边出来，雷东宝找项东说话。项东给他列出面对的几项问题，诸如退税率降低，影响刚开业的铜五金出口，并影响利润；如进口税降低，可能会有国外产品进口冲击市场；还有一个坏消息，是已经合资的省电缆准备恢复中低端产品的生产，势必以挟雄厚资金实力冲击电线电缆市场。

雷东宝忧心忡忡，对忠富，他会说市道有起有落，可真落到自己头上，他还是愁的，再加现在又添省电缆一道心事。项东现在则是动力十足，安慰雷东宝不用着急，铜厂方面他会设法，尽快争取产品升级换代，提高技术附加。他提醒雷东宝关照电缆厂，起码先保证安全度过这个政策紧缩期。

雷东宝一则以喜，一则以忧，庆幸找到个项东这样不要他操心的，又从方方面面感觉到，今年的经济大环境好像都不大好。前几天县里找去开会传达文件，说货币政策适度从紧，解读是银行贷款很麻烦。银行不放钱出来，企业维持可以，想扩张就难。考虑到去年下半年起已经明显减少的电缆需求量，说是基建投入减少所致。要今年还是这样，再加省电缆又杀回马枪，雷霆的电线电缆得麻烦了。

项东那边，雷东宝放心交出，但是他不得不沉到电缆厂，要大伙儿想办法摆脱困境。

03

梁思申预产期前几天还在上班，她认为生孩子又不是健康问题，不需要大惊小怪。反而是其他人个个如临大敌，她妈妈开后门提前退休，宋运辉虽然年底迎来送往很多，可大量安排时间停留在上海。连外公都偃旗息鼓，每看到梁思申安全下班回家就松一口气。所有生过孩子的，见过亲人生孩子的，都战战兢兢，因此都认为梁思申无知者无畏。

尤其是宋运辉更担心，他因姐姐而对女人生小孩有心理障碍。可梁思申不由他，梁思申说宁可把产假放到生了孩子之后。宋运辉提心吊胆，终于迎来差点让他窒息的消息，那是梁思申从医院打来的电话，说她肚子痛，由同事陪伴，自己就近冲进红房子了，让他赶紧回锦云里拖上她妈一起去医院，医生说就在今天，快了。宋运辉赶紧让司机载着飞奔，接上岳母外公一起去红房子，终于在梁思申进产房前见上一面，三个人在外面走廊开始漫长等待。

宋运辉没法稳坐，梁母也没法稳坐，两个人一会儿起来，一会儿坐下，吊桶一般忙碌，唯有外公两手扶在拐杖上，坐得稳如泰山。外公后来真是看不下去，叫两人坐下，道："女人生小孩，千百年都在生，何况在这种上海最好的医院，你们急什么。你们放心啦，思申这孩子干脆利落，生个小孩不是大问题。"外公本来想说思申心狠手辣，但晓得这时候说出这话得犯众怒，只好从善如流。

"囡囡生第一个，第一个最难，她又不当一回事……"

"谁不当一回事，她当回事，那些生小孩子的书我看她都倒背如流，就你们瞎操心。小辉给我坐下，我眼睛看出血了，你还是什么宋大总经理吗。"

宋运辉当然知道梁思申记性好，领悟力高，有关段落倒背如流，可是知道是一回事，心急又是另一回事，梁思申平时做事干脆利落，又不能与生孩子通用，不是一回事。

外公见没人听他的，其实他也心焦，与外孙女住一起这么两年，事事互相依赖，彼此又互相欣赏，早有亲情产生，可又不愿表露出来，他怕闷坐着露出情绪，被梁思申以后知道了笑话，只得又拿说话打岔。"你们说孩子会讲话后该叫我什么？我们老家不分男女都叫阿太。古代人短命，七十岁算古稀，我这种年纪叫什么，叫老而不死为贼。既然都是贼了，谁还管老而不死的性别，你们说对不对，所以男阿太女阿太统称阿太。我说定了，以后孩子叫我太外公，一定要分清性别，不许混叫。"

梁母没想到老父这个时候还计较这些，只得道："一定，一定，孩子还一定叫太外公给起的小名，可可，行吗？"

外公笑道："又由不得你，你女儿主意太大，喏，你女婿能管。小辉，快答应叫可可。"

宋运辉立刻答应，二话没有。外公心里很爽，这就叫城下之盟，外公终于肯老实地双手扶着拐杖，一半重心放在手上，与女儿、外孙女婿一起盯住产房的门。梁父接到通知后，不断电话过来询问，也在那边急成热锅上的蚂蚁。

好在梁思申没让他们多等，果然如外公所说干脆利落地生了下来。大家都很欣喜，终于放下心里一块大石头，唯有梁思申由乐观转向忧郁，怎么办，才出生的儿子长得跟红皮老鼠一样，浑身都是皱褶，她儿子就这么难看吗？反而那么挑剔的外公却在床边欣赏新生儿，连声说孩子长得好，像他王家的种。

纷扰一阵子后，宋运辉让外公岳母两个回家吃饭，梁思申虽然已经算是生得快，可到底已经是很晚。他和一位保姆留下来照顾梁思申。梁思申这才赖在宋运辉怀里尽情撒娇，一会儿叫痛一会儿叫累，要宋运辉非常非常怜惜她。安抚好久，宋运辉才道："我给东宝大哥也打个电话吧，这个消息得亲口告诉他。"

"就这儿打，不许离开我。"梁思申感觉一边是丈夫，一边是儿子，非常幸福。

没想到打去雷东宝的电话，那边是雷东宝气急败坏的大嗓门："什么，你儿子？好，宋家有后，我也等产房外面。我每天要她躺床上躺床上，她偏不听，硬要逛街，每天不把钱花光不肯回家，今天逛出问题来了，早产……"

"别急，我记得没差几天吧，也是这几天的预产期。你放心，她年轻，顶得住。很快，生下来也给我打个电话。"

"行。你儿子，你儿子，我要生个儿子，以后俩小子是兄弟，要生个女儿，嘿嘿……"

"别想，你这种人的女儿，好看不了，我们宋家不要。"

梁思申旁边听着好笑，亏雷东宝想得出来，想结娃娃亲。

宋运辉理解雷东宝的烦躁，雷东宝心里头的阴影不会比他的少，他只是没猜到雷东宝现在为了这个孩子非常迷信。

雷东宝此时把妇儿医院走廊踩得咚咚响，一颗心跳得都没比脚步声轻。他一个老婆死在产前，一个老婆生病刚好坏的是生孩子的器官，现在这个老婆又是贪玩早产，叫他如何能够沉静。不只他，连韦春红得知消息后都替他担心，特意上楼跪观音菩萨面前烧香念经，保佑雷东宝平安得到孩子。当然，韦春红也是把她的祈祷传递到雷东宝耳朵里的，雷东宝虽然嘴上一声谢都没有，心里却是知道韦春红对他有良心，简直可说是大公无私地好。

冯欣欣终于半夜生出来，儿子，白白胖胖有八斤重。雷东宝第一时间就拿起手机一个回拨，正好是韦春红的，然后一个回拨，是宋运辉的，最后才是他妈，都是四个字："儿子，八斤！"后来闲了才又追着给宋运辉一个电话，非常臭美地说，他儿子别的不说，体重愣是超过宋运辉儿子，赢了第一棒。令宋运辉哭笑不得，梁思申听了很不服气，要宋运辉告诉雷东宝，来日方长。唯一美中不足，雷东宝庞大身躯占着产床边位置打电话时候，护士进来办事，喊的是"孩子爷爷还是外公让一让"，令好不容易当上父亲的雷东宝郁闷不已。

电话一来一去，横亘在宋运辉与雷东宝之间的一堵墙悄悄退后。

04

杨巡几乎是第一时间接到梁思申生了个儿子的消息，消息来自第一时间获得消息的寻建祥。这时候杨巡还在商场，因商场还在夜间营业时段。他无法不想到，他必须送礼，因此他背着手到商场楼上楼下走了一圈，一直到商场广播公布打烊，他还没看到可以送出手的合适礼物。他早就清楚，别看梁思申平易近人，可她私底下对生活品质的要求至高。

寒冬腊月天气，逛店逛到夜晚的人毕竟少。杨巡站在一楼空旷处，看稀稀拉拉的人流懒懒散散地走出商场半闭的大门，心里很多想法。他从上海参观家乐福回来，立刻下手调整商场布局，没有一丝耽误。但是调整是循序渐进的，他不知道顾客感受到了没有，因此他让一楼服务台的小姐留心记录顾客反映。目前调整还不到半个月，没有顾客反映有什么不便。他猜测，那是因为顾客认为东边不亮西边亮，未必一定要在他的商场买到齐全的货品。

但是服务台的小姐那儿没有顾客反映，并不意味着顾客没反映。杨巡认为顾客最好的投票是脚，反映在商场每日的营业额上面。这几天他忙着年底的迎来送往，没时间看账目，今天既然没出去应酬，脑袋又清楚，他决定叫来财务经理老毕问个清楚。他急急冲上已经停开的扶梯，一直冲到五楼行政仓储区，才到走廊，就喘着粗气大喊一声："老毕，完了来我办公室。"

财务部里面却传出一阵声调不齐的女声小组唱："毕经理不在。"

杨巡正好止步于财务部大办公室前，见日光灯下大伙儿都在忙碌着清理今天账目，而有人显然已经忙完，开始收拾桌子，穿上大衣。杨速这时候从现场返回，见此就道："大哥找老毕？他家里有事跟我请假了。"

杨巡只得回办公室，但吩咐杨速找个全面熟悉账目的财务人员过来问话，他今天既然想到此事，那就一定要搞个清楚才能放心回家睡觉。过一会儿，估计是财务室工作结束，杨速带着一个短发戴眼镜的女孩进来，女孩形象不佳，鼻头眼皮都是轻微红肿，一看就是感冒患者，而且一天工作下来，脸泛油光，头发凌乱，又兼穿着一件棕色皮夹克，着实没女人样。但杨速俯身在杨巡耳边轻道："这是任遐迩，财务内部的问题，她比老毕还清楚。"

杨巡有些不敢相信。"小任，撤掉一楼糖果食品柜台，换作化妆品柜台后，一楼营业额有什么反映？"

任遐迩瓮声瓮气地道："没反映，糖果生意已经重心转移到四楼超市，这些精品糖果的销量本来就不大。新填补的欧珀莱化妆品柜台市场反映不错，虽然目前才与糖果营业额扯平，但新柜台能一上来有这业绩已经算不错，以后可以与高丝平分秋色。传闻高档烟酒柜台也会撤，我建议春节后再撤烟酒柜台，那柜台的节日销量比较大。"

杨巡听了着实吃惊，老毕也能回答这些问题，但是老毕要一边翻着账本一边回答。他不由得看看杨速，杨速给他一个"我就说吧"那样的脸色。杨巡不便此时与杨速讨论眼前这个人，而是又接着道："目前我打算削减库存类商品柜台，从你账面上看，哪个柜台先削比较好？"

"四楼超市吧。桥对面新开一家超市，是商业局下面职工集资开的，东西比我们这儿全，部分种类与我们这儿的重叠，我都去那家买。我们这儿的超市主要靠购物券支撑，一天的营业额百分之八十是购物券。主要还是损耗率高，即使营业额再高，也划不来。我有计算，不过具体数据在电脑上。"

"去你财务室。"杨巡当即站起来，但不得不等了一下，这个任遐迩今天显然动作不灵敏。但杨巡没有太多怜香惜玉，他此刻太需要数据决定决策，才不放任遐迩回去休息。

财务室此时已经人去楼空，任遐迩进办公室先找来卷纸对付眼泪鼻涕。另一只手不用看着就打开电脑，只一只手在键盘上操作着就噼里啪啦地拉出文件。杨巡喜欢这样的工作态度。等页面打开，他就抛出一个又一个藏在心头的问题。杨巡从不知道这些问题都有精确到柜台的答案，如此一来，他不是秀才不出门，便知天下事了吗？他不由自主凑到电脑面前瞧，却见屏幕上是似乎拉不到头的表格和密密麻麻的数据，表格不是他熟悉的财务报表，他看得一头雾水。

任遐迩不得不避开身去，避开老板无意中的接近，同时婉言警告："杨总，我流感，请小心回避。"

杨巡愣了一下，才发现自己太过热衷，忘了与女孩子家保持距离。他连忙走开，笑道："最近天气干，流感特别多。哎，你这表格，我以前没见过，你自己做的？"

"我用BASIC编了个小数据库，不好意思，这几乎是最原始的数据库了，现在人们用C语言。"

"你为什么以前不告诉我，很好的数据库，我需要这样的数据分析。要不这样，你明天开始，每天给我一份柜台经营情况报告，每天中午的时候给我。"

任遐迩迟疑了一下，道："请杨总通过毕经理给我下指令。"

杨巡即刻明白这是现在商场比较规范管理的规矩，不能越级传达命令，而且越级可能让眼前女孩招致老毕的嫉妒。他只得道："那行，下班吧。天不早，我送你回家。对了，你还有什么宝贝掖着？干脆一起告诉我，我不跟老毕说。"

任遐迩听了笑："没宝贝了，光这个宝贝就耗了我近半年呢。谢谢杨总，我家就后面没多远，我自己过去。"

杨巡和杨速一起退出，看任遐迩戴上绒线帽系上绒线围巾，裹得跟大面包一样地关门离去。杨巡道："这样的人，你以前怎么不跟我说？我要早知道有人能那么清楚，我以后与商家续签合同不是有依据了吗，有些销量差的，我第二年不续约。我还可以清楚什么柜台适合什么季节，我甚至还可以监控租赁柜台他们每天的销售流量，据此估算他们有没有绕过收银台私下交易。老二，你没发现这个宝贝，是你的错误。"

杨速挺有些委屈："大哥，小任夏天的时候招聘进来的，现在已经是财务部主管，老毕一人之下，我已经够快提拔她。她思路很清楚，我看内部做账方面比老毕好，不过联系税务和银行方面还没见她做过什么，那些都是老毕在做。"

"什么文凭？"

"大本，以前在一家国营单位做，那单位现在不景气，她跳槽出来，但档案还给扣在那家单位里。"

杨巡闻言不由得看杨速一眼，严肃地道："你怎么知道得那么清楚？你是有未婚妻的人，别吃窝边草。"

杨速皱眉道："我没做坏事。只是我破格提拔重用小任，不知哪儿就传出风言风语，让小任很为难。"

杨巡这才明白任遐迩要求通过老毕经理传达指令。他看看杨速，再回想任遐迩的模样，心说真人不露相，但这么面包似的真人似乎还真不是杨速喜欢的，应该相信杨速。他把这事暂时抛到脑后，与杨速一起下楼出门回家。他问杨速买件什么礼物送给宋运辉和梁思申刚生下来的小孩，杨速说要不就土到底，买个小孩子戴的金锁片。杨巡觉得这是个办法。但得找个合适的人送去上海，或者直接就叫人带着钱去上海买好点的送去。

杨速开车回家，杨巡回想刚才与任遐迩的交谈，越想越觉得很有必要尽快直接从任遐迩手头获得第一手信息。他问杨速："我今天看着，小任比老毕脑袋清楚，对业务也比老毕熟悉。就是她黄毛丫头一个，压不压得住财务部那么几个人？财务部好像都是老娘们吧？"

"老毕不是你亲信吗？"

"老毕又不是我一个娘胎爬出来的兄弟，会做事才认他是亲信。你说，任遐迩到底压不压得住？瞧她今天的窝囊样子，好像压不住。如果那样，我换个职位给她，方便我直接找她问事。"

"平常不是那副样子，今天不是流感嘛。你要么耐心等上三天，好好观察一下就明白。她平时做事情杀伐果断，交付给她的事情从来没有第二句话。其实我看她比老毕好。她目前不熟悉的银行税务，我可以带她一段时间。"

"老二，你跟她真没关系？"

"真没关系，大哥，向你发誓，我跟毛毛的关系你又不是不知道。"毛毛是杨速的未婚妻，只是杨速看大哥一直没结婚的意思，他敬重大哥，也不敢结婚。

"好，你暂时别通知老毕，我看她三天。"但杨巡更要看的是任遐迩与老二究竟有没有关系，其他的，他已经通过今天的问答了解任遐迩的业务程度，只要不是个扶不起的阿斗，他相信任何人只要给权给钱，没有扶不起的。他还打算利用这几天时间到任遐迩前面一个单位打听一下这人的过去，财务的位置，非同小可。

宋梁那边的礼物，他与寻建祥联系了一下，正好寻建祥准备过去，他就把钱交给寻建祥，打杨逦的中文传呼，让杨逦帮忙一起去买礼物。他自己不便上门，他以为梁思申顾虑宋运辉，不让他上门。

这边，他真是认真观察了任遐迩三天，看着任遐迩流感好转，终于不用一把鼻涕一把泪，他就趁老毕出门时候去给个任务，当场看任遐迩干脆利落地布置下去，那些老娘们接手后没有二话。杨巡看着满意，又从暗渠道了解到任遐迩在前面一个单位声誉不错，并无手脚不干净的事情出现。等五天后的星期一，他便拍板，让老毕升任欧洲街的总经理助理，商场经理的职位交给任遐迩做。老毕当然知道这是明升暗降，气得回头散布不少有关任遐迩的流言后辞职不干了。但老毕不敢做杨巡的手脚，因早知道杨家兄弟手下鸡鸣狗盗之徒甚多，他得罪不起。

任遐迩因此担了个跟杨速不干不净的虚名。走马上任之后，财务工作自是本行，做得好不提，更是给杨巡提供经过统计整理后的财务意见，让杨巡感觉终于能做到心中有数。杨巡非常器重任遐迩，对这个非常怕冷，每天捂得严严实实的女孩子以同性对待。但是杨巡按兵不动，他还不知道是不是该信任任遐迩到吩咐任遐迩做小账的时候。

接触久了，杨巡才知道任遐迩原籍不是市区，也不是财务专业，当年毕业的时候好不容易分进一家外贸公司，却被有权者的孩子夺了分配名额，差点被退档回校，无奈只得答应服从人事局的安排，给分到商业局下面的一家批零店。财务方面的知识还是她毕业后自学考证出来的，后来毛遂自荐当上当时批零店会计。好不容易熬过一年，拿到正式市区户口，她就业余时间给人做兼职会计，一人多职做了三年后，看到商场招聘就抱着试试看的心过来一趟，没想到被录用。杨巡还知道，任遐迩现在居住的一间两室户的房子，居然是她自己挣钱于去年夏天买下的。买下后有了落脚地，才跳的槽，不过那房子分期付款，她才付了一半，其他一半得分三年付清。

杨巡心想，同样是农村出来的女孩子，同样是重点大学出身，人家任遐迩怎么这么能干，挫折打不倒，越活越顽强呢？杨巡不仅重用任遐迩，因此也好生敬重。

05

杨逦按照大哥吩咐，跟着寻建祥一起去买了小孩子戴的金锁。本来她是不需要跟着寻建祥一起去梁家的，但是她好奇，又正好星期天没事干，就跟着寻建祥一起过去了，可真看到梁家围墙铜门烘托出的深宅大院模样，她忽然怵了。

杨逦看到，一个五十来岁的老伯出来开门，进门见一优雅院落，大冬天的依然绿意盎然，尤其可喜的是一棵浓绿的树上挂满橙子一样的果子。他们才走进去几步，就见到宋运辉开门迎了出来，穿着薄薄的棉恤，很随意的样子。杨逦看到宋运辉与寻建祥玩笑似的拥抱，然后才和她招呼，一起走进暖暖的大屋。杨逦心说，要把这么大房子弄暖和，这得装多少空调，每月交多少电费。而眼前她想都想不到的家具布置，还有一屋子衣着光鲜、气宇轩昂的人，让她更不敢乱说乱动，但她很快鼓励自己不要胆怯，没什么大不了，一样都是人。她这才挺起胸来，跟着寻建祥去看一下卧床坐月子的梁思申，看过刚出生的宝宝，问候几句，送上礼物，才下楼坐到一张床不像床的地方。

她旁边的太师椅上，坐的是梁父。梁父听说这是杨巡的妹妹，都没拿正眼看杨逦。杨逦对面则是来拜望梁父的梁凡和李力，这两人都是逼人的英俊潇洒。那李力，杨逦见过一面，后来多有听说与大哥的矛盾纠纷。还有两个是宋运辉的客人，一看就是官员，坐在另一边的圈子里。还有两个梁思申的金发碧眼同事喝茶后离去，一屋子的热闹。

宋运辉有事，去那边与两个上来拜访的朋友说话。寻建祥见杨逦紧张的样子，就招呼杨逦喝茶吃糖果。一会儿宋运辉过来招呼一下，寻建祥笑道："孩子鼻子上边像他爹，鼻子下面像他娘，以后也是个不动声色把人说得找不到地缝子钻的小坏蛋。"

宋运辉一听就想到梁思申当初在金州与寻建祥一起捉弄人的一幕，不由得大笑，可追着寻建祥问："你看我们可可好看吗？"

寻建祥笑道："当然好看，你看这鼻梁多挺，脑门子一看就是聪明的，你俩的孩子遗传好。等以后再加上家教好，出来就是公子哥。"他说着看一眼梁凡和李力，心说以后可可就是那样风流的人，肯定比当年沉默寡言的宋运辉强。

梁凡取笑："小宋你这是想要人说真话，还是说假话呢？"

梁父直截了当地笑道："说可可好看的都是发自肺腑的真心话。"

众人大笑，回头梁父才又与梁凡、李力说话。梁思申因寻建祥到来，换上出客衣服慢吞吞出来说话，问杨逦戴的漂亮手串儿是哪儿买来，什么质地。宋运辉闻言有点奇怪，因他知道梁思申对这种宝石类的东西有钻研得很，但他没开口。杨逦却以为梁思申喜欢，把手中茶色水晶的手串摘下来让梁思申试戴。梁思申却是拿去可可脖子边比划，然后拿回来一定要用金锁换了水晶手串，她说她更喜欢这个。杨逦没办法，送礼总得要人喜欢吧，她只能将金锁收回包里。寻建祥看着也没说什么。

梁思申解决了杨逦的事，就回头对梁凡道："老大说什么？我依稀听得你说筹资去香港投资？"

"呸，又想栽那套依稀丝竹之音，仿佛兰麝之气给我。最近国内紧缩，钱难赚，我们准备去香港看看，听说香港房地产市场经历短暂调整后，将会因为香港回归临近发力。"

"现在国外资金偷偷潜入国内赚取不可思议的利息，难为你拿这边高息贷款逆流而上，出境搏击，勇气可嘉啊。"

梁凡道："你还不是一样？你不是刚从墨西哥杀个来回？"

"你哪里跟我一样，我自十年前赶上日元猛涨的趟儿，这辈子几乎都泡在这里面浑水摸鱼。你们一辈子计划经济，出去玩自己的钱倒也罢了，玩光算数，赢来算彩头，贷款出去玩就危险了。外公，对不对？"

外公从自己卧室出来，听了笑道："要没些个瘟生送钱，你赚什么去？"

"外公小看我们了，我们已经做足功课。"梁凡脸上怏怏的。

李力微笑道："这不，这儿一位老法师，一位专业人士，我们届时近水楼台先得月。"

外公笑道："你见过哪个进赌场的能听一句他人的金玉良言？我这辈子就没见过。不过时代不同啦，这儿国情也不同，你们又是天之骄子，不一样，呵呵，不一样的。"

梁思申同样没正经："老大，我先免费奉送一句金玉良言，刚开始做的时候，不要投入太多，先用少许的钱试试水性。咳，不过这话没用，谁进赌场能镇定的。"

杨逦听着就跟听天书一样，这些高来高去的词汇她只在书里见识过，还是第一次听到有人放到嘴巴里说。她一脸崇敬地看着说话的几个人，尤其是对面的两大帅哥。梁思申见此，没说什么，心里却有些担心杨逦。

梁父听女儿与岳父都那么说，见女婿送客回来坐到他身边，就道："你们公司现在贷款紧不紧？"

宋运辉笑道："这话说出来思申又得鸣不平，我那儿的贷款没问题。周围集体和个体工商户的贷款问题很严峻，不少已经周转困难。"

梁父对梁大道："你看看，大家都艰难，春节前后这两三个月你们先拿自有资金去香港探探深浅，回头我看效果。"

梁大道："小叔，香港房价高，我们的钱都不够炒一套豪宅。涨价多的主要是豪宅，不是其他。"

梁思申奇道："国内贷款利率那么高，你们如果通过非正常渠道把钱打去香港，又添一番手续费，你们指望房价升多少给赚回来？"

梁大道："小七，你别添乱了。"

梁父道："就这么定吧。你们先做出点成绩给我看看。"

谈话结束，李力告辞回家，梁凡被梁父留下。梁思申见到杨逦对着李力出去后的门口出了好一会子神。李力不在，梁父的问话就比较实质性，"老大，李力父亲退休，我看你们争取得到的优惠以后都得打折扣，你还打算与他捆一条船上？是不是因为这个，你们现在不得不转速放慢，才眼光转向香港？"

"没，小叔，这方面的影响还不算大。主要还是下面的产业最近不景气，工资增加，利润却递减。尤其是商场，因为物价涨幅明显低于前几年，还有其他一些原因，生意越来越难做。"

"我看过你们的报表，你们管理费用非常高，紧缩时期，你们能不能也紧缩一下开支？"

"小叔，我们现在正开源节流。相信调控有个阶段，经济应该很快恢复增长。所以我们放远眼光寻找其他增长点。"

"嗯，好。四月份再给我看看报表。"

宋运辉问寻建祥："商业系统现在日子那么不好过？"

"我的市场没问题。杨巡的商场已经开始调整，才刚开始，不知道调整方向是不是对头。他这人敢冒险。"

梁思申听到这儿，不由得拍了一下脑门，道："呀，我这几天奶牛做得都迟钝了，前儿大哥不是提起他们正调整产品结构吗？刚才忘了请同事联络一家公司。"

宋运辉想起最近雷东宝不三不四地总是找借口打电话来联络感情，很多时候都是拿孩子问题打头阵，上回与他说起铜厂打算调整产品结构，研发技术含量高的产品，梁思申就挂心上了，但宋运辉还是阻止了梁思申："你先别忙打电话，研发所需费用很高，过程也很漫长，却只要相关人员透露几组数据出去，科研成果很容易被别人轻易篡夺，研发者的心血和研发资金一朝付诸东流。通常，没几家守得住研发成果，如果没有现成成果，尽量不要牵线。"

"知识产权……咳。"回国后，梁思申已经知道很多事情她有心无力。"你们公司不也是自己研发高精尖产品？"

"我们的产业入门门槛高，研发出来没人抢。不像大哥他们，花一百万在研发上，拿出成果来，不知有多少类似企业盯着成果，别家只要花五万买通一个人，成果成共享了。"

杨逦终于插进来一句话："那不是没人愿意投入研发资金了吗？"

"对，最终形成恶性循环。"宋运辉比较慈祥地回答一句。

"可是没人管吗？"杨逦觉得宋运辉这样的领导能说得那么坦然，非常不可思议。

"会改观的，一步步来。"宋运辉说得敷衍。梁思申欲言又止，换作杨逦那年龄，她的问题更多，可现在她已经会说得天凉好个秋了。她早清楚，国内企业需要模仿那些国外的先进技术提高自己的产品质量，国家势必心照不宣地放松对知识产权的管制，连带的，国内企业自己的研发成果也遭殃。说双刃剑也可，说月亮有阴影也可，很多事情都有难言之隐。

外公旁看着杨逦只是笑，却也没嘲讽，差距太大，反而没劲。寻建祥不参与这种话题。座谈会儿，一大家子人围大长桌吃饭，有些菜都捞不到手，吃得费劲，但是杨逦羡慕。因为这些排场，即使大哥带她去的最高级的吃饭场所，她都没见识过。

吃完，宋运辉想请寻建祥留宿，寻建祥却准备连夜坐火车回家。宋运辉就开车亲自送两人走。杨逦大胆，在车上忍不住问宋运辉："宋总，我刚从单位辞职，请问你们公司驻上海办事处需不需要人，一般大企业都有驻沪办事处的。"

宋运辉不由得一愣，道："我们公司没上海办事处，我们企业还小。"

寻建祥笑道："你还是做什么都不肯让人浮于事。"

杨逦道："可是在宋总公司一定能学到很多东西，比我原来待的公司都强多了，我以前就没接触过今天的这些。"

宋运辉听了不由得笑，却懒得接口。想参与到今天的话题，哪那么容易，之前起码得在基层干上多年。听着杨逦一个劲地好高骛远，寻建祥却还认真劝解，他依然没有插嘴。但他先把杨逦送回家后，路上也没跟寻建祥提起，现在杨逦的大哥杨巡是寻建祥的老板，他不想让寻建祥难做人。

寻建祥回家把送礼情况与杨巡一说，杨巡气得目瞪口呆，杨逦自诩聪明，却被梁思申这个半洋人骗得团团转而不知。再问，寻建祥说金锁被杨逦收着，不知道是退款去还是怎么办，杨巡无语。

杨巡异常沮丧，本想这是大好送礼机会，没想到被妹妹破坏。最头痛的是妹妹现在似乎还没找到称她心的工作，要不然怎么会问宋运辉要工作，那又为什么不回来跟着他做。杨巡此时非常能明白"清官难断家务事"这句话了。

时近年关，方方面面的关系需要酬谢，杨巡都没时间再想杨逦的事，他叫上杨速和任遐迩赶赴基本户开户银行几位关键人物的宴席，当然，行长另请，与行长有隙的副行长也另请，但那两个的都不能再有任遐迩参加。

任遐迩收拾了出来，杨巡一见这个大面包，心里忍不住叫一声"姑奶奶"，道："你这样子出门？你赶紧下去商场挑一件干练点的衣服穿上，你得给我注意点形象。"

任遐迩笑道："我怕感冒，我冬天最怕冷。"

"饭店有空调，快，你赶紧的，那什么宝姿……"

"太贵了。我一月工资才够买一件半宝姿，我还得三年内支付房款，还得吃喝拉撒。"

杨巡郁闷："我出。"

杨巡话音刚落，任遐迩就滚滚下楼去挑衣服了。过会儿到停车场会合，杨巡见大衣还是那件棉大衣，不过看上去裤子已经换了。任遐迩蹦跳着坐进车子，笑道："老板，我替你省钱，没买宝姿，而且我跟柜台说好，今天借用，只要一顿饭下来没染上杂色，明天退还给他们，不收钱。"

杨巡更郁闷："你不用替我省，银行吃了有税务，税务吃了有工商，春节之后还有其他，你不可能占人家专柜那么多次便宜。"

任遐迩笑道："好啊，那么我一套衣服一年四季通吃。"

杨巡哭笑不得："你要怎么办？"

"老板，建议你别干涉我，树要皮人要脸，在我经济许可范围内，我知道怎么收拾自己。今天你没预先通知我有饭局，我没准备也是没办法的事。"

杨巡笑道："你少来，下面商场员工上班都化淡妆，你看你赴宴光着一张脸，像白领丽人吗？"杨速本来无所谓地开着车，旁听到这儿就开始笑了，不由得趁红灯时候偷偷留意大哥的脸色。

"老板，男女平等，一桌子人都素面朝天，你别让我搞特殊化呀，大家坐下谈事情，又不是搞公关。"

杨巡郁闷得只能回头看任遐迩一眼，却无语，心里狠狠地骂了声"面包"，这天下竟然还有不要脸的女人。梁思申工作做得好好的，有头有脸的一个人，不也是每天化妆的？还有电视上放出来的国内外女领导，也不是都化妆的？估计任遐迩省钱，不肯投那资。

回头到了饭店，他们早到，银行的人还没来，杨巡看到任遐迩偷偷摸摸溜出去，到不知哪个旮旯脱了大衣回来，心说原来还是个怕羞的。但见任遐迩在商场飞速拿来的是一件黑色修身西装和一条黑色裤子，毛料，倒是有几分身材，可惜一张苹果脸不给面子，感觉上还是面包。好在任遐迩言语可喜，与那些翘着尾巴的银行职员挺说得来，人家好像还真没怎么在意任遐迩光着一张脸。

但是后面打保龄球的时候，信贷主任却拉住杨巡，坐得远远地跟杨巡道："怎么办，现在风声很紧，你这个大户得给我个面子，这个月怎么都得让我收回五百万。否则我没法交账。上面查下来，肯定先查到你个体户账户上。"

"这个月不行，我不正转型吗。等我把库房消化光，我还你五百万，半年。现在拿出五百万来，我得断气。"

"兄弟，算你帮我，任务太紧了。"

"你们应该找东海那种大户，拔一根毫毛都抵我们一个团的个体户。别净捏我们软柿子。"

"他们是利税大户，重点保护对象，不能动。要不然我扒拉一下他们的门缝就完事，还用得着找你？我先拿你账户上的一百万吧，等风声稍过，立刻还你。"

"大哥，你千万别，那是我们全体职工年底的血汗工资，你拿走他们会跟我造反。"

"我真过不去才求你，兄弟，凭我们俩的交情，我怎么可能为难你。你……"

杨巡与信贷主任扯皮再三，却依然不松口给个准确数字，但答应春节前几天搞促销，消化的库存部分专款专用，还银行钱。他虽然不肯，可也知道，不能不给朋友活路，他只能想方设法把交出去的金钱数量降到最低。

任遐迩一边陪着银行职员打保龄球，一边留意大小两个老板的动向，非常辛苦，因为她这辈子还是第一次上那么高档宾馆吃饭，第一次打保龄球这玩意儿，她都得边做边学，以免出错贻笑大方，又得留意自己身份，不能忘记别人吃喝玩乐时候她还在工作。她见小老板与她差不多没事，而大老板则是事情很多，她把这些细节记在心里。

任遐迩关注着大小老板的时候，杨家兄弟也在关注着任遐迩。杨巡看到第一次出来交际的任遐迩算是合格，美中不足的是任遐迩的不主动。但也难免，她那样的女人不可能热情地贴着客人献殷勤，本质上是个清高的知识分子。杨巡更清楚，取悦银行巴结税务以获得回报，那都是他做老板的本分，与拿并不算高的死工资的财务经理无关，任遐迩那精明女人算得清楚。

等终于应酬结束，保龄球馆门口送走银行职员们，三个人一起跳上杨速开的车子，杨巡立刻对后面的任遐迩道："小任，你明天一早就去银行，把我们所有的钱都转到中行去。他们估计内部有问题，想打我们流动资金的主意提前还贷，让他们堵缺口。"

任遐迩只应了个"好"，反而是杨速问："贷款出事的不是那些吸储多的分理处吗？他们分行也会出事？"

"谁知道他们，无风不起浪，我不能拿我准备发年终奖的钱冒险。小任，你回头把春节前清库存的收入单列出来，我答应拿那些钱还贷。"

杨速笑道："小任，最近那种吸储有危险，有人来找你……"

"谁那么傻，去国营单位找财务经理才有可能，我们私企的，吸储的人一来直奔老板办公室。要一来直奔财务经理室，那吸储的别混了，这点眼色都没有。"杨巡非常不以为然。

任遐迩哈地一笑，可不是杨巡说的那意思。以前她在商业局下面公司时，接触过几个拉储蓄的人，个个都会看眼色得很。那储蓄的利率都是出奇地高，存那种储蓄的话，高于银行公布利率的部分就落入小金库了，有些更是优惠到存款打入银行的当天便可计提全部利息。也有吸储的人一手上家一手下家，拉来上家存款，如数贷给下家，两手硬，两手都赚。但这种事情猫腻太多，操作过程自然也充满猫腻，一大笔钱谁知道会出什么问题？不过这事她可不敢乱说，免得大小俩老板因此盯上她的两只手，她好好的惹那猜疑干吗？

但任遐迩第二天一早到达商场，不等出纳上班，便拿着专用章赶到银行等对公窗口营业，想开一张本票将钱最稳妥地转移，没想到眼见着对公窗口的职员打开电脑，调出数据，却被告知钱不够。任遐迩不信，拿出开户证让窗口职员检查，让调出这十天来的进出数据。果然，今天一早就划出一笔。任遐迩没二话，收起所有东西就回商场。此时商场还没开始营业，总经理室门死锁。她打杨巡手机。

令她没想到的是，杨巡这个老板的手机背景很嘈杂。杨巡则是一看来电显示的是商场财务部电话，立刻明白说什么事，连忙接起，道："小任？钱转出来了？"

"没，我看着柜台电脑打开，可钱已经转出了。"

"妈的，要死人。这事你别管了，我现在建材市场，等下直接去银行，你跟杨速说一声。"

任遐迩知道老板手下不少产业，却不知道老板这么勤快，一大早先去八点开门的市场巡视，完了来商场坐镇，忙忙碌碌打一个时间差。但是老板为什么说"要死人"，任遐迩好奇，估计那是猫腻。

杨巡果然是趁昨天晚上没喝多早上起得来，去临近春节时分相对冷落的建材市场看看。杨巡接到任遐迩的电话，气不打一处来，平日里吃他喝他那么多，昨晚还谈得好好的，今天竟突击下手，全没情分。杨巡几乎是红了眼睛杀奔去银行，这笔钱是他这几天积存下来准备给两家市场一条商业街一家商场的所有员工发放年终工资奖金的，这笔钱要是被划走，他这个春节还怎么过，下面辛苦一年的人还不把他撕了？

但驾车子杀到银行大楼下面，停在西风凛冽的停车场上，看到熟悉的白瓷砖墙面蓝玻璃幕墙，杨巡气到嗓子眼的心却忽然安静下来。按说，事到如今，信贷那帮人是不敢贸然惹他的，他一向有来有往得很，那些人收他多少好处，平常他只要一个电话就能把那些人叫上门服务，他们能不怕他火气一上来，拿起证据直奔司法机关检举揭发吗？他们一定是给什么事逼急了，狗急跳墙。那事，估计是比他的检举揭发不会轻松多少。

但杨巡虽然脑袋转过弯来，并不意味他肯放弃拿回钱的努力，那帮人与他之间，本就是互惠互利，不存在人情，这方面他弄得非常清楚。朋友有难他才拔刀相助，那帮人有难，他唯有想方设法为自己止损。他跳下车，急急冲进银行大楼，乘电梯来到信贷部办公室。没等他开口兴师问罪，早有人上来赔着笑脸将他拉到小办公室。密室讨论，杨巡为自己争取再三，不屈不挠地坚持不肯让步，终于退回五十万，而那拉他进门的主任几乎快将赔笑脸改为下跪了。

等主任一答应，杨巡当即拿起桌上电话打给任遐迩，要她立刻拉上出纳到银行窗口办理提款。提五十万现金，到底是比提一百多万来得容易。

然后，杨巡不走，坐在办公室等着钱被操作到他账户上，就下去窗口，看到五十万真金白银到手，才让任遐迩上来办理提前还贷手续。他看着任遐迩不问一句废话，迅速办完手续，这才转为笑嘻嘻地与一众熟人们告别，拎起装满五十万的黑塑料袋与任遐迩离开。

走进电梯，他道："回头清理库存的钱不用做专门账了，都存到中行去。"

"可是有规定，非基本户不能提取现金。"

杨巡被提醒才想起有这规矩，想骂人，又忍了，道："先拿钱过去，看中行柜台敢不敢特事特办。"

"那需要人行敲章批准才行，人行批准之前需要基本户所在银行同意让你去别家银行提取现金，可他们肯同意吗？或者放到杨总下面其他银行的基本账户上去过渡几天也好。"

"都在这家银行。"杨巡跳上车郁闷了，"要不存我个人账户去，你做一下账。"

"行，算个人借款。今天营业款收上来，我也放到杨总账户上去。凑足发工资奖金的数额后，余款都打到中行去。观察一段时间，视年后情况，如果平静，再启用这家银行。这样可好？不过得麻烦杨总每天带上存折一起去银行。"

杨巡见任遐迩说得周到，便点头同意。他摸了摸包，想想还是没敢放心把存折交到任遐迩手上。虽然这阵子忙，但他会把存折放到杨速手里，两兄弟总有一个会在场的。不过任遐迩对业务的熟悉和灵活，让杨巡备感方便。

回头，他便在商场外面挂出海报，正好趁春节这因头，有的放矢地大搞促销，大力消化库存商品。即使离春节才只有几天，那也是好的。他总得凑齐下发工资奖金的资金，他需要一举两得，即使因此不得不稍微让利。

而杨巡送到宋家的年货则是很快跟着宋家老少三个一起乘东海公司的专车赶赴上海过年。早先宋运辉问女儿，春节哪儿过，妈妈家，还是与爷爷奶奶爸爸一起去上海，宋引毫不犹豫选择妈妈家。但是没一天宋引就反悔了，她虽然想妈妈，却不敢放弃爸爸。小朋友都跟她说，她现在有弟弟了，爸爸就不会对她最好了。她真担心，她下意识地担心爸爸与梁阿姨和小弟弟在一起的时候，忘了还有她。

因此她最终还是跟着爷爷奶奶去了上海。宋运辉到年底忙得很，没留意到女儿的小痛苦，他见女儿答应去上海，就据此要求父母也一起去上海。宋季山夫妇想来想去，好像古老相传没有去女方家过年的规矩，再说实在是怕梁家的一个美国回来的财富外公和两个高官亲家。可是他们又太想看看孙子，梁思申刚刚生完小孩，总不能让人家抱着孩子走那么远路来东海跟他们过年。好在宋运辉答应不住一起，住到梁思申以前的别墅，不用天天与高官亲家相对，他们才忐忑地乘上东海公司的轿车去了上海。

司机早已熟门熟路，漫天雪花的夜晚，宋季山夫妇只见车子停在地处大上海的深宅大院前，那高墙那铜门，只有解放前见过的县里最富贵的人家才有那派头。等叫开门，他们见到梁思申自己跑出来开门欢迎，在一院子华彩灯光和满地白雪下，看到熟人终于安心不少。这个院子早听宋运辉甚至宋引跟他们描述过，但百闻不如一见，见了才知还有富贵至此，这一院子的精致清雅，再下两场雪都盖不住。

梁思申关上门回来张罗着介绍两家人认识，看到外公没有出言不逊，才放心去厨房看到底带来什么东西。

却是见到一箱各种各样的高档海鲜，一箱已经处理了一下的各种肉类，还有一箱稀罕的热带水果。看着这些，想着这几天陆续有宋运辉的关系户送来的各色年货，想到今年不费一分一厘已经塞满的双门冰箱，以及冰箱塞不下，挂满院子等着风干的鸡鸭鱼类，她不禁摇头再摇头，可想而知，宋家在东海的年货只有更多，地下这三大箱不过是择其要送来。

梁母将可可交给爷爷奶奶后，看着奶奶是个细心的，就放心交付，跟着进去厨房。走到里面看打开的箱子装满山珍海味，知道女儿弄不好心里正盘旋他们老外如果收取超过多少钱的礼物就算行贿的说法。她推着女儿出去招呼刚来的亲家，还是自己着手与小王一起清理三大箱子。没办法，其中还有小王没见过的稀罕物。

她到外面对着公婆，又不好说什么，也不能表露什么意思，只开始劝说公婆住这边房子，方便食宿。宋季山夫妇还是想清静，一直说不能麻烦不能麻烦，梁思申无法，只能与他们一起挽起行李去别墅。宋季山夫妇还以为只是跟他们家一样的别墅，但是走进里面一看，都是国外进口的家具，别说进门的电灯开关空调开关不知道怎么弄，走进最事关生计的厨房一看他们就晕了，除了一把刀，没一件是他们会使的。如此复杂，他们估计梁思申现教他们都学不会，更怕弄得不好，损坏器物。那么，接下来几天该怎么吃饭，喝西北风？无奈，三口子只好选择又跟着梁思申回大宅。

梁思申其实有些故意夸大家中器物的难处，让公婆知难而退与他们住一起，别发配似的住远远的，她总觉得那么做对公婆，尤其是对宋运辉的女儿宋引不公平，这是春节，她料定宋运辉一定是待在她身边的时间更多，既然特意请宋家三个人来上海，不能太厚此薄彼。载着公婆宋引回去大宅的路上，她想到一句古话，"如此甚好"。她不由得微笑，确实甚好。她会照顾两个老实的公婆，不会让他们拘束。也会关照强势的父母，让着软弱的公婆。

但是别人送来的辽参、干贝、鹿筋、干鲍、洋酒等贵重食品一直困扰着梁思申，她知道若就纸箱问题问宋运辉，宋运辉一定又是等他来上海再说。她只有闷在心里，非常不快地继续等明天还不知道有没有东西送来。她已经算是能拒绝的，可还是没法拒绝得彻底，有些人看她不接就说原物拿回去会如何如何，请她体谅办事人员难处，或者干脆放下东西就走，她都没办法。想到爸爸那儿也是一样，估计只有更多，她心里非常厌恶。

人家为什么要送礼？那一来一回又将如何定性？梁思申心里清楚很。去年宋运辉没把锦云里公开，还没那么触目惊心，今年真让她受不了。

宋运辉不知就里，他也是推而又推，送到公司的东西他都让搬去招待所，可到手的还是有那么多。而这么多年下来，他也几乎习惯成自然，想到一家人都去上海过年，当然是收拾三大箱子送去上海。等他作为主要领导站好年内的最后一班岗，上飞机飞去上海时候，已经是傍晚。到上海机场，他又得等待片刻，等岳父下飞机一起走。

他几乎没行李，见到岳父也是随身带来一大箱子年货，不由得与岳父会心一笑，两人自己到门口打车回家。梁父还戏称，家学渊源，都是疼太太的好丈夫。

宋运辉到锦云里，见到父亲与外公戴着老花镜严肃地对弈，都没空来理他们。母亲则是坐一边给可可打毛衣。宋引热火朝天地在电脑上面打游戏。见大家都有事做，他才放心。他也看得出梁思申一直约束着岳父岳母比较高的姿态，连他都有些替岳父岳母委屈，只好背后向他们赔礼道歉。一顿子见面寒暄下来，大家终于坐一起吃年夜饭。宋运辉和梁思申都感觉很好，终于春节可以都与父母在一起过。

但是，吃完饭后，宋引就一直黏着爸爸，爸爸走哪儿她跟哪儿。大家伙儿一起去院子里偷偷放小焰火的时候，宋引虽然喜欢，却悄悄拉爸爸到一边，问爸爸有了小弟弟还爱不爱她。宋运辉心疼，连忙将女儿抱起来一起放焰火。梁父不知就里，还戏言，女儿小的时候不趁机抱，大了就不让抱了。

一直等安顿下大家睡觉，小夫妻俩才呼出一口气，回自己房间。竟是比平日里在公司三头六臂还累。宋运辉抱着妻子，两人一起席地坐在儿子小床前看了会儿，终于得享两人时光。梁思申跳起身，去化妆柜拉开抽屉取出一张纸，回来将纸递给宋运辉："你看看，这些都是你不在的时候人们送来礼品的记录。"

宋运辉粗粗看了一眼，就将单子放床头柜上，笑道："我们今天哪有时间谈这些，回头我跟你说说都是些谁。"

"不是，我问你，你有没有回礼了？"

宋运辉意识到有问题，谨慎地道："不大清楚，我明天再看看，今天很累，可可还会被我洗澡声音吵醒吗？"

"可可好像慢慢在度过不适应期，你关上门吧。嗯，用公款回礼？"

"这都是套路，你爸爸和我都是一样在做，相信你爸爸也是跟我一样已经尽量拒绝了。你喜欢我穿哪套睡衣？"

"你放在浴室的。"梁思申不再提起，她看得出宋运辉不想提。是，那是套路，她亲身经历了拒绝的艰难，能要宋运辉怎么办，可是她不喜欢。爸爸如此，她也不喜欢。可她了解爸爸和丈夫都是好人，都是她爱的人，因此才更无力。她现在工作也不得不面对请客送礼，对此现象很是深恶痛绝，每次送礼出去的时候，总是心里把对方腹诽一番，尤其是她的国外同事，都对此多有议论。可是，现在是她的爸爸和丈夫在收礼，不知道送礼的人怎么想他们俩，她不喜欢。

宋运辉躲在水龙头下想辙。起初他没在意，待到听出不对，已经看到梁思申眼睛里"我真厌恶"这四个字。他自然是避而不谈，免得言语冲突。洗澡到一半的时候忽然想到，别是梁思申引经据典告诉他的产后忧郁症吧，据说得专门找丈夫的茬。当时梁思申捧着一本书告诉他，产妇因为内分泌极大变动，性格怎么匪夷所思都是正常的，这个时候正是需要丈夫发扬大无畏爱心的时候。梁思申还告诉过他，怀孕期间她太过正常而放弃对他的修炼，肯定需要产后找补。当时宋运辉只当笑话听，这会儿有些哭笑不得地想，别真事前正常事后补吧。

宋运辉宁愿相信是这样，洗完澡出来就若无其事地吻了太太一下，抱她去浴室，把她关进里面。他自己看了会儿才刚从红皮老鼠状态进化过来的儿子，也亲了一下，躺回床上等儿子哭，知道小家伙几乎两小时一哭，比闹钟还守信，再过几分钟就该是哭的时间。果然，等梁思申出来，儿子在小床上开闹。两人好一顿安抚，才让儿子回头再睡。

梁思申面无表情地看丈夫替她把因喂奶而敞开的衣服拉好，疲倦地道："我一辈子都没想过，我能那么邋遢。"

"没睡好比什么都摧残人。这几天趁我休息，你睡觉，我管着可可。"

"奶牛能睡吗？你带护照没，护照能去香港吗？这几天我想去香港买尿不湿和奶粉，需要挑夫一名，国内的进口货都不新鲜。"

"可以的，明天我查一下航班，找个当天去当天回的。"

"你看，你也监管着奶牛的自由行动吧。还有，我肥了，郁闷死了，衣服都穿不下，我要买衣服。嗯，睡觉，争取可可下一次闹的时候睡足力气。唉，我当初勇往直前地怀孕，肯定是对困难预估不足，年轻无知啊，上某人的当。"

宋运辉哭笑不得地看梁思申跌进被子里，闭目就睡，心想可别真的累出产后抑郁来，怎么没一句话是积极的。他跟着上床，将妻子搂进怀里，轻柔地道："我说你听，睡着也行。你一直说你已经适应国内生活，我看你还没，你所受西方教育让你与国情格格不入。但如果你正经是外国人，你不会有那么多的心理冲击，反而可以冷眼旁观，将此当作一个经历，你却又是个爱国者……"

"算你对，每次看他们挑着眉毛议论，我心里光火。"

"这就是了，你一边为同胞辩论，一边就更生气同胞不争气，你却不想想里面的文化差异。换个角度说你十年前跟你外公打官司，这如果放到国内，够套上'悍然'这个词。你外公在国外多年，算是司空见惯，因此现在可以跟你和睦相处。你说如果换作你爷爷，他还会不会接纳你？两国文化不同，观念有差异，你必须正视。再说礼物，初二我们得参加一个婚礼，你说婚礼上一下收进那么多红包，每个红包成百上千，这是不是集体行贿？可这是国情，睡着了？"

"没睡，郁闷得昏迷。"

宋运辉忍不住笑，又道："既然都这样，你说我春节送礼还礼无数，你就是把我卖了都不够本，我还怎么做人？"

"我又没针对你，我烦这种情况——国情。"梁思申说到这儿，困意消退，"就算是国人可以为朋友两肋插刀，说什么当裤子都要帮朋友，可不能用公款啊。现在明明是公私不分，打着友情的幌子拉交情。可是你说得对，你作为当事者，那么劳苦功高才拿那么点工资，难道要你倾家荡产干革命？也不行。唔，死结。"

"你以前不是说要看到进步，变化要一步一步来？你好像最近情绪波动得厉害。要不我们去香港散散心，或者在香港住一晚。你才出月子，不能太动。"

"没法扔下一屋子老小啊。"

"呵呵，你闭上眼睛，我替你按摩。"

"你又不会。"

"试试嘛，总得让我有练手的地方。"

"不对，你哪儿学来的？"

"还不是你教的？闭上眼睛，乖。你不是说了吗，我这张扑克脸人见人愁，鬼见鬼愁，谁敢惹我。"

"对，大灰狼，你关灯，我现在很肥，你不许看。"

"别那么不自信，你很好，比以前每天饿饭时候更好。"

梁思申却不置信地又问："以后有可可了，你会不会爱我少一点了？你以后进门会先要求看到我还是先看可可？"

"我比你更担心这问题。"

梁思申叽一声笑出来，这才乖乖闭上眼睛。宋运辉心说，果然是情绪变化很大，他还算是过来人，可他以前都没理会还有这么一茬。梁思申果然是雷东宝嘴里的妖精，专门克他。从今天进门见梁思申贤良淑德，到关上卧室门她又慷慨激昂，让他都以为失宠，至现在才算是恢复过来一点感觉。他爱这个小妖精，他知道他的一缕魂魄牵在梁思申手心里，他早在某一天起，早已身不由己。

同是太太刚生育的难兄难弟，雷东宝的日子就惬意得多，但是遇到一年唯一的大年夜，他分身乏术。韦春红一早跟他讲明，年夜她一准去小雷家陪着雷母过，跟往常一样。雷母也一口咬死要韦春红来过春节，她好歹跟韦春红一起渡过雷东宝坐牢时期的那段难关，而今苟富贵，不相忘。雷东宝知道这事不妥，可又不能勉强老娘，只得让韦春红去，自己只有留在冯欣欣那儿过了个年夜。

冯欣欣转弯抹角得知原因，得意得不得了，虽然孩子初生，累得不行，可她有精力十足的母亲相帮，她自己也年轻精力足，大年夜雷东宝终于不用出去应酬喝酒，脑袋清清爽爽地跟她在一起，她就一直黏在雷东宝身边，逗得雷东宝心猿意马。雷东宝也好奇了，这人跟他的时候明明还是处女，现在哪儿来那么多花招，可他喜欢。毫无疑问的，年轻女子，即便是口气都是香的。

电视里热热闹闹演春晚，雷东宝认认真真看着热闹，时不时偷偷捏捏小妻子产后明显缩下去的腰。一会儿，冯欣欣附耳轻轻道："明后天人家来你堂堂雷总裁家拜年，我们的客厅哪儿坐得下人。"

雷东宝笑道："进不来的让门口排队。"

"我们换个房子吧，这儿太小，宝宝稍微长大点都没法动弹。"

"行。"

冯欣欣没想到雷东宝答应得爽快，小心地道："那……山河路那边正造电梯高楼，我们买那儿的好不好？那边以后肯定住的都是有档次的，我们宝宝跟他们在一起落不下。这边出来的都是些野孩子，前天403那家小孩跟别幢楼小孩吵架，耳朵拉出血来。我们的宝宝啊，一定不能输给宋总的，呀，那边的房子好像是属于机关幼儿园的片区。"

"对，上最好的幼儿园，上最好的小学，以后出国留学，我儿子……什么都要最好的。"对，他是老大，老大当然得要最好的。

"那种房子总得好几十万吧。"

"唔，钱我想办法。你也少买几件衣服存装修钱。一年买下来，一年四季的也够穿了，给你老娘买几身。"

冯欣欣没答应，但不顾父母在旁，抱住雷东宝的胖肚皮亲亲热热地贴着耳朵道："老公，我好爱你，以后我们的宝宝肯定像你……"

"像我不好，我儿子得读书，读到没法读为止，一肚皮学问气死小辉和他那小妖精去。我儿子……买下新房子我就买钢琴，要买比小辉家好的，我儿子得学钢琴。你好好养，过半年我们抱去上海比，看谁家儿子壮。我们一天里生的，欣欣，你要给我争这口气。"雷东宝越是感觉宋运辉不拿他当回事，他越要跟宋运辉比个高下，绝不吃亏。

"那肯定的，我就是早产几天生出来的都比他们的重呢。而且医生说我奶水好，看看我们宝宝，多胖，手臂都跟藕节一样。可我们不能光比体重啊，我们宝宝得比他们早识字，对，还得早说话。"

宋运辉说什么都没想到雷东宝在遥远的地方，即使大年三十都念念不忘与他比儿子。他还满不在乎地与梁思申商量，可可智商一定高，一定要让幼儿园玩痛快了才接受教育折磨。

年初二的时候，宋运辉带着宋引去参加一位朋友的婚礼，梁父与梁母把女儿叫到书房，关上门讨论家庭问题。宋季山夫妇看到都没吱声，反而外公想了想，却扶着楼梯跟了上去，拿拐杖敲开门就道："商量什么，我也不能听？"

梁母笑道："爹爹既然来了就给我们做个参谋，我们这不是怕爹爹操心吗？"

"你们说，我听着，我爱怎么想怎么想。"

梁父一笑，道："爸爸，这么回事，我也很快退休了。多年前囡囡出钱买了一单原始股，高位抛出个挺好的价钱，又让我操作几次，增值不菲。囡囡的意思是这笔钱给我们用。我们想囡囡不是坚持要让可可去美国受教育吗，我们既然退休正好帮囡囡带着可可在美国受教育。我们今天就是准备商量这个问题，难得春节时候大家都在。"

梁思申没想到爸爸妈妈扯她密谈，说的是这个问题，惊讶良久，才道："我在大学城的房子还在，那儿环境特别好，爸妈的钱拿去做生活费吧，不够有我。"

外公立刻道："那里冷，退休养老去佛罗里达，听我的，你们要是去我也跟去，生活费算我，房子思申买。要是决定下来，我立刻打电话给我律师，要他帮你们办手续，很简单。有我在，你们两个大陆出去的土包子不会吃亏。"

梁母道："爹爹，我们不请你来，就是怕你提出你出钱。我们股票上赚的钱听说够生活，以后爹爹喜欢就跟我们一起住，房子有囡囡呢。"

"她哪来那么多钱，她还要倒贴老公。"外公神采奕奕地与梁思申互白一眼，"有钱，什么都不是大事，还啰里啰唆商量什么。出境、入籍也不是问题，我担保，思申出面没我牢靠，我只有一个要求，可可一定要跟去啦。"

梁家三个面面相觑，一时都没反应过来，退休后移民到美国，这可是大事，怎么被外公一说就轻描淡写了呢？还是梁思申过了会儿道："我支持外公的说法。房子稍微买好点，我把大学城的卖了就行。外公就算答应出生活费也没几年可出，还是算了，我来。"

梁母一听就踢了女儿一脚。反而外公并不在意，道："你爱出钱我还有什么话说，可可呢？"

"可可当然受美国教育。就这么定？如果决定，外公，请律师找房子时候有要求，一要离超市近，二要学区好。"

梁父与梁母交换一个眼色，老夫老妻，一个眼色几乎说明所有问题。梁父代表说话："没想到这么容易就决定。囡囡开始跟着外公动作吧，移民的事现在也可以着手办起来，我们都有护照，估计到时候正好送可可读幼儿园。"

梁思申奇道："怎么忽然想起这个？我本来还想请你们移民呢，我觉得国内生活环境不好，都奇怪外公为什么赖在上海不走。"

外公愤怒地道："你当心我买房子做手脚。我叶落归根不行？我归几年不想归了不行？我一到冬天想念迈阿密的阳光，不行？"

梁母只笑道："爹爹，你肯跟我一起去，我们求之不得，我们多需要你的经验，也正好让我们尽尽孝心。囡囡啊，我们也是想着国内的教育，跟你一个年龄的人与你对比太大了，我们可可……"

"妈妈，谢谢你们。"梁思申拥抱身边的妈妈，感动于爸爸妈妈准备为她的孩子做出牺牲，退休后离乡背井，"可能我会让宋引一起去，行吗？"

"可以，多一个不多，小姑娘挺懂事。"梁父一口答应。

问题解决，梁母先扑去找可可，梁思申也跟去做奶牛。两人又就赴美养老问题讨论细节。

梁母忍不住问女儿："外公为什么要紧紧跟着我们？"

梁思申笑："他恨舅舅们总念叨着他快死，他早死舅舅早分财产。他也手段毒辣，硬是不肯提前瓜分财产，只建立一个基金定时定量给舅舅们一些远远不如我收入的钱。可是又烦一家老小总伸手问他要零用，他索性躲到大陆，对舅舅们宣称大陆无法无天，舅舅们敢来，爸爸对他们不客气，递解出境。我原先不知道外公打的这个主意，还是有次接到舅舅电话吵了一顿才知道被外公利用了。其实外公还是更喜欢美国，美国毕竟物质丰富，生活方便。"

梁母哭笑不得。

梁思申晚上就把这事告诉了宋运辉，宋运辉一听就觉得这是好事。但宋运辉毕竟多了一个心眼，回头等梁思申睡着，他把刚听说时的疑问倒出来好好细想了一番，可又一时不好定性。他看着倦极熟睡的梁思申思来想去，不知道该不该跟她明说他的猜疑。考虑到上回与梁思申提出他爸想与他合作时候，梁思申单纯的回应，他决定不说明。毕竟他的猜疑有小人之心，而且还是捕风捉影，而他自己则是提前一步做出决定，从此与岳父的事业保持一定距离。

06

杨巡春节将工资奖金发放，又拖拖拉拉地发了分期付款的买断工龄费，还剩一些钱。过年的时候，即使商场账面上也会有一些钱得躺在银行过年。他没想到任遐迩会跟他建议，干脆把钱存通知存款，利率比普通活期利率高不少。杨巡没想到天下还有比他更锱铢必较的，他当然不怕任遐迩麻烦，当即对这主意说好。他真是想不到，看似臃肿迟钝的面包能有这般精明的脑袋。

但面包也有不尽如人意处，面包老家不在市区，为赶在大年初一前到家，必须年三十中午就请假离开。但是杨巡心说别人都能走，一个财务经理没把最后一天的账关上，怎么能走？他不批，让杨速去说，晚上由杨速开车送面包回去。可是杨速不答应，晚上他得上毛毛家做毛脚女婿去。杨巡无奈，只好对任遐迩拍胸脯，保证送她到家门口，决不让耽误年夜饭。任遐迩见此也只能答应，毕竟拿着人家的经理级别工资。杨巡却很不单纯地想到，他这么个日子送任遐迩回家，够任家上下猜疑上一个春节，因此他决定拖上刚从上海回家的杨逦。

任遐迩看着全体财务人员做完最后一笔账，将今年最后收齐的款子用信封装上，同时拿一本收款凭证，背起包就冲去停车场。打开车门，却见前面已经坐了一个女孩，那女孩衣着光鲜，脸面收拾得精致，不过说不上漂亮。任遐迩以为是老板的女朋友，但没等她坐下，杨巡就介绍道："小任，这是我妹妹，今年刚交大毕业，在上海工作。"

任遐迩心说难怪，她冲杨逦打个招呼，把信封交给杨巡："杨总，点点是不是这个数，然后在收款凭证上签个名。"

杨巡二话没说，从信封里倒出钱来数。杨逦不由得看看任遐迩，见的是一张年轻但没有修饰的脸，额头还缺油少水地脱皮，心说大哥干吗这么看重这女孩。任遐迩见杨逦看她，就笑笑，没说话。但等杨巡核对完数字，签好字，她才道："杨总，请先到我家转一下，我还有行李要带走。就在后面芝麻街。"

杨巡开车转过去，杨逦就翻拣磁带。等任遐迩出去，杨逦就道："大哥，你这儿怎么都是些没性格的歌曲啊。"

杨巡道："不是挺好听的？听会了到卡拉OK什么歌都能唱。"

杨逦撇嘴："我下回给你带好点的。"

"不要你的英语磁带，专门出剩货给我……"杨巡见任遐迩端一只大纸箱下来，累得面红气喘。他出去主动接手，帮放到后备箱，不由得往里看看，见是农村少见的色拉油、真空包装盐水鸡鸭、鱼干、糖果饼干等年货。他放下箱子，不由得道："我家的年货都还没处理。"

"等等，我还有一只旅行袋。"

"重不重？"

"旅行袋不重。"

杨巡就没跟去，又回到车上。果然，过会儿任遐迩拎行李下来，并不见气喘吁吁。杨巡有意当着任遐迩的面对杨逦道："你看，任经理也是重点大学毕业，人家多能干，好几件年货都是自己做的吧。"

任遐迩笑道："我哪里能干，商场发的这些鱼，我问了老阿姨才会处理，可我明明刀子磨得挺快，硬是剖得深深浅浅，要不是顶楼北阳台风大，肯定晒不干。"

"你不会洗干净放冰箱里，才几条鱼。"

"我没冰箱。"

杨巡刚想说没冰箱比较麻烦，再一想就明白人家把钱都买了房子。杨逦却道："冬天的时候洗干净吊在阳台上也坏不了，不用冰箱也没关系。"

任遐迩心说即使顶楼的北阳台吊着风干，那也得看老天爷脸色，不分青红皂白吊出去，不出三天全进垃圾桶。但老板妹妹何不食肉糜，她可不反驳，那是人家的好命。杨巡却道："以前在东北还真放外面，比冰箱还管用。东北农村的门口堆一雪堆，鸡鸭鱼肉都塞雪堆里，想吃了扒出来就是。"

杨逦抢白："现在路上明抢的都有，鸡鸭鱼肉放院子里还不给人一夜偷光了，又不是路不拾遗、夜不闭户的年代。"

杨巡拿眼睛斜睨了一眼妹妹，无语。任遐迩看着前面两兄妹，也是无语，她是不便参与。但杨巡到底是不肯在部下面前失了面子，顿了会儿，还是道："老四你没去过东北，东北一到冬天，气温只有零下二三十度，有些农村让大雪一封就与世隔绝了，没什么公交车，想出来除非是当地人帮忙，东北地方又大，分起地来一户有两百亩五百亩的，这在我们南边是想都想不到的。你想靠两只脚进去出来，要么迷路要么冻死。一到冬天，你想让哪个人暂时消失，很简单，往最犄角旮旯儿的村里一扔，放点钱让人看着，完事。等开春出来，报案都没人理，一冬下来养得白白胖胖没见掉根毫毛，谁管你闲事。所以你说那种地方人家院子里堆再多东西，本村人抬头不见低头见的不会偷，外面人哪个会兴师动众不要命去偷点鸡鸭鱼肉？"

两个女孩听了都觉非常新奇，不免好奇地议论上了。杨巡却是想到他过去受老王连累跌倒后，为了彻底翻身做过的那件"好事"。这事，他不会与妈妈说，当然更不会与弟妹们说。自打受宋运辉之邀离开东北来沿海创业，那些过往都成历史，现在说起来就跟说别人传奇似的，遥远得似乎不是真的。杨巡说的时候心想，小妹要是又驳斥他的荒谬，他就不解释了，好汉不提当年勇。却没想到两个大学生这回都信了，两人还议论如今有手机了可能隔离一个人就没那么方便。

两个女孩议论上的时候，杨巡就不插嘴了，他还没无聊到勇做孔雀男。他听了会儿，基本可以得出结论，两个女孩都见多识广，不过都是二手资料。对于是非的判断，她们用的都是自己掌握的知识和有限的经验，相对而言，杨逦更武断一些，话更多一些，任遐迤则狡猾许多。

等两个女孩的讨论告一段落，杨巡才道："小任，年后的工作，我先跟你透个底，你这几天休息时候考虑一下。年前把库存清空一大半，年后我打算把四楼的超市撤了，四层商场重新布局，全部改成出租柜台。为了统一经营格局，我肯定会在租赁合同中添加不少限制性条款，估计有些老租户不能接受，年后新签租赁合同时会有一些租户退出。最差的情况是一半铺面没填满，商场铺面出租收入减少，人气不好，顾客跑光，我的转型计划失败。因此我准备年后让杨速蹲大本营跟客户签约，我自己跑出去拉客户入驻，争取拉特色客户入驻让转型成功。但就算最后成功，当中肯定有段过渡期，日子不会好过，你得有思想准备。"

任遐迤当即想到她那负担沉重的三年期房屋贷款，那需要她每月完成吃喝等基本生活支出之后剩余两千块才能完成任务。而她现在升任经理之后，正在庆幸工资加奖金可以完成每月两千的积累之后还可以让她稍微吃好用好，而不需要再疯狂如老鼠一般地接兼职侵吞睡眠时间，没想到才高兴了一个月，杨总就要她有思想准备。准备什么？还不是准备收入减少。那怎么行，她头顶有两千的硬指标在，无论如何准备都没办法对付。她愣了好一会儿，才想到还得向老板回话，她只得往工作上想了一下，才道："春节后上班就得做报表，这个月有些利润，我设法延到下个月去。"

杨巡道："对，估计今年上半年都不会有利润，这个月利润不能缴税去。小任，问个私人问题，你要不方便就别回答。你得保证每月收入多少才能按期还房贷？"

任遐迩再愣："不吃不喝，起码两千。"

"好，我保证你两千五百块一个月的收入，工资单不足部分，我私人掏腰包。你向我保证心思全放在商场财务部，给我把好这个最要紧的口子。"

"期限呢？"

"没有期限。你做得好，彼此都满意的话，即使最坏情况是商场经营不下去，我还有其他三个不错的产业。只要你在职，我保证你基数两千五一个月。"

任遐迩郁闷地应了一声"好"，就没话了。她心里清楚得很，这往后她如果做得不过不失，老板当即会说一声"彼此不满意"让她卷铺盖走人，不付那两千五大洋，老板太狡猾了。她只有想方设法出尽百宝让自己无可替代才行。未来的日子，可就充满可怕的挑战了。

等送任遐迩到家，远近的天空早已都是早早吃完饭的人放出来的焰火。兄妹两个往回家赶，杨逦刚才听了一路，硬是憋着没说话，此时才道："才两千五？才两千五就想让人替你卖命？"

"你没见她答应了吗？"

"两千五能做什么啊，去掉两千，才五百，够吃还是够喝？"

"先不说她说的两千是不是个真实数字，就算她说的是实话，这边不比你们上海，这边五百块够过日子。"

"可她是你财务部经理啊，现在跳槽容易得很。"

"你放心，她有一个月两千背着，不敢轻易跳槽。而且她年轻，又是女孩子，没资历，充其量只在我手下当了一个月财务经理，她只有在我这儿才有人认她是经理，走出去不会有人认她，起码半年内没人会用财务经理级别的工资拉她跳槽。等半年后我的商场也能看出好坏了，再说吧。小任自己心里也清楚得很，她是个明白人。"

"哎哟，那你就可劲地欺负她吧，看她哪天翅膀硬了不飞了你。"

"呵呵，等她翅膀硬了，我给她的工资也会水涨船高，她走不了。开公司嘛，又不是开慈善机构，有买有卖，双方认可就行，你以为谁都像你一样有后盾？你没一点积累，一上来就想拿高工资，做管理工作，冤大头才聘你。今天看见了吧，你也早点拎拎清楚。小任跟你一样也是重点大学毕业，专业以外还精通财务，比你强多了，她也就那个价，现在我们用人看文凭，更看资历。"

杨逦听了好久无语，半晌才道："太欺负人了。"

"没欺负人，换你进商场，人家明明普遍值五块钱的货，如果标价十元，你肯买不？"

杨逦无言以对。

杨巡趁热打铁："我知道，上个月本来给宋总儿子送去的金锁肯定被你卖了换钱用。老四，你这半年多混下来，该想明白了。"

杨逦还是没答话，一路沉默，还伸手把录音机给关了。杨巡没再教训杨逦，估计再说杨逦又得奋起顶嘴。要是在公司谁那么拎不清，早被他开除。对自家小妹，他只有恨铁不成钢。

可他最头痛的还是商场这个自己讨来的热煎堆。春节后他准备大动作，他想好了，最多是转型不成功，商场人气骤降，最后关门歇业。到那地步，上海方面应该就不会再阻止他将商场转包给别家公司经营。而且他即使有损失，也因为以后基本是无库存经营，而不会损失太多，最多是损失些运营费用，那损失他负担得起。因此，他可以孤注一掷，做最彻底的转型。他想，他这算是混出来了，他现在有资本可以稍微地进退自如，可以稍微地任性。

当然，损失虽然承担得起，但认识损失只是他转型计划的基础，他是在确认转型的最坏结果他能承受得起的基础上才决定转型。他现在家大业大，开始选择稳健的工作思路。他这时彻底认识到以前梁思申让他做的可行性计划的好处，事先把方方面面的关系想清楚，可以避免事后措手不及。他现在做事虽然没给出正式的可行性计划，可是思路却是照着那个方向运作。可见，国外老牌资本主义国家成熟的那一套，都是有其深刻道理在里面的。

杨巡已经想好，春节休息两天，初三直奔上海，去上海的商场摘抄品牌，顺藤摸瓜找去厂家或者经销商，直接从上海那边拉适合的品牌过来他的商场经营。这边市里的他基本已经清楚，光靠这边市里的已有品牌经销商，他的商场只够填满一半。他须眼睛向外。

　　回到家里，兄妹俩一起吃顿简单的年夜饭。杨巡想去商场慰问一下看门的几个年长老乡，问杨逦去不去，杨逦不去，杨巡就自个儿去了。见到门卫们，他大方地摸出钱包，一人给一张蓝精灵。没想到过会儿杨速吃完饭也过来慰问，杨巡挺欣慰。两兄弟索性会合了现场办公，从一楼开始讨论商场转型后的重新布局。

　　讨论到挺晚，两人都想起家里还有个小妹在，好在电话过去，杨逦说在上海一个人怎么过这边也一样，没什么大不了。杨速就没回去，两兄弟继续讨论。零点，杨连一个电话从美国打来，杨巡差点要说"来得好，哪儿走"，抓住杨连狂问美国那些百货商场的布局。可怜杨连又不是跟梁思申一样爱购物的，若是问他超市，他闭着眼睛都能描画出来，可是商场，他只有答应这几天就大哥说的要点好好看看，回头赶紧写份报告传真回家。

　　初一，杨逦终于加入进来，跟着两个哥哥一起决策。她在上海逛店多，上海现在又有了第一八百伴等外资店，她的建议自然走马观花的杨巡更能反映消费者的视角。杨巡对杨逦的主意有些溺爱地从善如流，因此鼓励杨逦试着站到商场经营者的角度来看问题。这一下，杨逦感觉，她似乎也能高来高去了。初三大早，杨巡便带上杨逦一起回上海，目标只有一个：逛店。

　　逛店时候，只要看到档次适合的品牌，女装由杨逦进去试衣间抄下厂名电话，男装由杨巡进去试衣间依法施为，不设试衣间的商品吊牌，则考验兄妹俩的记忆力。而在品牌的选取上，杨逦成为最好的指导者，这让最近因为工作无着信心丧失的杨逦重拾山河。

　　一直逛到初十，杨巡基本掌握潮流动态，辞别杨逦，自己驾车在长三角一带逐个厂家地上门拜访。

　　任遐迩虽然没杀奔商场，一颗心却是记挂着杨巡对她先行透露的变革计划。她只知道杨巡的计划大胆到本市前无古人，但不知上海或者珠三角地区有没有类似变革。她佩服杨巡的勇气，可也为杨巡的未来揣一把冷汗。当然她最多考虑的是她自己。她需要稳定的收入来支付房屋三年分期付款，而商场的收入是她目前能拿到的最好的，她当然一心一意希望杨巡变革成功，商场客如云来，她个人大发利市。可她也想明白，看起来得一颗红心两种准备，万一变革失败呢？本想过个好年的，结果心事比平时还多。她不得不趁闲暇思考起来，希望能帮老板变革成功，她省得另谋出路。

作为一个从工科专业转行财会、双重叠加的追根究底专业品性的人，任遐迩做起工作来变本加厉地严谨。她担忧着饭碗，没法在家安生待到初五上班，早在初四就从家里乘班车返回冷冷清清的小窝。揭开冷锅冷灶，切一块酱肉吃顿简单中饭，她就来到商场财务部查阅资料。

杨速也一直呆在商场，着手与几个工程部的人员一起清空四楼场地。还是保安上来说任遐迩想进办公区，希望小老板批准。得知任遐迩的来意，杨速颇为意外，不过一再叮嘱暂时别泄露改型计划，就让保安开门放行。

杨速忙完搬迁，已是暮色四合，看时间是傍晚近六点。他回办公室拿衣服准备回家去，不料看到任遐迩还在，整个人蜷缩在面包似的长棉褛里，一手圆珠笔，一手计算器，皱着眉头还在干活。杨速敲门进去，问道："还不走？"

任遐迩将一包饼干拿出来示众："算完了再走。明天早上我想跟杨总说说我的想法，希望时间越早越好。"

杨速奇道："什么事这么要紧？我干脆不走，等你算完。明天是节后第一天，我都有安排了。"

"也是，那麻烦杨总吃完晚饭过来。我根据去年的营业状况计算一下，按照目前的专柜出租价，每平方按去年的租金，租出去多少面积可以保本；然后如果一月结账一次或者俩月结账一次，所得利息可以实现多少税前利润，或者可以成为第二种租金支付方案，前期租金少交，账期拉长；再算我们应该设立多高的底线，如果哪家平均每月营收低于这个底线，出局，不能让占着地方不给我们生利长人气，这样也可以杜绝一部分人不通过收银台交易；再有……"

杨速听得眼睛发亮："你今天算完，为明天起我们新签出租柜台提供充足依据？"

"是啊，自己心里有底，也可以提出多种租赁结算方案以供选择。"

杨速激动，心想大学毕业的做事到底不一样，如此有根有据。他很想在一边帮忙提供意见，但是又怕吵到任遐迩，犹豫之下又问了几个问题后引退，不过任遐迩别吃饼干充饥，他会带饭菜来。任遐迩没想到这个小老板如此厚道，不由得想到大老板杨巡的精明，心说这对兄弟非常互补。

杨速并没有回家，而是去旁边一家肯德基买来套餐，一份给了任遐迩，一份他自己拿去办公室吃。杨速赶紧拨电话给大哥，告知任遐迩的打算。杨巡心中其实也揣着底线的，他早就想好租金多少，可是被杨速一说，立刻意识到自己预定的底线乃是土法上马。确实，他根本没有明确他的止损点是在哪儿，他怎么做才可以盈利，他跟人谈判可以收缩到哪一根线，他可以抛出多少乱花样来迷惑人上钩而自己没损失，他都没确切数据，都是凭感觉拍脑袋。现在好，他出门跟唐僧一样取经去，家里有个任遐迩给他送上一对非常实用的翅膀。他让杨速即使再晚，也务必等到任遐迩算出确切数据，他还提出几个租赁变通方式让杨速立刻捎给任遐迩，让任遐迩也赶紧测算出来。

任遐迩没想到又来一堆活儿，不由自主横眉竖目对着杨速三分钟，才又灰溜溜继续做事。

终于半夜交出活计，杨巡在上海也是等到半夜。拿到杨速传达过来的数据，杨巡满心喜欢，终于心里有底了。他心想，面包，还真看不出是个脑筋那么管用的。他从东北做电器市场起，已经累计用了无数个会计，任遐迩是唯一不需要他提醒，自己动脑筋给他经营上有助益的。而且根据杨速的陈述，他感觉任遐迩的数据得来非常科学，很有根据，几乎无懈可击。这让杨巡非常佩服，他怎么就想不到这么做呢，不，他即使想到，也做不到，他相信，那么做需要有高度的知识水平来支撑，几乎是瞬间地，杨巡对任遐迩的认识出现拐点。

但杨巡不会忽略杨速告诉他的一个小小细节，就是任遐迩收到他新指令时候的横眉竖目，这说明任遐迩做这些测算之类的工作根本不是心甘情愿地打算与他这个老板同甘共苦，而是出于自身经济稳定的需要，才会矛盾地一边自愿加班，一边却反感加压。正是因为还未大奸大恶而让脸色泄露端倪，可见任遐迩的本质还是清高的，越是有拿得出手本事的人，心里越是清高。清高的人就像梁思申一样，遇到心里不痛快，宁可吞下损失，也立刻抽身离去，绝不同流合污。任遐迩现在还因为房子的三年分期付款而受制于他，但等半年后在业内做出名气——杨巡清楚，聪明人崭露头角的速度相当快——届时，即使其他企业提供的工资与他给的一样多，任遐迩都会不顾而去，内心清高的人不受那气。

杨巡不得不反省自己的作为，想好弥补措施。

07

雷东宝比杨巡更勤快，才过了一个大年初一，在小雷家家里接受众人拜年，与老娘和几个近亲吃了一顿韦春红做的中饭，晚上就接到红伟通知，说外贸公司通知他们，有家实力很强的国外采购商正在寻找一家长期供货企业，每年需要采购大量铜制水管配件。正好项东工作半年多下来，春节回家省亲去了，雷东宝当仁不让。

雷东宝从小孩哭闹兵荒马乱的冯欣欣家拎一只半空的皮箱来到老娘家，载上韦春红回城又收拾了皮箱，而且在韦春红那儿住上一宿，才于初二大清早吃完丰盛早餐，与红伟、小三会合赶往地处省城的外贸公司。虽然外贸公司的人也是怨声连天，可是怨谁都不会怨钱，为了钱大家春节可以不过。这年头，人到底是与改革刚开始时候不一样了。

商谈之下，雷东宝发现，这单子真是非常大，他铜厂五金车间目前的产能全给这个大单子才刚刚好，为了保证供货，他们还得扩张生产规模。外贸公司也那么说，现在五金厂遍地开花，可能够满足这么大产量的企业还是少数。外商需要的是稳定的供货能力。

但是雷东宝同时也发现，这单生意的利润非常之薄，几乎是勒紧腰带才能赢利。外贸公司的业务员劝雷东宝，如今生意不好做，这么大单子，一年的吃饭都能保证，为什么不接，过了这村没那店。人家既然是那么大的量，当然要的是大单子的批发价。业务员让雷东宝想清楚，要还是不要。要的话，明天派人一起去上海，接外商去考察。不要的话，后面大堆其他企业跟着，他们让其他企业去人。

雷东宝想来想去，还是决定给项东一个电话，让项东这个最懂行的人决定。

项东听了很无奈地道："书记，起码有一点利润。我的意思是接，起码这一单生意可以消化一整年的铜厂所有费用，保证五金车间吃饱。今年一开始就生意环境不大好，我想有一单一整年的生意保底，心里会有点底气。"

雷东宝心疼："割肉啊。"

"书记，没办法，制造业这几年已经从卖方市场转为买方，相应的利润也是越来越薄。相比内贸，我们做外贸的单子只要质量过关，起码不用担心货发出去钱拿不到，而且拿着信用证可以申请流动资金贷款，我们自己的钱就能拿来扩大产能，省心，不会让回款困难积压太多资金。"

"割肉。"雷东宝闷闷地还是这一句，"你有没考虑，这一年里面，万一又遇到物价疯涨，我们还能有利润吗？"

"我算一下，再给书记电话。"

雷东宝放下电话，背着手在屋子里转圈。红伟道："书记，我的意思是先把老外钓来再说……"

"那当然，谁不知道？可我就是怕所有东西价格又跟前两年一样，全涨上去，这单生意本来利润就薄，涨价了我还怎么过日子。内贸还能耍赖，外贸没法耍赖。"

红伟等着雷东宝说完，才笑嘻嘻地道："书记愁的是大方向，当然得多考虑一些。书记，我提把老外钓来，还有另一层意思。他们进出口公司最近有一笔出口印尼的电缆生意，价格挺好，好几家在争。我这不是想把老外钓来后，逼着他们现场答应把电缆生意给我们嘛。"

雷东宝眼睛一亮，笑骂："红伟你真会大喘气啊，要能捆上电缆生意，让电缆出口一次，我答应。"

小三却看到雷东宝虽然说答应，脸上仍是心事重重，他倒杯水过去，放雷东宝面前，道："书记，电缆要是也能出口，我们今年的出口创汇额就高了，赶明儿我写份报道上去。"

雷东宝道："这个你去办。红伟，我看这单生意接下来，我们铜厂产品可能都不够给其他那些电线厂了，你那边有没有问题？"

"我当然有问题，本来可以空手道，直接从铜厂库房提货，现在要换成出钱去买别家的货，我得多备些流动资金，不过最大的问题……"他微笑地看看小三。小三也是笑了笑，还是小三点破："书记，史总的意思，我们本来是可以从铜厂拿到超低价的。"

"嗯。"雷东宝应一声，低头好久不语，这是他制定的从小雷家实体以五鬼搬运法慢慢转移资产的招数，如果答应外贸的单子，最受损的是他们自己的利益。这时候项东电话进来，项东计算后，认为如果真不幸遇到全国大涨价，可以通过几项工艺的偷工减料，估计可以降低一些成本。因此报价可以接受。但是项东临了却说了句，说他挺内疚的，作为一个工程技术人员竟然想出这种损主意。

雷东宝当然不会太在意什么技术人员的良心，他听项东说行，他就拍板。也不等约定时间，就与省外贸联系，确定明天老外从上海过去小雷家实地察看生产环境的接待思路。小三留下，跟着去上海接老外，雷东宝就与红伟当即赶回家，让项东指示着再检查一遍铜厂，以期给老外留下良好印象。不过自项东开发铜五金打开出口销路后，小雷家已经对外商不再陌生，不会再兴师动众把什么民居窗户都擦得跟没玻璃一样地干净。他们现在已经自有一番套路。

回家路上，司机开车，雷东宝和红伟坐在后面。他对红伟想到什么说什么："红伟，这单谈成，信用证下来，贷款贷出来，我们自有资金那块就多出来了，我们立刻扩大铜厂，有小项在，他不怕钱多活多。"

"我现在最指望电缆厂也来个项总一样的人。项总来后，我有什么特殊要求，只要说就是，跟他说的事情，没有一次不到位，合作太舒服了。一样是花在小雷家的钱，我举双手双脚同意投在铜厂，问题是这回镇上会怎么说。"

"不管镇上怎么说，我们要投还是投，这回镇上再他娘的生痔疮一样跟我憋，我提出要求他们减少股份，不能让镇上占着茅坑不拉屎，拖我们后腿。资金不够的部分，向个人要，正好我们的钱可以进入。"

"书记，先别跟镇上硬来，还是我去找几个主要关系人，跟他们说说利害，让他们主动答应这回不勉强按比例出资，我要是谈不下来，你再出面跟他们拍桌子。我看我们连年大投入，镇里不被我们拖垮，也差不多没剩几口气了。"

雷东宝想到当初为了回到小雷家，不得不对镇里做出的承诺与妥协，只得道："还是我自己去，一口气说爽快，行就行，不行也得行。"他没法让别人就镇里出资的问题与镇里谈判，那帮人只要说一句当年不是你们雷东宝自己求上门来要镇里占股份吗，他做的手脚还不给戳穿了？

他现在很明确，扩张，不停地扩张，扩张到谁见了他雷东宝都得喊老大。雷霆自己滚出来的资金不够，就让股东出钱解决。钱再不够，让红伟公司的资金趁机打进来，逐步稀释镇里和村里的股份，最终让江山潜改。掌权的就是这几个利益相关人，其他谁会想得到满眼搬不走的厂房机器竟然会改了别人的名。

两人回去布置人连夜整理厂房，红伟监督，雷东宝自己回城。他想着他性命一样的儿子，可想到过一阵得悄悄拜访镇里几位领导，他得问韦春红拿个主意，韦春红比他熟悉镇里盘根错节的关系。

春节饭店没营业，雷东宝知道韦春红中午要去参加一个婚礼，晚上肯定在，也没预先给个电话，就直接上门。果然敲了几下门，韦春红就出来，雷东宝进去，却看到候客区的沙发上坐着一个男人，长得有些江湖气，以前没见过。他心中顿时警觉起来，看看穿着玫红羊驼绒短大衣的韦春红，再看看那个才二十几岁的男子，一张胖脸墨黑。

韦春红却是若无其事地道："你先上楼去吧，我一会儿就完事。"

雷东宝却不走，厉声道："什么事？"

那个年轻人却站起来道："韦姐既然有事，我先走一步。新年大吉大利。"那人不等韦春红说话，拱拱手就走了。

雷东宝眼睛飞着刀子地看着那年轻人走远，才对韦春红道："你打量我今天不回来？"

韦春红冷笑："是啊，赶紧趁机找小狼狗调情，要不你去楼上找找，弄不好被子里还有条小狼狗。"

雷东宝被噎住，只得悻悻道："你多大年纪，还穿红戴绿，我不在你穿给谁看。"

"穿给我自己看，怎么啦，不行？我再告诉你，我还用五六百块一瓶的面霜呢，我高兴，我用自己的钱。你吃饭了没？我可已经吃了，没给你留。"

"少装，赶紧给我盛饭来。"

韦春红心中暗笑，脸上却是爱理不理，唧唧哼哼地才被雷东宝抱进厨房。她虽然现在爱惜自己平时不肯再亲自下厨，却是一招一式依然娴熟，又是最知雷东宝的食性，雷东宝旁边看着的一会儿工夫，她就做出一道京酱肉丝，一道香辣鸡块，再来一碗浓香扑鼻的羊肉汤。不等她做完，雷东宝早已抽了筷子站一边抢着吃。韦春红一直眼波流转地微笑看着，心里喜欢两人这样的相处。自有那个冯欣欣后，雷东宝自知理亏，在她面前稍微收敛些脾气。

坐下吃饭，雷东宝才比较正常地问一句："刚才那人是谁？"

"混子呗，过年过节我总得孝敬他们着点，你以后别这么凶人，这种人不摆平，我生意怎么做？"

"摆平也不用穿这么红啊。不是我替你跟几个本地混子喝酒了吗，又出新山头了？"

"唉，现在还怎么好意思麻烦你。"韦春红不想说今天与混子见面谈的事，就拿话堵雷东宝的嘴。

雷东宝想到他专门就是来麻烦韦春红的，果然再次被韦春红噎住。但没一会儿就若无其事了，韦春红是韦春红，他在韦春红面前有什么不好说不能说的。他就不再追究突然袭击遇到陌生青年男子的罪过，与韦春红讨论起怎么与镇政府那帮当事人说话的事来。韦春红这种时候不会跟雷东宝别扭，自己也拿个杯子一起喝酒，有一说一，有二说二，凭她做饭店人丰富的消息来源，帮雷东宝出谋划策。

一会儿红晕跑上韦春红如今略显嫩白的双颊，雷东宝忍不住再次警告，不许韦春红单独与小狼狗混一起。韦春红不答应，只斜睨一眼，道："你怎么管得住我？你凭什么管我？"

雷东宝连连拍案，可韦春红不怕他，两人一直闹到楼上，雷东宝激昂地宣示所有权。

韦春红从卫生间出来，见雷东宝倒头睡觉，她吱溜钻进被窝，将冰凉的双手围到雷东宝的脖子上。雷东宝给冻得惊醒，韦春红笑嘻嘻地有意道："前儿我特意帮你去了趟上海，看看宋总他们儿子。"

雷东宝有了兴趣："怎么样，比我的大还是小？"

"我又没见过你的。"韦春红飞一个白眼，"唉，这辈子都想不到，小孩子用的东西有这么复杂。我就是给他们做保姆去都不合格，连调个奶粉都不行，你的跟他们比……钱再多也只是粗生放养。"

雷东宝不满："有啥，小辉还是不是粗养大的？我儿子以后比他们的能。唉，回头给我准备四十万，我下月要。"

韦春红心里警惕，若无其事地道："刚谈下几个店面房，交了押金。其他钱存银行里，现在就拿利息太亏。那么要紧吗，红伟那儿的事吗？你要是不好意思说，我来跟红伟说说，让他宽你几天。"

雷东宝无奈，只得坦白："我想买房子。"

韦春红一听，一张脸顿时凝住，两眼在黑暗中闪烁不停。好久，忍无可忍重头再忍，才心平气和地道："是山河路那新造的高楼吗？别处没那么贵房子，要买那儿的房子，我替你找陈总去，我认识他，可以打折。"

雷东宝没作他想，只认为这是理所当然，道："行，你去给我挑个好楼层，十八楼，十六楼也行。房子大点，大人房，小孩房，客人房，最好再有书房，厅也要大。"

"行，过完年了我去看看。"韦春红咬牙切齿，她跟着雷东宝这么多年，住的都是自己的房子，雷东宝从来没想过给她买一套，现在却一下就要给那狐狸精买套那么好的，是可忍孰不可忍。她终于忍不住问："东宝，我们去年离婚时候说得好好的，为了让那狐狸精把肚子里孩子生出来我才答应离婚。现在孩子已经生了，也满月了，你打算怎么打发我？总不成反倒让我做狐狸精做小老婆跟你轧姘头吧？"

雷东宝一下没话可说，想好久才道："孩子还吃奶。"

"对啦，我打听明白，生完孩子一年内男方不能提出离婚。一年后呢，你给我个准信。"

雷东宝好生头痛，他最希望维持现状，韦春红稍做牺牲，他会记得她的好处，可看来她现在不愿了。他只得强词夺理地道："什么轧姘头小老婆，你是小老婆吗，我钱都在你手里，除了一张结婚证，跟以前有什么两样？"

韦春红呵呵一笑："是呢，我怎么就想不明白呢。好了，睡觉睡觉，你明天还要接待外商。"

雷东宝将信将疑，却又不能不信，想想韦春红这辈子还能翻到哪儿去，他总是顾着韦春红的，就翻身睡下也就睡着了。

若干天前，韦春红还在别人面前为雷东宝辩护，说他是受狐狸精逼迫，不是没良心。可今天一番话下来，她动摇了，这胖家伙敢情想的只有他自己。看他今天说话言不由衷、能拖则拖，难道他就准备这么打发了她的后半辈子？韦春红略带迷惘地想，她难道后半辈子就这么不明不白地过了？

她想到了她本来的计划。可是看看雷东宝的态度，这还是躺一张床上说出来的话，她心寒，考虑她以前是不是想错了。难道，她当初离婚离得太痛快？或者，难道雷正明跟雷东宝串通一气，耍她？韦春红想得睡不着，起来穿上衣服一个人在一楼失魂落魄地晃荡。越想，心里越不是味道；越想，越发现自己是个蠢货。

第二天一早，雷东宝被韦春红叫醒，穿上熨得笔挺的西装裤子，蹬上擦得雪亮的皮鞋，吃韦春红亲手为他准备的饺子，但见韦春红脸色不好，眼圈墨黑，不免心虚："你昨晚没睡好？"

韦春红笑道："你这段时间不常来，我都有些不习惯你的呼噜了，吵得我半夜醒来睡不着，只好给你做饺子来。"

雷东宝这才放心，道："你不会踢我一脚吗？"

韦春红还是笑，却道："这回住小梁家里，说了好多体己话呢。宋总对小梁真的好，小梁现在身体不方便，宋总什么都是抢着帮她做好，两人在一起也是蜜里调油的……"

"人家那是新婚。"

"你跟那狐狸精也是新婚，是不是也那么亲？"

雷东宝立刻闭嘴不语，飞快吃完一大碗饺子，告辞离去。韦春红满面春风地送雷东宝出去，关上门终于哼出声来，一脸冷笑。她算是看明白了，想到宋梁两个相对的时候那个甜蜜，套用到雷东宝与那狐狸精身上，她满腔妒火，雷东宝当然当着她的面没法说出口。她又背着手在一楼饭厅里来回踱步，想了半天，给儿子打个电话，说暂时不回。上楼整出两包高档烟酒一叠钱，出门找人去，她这一刻咬牙切齿地下定决心。

雷东宝第二天才正式迎来老外的参观。如今的铜厂在项东的整治下，相当正规，所有人进来一看厂区，常会发一声感慨：不像乡镇企业。外商看着也满意：满意冶炼与五金加工一条龙，说明供货较有保障；满意陈列室的样品质量；作为业内人，可以满意地看到现有设备的加工性能足以达到产品质量要求。因此外商留下产品图纸，让赶紧打样。

项东得知消息，立刻结束假期，回来主持工作。他根据图纸很快设计出工艺，安排样品制作。样品出来，新鲜热辣地就递送国外。当然，样品被认可。可是，价格却无论如何都没法再往上提一些。外贸公司为了安抚雷霆这一头，被迫将一个出口印尼的电缆大单交给雷霆。雷东宝这才肯签下合同。扔下笔，喝完庆功酒，退房回家路上，雷东宝有些如释重负地对项东道:"起码一年内不会饿肚子。"

项东道:"居安思危,我们扩大规模的工作也该紧锣密鼓抓起来了。"

雷东宝与项东一拍即合:"放心,等信用证一来,资金没问题。镇里我已经谈过,他们表态拿不出钱,今年什么审批都被卡住。哎,你说国家发展得好好的,干吗要调控,弄得我们日子那么不好过,银行贷款跟挤奶一样难,国家有什么好。我不明白,小辉还跟我说国家政策对头,再不那样,什么经济发展过热,经济出现泡沫。"

项东对这方面当然没法跟宋运辉一样有宏观认识,但他有他的观察:"书记,这就跟车子一样,我们国家现在好比一辆功能简陋的车子,可是车子现在却到了向下的斜坡,即使不踩油门,都自个儿跑得越来越快。如果国家不预先想到,一路踩着刹车控制车速,而是任着车子越开越快,等车子吃不消时候,就是散架车毁人亡了。我看到参考消息上有说,不能让中国经济硬着落,大概就是这个意思,国家刹车的时候嘛,我们总得受到点震动。"

"可国家得想个办法啊,别一会儿物价长得跟飞一样,大伙儿都冲去抢商店,一会儿又专门拿我们企业开刀,让我们日子不好过。你说这几年下来,都折腾几回啦?我看到大的就有三回了。踩刹车要讲点技术嘛,别踩得吭吭的。"

项东笑道:"国家也难,那么大个摊子,全国发展那么不平衡,按住这头翘起那头的。"

雷东宝一想,道:"对,我一个小雷家都事情那么多,呵呵,谁电话?我的……"

他取出包里的手机,他的包现在已经换成一张A4纸大小的扁平包,不再是以前那种长方体,韦春红说那种不流行了,拿出去让人笑,硬给他换下的。没想到一接通,那边传来的是冯欣欣父亲的哭腔:"书记,不好了,我们中午吃饭的时候一伙人冲进来把家砸得稀巴烂,我们一家都挨揍,欣欣的脸都被抓花了……"

"什么，谁？宝宝呢？报警没？"雷东宝大惊，想到襁褓里肉团一样的宝宝，一颗心都揪紧了，头猛地撞到车顶。

"他们没动宝宝一指头，是个泼妇带人来的，我们不知道这是谁，看门外是女的就开门，没想到那人这么狠，好像……好像是你前面一个老婆。书记，家里全烂了。"

雷东宝怔住，突着眼睛想好一会儿，才道："不许报警。等家里，我让正明接你们去医院。"

雷东宝说什么都不会想到韦春红会采取行动，他还以为韦春红全听他的。雷东宝赶紧先给正明一个电话，让正明前去处理。他随即便拨打韦春红的手机，可是通了却没人接。他只好又打饭店的电话，也是通了没人接。他心说这时机选得真好啊，他正出差回来的时候出手，他现在上不着天下不着地，只有憋车子里干着急。所有小雷家的人认韦春红是老板娘，她想知道他行踪，还不是小菜一碟？

雷东宝还在为打不通韦春红电话焦急上火，却有红伟电话打到项东手机上，要他接听。红伟在电话那头期期艾艾地问："书记，听说韦嫂打到冯家去，那个……你原定买房子的事不变吧？"

"当然不变，啊，不要春红买了，我以后自己来。"

"书记，已经买了，今早韦嫂来，给我看存单，说你交她存的钱不到三个月取出来不合算，让我这儿先垫几天，不到半个月她就还我。还是我陪着她一起去银行拿钱，又开车护送她去房产公司交的钱。发票上写的是韦嫂名字，我还以为是你的意思。没问题吧？我看她存单里的钱，不正好是书记你去年的分红嘛。"

雷东宝再次怔住，没想到韦春红精密布局，这边掏了红伟公司的钱买房，那边挥师砸烂冯家，他都不知道韦春红还做了什么。"没问题？没问题你还会急着找我来？你赶紧去饭店，给我看住她，不许她再闯祸。"

雷东宝恨不得脚下生出风火轮。他压根没想到韦春红会给他来这一出，这几天他去吃饭，不是都还好好的？除了总是问他到底离不离婚。难道他本心不想离婚被她看出来她生气？可去年他提出离婚时候，她不是应该更生气，怎么就顺顺利利答应离婚呢？他越想越不明白，却清楚明白一点，韦春红问红伟暂借四十几万房款是有预谋的，而他元旦后交到韦春红手里的那笔钱估计她也扣下了。除非他与冯欣欣离婚，再与韦春红复婚，否则那些钱多半有去无回。

再过一会儿，正明的电话打进来，说冯欣欣挨打挨得最多，一张脸给划得怕是以后鬼见愁了。雷东宝这才想到冯欣欣，忙问伤势怎么样，但想到这张年轻而酷似宋运萍的脸给弄得没法看，他不寒而栗，心说韦春红倒是没趁他酒醉时候做了他命根子，饭店多的是趁手工具。

那边红伟赶紧丢下手头工作，赶去饭店找韦春红。他本想着韦春红未必能让他找得到，没想到却见饭店大门洞开，几个人正往两辆搬家公司的货车上搬桌椅家什，而韦春红则是缩着手在一边看着。

韦春红看到红伟来，就阴着一张脸转进里面去，红伟忙跟上，却见平常热热闹闹的饭厅已经给搬得七零八落。红伟追着韦春红道："韦嫂，罢手，罢手，书记让我来劝你。"然后扭头对搬运工一声断喝，"喂，你们住手，住手。"

红伟这一喝，让众人都一时止住，看着韦春红讨主意。韦春红冷笑道："晚了，这家店面已经租给银行，我好不容易拿来的租约，红伟你别坏我好事。这些桌椅餐具也都找到下家，下家也付了钱。红伟，由不得我了。"

说着，她操起倚在墙边的一条木棍，红伟以为她要动武，忙道："韦嫂，有话好说，我们谁不知道你才是大嫂，谁认那狐狸精呢……"

"可雷东宝不认！"韦春红嘶吼着抢起木棍，一棍砸在屋顶的一盏吊灯上。那吊灯红伟认识，韦春红常喜滋滋地告诉他们这是雷东宝结婚前送她的，一共三组。随着韦春红棍起灯落，三盏吊灯全部报废。此时，红伟无话可说，他知道现在除非雷东宝现身才能劝住韦春红，只好劝韦春红消消火气，一刻不离地跟在韦春红身边怕她出事。

很快饭店给搬拆一空，亢奋了一天的韦春红看着此生花尽心血经营的饭店从此化为乌有，她浑身疲倦，一屁股坐在空阔的地毯上发呆不语。她早就策划着今天这一天。她策划着等雷东宝杀回家跟她算账前，把该砸的砸光，该挪的挪走，让雷东宝想出气只有找她，她等着看雷东宝敢不敢对她出手。

雷东宝在车上无法稳坐，满心又惊又气，骂骂咧咧不绝于口。项东只管开车，即使书记跟他唠叨他都不接口，只是一脸歉意地说他不熟悉书记家，雷东宝碰到软钉子，只得闭嘴。

终于车子到达市区，项东问去哪儿，雷东宝正昏头昏脑着，立刻说去饭店。项东听了一路，本以为雷东宝应该先去医院，不由得斜睨了雷东宝一眼，不清楚书记搞的什么名堂。他把雷东宝送到饭店门口，就赶紧驾车离开这是非之地。

雷东宝跑着进门，果然看到的是一屋的空阔，一地的狼藉。红伟本是蹲着冲坐在地上的韦春红赔小心，听得动静回头一瞧是书记跑进来，连忙起身想挡住，不想起得急了，一个踉跄向雷东宝摔去，反而是雷东宝托住他，红伟都不等站稳就抢着道："书记，书记，打住，打住。"但是红伟说到一半就感觉有异，站稳身子依然紧紧抱住雷东宝不让动，却忍不住回头看韦春红。只见韦春红扶着木棍子硬是站了起来，站得笔挺地与雷东宝怒目相对。但是雷东宝与韦春红都不说话，寂静空阔的餐厅里，听得出两人呼哧呼哧的粗气。

红伟心说今天雌老虎雷老虎对上了，他只能硬着头皮做中间人："书记，韦嫂，咱找个地方说话，别都站着。"

"红伟，你放开他，老娘今儿倒要看看他有脸把我怎么样。"

红伟心说大姐您就别专拣痛处揭了，但嘴里还是一个劲地说："好说，好说。"雷东宝在红伟的阻挡下，除了反复朗诵"妈个逼"，却一时没法说出别的，好不容易才有句不一样的，"谁教你的"。对于韦春红的忽然转变，忽然滑出他的掌控，他一筹莫展。

韦春红却尖锐地道："你少大脚装小脚，凭红伟这把子力气，拦得住你？老娘不怕，今儿就等着你明刀明枪。"

雷东宝只得调转风向吼红伟："妈的红伟你不是爱拍老板娘马屁吗，

老子成全你，给老板娘做两件事。打电话让小辉管住他老婆别总煽动我们夫妻闹事，你再给我盯住她，一步别离，她今天去哪你跟去哪，老子看儿子去。"

"用不着，我三言两语，今天三头六面说明白。雷东宝，你听清楚，一、你对不起我。我主动退出让你生出儿子，你怎么对我；二、你回去转告狐狸精，她敢一天不离婚，我一天不放过她。老娘只要知道她住哪里，天天杀上门去打。"

雷东宝没回头，却也把韦春红的话听得清清楚楚。以前他把这种威胁当蚊子叫，听得烦了伸出手掌拍一下了事，今天却不敢再忽略不计，从此算是明白韦春红不仅对别人泼辣，也会对他泼辣，可要他怎么办才好？

雷东宝想来想去，打电话给正明，问冯欣欣一家在哪里，宝宝又在哪里。正明说都已经包扎处理，来人下手有分寸，只是皮肉伤，不需住院，现在他安排他们住在宾馆，开两个房间，那家里没法住。正明还说，他妻子上阵帮忙管着孩子。雷东宝想了想，便打车先去那砸烂的家中看。打开门，里面简直是灾难，所有的东西，没一件还是完整的，包括玻璃窗，这不由得想到同样横遭劫难的冯欣欣的脸，还能看吗？

雷东宝站废墟上吸烟，外面天色已经墨黑，屋里也是墨黑，连完整的灯都找不到，只有红红的烟头一闪一闪。他想去看看冯欣欣一家，可是想了好一会儿，两条腿还是没挪窝。他知道目前的局面维持不下去了，他必须做出选择，但是这个选择很难。他连吸了三支烟，才拿起电话拨给宋运辉。虽然知道这事被宋运辉知道，他肯定得挨骂或者挨鄙视，甚至又会领到一句"我以后不认识你"，但他想来想去，能提供他最中肯意见的还是宋运辉，他也没脸别人。

电话打给宋运辉时候，宋运辉说他正开车，很快就到家，到家再说。雷东宝不由得心虚地问一句回上海的家还是东海的家，听得宋运辉说是回东海的家，他才放心。他总感觉宋运辉要是在上海的家，他这件事被梁思申听到，准保会出问题。他总感觉，韦春红是在跟梁思申接触后才变得泼辣的。

其实，雷东宝没料到，梁思申此时却正住在东海宿舍区。梁思申担心妈妈花在她身上的时间太多，让年纪也是一把的爸爸一个人吃苦，就找借口说想丈夫了，想与宋运辉多多相聚，让妈妈回家，自己带着可可和保姆离开上海，因此宋运辉到家就给雷东宝打电话的时候，包括梁思申等全家都听着这个电话。

雷东宝拎起电话就噼里啪啦一顿问宋运辉他该怎么办。

宋运辉只觉得不可思议，没想到那些个传说中才会发生的事在雷东宝身边上演，他关切地问："你没事吧？"

雷东宝道："我怎么会有事，她们都等着我拿态度。"

宋运辉再度目瞪口呆，好一会儿才道："你掏个硬币出来，正面是韦姐，反面是孩子妈，抛硬币解决，听天由命。"

梁思申在一边听宋运辉说出如此无厘头的话来，不由得暗笑。但雷东宝却是听出宋运辉的调戏，气得掐了电话，再不肯拿宋运辉当兄弟。

梁思申见宋运辉打完电话，就好奇地问："怎么回事？雷先生想浪子回头？"

"浪子？抬举他。"宋运辉看看宋引稚嫩的脸，不便在饭桌上说这些，就笑道，"回头再跟你说，你准保得拍桌子。"

梁思申本就是养孩子闷得无聊，终于嗅到八卦的事，忍不住转弯抹角地问："他该不会想享齐人之福吧？"

"是享不下去了，吃饭。猫猫，说说学校的事情。"

吃完饭，安排宋引上二楼书房做作业，才可以说话。四个大人凑一起一说，梁思申先道："我拍案惊奇。"

宋母也是撇嘴："敢情他还当自己是香饽饽。"

梁思申道："不，天下美女这么多，丈夫只要不出轨，哪会有那么多揪心事，雷家事情的本质是坏在东宝大哥手里，那位冯欣欣只是恰好出现，即使不是冯欣欣也会是别人。我不明白，明明主要错误在东宝大哥，为什么韦姐不先追究他的责任，反而一手追着冯欣欣打，一手拉着东宝大哥回家？"

宋母道："他们好歹是一家人，哪有老婆舍得打老公的，吵过闹过差不多了。"

梁思申道："可是既然主凶都可以放过，怎么倒行逆施追着帮凶打？我奇怪，韦姐看上去挺有主见的啊。"

宋运辉本来跟母亲想的差不多，但被梁思申一说，也觉得韦春红这口气出得不是地方。但他不便支持谁反对谁，只中肯地道："你们忘了去年他们离婚？韦姐能为雷家有后答应离婚，可见别看她能干，骨子是个相当传统的人。"

梁思申不由得看看婆婆，心说看来婆婆的想法在国内还是很有市场的，她无奈地道："地球真陌生，我要去火星。"见宋运辉一笑，她又问，"韦姐真还等着东宝大哥回去？或者只是东宝大哥的自以为是？"

宋运辉一时不能确定了，就问父母："出这么大事，韦姐还会要大哥回去？"

宋母道："东宝要肯回去，她怎么会不收，以前出坐牢那么大事两个人都没分呢，一起苦过来的夫妻，哪有说分手就分手的。可东宝也麻烦，那边给他生了儿子，那边也扯不开。"

宋运辉见梁思申两眼骨碌碌转，知道她没法理解，笑道："换你就是宁为玉碎不为瓦全吧？大哥可算了解你，他让我别跟你说，怕你给韦姐出馊主意。"

宋季山听了就笑出来。梁思申也是笑道："怎么换我，这种事轮不到我头上，你才不是那种人。好吧，我不出馊主意。"心里却想，她并非不想出馊主意，而是郁闷得真想骂人，女人怎能把自己放到这么贱的位置上，让男人抛硬币解决命运。女人不自爱，又让男人怎么尊重她们。她只能如此解释给自己，那或许也是国情差别。

宋季山道："什么锅配什么盖。小辉，你刚才说的已经差不多，让东宝自己拿主意。反正他怎么做都对不起另一个。"

梁思申道："你猜猜外公会怎么说。"

"你外公……"宋运辉一想就笑，"他肯定会先骂一通，笨蛋，两个人女人都摆不平，跳河去算了。根据你外公自身婚姻，他估计会选韦姐，家中红旗不倒。"

"前面是对的，一顿骂免不了。后面错了，他肯定会说，哪个更刺儿头选哪个。他就是按不下外婆才一夫一妻到底，愁眉苦脸响应什么新生活运动的。"

宋家人都哭笑不得，尤其是宋季山夫妇，更是没想到看上去气度不凡的梁家外公竟然有如此异端的思想。梁思申更是看死雷东宝，现在她有了吹枕边风劝宋运辉远离这种人的冲动。她才忍不住，可是她打韦春红手机，却是关机，电话则是没人接，她只有冲宋运辉出气，替韦春红大大地不值。

雷东宝被宋运辉气得暴跳，平息后还是站在废墟中一直拿不定主意，香烟一支接着一支。虽然不断有电话进来，包括冯家总是催他赶紧去，但是他索性拔掉电板继续站废墟里考虑。韦春红那边却是绝无消息，他反而惊悚，想到今天韦春红的决绝，他忽然意识到韦春红可能从此离开他，他急了。他赶紧摸出电板插上，一个电话打给红伟，问清韦春红现在好好地待在什么大樟树小区一间屋子里，才稍安心。只是他想来想去，记忆里春红没有跟他提起过大樟树小区有房，难道韦春红早已有了异心？他妈的，这不可能。

可问题是他就是不知道韦春红在大樟树小区买了房，他当即又想打电话给红伟，让红伟来接他去大樟树，可想来想去，不愿冒失，心知韦春红肯定把她平时放床边、今天下午捏在手里的木棍带去大樟树，他现在敢去，乱棍打出。他焦躁地在废墟上继续踱步，取舍。

一包香烟完结，他终于一个电话打给正明。正明终于听到书记的声音，赶紧捞住救命稻草。

"书记，你赶紧来，这边都哭晕过去了。"

"谁哭晕过去？宝宝呢？"

"宝宝我太太抱着。"正明知道雷东宝最在意的是儿子，"你总不出现，小冯急得哭，医生说过伤口不能沾水，可她把脸上绷带都哭湿了。"

雷东宝听着，心里一颤一颤的，那个曾经婉转在他怀里的女人……

但雷东宝沉默了一会儿，最终还是强硬地道："我不过去了，具体怎么说，你看着办，这件事你得有始有终。我一个要求，孩子归我，房子归她，其他条件你谈，你要敢乱谈，我抽你的筋。"

正明大惊，他本来也没想着这一对可以长久，早就想过冯欣欣生完孩子估计得玩完，因为小雷家上下几乎都还认韦春红是老板娘，但没想到雷东宝会在这种时候提出，而且还不肯现身。他知道他麻烦了，但他当务之急，是要把书记的儿子安顿得万无一失："书记，那么今晚就得把宝宝转移。你看，要不让我太太抱回家？"

雷东宝又是沉着脸想了会儿，道："你带上宝宝，拿上吃的穿的，到大樟树小区门口交给我。"

说完这个电话，雷东宝就让红伟过来接他去大樟树。红伟赔笑劝说雷东宝还是先回小雷家住一宿，彼此都消消气，以后再心平气和地讨论。雷东宝道："讨论个头。"说完就不说了。红伟心说完了，该不是打上门去为冯欣欣讨公道吧，他暗自捏一把汗，到了大樟树小区门口，就要赖道："书记，我有点记不起到底是哪幢楼。你看现在这房子造得都跟火柴盒似的，晚上还真难弄清楚。你车上等等，我下去看看能不能看清墙上刷的第几幢。"

"你少跟我装。别怕，我不惹事。"但雷东宝终究是不大好意思说出他的本意，那比较煞他的威风。

红伟还是不放心："我跟书记装什么，我真得下去找找，要不书记一起来？"

雷东宝没答应，往后面小区大门看看，也不让红伟自己走。红伟不知道雷东宝葫芦里卖什么药，一个劲劝说雷东宝好说好说，念在往日情分，无论如何不要对韦春红动粗。雷东宝最先还解释不会动粗，但后来烦了，就改为骂正明怎么拖拖拉拉还不来。红伟心说麻烦了，还叫来正明这个不讲原则的帮凶。

过好一会儿正明终于过来了，红伟赶紧抢下去想先阻止正明下车，却见正明老婆抱着太子从另一边出来。他转念一想，目瞪口呆。雷东宝让正明回家去，自己抱起孩子，手上挂满叮叮当当的塑料袋，要红伟带到楼下，让红伟也回去，自己一脸笃定地走上楼去。红伟没敢走远，在小区里面晃，想再过十分钟过去看看，捡上被打出来的雷东宝回小雷家。

雷东宝则是走到红伟指的四楼四〇一，看门板缝隙漏出的灯光，就伸出脚往防盗门上踢了两脚。声音刚落，只见头顶一盏门灯忽地亮起来，门板上面的猫眼暗了一暗。雷东宝当即道："开门，接了宝宝。"

里面静了下来，但是外面的宝宝却被雷东宝的大声闹得扭起眉眼唧唧哼哼哭起来。宝宝没哭几声，板门哗啦打开，韦春红黑着一张脸拿一大串钥匙打开防盗门，放外面的雷东宝进屋。

雷东宝进去，见韦春红呆着一张脸看着他，就一把将宝宝塞她怀里，道："以后你养着，给我好好养，别亏待我儿子。"随即卸下手上挂的那么多塑料袋，从韦春红手里夺过钥匙关门，嘴里却是骂骂咧咧，"妈的，买了房子都不跟我说，想偷养小狼狗是不是，还想把老子关在门外，没……"

雷东宝才刚找着钥匙将板门锁上，屁股就狠狠挨了一脚，害他一头撞门板上，后面却传来韦春红的轻喝："不许当着孩子面说粗话，注意家教。"

雷东宝本要跳几下，可见到韦春红抱着宝宝，他只好偃旗息鼓。却见韦春红下午只会飞刀子的眼睛，此时却咕噜咕噜冒出眼泪来。他愣了一下，就走开，打开房子所有的灯查看他的地盘，见这是四室两厅的房子，半框架结构，非常宽敞。他看完，就挑了一间看似主卧的房间进去，脱鞋子上床，躺在被罩上发呆。选择是做出了，可是他心里并不轻松，现在按下了韦春红这一头，他想到那一头的艰难了。他知道自己不能再露面，必须快刀斩乱麻，可是想到那张像极宋运萍的脸，他心里头沉沉的，一张脸墨黑。

韦春红没打扰他，一边自己流着眼泪，一边抹着宝宝的眼泪。想到孩子可能是饿了，她当然是没母乳的，只好翻找塑料袋，寻找奶粉。泪眼模糊地找了好久才找到，照着说明书上面的说明冲好，赶紧喂。可是孩子不肯吃，硬是往她怀里拱。她看看躺床上的雷东宝，就过去将卧室门关上，自己和宝宝关在另一间卧室里，耐耐心心地哄宝宝喝奶。她当过妈妈，手势纯熟，虽然艰难，好歹让宝宝终于喝下几口，伺候着宝宝打出奶嗝，又伺候着宝宝小便换尿布，终于等来宝宝累极而睡。她终于叹口气，心说摊牌结束了。

正明那边既然得到雷东宝的明确指示，而且他以常理分析也感觉雷东宝以后不大可能再与花脸的冯欣欣在一起，因此他回头便旗帜鲜明地变了脸色。

梁思申从向她询问最新育儿知识的韦春红那儿得知消息，与宋运辉一起非议了雷东宝好一会儿。宋运辉更是怀疑，如果他姐姐还在世，雷东宝敢不敢出轨，出轨后还当自己是个女人争着要的宝。宋运辉抱着侥幸心理认为，可能雷东宝忌惮他的影响力，和念在姐姐是第一个恋人和爱人，不会做得如此出格。梁思申却不以为然，梁思申认为雷东宝骨子里是根深蒂固的大男人沙文主义思想，饱暖思淫欲是迟早的事，最多因为忌惮而做得隐秘一些。她认为，在可以预见的将来，会有第二个、第三个冯欣欣冒出来，第一个冯欣欣不可能是特例，是什么像姐姐或者生儿子的特例。

宋运辉想来想去，觉得这辈子最大的错误就是当初没以翻脸阻止姐姐嫁给雷东宝。他至今还没弄清楚，姐姐与雷东宝之间有没有爱情，两人的思维相差太远太远。也或许，他们那时候都不懂什么爱情，他们从小受人欺压歧视，当时只要有人对他们好，就感恩戴德以身相报了，他自己的第一次婚姻又何尝不是如此。

他看着正生着雷东宝和韦春红的气给儿子喂奶的梁思申，心说当时与那么小的梁思申交朋友，其实可能也是因为他的家庭关系。那时候成年人的成分心态那么严重，只有单纯的小孩子如梁思申才不会顾那么多，也算是注定的缘分。

梁思申感觉丈夫在看她，回头果然见他怔怔的，好像在想什么心事，她忙里偷闲打个岔，笑问："画眉深浅入时无？"

宋运辉一时没反应过来，但感觉梁思申肯定在打趣他，就应景地呵呵地笑。梁思申奇道："我说的什么，你真的听明白了？"

宋运辉只得道："你现在中文比我好。"

梁思申笑道："那当然，一周两首诗，不是白背的，以后可可的中英文都不愁家教了，哈哈。"

宋运辉也笑，这小家伙自信得超乎寻常，但他还是提醒："你最近看我每天给你下载来信息的时间减少，当心回去跟不上形势。"

"放心，了然于胸。白天你不在时候，我经常与团队同事开电话会议，一步没拉下。这几天梁大怂恿我去香港买楼，我看着果然是走出去年低谷，温和回升了，股市也向好。梁大说是香港回归托市，他顺势而为。"

宋运辉看梁思申嘴角挂着戏谑，奇道："梁大是不是来嘲笑你年前否定他们入香港？"

"他敢！我告诉他，炒房太原始。既然去了香港，应该玩金融衍生品，香港这方面不亚于几大金融中心。"

宋运辉忙道："你别唆使他们，他们两个已经够冒进，原始炒还没炒熟练，就去做金融衍生品，不是找死？会拖累你爸。对了，你提醒一下你爸，要他小心，继续观察。"

梁思申笑嘻嘻地道："早警告啦，我把外公的话告诉爸爸，爸爸说才不放心贷款给梁大搞投机。那俩愣小子想找外公筹资去香港炒楼炒股，被外公考得灰头土脸，外公说他们土老冒进城直接澎恰恰，小心被人白相。但外公一转身就怂恿我拿他的钱去香港炒期指，我哪儿有精力，等上班后再说吧。养个小可可让我损失巨大。"

宋运辉听了好笑："你外公……一张嘴毒死人。不过梁大李力两个人智商不错，慢慢混总能摸到门道，就怕他们两个急于求成。他们现在被公司居高不下的负债逼得有点心态不好。"

一会儿有电话进来，是有人找宋运辉办事。梁思申看着宋运辉盛气凌人的样子，翻个白眼。想到宋运辉刚才对她爸可能放贷给梁大的担心，她思索良久，从她多次见爸爸拒绝梁大的要求来看，觉得爸爸不是那么鲁莽的人，她太放心爸爸。

08

　　杨巡亲自跑了半个月，基本摸出门道。虽说隔行如隔山，但是生意的基础却是相同的，就是利益交换。杨巡凭着接手商场半年的经验打底，谨言慎行，在接触与谈判中广交朋友，在觥筹交错间摸索门道。回来了解一下经营情况，下午便召集中高层干部会议，带有明显倾向地讨论商场转型计划，会议开了半天，便得出带有明显杨巡风格的转型方案。但是所有中层，包括早已从杨巡口中预知消息的任遐迩，都对为什么要转型有些不明白。有人在会议上提出，可以适当降低商场货品档次，适应更多消费者的需求，或许是更好的改型方向。但被杨巡否定。杨巡说，绝不降低档次。

　　杨巡向大家解释，本市的高档消费并不是档次太高，而是没有做细。本市的新人只要一说到结婚买些奢侈的衣物，就直奔上海采购；本市的富人，包括他，大多数衣物也是从上海采购的。确实本市还不具备实力引进某些名品，但是有些品牌已经在本市有一定的市场，可以大力引进上架。他提出，因此废弃原有百货的求大求全，以后专攻百货中的一大赢利分支，专做衣服鞋帽等用品，向许多香港的商场学习，或许才是未来商场的发展方向。

　　在场除了任遐迩这个花钱精打细算到极致的，其余都去上海领略过上海的百货商店，都心想，原来老板是跳过上海，直接向香港学习。虽然最后顺利通过会议决议，但是大家心里都将信将疑，既然日子过得好好的，老板干吗费劲折腾，大家嘴上不便说，心里都觉得老板可能是太年轻，一身精力没处使，又是钱多得烧包，才会想到伤筋动骨的转型。大家心里都不是很有底，有些人不免起了骑墙观望的心思。

　　杨巡开完中高层会议，就抓住原采购部门诸人开会。在宣读中高层会议决议后，宣布将采购部改为招商部，众人顿时傻眼。他根据这半个月跑来的经验，与采购众人讨论如何变采购为招商，具体步骤应该如何。但是所有人基本没话说，因为原来采购部几乎是个坐北朝南风水一流的部门，每天只要等着客户公司赔着笑脸要求进场就行。而现在忽然要他们跑出去拉品牌进驻，这身份的变迁令众人一时无法接受。

杨巡环顾众人的表情，在他指名让每个人发言却得不到一句有益于招商的发言之后，终于两眼墨黑，一脸穷凶极恶地道："这次转型，你们想转也得转，不想转也得转，没有侥幸。我给你们半个月适应期。你们都是对市场产品了若指掌的人，你们看清楚，有哪些货品比较适合我们商场但是我们商场还没上柜，你们每个人在三天内先拟出清单让我过目，三天后凭清单出门招商。时间不等人，眼看春节后淡季很快过去，我只能给你们半个月。半个月后，你们的工资全部转为基本工资四百，想发财的，从招商租金里面计提。具体计提办法我会在半个月里面确定，多劳多得，你们斟酌着办。"

杨巡起身先行离开会议室，心里早骂骂咧咧上了。早知道采购部门是肥缺，这帮人以前没少吃少喝客户，他这回就要整治这帮人，要赶鸭子上架，不让他的地盘有一个老爷。他连商场转型这样的重大决定都敢做出，他能怕了这帮人扯杆子造反？

走到自己办公室门口，却正好听到楼下传来商场打烊的音乐声。他愣了一下，连忙倒退几步，到财务室门口，道："任经理，做完事请过来一下。"他进去自己办公室，见杨速还在等他，就道："你还不回家？"

杨速看看杨巡的臭脸，道："发火了？大哥别当真发火，摆个发火的样子就行，这帮人你估计得大会小会开好几次会才有结果。你要动真火，还不得气死。"

杨巡烦道："废话，这帮人都精得很，我不动真火，他们不会当回事。你明天上班就让人事安排登报招聘业务员，你当着众人面商量登报内容，让那些牛皮糖听见。我还是尽量想保留这些人中的其中几个，他们毕竟熟悉市场。你回头看着办吧，我后天继续出差。"想了想，又道，"你先回，我跟小任谈话。"

杨速愣了一下，奇道："我不能旁听？"

"我今天中层会议上看小任对商场转型没一点头绪，她那岗位要是拎不清，不配合，我不是麻烦了？"

"大家都拎不清，不是小任一个，你今天会议上确实没说清楚原因，我听着也觉得转型理由不充分。"

"会议上面人多眼杂，我怕我的计划说出来，都是一个系统的人，很快别的商场老总就会知道，那我还抓什么先手。小任入行时间短，系统里面的狐朋狗友少，有也最多是些基层的，我培养她一下。"

"你打算扶植她做亲信？"

"对。还单纯，容易培养。你快走吧。"

杨速将信将疑地告辞，感觉大哥有点不正常。他出门的时候，正好任遐迩进来，他不由得若有所思地打量一眼任遐迩，还是那么个不修边幅的模样，没什么太多女人味。

杨巡却把大弟的举动看在眼里，心里不由得暗骂这小子想哪儿去了，手下管理人员用女人就这点麻烦。他本来刚开会下来，一肚子火气还没消，这下又被大弟的胡思乱想惹得闷气。因此任遐迩进来便见老板一脸的凶相。她当即脑袋一个激灵，更留神自己的言行举止，眼观鼻，鼻观心，不敢轻举妄动。财务部是个多么消息灵通的部门，刚刚结束的会议上老板大开杀戒的言论早有片言只语传到财务部，任遐迩来的时候就没打算今天吃好果子。

果然，杨巡的开场白就与刚刚结束会议的精神差不多，但是这回针对的是任遐迩："小任，下午会议上面，我看你对商场转型有抵触，一直没多发言。"

任遐迩忙道："没，我因为早已知道，没疑问了。"

"可是你发言里面有一句话，很有意思。你说对比去年和今年春节后的营业额，然后你立刻转向，说起别的。是不是去年春节后的营业额比今年的高？"

"调整期，再说彻底关闭了四楼，可以理解。是我一时口快，没什么其他意思。"任遐迩连忙否认。

杨巡微凹的眼睛说话的时候一直习惯性地如逼视谈判对手似的逼视任遐迩。任遐迩早吃不住，低眉摆弄手里准备应付杨巡提问的账册。杨巡却没在意这点，他已经习惯对手纷纷在他手下披靡，他严肃地道："今天两个会议开下来，我看绝大部分人心里想的都是同一句话：杨巡吃饱了撑的，我也没打算用这些理由说服大家。小任，我今天单独找你谈话，目的是希望你能理解我为什么要做别人眼里吃力不讨好的转型，未来转型的这段日子不会好过，我希望你能替我一起扛住。"于是杨巡接下来侃侃而谈，说因为外资超市可能的迅速铺开即将对商场部分重叠货品销售的影响；说宏观调控之下，通胀已经得到一定抑制，因此物价涨幅减缓，对商场库存提出更高要求；说香港成熟消费市场下面呈现出的千姿百态的经营定位……

　　任遐迩只听得目瞪口呆，她是真的想不到，转型决定的背后，竟然有那么多的宏观考虑。她并非没看到过有关上海北京外资超市开张的盛况报道，但她只想到要是开到本市来，她以后购物就方便了，但有限的钱包麻烦了。至于通货膨胀，她从来不看报纸第一页，那些事太遥远，与她无关，还真没想过，竟然与商场的库存有关。至于香港，那就更遥远了，她看过很多香港电视小说，但是……她从杨巡的谈话中，察觉到自己的鼠目寸光，心中渐渐生出敬意。

　　杨巡简单解释完自己的想法，就总结道："转型是迟早的事，迟做不如早做，免得临时抱佛脚，受的冲击更大。大家对于转型不理解，尤其是转型影响到他们的收入，我能理解。但我作为老板，我必须转型，你能理解吗？"

　　任遐迩连忙道："原来是这样，我原先还真想不到。"

　　杨巡满意任遐迩的表现，微笑道："我们都得相信，转型的不适应期是暂时的，很快我们就会走在全市商场的前面。小任，我再给你一个任务，你帮我算一下，你看看照这个单子所列的柜面租金分配，我可以给招商人员多少提成。这租金我是照着你春节后算出来的数字，再具体根据柜台分布位置确定的。"

"行，我这几天赶出来，但杨总你可别跟采购部的人说是我做的，我得被他们扁死。"

杨巡见他的再一次计算要求换来的不是上回的白眼，明白今天的谈话有效，心说任遐迩到底是嫩了点，虽然精明，却不懂得抓住这个谈话机会，眼看老板的重视提出加薪要求，反而热血沸腾地帮老板做义务劳动。她可还是个据说一月手头闲钱才五百的人哪。杨巡心说，难道受过高等教育的女孩子都有点傻气？

等两人谈话结束，收拾了各自下班，当然是又在安全通道的楼梯上遇见。任遐迩建议道："杨总，有没有想过把你的市场和欧洲街，还有这家商场的名字都统一一下呢？让人一看就知道实力。"

杨巡笑道："要别人知道实力干什么，只要银行知道就行。知道的人多了，以后还想走夜路不。对了，银行基本户的那几个人出事了，你暂时还是别把钱存那边去，看看再说。要不要我送送你？"

"不用，这儿都闹市，我家就在后面。"

杨巡哦了一声，也就作罢，两人被警惕的保安们盯着分道扬镳。杨巡当然记得任遐迩住哪儿，这种细节他一向留意。只是他既然将人留得那么晚才放，总得有所表示，让晚归的人心气顺畅，以后他再让加班就能顺利些。

他今天开了两场会，本来心里火气挺大，现在与个傻傻的任遐迩一席话谈下来，又占便宜得到任遐迩的免费劳动，他心情好了不少。杨速瞅见，心里怀疑上大哥与任遐迩真的有鬼了。可他才将疑虑问出口，杨巡就给他兜头一瓢冷水，杨巡说做人要上道，兔子不吃窝边草，像有些人把公司里所有女职工全发展成大奶二奶三奶四奶，上班整天争风吃醋，还做什么事。挣钱是挣钱，花天酒地是花天酒地，那得分成两个战场，绝不能搅浑。

但杨速不同于其他职工，他还是笑嘻嘻地向大哥建议，任遐迩这个人不错，为什么就不考虑考虑发展为自家人呢。要真成了一家人，有这么个铁算盘管着财务，操持着内政，做男人的想怎么发展都没后顾之忧，多好。说什么都比大哥最近交往的那些只知道唱歌跳舞泡酒吧花钱的女人好，杨家的大嫂，大家都希望是个能镇得住的。

杨巡一听，呀，还真可行，任遐迩除了长相不风流，其他，他全部中意，而且还有资格当他几个弟妹的大嫂。可是，难就难在这个长相，总得让他有点兴趣吧。他这辈子追上过或者没追上过的女人，哪个不是漂亮得出类拔萃的，唯独这个任遐迩，长相真是太实惠了。可杨巡无法忽视的是，有任遐迩这么个能耐下心来在数字堆里翻滚的人与他夫唱妇随，那简直是武林高手双剑合璧，天下无敌。

　　杨巡到底是心动了，感觉找任遐迩是不错的买卖，虽然任遐迩背后没有什么名门望族，可是他能指望什么身份人家的女儿嫁给他，那都是高不成低不就的。第二天上班的时候不免仔细看了一下任遐迩，圆滚滚的苹果脸，圆溜溜的眼睛，圆嘟嘟的嘴，比较粗糙低级的打扮，跟还在大学读书的学生没差多少，不，杨逦读书的时候都比任遐迩穿得漂亮。可是，让他追一个不漂亮的女孩子，真是勉为其难。不过杨巡从昨天对任遐迩洗脑，任遐迩似乎对他无比佩服的神情来考虑，估计钓上个把任遐迩不是件太难的事。他也确实该认真考虑一下结婚了，再不结婚，恐怕老二要先上车后补票给搞出一个非婚生孩子来了。那些歌舞团的漂亮女孩子当然是一起玩的好对象，可是结婚，他又不是愣头青小毛孩，他现在已经知道妻子的角色与女朋友不同。

　　但是在杨巡出差前的两天里，却一直没寻找到以对待一个适婚对象的尊重而不轻浮的办法，把任遐迩拐带到暖气很足的场合看看她剥下面包皮究竟是什么身材。以前见过，可那时没留意她。等又带上两个新成立的招商部职工一起去出差，那就更没机会了。他于是给杨速派下一个任务，让大弟打听清楚，任遐迩有没有男朋友，如有，破坏掉。

　　没料到，这个胖乎乎的面包竟然还真有一个走得不太勤快的男孩子跟着，好像是校友，是个在宋运辉麾下的东海总公司做技术的，两个人都忙，见面时间极少，根据杨速观察，一星期里面难得见一次面。杨巡鄙夷地想，面包买房子，看来用的都是自己的钱，那男孩既然一点帮不上忙，显然是没用的，那种人容易打发。杨速是有意促成，他从一个旁观者的角度认为任遐迩做这个没有家长的杨家的大嫂非常合适。杨巡出差时间忙得满天飞，闲暇时间即使酒醉，也被杨速灌输任遐迩任遐迩，他自己也是设计布局想着怎么在回去的几天有限时间里攻城略地。但是任遐迩还一点都不知道杨家兄弟的阴谋，杨巡却一来二去，先把自个儿给绕进去了。都几乎忘了攻城略地的目的是为了什么，却把着眼点放在如何策划进攻上，他非常享受这个过程的乐趣。

　　杨巡几乎是赶着发薪日回商场的，因为根据与任遐迩的约定，他必须私人补足她每月收入不足的部分。已经是三月天气，杨巡满以为会看到一个剥去面包皮的任遐迩，没想到方面包是没了，却看到的是条长面包：任遐迩脱下厚棉袄，换上薄棉袄。杨巡终于想明白，等到了春天，再剥去一层面包皮，这面包估计还是面包，只会再狭长一点，变为法棍。除非汗流浃背的日子，否则永远别想看到面包馅。

　　任遐迩取过杨巡交给的装钱的信封，以职业敏感，觉得信封似乎比预料中的厚，但是她没好意思当着杨巡的面清点，她道了谢，就把信封塞进她棉袄的宽大口袋里。杨巡本想就他多放进去的五百块与任遐迩来几句扯皮，以表达他对她工作的欣赏和对她本人的重视，但见她不清点，也只能作罢。两个人公对公地讨论一番新招商进来的专柜的销售情况，再讨论一番冬衣打折的销售情况，没油没盐地讨论半个小时，任遐迩都是低着头看账本，对于杨巡的注视全没反应，对于杨巡的表扬也只是一句"应该的"，令满身是嘴的杨巡无计可施，只得结束谈话，但杨巡还是得申明一下，说信封里为了奖励任遐迩主动积极的工作，多加了五百元。杨巡只见任遐迩圆圆的眼睛立刻流光溢彩，这一声"谢谢"说得兴高采烈。杨巡看着出去的任遐迩心想，面包爱财。才多五百块钱就能让她高兴成这样，太容易打发了。

　　于是杨巡谋划着晚上如何巩固战果，下班后邀请任遐迩一起出去吃宵夜，让她化喜悦钱多为喜欢他这个人。可人算不如天算，宋运辉的秘书打电话给他，要与他约时间，说宋运辉有事要找他谈。杨巡心里发毛，总感觉没什么好事，但是既然是宋运辉来约，即使天上下刀子他都得去。他说任何时候都有空，而且他可以送上门去轮候宋运辉空出来跟他谈。这话说得秘书都笑了。

杨巡说去就去，直奔东海厂区。到了果然得轮候，他坐在小会议室里喝茶，没人有空跟他聊天，他只好看报纸。

等了足有一个小时，才见宋运辉出现。宋运辉只匆匆在门口闪了一下，说声："小杨，你到我办公室来。"杨巡立刻略微放心，办公室毕竟与会议室稍有不同，办公室会见的待遇相对比较私密。

进去宋运辉的办公室，杨巡想要积极主动地倒茶，宋运辉却阻止他，亲自动手煮咖啡。杨巡忙赔笑道："宋总以前好像喝速溶咖啡多。现在全市也只有丝路有煮出来的咖啡，我愣是喝不出个好来，有时候我都怀疑他们装着弄咖啡机，其实柜台下面忙着冲速溶咖啡顶替。"

宋运辉微笑道："那是丝路没选对咖啡豆，我喝着也不行，还不如喝白开水。"宋运辉说着，坐到杨巡身边的沙发上，手抚颈椎，道，"开了一下午的论证会，一大半时间站着趴桌面看图纸，脖子累得吃不消。"

杨巡忙道："要不按摩一下？"

宋运辉斜他一眼，道："那种乱七八糟的地方我不去。"

"不是不是，是盲人按摩，男的，手劲足，认位准，我有时候连着几天开长途下来，腰背都僵了，找他一按就好。宋总要是有时间，我叫他等着。"

宋运辉想了想，道："这几天没时间，四月下旬吧。咖啡香气怎么样？你以前见过的虞山卿给我带来的豆子。"他起身倒出两杯煮好的咖啡，一杯交给杨巡。杨巡连忙起身接了。"小杨，我记得你以前处理过职工下岗还是买断工龄的事，听说处理得很有利于你，你做了什么手脚？"

"我那时候还是亏了，我那时候只能接受买断工龄。我只好找人帮忙，把买断工龄的钱抻成分期付款，减少压力。不过那时候的钱放到今天来付，真是不算什么，现在我们商场有些经理一个月的工资都能抵他们当时一个老工人一辈子的工龄买断。算来算去还是合算。哎，这咖啡是真好，喝进去连我这个不识货的人都知道醇。"

宋运辉没搭咖啡的话题，而是继续道："为什么你还说亏，你认为下岗更好？"

"那当然，那时候如果能让我搞下岗，我只要设立一个再就业服务中心，每个月只给基本生活费，代交养老保险、医疗保险、失业保险就行，三年后就移交给政府，那时候才多少钱啊。不过现在工资涨得快，生活费加三金也不少。我一个朋友后来吃不消，干脆把公司算破产，不到三年就把再就业服务中心扔给政府接手，他省下不小一笔。然后改头换面用亲戚名义买下他的公司，公司照样还是他的。"但杨巡立刻又有些装模作样地道，"不过大家都骂他，呵呵。"

"哦，钻政策空子的人不少。"宋运辉考虑了会儿，又问，"你朋友当中还有哪些钻空子的，跟我说说。"

杨巡奇怪，小心地问一句："你们东海不会也下岗？"

宋运辉笑道："东海怎么会下岗，东海只有缺人。我随便问问，上回听说几个事例，有意思，我想你应该知道得更多。"

宋运辉不明说原因，杨巡就不敢深问，又东拉西扯地将知道的那些作弊都说出来，什么劳务外派啦，合同陷阱啊……总之上有政策，下有对策；道高一尺，魔高一丈。但他奇怪宋运辉这么一个正规企业的人问这些干吗，不管宋运辉为什么问他这些，杨巡总是清楚他肯定帮了宋运辉的什么忙，因此他顺势提出请宋运辉帮忙调开任遐迩的男友，宋运辉果然答应了。

杨巡回来路上还是没想出宋运辉问他下岗之类的问题干什么用，难道是别人托他打听？谁那么大面子，是雷东宝吗？看似他与宋运辉的关系有复苏迹象，这倒是件好事。

杨巡走后，宋运辉喝着咖啡，闭门思索了好一会儿，便往试点工作进入执行阶段的管理团队打去电话，就杨巡透露的那些个体户的操作，简单扼要地提了几点他的考虑，要求那边立刻调研起草，一周后拿出可操作性的计划。随即，他一个电话打去上海的外公那里，告诉外公，报表会漂亮许多，不过还有一些问题需要向外公这位经验老到的人士请教，外公无奈，只能头痛地答应。

两人都知道，本来这种让报表显得漂亮的事情，问业内人士梁思申是最直接的，可是梁思申这个专业人士只肯答应做技术性指导，其他任何歪门邪道的法子，她就是不肯说，她说这是她的职业操守。外公虽然打电话骂梁思申不知变通，别以为受点子西方教育自己就是白种人，但他终究还是无法说服他花钱拎到美国培养出来的外孙女，看在自己已经投入的钱的分上，只得快快拿起放大镜看宋运辉发给他的传真。

宋运辉对梁思申的职业操守有些哭笑不得，也有点替梁思申为难，她那样的性子，不知道在国内能走多远。他不信梁思申所说的什么西方社会就是这样，他接触过太多的欧美生意人，又不是没见过滑头，不过梁思申爱怎么说就怎么做吧，她自己承担得住，他就承受得住。他自己生性严谨，成长路上也身不由己，但一向羡慕梁思申的肆意，他愿意纵容梁思申照着她自己心目中的原则做事。只是他不认为梁思申的原则能坚持多久。梁家的关系已经让梁思申在国内的工作避免了许多暗礁，但是随着她职位的升迁，工作领域向纵深发展，她的原则还能总是一帆风顺吗？

09

雷东宝的机会则是终于又回来了。虽然他家里的事闹得一塌糊涂，与冯欣欣的离婚并不是那么容易，须得正明软硬兼施不断地磨不断地压，并且动用社会资源打压冯家的闹事，但一个多月以来，一直不见有任何进展，彼此僵持。雷东宝给正明撂下话，这件事不处理完，别回集团工作。弄得正明很是焦头烂额，自然是歪招损招都使了，恨不得冯家快快受不住压力，早早精神崩溃，赶紧答应离婚。

但是雷霆集团却因为获得大宗出口订单，为正受到出口退税调整打击的本市外贸行业抹平了一丝焦虑。早在去年开始出口创汇，以致县里开始对雷霆刮目相看以来，雷东宝已经意识到一条重要信息——政府重视外汇。而今一下获得全年大单，创汇可观，雷东宝想到，是不是可以有所作为？他一等信用证到手，不管家里鸡飞狗跳，叫小三请来陈平原开了半天闭门会议，陈平原顺势而为，多方跑动催谷，半个多月下来，上面亲切的目光终于又普照到雷霆身上。

这天，陈平原宴请完得力朋友，获得明确答复，便立刻一个电话给雷东宝，要他在集团办公室里等待。

雷东宝听闻传召，立刻披衣下床，关了电视机告别韦春红，赶赴集团办公室。陈平原没在他自己的办公室，而是坐在灯火通明的三四十人大会议室的主席位上吸烟。陈平原早就听到雷东宝的脚步声震响在这空无一人的集团办公楼里，但他当然是不会做出任何迎接举动的。他只舒舒服服地坐在可以转动的皮圈椅上，抱手看着雷东宝急急进门，一直等雷东宝问"陈书记你找我？喝多了？我送你回家。"他才伸手招呼雷东宝坐他身边，慢条斯理地扔一根烟给雷东宝，看着雷东宝将烟点上，才道："你前儿不是已经用信用证贷了一笔钱吗，怎么用？"

"那些贷款不是专款专用做流动资金吗？我原来那块资金抽出来扩大铜厂，不扩大不行了，现在周边小电线厂都饿得嗷嗷叫。陈书记怎么想起问这些？"

陈平原微醺的脸上微微一笑："你现在做事越来越宏观了啊，知道带动群众一起致富，呵呵，不错，有号召力。"

雷东宝不晓得陈平原干吗这么晚把他叫来打趣，他也无所谓，因为当着别人的面，陈平原一向庄严，打趣都是在背人处。他笑道："还不是跟着你们这些戴眼镜的学的。你们小嗓门，我捏着脖子装小嗓门，总有三五分像吧。陈书记你醉了，我送你回家。"

"我呸，你以为我是跟你闹着玩的？我问你，现在如果再给你一倍两倍多的贷款，你打算怎么用？"

雷东宝一听，立刻明白，看起来陈平原的跑动有门了，他立马探头过去，热切地问："给贷款支持？给多少？"

陈平原推开雷东宝的头，道："你离我远远的，先回答我的问题，我看你回答问题的态度再斟酌怎么跟你说。"

雷东宝笑道："给我多一倍贷款？两倍我也有地方用。你知道项东说几个月可以安装成功新的冶炼设备吗？不到半年。半年后比现在多两倍的铜材出来，我得有地儿消化它，钱给我，正好让我上配套设施。"

陈平原听了却是"啧啧"连声："就你个小农经济，还吹什么两倍都有地方用！人家给你专项贷款图的是什么？一直以来，图的是听个响儿，而且得响亮清脆的响儿，越快越好。你搞什么扩大算什么响儿，面条拉长点就不是面条了吗？还是面条，没有质变。知道吗，杨子荣出来先一个亮相，晃得人眼前一亮，才能赚来满堂彩。你现在算是产品出口迈出国际化的第一步，这个亮相已经获得肯定，你好好考虑考虑，下一步怎么走。"

"国际化"，这个耳熟又陌生的新名词，雷东宝没想到有一天会落到他这个土生土长的人面前。而在此之前，他因为整合本地电缆行业，获得也是陌生的"集群效应"，因此受到好评。目前，集团奉行的则是正明主导小三起草的"规模经济"。但从陈平原的阐述和雷霆目前因出口创汇受到的实实在在的重视，看起来国际化才是必由之路，这条路毋庸置疑。

有门了，有方向了，想到这一点，雷东宝很是兴奋。虽然至此他还不知道国际化这条路具体该怎么走，他对于国际化的粗浅理解还只有出口创汇，但既然已经有这么条路摆在他面前，那么别人走得，他雷东宝如何走不得？他看到眼前的光明前景。回到家里，高兴地叫韦春红炒出两个小菜，喝下半瓶五粮液。出狱这么多天的摸索，终于摸到结果。他出狱后经憋闷那么多日子，经多方挣扎也只挽回些许阳光，好，这下终于出头在望。

那感觉，就跟小老婆儿子转正，终于名正言顺了一般。只是，怎么才算是改头换面呢？

第二天，雷东宝一早上班前先去了陈平原家，原以为陈平原昨天醉酒，今日大早一逮一个准，没料到陈平原早锻炼去了。雷东宝等了好久才见陈平原拎着一塑料袋的菜悠闲地回家，连忙上去邀请他一起去集团开会讨论方案。陈平原懒得去，只口提面命了半个小时，让雷东宝务必以前瞻、先进、共荣为前提，设计出能让人耳目一新的突破性方案。

雷东宝回头就召集所有中高层干部在小雷家开会。大家七嘴八舌，想出很多主意，都由小三记录在案。中午时候雷东宝一边吃饭一边问小三，大家意见主要集中在哪儿，小三说，各执一词，电缆厂的希望建成电缆城，铜厂的希望建成铜城，都希望自己的产业膨胀性扩大。雷东宝又问小三，有没有新鲜一点的说法，小三找来找去找不到什么说法是新鲜的。雷东宝心说这就是了，他一上午都竖着耳朵找新鲜点，找国际化，可就是找不到。

雷东宝让小三下午打电话、上门向各位好友请教，他自己也打电话跟各位朋友讨论，可没给宋运辉打。他生气——宋运辉现在对他的轻视。

综合各方回音，晚上雷东宝又留下正明、小三和项东开小会，决定出以铜原料基地为依托的电缆工业城计划。计划是项东说出来的，但项东是折中两个工业项目后提出的，以铜材加工为基础，大力发展电缆加工。但雷东宝觉得这个计划意犹未尽，没有凸显他们的出口创汇特色。正明和小三根据雷东宝的意思一琢磨，变为"以铜原料基地为依托的外向型电缆工业园区"，包括陈平原也觉得点题。

很快，小三就把规划写了出来，规划的上半截，是雷霆已经在实施的投资，和已经产生成效的出口任务，以表明规划不是虚的，而是在实实在在执行的。下半截则是刚刚小三找大家开会集思广益想出来的，与工业园说法相配套的方案。整个方案如陈平原所言，非常高瞻远瞩，也非常规模宏大。当然，规划文案上面标明的出台时间比小三实际草拟成文时间要早近一年。

文案出来，雷东宝看着很是喜欢，这是小雷家第一次拿出如此有水平的文案，他当即就吩咐小三复印两份，通过邮局寄挂号，一份给宋运辉，一份王老先生。当然，这一次不再是过去的那种征求意见，这次……只是给看看。

与此同时，正明终于软硬兼施地让冯家答应把婚离了。这笔钱，韦春红拿得很爽快，没一点含糊。离婚办完，正明更受雷东宝重视，但他心有余悸，当初离婚不遂时，雷东宝曾以停职相逼于他，没一点含糊，他这个集团副总根本就不算什么。正明更认识到，他有必要更加巩固雷东宝对他的信任。因此方案出来后，正明积极活动，牵线雷东宝与关键人物见面会谈。正明在这方面的功用，非小三可比。

为了更好实施工业园区规划，也为加大自己在集团的权重，正明投其所好，提出全方位提升雷霆集团形象，规范雷霆集团内部管理。雷东宝初时觉得颇受约束，但好在正明察言观色，整顿集团面貌的时候唯独放过雷东宝，不仅是放过，还尽量想方设法通过规范集团秘书、司机等的言行烘托雷东宝的中心地位。雷东宝起先还是不习惯，可渐渐地，他发现他虽然实际就是小雷家老大，可用形式再强调一下他的老大地位也不赖，人总有点虚荣心，雷东宝很满足于大伙儿对他的更加众星捧月。这方面，正明尤其以身作则，雷东宝更是喜欢。然而因有雷霆实力为依托，谁看到正明导演出的规范都会说声"气派"，有些私企业主也纷纷效仿。

果然不出陈平原所料，以他的思路为前提的小雷家发展规划，很得县市两级政府的赏识。上面的赏识，加上雷东宝率诸人的努力跑动，事情开始渐渐朝着雷东宝喜闻乐见的一面发展。他们雷霆的事情，在阔别两年之后，又上了县政府月度工作会议的会桌。此后，雷东宝堂而皇之地与大小领导坐在同一张饭桌的机会几何级数般增长。

宋运辉收到雷东宝传的规划，最先并没当真，还是在梁思申提醒下，中午去食堂吃饭时拿去打发无聊。认真一看下来觉得有些意思，吃饭回来就接着看。从规划中他看到雷东宝学会长远思考了，而且思考得显然不错，不仅考虑到自身的发展，还考虑到积极向政府靠拢，互惠互利。

没料到梁思申却说雷东宝的规划是倒退。梁思申的意思是，雷霆应该以市场为理念设计规划，而不应该为迎合地方政府去规划自己的产业结构。梁思申还尖锐指出，雷东宝以前享受政策优惠，食髓知味，念念不忘，因此明明市场化的步子走得挺好，却非要倒退迎合，就跟戒毒出来的人放弃重新做人的机会，看到毒品又一头栽进去一样。

宋运辉也知道对于接受市场化教育的梁思申而言，这话一点没错，但他告诉梁思申，在国内做事，如果能结合市场和政策，左右开弓，才能左右逢源。雷东宝这回的进步就在于，他终于意识到做事应该没有机会创造机会，能放眼未来制订长远的有关自己发展和与政府合作的计划，而不再是过去遇到事情才想到去政府机关求救的被动消极行为。

但梁思申还是不以为然，她认为一个经济实体更应该向市场寻找出路，想方设法以产品质量和技术的提高来寻求长远发展，而谋求政府扶持是短期行为。不信可以拭目以待。

正好有人来找宋运辉，只好放弃辩论，着手做事。但心里却想，即便是在梁思申接受教育的美国，不说别的，白纸黑字记录在案，而且被他这个中国人见识到的就有雅可卡接手克莱斯勒公司之后，说服美国国会，由政府担保获取巨额贷款的事例。政治与经济一向是关系密切，"政治经济学"并非中国特色。梁思申在没接触过的领域，看起来依然是理想化。不过他还是很喜欢与梁思申的辩论，梁思申总是在不经意间给他带来很多不一样的思考。就像梁思申也经常说起，从他这儿能获得很多在国内做事的思路。但宋运辉"忘了"给雷东宝打电话表示肯定。他下意识地以为雷东宝现在已经步入正轨，那么他也没必要再耳提面命。

雷东宝将规划寄给宋运辉后，如石沉大海，他心里挺不舒服，但不愿提起。

10

杨巡在外面跑业务的时候，杨速在家管着就不断地打电话给他，告诉他第一个月没发奖金，下面开始出现怨言。有些门道的人看商场看似不景气的日子不会短，赶紧趁着刚过新年招聘多，纷纷跳槽。杨巡只问楼面服务员有没有人跳，杨速说暂时没有，但军心动摇。杨巡就不拿跳槽当回事，他早就嫌五楼的管理人员太多，跳就跳吧，好过他自己动手裁员，还得支付补偿费。现在那什么劳动法真烦人，劳动局净盯着他们这些大的个体户。

春节后第二个月才到月底，就不断有人到财务部打听，这个月有没有奖金。任遐迩一概回之，从绩效来看，应该没有，但老板会不会额外开恩支付奖金，那是谁都不知道的。说这话的时候任遐迩心里很内疚，就跟出卖自己做了老板内线似的，大家都一样干活，她的收入却有绝对保障。

那些来打听的人听了任遐迩的话，都纷纷在背后猜测，以老板是个体户来看，开恩支付额外奖金的可能性很小，谁从小没在政治课上学过资本家唯利是图这一条？再有前面已经出逃的榜样在，一时好多人起了跳槽的心思，都想趁春天百业复苏之际抓紧时间找到新的油水岗位。

人事经理非常着急，但留守的杨速回答得胸有成竹："想走就走，绝不挽留。"杨速关上门就心虚，赶紧又找大哥放出SOS。杨巡依然是那句话，五楼的人想走就走，绝不挽留。空出来的岗位从此空缺，等以后紧张再考虑补充人手。杨速疲于支撑。

杨巡此时却被杨逦告知，她已经应聘成功，目前在梁凡、李力的那家公司工作，被分配到项目部从最基层做起，工资一千五，试用期后工资会提高。杨巡惊得都不知道说什么好，李力那么精明的人能放他的妹妹进公司卧底？究竟存的什么心思？他要杨逦立刻辞职，但杨逦不肯，杨逦说公司很大，人那么多，她这样的基层小百姓受聘都由人事决定，李力肯定不会知道。杨逦还说，她这回一定要好好干，争取有事做，做成事。

杨巡在电话里花半个小时没法说服妹妹。他一直想不通，杨逦为什么一定要钻到梁凡、李力那家公司去，连他放出给同样工资只要杨逦从那家公司退出，杨逦都不答应，为什么？但不管是什么原因，杨逦私自应聘进入那家公司，总是个定时炸弹。现在不管是李力装作不知道，或者是李力真的不知道，他这个大哥既然知道了，就不能坐视不管。

他想来想去，决定打个电话给梁凡，而不是李力，因为看上去梁凡稍微厚道点，干脆让梁凡那边着手让杨逦离职。首先不管他和梁凡、李力之间有多少龃龉，他不能让杨逦待在那个危险境地；其次他得给目前的合作人梁凡、李力一个说得过去的起码的公道，最起码是别做杨逦那种低级傻事。他真是想不通杨逦好好的脑袋怎么不开窍，这种傻事都干得出来。他打算如果电话解决不好，他只有结束出差去一趟上海。

梁凡那边接起电话，不等招呼，就问："小杨，经营得怎么样？怎么把四楼关了？你得坚持住啊。春节后有段冷场，这很正常，商场的普遍规律，你不要见着风就是雨。"

杨巡笑道："谢谢梁总鼓励，你看，这不我自己也跑出去找品牌入驻嘛。今天先找梁总汇报一件小事，请梁总大人不记小人过。"

梁凡奇怪说道："什么事？你尽管说。"

杨巡对着话筒笑容可掬："梁总，我昨天才得知我家小妹新找的工作竟然是贵公司。她说非常羡慕贵公司的规模和档次，还说很喜欢现在项目部的工作。我想这不大好，我们不能背着梁总和李总做事，再说我们两家公司也应该有所避嫌。我让她离职，她不肯，非说喜欢那份工作。梁总，我求你一件事，我家小妹去年才大学毕业，没啥本事，小孩子一个，这种人在你们公司多一个不多，少一个少，你把她辞了吧。我的话她不听，你的话她没法不听。"

梁凡没想到是这种事，不由笑道："哦，记得，见过，还真没想到她这么看得起敝公司。"

杨巡依然把自己一脚踩在泥里，笑道："是啊，我小妹说，公司高层管理人员决定公司的档次，像我这种人做出的商场整个就是集贸市场，没档次，像贵公司从上到下都有档次。我看她就这话算说对了。但梁总，我小妹任性，她在你公司就跟卧底似的，这事不好，我怕她惹事，我担心。你就把她开了吧，听说她还在试用期。"

梁凡听着还是觉得好笑，宽宏地道："多大的事儿，还是商场的事你加把油，千万别越做越小，商场的排场和人气至关重要，你不能因为一些水电人工成本因小失大，万一被人认作败象了，以后想挽回人气就难了。你别操心你小妹的事了，我们欢迎她去我们的商场参观学习。我开会，以后再聊。"

杨巡觉得难以置信，心说都疯了。可梁凡、李力那公司全是靠政策和关系赚钱，即使梁凡对杨逦是他妹妹这事儿不在意，他还在意呢，杨逦在那种公司里学不到东西，不会进步，可问题是双方你情我愿的，还都不要他插手，他想管都管不了。

杨逦的事儿弄得杨巡无心出差，亲自去上海偷偷看了一眼，见杨逦跟寻常白领一样上班下班，而并没受到什么特殊关照，他才算稍微放心，回来协助杨速处理工作，免得杨速每天放警报。他回来一处理，那些杨速认为天大的人员跳槽事件，都不算大事。他一来，好多打算出走的人似乎感应到什么，不约而同留步拭目以待。杨巡处理完中层跳槽的几件个案，看着杨速不说话，弄得杨速讪讪的，果然是大哥能力高他不少。他借口找任遐迩来汇报，就潜遁了。

　　任遐迩想到杨巡刚进门时那张黑脸，忍不住问杨速老板现在还在不在生气，问清楚了才敢小心进总经理办公室说话。没想到杨巡却劈头就给了一句："小任，你常感冒，抽屉里有没有药？我昨晚火车硬卧过来，好像着凉了。"

　　任遐迩很是意外："杨总确定是着凉，不是流感？昨天身边有没发现流感的人？"

　　"应该不是流感，怎么？"

　　"那我去拿药。如果是流感的话，话说，吃药保证七天能好，不吃药得拖七天能好，白吃。"

　　杨巡有些哭笑不得，看着四月初天气里还穿着厚夹克的任遐迩出门，心说总算是法棍了。

　　一会儿任遐迩进来，拿来一包板蓝根和一板速效感冒片，找只杯子帮杨巡泡好板蓝根，才一起放到杨巡面前。"杨总，速效感冒片吃两粒，不过吃了会贪睡，正好午睡。"

　　"谢谢。"杨巡心说果然被他猜中，不是贵药康泰克。他依言将药吃了，才问，"这个月营业额还是非常差？"

　　"比上月好了点，不过还是亏。员工不知道亏多亏少，一看没奖金就动摇。这是我做的与上月对比和与去年同比的报表。"

　　杨巡真想喊"亲人"，他急火火回来最想知道的就是这两个对比，没想到任遐迩先他一步做好了。他拿了报表就仔细看。任遐迩的报表做得很原始，没寻常会计账那么天书，数据都是第一手，包括每个专柜的营业额，没经过处理，因此看上去非常直观，留下足够大的思考空间。任遐迩坐大班桌对面，则是暗求老天爷，亏本不是她任遐迩的错，老板看到数据不满意，千万别把气第一个发到她头上来，她可不想当一传手。

杨巡看完数据，忍不住问一句："小任，你现在还有没有做兼职？"问出来才想到，人家有也不会跟老板说。

"没了，工资够过日子，而且商场会计工作也耗时间。"

"我想你现在也应该没兼职。"杨巡弹弹手中的报表，"除非你三头六臂。不错，这报表，看上去我们新招商进来的品牌已经有销售。四楼的施工已经差不多，费用你再拖一阵子付。我打算趁我回来这几天立刻把男装和运动休闲装布置上去，完了拉一期打折攻势制造影响。好不好就看下半个月了。"说到这儿，他不由想到梁凡居高临下地"教育"他的话，不过梁凡说的倒是经验之谈，商场的人气千万不能流失，流失了挽回很难。只是这经验他早在做市场的时候就总结出来了，与做商场异曲同工，不需要梁凡马后炮。

任遐迩没说明，其实不用三头六臂，只要把数据库里的数据调用一下，就可以分别做出几种不同侧重点的报表。麻烦的只是最初编写程序和后来定期输入数据。她微笑道："很希望辞职的那几个会后悔他们仓促的决定。"

"我只希望这几个月没白辛苦。啊，对了，厂家送我一些样品做礼物，我用不上，你看看好不好。"

杨巡说着，翻出包里的几件包装依然完好的衣服，放到任遐迩面前。只有一件是厂家送的，其他是他在厂家看着不错，自己花钱买下的。任遐迩一时接收不来这信息，感觉收下很不便，拒绝又不好，只得道："谢谢杨总，可是，我办公室那么多人……我可以分给他们吗？"

杨巡笑道："先放我这儿，下班你来拿走。你去通知办公室，安排下午一点，中层开会。"

任遐迩疑神疑鬼地出去，心里觉得老板似乎对她太亲信了，亲信得让她觉得暧昧。杨巡则是坐在办公室里犯愁，他该拿这个绝缘体似的面包怎么办。人家女孩子个个鲜活敏感，见风是雨，怎么这个一点不接受他抛过去的暗示呢？按说宋运辉的秘书已经告诉他，任遐迩的那名男同学不久前去了别处高就，她应该已经落单。

晚上下班，任遐迩想装作忘记，悄悄溜走，她估计她这么一做，那么精明的大老板一准看得出，不会再为难她，没想到下班时却又被杨巡一个电话叫去说话。她欲哭无泪，知道自己孙猴子不是如来佛对手，不得不进去总经理室接受询问。杨巡确实有话说，但等说完话，任遐迩更欲哭无泪，杨巡竟然是用大塑料袋拎着一大包衣服与她一起下班，在保安们的众目睽睽之下，也不把塑料袋交给她，更不去他自己车上，非要陪着一起走。

杨巡是铁了心地要任遐迩今天明白他的意思了。知道任遐迩脸皮薄，他就当着保安的面一起走，料到任遐迩不便当着那么多人面说什么。但杨巡等着，估计任遐迩转弯就会有话说。但是才刚走出大门，任遐迩已经急着道："杨总，再见啊，我走那条道，跟你不是一条道。"

杨巡当然不会当着保安的面就那么妥协，边走边道："我有个问题到嘴边一时想不起来了，估计走走能想出来。"

任遐迩仰天无语，这什么话，这什么话，有这么说理由的吗？这存心在宣告众人，两人大有问题。可就是这么些说话的工夫，两人又走出一段路，拐弯了。

杨巡才笑嘻嘻地看着一脸郁闷的任遐迩，道："我想起来了，周围有药店吗？现在还开着门没有？"

任遐迩惊讶地看看杨巡，看到杨巡脸上写满"借口"，调戏啊。她一脸敦实地道："现在药店没开门的了。"

杨巡自以为得计，道："哎，糟糕，你家有没有感冒药？"

"没有，我都放办公室的。不过上午给杨总的速效感冒片，还够吃一天。"

杨巡不由暗笑，谁都不是傻子，别看任遐迩一脸敦实。他似乎没了继续跟着的理由，只得道："看来我还得回办公室去。你家就这附近？我送送你到家，晚上这条路人不多。"

"谢谢杨总，不过正常下班的话，有几个人同路。"

"不用谢。我做事那么多年，难得有员工主动想出高明主意帮我，即使我弟弟都不能。我弟弟不是不想，是想不到点子上。"

任遐迩心里暗暗想，老板要是能说出"非不为也，是不能也"，那就高明了。不过还是喜欢有人表扬，笑道："谢谢杨总，拿人钱财，替人消灾，应该的。"

杨巡微笑道："应该的吗？没。我出道十多年，见过这样的人不到十个，这些人现在个个非常出色。不过这样的人也很容易成枪打出头鸟的那只鸟，又或者个人很努力，可集体不争气。虽然现在跳槽很容易，可机遇对于一个人还是很重要。对做老板的也是一样，看到好的员工，赶紧拉拢，呵呵。你是不是不想收这袋样品？拿着，你当得起。"

任遐迩被杨巡前面的话说得心旷神怡，觉得老板说话很实，可没想到老板的话头一下转到那袋礼品上，原来老板也看出她不想收礼。她愣了一会儿，才道："谢谢杨总，其实我没那么能干。可如果杨总真觉得我当得起，希望折算成人民币。我不希望在工作场合传出本来可以避免的风言风语，我当不起。对不起，杨总，我辜负了你的美意。"

杨巡忍不住看着任遐迩笑，她还真直接，一点不像大多数小姑娘，要么对暧昧的事儿说不出口，要么不好意思提钱，这下弄得他倒是不好意思再敲边鼓了。他挺有挫败感，他一团热心要把任遐迩变为杨家大嫂，可人家一点意思都没有。可看看任遐迩路灯下清澈的眼睛，他没好意思口花花胡说，只得顺水推舟道："呵呵，我不好意思，我粗心没注意到这点，把你跟其他同事一样随便对待。女同志出来做事不容易，想做出点事情，要比我们男的多用功不少。不像我们男的随便，再晚都可以一起出去吃宵夜，酒桌上面什么感情都可以交流。"

任遐迩听杨巡这么一说，心中释然，感觉老板真是通情达理，毕竟刚才他说那些话的时候是横下一条心的。正好她也到家了，就道："谢谢杨总理解……"

"你今晚都谢几次啦？我再厚脸皮都吃不消。你住这个小区？这个小区房价不低。我今天送佛上西天，看你安全到家。"

"我买的是顶楼，七楼，比一楼还便宜。可就是每天爬上去就不想下来。"

"七楼平顶的容易漏水，你的不会吧？"

"我运气好，听说这个小区的施工质量不错。杨总，我就这个楼道，天晚，不请你上去了。"

杨巡点点头站住，将塑料袋硬塞给任遐迩，看任遐迩进了电子楼梯门，才转身离开。心里觉得挺好笑，他怎么能这么纯情老实地追求女孩子，太老套了，他其实有的是办法，什么烛光大餐，夜总会狂欢，还有咖啡厅玩情调。可问题是任遐迩又不一样，任遐迩是得力干将，他最知道，女朋友易得，得力干将难求，他不愿因小失大。

回去的路上想到刚才两人对话的时候，杨巡忍不住想笑。任遐迩挺喜欢钱，还不怕人知道，不过名不正言不顺的钱物却是不要，立场非常清高和清楚，挺真实可爱的一个人。这性格，与梁思申有点像。只是梁思申条件太好，那种直爽就无形中变得咄咄逼人。相比他以前谈过的几个大学生出身的女孩子，任遐迩并不是让人一见倾心的美女，可是处着舒服，说话有实货，他本来还觉得可能勉强自己，试下来却感觉越来越好。

唯有长相，杨巡摇摇头，太不会收拾了。

这一夜过后，商场更传风言风语，前不久还是传任遐迩与杨二，现在变为与杨大。都说任遐迩此人钻营功夫一流。任遐迩冤得不行，愈发开始与杨家兄弟保持距离，有事与杨巡商量，尽量想办法约到会议室，免得又被人背后非议。可是，绯闻这东西，捕风捉影都能成事，何况绯闻的另一方杨巡还真有此意，因此任遐迩甚难洗清。

杨巡这回来了就没再出差，开始亲自上阵，督促加快布置四楼场地。同时雇用上回宣传欧洲风情街的广告公司，舍得花这个大价钱让专业的宣传人员替他高明地设计商场定位，同时紧锣密鼓地通过媒体和橱窗，全方位地展开宣传。

面对流水般的开销，杨速的心一抽一抽地疼。但杨速从来摆正自己的位置，既然已经向大哥提出不能如此靡费，大哥却有大哥的理由，他便没有怨言地照做。只是他心疼。

月中的时候，杨速问任遐迩这个月的费用支出，任遐迩给他从电脑里拉出一张清单，让他看个清楚。杨速看完，就约任遐迩到会议室谈话。玻璃隔断的小会议门一关，外面走过的人可以看见里面的人，却听不见里面说话。任遐迩进门，就又递给杨速一份每月费用对比，才坐到杨速对面。

杨速看完，叹道："花钱真容易。"

任遐迩道："特殊情况。"

杨速叹息："工程支出方面，两三年就又得重装，这个行业更新快。宣传更是……你有没有办法做个触目惊心的报表，提醒我大哥，支出已经毫无节制了。"

"我已经有提醒，我几乎是看到大笔支出出现，就给大杨总一份简报。大杨总已经说不要见我。"

杨速扼腕："有没有办法做得更血淋淋？我大哥……他可能在赌气……需要给他一些刺激。"

任遐迩闻言吃惊，看了杨速一会儿，才道："我设法。不过得请你递交给大杨总，我的简报已经让大杨总不高兴了。"

偏偏这时候杨巡从四楼上来，一眼便见到大弟与任遐迩神情严肃地讨论什么，不知为啥，心里不是很舒服，这两人怎么可以把他撇开单独谈话？便不请自来，开门进去。"讨论什么？"一眼就看到杨速手里的单子，一看之下便清楚两人讨论的是什么议题，就拉下脸起身道："老二到我办公室谈。"说完就走，但到门口时，还是记得回头对惊讶的任遐迩尽量平心静气地道："小任忙你的，不干你事。"

任遐迩回到自己办公室，一直好奇杨巡究竟赌什么气，跟谁赌气。作为会计，任遐迩进来时就已经大致把商场了解了一下，知道商场的管理权几易其手，而杨巡则是从最初的一支笔，到几乎与商场管理绝缘，直至去年中期才又获得管理权，只从这些凭证上反映的起起落落，已可看出商场历史之复杂。而这起起落落背后发生的事情，难道就是杨巡赌气的原因？任遐迩迩想，难道商场的奋力转型，除了杨巡说的几条高瞻远瞩的原因，还有其他？

杨巡把杨速叫进办公室，怒道："你干什么，这个节骨眼上想扯我后腿？"

"大哥，你看看这份明细……"

"每笔都是我签的字，我怎么会不知道。任遐迩平时提醒是不是你要她做的？"

"没，大哥，你别冤她，我今天才第一次想联合她，不过还没说服她。大哥，我看不下去，你这回的花钱风格与你往常不一样，你好像是在意气用事，赌着一口气想要比别人做得好。大哥，老四告诉我你去梁凡、李力的商场看过几次，可是我们能跟他们比吗？老四说他们都发展到香港去了，在香港都做得非常好，那是他们的命好，投胎投准地方了。"

杨巡支起耳朵，道："他们去香港做什么？"

杨速却道："大哥，你别否认了，你很在乎他们，你看我一说到他们你就留意。"

杨巡强词夺理："我什么时候否认过？我当然在意他们，老四还在他们手里打工。你别婆妈，他们去香港做什么？"

"做房地产，老四说的。具体老四也说不清楚。听说挪去的资金上亿。"

杨巡冷笑一声："香港，上亿算什么！他们两个的背景又算什么！哼！"但是杨巡说归说，心里却发虚，现在就是给他一亿，让他去香港，他都一下说不出该把钱投到哪儿，可见人家就是比他领先。但他冷着脸道："老二，你别学老四见着风就是雨，看别人的都好，看我们都是农民。"

"大哥，我怎么会。我也没说你非要跟梁凡、李力赌气，我意思是你跟自己赌气，你一定要在商场做出成绩来给人看。其实本来我们定的下一步规划很多，都不是陷在这种经营里面打转的，你去年如果不是因为赌气，又怎么会接来这么繁杂的差事？我们不是早说过，我们不做日常经营，我们只……"

"好了好了，我知道你意思，你现在说这些还有什么用？"杨巡摆摆手，他不要再听，免得想起过去那段不快，"现在已经在做，老二，到我手里，一定要焕然一新，做成本市第一。既然是这样，你一定要舍得投入，就跟为了做出欧洲街的风格我们在外墙面投入多少，商场也是一样。再说我们等于二次开业，要没特别一些的宣传，谁心里都还是老一套商场的印象，谁还有兴趣过来看看？二次开业的宣传一定要加料，加重重的料。这种料，靠你我想，想得出来？凭你我，得放多少钱请客，才能登到报纸第一版？你别只看见钱出去，看不到钱花哪儿。"

杨速静静地等大哥说完，才耐心地道："大哥，你在钻牛角尖，我是旁观者清。你的投入已经超过正常范围。我不反对你转型，对于转型我举双手拥护，但是我反对你借转型行赌气之实。"

"啧，老二，你烦不烦？有投入有产出，这话你听过没有？"

"大哥，去年你第一次香港游回来，你跟我说，我拿着尚方宝剑，要我随时提醒你，有时候你钻牛角尖了自己也不知道，不知不觉走了歪路，当时却还觉得挺对。你说你一定会听我的提醒，后退三步，停下冷静后再说。大哥，我今天提醒你，你听不听？"

杨巡本来气势如虹，被杨速搬出此话，顿时哑了。虽然他依然觉得自己做得没错，可是他也确实吩咐过杨速，必要时刻约束住他，免得再犯过去不识梁思申的好意，还自以为自己很冤的重大错误。他吩咐杨速之后，时间已经过去一年多，杨速还是第一次祭出尚方宝剑，他当然得守诺，否则他说话岂不是等于放屁。可要答应大弟，就得在这节骨眼上硬生生地刹车。

杨巡烦躁地将一根香烟揉成粉末，扭转椅子对着墙壁不要看大弟，"老二你去四楼监工。别来烦我。"

杨速没吱声，倒了杯茶放到大哥桌上，悄悄掩门出去。对于大哥，他非常佩服，非常崇敬，但是他必须理智地支持。杨速想到，大哥周围只有他是敢直言的，因此他一定要把他的反对传达给大哥，让大哥不会膨胀到看不见事情的反面。指出大哥的错误，是他的职责。

而杨巡则是被杨速提醒，无法不想到沉埋两年半的往事。那个冬天，他做了大错特错的事，而且还一意孤行地错上加错，现在回想起来，不仅是后悔，简直是无地自容。两年半前的打击，让他元气大伤。他心虚地想，是，谁说他商场转型没有一些赌气的成分，他自己果然没觉得，还真是被杨速说中了。可赌气归赌气，他觉得自己的决策是正确的。

只是一真正想到两年半前，想到冰冷的夜晚赶到梁家别墅外，想到一个人在水库堤坝奔跑，他的情绪就无法压抑。不堪回首，却偏偏想了又想。坏就坏在，这事他即使再受苦，也不能怨别人，都是他自找的。他以为自己涵养够好，已经能正视错误，修正行为。被杨速提醒才知，他何尝甘心过？他连忙在心里安慰自己，不，他没有跟梁思申或者跟宋运辉赌气的意思，没有，绝对没有。他只有气梁凡他们的重手，还有他自己当时的一意孤行。所以他想做好商场，他只是在证明自己过去思路的正确，证明自己的能耐。

可是他设计商场转型时真没想什么赌气啊证明啊，都是被老二提醒，才好像莫须有起来。杨巡又转念一想，妈的，就算是赌气证明又怎样？只要决策正确，干吗管意图正不正确。

可是，那不是又钻牛角尖了吗？

杨巡越想越火大，又加想起两年半前的事情满肚子憋闷，愤愤摔门出去。任遐迩听到这惊天动地一响，想到刚才老板兄弟俩的闭门对话，不知道闭门期间发生了什么。她埋头工作，打算不管老板们的事。可又忍不住走进自己的小办公室，抓起电话打给杨速，告诉他大杨总摔门出去了。

杨速沉吟半晌，也知道自己挑开了大哥伤疤下面的不堪，可是他也无法，不能任由大哥任性下去。他看看楼层忙碌的布置，想去陪大哥说说话，可是他走不开，这边正是施工白热化，需要能拿主意的人盯住。他无奈地对任遐迩道："小任，你今天能不能把手头工作放一下，设法找找我大哥。我实在没法走开。"

任遐迩一愣："我？不大好吧，不相干的人还是别做烦人苍蝇去。"

"不会，我大哥很信任你。我很担心，可是我这儿真没法走开，拜托你。"可话说到这儿，杨速自己也觉得不可行，"好吧，我先跟大哥手机联络。你忙，对不起，打搅你工作了。"

任遐迩瞪眼想了会儿，还是决定不听小老板的，且不说大老板现在火气冲天，见神杀神，见佛杀佛，就算大老板现在和风细雨，她算什么角色，难道还真把自己当亲信？荒唐了点吧。她脖子一缩，回大办公室继续做事。

可没想到，杨巡的电话却打过来了。杨巡满肚皮气闷地杀到车上，冲出去城外，却忽然想找人喝酒说话。不知怎的，想到任遐迩。任遐迩也是旁观者，他想听听任遐迩的意见。

任遐迩听到老板电话里闷声闷气的要求，看看周围的同事，轻声道："很忙，走不开呢。"

"你今天没重要事，只有下面收银随时结账。你出来吧，我有疑问，需要征询不同意见。"

被老板戳穿，她不便再说什么，她自己也对老板说过，拿人钱财，替人消灾，何况老板是真有公事相商。她只好答应，飞快布置下工作，同时打印出几份数据，冲出去打车先到城西加油站，上了杨巡的车，感觉就跟上贼车一样。

杨巡虽然没指望任遐迩能换件好看点的衣服出现，但等看到任遐迩穿三颗纽扣的蟹青西装外套和黑色宽松西裤，中规中矩出现时，还是不喜欢。但任遐迩背着一只足以放下一张A4纸的棕色大皮包，杨巡慧眼，一眼看出那是真皮，而非人造革。心说难得啊，肯如此投资。只是棕色大皮包风格休闲，与中规中矩的着装不相衬。杨巡这么分心一想，脑袋里原本打的结消减了一些。

杨巡伸手打开副驾的门，但任遐迩顿了下，却把副驾的门关上，坐到后面。杨巡有些哭笑不得，这也太坚壁清野了些吧，这种细节都注意到，难怪做财务工作一流。但还没等杨巡说话，后面的任遐迩先发制人，道："杨总，我把数据都带来了，不过天色已暗，是不是找个亮点的地方说话？"

"我们找个地方边吃边谈。"杨巡郁闷地回答，将车开了出去，"刚才杨速找你谈什么？"

"小杨总问我这个月的钱进钱出，希望我提前做份报表让杨总过目。"

"不止这些吧？"

"两位杨总都挺让人为难的。"

杨巡不由一笑，心说两兄弟都没把任遐迩当外人了。"好，不问。昨天开会的几个广告方案，开会的只有你是逛街主力军，现在没别的人，你说说你作为个人，看到这些广告，有什么想法，哪个广告最吸引你？"

"逛街主力显然不是我，是小杨总和郭经理。我逛街次数维持在平均一个月不到一次，几个广告对我没影响。"

杨巡懊恼，想找个说话的，身后这个却是铜墙铁壁，甚至还不是回音壁。但想任遐迩说的也是实话，冲她那点儿闲钱，冲她穿衣打扮的无趣，若是逛街，估计逛的也是菜市场。可今天他心里憋闷，就冲口而出："还是女孩子吗？"

"要不我把女孩子资格让给爱逛街的？"

"你也不珍惜珍惜来之不易的女孩子身份。"杨巡被逗乐了，"我找个清静点的地方，西餐吧。"

任遐迩赶紧结束与老板之间的非工作对话，道："不过我回头把几个广告方案核算了一下……"

杨巡杀到停车场停车，实在不吐不快："广告公司看到你这种人得吐血。广告噱的是谁呢？是那种一看见便宜就血压升高脚底发痒的人，你是绝缘材料做的，对你还真没用。啊对，你说说你核算下来，哪个方案你看着最合算？"

"对个人合算的是折扣，对商场合算的是返券。但如果返券的广告做得更刺激点，原来的一百块送三十块券，改成三百块送一百块券，我算下来对商场的营业额和利润只有更有好处。别看同样是三百，后者要多给十块钱的券，可是凑足一百块钱的货容易，凑足三百的不易，很多都是凑不足三百，更多是三百到六百之间不足六百就放弃了，我估算了一下顾客购买心理大致的概率……"

杨巡也想到过是不是把一百送三十换成看上去更噱的三百送一百，可想到中间差的是十元的券，相当于十元的毛利，就有点心疼。此时听任遐迩侃侃而谈，杨巡一边走路一边看她，心里对广告方案立马有了底。听完任遐迩的发言，两人也已经进入西餐厅，杨巡由衷地道："幸好你绝缘，利润得靠你这样的人算出来，拍脑袋想没用。"

小姐送菜单上来，杨巡因此不想在点菜上为难看上去不大可能进出过这种场合的任遐迩，不愿让任遐迩为难地对着一份菜单最后嗫嚅地吐出西餐的象征"牛排"两个字，就主动推荐道："这边的红酒羊排做得不错，这边的酥皮奶油蛤蜊汤我看比必胜客的做得好，都试试？我也照样来一份，再两杯金汤力。"

不出杨巡所料，任遐迩果然没异议。小姐退下，杨巡就道："杨速最近每天跟我念超支，你也三天两头额外交收支报表给我，你这么做是不是也是计算后的结果？"

"没，如果把今年的预期营业额与去年的对等，不要求高于，也不低于，目前的支出还不到利润临界线，因为去年的办公费用很高，每次上海来人的旅差费报销，拿来给我们做一次宣传绰绰有余。但如果再依照现在的开支速度滑下去，离警戒线就不远了。"

杨巡一听，几乎有种如释重负的感觉，绷紧了俩小时的肌肉一下松快下来，眉头也舒展了。他急切地道："你说详细点。"这时两杯金汤力先上来，杨巡让一杯给任遐迩，看着任遐迩从大包里掏出打印资料和一支圆珠笔，却见任遐迩不急于说话，先抓紧时间一脸好奇地看酒杯，晃着那酒杯闻酒香，拿手指划过杯外晶莹的水珠。此时杨巡已然被任遐迩的几句话洗脱所谓赌气的重负，看任遐迩的小动作就觉得分外可爱，坐对面一言不发不打断她。等她小动作做完，才宽厚地道："金酒不算烈性，又加了汤力水和冰块，比啤酒度数没差多少，你试试看，若不喜欢就放着。"

杨巡这么说，任遐迩感到挺不好意思，有些依依不舍地放下杯子，道："等一下还得回去商场，不喝了吧。杨总请便，我来解释我分析的数据采样……"任遐迩看到一个风度翩翩的男子经过他们桌边，对着她看了好几眼，却不理杨巡的起身招呼，扬长而去，甚是好奇。然后看到杨巡受人冷落却一脸若无其事地坐下，还笑着解释说"高干子弟，不过是前高干子弟"，她不知这是为啥，但当然不好追问，就开始看着报表解释。一会儿羊排上来，两人还能边吃边说，但等浓香四溢的酥皮汤上来，任遐迩就差没说句"废话少说，吃饭要紧"，直取罐上酥皮。可是又不知道该用叉还是用刀解决那酥皮，很是疑虑，又不见杨巡动手，她无法模仿之下，情急之下只好用洗净的两只手。

杨巡这时候早已满心轻松了，看起来都是杨速赖他，他做事明白得很，目标也清白得很，没杨速说得那么咬牙切齿，他很理智。既然如此，那些不堪的过去，他当然不会再去想起，他坚强，他不受干扰，他愿意这么相信自己。他认准羊排的味道，吃得舒服，拿起面包把所有汤汁也收了，才去对付那汤。而任遐迩充满探究意味的吃相全收在他眼睛里，但他不会说，这小姑娘脸皮嫩。他也清楚，他的西餐厅策略再次奏效。

回头，杨巡把任遐迩的那杯酒也喝了，喝的时候忍不住回头看萧然那桌。在别人眼里，大约萧然还是那么目中无人，但是对于吃过萧然苦头的杨巡而言，他太清楚，萧然已经大不一样了，否则他今晚哪有这么安全。他此时可以得意地想，他杨巡就不一样，他靠的是自己的本事一步一个脚印上来，就跟打仗打的是阵地战，虽然打得辛苦，打得惨烈，可是打下的地盘却是江山永固。

他喝下最后一口金汤力，对任遐迩满怀豪气地道："我不信通过我这半年努力，五一不收它个满堂红！走，回去干活。"

任遐迩看看杨巡，不晓得老板怎么忽然阴转晴了，心说好像与小老板说的那原因对不上号啊。看来老板是担心超支。她不知道两兄弟私下对话是什么内容，让老板摔门而出。她现在反正很好奇，对于这个据说是小摊贩出身的大老板充满好奇。看着不像是没文化的人，她觉得老板挺有深度的。而魄力，那是不用说的了。

杨巡回去四楼，看到四楼在杨速的监督下有条不紊地加班加点。他径直走到正帮着一起搬一张艺术沙发的杨速身边，搭手帮完忙，一拍杨速肩膀，拉到一边，道："我问了小任，问得很详细，所谓超支是你的错觉。不过我会收着点手脚，小任警告我支出快接近警戒线了。"说到这儿，他一脸意味深长，"我最先都凭直觉做事，后来跟着梁思申学来可行性分析，以后要多倚仗小任他们，全面用数字来决策。直觉不可靠。"

　　"大哥，可是你这回反常。不说别的，全场七折，你怎么跟那些柜台算账？我们吃得消全场七折吗？"

　　杨巡此刻因任遐迩的解说而更胸有成竹，但他有意卖关子："老二，你还是没领会我刚才的话，你不能凭直觉，你要学会算。老三从他香港、台湾同学那儿取来的经，哪会离谱。"

　　杨速瞪眼看着大哥，他难道有算错？上回会议决定的买一百送三十，那不是七折是什么？难道任遐迩还有其他算法？杨巡没再解释，下场开始与工人一起劳作，一直加班加点到半夜。他们有硬杠子，就是必须在商场五月一日的活动之前把四楼布置出来，早得一天是一天。因此作为老板须得共同牺牲，督促现场人员争分夺秒，保证进度。

　　同时，广告则是早早地打了出去，日报、晚报、电视报，全部登在显要位置。广告一出去，全城沸腾。消息一传十，十传百，听闻消息的人都不敢相信，商场竟然敢打六六折，这得是多大的折扣！便是古井一般的宋季山夫妇，也被报纸上的巨幅广告震惊，回头吃饭时说给宋运辉听。宋运辉心说杨巡这人还真是无所不用其极。但是仅凭一天的攻势招徕顾客上门，对整个商场运作有用吗？宋运辉不知，他也无法拭目以待五一，他五一的时候得去上海团聚。

　　五月一日，上班伊始，杨巡便一边处理手头工作，一边不时探出头去，看看不到开门时间，却已经聚集在门口等待开门的人群。随着人流从四面八方不断涌来，杨巡的眼中逐渐显现狂热。而旁边的杨速则是忧虑，他不知道，会不会卖多亏多。杨速看向大哥，却见大哥不知不觉间露出赌徒风貌，双眼狂热，一只脚踩在一把椅子上面，将掌中一杯茶喝得"咝哐"作响。杨速见此，感觉到大哥开弓没有回头箭，只得告辞，赶去楼下掌控局面。

终于到商场开门，杨巡兴奋地一把抓起内线电话，打到财务，找到任遐迩："小任，我有个要求，你能不能做到整个财务部只有你一个人知道今天的销售额，以及今天的利润？非常重要！不管今天是赚是亏，对外我都会宣称是亏，绝不能让业内知道我们的实际营业数据。"

"我……会布置下去。但今天拿不出结果，没那么快。"

"可以，你看着办。"杨巡说话的时候，人一直趴在窗口看进商场的人流，他刚才也看到杨速眼中的焦虑，心中不由有些心虚起来，"小任，你看到人流没？你估计今天会不会有利润？"

"无论今天有没有利润，前几天的营业额已经被带上去了。如果这个月都是前几天的营业额，这月的利润相当好看。"

杨巡飞快道："不可能，明天的营业额就不行了。小任，记住，无论如何，只有你一个人掌握实际数据。我去现场。"

杨巡从四楼一层一层地巡视下去，所见所闻让他惊呆了。才开门那么些时候，收银台前已经排起长队，每一个专柜都有疯狂得红了眼睛的人在"抢"同一件商品，所有人都绯红着脸，买的卖的，个个亢奋。杨巡一时狐疑，难道在场个个看不穿他的迷魂障眼大法，以为真有商家傻到让利如此大幅？还是……或许他才是真正错算而不自知的人？总不可能那么多人都被他的噱头迷惑吧？那不可能。

一念及此，杨巡的一颗心顿时如处冰火两重天。如果是任遐迩算错，这不是没可能，要不然怎么眼前满满都是疯狂抢购？那他今天就赔惨了。可是明明杨连说那是港台一带行之有效的促销手法，而且杨连还给出与柜台结算的办法，事实证明专柜愿意接受。任遐迩给他的计算也是一样，别看广告上说什么满三百送一百，他们打出去的六六折，可其实是花三百块的钱买四百块的货，按常理应是七五折。再加大多数人基本上不可能正好凑足三百块，因此大多数人领的折扣应是不小于八折。可是为什么商场现场买衣服的人就跟疯了一样呢，难道那么多人都被迷惑了？杨巡摇摇头，难以理解。

但现场不容他多想，也不容他多冷静，再说他本来就是冷静不下来的，一会儿工夫，他也跟别人一样亢奋起来，高速陀螺一般地转战各处，其实也做不了别的，只有帮忙维持秩序。果然，眼看保安不够用，他不得不从欧洲街抽调人手过来，重点维持收银台附近的秩序。所有商场的中层也被他全赶下场，做一日保安。

杨巡没有想到，抢购的热情一直到商场打烊时依然高烧不退。他不得不一再现场宣布延长营业时间。可是一拖再拖，一直到半夜零点，商场买的瘫了，卖的也瘫了，收银台前却依然排长队，众人都是哑着嗓子说，过了这村没这店。当地派出所闻风出来干涉，商场只得停止开单。商场里面的人流终于携着大包小包流淌出去，不再进来。

杨巡此时早已筋疲力尽，靠着一楼正对大门的柜台，看人流同样筋疲力尽地离去。不由想到大半年前他刚接手这商场，经常晚上打烊时分看人流空着双手嘻嘻哈哈出去，心急如焚。那时身后是满货架的货品，而今天则是如大风过境一般，货架上的货品卖出个七七八八。杨巡不知道自己现在究竟是什么心情，亢奋随着打烊退潮，倒是有一丝隐隐的焦虑跑上心头。今天过后，不，换种说法，顾客今天一下透支大量消费力之后，明天商场卖东西给谁？还有，到底赚了没有？包租专柜的会不会跟他算亏本账？

没等杨巡想明白，杨速领着一位日报记者过来采访。杨巡照例又说了一番亏本让利赚人气的说法。等记者走后，杨巡掐手指算起来，今天找来采访的媒体已够一只手的手指，日报的白天已经来过，没想到如此尽责，还来看看落幕后的战场，可见商场此次招引的人气。但这人气究竟是一次性的，还是从此之后顾客恋上他杨巡的商场，一再光顾，他心里没底。因此，经营这种事，从没像集贸市场那样的一劳永逸，必得一再想方设法掀起高潮。

杨巡性格一向喜好攀登，有些喜新厌旧，等他今天爬上山峰，却发现前面还有连绵的同样的山峰，他顿时提不起劲来。若是有大好利润跟随倒也罢了，看在金钱积累的分上，他愿意一再亢奋，可问题是他清楚得很，经营商场所得是细水长流，没法与他攻城略地所得相提并论。他想着他未来是不是就得跟店子里的婊子一样，看在几块钱淫资分上，没有高潮假装高潮，务必讨顾客欢心，还不是一码事。

等购物狂潮散尽，众柜台人员累得面无人色地走空，杨巡作为老板，只有以身作则率商场管理人员巡回检查，查看有无安全隐患。否则，他若先走，那些已经辛苦一天的管理人员和保安更是作鸟兽散。终于忙完，杨巡与杨速一起上五楼办公室，却见到财务室灯火辉煌。任遐迩也是披头散发，挽着衬衫袖子跟女打手一般，督促众人算账。杨巡进去与大家招呼，哑着嗓门说"辛苦"，嘘寒问暖一番才离开。杨巡是实在不要看任遐迩那一张油汪汪的脸，即使倒贴他，他都不愿亲那张油脸一下。

但杨巡走到办公室，还是吩咐杨速："老二，等下你拿车送那几个会计回家。我打辆车自己回去，今天太晚，送一下意思意思。"说话的时候，杨巡连水都懒得喝，瘫在沙发上不想动，"老二，你还行吗？"

"不行也得行。"杨速垮着一张脸，木然地回答，"大哥，你估计今天……"

"别问我，明天看财务部算出结果。去吧，你到财务部去，我今天不回了，这么多营业款在手呢。都累，难保不出问题，我得盯着。"

"大哥，今天效果比预想中的好，你应该高兴才是。怎么你看上去好像并不怎么样，怎么回事？"

"累了。"

等杨速走后不多久，隔壁财务部果然爆出意料之中的欢呼声。杨巡心想，做财务的人出名的贪小便宜。他此时很想抛出诱饵，让财务部的人今天就计算出结果，可也知道那不现实，谁知道忙晕了一天的脑袋最后会交给他什么样的数据。杨巡半躺在沙发上发了会儿呆，满脑子打仗一样的都是刚才抢购的情形，他都不记得今天处理了多少纠纷，脑袋还兴奋得无法休息，可是又无法细致地理出头绪，他累。

可再累，他的脑袋还在费劲地自动处理今天从各方获取的随机数据，客流前所未有，半天营业额前所未有，好多货品前所未有地中途断档。不仅是前所未有，而是事前想都不敢想象。好几个供货商的地区负责人今天全天镇守在店堂，现场调度货品到位。杨巡杀开人群遇见他们时问他们还想不想有下次，他们都说想。杨巡心说，既然如此，应该是大家都吃得消这折扣。还有供货商说，他们都想不到一个买送的口号能让人如此疯狂，有些人为了凑足三百块的消费，一遍一遍地满场转悠，结果半路看到稍微中意的又买了，只得接着凑六百的数。等得到返券又接着满场转悠，弄不好又超过返券的数量乱消费，超过返券限额多多。很多本来只想买三百得到送一百的，最后结果是拎着上千的货物回家。人怎么这么容易被返券刺激？

杨巡累得无法再深入分析。一会儿休息下来，两条腿终于恢复知觉，他就走出去再查安保状况。经过财务室，没想到竟看到任遐迩一个人大模厮样地坐在电脑前，两条腿高高搁旁边椅子上，键盘搁她腿上，另有一把椅背用铁夹子夹满报表，被任遐迩转来转去地搜索有用数据。杨巡看着哭笑不得，这就是受过高等教育的人吗？想不到。他伸手敲敲门，见任遐迩受到惊吓转身，瞪眼看他好久，才慌乱地收回搁在椅子上的腿。他抢先道："还不回？"

任遐迩跳起来打开防盗门放杨巡进门，掩饰似的从一个铁夹下取出一张纸，交给杨巡，道："今天的总营业额和楼面营业额，以及各专柜的营业额，都在上面了。比杨总事前动员大会上预期的数字还多，多得让人不敢相信！"

杨巡接了数字细看。他已经不再是大半年前刚接手商场时候的新人，如今的这些数据栏目对他而言已经是老熟人，他拿到这些数据，已经能自如地横向纵向地对比。"今天的数据……"杨巡看了倒吸一口冷气，"小任，你没搞错？确定？"

"没大错，这是综合各收银台业绩的结果。我刚拿到各收银台统计数据的时候也是不敢相信，但看看各收银台的数据分布比较平衡，没有哪个高得离谱，可见应该不会错到哪儿去。我也没想到……不好意思，我急不可耐地想看看各项数据究竟是多少。"

杨巡忙道："我也想知道，尤其是想知道有没有利润，麻烦你。"

任遐迩扬起一张油汪汪的脸，道："要不，等我算出，打杨总手机？"

杨巡立刻知道人家这是不希望有人在场看着，他动脑筋的时候也不喜欢有人在场，即使在场也当忽视。他告辞出去巡视，这边任遐迩立刻跳起身关门，恢复大模厮样，更是拉开抽屉掏出自己炸的好吃面果子提神醒脑。

杨巡上上下下巡视一周，果然查到几处纰漏。但是他急不可耐地想知道今天的最终数据，本来还想出门找小摊吃个宵夜，可他等不及了，又回头朝楼上跑。上来却见财务室门紧闭，只有灯光透出，他只能无奈地回办公室等。但等了一会儿他就等不住了，硬是敲开财务室的门，闻到一股香甜的油炸食品味。他笑道："有什么吃的，贡献出来共产。"

任遐迩无奈，只得摸出抽屉里的酥脆面果子，递给杨巡。杨巡一看大喜，肚子正饿呢，也不想想这面果子的长相与任遐迩一样的油汪汪，专心找看上去最酥脆的下手。任遐迩看着心疼，听着杨巡老鼠似的疯狂咀嚼声更是心碎，只好闭目塞听，专心致志干她自己的活儿。她得根据不同柜台与商场签订的协议，大概计算出今天营业的毛利。

杨巡终于忍不住小心地问一句："营业额看着这么好，有利润吗？"

任遐迩闻言奇怪地回头看杨巡一眼："有，怎么会没有？上回不是算过了吗？依照协议，我们的营业额只要超过某个杠子，毫无疑问是有利润的。我只是在算究竟有多少暴利。"

"暴利？"杨巡有些不敢相信，他看看任遐迩，决定不去打扰，让她安心计算。这都已经是子夜，人的精力本来就已经是强弩之末，再打扰估计算出飞天暴利都不无可能。但真是暴利吗？杨巡心中终于又欢喜起来，精力渐次地回到身上，四肢又汇聚起了力气。如果真是暴利，那么以后时不时来一次那样的促销，即使促销后出现一段时间的销售低潮都无所谓了？如果是这样，如果真是这样，那么这回调整商场结构的路子算是走对了，他赢了。

杨巡脑袋恢复兴奋，思路也越来越清晰，他开始设想起未来。

不知过了多久，一张纸落到杨巡面前："杨总，全部的毛利。呀，天空都白了。"

杨巡忙里偷闲，往窗外瞥了一眼，果然看到天际已是微微泛白。但他都没时间看手表，赶紧地看任遐迩给他的数据。而任遐迩却已经急切地问："杨总，利润这么好，几乎可以做一顿吃半年，你往后还会不会发动类似的促销攻势？"

"会！"看着数据的杨巡笑逐颜开，"当然会！"

任遐迩想了想，道："那么商场今年应该利润无虞，我明天……不，今天买冰箱去。杨总，我下班了，睡到下午会过来。"

"为什么买冰箱……哦，对，今年看来奖金没问题了。呵呵。"杨巡有些哭笑不得，忽然意识到，任遐迩熬夜加班算毛利的动力难道在于急于想知道往后有没有稳定的月收入？而今毛利已见，她立马知道今年的分期付款无忧，这就算计上冰箱了，可见也是个会花钱的主儿，一点不比他妹妹差。"商场转型到今天看来基本算是成功，你放心大胆地买你的冰箱，建议你可以买好一点的双开门冰箱，一步到位。"

任遐迩有些不好意思，立刻转了话题："虽然以后返券的效果可能不会有今天那么好，但我们可以在下回活动时候抓住供货商的心理新签条件更苛刻的协议来保证利润，包括我们可以不承担营业额不多的盈亏责任。杨总的转型，未来基本上已经把风险转嫁到供货商头上，一劳永逸了，以后眼看着就是铁打的商场流水的利润。"

"哈哈！"杨巡听了一笑，将手中刚看完的数据交还任遐迩，"这下可以睡安稳了。"

杨巡走去自己办公室，开门的时候想到该送送任遐迩，就又折返，见任遐迩锁门，他忍不住志得意满地道："商场转型初步成功，我下步得花一段时间巩固成果。不过商场的利润即使再发掘发掘，比今天的也不会超哪儿去，我不可能守着这种见顶的利润谈什么一劳永逸，再往后我得交给谁来管理，我脱身出去另外开辟战场。人要是给困死在这种翻来覆去做不完的事务性工作里，完了，跟杂耍的小白鼠没什么两样。我送你一段，这个时间不安全。"

任遐迩闻言一愣，看看昏暗环境中杨巡略带狂热的眸子，感觉出杨巡言语间满满的骄傲。她顿时羞愧起来，她还在满足于终于可以买得起冰箱了呢，还在替老板高兴可以一劳永逸了呢。对，老板要是满足于一劳永逸，早在集贸市场红红火火开业之后就可以收山了，够他吃喝，怎么可能还会一再出手？她是燕雀安知鸿鹄之志。面对杨巡的骄傲，她只有嗫嚅："我的思想比较小富即安，不好意思。"

杨巡斜睨任遐迩一眼，才刚想提醒她整理一下披头散发，免得被人看到误会。可忽然想到，他究竟是不是憋着一肚子的气在与谁较劲？如果不是，刚刚打烊时忽然生出的厌倦又是从何而来？而现在又为什么心里冒出急于脱离商场奔赴下一战场的想法？可见他其实是不愿意亲手经营商场的。他接手商场，而且这一年来疲于奔命似的搞转型，体重减得都可以飘起来，他那么辛苦究竟是为了什么？单纯是为利润吗？似乎不是，他看到利润的时候没有那么惊喜，他最多的感受却是解脱。难道还真是被杨速说中了？

任遐迩不知道老板为什么忽然不说话了，小心看看他，想到老板刚才的论调，心中的佩服更添几分。人家那才是人才啊。她决定这几天报名攻读管理硕士课程。

杨巡想了一会儿，看看走出大楼后苍白天色下容颜憔悴的任遐迩，忽然生出一种同呼吸共命运的感觉来。商场转型一战，任遐迩这个人的凭空出现，给予他前所未有的实实在在的支持，让他打心眼里感受到有人同他一起分担化解压力，真好。这种感受即使杨速都无法给予，杨速能力有限，同他如此之铁的寻建祥也不能，寻建祥也是能力有限。只有以前的妈妈。他有些一语双关地道："小任，我认定你，以后转战其他战场，我还会带上你。"

晨曦中，他感觉只穿着衬衫单裤却依然显得胖乎乎的任遐迩似乎可爱起来。他思来想去，心中非常强烈地想为任遐迩做些什么，以回报她的努力。睡醒之后，去曾经在他商场四楼开店的相熟电器商那儿买了一台全自动洗衣机，叫了辆三轮车给任遐迩送去。他有充分的理由相信，任遐迩不仅短冰箱，洗衣机肯定也缺。

　　没想到将洗衣机运到楼下，一个传呼过去，等半天却等来楼梯口电子门"呼啦"打开，穿着一件墨黑及膝棉长袍的任遐迩揉着眼睛冲出来，与等在楼梯口的杨巡擦身而过。杨巡看着奇了，就叫了一声"小任"。任遐迩这才止步，回过头来，一脸的困惑。杨巡看着，不自在地扭开脸去，这是个与上班时间铜墙铁壁的形象完全不同的任遐迩，胖乎乎白嫩嫩就像一个刚出笼的馒头。看着这样的任遐迩，杨巡不由冒出打小卖馒头时候对着一笼白馒头啃自家的掺红薯面疙瘩头的强烈感受。他没说什么，很不自然地招呼三轮车夫与他一起把那洗衣机搬上楼去。任遐迩想问什么，他一个眼色飞过去，意思现场还有外人在，任遐迩就不说了。

　　一直等三轮车夫结账离开，杨巡才对任遐迩道："不知道你还没买冰箱，要不然连冰箱一起搬来。我送你的，感谢你这半年多来对我的帮助，你千万别推辞。不请我坐下喝茶？"对付一个任遐迩，杨巡的手段绰绰有余。他说话的时候，眼睛打量房子，见这是典型的二室户，一条一米多点宽的过道两侧，朝南是两间卧室，朝北是厨房和卫生间。房子基本没有装修，依然是水泥地，依然是交房时候配的最基本的水泥磨石子厨房水槽和白瓷马桶和一水的水泥地，只加装了防盗窗和防盗门，两间房间只有最简单的家具，分别是一张单人席梦思床，一把木椅子，一张折叠桌，一个塑料简易衣橱，几张圆形压模钢管脚的凳子和一架旧的湘妃竹书架，非常简单，而桌椅书架还是放在另一房间，因此显得那张席梦思床触目的豪华。杨巡说话间，就自说自话地坐到那间显然是做客厅用的房间，占据了那唯一的木椅子。

　　任遐迩无奈，只得倒上一杯茶交给杨巡，没说什么，冲进卫生间洗脸收拾，她想都没想到没洗脸冲下楼回电会被捉现行，窘死了，话都不会说。等她终于洗脸梳头又换了一身衬衫长裤出来，见老板坐在书架前看她一书架的书，她倒是有些诧异，根据某些心理学著作的论调，从一个人第一次上门关注的焦点，可以看出一个人的潜在本质，难道老板还是个儒雅的人？哟！任遐迩有些怀疑心理学。她站在门口迟疑地道："杨总，以前你答应过不送东西的。"

杨巡回头，笑道："我答应不送东西，但对把心意折算成人民币，我们双方都没异议。这不是考虑到你一个人搬大家什麻烦嘛，干脆直接把人民币换成实物替你搬上门来。我问朋友买的，价钱比外面商店的便宜，你不是准备买冰箱吗？时间还来得及，要不现在就过去他们仓库看看？很快，回来请你一起吃晚饭，庆祝昨天转型成功。"

任遐迩在大学里不知被几个同学追过，对于杨巡的意图心生怀疑，但人家是老板，她不便如对付同学一般随心所欲，只得委婉地道："谢谢杨总，对不起，让你操心了。做好工作是我分内事，杨总不必对我特殊对待。我没想到一睡就睡过了头，我这就去上班，还有很多昨天没处理完的事需要抓紧处理。"

杨巡想了想，干脆直接道："小任，做我女朋友吧。我喜欢你，也很欣赏你，我很希望跟你在一起，我们认真相处一段时间，不是那种工作关系方面的相处，我只是想约你，想让你高兴。"杨巡不怕任遐迩拒绝，反正他今天表态了，任遐迩即使拒绝，他也会有后续行动。刚才看到任遐迩卸下武装的模样，他当下铁了心地要这个人，这个面包的内芯是馒头，跟他是一路货色。只是他看着任遐迩目瞪口呆的脸，有些郁闷，看起来任遐迩都没考虑过要发展他这个人。

任遐迩没想到老板直捣黄龙，可即使杨巡态度再真挚，她也从来知道老板的名声，早听说老板身边珠围翠绕，生活不晓得多风流，她一个好好的人怎么可能涉这浑水？她愣了半天，才勉强道："杨总跟我开玩笑呢。杨总是我老板，我若不拒绝，我这人是老古板，不懂工作生活的角色转换，彼此相处不平等，我受不了；我若拒绝，得罪老板，我还是受不起。杨总一定是跟我开玩笑，要不我只能辞职了。"

杨巡想不到任遐迩是这种态度，他现在认准了财务任遐迩这个宝呢，怎么能让你辞职，只能接受威胁，女朋友不要也得要这个财务，他佯作一笑，道："好吧，算我开玩笑。你现在是去买冰箱还是上班？这样吧，我起床也还没吃东西，一起先去吃点什么，今天商场冷清，没什么事等着，不急。"

任遐迩到底是暂时没别的地方可去，又有房款压着没法任性，只好进一步退一步，既然老板已经改口说是玩笑，她退一步答应一起吃饭。杨巡这才稍微高兴起来，佯作擦汗的样子，逗得任遐迩一笑。杨巡才不担心任遐迩这人跟些浅薄人似的会因此以为傍上大树懈怠了工作，他知道任遐迩工作自觉得很，而且他没来由地相信，任遐迩是真心实意主动辅佐支持他，就跟他妈妈一样。

关门没他的份，但是他第一次给任遐迩打开车门，让她坐到副驾位置上，然后才自己钻进驾驶座坐好。他不知道是不是自作多情，感觉身边的任遐迩似乎散发着一股清甜好闻的香气，那好像是属于女孩子自身的味道，与其他女子全身武装的香水化妆品味道完全不一样。他不由愣愣看了身边人一会儿，看得任遐迩正襟危坐，不苟言笑，如小时候一二三扮木头人一般一动不动。杨巡见此只好放过任遐迩，仗身份之利偷袭胜之不武。

杨巡找了个档次不错的清静饭店，因为他知道那边双人座也有包厢。既然是中餐，他就不代为点菜，把菜单交给任遐迩，笑道："随便点，昨晚刚暴利了，吃得起。"

任遐迩听了一笑，点了个西芹炒白果，就交给杨巡。杨巡没看菜单，吩咐来个三文鱼生吃，鱼米炒玉米松子，海鲜浓汤和四碗米饭。等小姐出去，杨巡在这种场合自在得很，就主动调动气氛，笑道："还得回去上班，我们不喝酒。能生吃吗？新鲜的三文鱼不腥，不过再不腥，我这个山区出来的人刚开始的时候还是不习惯，后来吃多了才喜欢上。你们从小吃海鲜的人应该不在话下。我刚来这儿那几年，饭店里点菜都找不到几根肉丝，全是海鲜，那时候嫌海鲜腥，害我请客自己猛吃饭吃素，肚子受不了，回头找专门做河鲜的饭店吃个饱，这几年下来总算把本地话学会，口味也变成这边人了。春节我小妹回来，换成她埋怨我们净吃海鲜不吃河鱼。"

任遐迩也跟着一起找话题："那回老家去不是麻烦了？"话音刚落，服务小姐将一小碟挤了一条碧绿牙膏样东西的酱油放在她面前，她一愣，仔细研究都不知是什么。杨巡见此笑道:"这是日本芥末,拿筷子搅散,等下蘸三文鱼吃。直接蘸着吃非出洋相不可。"任遐迩好奇,很想拿筷子先试试这芥末的味道,可当着今天显然居心叵测的老板面有些不好意思,只得规规矩矩地学着杨巡的手法搅动。

杨巡接着道:"我基本上不大可能回老家去了,老家没人。我爸去得早,靠我妈一个人把我们兄妹四个拉扯大,你想早年山区生活有多难,六年前我妈也累得早早去了。呵呵,现在我在家是绝对老大,一言九鼎。"

任遐迩只知道杨巡好像没父母,不知道是这样的没父母。她是个对数字敏感的人,因此大致心算一下,心说看来杨家兄妹一个中专一个留学一个大本,都是杨巡花钱栽培,这大哥做得真不容易。"难怪杨总早早出来做生意,哪像我们傻呵呵地让父母保护着一直读完书,走出来一大把年纪什么都不懂。"

杨巡喜欢任遐迩一拎就清,说话更有兴致:"你怎么会什么都不懂,你一个女孩子靠自己的本事在市里买房子立足,已经非常不错了。你现在欠缺的是资历,再做一年,你可以换房子了,我看你有钱也不用装修现在这房子。所以我很欣赏你,我喜欢做人有明确目标,又能通过自己努力靠自己的聪明达成目标的人。我自认也是这样的人,从初中毕业做小生意开始,一路做到东北,又从东北做回来,起起落落,不倒翁一样,总算帮着我妈把弟妹们都拉扯大。现在想想,等他们都结婚成家,我也可以退休了。我想去读点书,读书对我不是太难,呵呵,我一个初中生说这话没人信。"

任遐迩忙道:"怎么会没人信?智商摆在这儿,你弟妹们的出息也摆在这儿。只是退了读书太可惜了吧,我也打算再学一门管理呢,越来越觉得知识不够用,可以边工作边学,方便的,智商摆这儿。我的财会就是这么学的。"

杨巡听了忍不住笑,这人可真够自信,可也真是有料。"你顺便帮我问问,有没有没文凭就可以读的?我看报纸上的报名条件都要文凭,我才初中自学高中的程度怎么够?吃菜,边吃边谈。管理学什么?我看过马歇尔的经济学原理，刚看的时候有些用不上，现在跟国家很多政策联系着看，总算有点滋味出来了。国外的那些书好用，可惜我英语不懂，要不东海的宋总那儿更多原版书……"杨巡晓得自己的最大缺陷是两项，一是文凭低，一是身高低。当然就有意在言语间渲染自己的自学，尤其是成材。他岂是说放弃就真放弃的人，他那是认准了就死缠滥打非要到手的性子。

任遐迩果然惊住了，马歇尔的《经济学原理》？天哪，真高远。难怪上回杨巡单独跟她分析商场为什么要转型的时候说得头头是道，原来人家有理论基础做武装。她依然吃菜，觉得这时似乎应该奉承几句，可这种气氛下说不出口，只好问道："东海的宋总能看原版书？那么厉害？"

"那当然，什么时候一起见见面，他是全凭自己本事做出头的。我是跟着他来这儿扎根，以前常去他家，净见他关在书房看书看资料，他那脑袋……还有他太太那脑袋，你以后见了就知道。什么叫智商？看了他们两个的智商，我不敢说自己聪明。"

杨巡见多识广，他既然打算煽晕任遐迩，任遐迩当然不是对手，差点忘记还说晚饭后要去处理工作。再说杨巡说得高兴，不用找话题，话题自己会滚滚朝他扑来，他恨不得找酒来边喝边谈。

一直等一个传呼进来，任遐迩一看就清醒了，忙道："小杨总呼我，对不起，我得赶紧去商场了。"

杨巡正说得高兴，闻言烦杨速，拿出手机就给杨速打电话："老二，找小任什么事？今天又没多少营业额，你自己不会处理？"

电话两头的杨速和任遐迩都晕了，任遐迩心说这下跳进黄河都洗不清了，杨速则是心想，原来大哥与任遐迩在一起，杨速当即笑嘻嘻道："没事没事，大哥你们继续玩，早点钓上。"

杨巡一笑："这还像话，没事吧？"

"事情是有点的，你让小任听一下，我问清楚就行。"

杨巡趁任遐迩说电话的当儿，索性叫来两瓶嘉士伯，今天他不打算放任遐迩走了。等任遐迩放下电话，杨巡就道："杨速说了，今天没大事，现在就是回去也做不了一个小时的事，别勉强啦，干脆吃个舒服。刚说到哪儿？哦，电线每卷的短尺，哈哈，我以前坏事没少干。什么叫奸商嘛，无商不奸，无奸不商。不过我从来不做以次充好的事，这是因为有过教训……"

杨巡那些事儿，在任遐迩听来，简直跟传奇有得比。杨巡一边说得高兴，一边揣摩任遐迩心的理，不知道这样能不能拉近两人的距离。但是饭总有吃完的时候，结账出来，杨巡问："白天睡那么多，现在回去还睡得着吗？去不去看电影？我都不知道几年没看了。或者夜总会？别那么看我，那不是坏地方，你去看看就知道。去夜总会吧，你要没去一下，常去那儿的我肯定给你认成坏人了。去吧去吧，今天抓紧时间再玩一天，明天开始得愁眉苦脸扮亏本。"

任遐迩对夜总会这种旧上海花花世界才有的玩意儿也是好奇，半推半就上了贼船。杨巡找了个正对舞台的二楼位置，趁任遐迩好奇打量四周环境的时候点了一桌子女孩子爱吃的甜食，然后就坐沙发上看几眼节目，看几眼任遐迩，又流水般地将吃的送到任遐迩手上。他对这种节目早没兴趣了，他今天的任务就是接近任遐迩，看着任遐迩渐渐地从一路的"谢谢杨总"变为冲他一笑，他知道距离近了。他看着任遐迩竖起身子眼眸灿烂地看那些二流节目的样子很好玩，好像小孩子似的，尤其是她不知不觉地吃下好多他递上的小巧西点，杨巡看着偷笑，这么能吃，难怪一直就跟面包似的。他很想采取实质行动，可是也知道对有些女人，欲速则不达。他只有洁身自好，非常规矩。

可是他这时看到楼下亲密的一对，那一对正是他刚与任遐迩提起过的宋运辉与梁思申，他奇怪了，今天已经是上班时间，梁思申怎么会在这边？虽然他身边沙发上坐着任遐迩，可是他看到梁思申倚在宋运辉怀里，时不时亲吻一下，交头接耳说几句悄悄话然后对视着笑，他心里就跟被人捏了一把似的，一天的好心情没了。他当然无法对梁思申忘情，这是他见过他认为最美的女人，尤其是梁思申曾对他如此好。寻常他知道那对儿恩爱，但也只看到他们眉来眼去，可今天估计他们是避出家门私自逍遥，即便是宋运辉这个严肃的人都放下了羁绊，一手揽着梁思申，一手忙的时候拿东西，闲的时候握住梁思申的手，更别说本就洋婆子的梁思申。杨巡在楼上看得一清二楚，看得皱起眉头，却又管不住自己的眼睛。

任遐迩终于在节目一个间隙回头看了老板一眼，却看到老板心不在焉地盯着一个方向发呆。她顺着看去，见是一对气质没风尘气的男女，难得在公共场合亲密而不猥琐。任遐迩再看看专心致志的老板，心说那女的肯定是老板追而不得的人。她下意识地打量那女子，看不出那女子的打扮，但见女子频频主动吻身边男子，样子非常漂亮，也可见对男子情深意浓。她再斜睨杨巡，见杨巡还在出神，不由怏怏地，心里也不快起来。

杨巡好不容易因为眼睛发涩，收回眼光看任遐迩一眼，却见任遐迩怔怔看着宋梁那个方向。他心说不好，露马脚了，一天努力得报废。他看看任遐迩，他心里分得很明白，那边是美丽，这个是可爱，不是一回事。他再看看任遐迩明显没刚才兴奋的眼神，心想难道她在意了？他想了想，就拍拍任遐迩的手臂，指点给她看："你刚才看的那两个就是东海宋总和他太太。宋总跟她结婚后，基本上把我们这些老乡都抛荒了。我有麻烦事找他，他五一不在，但看这样子，我想来想去现在不是找他的时候。"他轻描淡写，就把矛头拨转一个方向，有些事他是打死都不会承认的。

"是他？这么不严肃？"任遐迩冲口而出，立刻知道自己不对，为什么人家不可以不严肃？不过轻易地就被杨巡蒙了过去。

杨巡听了一笑："宋总本质很严肃，但遇到他太太没办法，谁都有克星。今天不给你引见，他太太难得过来，平常他太太都在上海工作，两人团聚时间不多，我们不打扰他们。"

"宋总太太是不是很美丽？从这儿看过去好像很美。"

"美国长大的，我小妹一直想学她，但你要真说五官长得好不好，应该算不上，她胜在气质。"杨巡有意轻描淡写，但他不愿说梁思申坏话。

果然任遐迩跃跃欲试："我去看看行吗？我当作路过，看美女，不会搭话，更不会招出杨总，他们不认识我。"

"有什么不可以。"

于是，楼下宋梁，楼上杨巡，一起看到一个女孩子行止古怪，宋运辉还以为这女孩可能是东海哪个女职工，梁思申也这么以为，但两人都不当回事。梁思申今天过来出差，好不容易没可可缠着，两人赶紧避开家人享受单独相处时光，哪里理会别人。杨巡终于在上面偷笑，任遐迩偷看也不会做得大方一些，那模样几乎就是举着牌子告诉别人她在偷看谁，可别让宋梁那两个脑袋一流地记住她的脸，否则以后一笔账肯定着落到他杨巡头上。

任遐迩飞快上楼，惊呼道："很美啊，怎么会五官不美？穿的衣服也漂亮极了，嗯，宋总也帅，今天见识了。"

杨巡笑笑："小心，再说让他们发现我，就打扰他们了。呵呵，宋总不会放过我。"

任遐迩这才不说，继续专心看节目。但不时打量那一对，见他们大约十一点钟的时候拉着手离去，就跟杨巡说，他们也回去算了。杨巡后来就没敢再出神，但也没了兴致，见任遐迩提出就结账。走到外面，才对任遐迩开玩笑道："今天全场大概只有你一个女性没穿裙子。"

任遐迩嬉笑，没有回答。杨巡又问："吃宵夜去，怎么样？广东的小茶点。"

"得回去了，明天还得上班，谢谢杨总请客。"

杨巡这回没挽留，也没趁热打铁说些擦边球的话，老老实实送任遐迩回家，然后他不觉拐到商场，停在夜晚空旷的停车场上看他和梁思申的心血。刚才宋梁那一幕一直钻进他脑袋里，让他郁闷。今天他才第一次见识到他们私下的亲密，他又不是没经验，他可以据此想到更多。他没想到……可他也知道自己荒谬，凭什么没想到，人家是夫妻，他只是鸵鸟政策而已。但他心里非常不舒服，他还是没法接受这事实。即使他的商场转型成功，又如何？说给梁思申听见，又如何？他白赌一场气，杨速可知？

杨巡唉声叹气地回家，看得杨速诧异不已。一问，原来是约会期间遇见宋梁。冤孽！只是杨速很不明白，大哥经手的女人不在少数，梁思申不是第一个，也不是最后一个，而且估计两人连拉手都不曾，怎么大哥就对梁思申念念不忘？问大哥，大哥给他一个白眼。杨速心说他必须促成任遐迩与大哥，必须有人替代梁思申在大哥心中的位置。

宋运辉与梁思申回家，梁思申不肯先去盥洗室，一定要先看了宋运辉刚才提起的三张照片，宋运辉一说在包里，她就将宋运辉推进盥洗室关门拉闸，自己掏照片看。宋运辉只好由着她，早知她一向盥洗后好多麻烦事，因此总喜欢千拖万拖拖到最后一个。

　　梁思申在夹层翻到照片，夹层狭窄，她只好把全部都拿出来，免得将夹层中的东西抽得乱七八糟，她和宋运辉两个都厌恶杂乱无章。果然是看上去很老的照片，一张彩照两张黑白，其中彩照的色彩很是失真。宋运辉说那是金州蒋总特意从档案里翻出来的，新车间开工典礼上年轻的现场指挥宋运辉的照片。梁思申看到，尤其是那张黑白半侧面特写，天，那时候他真年轻，而且他那时候的眼睛是如此灿烂单纯，饱含激情，与现在的沉稳完全不同。最好笑的是，如此一本正经的一张脸上，嘴唇却是倒威风地挂着个大燎疱。

　　梁思申看着爱煞，走近卫生间门想与里面的人大声说话，又怕吵到隔壁睡觉的，这边的房间隔音做得不好。可她又忍不住，压低声音笑道："真可爱，我要把照片拿去放大。可惜我没参与你那段的生活。"

　　宋运辉在水声中没听清楚，以为梁思申是问他那时候的生活忙碌程度，就道："那时候每天几乎不回宿舍，方平说起那段日子现在的那帮年轻人还不信，背后说他抬高我拍我马屁。"

　　梁思申听着这牛头不对马嘴的回答一笑，两眼却是一直没离开照片上这张挂着一嘴燎疱的脸，她说声"我等会儿跟你说"，回去想把同照片一起掏出来的单据放进夹层。却看到最上面一张住宿发票后，本能地感觉有什么不对。一想，对了，发票上的日期她记得很清楚，那几天正好是宋运辉去处理试点企业的工作，可问题是住宿发票的地址却不是试点企业所在城市。她不由皱起眉头，也不多想，又走去盥洗室门口，对里面道："你照片后面有一张住宿发票……"

　　里面宋运辉刚关住水，听见就道："对的，这张住宿发票不在东海报销，下次带去那边报销。"

　　梁思申愣了一下，听得出里面宋运辉是很理直气壮的，她忽然感觉自己怎么也会鸡毛蒜皮地不信任起丈夫来，好像挺低级趣味的。可她又偏偏很想知道为什么，不弄清楚心里难受，又不好意思追问，就拐去书房查地图。

宋运辉出来，见卧室没人，卧室门却开着，他走到门口一看，对面的书房灯亮着。他进去见梁思申皱眉站在地图前，奇道："想工作？"

梁思申犹豫了一下，将手中发票交给宋运辉，还是直说："找你住宿发票所在地。"

宋运辉看看手中发票，明显沉默一会儿，才伸手在地图上指出正确位置："你看，这儿，邻近。我这次是临时决定过去，没提前订房，没想到客房爆满，只好住到邻近城市去。"

梁思申吐吐舌头："对不起。"知道自己闹了乌龙，乱担心。

宋运辉笑道："想哪儿去了？都想什么了。"

梁思申跺足道："不许取笑，人家紧张你，谁让你那几天电话里不说一下。"

宋运辉还是笑："连太太都怀疑我，你说今天夜总会那个鬼鬼祟祟偷看我们的女孩子回头会怎么描述我？宋总白天道貌岸然，晚上混夜总会腐朽堕落。"

梁思申被说得不好意思，只好"诉诸武力"。

也是回到家里的任遐迩对着空而寂静的家，忽然有些感慨。抄着手站到卫生间门口，看着下午杨巡非要拆箱摆放，与这简陋卫生间格格不入的海尔全自动洗衣机，回想下午至此杨巡对她超乎工作关系的态度，也不免想到刚刚看见的东海宋总对他美丽娇妻的呵护。她对着挂在卫生间墙壁上的蛋圆镜，看着镜中的自己有些落寞地想，她呢？

当她跟老板小妹一样刚从重点大学毕业的时候，她何尝不是天之骄子，她也有很多幻想，很多憧憬，可怎么都不会想到有朝一日会沦落到一家暮气沉沉的国营小店财务室，然后辗转做兼职，蚂蚁一般地挣苦力钱，终于挣扎着往上爬一步，也才是一家个体商场的财务经理。她的同学都怎样了？这几年，她都没脸见同学。若是刚毕业的时候杨巡来对她说，做他的女朋友吧，她会如何反应？她黯然地笑，那时候她比老板的小妹还彪悍呢，哪里会什么进一步退半步？而现在，她竟觉得要不是杨巡被传说有各色风流女友川流不息，她不是不能接受。她辛苦这么几年，多渴望有人的强力呵护，就像今天看到的宋总对他太太，出门还小心地牵着手。她今天被杨巡两次为她打开车门，两次为她挡住电梯门，酒桌上耐心教她吃生鱼片，夜总会推荐她吃很多从没吃过的美食，还有在这儿，杨巡用力地帮她把煤气瓶塞进灶台下，还有洗衣机水龙头的安装……这些小事她都会做，包括小窝的电线都是她自己拉好，朋友们都说她是个给扔到无人荒岛都能成女鲁滨逊的强人，可是今天杨巡替她做了那么多微不足道的小事，她是如此受用。

任遐迩满心矛盾地在没装莲蓬头的铁水管下冲了个不得不健康的冷水澡，枕着满脑子的绮丽想着杨巡打趣她今晚是全场唯一没穿裙子女性的话，她将脖子缩进薄被里，Let it be。毕业至今，她哪里还有什么预设，什么立场。

但任遐迩第二天上班还是穿了裙子。今年的五月天已经很热，她穿一件白色的紧身T恤，下面一条白底黑碎花的及踝窄裙，她骨骼小巧，这么一穿就跟傣家姑娘一般韵致。

杨巡是在停车场远远地看见任遐迩婀娜多姿地走进商场后门，惊得差点下颚脱臼，这是面包？面包今天怎么挂糖霜了？他经过财务室的时候忍不住往里看一眼，没看到任遐迩。因此他进了自己办公室，就一个内线电话挂到任遐迩的小办公室，兴奋地道："小任，今天加油把五一的确切毛利算出来。"

"好，正准备安排下去让他们核算。"

"嗯，还是那句话，最后几个关键数据只有你知道。"

"有数，还有吗？"

"没了。"杨巡才说完，就听电话那头一句"好，再见"，就挂了电话。杨巡不由看看听筒，一笑，再接再厉拨打到任遐迩办公桌的电话机上："我还没说完，怎么挂了？"

任遐迩心说搞昏脑子吗？但只能婉转地说声"对不起"。杨巡听着又笑了，果然如任遐迩所说的不平等，昨天他们都一起去夜总会玩了，今天上班任遐迩依然不便反驳他。他笑道："我今天第一次看到你穿裙子，很漂亮。"但杨巡说完，却没听见对方有什么反应，电话那头完全沉寂。他奇了，"喂喂"两声还是没回应，他搁下电话走出去，果然看到任遐迩已经站在大办公室里一一布置工作，他没进去打扰。他清楚，他棋逢对手了。这一感知让他兴奋。

但杨巡克制住自己不去骚扰任遐迩，中午去外面与朋友吃饭回来，看到门缝里面塞进来的最终毛利计算表，他也克制住自己，没叫任遐迩过来详询。做人不能太没品，不能仗点小权吃窝边草。一直到晚上下班，他等人都走空后，才驾车来到任遐迩家楼下，一个传呼打上去："我在楼下，请下来一起去吃宵夜，杨巡。"过了很久，久得杨巡以为任遐迩肯定是扔掉传呼当没看见的时候，一串脚步声从七楼蜿蜒而下，打破寂静，一直延伸到楼底，很快电子防盗门一开，任遐迩披着湿漉漉的长发，穿着家常宽松圆领T恤和宽腿裤子，跋拉着一双海绵拖鞋走到他车子旁边。杨巡立刻读懂几条信息：人家那是洗澡的时候才不回传呼，也有可能是有意拖延，最好他等不住离开；人家已经打算休息，请勿打扰；人家的穿着不便出去公众场合；人家看他是杨总，才勉强辛苦跑下七楼招呼一声。

杨巡连想三分钟，还是没招，只好从后座拿出一束玫瑰，走出车门交给任遐迩。反而还是他催任遐迩道："回吧，我看你上去，这几天累，也好，都早点休息。"

任遐迩接了玫瑰，心里犹豫，好久才低头憋出一句话："对不起，可这样不好。"

杨巡当作没听见，道："你什么时候买冰箱？我跟你一起去找我朋友，他那儿批发价。"

任遐迩道："我不买了，下月工资单里，我会把洗衣机的钱扣下。"

杨巡又是无奈："你这是干什么，我说了送你，不行。"

"除非杨总卸了我在财务部的职，否则工资单最后是我把关，我说到做到。我不受额外馈赠。"

杨巡郁闷："那我不是害你了吗？这样吧，洗衣机放你那儿，你爱用用，不爱用不用。等过两天休息，我叫人来搬走，行了吧？求求你让我跟着一起去买冰箱吧，我可以让你便宜一两天的工资收入，这便宜不要白不要。"

任遐迩听了想笑，又不好意思笑，知道一笑就又完了，杨巡这人擅长顺流而上。她低头道："那先谢谢杨总。"

"谢什么，上去吧。"杨巡看着任遐迩进了电子防盗门，差点泄气，但忽然想到，她不是把玫瑰花收了吗。究竟是她的失误，还是她的花枪？他倒是有些摸不着头脑了。敢情他也有坏在女人手里的时候。他想来想去，很不甘心，瞄着任遐迩的窗口好半天才回去家里。睡前硬是给了任遐迩两条传呼，他不信拿不下一个任遐迩。"你今天很美，可惜我只远远看到一个侧面。"十分钟后是"我也早早休息，晚安。"他怀疑做二传手的传呼台小姐打这些字的时候起鸡皮疙瘩。

这以后两人就这么不远不近地暧昧着，上班都跟没事人一样，杨巡当然没去搬那台洗衣机，任遐迩也没从工资单上扣下一笔洗衣机钱，两人也没去家电市场一起买电冰箱。杨巡只有晚上的时候给几个传呼，偶尔以神秘人身份叫人给上班的任遐迩送上一束玫瑰或者一盒西点。然后杨巡就跟隐身人似的看任遐迩的好戏，看她收到鲜花糕点时被人起哄，看她面对他的时候越来越不自在，但也看她又不再穿裙子上班，恢复铜墙铁壁。杨巡一门心思地想剥这张面包皮，想看任遐迩什么时候妥协，这一段时间以来，自然是断了与其他女性的联系，清心寡欲得像个正经人。

11

　　小雷家这回的发展动作相较以往任何一次都来得猛烈。土地经过上面特批，未经拿证，先行开发。小雷家后山的小山包天天被炸得轰天响，一车一车的石头填入良田，巨大的压路机很快就把塘渣压得平整。有市里再次到来的政策支持和大方的资金支持，雷东宝这回放手大展宏图。

　　但一天中午才刚饭后，久违的雷士根找到雷东宝家，阻住雷东宝上楼午睡，士根说有话要找雷东宝谈，公事。

　　雷东宝一只脚已经迈上楼梯，被士根说得不能上去，又因昨晚喝酒头痛，就道："什么事？下午办公室谈。"

　　士根谨慎地道："我想这些事我还是先跟你单独谈谈。"

　　"私事？你刚不是说公事吗？"

　　"公事，但我想这些事不便公开。"

　　雷东宝一脸睥睨："我做的事，全都能拿出来晒太阳，包括让我坐牢的事，你两点钟在我办公室等我。"雷东宝说完就返身上楼，不再搭理士根。士根默默地看雷东宝消失于楼梯尽头，只得回了自己家里。

　　雷东宝压根儿都没去想士根要与他说什么，士根现在对于他而言是个边缘人，士根还挂着的那个书记名头，那是他仁慈，不向镇里举荐他的亲信，而其实士根那头衔有等于无。因为再次获得上面支持，他现在又变成对内对外第一人，昨天他就是与上面的那些人吃饭。当时县长说，不要怕做不到，但一定要怕想不到比别人更先进的思路。县长还说，争创全国百强县，要的是能起带头作用的企业大干快上，抓住大好改革机遇三步并作两步大踏步前进才行。雷东宝心说士根这人一向喜慢不喜快，果然，小雷家又来新的发展机遇时，士根坐不住了。雷东宝烦士根，肯定又是来说一些什么小心谨慎的话。他希望士根能看了他的脸色后知难而退。

　　但士根显然不想退却。等雷东宝一觉睡完，去办公室做事的时候，看到士根早已坐那儿等他。雷东宝进门便不加掩饰地皱起眉头，对士根道："你还真等着？快点说，我三点钟有个会。"

士根定定看雷东宝一会儿，才道："书记，我把村民的几个问题集中向你反映一下……"

雷东宝坐下，奇道："他们为什么不跟我说？我每天都在，要说找上门来就是。"

士根冷静地道："他们见书记忙，不敢打扰你。我也知道你忙，我长话短说。村民们要求，第一，村里的养猪场和鱼塘承包出去，那些钱应该交给村里用，交给村里人分，现在钱都去哪儿了？"

雷东宝一听，竖起眉毛，对一应办公室里的人道："他妈的，我给他们当家，他们还查我账。你去转告他们，这些钱都没进我雷东宝口袋，都记在村民发展基金里。年初雷霆集团为了发展扩股，镇里拿不出钱，只好减少占股比例，但我们村民发展基金协会就拿得出钱，那钱就是那些承包费。你要想知道，问小三看账去，小葱拌豆腐，一清二白，你还有什么话要问？"

"小三不让我们看，说这是经营机密。"

雷东宝当即扯起嗓门，道："小三，士根什么时候想看，你什么时候给他看。别人乱七八糟看不懂，看了也白看，只晓得捣乱，他看得懂。"

士根点头："多谢书记还记得我有这点本事。第二个问题，村里新一轮发展又开始占用土地，占用土地的这笔钱怎么算？这笔钱又怎么分配？现在既然已经占用了，到底这笔钱是给怎么支配了？"

雷东宝一愣，士根这是跟他查账啊，他开始有了怒意，但还是解释："土地征用的各项手续已经在办理，上级部门考虑到我们工期紧，任务重，批准我们先上马，等各项手续审批下来，集团该花多少钱就多少钱，一分都不会差。你以为就你是村民发展基金协会的成员？我雷东宝也是，这钱我也有份，我难道不想？我都是为雷霆。还有什么？"

士根看着雷东宝，沉吟良久，又道："第三个问题，去年在书记的英明领导下，雷霆的发展有目共睹，去年铜五金车间筹建期间因为资金紧张，书记曾下令停发所有小雷家户口职工的奖金，交给雷霆公用，但现在五金车间的运行已经良好，大家要求恢复奖金。"

雷东宝听到这儿更火，耐心终于消失："你这话问得古怪，我停发奖金？我去年是这么说的？我说大家把奖金贡献出来，每人开立一个独立账户，算作借钱给雷霆，雷霆高于银行利率计息，这叫停发吗？这叫人人为雷霆，雷霆为人人。你说，雷霆是谁的，是我雷东宝个人的吗？是全体村民的，雷霆就是我们小雷家村集体的。雷霆现在正赶上好时候，上面有领导支持，手头有外贸订单，作为集体的一员，你应该怎么做？我告诉你，都要舍小家，顾大家，要有集体观念，为集体尽自己最大努力。雷霆的发展缺钱，上问政府要，下是全体村民支持，大家一起发力，雷霆才发展得好，大家也才有钱拿。你作为党员，你问出今天这三个问题，好，我只问你一个问题，你党性还有没有？你作为村支书，你应该起到的是带头人的作用，带领大家为集体做贡献，你呢，你是第一个跳出来反集体的。难道我的奖金就发了？整个雷霆我的奖金最多，我也没发，按说我损失最大，我叫了没有？我每天跑上跑下为雷霆跑政策跑资金，累得臭要死，我叫了没有？我没叫，你雷士根带头叫什么叫？好了，我不跟你说，你还有第四个问题没有？哎，都那样子干啥，我封你们嘴啦？士根说，你们都说。"

从感觉雷东宝在发火起，士根就低头看着桌面不说话，一直等雷东宝滔滔不绝结束，他才又抬头，平静地冲办公室其他人道："都黄着脸干吗，大家有事说事，书记嘴里又没出一句骂。"完了才若无其事地又对雷东宝道："书记，我还有最后一个问题。按照章程规定，重大决策必须开股东大会决定，可现在雷霆做出了那么多重大决定，没一个决定有村民发展基金协会什么事儿，单从程序上说，不符合章程要求。好了，我的问题……"

雷东宝冷笑："我倒是想开会征求意见，问题是每次开会，有谁放个响屁没有？就说你，士根，我每次决定，你哪次不是反对，结果呢，事实摆在这里，我对，我就算坐牢，还是我对，不说别的，现在上面也看到我对，又回来支持我。你还有什么话说？你什么四个问题，我都回答你，是看在旧交情的分上，不是看在你是村支书的分上。我最后再掼给你一句话，小雷家要发展，谁也不能阻挡，谁阻挡小雷家的发展，我让谁好看。"

士根再镇定，脸色也黄了，他还是忍住了："今天这四个问题我本来只想跟书记单独说，本来就没有要书记一个回答的意思，无非是提醒你有这么些群众意见。既然书记心里都有答案，我也不用再多嘴。对于小雷家的发展，我们每一个村民都乐观其成。"

士根说完没再逗留，也无法逗留，佝偻着背沉着脸离开。雷东宝一时也失声了，看着士根离去，好久没说话。毕竟以前士根是他的左膀右臂，而且士根最初也真是找到他家想与他单独交流的，但雷东宝想来想去，决定无视士根的话。一直以来，士根都是在他昂然向前的时候貌似谨慎地拖他后腿，但以前士根说话有分量，现在士根说话没分量了，士根就拿出什么群众意见来施加压力，雷东宝心说就这点招术，他能看不出来？

雷东宝为士根可惜，明明挺好的脑筋，可因为胆小，因为私心太重，一个人走到现在，成事不足，败事有余。都要像士根那样，小雷家还怎么发展？

很快，雷东宝便将士根这个人和士根说过的话一股脑儿抛到脑后。

最近，大家都说调控有放松。对此雷东宝深有体会，那就是内销生意又好了。这都是与宋运辉介绍的那些朋友吃饭时候聊起的。不得不说，虽然他通过自己的渠道认识，或者通过陈平原的渠道认识的朋友也帮忙，但是都没宋运辉介绍的朋友好用。因为宋运辉是把他作为自家人介绍，无形中宋运辉就是他的靠山，因为宋运辉就是那些人中的一员，他便也因此成为他们之中的一员。而他作为陈平原的朋友被引荐到陈平原的圈子，那些人则是看在陈平原的面上拿他当朋友，当然不如自家人亲密。而他若自己撞进门去，即使再多公关，在那些人眼中，他还是外人。

这种细微区分，雷东宝如今于周旋之中慢慢体会。

既然都已经是亲朋好友，彼此说话就说得很开，因此也很容易达成共识。其实彼此的目标一致，一方提供政策倾斜，一方许诺今年出口创汇和产值翻番，明年则在今年基础上继续翻番。

雷东宝在地方政府的支持下做大做强，他的思路他的展望，又怎可能是如今被边缘化的雷士根所能知晓的。

12

梁凡休息天的时候上门找梁思申。才进门，听坐在院子里树荫下晒稀薄太阳的外公感叹一声："梁大今天印堂发亮，莫非在香港大发利市？"

梁凡没想到团花簇锦的蔷薇架子后面竟会坐着人，两只黑拉拉也在外公身边，他忙绕过去，笑道："外公在这儿？今年蔷薇开得好啊。香港那边现在行情看涨，我昨晚才从香港回来，正要找小七问些事。"

外公闭上眼睛不屑地道："问我也一样嘛。"

梁凡笑道："我想问小七有关杨巡的情况，估计外公不知道。"

外公笑道："什么小事情，我不管。进去吧，小点着声，正好看人家两夫妻好事。"

梁凡立刻明白肯定是宋运辉也在，因此他进门前先重重敲门，这才进去。果然见两口子坐窗边逗弄小可可，太阳微微透过窗户照进来，老屋高爽，里面比外面凉快。

梁思申先看见梁凡，奇道："你不是说不回吗，怎么回了？多谢你前几天让人帮我捎来的奶粉尿布。"

梁凡见宋运辉转头看他，跟宋运辉打过招呼握过手，才坐下，道："最近香港市道好，我回来筹钱。小宋，你们东海上市正赶上好时候啊。小七你有没有持有东海的股票？你应该最知道上市能赚多少。"

梁思申道："我们这行有规定，涉嫌内鬼的交易不能做。"

梁凡道："既然我已经到香港操作，以后你有相关资讯，我来操作，我们分成。天知地知。"

宋运辉笑道："你别尝试说服她。你们谈，我抱可可去外面晒晒。"

梁凡等宋运辉出去，才微讽道："小七，你真是找对人了，有他罩着，你尽可以装出淤泥而不染。小宋在他们业界，现在可是通天的人物，这回上市，他的那几个上司都拿他当亲人。"

梁思申抬眼，定定地看着梁凡好久，但她没接茬："又想问我爸贷款？"

梁凡道："不是贷款的事，我来问你打听一个可能，如果我把商场的股份卖给杨巡，他吃不吃得下，想不想吃？"

"他应该想吃，但是我不知道他有没那实力吃下。最好问清楚一下，他接手经营商场这一年来是亏损还是盈利，再做决定。难说，亏得对商场没感情了都有可能。"

梁凡皱了下眉头："据可靠消息，是亏。"

梁思申奇道："你还有本事在杨巡手下安插人？了不起啊。要真是亏了，我就说不定了，利益和感情之间的权衡，杨巡这人一向不会搞错。"

梁凡笑道："他妹妹在我们公司，哈。他妹妹说的应该不会有错，都是李力出面套问出来的。这笔资产……杨巡要的话，我想套现。你还是给我们做中介？或者我请小宋出面，你们两个做中介特别有效。"

梁思申更奇："你们究竟在演哪出戏？似乎杨巡妹妹到你们那儿做内鬼，你们将计就计还是怎的？"

梁凡更笑："杨巡那妹妹，一个娘胎怎么爬出那么不一样的货色。那小姑娘看见李力，眼睛跟流星追月一样。李力叫她进办公室去说话，她什么都守不住，难怪杨巡一知道他妹妹在我们公司，急着求我开除她。你回头问问小宋，杨巡有没有那实力，或者请小宋帮忙，帮杨巡在那边获得贷款。我急等钱用。"

梁思申这才明白过来梁凡为何找他们两个，也放心一件事，看来梁凡没从她爸那儿贷到钱，爸爸总是坚持原则的。但她不愿宋运辉兜这笔差事，与梁凡不欢而散。

梁思申沉着脸看梁凡离开。梁凡走到外面后当然是与宋运辉说了好久，然后才扬扬得意笑着离开。梁思申没出去，只看着，但更多的是看宋运辉。她看得出宋运辉只是淡淡的，心里清楚宋运辉不会答应梁凡。等梁凡离开，她才走出去，外公冲她嘀咕："这小子今天老狂，才赚点子小钱……"但外公的话才说一半，就止住了，想了想，才对宋运辉笑嘻嘻地道："还是你滑头，早看出来了。"

宋运辉一笑，不等他说，梁思申先道："梁大一上来就是一个'小宋'，拽死了，是吧？"宋运辉点头，笑道："我们可可都不理他，对吧，可可。"可可对这个大多数时间不在的爸爸很是依恋，闻言雀跃。"梁大让我出面帮他与杨巡谈，我说没空。"

外公不屑地对宋运辉道："看你丈人过几分钟不打电话来逼你。思申，我不回美国住啦，还是跟着你在上海住。这儿挺好，越住越喜欢。"

梁思申看看外公，不晓得老头子干吗出尔反尔，懒得理他。宋运辉却是脸色一变，低头思索了一会儿，看看梁思申的神色，他没有点破。但他看着今天梁凡对他的狂态，觉得有必要跟岳父谈谈。

趁梁思申喂奶时候，宋运辉进去里面打电话，但拨梁父的手机，却是忙音，他就拨梁家的座机，是梁母接的。梁父果然是在接梁凡的电话。梁母抓起电话就全是有关可可的问题，即使可可爬了一尺远的小事情，梁母都百听不厌，好不容易等到梁父结束那边的电话，梁母还是抓住电话说了好几句才放手。

梁父拿起电话就问："小辉，囡囡与老大两个有争执？为那个体户，值吗？"

宋运辉道："我们没为杨巡起争执，在处理商场问题上，思申完全倾向梁大。只是思申……爸你知道的，她特别职业，她反对梁大希望我出面违规为他融资，也反对爸爸违规为梁大融资。"

"哦。"梁父好一会儿沉默，"我让老大以后嘴巴严实点儿，你也帮我看着他们，以后老大过去，你管着他。"

宋运辉从岳父的反应，立刻印证了自己心中的猜测。他没犹豫，道："爸，恕我直言，在我们这样的位置上，有很多找钱途径，但押宝在梁大身上是最危险的一种，不亚于受贿或者贪污。"

"你别胡说，我有原则。"梁父断然否定，立刻转移话题，"我们看准的那两家工厂还是抵制外来整改，我这边继续做工作，你也积极一些，拿出好一点的报告。是不是思申阻挠你？"

宋运辉道："这事儿快了。我参与制定的有关产品标准很快出来，对他们很不利，届时他们不改也得改，要不就是停产倒闭。爸爸耐心等他们自己找你吧。"

梁父又是好一会儿无语。等放下电话，他跟妻子感慨，这个世界往后是属于女婿那代人了，做好做坏都需要知识型人才。梁父好生失落。宋运辉则是希望梁父就此见好就收。在这座大宅里打电话非常不便，四个保姆加一个花工，他很多时候只能长话短说。但给杨巡的电话就不用顾忌太多。

"小杨，刚才梁凡到我这儿透露出想卖商场股份给你的意思，这事我看你提前考虑起来，如果有意的话，这是不错的机会，他们亟需变现投资香港。他们过几天应该会通过各种渠道跟你联系，但不是我和思申。你听懂我的意思没有？"

杨巡被宋运辉忽然冒出来的大堆信息弄得一愣一愣的，回味一会儿，才道："谢谢，宋总，我有数。但我不明白他们为什么不找你们做中间人？就像上回我承包商场，只要你一句话的事。"杨巡最担心的是那边两个公子哥儿仗势欺人。

宋运辉笑道："你都三十的人啦，不能总让我抱着走路。"

宋运辉出来，见院子里的祖孙三个都看着他，他忽然不知道说什么好。他都在心里问自己了，这回有必要跟思申明说吗？但他还是只说了一句"跟你爸提一下梁大"。

外公的两只眼睛将宋运辉的角角落落扫描一遍，"哼"了声又说："我最讨厌这种没一点技术含量的落后官僚，但凡自身有本事、业务掌握精的都不屑做这种事。"

梁思申终于在外公今天一而再再而三地刺激下悚然心惊，"你们说什么了？"问完才发现，她似乎下意识地很放心爸爸，她不应该这么怀疑爸爸。

宋运辉忙道："我提醒你爸一下，梁大这个人不大可靠，不能重托。你爸有数。"

"这就好。"外公抢了话去，又舒适地闭上眼睛，"以后通电话时候说一声，穷疯了可以找女儿伸手嘛。"

宋运辉道："外公，和风细雨点嘛。"

"思申又不是小天使，我跟傻帽才和风细雨，风和日丽。思申，你凭良心回答我一句，我说得对不对？"

梁思申赌气地道："理儿都对，就你这人不对劲。"但她心里被外公的一句"这就好"抚慰了下去，暗斥自己多疑。

"算我当回东郭先生。"外公继续闭目养神，两个孙辈后面再说什么，他一概不理。

一直到可可尿了裤子，梁思申带进里面去找保姆，外公才道："你看看，你把她宠成小天使，现在难做人了吧？你跟我女婿到底说了些什么？"

"该提醒的都提醒了，该指的路也指了。"

外公"哼"了一声："白提，白指，你准备什么时候跟思申说明白？"

宋运辉这回难得老老实实地道："我不知道，正要跟外公商量。"

外公道："我先前还以为你是聪明人，帮你一起掩着，还问我干什么，都是成年人，思申知不知道影响得了一个成年人吗，还是让她继续做小天使吧，免得影响奶源。"

宋运辉不由叹一声气，他没想到外公竟也跟着他叹了声气，他想，看来外公也是没办法了。外公原来还想跟着女儿终于可以回美国安享晚年的，可惜他现在厌恶了，还是跟着老跟他吵嘴的外孙女来得顺心，可他到底是有些不甘愿。宋运辉一直想，真没办法了吗？可是他自己也面对分配问题，他哪里有办法拉岳父出泥淖。他想到这事儿，心里就很烦。他只能希望梁大在香港发展顺利。

13

　　杨巡接到宋运辉的电话，便叫来任遐迩布置下去，让她查阅旧账，计算出商场的真实建筑成本，以此估算商场的实际价值。他历经谈判，对讨价还价的程序早已了然于胸。他几乎没去想一下他未接获真实意向，很可能做一大堆努力之后却是一场空。他只是相信从宋运辉嘴里说出的话。有些人即使说一万句话，也未必有一句让人采信，而有些人要么不说，说出的每一句话都掷地有声。

　　但是任遐迩却是第一次接触筹建期间那些费用，面对最先是杨巡签字，而后是李力或者梁凡签字报销的账单，以及有些重复计费的项目究竟要采用哪一项，她心里没底。正好她手头已经搬来一台全新的WIN95配置的电脑，她索性设计一个Excel文件，让一位出纳将那个时期产生的所有费用一目了然地打在表格上，让杨巡取舍。

　　电脑因为保存了很多资料，为保密起见，放在任遐迩的小办公室里。杨巡被任遐迩请来取舍项目，等先看一遍下来，心里倒是立刻有了几个新的想法，他准备做出几套报价，一套是他个人经手至他的方案即将开业时的先期价格，一套是被梁凡、李力接手之后，综合全部费用的价格，再有一套是经他火眼金睛删滤梁凡、李力因管理不善产生的多余支出后的剩余价格。他必须弄清这些价格的确切数字，他与人谈判才能言之有物。

　　面对任遐迩听完他的要求后变色的脸，他只得笑嘻嘻地装没看见，说："是不是工作量很大？"

　　任遐迩道："逃不过我，也逃不过你，请杨总给每笔支出标注相应的颜色，方便我回头分门别类清算。"

　　杨巡看看门外大办公室，轻笑："很好，很威风，请你先教我怎么使用。"

　　任遐迩当即脸一红，看一眼小小的键盘和小小的鼠标，想到教的时候不知道得多暧昧，就扬声叫输入数字的出纳进来，让其协助杨总分门别类。杨巡眼睁睁看着近距离接触的机会失去，心知任重道远。

但任遐迩最后交出的报告还是让杨巡耳目一新。报告上不仅依照杨巡的设想给出三套数据，而且每套数据还分别有明细附表。另有一份总结则是给出，根据目前的经营状况，和银行贷款利率，在不计算物业升值的前提下，三套价格必须以多少营业利润来配套，才能保证不赢不亏的底限。杨巡看了又想叫亲人，转手就交给杨速看，要杨速明白，这就是以数据指导经营管理的最新实例。杨速则是反问，那为什么至今还没拿下这个宝贝，杨巡也郁闷。

但更让杨巡郁闷的是，没等任遐迩七手八脚飞快地将报告做出来，上海那边却在紧接着宋运辉的电话之后，很快传来谈判的意向，那个传递意向的人竟是杨逦，因为是杨逦传达的意向，杨巡都不便跟上海方面狡计百出，以免误伤自家小妹，他简直内伤。

但没有热身的谈判如何进行？他才不敢被人抓着小辫儿打没准备的仗。他思来想去，电话找到梁思申，希望到上海的第一天大家先坐一起吃顿饭，在梁思申在场时候定下一个基调，免得他被动挨打。但梁思申却告诉他，她现在他的老家洽公，两天内没法回上海。杨巡很无奈，可时间不等人，他只好带着资料去上海谈判。如此大好机会让他收回商场，他是绝不肯放弃的。

梁思申则是与她的欧美人种同事趁工作间隙，来到小雷家探望。但是车在小雷家村口停住，两人站在尘土飞扬的小雷家大工地前，梁思申对着才隔一年已经面目全非，看上去似乎一望无际的工地发愣。小雷家从事的是实打实的制造业，哪来那么多的钱一次性搞如此大规模的开发？她同事一看这场面，就道："这家乡镇企业的实力相当强，是不是上市企业？"

梁思申摇头："不是，是利润不算太高的传统制造业，生产的是并没太多技术附加值的产品。"两人边说边从车辆已经比过去稀少的旧路往里走。

同事看看远处可见的规模不小的厂房建筑，婉转地道："这么说来，决策人的魄力够大。"

"我也怀疑，他们的利润够不够支付无时无刻都在产生的高息银行费用。"梁思申心说岂止魄力够大，简直是吃了豹子胆。她不由想到雷东宝传到上海的那份规划，后来也没听宋运辉再提起雷东宝究竟有没有获得地方政府的支持，而从眼前的情况来看，贷款肯定到手了。

同事漫不经心地问："主事的文化程度如何？"

"好像是小学还是初中。这样的企业，还想看吗？"

同事摇头："我只想等一两年后打听一下它发展得怎么样了。"

梁思申愣了一下，也泄气："回吧，我也不想看。"

但乘上车子回去的路上，她忍不住打电话告诉宋运辉，看起来鲁智深变成李逵了。宋运辉是个资深搞企业的，如今因为上市，更是钻进财务经常讨论，熟能生巧。听梁思申如此这般一说，他脱口而出："真的是全面开花，而不是分期分批？现在已经不是过去那种相对混乱的市场环境了，他们凭什么敢那么大胆？"

但说完，宋运辉自己已经知道答案，雷东宝凭的就是过去的成功给予的无比自信。而这自信，在没有约束的情况下，已经变为狂妄。他想来想去，要不要跟雷东宝谈谈，什么叫投入，什么叫产出，什么叫利润，什么叫成本。但又想到，雷东宝现在肯听他的吗？他原以为规划是个长远计划，本来还为雷东宝现在的眼光能放得长远而感到高兴，没想到却是鲁莽地全面开花。如此规模，以小雷家现有经济实力如何吃得消。只有经济依然如过去一般飞速发展，通胀依然居高不下，这种大规模开发才可能会与雷东宝过去的每一次冒险一般，再次有惊无险地成功。

宋运辉一时无法确定，或许雷东宝是员福将，也或许雷东宝自有他自己的经济规律。

但宋运辉还是想给雷东宝打个电话，想跟雷东宝说说他的想法，虽然知道大规模开发已经开始，他再说已是无用。

雷东宝却是反问："刚才有人说一个女的和一个老外一起来，走到村口又走了，是不是你老婆？她找我有事？"

宋运辉道："是她，她估计你肯定比较忙，就不去打扰你。她没什么事，路过。"

雷东宝道："怎么不早说，电话多少？我让春红去找她。"

"不用了，她还有工作。听说你开发得很好，投入资金是多少，准备上马多少产能，具体生产什么产品，面向什么市场，准备用几年时间还清贷款？"

雷东宝本来就不喜欢梁思申，既然宋运辉说不用，他乐得放下。但被宋运辉的问题追得手忙脚乱，道："我们不断投入，不断贷款，加上新产生的利润不断投入，规模弹性，不过三通一平先全面完成。"

宋运辉等了一会儿，没想到雷东宝那边却没了后话，不由诧异道："就这样？"他简直觉得不可思议，这与他一向的工作风格非常不合。不过又想，雷东宝的工作风格什么时候与他一样过，一向大相径庭，或许这就是百花齐放。他又问："你考虑过未来如何平衡贷款利息和毛利吗？"

雷东宝道："当然考虑过，能行。"

宋运辉道："你的投入都还没确切数字，你怎么能正确预测两者的平衡？"

雷东宝刚才已经被宋运辉问得头大，至此只好道："我有我的经验，跟你们一板一眼的国营企业不一样。"

宋运辉听出雷东宝的口气，就道："那就好，我不过是问问。听思申说你那边大开发，我替你高兴。没事，有空去上海玩，外公倒是常惦记你。"

雷东宝想了半天，不知道宋运辉这个电话背后的确切意思，也想不出梁思申究竟背后又跟宋运辉说了些什么。他只好继续深入地反感梁思申这个女人，好像有她出现的事情，总有麻烦。

但眼下他果真如宋运辉传达的梁思申所言，他忙得一塌糊涂，那么多决策需要他拍板倒也罢了，最主要的是，那么多的应酬，非他亲自出面不可。想要钱，他当头的不出面，对方会觉得没面子，要钱不顺。因此几乎夜夜笙歌。现在社会夜生活又丰富，吃完晚饭，还有那么多好玩的，玩好了，又有宵夜吃，更有千娇百媚的小姐召之即来，宾馆开房也没了什么本地身份证不能开的规矩，基本上是一晚上不睡觉也行。

好在家里有韦春红这个不开饭店后精力过剩的内当家，公司里的管理人员个顶个的能派上用场，雷东宝后顾无忧。

14

杨巡为了不让梁凡、李力看出他的热衷，费劲地磨蹭了好几天，将自身所需资料充实完毕，才准备起程。他起程前想到何不带上任遐迩，但又知道孤男寡女地上路，肯定会被任遐迩反对。因此他就堂而皇之地走进财务室，想通过公开宣布决定来打消任遐迩的顾虑。"小任，你安排一下工作，下午跟我一起坐火车去上海谈判。前几天整理的资料你也带上一份，别忘带计算器，公章也带上。估计要三天。"

任遐迩头大，这一出门，回来跳进黄河都洗不清："杨总，月底关账，走不开啊。"

杨巡当然不会就此罢休，笑道："工作可以安排一下，缴税有十天时间。会不会经常送花的男朋友有反对？呵呵，女经理就是怕遇到这种事。"杨巡的话说出来，财务室众人都笑。最近常有鲜花西点送来，大家本就非常踊跃地猜测究竟任遐迩的男友是谁，因此都笑嘻嘻地看着任遐迩的好戏。

任遐迩本就在为没法阻止杨巡送花而头痛，闻言自然更是头痛，这不是贼喊捉贼吗？可她又不能当面摊牌，只得硬着头皮坚持道："五一促销的账还是第一次做，得单列出来。而且营业额这么高，利润却不好，一定要再三核对才行，以免招税务查账出问题。"

杨巡一想不错，五一促销的利润必须单列计算，不能让别人知道，当然只有任遐迩亲手处理，工作量本已够大，再加月底关账忙碌，她哪里能够腾出三天时间。他冲一室的财务笑道："果然请不动，呵呵。"嘴上虽然打趣，可心里却是失望，怏怏而回。但他这么一闹，别人对他和任遐迩的怀疑倒是少了许多。

杨巡处理了一些事情，才又给任遐迩打电话："真的不去？一天都不行？本来我想替你约宋总的太太一起吃饭，让你看个够。今天下午去，晚上一起吃饭，明天谈判，你明天下午回。"

任遐迩最近已经被杨巡搞得烦死，既然单独说话，就比较强硬地道："杨总，不方便，请别为难我。"

杨巡早知道肯定是这话，不屈不挠地道："你有什么想在上海买的？我替你带来。"

任遐迩还是道："杨总，行行好，别为难我，行吗？"

杨巡笑道："我怎么是为难你，我诚心诚意，考虑到你说的我们在商场的地位不平等，我也没紧追你，不逼迫你，让你自己做决定。你还要我怎样？"

"杨总，你究竟要我怎样？我是来工作挣钱的，不是来玩的。"

杨巡都听得出电话那端任遐迩心里乱想辞职的念头，他笑道："小任，你有才，做人也有原则，我一直很欣赏你，也尊重你，从不对你乱来，但你总得给我机会相处，你现在是为拒绝而拒绝，那就对我有偏见了。你如果不信，干脆我直接向你求婚，说明我所作所为都是真心的。你回我一句话。"

任遐迩毫不犹豫就是一句："任遐迩昏迷中，没法说话。"

杨巡还以为是开玩笑，却听那边将电话搁了，他倒一时不知道对方想什么了。心里很想冲过去直接问任遐迩到底想什么，但也清楚这是办公场所，确实不便。一时在办公室急得团团转。可又因为要去上海出差，得回家收拾行李，经过财务室的时候忍不住看了一眼，没见到任遐迩，失望而走。心说自己够诚意，到底任遐迩想怎样。看样子任遐迩不是什么看不起他学历之类的浅薄人，平时讨论工作时任遐迩很看重他的意见，那问题究竟出在哪儿？还昏迷中呢，他真想拖她出来看个清楚，问个彻底。

任遐迩被杨巡求婚的话轰得魂飞魄散，悠悠回过神来，扪心自问，这么慌干什么，即便是杨巡出言让她卷铺盖走人，她都不用这么慌，她现在对自己的自信已经不同于春节那阵子，不担心失去工作后没地方混饭吃，她只怕自己想走杨巡不放。那么她慌什么。

任遐迩坐在自己的小办公室里神思不定，想来想去，感觉自己太物质，被杨巡一天一束花或者一盒糕点给打晕了。可是，明知道他是个好上司，可未必是个好先生啊。任遐迩心中第一次没了目标。

杨巡回到家里收拾好行李，又忍不住给任遐迩一个电话："真的不去？"

"真的不去，对不起，我很忙。"

杨巡听着觉得那边的那个声音异样了许多，好像有些没情绪，他想了想，道："也是，我安排的时间不对，这几天你哪里走得开。不过这个谈判对我至关重要，我没法等你空闲。上海的蛋糕非常好吃，我带来给你。"

"不用了，谢谢，我不得不为那些西点买了个冰箱，为了不浪费，每天早也吃晚也吃，怕了。"

杨巡不由笑出来，这点他倒是没考虑到，但他喜欢这样细细碎碎的谈话，看到另一个更加私人的白白胖胖馒头样的任遐迩。"小任，有空好好考虑我的话，如果你答应，我立刻公开与你的关系，我们正大光明地相处。现在这样，其实反而对你不好，对你名声也不好，你确实会为难。"

任遐迩愣住，好容易才问一句："如果我不答应，你会不会罢手？"

"不会，我认准的，一向不会放弃。"

"那你意思不是我只有两条路可以走了吗？"

杨巡当然不会误听任遐迩话里一口一个"你"，而不是"杨总"，他因此坚决地道："我看你只有一条路。"

"只能说，你看错人了。"任遐迩气聚丹田，掼出一句强硬的。

杨巡当然知道任遐迩不止一条路可走，但他当然也要放话给任遐迩，绝不让她逃脱。他清晰地看出，任遐迩终于对他动心。那就好。等他回头拿来商场所有权，终于不用夜长梦多的时候，他不会再像前几天那么容易打发。

任遐迩则是震惊于杨巡的魄力，只要她答应，立刻公布关系，公布的自然是他刚才提的求婚的关系，杨巡都不怕未来可能没有结果，他有承担得失的担当。而那担当后面，却又有周详地为她考虑。这样的杨巡很男人。

任遐迩不由缩了缩脖子，拿起案头的外线电话，思虑之下拨出杨巡的号码。可一声"杨总"后，却又羞于开口。杨巡等半天没见下文，忽然福至心灵，明白了那边的心情，忙道："我知道了，我很高兴。等我回来，我一定把商场股权全拿回来。等着。"

杨巡终于放心上路。心里喜悦，但不能说是乐翻了天的喜悦，更多的是心里细细碎碎的欢喜，好像挺踏实，也好像挺温暖。上了火车，他一会儿想想回头怎么正式追任遐迩，一会儿想下一步谈判的事情。一路变得并不烦闷，仿佛时间过得很快，很快就到了上海。到了上海才想到，光顾着任遐迩那头，忘了给妹妹打电话说他来的事。他心想既然都来了，也懒得再打电话，就在出租车上找出杨逦房子的钥匙，自己直接开门进去。

已经是晚上八点多，杨逦却不在家。杨巡也没当回事，小姑娘嘛，能有几个像任遐迩那样坐得住的。他自己动手，收拾床铺，洗澡更衣，坐下吹着电扇看电视。但左等右等，一个多小时过去了，还不见杨逦回来，他只得拿出手机打杨逦的中文传呼。

然后又等，一直等到十一点，才听门一响，杨逦姗姗来迟。但杨逦进门飞速叫声"大哥"，就立刻蹿到厨房窗口，显然是跟人打招呼。杨巡会意，追过去一看，果然见下面一辆乌黑发亮的轿车拐弯开走，杨巡只看清一排红红的尾灯，他爱车，一看就明了，这是一辆进口高档车。兄妹一齐看着车子拐弯消失，才都缩回屋内。杨巡看杨逦两只眼睛水汪汪的，他经验丰富，一看就知道杨逦有问题。

他微笑道："不叫他上来见见面？"

杨逦道："又不是谁，普通朋友。大哥，你来也不说提前通知一声，我还以为你明天早上才到呢。"

"不坐夜车，怕影响明天动脑筋。今晚好好休息一下，明天打足精神跟你老板谈。呵呵，我们杨逦很漂亮。"

杨逦兴奋地道："真的吗？我也觉得这件衣服和裙子配得很好，显得高档，没想到夏天穿高领衣服很显身材呢。大哥，我先洗澡，回头跟你说话。"

"去吧。你不肯跟我说男朋友，我倒有个好消息，上回春节我送回去的任遐迩，你还记得吗？她答应做我女朋友了。"

"她？"杨逦须得好好想想，才想到那么一张平凡的脸，"日久生情？可大哥，她不漂亮，你一向最喜欢美女。"

"美女当然好，脑袋好更要紧。"

"大哥，我建议你在上海买些护肤品回去送她，我记得她脸上弄得一团糟。要不要我帮忙？"

"好，抽时间你陪我逛街。对了，老四，你在这家公司工作这么几天，有没有想到大哥以前跟你说过的话？大哥的实力并不弱，看到大哥即将买下他们手里的商场股份，你心里怎么想？"

杨逦想了一会儿，道："大哥，李总他们并不是支撑不住需要卖家产，而是合理调整手头产业结构，他们有更好的投资方向。"

杨巡微笑："我即使有更好的投资方向，也不会放弃商场资产，这是实力。就像打仗，你没有根据地，再强的军队都白搭。你洗澡吧，时间不早了。"

杨逦却坚持说完才肯去洗澡："大哥，我们公司跟你的不一样，这就像我们公司是世家，你是新发财主。"

杨巡对着关上的浴室门哭笑不得，杨逦可真爱公司胜过家了。他看看依然简单的房间布置，想到同样是女孩子，任遐迩现在有自己的资产，而杨逦这儿除了他们两兄弟给买的冰箱，却一直买不起洗衣机。杨巡想，那个开车送杨逦回来的人是谁，开那么好车子的人，如果真心喜欢杨逦，应该心疼她的两只手，替杨逦买台洗衣机应该不在话下。看样子还真是如杨逦所说，只是普通朋友。

但杨巡很警惕地想到梁凡和李力这两位公子哥儿。他左思右想，等杨逦洗澡出来，就道："你还记得我们第一次见李力是什么时候吗？我记得他那时候正追梁思申。"杨巡小心观察杨逦的神色，见杨逦脸上微微露出不自在，杨巡心里一沉。

杨逦不以为然地道："那时候不开放，梁思申那样的人回来跟花蝴蝶一样稀罕，现在她还不是结婚生子，纯粹小妇人一个。"

杨巡依然不动声色地道："我记得李力也已经结婚生子了吧，他太太是做什么的？"

"不清楚。"杨逦翘起嘴唇，后面任凭杨巡怎么套问，她都不愿回答。

杨巡心中大致有了框架，心里很有划花李力脸蛋的冲动。第二天他与杨逦打车去梁凡、李力的公司，梁凡不在，盯在香港，杨巡第一时间就见到了李力，第一次坐到李力宽大豪华的办公室的真皮沙发上。杨巡提出的第一个问题，就是要李力先开除杨逦，再谈下一步。李力笑说没有必要，但杨巡坚持不开除杨逦就没下一步。杨巡这么做，一方面是为挽救杨逦，一方面试探李力他们究竟套现的心情有多急迫。李力没怎么坚持，就一个电话打给人事部，让人事部与杨逦结束合同，并大方提出补偿。杨巡心里大大舒了口气，他知道该拿出哪套报价了。

当然李力也不是吃素的，相比梁凡，李力狡猾太多。双方一直谈到面红耳赤，有几次若是换在过去，杨巡认为李力早已爆发，扔下狠话不再继续，但是李力这回都没有，李力一直跟他谈到最后。直到杨巡看到谈判几乎谈无可谈的时候，他提出今天先回去等候消息，等这边商量确定，他再乘火车上来。但李力没让，李力阻止杨巡回去，自己出去打了个电话，回来便带着火气同意退让。

杨巡认为自己赢了，谈判结果几乎与他预想的一致。他走出李力办公室的门，却找不到自己的妹妹。一问之下，杨逦已经办完手续刮台风一般地离开。想到杨逦一向的个性，杨巡估计小妹恨他。他只好给妹妹传呼留话，简单说明情况。一直等走远了，离开李力办公室所在大厦，才一个电话打给梁思申。

"我拿回股权了。"在接受梁思申的恭喜后,他详细告诉谈判下来的条款,几乎没有什么商业机密的概念。

梁思申仔细听着,感觉这些条款对杨巡非常有利。等杨巡说完,她才道:"再次恭喜你,此后我见你不会再有内疚。"

杨巡忙道:"这话应该是我说,谢谢你和宋总不计前嫌。我今天终于把商场夺回来,我很激动,第一个想到先给你打电话报告好消息,我想请你吃饭表示感谢。"

梁思申笑道:"我最近最怕吃饭,家里还有个小东西等着我回去吃饭呢。你的好意我心领,你还是早早回去处理股份转让,免得夜长梦多。还有件小事,设法千万让你妹妹离开现在的公司,不大方便。"

"你也看出来了?我今天谈判第一个条件就是要他们开除我妹,没办法,现在我妹不知下落,我很头痛。"

杨巡回去杨逦的房子守株待兔,又不敢去下面打公用电话,只好用死贵的手机漫游打电话给杨速,让杨速在那边赶紧落实相关事宜。杨逦一直到天黑都还没回家,但杨巡不悔,他清楚杨逦鬼迷心窍,又是执拗性格,如果不在李力那边着手斩断,根本无法让杨逦回头。

但是一整个晚上,杨逦都没回家。杨巡万分担心,可也知道杨逦在上海多的是同学,有的是地方可去,他即使再守上一个月,杨逦都可以避而不见。他无奈,家里又是那么重要的大事等着他,他只能留下纸条回去。杨逦这一闹,让他赢回商场的喜悦都消失殆尽,反而带着满腔忧虑离开上海。

回到商场,他只擦一把脸,就召开中层会议。他进去先找到任遐迩,见她刻意避开他的眼光,他也没紧盯着,坐到主持位上,冷静地道:"公布两个好消息:第一个好消息,小任终于答应做我女朋友,如果她愿意,我很乐意她直接做我未婚妻。"

任遐迩惊住,没想到杨巡竟是这么迫不及待地宣布这个消息,都没与她好好商量,她瞪了杨巡好久,才忽然发现大家都在冲她笑冲她说恭喜,她脸立刻绯红了,不知道怎么说才好,干脆低头看桌面,嘴角憋出一句:

"没有的事。"

杨巡没纠缠这个问题，立刻接着冷静地道："第二个好消息，商场股份从今天起，全部归我名下。因此，我们管理部门将做以下调整，彻底清除与上海前股东相关的工作分类。"

整个会议，几乎是杨巡说，大家做记录。有关股份调整的事情没说多久，更多的是对六月份工作的布置。会议没多久便结束，杨巡先起身道："小任，我有件重要的事与你商量，我们去我办公室。"

任遐迩刚退烧的脸立刻又烧红，她低头跟着杨巡去总经理办公室，进去里面关上门，杨巡有备而来，抢着道："对不起，我从上海回来没给你带东西，昨天出大事，我小妹跟我闹脾气失踪。我要向你讨问我妹到底在想什么，我和杨速都是男的，从来都对小妹没措施……"

任遐迩本来有话说，但被杨巡这边这种事一说，又不便这时候耍脾气，只得道："太急了吧，我又没……没……你小妹为了我跟你闹？"

"跟你无关，她挺喜欢你，杨速也一直说你的好。你坐，我们慢慢说，这事很头痛。我叫杨速来。"

任遐迩本来有点担心杨巡既然宣布了，就开始进入什么恋人甚至未婚妻状态，但见杨巡一直严肃紧张，她放心不少；再见杨速进来，她又不自在起来。再等杨巡说出杨逦那么隐私的秘密，她终于意识到一个或许并不是问题的问题：杨巡到底是找一段感情，还是找一个太太？

因此任遐迩后面说话很谨慎，杨巡问起的时候，她才说作为女性，她认为杨逦不可能作践自己，最多是赌气不回，达到吓死大哥的目的大概就消气了。杨巡一听就有了主意，让杨速发传呼给杨逦，说大哥吓得如何如何之惨。然后杨巡带上出纳直奔银行，开出一期付款的第一张汇票，让杨速带着汇票和相关文件连夜赶去上海。转身又去营业厅上面，找相关人员筹措股份转让的资金。

留在商场的任遐迩一下成了焦点。会议之后，有关商场产权归属的问题并无太多人热情地关心，而老板与财务经理的私人关系却是如此值得八卦，消息顷刻在五楼蔓延，随即以星火燎原之势直扑下面四层。任遐迩被各种打着关切旗号的电话轰得如面包般外焦里嫩。

晚上下班的时候，已经累计有九个人跟着任遐迩要求请客，推都推不掉。任遐迩非常头痛，这个月已经因为买一台冰箱把前面几个月的积蓄快用光了，今天这一顿请客都不知道底在哪儿，需要花多少钱，可又是同事情谊，以前可以推，今天推就有些不够意思。基本上今天得吃下月的口粮钱。可她自己都还没闹个清楚，因此心中不甘不愿。杨巡那个公开宣布，真是要了她的小命。

与同事一起往外走，走出后门，却看到杨巡大模大样站在门外，估计是杨巡也看到了她，就直接冲她走过来。任遐迩继续头痛，这几乎是一波未平一波又起。但杨巡却旁若无人地道："小任，我正等你，一起走吧。"

闹着请客的人在杨巡面前不敢吱声，纷纷告辞先走。任遐迩这才松口气，感觉夜色中并不高大但精悍的杨巡此时挺可靠。但两人隔着半米距离走出一段路，都没说话。直到与下班人群远了，杨巡才道："今天下班怎么这么热闹？都在闹你？"

任遐迩无奈地道："要我请客，你不是说晚上与银行的吃饭吗？"

杨巡无法不想到任遐迩捉襟见肘的钱包，笑道："以后他们再起哄，你说我答应请客，要他们定好时间地点告诉我。银行饭已经吃完，现在是在唱歌，又正好物价局几个朋友也要唱歌，再开一个包厢。我一看时间不对，不能做你男朋友第一天就不管接送，赶紧过来。"

任遐迩无意调笑，就转开话题："杨逦回家没有？"

"杨速的电话很快到。我已经打定主意，如果今晚还不见杨逦，我明天拿汇票逼李力帮我找杨逦。你说她跟你差不多年龄，怎么她……"杨巡后面没说下去，毕竟与任遐迩目前只是形式主义上的男女朋友。

任遐迩道："有人在后面帮着收拾，换谁都愿意闯闯。再说，榜样的力量是巨大的，我看杨逦比小杨总学你更学得十足十。"

杨巡脑袋转个弯便知道任遐迩是在讽刺他的私生活只有比杨逦更乱，他忙道："杨逦是女孩子，女孩子这方面比较吃亏。"

任遐迩闻言含蓄一笑："我有言在先，你要宣布今天会议上的第一个好消息作废，现在还来得及。我倒是想请教，你既然知道女孩子在这方面比较吃亏，你还身体力行，是不是明知故犯，出发点很成问题？当然，如果你承认男女关系愿打愿挨，彼此只要各得其所，乐在其中，无所谓吃亏占便宜，那么你现在也不用担心杨逦。"

"唉。"杨巡一时无法搭话，并不是因为任遐迩的逻辑，而是一时反应不过来，说话的这还是那个寡言少语但勤快聪明的面包吗？但他很快就又笑道："看起来以前我没意识到我很有问题，以后不会了，绝不能让你吃亏。"

任遐迩笑笑，见已经到自家小区门口，就道："你忙去吧，我到了。还有两个包厢的人等着你呢。"

"没关系，送你到楼梯口，只要结账时候我在场就行。"

"你每天压力也够大的。"

"现在算什么，以前刚开始做的时候压力才大，家里那么几口等着饭吃，当时就算脚底起疱都不敢停下来。"

"这些，杨逦清楚地知道吗？"

"她知道些，但她最小，又是女孩子，大家都把好的让给她，不让她知道日子不容易。我妈说过，女孩子要娇养。"

"原来这样，建议有机会跟她说说。我刚毕业时也一样，以为人家对我好是应该的，因为我可爱我是年轻女孩。人家送我回家，那还是我赏脸给他机会，没一点良心。"

"像你们这样书读得好，人那么聪明的女孩子，大家照顾你们一些都是心甘情愿的。"

"看看，都这么说吧，实际呢？"

杨巡一想，笑了出来："谁又不是谁的妈，谁管你那么多。呵呵，都是口是心非。可能我们杨逦还上当着，她说到底没吃过苦头。你到了。"

两人不约而同地止步于楼梯口，隔着陌生人才有的距离，你看看我，我看看你，还是杨巡先忍不住笑道："我怎么看我们怎么不像我中层会议上宣布的关系。你说，我们怎么办才好？"

"别倒打一耙，自作主张宣布的是你，我没承认过。"

"没承认你还请客？"

"我是被你陷害的，我会开发票要你报销。"

"哎，说起这事了，我去做张副卡给你，省得每天送蛋糕，吃得你恨不得拿蛋糕砸我。"

"那蛋糕又不叫狗不理，我砸你干吗。副卡我不要。"

杨巡一笑，这么有点小尖酸的任遐迩更可爱："副卡还是要吧，你不要我没法提要求。唉，你太对不起女孩子称号，你看你每天下班时候一张大油脸。"

"呸。"任遐迩不答应，转身就开门进了楼梯门，不说再见就走了。

杨巡站在门外笑，带着点晚饭喝两瓶啤酒的酒意，周围的空气热烘烘的，他胸口也热烘烘的，他胸口里的一颗心蠢蠢欲动，恨不得敲门叫下任遐迩，再斗一会儿嘴。

任遐迩也没想到自己就这么跟杨巡斗嘴，一如大学时候跟那些同样智商的同学玩闹一般。气喘吁吁走上七楼，不顾疲倦先拿起镜子一照，顿时一声惨叫，油脸果然亮堂得与镜子相映成辉。这时一个传呼进来，她一看："到了吗？我能走了吗？杨。"才想到杨巡可能还等在楼下，只好站到窗前伸手挥挥，心说这么一张油光锃亮的脸挂在夜晚的七楼，正好与满月同辉。

杨巡流连着，有些不舍得走开，倒还真希望上面砸个蛋糕下来，两人再玩一会儿。他想了想，又打一个传呼："我上来坐一会儿，行吗？"他看到任遐迩缩回头去，过一会儿又探脑袋出来，冲他摆手。他其实也知道任遐迩肯定拒绝，半夜三更的，任遐迩肯开这个口，就不是任遐迩了。他只得快快而走。他满希望任遐迩就跟杨逦一样一直看到李力的车子离开才撤退，但他走出几步回头看一眼，人家早关门打烊人毛子都不见了。杨巡讪笑，这到底算什么关系啊。

但他凭自己多年识人本事，认定任遐迩是个好太太人选，问题是宣布关系容易，真想变成太太麻烦，这么聪明能干的人，哪是肯勉强屈就的，看来任重道远，他得好好走"追求"这个步骤。

半路上，终于等到杨速电话，杨速说杨逦哭得面无人色地躲在家里，还好，在家。杨巡听后指使，让杨速不管杨逦爱不爱听，把当初两兄弟出门卖馒头的艰辛和刚到东北时候的艰辛都告诉杨逦，让杨逦知道，挣一口饭吃并不容易，让杨逦也知道，大哥二哥养她到现在，并不是轻而易举的。

但杨巡心里并不指望任遐迩的这个主意能奏效。若能奏效，以前也不会妈妈才刚去世，杨逦整半年不体谅他。杨速今天能说得杨逦上进便罢，如果不能，他除了把杨逦捉来捆在身边，还有什么办法？杨逦毕竟已是成年人。

他最寒心的还是前天与杨逦在上海说起他和李力公司实力对比的时候，杨逦对他的不屑一顾，看得出杨逦一直瞧不上他，那很伤他的心。他当初弃学养家并非没有怨言，但他是老大，他必须这么做。这么多年走下来，他把弟弟妹妹都送去读高校，能读多高就读多高，他心里当然是有一份得意，他不求弟弟妹妹的回报，但私心里当然希望弟弟妹妹们能记住他的好，可是杨逦一直不是很瞧得起他的样子。为什么？无非就因为杨逦口口声声说的他档次低，因为他只初中毕业，可他只读了初中那是为了谁？他看出杨逦这人没良心，但愿那是任遐迩所言，杨逦刚走出校门没吃苦头，不知好歹。今晚让杨速给杨逦忆苦思甜，这是他给杨逦最后的机会。

回到包厢，大家都玩得高兴，基本没人意识到他已经离开近一个小时。他也是若无其事地投入"战斗"，呼五喝六地与大伙儿赌酒起哄，一手搂着个三陪。酒过三巡，杨巡才想到任遐迩说他更乱，他则是刚向任遐迩保证以后不会了。他不由一笑，指挥身边的三陪女去夹攻这个包厢里的老大。但他不清楚他心中阶级斗争的那根弦能不能天天紧绷，绷到什么时候。他想任遐迩也是书生脾气，不开窍，不知道男人，而且还是有过历史的男人，哪儿纯情得起来。

但他到底还是纯情了一夜，第二天早上分外想任遐迩，起床就直奔任遐迩的小屋，停下才给她打传呼，说他饿着肚子等在楼下。他欺的就是任遐迩手中没电话，没法拒绝。他要是连这点缝隙都摸不到，他这几年的生意岂非白做。任遐迩果然不是对手，开门揖盗。

杨巡费力爬上七楼，看到任遐迩小窝的门已经开了，进去就听到里面放着叽叽呱呱的英语。他将门关上，看草草扎着辫子，面容皎洁的任遐迩又是穿着那身宽大的黑棉袍，很是可爱。这是他认定的太太，因此他心里对她有一丝放肆。但现在不是时候，他不得不使出吃奶的童子功，将手自绑到身后，笑嘻嘻地道："今天杨速不在，我没饭吃了。你在学英语？"

任遐迩对于杨巡自说自话地硬塞进门来当她男朋友，很不习惯，尴尬地避在一边，道："收短波听BBC，练听力。冰箱里有西点，行吗？"

"有饭吗？"

"有粥，不过是我刚才吃剩的，不好意思。"

"行，给口饭吃就行。本来就是我冒昧，没预约就上来。想你了。"

杨巡话才说完，只听一声脆响，任遐迩刚拿出来的碗掉地上摔了。他不由看着脸色通红的任遐迩笑，喏，这个才是真纯情。他主动俯身捡起碎碗。任遐迩看着恨不得踢他一脚，明显感觉杨巡这话是调戏，是言不由衷，可问题是她听着竟然心里酥软。她心里微愠，可不能让杨巡取笑了去，立刻转身再拿碗盛粥，没一会儿，一小碟什锦菜，一碗白粥，两块杨巡送来的糕点，和一只煎蛋，齐齐放到桌上。

杨巡一直在厨房门口看着，看得任遐迩手忙脚乱。但一会儿就换作任遐迩站门口火眼金睛地看杨巡吃饭，好在杨巡餐桌之上一招一式颇有章法，自然不会怯场，再说他本来脸皮就厚。杨巡不是个肯被动的，主动挑起话题："这酱菜好吃，我以前没吃过这么香的。"

"很简单，买来的不卫生，先用清水过一下，放葱和辣椒，拿油爆，再稍微添一些糖，更加入味。"

杨巡笑道："我捡到宝了。别板着脸，不就摔了一只碗吗？那么小气。怎么不坐下？"

"我看书，没空理你。"任遐迩知道自己不是厚脸皮的对手，退出战场。

杨巡既想任遐迩陪着，又巴不得她不看，等任遐迩一走，他立刻放下矜持，撒欢儿地快吃，谁耐烦吃饭都道貌岸然。这顿饭简单，但吃得舒服。只是量上面略显不足，他自说自话打开冰箱又取出几块糕点吃了才罢。经他一顿猛吃，任遐迩的冰箱冷藏室赫然空出一格。

他又自说自话地泡了两杯茶，过去坐在窗边的任遐迩身边，将一杯茶放到窗台上，腾出手抽来任遐迩手中的书看，见是一本《税法》，封面注明这是注册会计师全国统考辅导材料。他将书归还："你在考注册会计师？"

"报名了，总得去考。"

"那么忙，你有时间学？"杨巡说着话，从隔壁搬凳子过来，坐到任遐迩对面。

"还行，每天接触实务，比较不用死记硬背。像这税法，平时都知道的。"

"别的我说不上，《税法》我基本上倒背如流。"杨巡笑道，有丝得意，"你看到哪儿，我考你怎么样？背《税法》有个诀窍，只要一边看一边想这儿可以利用，那儿可以钻空子，那样基本一遍看下来，记得八九不离十。"

"啊，同感，我也这么看《税法》。别人都说《税法》最繁琐，答题最容易出问题，我看《税法》却是最快。"

"你抓总的眼光很好，我一直在想让你统管市场、欧洲街还有商场的财务，不过你太年轻，还不能服众。现在更不能动用你，管那么多事，你没时间看书，还不恨死我。"

"你先答应不来烦我，不来什么要口饭吃，我已经谢天谢地。"任遐迩嘴里强硬，可对着杨巡电灯泡一样注视着她的眼光，头却是垂着的，不敢对视。

杨巡特别喜欢任遐迩难得的妩媚，忍不住道："我今天是赶着来向你汇报，昨晚他们都叫了小姐，我没叫，你看我说不就不。"

任遐迩早不能承受这种暧昧气氛，抽身离开，走到阳台，宁可顶着已经火热的太阳浇花。"社会实践告诉我们，想要猫儿不吃腥，那是不可能的。因此我依然建议你慎重考虑，收回昨天会议上的话，赔我名誉。你既然想要我管着财务，我这人又不是吃素的，你应该心里有数。"

杨巡又不是不知道这人是地雷，之前考虑任遐迩的时候最头痛的就是这个问题，可他本来就是个不畏艰险的，现在，尤其是今天，心里更生出些不管不顾的蛮劲来："我要的就是你。你别躲我，晒黑了我心疼。"

任遐迩耸拉着眉毛，道："你究竟喜欢我什么，我改，行吗？"

杨巡听了发笑，他可记得出差上海前任遐迩的应允，感觉任遐迩只是女孩子矜持，暂时无法放下身段。她心里肯定有他，要不，以她的性子，能放他进门？但任遐迩硬是不肯再进来，宁愿让太阳晒着，杨巡只能退出房间，两眼则是有意无意朝铺着凉席的单人床看一眼，心里颤颤的。梁思申之外，竟然又有让他不敢随便动手动脚的女人。他估计并不是因为任遐迩性格刚硬，肯定是因为他对任遐迩心软。

任遐迩则是感觉杨巡总是想热烘烘地贴上来，心里决定以后坚决不放他进门，这人不是她同学那样的善类，这是个久经人事的男人。可是换了上班衣服出来，看到坐在另一间房认真看税法书的杨巡，她还是愣愣看了会儿。杨巡说他欣赏她，她又何尝不欣赏他？杨巡虽然长得不怎么样，但这个人目光高远，杀伐果断，行止之间自然平添一股男儿气概，这也是她那些书生气的同学所没有的。男人长得玉树临风又有什么用，男人要的是气概。只是这种养成气概的男人，当然也是复杂的男人。任遐迩自信能力不错，有意挑战。

她深吸一口气，道："五一促销的账，我想这么处理……"

两人边讨论边出门上班。从讨论中，任遐迩看出杨巡果然精熟税法，与传统概念中的暴发户大有不同。两人一起出现在上班人流中的时候，大伙儿都窃窃私语。任遐迩这才感觉坏了，要命，肯定都在怀疑杨巡昨晚与她一起过夜。

杨巡则是本来就打算多管齐下，包括利用舆论给任遐迩烙上"杨"字大印，让这个聪明人即使辞职也辞不掉某种身份。因此自然乐观其成，做出一脸春风荡漾。

杨巡的计划是，一天握到一枚手指，两天握到两枚手指，三天握到整只手，十天获得质的突破。以往经验表明，他的这个计划还算保守，杨巡也以为，这是针对任遐迩专门做出的退让。但是十天过去，杨巡发现，他的计划竟是如此超前，超前得所有外人都有理由非议这个制订计划之人的脱离实际、不识时务。十天过去了，杨巡不仅没有获得实质性的突破，甚至连一根手指都没有摸到，更为无耻的是，他连任遐迩家的门也进不去了。

那天早上杨巡又想钻缝隙去任遐迩那儿混口早饭，他运气好，去的时候正好有楼内居民开楼梯门出来，他乘隙而入，直捣七楼。不想被任遐迩关在防盗门外，死活不让进，说是上回进门表现不佳，高居黑名单榜首，成拒绝往来户。杨巡问可否留党察看，以观后效。任遐迩答，第一次错是纯，第二次错是蠢，人不能自己糟蹋自己。好歹任遐迩做人没做到最绝，关着防盗门，但开着木门，令杨巡贴着门还可以往里一窥究竟。一会儿任遐迩做了一卷面饼夹煎蛋，交给外面的杨巡。杨巡郁闷地说，这简直是饲养员喂养猛兽。

但杨巡并不容易打发，竟就站在门外将饼吃了，然后两手伸进防盗门，要求擦手。他自己还不肯接毛巾，非要一脸无辜地将两条手臂分得开开的，显得无法左右互搏，自力更生。任遐迩本就存心打趣杨巡，两人为了擦手问题一来一去闹下来，门里门外两个都是笑得打跌，没法说一句囫囵话。

杨巡没想到追求一个人还有这么有趣的过程，远比过去的直捣黄龙有趣，看得着摸不着，对方却又鲜活地闪亮着，弄得他整天牵肠挂肚，即使坐在办公室里都无法安生，总想溜达出去经过财务室的门看上一眼，看看她在做什么，并越来越想挣脱职业道德的约束，做那滥用职权的下贱事。他毕竟已不是那种每天等着女友必经之地，守株待兔看一眼就能满足的小男生。

然而任遐迩却是很不能适应杨巡那套非小男生的追求方式，因此想尽办法打乱杨巡的节奏，缓滞杨巡的步调，硬是想把一只馒头抻成拉面。两个人怪招迭出，斗智斗勇，旁观者都不知这两人怎能将恋爱谈成这般怪味。

终于，杨巡逮到机会，俄罗斯芭蕾舞团来上演《天鹅湖》，杨巡高价从内部弄来两张好位置的票，吸引任遐迩终于肯乖乖上钩跟他进入月黑风高之域。但等杨巡一坐下，就发现这世道喜欢跟人拧巴，敢情从内部流出去的票都进了内部人的手心，他左边不远处是宋运辉和宋引，右边不远处和前后都是道上的朋友，一进场杨巡打招呼赔笑都来不及，哪里还能动歪脑筋。

倒是让宋运辉终于看到杨巡早就提起过的女朋友。他看任遐迩是个正经人，倒是意外杨巡扎扎实实地找这样的人做太太，而不是搂一个美女回家，看来杨巡这两年是真变了。

任遐迩发现宋运辉并不认识她，因此放心地趁着剧院灯还亮着，仔细打量这个宋厂长，见是一个白净瘦削的中年男子，神情不苟言笑，一举一动似乎都有章法，不像杨巡笑起来整个人都是活的。任遐迩有些不敢相信前不久在夜总会见到的一幕，她甚至怀疑起自己的记性，小声问杨巡："你刚才介绍的宋总，真是夜总会遇见的那个？"

杨巡享受这等私密待遇，但是待得任遐迩话音刚落，他就不客气地将脸一偏，制造任遐迩偷吻他脸的惨剧，可惜剧场灯光刚好暗了下来，他只看到任遐迩怒目而视的两只眼睛闪闪发亮。他笑得要死，做人，就得时时处处抓住机遇，不能局限于时间地点，不能囿于陈规或陋习。但任遐迩的愤怒维持不了几分钟，当如水的蓝光洒遍舞台的时候，她看得感性，一只手没再挣开杨巡的掌握。

但散场回家，杨巡还是未能突破那道防盗门进入任遐迩的闺房，只好依依不舍地拉着好不容易抓住的手，在小区阒热的小道上散了一圈又一圈的步。任遐迩大步流量，杨巡也向来是急性子，两人的散步媲美竞走。

然杨巡的动作虽然比他自己预期中的慢太多，可还是比大多数人的动作快好多。九月份的时候他就押着任遐迩一起把结婚登记办了，也借口新买的他的别墅和杨速的别墅正在装修，顺理成章地把自己塞进任遐迩的小屋。十一节他的商场又搞了一次更噱头的买就送，用他结婚的名义压迫供货商们提供更大折扣。二日，他大操大办地结婚，还远远地请来远在老家的雷东宝以及其他亲戚。

15

宋运辉接到雷东宝的电话，说他十月一日到，希望最先看到的是宋运辉，宋运辉当然答应。但是计划没有变化快，十一那天东海公司出了一件生产事故，宋运辉作为主管领导立刻赶去现场，没法赶那个与雷东宝见面的第一时间，他只好委托梁思申帮他去接人。

梁思申担心雷东宝的车子走错路，带着可可和猫猫，驾着问申宝田借的车，迎在进城的必经之地。可可最爱坐在车子里出游，一路非常配合。梁思申从电话里听得出雷东宝有些不满宋运辉的有事，心里觉得雷东宝挺不可理喻，而且后来的电话都是韦春红跟她说，雷东宝不再对她吱声。

终于，几经联络之后，梁思申看到一辆雪亮的奔驰车挂着韦春红说给她的车牌而来，缓缓停到她的车边，而后面还跟着一辆墨绿的佳美。梁思申还是第一次见，对雷东宝这样的派头很是错愕，脑袋里不由浮现上半年去小雷家村看到的大发展的一幕。她还愣着，韦春红已经从车子里钻出来打招呼。不做饭店后的韦春红富态了许多，又白又润，烫过的短发做得很大方，身上穿的是玫红套装裙，手里抱着一个胖娃娃，身后跟着韦春红跟前夫生的儿子。

梁思申也忙下车，终于见到来之不易的宝宝。她绕到另一个方向，才能抱出自己的儿子，与雷东宝的宝宝对比。雷东宝这时候艰难而勉强地从车子里钻出来，一看梁思申手中的儿子，哈哈大笑，对韦春红道："看，我儿子生出来比小辉的儿子重，现在养大了还是比小辉的儿子胖。"他对看似并不服气的梁思申道："你别不服气，我儿子也吃外国奶粉，用外国尿布，穿外国衣服。"

梁思申当然不服气，她科学抚养儿子，宝宝比可可胖，只能说明宝宝超标，但她一笑置之："大哥原来憋着劲儿想跟我们可可比，回去我任务重了，我们先去宾馆好吗？杨巡给订了套房，我已经拿来钥匙。"

"行，回去再聊，宝宝老路边吃灰不好。"

梁思申看雷东宝上车，一个年轻人不知道什么时候跳下来的，赶紧过去替雷东宝开门。梁思申问还没进去的韦春红："大哥最近发展得很好？"

"是啊，铜厂和电线厂都有新车间投产，专门接外贸单子做，生产排得满满的，你们可可会站了吗？"

"都能爬几步了呢，回头去宾馆让两个小的一起闹。"

梁思申抱着可可回车上，带雷东宝的车队去宾馆。路上接到宋运辉电话，问接到人没有，梁思申说了雷东宝的派头，宋运辉笑道："他来炫给我看，他发展得好，我都替他舒一口气。"

梁思申道："你没事了赶紧回来，我吃不消他，也懒得应付韦姐。看韦姐跟孵杜鹃鸟蛋似的替你大哥养儿子，我一想到孩子的来历就气不打一处来。"

"人家自己都没在意，你替她生什么隔壁气。我已经上路了，等会儿跟大哥一起吃晚饭，你小心看住可可，我很怀疑大哥养出来的儿子跟他一个德性，动手打人是家常便饭。"

"哎哟，对了，等可可能走会跑了，我们赶紧送可可学散打去，以后有的是见面机会啊。你没看到，大哥的儿子真有相扑选手的身板哪。"

宋运辉听了大笑："是不是大哥惹你了？还是贬低我们可可了？"

"后者，我气不打一处来。"

"行，我打好预防针了，回头见面跟他没完。敢说我们可可！猫猫没跟着？"

"跟着，猫猫不高兴下去跟姑父见面，猫后车座不露头。你跟她说话。"

猫猫拿到手机，就笑道："爸爸，姑父真像香港黑帮老大，真滑稽，还有个戴白手套和墨镜的叔叔给他开车。"梁思申一听就笑出来，可不，她怎么没想到。这不稀罕，她在上海也见过类似雷东宝的企业家，摆噱头不知道怎么摆，要么就近学大领导出巡，要么眼睛向外向港台片取经。后者就是雷东宝现在那个样子了。她不明白雷东宝干吗要那样，以前那么简单爽朗不是很好吗？

跟着雷东宝一起来的还有一直与杨巡相熟的红伟夫妇和正明夫妇，这两对夫妻轮流开后面的佳美。尤其是红伟，经常来这边出差，多得杨巡照顾。车队经过市中心，红伟一看门口人山人海的商场，就对开车的正明道："你看，杨巡的商场生意多好。他现在出息大发了。"

正明看着，道："还是自己出来做最好。"多少有些忌妒，想当年杨巡赔着小心问他要电线的时候，他可是架子大得很，现在没法比了。

红伟道："你还没看到杨巡其他铺子，这家伙闷声发大财。你说他的商场生意怎么好得跟白送一样？"

红伟和正明的妻子看到商场门口大红字的时候早疯狂了，天哪，买三百送一百五，那不是打对折吗？竟有这等好事，当然不会搭理丈夫们的议论，两人商量到宾馆住下后天塌下来也不管了，先来杨巡的商场挤人阵。

梁思申的车子里，宋引看着商场的喧嚣，道："阿姨，美国的商店到圣诞节的时候会不会也这么热闹？会不会跟我上回去的纽约的那家玩具店一样要排队等进场？"

"也热闹，但肯定没那么多人，大多数店里不用排队等，你想不想圣诞节去一次美国？"

"想，但最好跟阿姨一起去。爸爸不爱逛街，把我往虞伯伯家一扔，让我自己想去哪儿玩，可我真想去阿姨说的百老汇和第五大道，他们却带着我去看动物园和玩具店，都把我当小孩子。"

"我也真想逛街，想死了圣诞节去美国购物，可现在不行，以后时间宽裕就带上你。"

"真的吗？那我写日记记下来，阿姨，你一定要兑现哦。还有，到了宾馆我可以不下车吗？"

"不可以，今天太阳好，你关在车里得烤成白灼基围虾，为什么不下车？"

"我不喜欢姑父。阿姨说过，不喜欢就别勉强自己。"

梁思申停车，笑道："我保证，你猫在车里被太阳烤，一定更不喜欢。"

宋引无奈地跟着梁思申下车，见到雷东宝他们的车子先停在宾馆大堂门口，等一串的人下了车，那车子才跟来停车场。她悄声与梁思申道："姑父挺傻的，这么大的人还爱现。"说完做个鬼脸。

"爸爸低调，不喜欢出风头。"

"可是爸爸再不出风头，我们老师同学还是知道爸爸。"宋引见与雷东宝他们还离得远，追着说个没完。

"低调需要自信和实力做基础。好了，我们别说了，我们尊重别人的选择。"

"可会不会太虚伪？"

"不，我们只是不说。虚伪是表面一套背后另一套，与我们的不一样。"

"真复杂。"宋引没再接着说，因为已经走到等在大堂中央的雷东宝一行身边。但她只摆摆手说声"Hello"，没做任何称呼，她直觉地不喜欢眼前这个姑父，她早忘了以前还挺喜欢这个姑父的。她沉默地跟在梁思申的身边，一手也搭在童车上，一起帮着推弟弟的童车，对于韦春红连珠炮一般的赞美，她只羞涩地回以"谢谢"。

红伟和正明的妻子趁老大两夫妻的注意力都对准宋引，忙抓住梁思申问杨巡的商场是怎么回事。梁思申笑道："杨巡鬼主意多，他五一时候抢先推出买三百送一百，一天下来，整个商场就跟遭洗劫了一般。后来陆续又买送了几次，不过规模较小。这回推出买三百送一百五，今早听杨巡说，有不少人早早打听得这消息，昨天还有外地人特意赶来这儿住下，到商场看准要买的，该试穿的试穿，该开单的开单，方便今天一早冲进门抢先下手。"

连韦春红闻言都问:"哎哟,那我们现在去还来及吗?"

梁思申笑道:"听说开到半夜呢。"

韦春红看着怀里的宝宝取舍了半分钟,毅然对红伟正明的妻子道:"你们赶紧去,记得帮我看看有没有便宜的。"

得此话,红伟正明的妻子拔腿冲出门去,商场离宾馆不远。红伟笑道:"去掐屎尖吃呢,这事儿。"

红伟是捡雷东宝爱听的说,雷东宝平日里常说"吃屎也要掐尖",但这话听到梁思申和宋引的耳朵里,两人都愣住。宋引轻问:"阿姨,我没听错吧?"

梁思申还没说,雷东宝先笑道:"嘿嘿,小姑娘比小辉讲究多了。"说话的当儿,雷东宝先昂然进了正明抢先按着的电梯。宋引吸取上一句的教训,就小声用英语道:"Hi, lady first。"梁思申闻言立刻竖指于唇,给宋引一声"嘘"。雷东宝又不是傻瓜,问梁思申:"小引说什么?"

梁思申并没掩饰,道:"在很多场合,都提倡女士优先,比如进电梯,大多先生会礼让女士走在前面。"

雷东宝道:"洋规矩到中国用不上。我们中国,男人是家长。小引,你们小学发表格下来让你填家长,你填谁?"

梁思申一听立刻严肃地道:"大哥,你不该问这个问题。"

雷东宝当即知道自己问错,闭嘴不说,但电梯到点,他还是率先出去。宋引却看着韦春红的儿子,嘴巴鼓了几下,终于什么都没说,但等大家进房间安顿好,宋引用大家都听得见的声音道:"阿姨,弟弟要换尿不湿了,要不我带弟弟回家?"

梁思申明白宋引的意思,拿眼睛瞥瞥自己身上背的尿布包,宋引看见眼神却轻微摇头,梁思申只得对雷东宝道:"大哥,对不起,要不我先回去一下,等下再过来。宋已经在路上,很快能到。"

韦春红看得明白,抢着道:"当妈不容易,难为你抱个小的拖个大的还去路口接我们,我送你下去。"

梁思申没推辞，与韦春红一起下去。到了下面，韦春红拉了梁思申走开几步，轻道："小梁，你可别为以前你大哥对我的事帮我生气啊。你大哥说到底是个好人，可他是个土人，不会说好听的话。"

梁思申忙笑道："怎么会呢，我又不是小孩子。韦嫂，现在你好吗？"

韦春红笑道："怎么会不好，你看看我的脸。倒是你，看上去好像累得慌。"

"我还在喂奶，寻常护肤品不敢用。韦嫂，你别出来了，外面闹。"

梁思申辞别韦春红，宋引出门就回头看看，见没人跟来，才道："阿姨，他们投诉我了是不是？"

"没有。你说的是你的实话，他们没理由投诉你，别担心。"

"那么，阿姨，我能知道韦姨跟你说的话吗？"

"能。她以为我还在为她的事生气，可我不是。我问她的话，她没回答我真话。但那是她的生活，我不会再多问。"

"多问不行吗？我如果关心她，我会多问。"

"我多问需要有两个前提，首先她必须爱她自己，其次才是我心里想关心她。人若是自己都不关心自己，别人的关心都是白搭。做人一定要自尊、自强、自爱。"

宋引似懂非懂地点头，她感觉阿姨的教育与别人有点不一样，别人都是用最简单的话跟她解释，仿佛她是不识字的小孩似的，阿姨从来拿她当大人，其实她喜欢被当大人对待。阿姨坐上车的时候接到一个电话，她就主动帮忙拴好可可专用车椅上面的保险带。

打电话给梁思申的正是戴娇凤，戴娇凤用一贯绵柔的声音问："梁小姐，外公今天不在？我还准备今天找他说话呢，给他带来好几只佛手，他念了一年的好东西。"

梁思申笑道："外公被我妈妈接去玩，得过几天才能回来，佛手能保存几天？"

"你也不在？本来交给你也一样，你识货，看门的保姆还不让我进呢。你在哪儿？今天什么时候回来？"

梁思申犹豫了一下，道："我在我先生家里，应邀参加一个朋友的婚礼。"

戴娇凤沉吟一会儿，道："是不是参加杨巡的婚礼？"

梁思申没料到戴娇凤知道，这时隐隐有些感觉，戴娇凤今天打这个电话来，并不完全是带佛手给外公，便道："是的，他们明天的婚礼。"

"我冒昧问一下，你见过新娘子吗？新娘子是怎么样一个人？"

"我没见过，我先生见过，是杨巡商场的得力财务，非常能干。"

"她……美丽吗？"

"我见过的女人中间，能比你美的不多。"

戴娇凤一笑："其实你早知道，你真有城府，我可以继续问你一个问题吗？"

"请。"

"新娘是什么文凭？"

"重点大学本科，不仅学习好，工作能力也很好。"

"这下杨巡妈可以高兴了。恭喜他们杨家终于找到一个文凭高能力强不漂亮的长媳，你能帮我把话带到吗？"

"估计不能。如果可以，某个合适的时候，我会把你生活得很好，先生很爱你的现状说给杨巡。"

"那你能把杨巡的电话告诉我吗？"

"戴，何必，是不是谁今天有意告诉你这个消息？"

"是。梁小姐，你不知道，当年他妈欺负我的手段多阴毒，话多难听，可那时候我才多大，他妈就那么忍心欺负我，杨巡他今天有脸心安理得地结婚吗？"

"戴，你一向是个多快乐的人，还想着那些干什么，那传话的人是谁？那人真不怀好意。"

梁思申本希望戴娇凤知道她的态度后适可而止，没想到戴娇凤却哭了，道："是，我不知道就算了，偏让我知道。其实我这几年都大致知道他在干什么，可他真还有脸结婚……"

梁思申没法将戴娇凤的逻辑搞懂，只好一个劲地劝过去的事就让它过去。戴娇凤则是絮絮叨叨地说了很多，在戴娇凤的嘴里，杨母几乎是个典型的恶婆婆。梁思申至此也才大致弄清楚戴娇凤与杨巡的关系，一直到可可耐不住妈妈总不关注她而哭起来，戴娇凤在那边听到才肯放手。梁思申大致明白，戴娇凤只是需要一个宣泄的渠道，要不然杨巡现在是多大的目标，戴娇凤想要找还不是容易。但若戴娇凤知道杨巡曾经追求过那个宣泄的渠道，不知道会作何感想。令梁思申没想到的是，戴娇凤似乎对杨巡还有很深的感情。而令梁思申更没想到的是，杨巡嘴里如圣母般的杨母，对别人却有如此苛刻的一面。老天真会捉弄人。不过梁思申佩服戴娇凤的直爽，敢爱敢恨。

哄了可可回驾驶座，抬头却见宋运辉过来。她对宋运辉简单交代一下，又说了戴娇凤的电话，她说的时候，宋引从车窗钻出头来，笑嘻嘻地道："爸爸，阿姨刚接了一个电话，一个女的一直哭啊哭啊，哭得弟弟也跟着哭了。"

宋运辉过来摸摸女儿的头，奇道："你以前不是喜欢姑父的吗，怎么忽然不喜欢了？"

"不知道。"但宋引还是歪着头想了一会儿，道，"姑父现在像《皇帝的新装》里面的皇帝。"

"哦，为什么？"

"不知道，凭感觉。"

宋运辉笑视梁思申："这么严重？才多少日子，变化那么大？"

"说不出来的感觉，或许放到别人身上不会觉得有什么。但忽然见到一个挺实在的人一年不见忽然变得叱咤风云起来，很不习惯。你上去看看吧，我们晚上就自己吃了。韦嫂……真是三从四德。"

宋引却是不依："爸爸，早点回来，你不能总跟一个我们都不喜欢的人待在一起。"

宋运辉笑视女儿，没答应，告别上去。梁思申笑着旁观，想当年，她也是争取民主的主儿，家里爸爸妈妈做什么她都要投一票才行。于是她也追上一句："对，你不回来，我们就看电视不睡觉。"

宋运辉笑着挥挥拳头。他又不由看看梁思申指给他看的雷东宝的座驾，如今他的座驾有排量限制，他又保持低调，日常一辆合资奥迪打发过去。倒是见到市面上不少人换了好车，比如他现在走得挺近的申宝田也换了辆奔驰500，车牌更不知道下多少苦功夫跟谁换的，最后三个数也是500。雷东宝的这款是奔驰E320，车身很是宽大，倒是适合雷东宝的身材。好像杨巡还没换车，风里雨里还是那辆老普桑。

想到这儿，宋运辉不由有些对杨巡刮目相看，这小子，越发沉得住气了。

宋运辉到了雷东宝所住套间，是小三给开的门，小三对他毕恭毕敬，对雷东宝更是毕恭毕敬。雷东宝紧跟着小三过来，一来就紧紧握住宋运辉的手，使劲得想把宋运辉抢起来似的摇。宋运辉不知道雷东宝干吗要那么激烈，笑道："你干吗，大哥，想摧毁我？"

雷东宝看着宋运辉被他摇得天地变色，仿佛这样才满意过来，将手放了，笑道："很多日子没见你，你白了，可没胖，你那个好老婆没好好养你？"

宋运辉跟韦春红也握了手，又不顾雷东宝的逼视，与在场的红伟、正明、小三寒暄后，才道："我刚上来前看到你的车，不错啊……"

"你开什么车？现在。"

"我开奥迪。"

"走，开开我的车，很好。"雷东宝向小三一伸手，小三连忙掏出沉甸甸的车钥匙交给雷东宝，雷东宝立刻转手交给宋运辉，回头对其他人道："你们自己吃饭，我跟小辉玩车去。"

雷东宝说话间就推着宋运辉往外走，宋运辉有些莫名其妙，不由自主地走出门去。到了电梯，他才有闲暇问雷东宝："你有什么私密的事要跟我说？"

雷东宝反问："我们见面，难道不应该单独说话？还是你现在不想跟我单独说话？"

宋运辉奇道："你吃枪药没？我没法去接你，你没见思申抱着小孩这么不方便都去接你了吗？火气这么大干什么？我家太座出面比我出面更难得，知足吧。"

雷东宝紧紧盯着宋运辉，道："嗯，这才像人话，这话有人味。"

宋运辉莫名其妙，与雷东宝一起走出电梯，一路问雷东宝是不是吃错药了。雷东宝反而笑逐颜开，肉掌一掌一掌地扇向宋运辉的背，走出门的时候干脆大掌攀住宋运辉的肩，勾肩搭背而行。宋运辉还是不知道雷东宝为何如此，恨不得挥拳往这张肉圆似的脸上砸出个究竟来。到了车边，宋运辉就不理神经兮兮的雷东宝，将车子里外打开，围着看个究竟。雷东宝又腰站在一边，得意扬扬地道："这车不错吧？"

宋运辉道："值得吗，你现在到处找钱，找得我那些朋友跳脚要我阻止你找他们。你说你花那么大价钱买这么一辆车，何不拿这钱去换个车间？你怎么算的经济账？你还在草创阶段，别先想着贪图享受。"

雷东宝道："前面是人话，后面的我不听。进去说话。"

宋运辉不明白雷东宝为什么要把他的一句话分割成人话和非人话，他回想一下，似乎没什么区别。他坐进驾驶室，心里也有些不舒服，不理雷东宝，顾自试车转圈，加速，刹车，几下下来，才道："我带你去看看杨巡的几个产业。杨巡现在扩建他的建材城，手头资产已经不少。他至今开的还是一辆普桑，我夏天坐过一次他的车，拉空调就拉不了速度，就是那么简陋。你看……"

雷东宝理直气壮地道："你屁股坐在国营大企业领导位置上，拿出去就是副厅级干部，跟谁都平起平坐，你哪里知道我们这些人怎么办事。我呢，农民！老徐现在也不待见我。别人看到我，能看到我身后小雷家的产业吗？不能。我实话告诉你，你们国家单位没几个人做事是认真的，没人肯实实在在调查我雷霆的实力背景，绝大多数人看人只看表面。你让我看杨巡，你不知道我换了车子换了衣服，做人鼻孔朝天，出去办事顺利多少？老王先生就比你明白。"

宋运辉摇摇头，这话申宝田也跟他说过，申宝田说现在的人只敬罗衫不敬人，不得不逐年为行头加码。他斜睨罗衫笔挺的雷东宝，知道雷东宝以前不是个讲究吃穿的人，可怜现在也不得不顺应时势。他道："原来是这样，这车子买了多少天？"

"半年多了。"

宋运辉点点头："村里人有没有反对意见？"

"有什么意见？我老大，做什么不可以。只要雷霆扩大，钱挣更多，小雷家大变样，他们放屁都不响，照样跟我后面吃屁。你想说什么？我们不是你们国营企业，屁大的事都要开会讨论。"

宋运辉还是点头："半年多，够你习惯好车大派头的待遇了。大哥，你是个率性而为的人，这辈子主动想到控制自己七情六欲的时候很少。眼下为了办事需要，你提高自己的待遇，久而久之，我看你越来越脱离群众了。今天进门我看你和红伟、正明他们的关系，已经拉开距离。还有那个办公室主任小三，对你一脸谄媚，只差背后装一条尾巴随时对你献殷勤……"说话的时候，因为动脑筋得得厉害，宋运辉找地方停下。

雷东宝心中那种反感的感觉又强烈起来，抢话道："小辉，你教训我？你身后不是也一帮马屁精？"

"大哥，我今天对你是肺腑之言，并没有打压教训的意思。我刚做老大时也飘飘然过，但我现在自律，知道老大有很多事不可以做。我现在身后一帮马屁精，但我心里清楚自己在干什么，我会控制他们的度。但你的性格大而化之，你把握不好这个度，你会先是因工作需要，后来则是习惯，再后来你会迷失，以为自己果真本事超群，一言九鼎……"

雷东宝今天见面后第四次打断宋运辉的话："难道你不认为我在雷霆里面一言九鼎？雷霆发展到今天，难道不是我一个人的本事？"

对于雷东宝霹雳般的叱问，宋运辉掌握着方向盘，目光前视，即使没在开车都不想看雷东宝。这时有交警骑摩托车过来敲车窗，宋运辉看了一眼，才掏出证件递给交警，微笑而不容置疑地道："我稍停会儿，有些事，谢谢。"

交警看一眼便交还证件，笑道："对不起，宋总，打扰，打扰。"

雷东宝看着眼前这一切，不屑地道："你还不是一样，你以权谋私做得这么顺溜，还教训我？"

宋运辉一愣，确实，他讪讪一笑，道："好，都是旁观者清。你只要知道自己在做什么就好，我是瞎操心。"

"你操心，我领情，但你跟我说话你能教训我吗？我是你姐夫，是你大哥。"

宋运辉本想解释，可心里忽然反感，到嘴边的话又咽了回去。只笑笑道："好，我没把握好度。走，我领你吃最好的海鲜去，你现在财大气粗，请客。"

雷东宝此时心里也有些没意思，道："还是回去吃，给你看看我儿子吃饭，回去教育你老婆怎么养儿子。"

宋运辉也当作忘记刚才说要带雷东宝参观带雷东宝吃最好海鲜的说法，一起转回宾馆吃饭。席间，他见正明和小三几乎殷勤得卑躬屈膝，红伟倒是坦然许多。他以往也是见惯有人献殷勤的，可是今天见了分外刺眼。

吃完饭，趁梁思申打电话来的时候，宋运辉就借口走了，他没兴趣跟着正明小三冲雷东宝赔小心。

第二天，宋运辉为替杨巡做证婚人，特意提早来到杨巡包的总统套房，美其名曰对台词。梁思申当然也一起来，将可可丢在家里交给婆婆带。看见杨巡的时候，梁思申不得不想起昨天戴娇凤的哭泣，感慨世事无常，她没见识过杨巡嘴里圣母一般的杨母，可是见识过戴娇凤。在她眼里，戴娇凤是个不错的女人，如今的杨巡在她看来也是不错的男人，可是那一男一女却是相遇在错误的时间，一段姻缘成了孽缘。

同屋另一个新郎杨速也在整理装束，杨速比杨巡高，因此长相上面看着就出色了一些。两人装扮好一起出来的时候，梁思申忍不住同宋运辉道："男人不用长得漂亮，但一定要有事业养出来的气度衬底。我看杨巡比杨速登样不少。"

宋运辉斜睨一眼："我呢？"

梁思申以手加胸，极其肉麻地道："你是我的阿波罗。"

宋运辉喷笑，他本来想也肉麻一把，但见杨巡走过来，只得止住。

杨巡到两人面前扭着被领带勒紧的脖子，笑道："有没有沐猴而冠的意思？"

宋运辉笑道："你别总贬损自己，我看着不错。来，我们对对台词，让你妹妹过来串一下新娘子。杨速，你也过来。思申你看着。"现场即使少一个客串新娘，宋运辉也要明确一下，不肯让自己太太上阵。于是寻建祥笑嘻嘻地站到杨巡身边，客串起新娘来，笑得一屋子人前仰后合。杨逦则是一上来就站到杨速身边。杨巡很怀疑，若不是两兄弟一起结婚，只他一个人结婚的话，杨逦还会不会从上海特意赶来。

终于闹哄哄过去，两兄弟分头出发迎接新娘。

杨巡坐在车上有些哭笑不得，临出门时，梁思申提醒他戴娇凤已经知道他结婚的事，说反应很大让他做好准备。戴娇凤、梁思申，对他而言如此特殊的两个人，却是如此奇妙地因一件事串在一起，而他最终与之结婚的却是另一个人。昨晚，任遐迩如常地与他并肩战斗到半夜，曲终人散才仔细检查一遍安保之后一起回家。杨巡相信，任遐迩会与他一直并肩到死。

今天是人称大喜的日子，但对于经历过人生多少悲喜的杨巡而言，无法像杨速一样乐得跟傻瓜似的合不拢嘴。因此婚礼的准备和安排，当然是他多管一些，谁让他脑袋清楚。他本来想请宋运辉做男方家长，但宋运辉不肯，只肯答应做证婚人。杨巡当时也只能在心里遗憾了一把，不过退一步想，证婚人也不错了。婚礼就是给人看的，宋运辉做他的证婚人，已经够给人无限遐想。做他的家长，倒还真是肉麻，以宋运辉这样的明白人，做不出来。

跟他一个车队的人里面没有杨逦，这是任遐迩的亲口要求。任遐迩对工作精益求精，但对生活小事性格随意。因此任遐迩这回难得提出要求，提出不想见到杨逦吊着架子到她家迎亲，杨巡只能答应。只是杨巡心里有些遗憾，他最希望任遐迩进门就做起杨家的长嫂，帮他协调与杨逦的关系，可惜任遐迩不买账，说不喜欢就是不喜欢。

任遐迩的娘家太远，不方便专人化妆，因此就把任遐迩自己买的房子临时用作娘家。走下车子的时候，杨巡不由跟身边的寻建祥道："你看，这就是她自己买的房子，还是来我商场工作前就买的。"

寻建祥笑道："你们俩都能搂钱，还让别人怎么活啊。"

杨巡笑："我能搂钱，她更擅长的是算计钱，我们两个是天衣无缝的搭档。"

寻建祥想问一句你到底是想找搭档还是找老婆，但终于没问出口，楼梯口埋伏的鞭炮惊天动地地响了。寻建祥今天是作为司机而来，看着年轻男女们在楼梯口互相扯皮的一幕，不由得回忆起自己与老婆恋爱结婚的种种，作为一个过来人，他心里挺替杨巡的婚姻可惜，杨巡这人，经历的女人太多，找妻子功利性太重。他不知道任遐迩心里究竟怎么想，但终究杨巡是个钱多的，这世上想绑定杨巡的女人不要太多。

杨巡今天强盗扮书生，难得地没在双方扯皮中开口充当主力，而是耐心等待朋友们轰开闺门。千呼万唤之下，终于任遐迩穿着婚纱出来了，杨巡看见就会意微笑。为穿这一见钟情的婚纱，任遐迩已经节食一个月。杨巡旁观着都替她辛苦，奉劝她不如换套婚纱，她偏不，硬是每天晚饭时看别人去食堂吃饭，她眼睛碧绿地啃手指头，与天斗，与地斗，斗私批修一念间。杨巡一次好笑地问她，她为一件衣服都能如此执着，是不是以后对选定的丈夫会从一而终？任遐迩当时问他怕不怕，杨巡的回答是巴不得。但心里却有些怕，一辈子那么漫长，他不知道什么时候遇到什么不可知的事情，若是有个万一，身边这个执着的女人就是定时炸弹了。而当时任遐迩却神妙莫测地说，衣服是死的，人是活的，岂可一概而论。对这句话，杨巡至今还没想出究竟真实含义是什么。

但是面对着终于成功装入曼妙婚纱中的纤细得一点不像面包的他的新娘，杨巡还是与众人一样喜气洋洋地按照程序一步一步不厌其烦地做下去。终于把老婆娶到手了，他可以歇一口气，回头找个空一点的时间，携任遐迩去老家拜祭一下。他把这个主意与任遐迩说起的时候，任遐迩笑眯着他，说了一句"家祭无忘告乃翁"。他一时有些担心任遐迩这句话背后的意思。不过现在好了，结婚了。

他用的婚车是问申宝田借的奔驰，他自己的普桑都没好意思拿出来用。他的伴郎们想尽办法将新娘拐到婚车上后散去，他上车对任遐迩笑道："你今天特别漂亮。"

不料旁边任遐迩的大学同学兼伴娘咄咄逼人地问："我们遐迩平时难道不漂亮？"

"对，你平时从来只说我能干有本事，对此我耿耿于怀。有人说情人眼里出西施，你眼里似乎从没看到西施嘛。"任遐迩即使做了新娘也不甘示弱。

杨巡笑道："西施算什么，我们遐迩只有一个。"

伴娘也笑道："对于这种似是而非的回答，我们有理由表示鄙夷。新郎请回答，遐迩究竟好在哪儿？"

任遐迩扭头解释给杨巡听："你惨了，我同学大学时候是辩论队主力，如今转行做律师，最惯于挖掘疑犯隐藏心底最深处的杂碎。"

一车众人听了都笑，寻建祥道："是老公，不是疑犯，不能乱挖掘。"

伴娘笑道："老公还在任命进程中，不趁这个大好时机深挖细掘，机不可失时不再来啦。新郎，你能否起誓，以后每天由衷地对太太说一声'你是最美'，无论太太是青春少艾，还是鸡皮鹤发？"

"能。"杨巡回答得非常干脆。

任遐迩笑道："你能，我还嫌肉麻呢，我就怕谎话说一百次变成真理，情人眼里真出西施，那挺麻烦。"

杨巡失笑，这就是任遐迩，但伴娘却道："一个女人难道不可以是先生眼里唯一的西施？这明明是最合理的要求。"

任遐迩扭头对杨巡道："你不会嘴里说西施，心里偷偷改成东施吧？"

杨巡依然笑道："两位姑奶奶饶了我吧。"

任遐迩立刻对同学道："你看，这位大兄弟今天难得老实，赶紧痛扁。过了这村没这店。"

杨巡笑道:"欺负我老实。"

寻建祥得笑个不停:"你们俩收敛着点,今天你们是新郎新娘,是挨我们欺负的主儿,哪能你们自己先斗起来,那我们还欺负啥?"

伴郎这才慢吞吞地插嘴:"你们尽管窝里斗,我录音了,回头现场放。"

寻建祥后来没再插嘴,跟着前面的摄像车绕城一周,听后面斗嘴。心说这样也好,这对新郎新娘只要杨巡肯稍微退让一些,倒是旗鼓相当,杨巡以后生活不愁没精神。现在看来杨巡肯退,但不知以后如何。婚后柴米油盐,多的是磕磕碰碰。

终于绕到宾馆,两对新人一起站在门边迎宾。杨巡与来宾寒暄之余,忽然问任遐迩一句:"你光着膀子冷不冷?"

"今天怎么会冷?哎,你站直,立正。"

杨巡有些罗圈腿,经常不知不觉就站成一个瘦瘦的"0"字,他闻言立刻站直了,微倾身子对新娘道:"今天宾馆冷气开得有些冷,你真不怕冻?"

任遐迩扑闪了几下被睫毛膏拉得跟扇子一样的睫毛,低声道:"你今天真傻。"

"哎,还真是。"杨巡立刻领悟过来,任遐迩心里热着呢。他贼笑道,"你是最美。"

任遐迩忍俊不禁,恨不得扔掉花束捂肚子大笑,终于咬牙切齿地忍住,才道:"不许阴谋陷害,学学老二,人家多像个结婚样儿。"

杨巡还想再贫,却见又有来宾进门,忙又投入寒暄。任遐迩看着忙碌的杨巡心想,怎么办,跟着这活宝,她也越来越活宝了。不过她似乎以前也是个大快活,后来挣扎着生活,人才活得越来越没劲。刚才杨巡的嘘寒问暖让她心里温暖,从此之后,不用单打独斗了吧。

婚礼进行得团结紧张严肃活泼,宋运辉到场后与雷东宝打个招呼,就携梁思申坐到本地政企要人的桌上。雷东宝与那些同样来自杨巡老家的亲朋好友坐在一起，众人对座位是最敏感的，见此都是议论纷纷。

在梁思申的眼里，当然台上新郎新娘，都不如她的夫君美。不过她没忘眼观六路，虽然杨巡说会布置老乡监控，她还是担心杨巡忙昏头了，忘记戴娇凤那个细节。她担心昨天电话里咬牙切齿的戴娇凤忽然出现在现场。好在全程太平。杨巡当然是必须到她和宋运辉面前来敬酒，她有些好笑地审视着杨巡，却没从那张厚脸皮上看出任何尴尬。她只是替看上去挺聪明的新娘担心，这样的杨巡，寻常人太难驾驭。反而宋运辉让她不用担心，未来杨巡的财权都肯定掌握到新娘手中，杨巡不敢轻举妄动。但是梁思申想，这就够了吗？婚姻中最需要的难道不是爱？

雷东宝在婚礼后突然改变计划，连夜起程回家。宋运辉没细究雷东宝心里究竟是怎么想的，与梁思申一起送到停车场。等一行两辆车子绝尘而去，梁思申问："你们昨天谈得不愉快？"

宋运辉叹息："他身上曾经让我钦佩的精神消失了。其实从他出狱那时候起，我已经感觉到他变了。"

"难怪，我认识他晚，我说呢，没从他身上看到你描述的素质。咦，我电话。"

梁思申在包里找电话的时候，宋运辉沉吟着道："我有点担心……我还担心……算了。"

梁思申看看宋运辉，但只有一张嘴，她选择接电话。那边却是外公。外公霸气十足地道："思申，你告诉小辉给他女儿办签证，你也开始准备起来，圣诞假期你送我和你妈去迈阿密。"

"干什么？你不是说不跟去了吗？出尔反尔老顽童也。你不能霸占我妈，我爸需要我妈。"

"秋天啦，一想到这边的冬天，我老骨头痛。思申啊，你要讲理，我跟你妈分开那么多年，我要趁还有精神，照顾你妈几年，算是补偿。你爸呢，他日子还长，别跟我老头子抢。"

"谁照顾谁啊！我不答应，我要跟我妈说。"

"你妈已经答应跟我去美国照顾一段时间。你别没良心嘛，最起码你和你妈得一起陪我到迈阿密，对不对？靠我和小王，怎么到得了？"

"你究竟心里怎么想的？你今天口气太正常，我反而有怀疑。"

却是梁母接起电话，笑道："别没规没矩，外公说得对，那边新入住，去了需要收拾，我不去看着总是不放心，还有你那两个舅舅，我也担心。先去了再说，要回来也容易，现在不是以前。再说你也得让妈妈去美国玩玩。"

梁思申立刻没话说，只一个劲埋怨外公一天一个主意。要外公亲口发誓不再改变主意之后，她才结束电话。回头见宋运辉已经与人聊上天，她走过去等了会儿，等那人识相离开，她就跟宋运辉道："外公打算让妈妈陪着迁居迈阿密。还要我跟你说，要你准备小引的签证。"

宋运辉奇道："他前不久还在跟我说，他要看着明年初他手里的股票上市，他还说他想进股市搅上一脚。"

"我也不知道，他说他怕死上海的冬天了。不过现在去也好，正好让小引去那儿补习半年英语，免得跟我当年一样死命追进度。"

"小引的学费得我出，别让你外公掏腰包。"

梁思申笑道："如果有幸旁边有私立学校，那费用你肯定掏不起。如果是公立，不用掏钱。我们分你我干什么。"

宋运辉笑道："不是那意思，我们现在岗位工资改革后，我又不穷。"

"那么从明天起，可可的奶粉钱，你太太的服装费，锦云里的水电日杂费，都你负担。"

"你的服装，嘿嘿，你的服装，除了你的服装，其他以后都是我开销。"

"那太太的胭脂花粉费呢，太太买花戴的费用呢，太太的花天酒地支出呢？"

宋运辉只好投降："我不是把工资卡做副卡交给你了吗，全由你拿去支配，我乐得不管。"

"杨巡家的支出，以后不知道他太太有没有绝对支配权？"

"悬。"

"我也这么认为。"

两人都想到两年前的那一出，都看得出那时候杨巡对梁思申多么倾心，而且梁思申非常影响杨巡的前途，杨巡却依然在账上做了小手脚，而那个平民出身的新娘又能奈杨巡何？

杨巡几乎是被扛着进新房的。杨巡本来说把唯一的总统套房让给杨速做洞房，但是既然杨巡喝醉，杨速就做主将大哥抬进总统套房，自己进另一间豪华套房。众人又闹了会儿，见杨巡倒在床上大睡，就嬉笑离开。任遐迩将角角落落搜了个遍，揪出两个听房的，这才掩门扔掉折磨了她一天的高跟鞋。回头对着睡得没一点样子的杨巡看了好一会儿，一个人静静地将两人的关系前前后后梳理了一遍。其实今天如杨巡所言，只是一个仪式，而他们真正的开始，是在领证那天，杨巡硬是挤占她的小窝，而她没再坚拒。

杨巡很会做人，很知道怎么关心她，爱护她，让她身心全都愉快。但就是因为杨巡做得太老练，太高段，她反而心里一直不踏实，总感觉自己被动得像个傻瓜，还不如今天杨巡喝醉了傻傻地躺在这儿，可以任她摆布。

她换下衣服，洗去铅华，换上睡衣，坐下慢慢收拾杨巡，她的丈夫。她心里有个小小的疑问，明天早上，杨巡会不会跟她说"你是最美"？想到这四个字，她不由莞尔，她觉得杨巡肯定会说，这么好的耍贫机会，杨巡岂会放过。

这是爱吗？任遐迩躺在杨巡胸口，听着他心脏有节奏地跳动，心里非常确定，她已经越来越离不开杨巡。她在登记的那一刻还有懊恼，总觉得是被杨巡花言巧语逼进婚姻登记处。今天她心想，其实她又何尝不是将计就计，顺水推舟，先下手为强地将敬慕的人变为自己的人。

她等待明天杨巡再跟她说"你是最美"，期待杨巡以后每天都跟她说"你是最美"。她会提醒他。谎话说一百次就变成真理，她要把这四个字变为杨巡的真理。

这一夜，唯有杨逦孤零零一个。大哥醉得人事不省只见周公，二哥关门洞房花烛，她于婚礼之后等了好久不见有人安排她，只好灰溜溜回家。越想越没意思，想到晚上还有一班火车，就去了火车站，连夜赶回上海。火车上的杨逦心中异常失落，强烈感觉到结婚后的杨家，她不再是被关注的焦点，大哥二哥都没头脑，只顾得了一头忘记了她，她心里很是怨愤。

也是夜车，但与杨逦南辕北辙的是雷东宝一行。雷东宝上车就郁闷地跟韦春红说他要睡觉，明天准时参加市里举办的经验交流会，除非是宝宝哭闹，谁也别叫醒他。但是雷东宝这么爱睡的人，却是闭上眼睛一直睡不着。

车子离城好远，周围已经一片黑暗，只有前面正明开着的佳美的红色尾灯稍稍影亮里面车厢。雷东宝却忽然道："春红，今天小辉这样对我。"

"轻点。"韦春红先看看宝宝，见宝宝依然安睡，才道，"说起来，我也看不惯你昨天那么对宋总。人家与你没亲没故的，这样对你是本分，对你好才是意外，你哪能要求他太多。你看你，昨天先冷落小梁，带来的礼物也不说先交给小梁。然后也不说对宋总客客气气。你也不想想，到底是你倚仗他，还是他倚仗你。今天喜宴上他这么做也没错，你本来就只是个有钱的，你挤人家那堆里干吗？"

"谁说我倚仗他，他不倚仗我？我们以前是什么关系，我从来……"

"嘘，轻点。我知道你们的关系，你们以前一个是姐夫一个是小舅子，现在是兄弟关系。可我们不说别的，就算是亲兄弟吧，人家已经当了那么多年上万人大公司的老总，你见面呼五喝六的人家怎么吃得住？私下拗手腕便罢了，还当着我们那么多人面，你存心不给他面子。"

"我从来这么对他。你什么道理，难道人富贵了，可以不叫爹娘，不认兄弟？"

"你究竟是宋总爹娘，还是宋总一个娘胎爬出来的亲兄弟？"

"你这什么话，我跟他是亲兄弟能比的？"

"你这样想……好，随便你怎么想。"

"有些东西你不懂，我比你懂。特别是男人们的东西，你们女人别掺和，小辉就是让他老婆掺和坏的。"

"好啦，我不懂。不过还是提醒你一句，你别总看不上小梁。小梁别说是宋总屋里人，她娘家什么势力，她自己什么财力，你老这么跟她对着干，不是为难宋总吗？"

"说你没见识你还不认，小辉有今天是靠老婆娘家的吗？他这个老婆嫁他前他已经是宋厂长，记住。他靠自己。"

"我不多说了，再说你又说我女人家头发长见识短。"

"女人就不该掺和男人的事。"雷东宝不以为然，也不再说话，闭目睡觉。

前面小三一直没说话，司机也没说话，就跟不存在一样。雷东宝发作了一通，这下算是睡着了，只有宝宝中途哭着要吃的，他才迷迷糊糊醒来一下，但没他的事，他接着睡。一觉睡到家里，随便洗漱一下，就直奔会场。

会场上面，市领导第一个跟他握手，又很重视他的意见，说他话糙理不糙，雷东宝憋了一天的劲终于又落回到实处。原来他只是水土不服，现在则是回到自家地盘。

宋运辉清早送走妻子，驾车回家，半路接到外公一个电话，让他过几天有空去上海面谈。宋运辉心领神会："是不是思申爸爸的事？他没收手？"

"你倒是灵敏，既然你已经想到，我也直说给你。我越看越觉有鬼。你给我想个办法，怎么跟你丈人老头说。"

"该威胁该利诱的我都说了，你以为我还能说什么？"

"小辉，你不要这么问我。你要清楚，你现在是这个家的主力，你不动脑筋谁动？你是官场的人，你应该有更多办法。你无论如何要想，要解决这个问题。我昨天一整天劝他提前退休，跟我去美国，到了美国我有办法，他一整天敷衍，我看他赌徒上性了。我告诉他，万一有事，他害自己那是他自作孽，他也会害我女儿，害思申，害可可，小辉你想过没有，你会最受连累。可他老是跟我说，他心里有数，非常有数，拿我当老糊涂。这事，小辉，即使为你自己，你也得想办法解决。"

宋运辉停车仔细听外公说话："外公，你让思申妈先跟你出去是最正确的……"

"正确个屁,我女儿不在,他更可以肆无忌惮。"

"我思考过后基本上认定,思申爸有恃无恐有他的底气,他不是一个人,他和梁凡绑在一起,也就是跟更多人绑在一起……"

"妈妈的,我不要跟你说了,我活那么大年纪,我不相信一个国家会允许这种蠹贼存在。我高看你了。"

"外公,你听我说完……"但是那边已经传来"嘟嘟"的忙音。宋运辉看看手机,想拨回去,不过想想外公该说的基本上都已说明白,他再打过去无非是跟外公辩论,冲外公那脾气,不顺耳的哪听得进去。他继续上路,脑袋里想的事全部换成岳父。

外公说得没错,岳父如果出事,最受伤的只有他,可他能怎么办?大义灭亲,举报?别说做不出手,他手里也只有猜测没有确切证据。他最希望的还是岳父能迷途知返。刚才外公打断他的话,他还想说的是,他不知道梁凡的舅舅们有没有参与,若是参与,事情更大,因此他岂敢贸然行事。

他一路细细回想有关岳父与梁凡的种种细节,猜度是不是有更多的人参与到此事中来,还有,梁凡的筹资额度到底有多大,以及除了梁凡那一块,岳父还有无其他动作。他想得头痛。他还头痛一点,梁思申似乎掩耳盗铃。昨晚听外公说去迈阿密,此后梁思申一直为外公寻找怕冷的理由,究竟是在说服谁,他心里最清楚。他头痛要不要跟梁思申指明。

没几天外公回上海,两人又就此事好好议论一番,都觉得不会没事,但也没证据表明有事。外公更是信誓旦旦地说,肯定有事,说他这辈子见多识广,不会看错。

但宋运辉小心起见,设法打听下来,岳父风评还行,大家都说可能吃点拿点,但抓钱的可能性比较小。省行不同市行,接触的大多是大项目大国企。宋运辉稍微放心,不过外公还是决定出国去,他担心女婿万一有事,连他都会被扣在国内回不了美国,这种事"文革"时期发生太多,他至今无法修正心中的偏见,他更担心弄不好他的钱会被混作女婿的钱充公,那才是要了他的老命。

16

任遐迩结婚后并没从商场的财务管理中脱身，但开始兼管欧洲街的财务。临近年底，地税组织举办年报和新增涉税条款的培训，将会计们拉到郊区一家小宾馆集中培训。任遐迩回不了家，吃完晚饭，同屋的会计看电视，她看完新闻联播，就看教材。

一会儿杨巡电话进来，笑嘻嘻地道："面包，今天是我们婚后第一次分居两地呀，有没有想我？"

任遐迩现在也配了一部手机，但她是个节省的，一接通就道："你打这个电话……"她报了总机和房号，就关了手机等杨巡再打来。

杨巡再打来，就取笑："上个月和前个月，你的手机月费少得我都出汗。我吃完晚饭回来了，到家才想到你不在。"

"对啊，还不抓紧时间，还可以出去玩。"

"不去啦，每天挨你管得束手束脚，出去玩都活不起来了，吃顿饭够啦。怎么办，我一个人很闷。天又这么冷，我一个人钻被窝里冷啊。"

任遐迩笑道："可怜的孩子，教你一个办法，放一缸热水，晚上睡浴缸。"两人此时已经搬到刚装修好的别墅。

"水冷了怎么办？"

"水冷了继续放。"

"我中途想你了怎么办？"

"你黄。"

"我没黄，我真很想，不是说我们婚后第一天不在一起吗，我这个实在人多不适应。"

"呸，乱唱高调。"

"你看，我又看不到老婆，又还得挨老婆骂，多受打击。老婆，我现在过去找你好吗？"

"哎，别乱来，我们都是住标间。"

"那你下来，我们回家，明天早上我送你回去上课。"

"好啊好啊，就这么定，我下去，我立刻下去哦。"任遐迩说完，那边杨巡的电话就挂了。她愣了一下，将电话搁回，怀疑有人或者有电话找上杨巡了，但她这个电话接下来，心情如会唱歌一样。

没想到过一会儿杨巡电话又来了："面包，你怎么还不下来，我都等你十分钟了，穿衣服不用那么长时间吧。"

"什么？"任遐迩跳起来，冲到窗户边一看，下面停着好几辆车，也不知道哪辆是他的。她忙套上面包似的羽绒服，与室友道别下去。道别的声音就跟唱的一样婉转。

果然，杨巡等在下面，见面先一个大拥抱。任遐迩非常开心，额外给这个馒头盖个红戳，冒充油条。馒头却扭扭捏捏装腔作势，说这样不好，上面很多人看着，影响馒头蒸来的声誉。任遐迩狂笑，与杨巡婚后真有些不适应杨巡的油嘴滑舌，可也真好玩，每天回家就笑个没完。很多时候杨巡出去应酬，她等着他回家，等的时候可心焦呢。

婚礼后杨巡见煮熟的鸭子飞不了，就硬派给她个称号："面包"，在她用不做早餐的抗议之下，杨巡只好告诉她过去他是人称"小杨馒头"的倒爷，馒头面包是一家，不是天经地义的吗，此后两人背着人就以馒头面包相称，叫得越来越顺口。

杨巡心里最喜欢的是任遐迩是真心喜欢他，没有因为重点大学毕业而露出高人一等的感觉。他本来无非是成立一个家，找个宜室宜家的厚道老婆，守住他的大后方，再给他生个聪明儿女。没想到任遐迩是意外之喜，别看此人上班一本正经，八百年不变的面包样，本质却是诙谐得很，令他顿时感觉自己的一张嘴有了用武之地，两人每天在家彼此调笑，说是打预防针，让各自出去应酬的时候遇到花言巧语免疫。婚后的生活是说不出的轻松适意。

杨巡认为自己找对人了。

17

上海虹桥机场国际起飞厅，外公进去关口前，特意走到前来送行的女婿面前一言不发好久，盯得梁父失色。已经进去的梁母见此担忧，老头子昨晚一直没再提，今天难道要临门一脚？可她出不去，没法打圆场。同样也是来送行，顺便接走可可的宋运辉见此倒退几步，避开风圈。

外公却没多说，只盯着女婿低声道："你好自为之。"

外公说完就进去了，留下梁父站在原地尴尬了几秒钟，但也没尴尬多久，就回头对不远不近处的宋运辉道："这都什么意思？你回家的飞机还要两个小时吧，有没有别的事？"

宋运辉拿嘴努努怀里很不安分的因为妈妈离开而哭泣的可可，道："他的事最大。"

梁父感慨："你现在把他当天，等他长大不知道怎么对待你。"

宋运辉从可可那儿分出三分目光看向岳父："爸爸，我没跟思申和外公他们说实情，外公应该想得简单一些，思申更是避而不想，但现实……"

梁父神色一凝："你背后调查我？"

"爸爸对不起，我得为妻儿老小考虑，但你放心，我不会说出去的。"

梁父不语，冷冷地盯着宋运辉。宋运辉也不解释，熟练地摸出尿布包里的热奶，让刚哭完的可可捧着吃。人流在他们两个身边来来去去，两人都不为所动。

终于还是梁父道："你知道多少？"

"很简单的道理，若想人不知，除非己莫为。坐在我们这种位置上的人，基本上已经不可能亲自动手完成一件事的全程。全程有多少人参与，就有多少漏洞存在。"

梁父神色越发凝重："你究竟知道多少？"

可可仿佛感受到来自外公的凝重压力，丢掉奶瓶又"哇"的一声哭出来。宋运辉这下又没法回答问题，小心伺候手中的一团宝贝疙瘩。而他也不想多说，索性借可可的哭来回避。偷眼看去，见岳父脸色忽明忽暗，已经大变。

这时，宋运辉的手下找过来，见此情形，一时不知道该不该走近。宋运辉也没招呼手下过来，还是与岳父对峙。

好久，梁父终于又回复镇定，但冷然对宋运辉道："你也好自为之，你为上市剥离资产的那些事已经做过火了。"

"这事都是专门的法律班子经手，没有违法。"宋运辉有些愕然，没想到岳父也在调查他。

"别让思申知道。"

"思申一向对不三不四的下岗规定很有看法。"

梁父看看不远处的宋部下，欲言又止，最后还是一句："对，我忘记你跟上面关系很好。我从国内出发，再见。"

宋运辉不动声色地跟头也没回的岳父说"再见"，但等岳父走远，才长长出了一口气。他其实对岳父的所作所为所知有限，他完全是凭一个上位者自身的经历，豁出去威胁了岳父一把，令岳父无法不忌惮：他这么一个外省官员都能探知一二，何况省内？为岳父的事，他头痛万分，只好选择与岳父交恶，但或许可以挽救岳父于悬崖。

他没想到岳父也调查了他，翁婿关系的背后竟是这样，他始料未及。

宋运辉出了好一会儿的神，才与同事会合，登机回家。

宋运辉与杨巡的关系，在杨巡的一再努力之下，终于渐渐恢复。元旦前杨巡在新居请客吃饭，他过去了一下。从杨巡那儿得知梁凡和李力两个在香港挣得相当好，因此几乎不回上海，直把香港当了家。因此杨巡也激动得跃跃欲试，想通过深圳的地下渠道将钱弄去香港动作一把。

宋运辉跟杨巡说起梁思申的评价，说泡沫时期，谁都会被资产的迅猛增值击晕，认为自己是天才，争先恐后地下水追逐泡沫。追逐泡沫是正确的，没办法，必须想办法跑赢通胀，但最关键问题是谁都不知道泡沫会什么时候破裂，谁要是拿到最后一棒，那就不仅仅是前功尽弃了。解决的办法是对冲。但是国内很多出去香港玩股票的人不懂这些个老牌资本主义国家金融天才玩出来的游戏规则，因此不知如何躲避风险。

宋运辉本来就不熟悉那行，本身就说得七零八落，于是这话到了杨巡、任遐迩以及寻建祥、杨速夫妇的耳朵里，便更成了天书。杨巡建议已经在读工商管理硕士的任遐迩放弃看着没什么意思的课程，转投金融。任遐迩也是蠢蠢欲动，对那个听上去都是高智商人士在玩的领域非常向往。

饭后，杨巡坚持要替宋运辉开车，送他回家。宋运辉建议杨巡，做大了以后，确实应该开始考虑多渠道融资，向股市等金融领域开拓融资渠道。杨巡听着当然上心，回家找任遐迩商量该怎么做。却见任遐迩早已趴在电脑前，通过雅虎中国搜索相关信息。但两人找了半天"对冲"相关信息，越找越是茫然。

杨巡想到前阵子找过他，想拉他进证券交易所开个大户的老大，决定从那个业内人士入手了解情况。但任遐迩准备去书店买书或从图书馆借书，了解相关情况。两人分头出击。

杨巡很想在已经在扩建的建材市场之外，把原先有规划而且也有图纸的商场上面的办公楼造起来。可那需要大笔的资金，钱从何来一直是杨巡孜孜追求的大问题。如今很好，有了任遐迩这个帮手，让他可以有商有量。他充分意识到，人的智商高是多么重要。

但在新一轮的大展宏图之前，杨巡想到一个很重要的问题：退路。就像宋运辉跟他提到过的对冲，收益越大，风险越大。世上的其他事又何尝不是如此？他现在家大业大，更须分摊风险，以免那些总是让他午夜梦回的恐怖过往再度来袭，他不能总是只有深深害怕，没有行动。他想方设法将文凭最厚实的任遐迩的档案又放回人事局，又替任遐迩找到油水丰厚的自来水厂位置，费大钱花大力弄进去，却又费钱费力办个停薪留职，他这才放心，即使以后有个三长两短，也饿不了全家了。

任遐迩对此很不理解，她即使与杨巡再亲，一时又怎能摸清楚如此顽强的丈夫经历多次头破血流，层层累积在心头的恐惧。

1997年 🐼

01

　　梁思申在美国安顿外公、妈妈、宋引等一行的时候，从电话里得知，爸爸元旦在香港过。爸爸这一举动太明显，梁思申再掩耳盗铃都无法不将爸爸与梁大的关系浓墨重彩地联系一下，她忍不住问妈妈，爸爸有没有做什么违法勾当？妈妈否认，甚至连时常冷嘲热讽的外公都帮着否认。梁思申不得不再次告诉自己，爸爸是个有原则有坚持的人，为了自由婚姻可以与权威的爷爷抗争那么多年。爸爸也从来教她为人必须正直有操守，她从小在爸爸妈妈的谆谆教诲下长大，于情于理，都没理由怀疑爸爸。可是，她还有独立思考，爸爸去香港过元旦，这行为太反常。

　　她最担心的还有，以梁大对国际金融的无知，以梁大在国内畅行无阻发展出的目空一切性格，这种人有本事在香港玩投机吗？市面上把1997香港回归视为利好，传言香港弹丸之地，土地有限，回归后流入香港的人口将成为香港房价的有力支撑，梁大就把这些话挂在嘴边念叨了。可梁思申早在1989年的同样弹丸之地日本也听说过类似的话，当时也是鼓吹土地是不可再生资源，土地只会越来越少，与香港现在的那些舆论如出一辙。日本炒地发展到最畸形的时候，一个东京市的地价可以买下整个美国。但是最后怎么样？日本至今没有恢复元气，日本的房价至今已经跌掉75%。老牌金融人士以旁观之心进入炒作，梁大却是全身心系于炒作，梁思申最怕梁大赌红双眼，成了最后一个接棒手。在群狼环伺之地，梁大接最后一棒几乎不可避免，万一爸爸真与梁大有个什么，会出现什么结果？梁思申不寒而栗。

梁思申回到上海第一件事就是给爸爸打电话，告诉梁大等人在香港面临的风险。但没等她说完，爸爸就告诉她，他亲自去香港看后，觉得梁大和李力都少年老成，操作挺稳。而且他也不可能有那么大权力批给梁大大笔贷款，梁大更无可能转移那么多人民币去香港。爸爸还责备她过于操心，不如把担忧放到梁大那边去，指导梁大畅游国际金融海洋。听爸爸如此言之凿凿，梁思申担了好几天的心又放下了，她生气自己多疑，怀疑谁也不能怀疑到爸妈头上去。

因此，她悠然地啃着带给可可吃的小熊饼干，给宋运辉打电话报平安，听可可在电话里对她咿咿呀呀地"说话"，分别才几天，她对可可是那么的牵肠挂肚，恨不得将心肝掏给儿子，恨不得当晚就飞车去看一眼儿子，由此想到她是爸爸的女儿，她更释然。从小至今，她都是爸妈的心肝宝贝呢，她还挺不好意思地冲宋运辉忏悔了一把，弄得宋运辉更无法开口，只好叫她有空多关心香港市场，给梁大提供资讯，到底大家都是姓梁的一家子。其实宋运辉在机场虚言恫吓梁父的时候，看着梁父的反应心中有很不好的感觉，那就是梁父手头犯的还不止梁凡那一桩，因此梁思申即使阻止得了她爸与梁凡勾结，也不能阻止得了其他，不知就不知吧。

周末的时候，梁思申才得以再见宝贝可可，因为外公去了美国，梁思申平日里上班照看不了可可，两夫妻总是不放心让保姆照料。再加现在宋引去了美国，不再需要接送，因此宋运辉力劝父母留在上海，帮助照顾可可。宋季山夫妇虽然不是很愿意再一次背井离乡，可是又着实担心孙子的安危，只好留下，锦云里又热闹了起来。

春节的时候，梁思申力邀爸爸来上海过节。今年的春节相较去年冷清了许多，梁父的身体也挺不好，即使天天在暖气室里待着，还时时干咳，可又据说在省医院全身检查表明没事。梁父自己倒是看得很开，跟女儿说年纪大了，小病小痛难免，梁思申却是硬押着爸爸去看梁凡介绍的好医生，梁父只得一切行动听女儿，检查下来还真没大病，但血压血糖等值都接近临界点，医生让梁父注意保养。宋运辉也通过关系联系到一位中医，好在几服浓浓的汤药下去，梁父的咳嗽缓解不少。梁父自己来到上海后一个朋友都不联络，只安安心心待在锦云里安享女儿女婿侄儿的安排。但这一个春节，梁父没与宋运辉单独交谈一句。

梁父回去后没几天，梁思申晚上接到爸爸一个电话，然后很快又接到丈夫的电话，说的都是同一件事。再过一会儿，一个同事打她手机，问她是不是真的，她震惊之余，鉴于昨天和今天当局的辟谣，却不敢回答。她立刻爬上互联网，搜寻有关信息，研判经济动向，一直忙碌到半夜才睡。

第二天早上起来，看见慈眉善目的公公婆婆等着她吃饭，她以为这事对他们俩关系不大，就坐下时候随口说了句："昨晚已经挺晚了，传来消息，老邓逝世了。"

但宋季山夫妇都惊呆了："邓……邓小平？"

"是的，今天电视上应该会有公告。"梁思申说话时竟见婆婆的眼圈红了。

"好人啊，他怎么去了呢，香港还没回归呢。"宋季山见儿媳惊异地看着他们两个，忙解释道："小辉不知道跟你提起没有，要没有老邓，那就等于没有我们一家的出头日子。我们能平反，小辉能读书，都仗着老邓一句话。"

"哦，对，我知道，不过那时候我还小。"

"思申，我想烧些菜，烧炷香，祭一祭，你不相信迷信吧？"

梁思申忙道："没关系，没关系，如果晚上我又回不来吃饭，爸妈帮我也说一声，我们都感谢他。今天这个大日子，金融市场一定很动荡，我们会很忙，晚上爸妈别等我吃饭。"

宋季山夫妇放心。梁思申一餐饭的时间里，满耳朵都是"白猫黑猫""两手抓，两手都要硬""改革开放"等等。她没想到，平时看似不声不响，对外界漠不关心的公公婆婆竟然也有被时事打中的时候。

不仅家里，整个社会都弥漫着不安和悼念。但这一天，沪深两市却双双以红盘报收。

02

小雷家的这个春节过得热闹非凡。

才到腊八，雷东宝就指示叫来两家戏班对台唱戏。那两家戏班为了把对方压下去，各自使出浑身解数，你唱得响，我比你更响，你跳得欢，我比你跳得更欢。小雷家三通一平的地皮有些还没盖上房子，正好让两家戏班子大显身手。不仅小雷家全体不用上班的男女都涌去听戏，连四邻八乡的人都纷纷赶来凑热闹，那些人看到好戏的同时，都对小雷家的发达议论不休。

正明见此想到一计，让人往戏台上面和两侧挂上红布，红布上写"恭祝雷东宝同志荣膺市级劳动模范"，"恭祝雷东宝同志荣膺省级劳动模范"，"向致富能手雷东宝致敬"等字样。让所有来看戏的人一眼就能看到。为了更加渲染节日气氛，春节前三天，还花大价钱买来村里人几乎只在电视里见识过的巨大烟火，在空阔的场地上放给所有的人看。

然后又是分发年货，这回雷东宝还是去忠富那儿亲自走了一趟。雷东宝还是没说确切数量，只说比去年多要一倍。他只要看一眼便知，忠富的猪场也扩大了规模。就跟雷霆下面的各家实业一样，因为去年下半年市道转好，产量全面恢复，出口更是欣欣向荣。因此他决定今年的猪肉多发一倍，今年还用两辆车装来透亮的金龙鱼色拉油，给全部村民全部工人都发，让每个人下班回家的车把上都挂满年货。

雷霆现在有钱，雷霆现在也有名。不仅雷东宝个人各项先进荣誉加身，雷霆也是市县出口创汇先进企业，领导因此对雷霆无限青睐。雷东宝当然要让村民一起感受先进雷霆的发达。

雷东宝志得意满地旋风式地刮出忠富养猪场时，再没提要忠富回去的话。相比眼下跟着小雷家突飞猛进的发展一起与时俱进的红伟、正明们，眼前的忠富显得如此不合时宜。现在小雷家与忠富一样身份的还有谁穿忠富今天穿的那种饼干格子羊毛衫？现在都是他雷东宝今天穿的鸡心领羊绒衫。忠富身上也已荡然无存小雷家的锐气和勃发的斗志。用机关工作人员常说的话，忠富现在似乎满足于小富即安。当然，忠富的猪场今年规模是上去了，但是相比小雷家大跃进式的发展，忠富猪场扩大的规模小得可怜。

雷东宝想到，当年的四大金刚，最保守的士根被他排斥了，而次保守的忠富则是自己退出。忠富当年如果不退出，会不会遭遇士根的处境？又或者说，忠富当年退出时，已经想到他以后必然无法适应小雷家的大发展？雷东宝觉得，不能排除这一可能。因此他没必要再邀请忠富回去，免得不能好合好散。但心里对忠富这个人更是心怀好感。

雷东宝的手机不时地响，没办法，越是年底越是忙碌，从元旦起到春节，夜夜都已经被各色应酬预约。每到下午，就是此起彼伏的电话，确定不是吃饭就是唱歌。

不过总算有个电话与吃喝玩乐无关，是项东打来的。项东家远，他准备提早几天回家，希望雷东宝这两天之内找个时间与他做一次详谈。项东还说，他此前已经把要求向正明提出，但正明似乎至今没有帮他安排。雷东宝回想了一下，正明没跟他提起过项东约见，他估计与正明对项东早已有之的不满有关。雷东宝当即答应十分钟后在铜厂谈话。

回头一想，还确实有好多日子没去铜厂了，除了忙，还因为项东这人实在是省心，不说把事情都管得有条不紊，还很少提过额外要求。但雷东宝并不觉得这是管理中的粗疏，他一向认为，任用一个人嘛，先得收服那人的心，以后就得放手让那人尽量自由地发挥。他才不会永远压在上头做指挥，比起项东，他的技术太差了。

车子到铜厂，雷东宝从后备箱取出几件礼物，直取办公室。进门见项东在打电话，他与欠身的项东握个手，就将礼物扔项东桌上，后面急急跟进来的司机帮雷东宝将茶倒好，这才退下。项东看着司机心里不喜欢，但那不是他能管的事。他快快结束电话，忙笑道："书记最近很忙，实在不得已才打电话给书记限时间，对不起。"

"说的啥话。"雷东宝从几件礼物中挑出一条领带，递给项东，"这是去县里开表彰会分来的，参加的一人一条，我的送你。你看看领带包装上面写的是什么。"

项东见上面写着"全县工业工作会议暨全县工业二十强企业、企业家表彰大会"。他笑道："我们上二十强了？"

这下轮到雷东宝吃惊了："你不知道？你没看戏台上挂的条幅？我们还上市百强了呢，啧啧，你也太不关心了。"

项东的嘴翕张两下："如果以后办公室定期通报重大事件就好了，我是外乡人，与大家混得少，消息不灵。"

"你不是外乡人的问题，你是清高了些。领带上的这个会议，县里说话很明确，去年没争来百强县，今年一定要狠狠加把油，任务主要落在我们这些二十强身上。我要求县里资金支持，有资金才有规模，有规模才有产值。县里同意了，月度工作会议上已经讨论过了。今年你的任务还是很重。"

"书记请等一下。"项东起身将办公室门关上，才道，"书记，我正准备跟你谈这件事。去年一年，铜厂产值很好，利润也翻番，但我们利润率不高。原因是我们的产品方向有问题。我们现在生产的都是技术附加值很低但批量很大的产品，尤其是外贸产品，利润少得可怜。我们去年中期曾经研发新产品，但是接来的外贸单子还是低附加值的。我曾经跟史总沟通，希望他接外贸单子的时候有所侧重，尽量挑选高附加的接……"

"这事我知道，红伟跟我提起过，他的意思是这样的产品比较难做出口，一个客户常常要谈好多次才能敲定一笔单子。他希望我跟你谈谈，不要逼他。"

"是的，我也知道这样的单子谈下来不容易，但这样单子的客户却比较稳定。较高端产品的客户需要的是能保质保量的厂家，这样的厂家因为各种门槛较高，外商并不容易找到。我们如果第一次合作能满足要求，他们以后会认定我们，既然我们现在有好的设备，我们只要再耐心一点，一定能积累越来越多这样的客户。"

雷东宝道："我们耐心不起来。我们等于同上面有交易，他们给政策，我们做成绩，我们要迅速扩大产值，迅速提升创汇，还有迅速提升形象。事分轻重缓急，这件事我看你缓缓，等我们今年的扩张结束，政府能提供的贷款支持差不多了，我们可以开始走我们自己的路子。"

"书记，真的只要再一年时间？"

雷东宝笑道："你干啥，抢什么好处去还是怎的？"当着项东的面，雷东宝还算是克制，没说什么吃屎赶热乎之类的粗话。

项东道："书记，市场是有限的，如果被人占了先机，后面挤进去就费劲了。还有研发工作需要时间和金钱。我们现在产值高利润薄，这些利润拿来研发，无疑是杯水车薪。没有研发，只好做大路货。大路货竞争激烈，为了卖出去，只好竞相压价。压价的结果是利润更薄，更没法支撑研发投入。路子越走越窄，恶性循环。现在业内已经有几家企业开始研制和生产高端产品，时不我待！新产品的开发需要周期，不是想开发就能开发的，我们必须加速跟上才行。但是最好现在请史总开始慢慢倾向性地接有点技术含量的单子，让我们的技术人员有事做，有练手的机会，不要荒废手艺。这事最好书记跟史总说，我跟史总说了没用。"

雷东宝答应，又与项东讨论今年的计划，但没说几句，就被正明又是电话又是人亲自来地催着去市里应酬一个饭局。项东很无奈，只得放行。

雷东宝上车，一个人坐在宽敞的后座，正明坐在前面扭过头来笑问："书记，项总又提出要改变产品结构吧？"

雷东宝只是道："小项……肯钻。"

正明笑道："屁股决定脑袋，项总坐厂长位置上，不用管销售，他考虑更多的是技术和设备，再说他本身性格里也像书记说的爱好钻研，人这性子要是这样的吧，没东西钻的时候，手痒心痒。"

雷东宝笑道："妈的，还手痒心痒呢，你道是钻什么洞啊。"

但雷东宝心里却认同正明的说法，项东喜欢钻研，同样的设备过来，他总有办法稍做改造，一下就提升了加工能力，虽然这加工能力目前还派不上用场。可他就是喜欢花力气弄，包括研制新产品，即使工作那么忙，项东都没放弃，一直断断续续地在做，没让那些技术员荒废手艺。因此雷东宝决定先把项东的要求搁一搁，当务之急，他坐在雷霆老大的位置上不能不考虑到一个最大的问题，就是先想尽办法从政府手中搂来钱，这不是作为下面一个工厂负责人的项东能考虑到的，他不能被项东牵走思路。

但他没明确跟正明说。正明与项东心里有矛盾，他若支持了正明的观点，正明就会攀爬一把认为他支持了正明这个人，正明更会压到项东头上去。项东本身就是个外乡人，在小雷家的社会基础薄弱，他作为老大，须得搞好内部平衡。他记得以前宋运辉曾提醒他关注内部人事平衡，他当时不以为然，现在企业大了，看来还真得走国营企业那一套。

项东看着雷东宝的车子绝尘而去，心里很是不舒服，他本来想今天软磨硬泡一步一步地诱导雷东宝答应走科技发展之路的，可是正明这个白脸救火似的硬把人抢走，让他心里想了好久的计划只说到一半。一年之计在于春，他本来想早点取得雷东宝的支持，早点可以据此安排今年的工作，而不用再等上一年。可是雷东宝忙，看上去也不重视。

他不认为几乎闭着眼睛都能生产的低附加产品有出路，他希望雷东宝认识到这一点，利润微薄到一定程度的时候，国内国外任何风吹草动，都能打击这么微薄的利润。小厂做低附加产品或许有利，因为小厂掉头快，随时可以让产品改头换面。但是现在雷霆这么大的家业也不争气地只生产低附加产品，那就跟庞然大物一般的驴子却只会吃草不会吃肉，放到深山老林的结果就是黔驴技穷，最后只有被老虎吃了一途。

项东心想，最长一年，再拖一年还是这样的话，他个人先耗不起，但他打算年后回来继续找雷东宝谈。

03

大年三十的下午，杨巡站在店堂一楼看大伙儿收拾的收拾，贴封条的贴封条，而杨速则是跑上跑下亲自监督，以确保他们兄弟两个春节两天回老家的时候，关门的商场安全方面不出问题。杨巡一眼看到任遐迩大约已经封好财务室，他上去好玩地拍拍穿得像只吐司面包的任遐迩，这是他喜欢的游戏，毫不意外地感受到富有弹性的手感后，笑道："你动作倒是快。"

"财务部才多大地方，你套上衣服，等下我们得赶夜路，冷。"

"车上能冷到哪儿去。"杨巡只是接了衣服，却不肯穿，拿手指着忙碌的人们，道，"你看，欧洲街都不要我们操一点点心，就跟你封财务室一样快。"

"当然不一样，完全不同的经营方式。"

杨巡摇头："我以前发誓坚决不做具体经营，现在怎么忽然犯浑了呢？我刚刚才忽然想到，这种经营方式不好，是我早就知道的不好。你看我投入一年半多的精力，资产却没翻番，这笔买卖不值当。"

"性价比不高？"

"对。我刚才在想，这点儿死利润，太亏待我这一年半的辛苦了。我想干脆一些，把商场承包出去。"

任遐迩惊异地看了杨巡半天才道："你想从商场脱身？其实你放手一点，把商场的经营交给老二就是。你最近不也是忙着建材市场二期吗？"

"老二性格里面缺点灵活，守成容易……你说是不是？"他有些不想说杨速的不足。

任遐迩道："也是，你去忙别的事情时候，商场重大决策还都你分心来决定的，总要你分心照顾这一块不现实。可是承包给人……我以前没想到过，有些接受障碍。我们商场现在赚得多好啊，全市第一，全省有名，承包出去可惜。"

杨巡道:"我还可惜我的心血呢,可我手里暂时没有个撑得起整个商场的管理人员,我又要脱身搞发展,只好做个取舍。这事还不急,我们回头规划一下再说。"

但任遐迩心里却被杨巡的这个想法打得神思不定,在她看来,商场经营得那么好,换谁都应无限骄傲,并在未来的日子里培土加基,更加巩固全市老大的地位。可杨巡说得也在理,就性价比而言,他应该把心思花在更赚钱的领域。而且商场作为一个服务性行业,则是不能停下变革更新的,顾客的脚是活的,商场的经营不进则退,没有中间路线,也就是没有守成一说。可将商场经营权交给别人,在商场正走向顶峰的时候,却叫人如何割舍得?

任遐迩自认,她反正是做不到。一边是商场可以预期的利润,而另一边是杨巡结束商场束缚投入到其他未知领域。这需要杨巡冒多大的风险,有多大的勇气才能做出决定?她看看身边指挥若定的丈夫,心里佩服不已。

一会儿商场封存完毕,车子去家里接上杨速妻子毛毛,加紧上路。天色已经墨黑,远近有焰火呼啸上天。四个人吃着东西,聊着天,车子开得飞快,时间也过得飞快,两兄弟轮换着开,倒也不累。上车前杨巡提醒任遐迩别说刚才讨论的放弃商场经营的事,他不想让大弟难堪,大弟已经努力了,只是限于资质,没法做到更好。要是老四能帮忙的话就好了,老四脑袋不错,可惜太浮滑。

四个人直到凌晨四点才到老家。老家屋子虽然已经委托老乡先过来帮忙打扫,可他们到的时候还是得从车上抱下被子褥子,不管多累都得铺个睡觉的被窝出来。睡下的时候,天色已经蒙蒙亮,便是任遐迩此时也感觉到,他们这么忙碌这么抓紧,就是因为被商场捆住了手脚,限死了时间。商场这个服务性行业基本上是没有休息时间的,春节初一初二的两天休息还是杨巡为了回老家割肉决定,比之寻建祥管市场都不如。

因此他们的时间非常紧张,明天下午就得起程回去,大年初一,几个年轻人当然也没什么忌讳,抓紧上山去给杨母上坟。杨巡像是跟母亲说话一般，先煞有介事地将各自妻子介绍一番，又报告老三今年暑假毕业，可能在美国找工作不回来。老四改换五星级宾馆工作，兄弟两个都很不放心那工作环境，怕更增添老四的虚荣。

在场三个都没料到杨巡说起杨逦来一点都不客气，大家都惊讶地看着杨巡，连杨速都没表态。四个人又各自说了会儿话，这才下山去几个稍近的亲戚家吃饭，有厚厚的红包开路，谁会对杨家兄弟不客气？大概只有杨逦才不屑。

杨巡当然率一行去小雷家拐了一趟，但雷东宝家门庭若市，杨巡只够得着与雷东宝打个招呼。出了雷东宝家，旁边就是士根家，杨巡不屑地看一眼，带大家去给红伟、正明拜年，在红伟家吃顿中饭，一行四个风尘仆仆地上路回家。

几乎是才闭门上路，四个人都憋不住几乎同时开口说话。

杨巡说："雷书记那车子，太嘿了。"

任遐迩道："原来我们婚礼上见的这个胖子书记的事业做得那么大。"

杨速道："我说了吧，他们肯定得拿我们的车子说事。"

毛毛道："农村现在太富了，一个村子都这么富。"

杨巡总结性发言："好车坏车反正都是四个轮子，我们又不是买不起奔驰，我看他们是烧钱。你们别看他们摊子那么大，别人不知道，我清楚，我以前就是做他们登峰出的电线，现在电线价格跟以前怎么比，我刚才不是问了红伟产量吗，我基本上能算出他们集团一年挣多少，他们赚的是辛苦钱，去年全部收入加起来不会比我们好。"

任遐迩道："他们新上项目那么多，用的是自有资金还是贷款？"

"一小半自有资金，一大半贷款。我问了下，他们的流动资金也全是用的贷款。"

"压力很大啊。"任遐迩脱口说出，这是她的本行，"他们制造型企业挣的是辛苦钱，借那么多钱得要很大胆魄。"

"小雷家这几年什么风浪没见过，借点儿钱是小意思，再说他们现在排场大，借的是国家的钱。即使有事，国家还能把小雷家村抹平不成？他们的性质是村集体。借个人的钱才是风险，个人借钱也是风险，反正是弄死个体户。"杨巡不以为然。

任遐迩笑道："谁让你个体户跟我们社会主义公有制经济唱对台戏呢？"毛毛跟着一起笑。

杨速道："现在已经好了，过去个体户连工商执照都不给批，大哥为这个还给抓进去坐过几天牢。"

"啊，怎么回事？"任遐迩吃惊，这事儿杨巡没跟他提起过。

"好汉不提当年勇。"杨巡笑嘻嘻地不当回事。还是杨速反正一路没事，嘴巴闲着也是闲着，他又不可能学两个女的一路吃个不停，他就给讲当年发生的那些有关红帽子的来龙去脉。那种事儿，连任遐迩都不清楚，更不用说毛毛，两人都跟听传奇一样。听到杨速说到大哥放出来吃茶叶蛋差点噎住，任遐迩连声"哎哟哎哟"，杨巡笑道："老二，你再讲下去，遐迩要找你打架了，骂你也不想好接人前先买些吃的，愣头青。"

杨速笑道："那时候韦嫂让立刻赶去接，一刻都不要耽误，还要我接了赶紧逃走。我听见激动得不得了，时间又紧，哪里还想得到别的。"

任遐迩念了声"阿弥陀佛"，杨巡回头来看，笑道："你是不是心里在说，总算有人整治这臭小子了？"

"一点不错，不过看老二家两个面上，我暂且隐忍不说。"

"我看你笑得嘴角贼深，就知道准没好事。"

毛毛笑道："大哥大嫂只管当我们不存在，我们没听见。"

任遐迩笑道："你还想听些什么，春节电台面向大众优惠，欢迎点播。"

大家又都笑，杨巡忽然道："春节后去买两辆车，你们两个把车学了，一人一辆方便些。老二，这回买捷达怎么样？看上去比桑塔纳厚实。"

任遐迩道："有事让司机开一下很方便，你们俩的车总有一辆是闲着的。"毛毛却是很向往，但不敢说，她怕杨巡。

"开车在国外是最基本技艺，学会开车方便许多。东宝书记一辆奔驰，我们一样价钱，每人整一辆小的，呵呵。"

杨速笑道："我们四辆加起来都不如他的。"

"派头那么大干什么，他们要看见我开奔驰，以后吃饭得换更高级的，红包得送更大号的。跟我有仇的心里不舒服，弄不好弄个查税什么的玩玩我，我哪奉陪得起。做人实在一点吧。我还是开老车，新车……遝迤，你现在是老大，掌印把子的，你开新车。"

任遝迤不仅掌着印把子，还掌着钱袋子，知道杨巡的实力，就不再反对。但心里奇怪杨巡为什么忽然提出买车。她这个做会计的心思细密，将聊天的蛛丝马迹揪出来理上一遍，终于找到苗头，但不吱声，等到家门一关，先问清楚这事："你是不是下定决心不管商场了？"

"对，看了小雷家的发展，心里急。以前他们已经成规模时，我还在跑东北卖电线，后来慢慢让我追上，变成他们不如我。但你看他们去年一年的发展，我去年一年又做了些什么？我不怕他们有政策扶持，但我不能守着商场不上进了。既然不守着商场，我们也没必要养个司机学小雷家摆排场，还是自己学车吧，你以后进出银行也方便些。既然你买了，不给毛毛买，说不过去。"

"好。可看起来小雷家他们负债很高啊，我想着都替他们受不了压力。"

"压力倒不怕，生意人不怕借钱，就怕借不到钱。"

"可我们周围已经有公司要么资金链绷不住，要么人才培育跟不上摊子铺开，倒闭好几家了。"

"那都是些拿到钱乱花的主儿，拿来的钱先买司机白手套黑制服的，不止东宝书记，以前那谁，商场以前的股东就是那做派。哪像我们钱都用在刀口上。我做大后，运作基本上三分之一靠自己的钱，三分之二靠借来的钱，就建商场的时候借钱最多，当中出了点乱子，那次差点砸死我。借钱的人最怕的就是老天都不知道从哪儿砸下来的乱子，所以要算好了才借钱，不能先借钱来着再说。这宝贵经验我传女不传男的哦，你看我连老二都不告诉。"

任遐迩本来听杨巡一本正经地说着，一直觉得有理，没想到杨巡后面冒出这么一句，笑得伸手揍了他一拳："又不正经了。为什么不告诉老二？"

"老二胆小，他知道脑袋不如我，不会来阻止我，可我知道他背后瞎操心。不像你一操心就噼里啪啦打键盘算账，算完找我算账，操心都操到点子上。商场找到合适接手人之前，我还是不跟他讲。还有，他对商场感情很深。他是做一项爱一项，以前不舍得甩手欧洲街，现在肯定是不舍得甩手商场。"

任遐迩点头，原来是这样。难为杨巡这个做大哥的，还真是如他在他妈妈坟前絮叨的一样，一个人把爹妈大哥三个角色都占了，不说自己连儿子都还没养呢，以前他才多小的时候就挑起重担，难怪……把他压得矮矮的。

杨巡看到任遐迩鬼头鬼脑地看着自己，心里被看得发毛起来，追着问她到底想什么，任遐迩就是不说，却一直鬼头鬼脑看着他笑，笑得他心里更加没底，吵闹着又要节约用水，合用浴缸。这是任遐迩最羞于答应的，却是杨巡最乐此不疲的，两人都忘了一路劳累，打打闹闹个没完。

04

梁思申却是春节后好多日子都没见到丈夫，宋运辉春节后大多数日子在北京泡着，但见不到丈夫才是小烦心事，她更心烦的是她的宝贝可可。韦春红来电说她家宝宝会说几句话了，问她可可如何，她答不上来。可可至今除了会说"妈妈"两个字，其他，任他们如何挑逗，他自岿然不动。梁思申很怀疑会不会因为人多嘴杂，多种语言搞得可可小脑袋适应不过来，反而不知道跟谁的语系。比如以前小王的南洋派英语、外公的国语、上海话、英语车轮大战，保姆的上海话，她爸妈的家乡话，宋运辉爸妈的再一种家乡话，连她都应付不过来，何况可可。但有什么办法，公婆两个和保姆的普通话逼不出来，难道只能任可可闭嘴不说了？还有未来可可需要的英语环境呢？她为此心烦得要死。

再有，外公赴美后，她才知道原来外公老头子不声不响地处理了很多闲杂小事。而现在公婆人生地不熟，又不擅支使别人去做，家中无数对外的杂事都落在她头上，而她的工作又是那么忙，想找个人埋怨几句，宋运辉却一直不见人影。她心头积累的火气越来越大，每天却还得和颜悦色对付上老下小，包括对两个保姆都不能用重话。

一等宋运辉终于出现，她才有机会发作，拉他进卧室闭门诉了半天苦。但是诉苦又什么用？完了又得全身担上。想起可可上幼儿园前……不，还得先替可可物色好幼儿园，天哪，她抓狂了。

宋运辉建议有些事可以让他们东海公司驻上海办事处的同志来做，他会交代一下，但梁思申不愿公器私用，只好自己忙得陀螺一样，累死了就忍不住找宋运辉吵嘴，可宋运辉实在太深，她吵不起来，反而吵得自己没劲，感觉自己是无理取闹。她有意惹宋运辉生气，可人家涵养太好，即使他身心疲累，也会打起精神陪她散心，直到让她开笑为止。弄得她有时候只好对宋运辉解释，吵架是发泄的一种，是解决问题的捷径，可宋运辉硬说他跟深爱的人吵不起来，他愿意妥协，有什么办法。梁思申闻言当然感动，可是心里却为没吵出来而憋闷。

可事情却一直没完。春暖花开，锦云里院子里的香橼树、橘子树挂满雪花般累累花苞的时候，她爸爸从遥远的美国迈阿密打来电话，说他已经病退到了美国。梁思申想到爸爸春节时候的干咳，爸爸也该好好休息了。可心里却又隐隐感觉有什么地方不对，她再斥责自己不该疑神疑鬼都没用，她直觉爸爸小病而病退，退前不露一丝风声，太不正常。想到爸爸可能对她的重大隐瞒，以及那些隐瞒的实际内容，她的心情更加烦躁。

她还想到春节后大多数时间泡在北京的宋运辉，她能猜得到他在做什么，要政策！他现在已经与单纯的技术脱离得要多远有多远。她无法不想到老徐携家带口造访锦云里的时候，宋运辉对待老徐的肉麻态度，她不免也想到宋运辉在同事面前、在杨巡等人面前的态度，他在北京到底怎样？

这是她以前所避免深思的，可而今心情不佳，却越发没良心地深挖细掘。她发现，其实……其实她的丈夫也是个普通官僚。

梁思申一边提醒自己不能愤世嫉俗，不能对世界要求理想化，可她却无法刹住自己的思维，她的脑袋瓜被纷至沓来的困难占领，可是她又无法解决，她连自己生的儿子可可晚说话的问题都无法解决，她还能做什么？她转而开始怀疑上自己的能力和智商。

宋运辉也在烦恼，岳父突然病退出国，让他满心担忧。他听到消息时头皮发麻，他只是个不知情的圈外人，他不知道岳父为什么要跑出国，但知道肯定得坏事。他立刻脖子一缩，缩回东海不再交游，这种时刻，只有多一事不如少一事。他作为一个业绩良好的境外上市公司董事长，他只要不自乱方寸，足以明哲保身。东海是他的基地，是他的根据地。有时间他就去上海，父母妻儿是他的港湾。只是他看到梁思申的脾气越来越不好，梁思申在她爸的问题上遇到了死结。五一劳动节，两个人坐在院子里看着刚开放的蔷薇花，看小小的可可在花荫下睡觉，宋运辉建议梁思申拿年假休息放松几天，出去走走散散心，他一起去。

梁思申认真看着宋运辉道："我也正这么想，我想去美国，你有没有时间？"

宋运辉道："可以的，你去看看你爸妈？"

梁思申看住丈夫，问："你说，爸爸既然退休了，他会不会告诉我他究竟做了什么？"

宋运辉摇摇头："不知道。但我建议你应该做无罪推定，而不该做有罪推定，去看看他们。"

"我怕。"梁思申叹息一声，说不下去，但是去美国的心是定了。她还有工作呢。

"我跟你一起去，别怕。"宋运辉难得见梁思申意志消沉，满面无助，心中疼惜。但是他考虑到梁思申面对她父亲时肯定会发生的火暴场面，他犹豫再三，觉得有必要给妻子打一剂预防针："不管你爸爸跟你说什么，总之，他是你爸爸。"

梁思申小心地问:"你是不是听说什么了?"

宋运辉摇头:"我没有确切证据,我所知道的所有,都是凭蛛丝马迹推测,但我建议你去前一定做好心理准备。"

宋母从厨房出来,看到院子里儿子儿媳促膝而谈,就跟老伴儿道:"小辉跟思申关系是真好,你看两个人见面说不完的话。以前那个,两人见面没几句。"

宋季山点头:"两人程度差不多。"

外面两人不知道里面两人在议论他们,依然自己说自己的。梁思申道:"还让我如何做出无罪推定!以前总说外公不好,现在看着还是外公纯洁。"

说曹操,曹操就到,外公打电话过来问:"嗨,你,什么时候来美国办事?"

外公硬是用英语说话,梁思申忽然意识到外公这是不愿被她爸妈听懂。"我正准备休长假,不知道确切时间,还没去审批。外公有什么事?"

"没事,我的股票上市,我要回国亲手处理,还要奖励你先生,你到美国就通知我,我过去跟你会合。"

梁思申闻言愣了一会儿,才像是怕电话这端父母听见似的低声问:"外公不愿跟我爸爸住一起?"

外公并不否认:"对。我女儿嫁鸡随鸡,嫁狗随狗,我不想做鸡狗。你问问你丈夫,他女儿他打算怎么处理,跟着这样两个假外公外婆,学不到好,还不如萧规曹随,学你寄宿。"

梁思申听得出外公话里浓浓的鄙视,心里悲凉,又无可奈何:"爸爸……他究竟做了什么?"

"不知道,我爱惜我的耳朵。"

这已经是答案!"我明天上班给你答复,你早点休息,很晚了。我尽量争取早点过去接你。"

宋运辉等梁思申挪开电话,就急着问:"你外公想回来?是不是不放心那些股票？"

梁思申悲哀地道："外公不愿同流合污。外公肯定看出什么，他是人精。他问我小引的读书怎么办，他不让小引跟在爸妈身边，他话里有把小引送去私立寄宿学校的意思。"

"哎，不如这样，转到虞山卿那边去。"

"学费我来出，你要觉得内疚，让小引毕业工作后帮我做牛做马，转虞山卿那边不大好，不过再不好也胜过跟着我爸妈，唉，如果……只要有人顺藤摸瓜摸到小引跟我爸妈在一起，就能对你造成影响，外公想得真周到，周到得可怕。"

宋运辉点头："你外公想得比我还周到，我佩服他，还是跟虞山卿太太，不是钱的问题，我担心小引没你自觉，也没你的……"宋运辉指指脑袋瓜，"最好有个人管着，正好虞山卿的儿子也在读书，两人差不多大小，回头还可以一起上中文学校。我跟虞山卿多年朋友，他不会不帮，我们支付小引的生活费。"

梁思申听着也觉得有理，叹一声气算是默认。

锦云里安静得像是世外桃源，可是锦云里的人，心里却惊涛骇浪，没一天平静。不仅是梁思申，宋运辉也一起担心着梁父出国后会不会有事发生。好在一直没有消息传来，一切似乎风平浪静下来。宋运辉松一口气，唯有梁思申心里一直纠结。

她终于请出七月的长假，可宋运辉这个时间却抽不出空。

唯一令人欣喜的是，可可终于张嘴说话了，一说话就小喇叭一样没个止息。虽然发音集普通话、宋家家乡话、上海话之大成，可好歹能说了，会道了，说出来的别人能听懂了，梁思申终于放心。

本来每年的春夏之交，都是皮肤最好的时候，可今年揽镜自照，脸上却是化不开的浓浓黄气。

05

任遐迩自结婚那天起，就从书店搬来一本又一本的孕产知识书籍，以研读税法的认真劲儿钻研人类生殖养育知识。直至发展到能判别一本书的优劣之后，她开始针对杨巡进行宣传教育。杨巡是个尊重知识尊重人才的人，自打开始起就被书桌上等身的相关书籍打蒙，随着教育工作向纵深发展，杨巡被如果不这样如果不那样可能导致的种种后果吓得深刻体会到，如果不进行半年到一年的封山育林，必将对不起杨家列祖列宗，于是他被迫戒烟戒酒。

然而这被迫的时间来得不是时候，这个时段他一方面得积极接触有意向租赁商场的户头，一方面他得物色下一个标志性的发展项目。做这些事情，哪一件都离不开烟酒。杨巡在健康的儿子与挣钱的生意之间动摇选择的时候，被任遐迩一次次地拎着耳朵从反方向中拉回。两人为此扯皮有之，吵架当然也有之。杨巡斗争经验丰富，吵架水平自然是一流，在别人眼里，两人的输赢结局肯定操在杨巡手里，杨巡可以赢，但也可以因为看到任遐迩的眼泪而不好意思赢，但总之应该不会输。然而外人没有想到的是，任遐迩是个坚强而不肯以哭泣让丈夫放弃的人，任遐迩擅长的是持久战，过去不是有八年抗战吗，现在有任遐迩的泥浆大战。杨巡要到春天的时候才忽然觉悟到，他怎么就忽略了任遐迩的韧性，想当初追求的时候若不是任遐迩坚韧不拔地将他关在门外，他何至于有史以来第一次出师不利，清纯得领到结婚证才得登堂入室。但杨巡是个冲劲十足的人，他才不肯束手认输，不过有些地方他受不住任遐迩的束缚，只好一步一步地退让。他总是对自己说，某些领域，他是非坚持一人独大的。可是杨巡自己都没意识到的是，那些他自以为一人独大的领域，他都在慢慢地开始与任遐迩商商量量地进行中，因为任遐迩能提供他最好的辅助。

五月份，杨巡在反复计算之下，网罗种种可能之后得出的价格，胸有成竹地将商场租赁出去，同时将杨速也租出去三个月，方便对方顺利进场交接。签下租约，一手交合同一手接汇票的刹那，杨巡冲旁边助阵的任遐迩飞递一个眼色，这个眼色两人都清楚，此后有一段可以自由支配作息时间的好时光了。

吃完庆功宴回家，任遐迩径自去书房找纸笔开列去杨巡老家春游度假所需物品的单子。

杨巡坐在电话机旁，手搁到电话机上却又是想了会儿，才拨下梁思申的号码，令他没想到的是梁思申这么晚还在上班。

"有件小事，那商场我经营两年，盈利不错。趁现在名气响亮，谁都看着知道接手肯定挣钱的时候我把它租赁出去，今天已经签约，半年租金也已经收到，想跟你说一下。"

梁思申愣了会儿道："够魄力，下一个项目是什么，应该有计划了吧？"宋运辉对杨巡印象的改观，多少也影响到梁思申。

杨巡听着这话忍不住微笑，果然应该跟她说，她一听就知道，根本不用他解释："下一个计划还在选择中，我很想再上台阶，因此很难定，现在市面上好像该有的市场都有了。不过有件事你可能会有兴趣，那个萧然通过别人转告我，他想把他在市一机的股份卖掉，问我有没有兴趣。听说他在香港做得挺不错，也想套现。"

"嗯，香港最近政权移交临近，有人已经指出香港经济出现泡沫，萧然发疯了。日本那家公司最近可能不大会再提扩容计划，年初以来日币贬值，你作参考吧。我有个私人建议，并不权威，只是我的一孔之见。这个月游资加大抛售泰铢的力度，令泰铢兑美元汇率大幅下跌。目前混乱还进一步蔓延到菲律宾比索。我们都在观察事态的进一步发展，推断泰铢危机会蔓延到何地步，包括港币会不会被卷入。所以我的年假泡汤了。你也不妨做些小范围的准备，这段时期内多做观察，尽量做一些应对市道可能有重大变化的准备。"

杨巡一边听一边晕，晕到梁思申说话结束，他才喘口大气问："为什么泰国那边有事，我们国家也有可能波及？"

梁思申这才想到杨巡作为一个一直在国内打转的人，不可能与宋运辉一样对国际局势和国内经济的结合有认识，她解释道："简单说，如果泰铢贬值到一定程度，必然导致泰国出口产品的价位低于中国，影响中国出口产品的价格竞争力。但如果只泰国一家，影响还是有限，现在看菲律宾那边的势头也很艰难，如果再有其他国家货币纷纷被拖下水，对中国出口的影响就大了，这一带出口产品的种类都差不多，很容易形成竞争。中国经济现阶段对出口很依赖，必然会因此受到打击。如果你最近有大规模扩张计划的话，我的建议是先缓一缓，看看再说。不过我不能保证我的建议百分之百有效。"

杨巡这一回的晕眩稍好一些，已经大致听出梁思申所说事情的意思。他厚着脸皮问："那会不会我把商场租出去，就等于我收铁打的租金，一点风险都没有，那个租赁户却得面对经济可能不好，人们不愿消费的困境呢？"

梁思申心说这人反应真快："如果形势控制不住，就是这样，你歪打正着。对不起，我还得忙会儿，以后有空再聊。没其他事了吧？"

杨巡放下电话想了好一会儿，去楼上洗澡。等走出浴室，见任遐迩已经上来收拾。他就把刚才梁思申的话转述给精通财会的妻子，却见她也是一头雾水，这才知道经济与财会不是一回事。但任遐迩却是立即扔下手头的东西，下楼扑向电脑，上网通过雅虎的中文搜索找新闻。杨巡跟下来看，见搜索的内容被任遐迩一页页地打开放着暂时不看，又开始搜索英文内容，杨巡忍不住伸手搭上任遐迩肩头，很表赞赏。知识就是力量啊。一直等搜得差不多，任遐迩将拉下来的页面全部看一下，见都已满满是字，便断了网络连线，与杨巡挤在一起一页页地看。杨巡知道任遐迩这么做是为节省拨号上网费用。电话费加信息费，费用不低。

两人将中文简体繁体的内容看下来，已经基本明白梁思申刚才电话里说的是什么了。尤其是新加坡那边的报道，更是长篇累牍说得务必详细，特别是英文版的。任遐迩一手英汉字典，一手鼠标，边看边翻译给杨巡听。两人都觉得泰国那边的情况果然很严重，竟然严重到发生银行挤兑、财政部长引咎辞职的地步。但两人又觉得与中国的关系又似乎是那么遥远，除了梁思申说的出口会受影响以外，他们看不出未来可能发生什么。再一想，这几天电视上也在放，只是他们以前只当看白戏。

此时已经是深夜，任遐迩看着最后一篇英文报道，道："要不要也取消度假计划？好像最近会好戏不断的样子。"

杨巡道："可我们留在家里又能干什么？向泰国人学习，趁国内人还没觉悟，我们先买美元床底下藏着？好像金条也行，泰国人那么做肯定有他的道理。"

任遐迩想了想，道："是哦，记得新中国成立前金圆券乱贬值，剪一个头发价钱要变三次，背一麻袋金圆券去，买回来的米只有一小口袋，只有黄金最好用，美元也好。你哪儿买美元去？别黑市吧，会被捉的。"

杨巡道："不去黑市还去哪儿买？要不这样，我们也别摸瞎子，自己乱着急，明天我打电话再问问宋总，他们夫妻一条心，肯定知道后面怎么做，度假还真得延期了。"

"干脆直接问小梁吧，她知道得更多，她做那行的。"

杨巡摇摇头："刚才那电话进去，你不知道那边有多忙，不好意思再麻烦她去。"

任遐迩忽然想到一件事，忙道："你好像对小梁特别在意，刚才你说了结一件事，到底怎么回事？"

杨巡忙笑道："你忘了，以前我不是与小梁合资的商场吗，后来她等钱用退出，她堂哥进来，可我跟宋总关系好，他们两个都还关心商场，看她堂哥乱搞他们心里不舒服，就是小梁撮合我和梁总李总两个谈判，把商场包给我经营。现在我又把商场包出去，我当然得跟小梁打个招呼，人不能没良心吧。"

任遐迩不信，直觉告诉她，事情没那么简单。可是她见过梁思申，那是一直嚷嚷高档的杨逦所无法比拟的，她不相信梁思申和杨巡之间有过什么，但相信杨巡一定对梁思申动过心思。她斜睨着杨巡想，她还任重道远。不过好在杨巡是事后才通知梁思申一声，而且是当着她的面打电话，可能他心里已经没多少鬼了。

不过想到这些，任遐迩心里不免酸酸的。

05

梁思申那么忙，是因为休假暂时告吹，她得抓紧时间做完一些手头的事，赶紧回美国一趟，去把外公接来，还得把宋引也安顿好。她与外公通过电话，但外公坚持约在纽约见面。而去美国出差的虞山卿过去帮宋引办好转学手续，把人领走，她用一天时间过去虞家帮忙安顿下宋引，带宋引熟悉一下虞家，并购置宋引的生活用品，又单独教育宋引一些做人道理，然后就赶回纽约机场接上外公，连夜飞往香港，再转上海。计划中，她都没时间飞去迈阿密，而妈妈也不知道她飞美国这回事，她没在电话里告诉妈妈，就像她也没问爸爸究竟为什么病退，她没勇气。

在机场见到外公与小王一起走出来，看到外公老态毕现，却不用人扶，自己一根拐杖对付得挺好，梁思申心里忽然生出一丝温情来，上前拥抱外公。外公不自在，瘪着嘴避开脸去，奇道："你干吗？入乡随俗也不用这样做作。"

梁思申忙收起冲动，恢复正常："对不起，外公，连累你了。"

外公拿眼角捎捎她，道："唉，到老到老，还被儿女赶得鸡飞狗跳，找个地方让我睡会儿觉。"

"准备了，这边过去。"

外公当即挺直腰板，比之刚才走出出口时还精神地跟着梁思申一起走，梁思申有些哭笑不得。

再一次陪伴外公从美国飞中国，外公显得更容易疲倦。想到外公一大把年纪却是因她的爸爸妈妈来，又因她的爸爸妈妈逃离，她心里内疚，暗自劝说自己以后别跟这老头子认真，让着他一些。但是她没把握，对付这个老头，她心里没底。但是外公又回到锦云里，却无形中让梁思申心里生出别样底气，好像，这老头子还是有些精神力量似的。连两只久违外公的黑拉布拉多犬都特别兴奋，迎来围着外公的车子打转。

筋疲力尽的外公从宋运辉开的车子里走下来，看到好奇地走过来歪着头看他的可可，不由笑了，累得皱成一团的脸顿时舒展开来。梁思申见此心里也高兴，那就行了，这老头子难伺候着呢，难得有人能让他开心。

宋季山夫妇见此就坚决要求回家，说既然孙子可可有人看着了，就得回家照顾儿子去了。宋运辉和梁思申都劝不住，再说也知道外公这人难弄，一山未必能容二虎，只能让二老跟着宋运辉回家去。

外公到锦云里后，竟然奇迹般地没什么时差困扰，睡得很是舒服。睡得好心情就好，他就给梁思申好脸色看了。没事的时候又开始在院子里打太极拳，不过这会子后面有可可跟着一起比画打搅了。外公老是怀疑会不会被可可打搅得走火入魔，好在没事。

梁思申的心情好了好几天，不过后来随着工作繁忙又心浮气躁起来。她也不知道为什么，总是一颗心忽然突突地跳起来，脸上一下潮红，好像遇到什么危机似的，而明明那时候都是没事，工作总能顺利对付，她感觉自己是在担心，担心她的爸爸。

她想替爸爸消除罪孽，只得按下厌恶给梁凡打电话，提醒梁大注意最近东南亚经济局势的变化，但她只是字斟句酌地告诉梁大，根据她的经验和她能接触到的较多的材料及分析报告，形势非常严峻。但梁大说估计政权移交之前香港不会有事，政权移交之后，香港也不会有事，因为中国政府肯定要把香港管理好，给澳门台湾做个样板，而且众所周知，香港的外汇储备非常充足，大家都等待看香港回归后由特区政府主持的首次地皮拍卖行情再定。

梁思申不想多说，看起来梁凡心里并非不清楚。她把这个电话与宋运辉一说，宋运辉却想到是不是该提醒雷东宝。雷东宝的雷霆而今绝对是外向型的企业，与过去的关在国内竞争不再一样。但他估计自己的电话打过去的话很可能被雷东宝非常权威又非常无知地不当回事。他想到前不久刚找他议论过泰国那边事情的杨巡，想到杨巡好像从黑市买了一些美元藏在银行保险箱里，现在乐悠悠地回老家度假。正好让杨巡过去给雷东宝说说，面对面谈，不怕雷东宝不听。

于是杨巡钓鱼吃喝之余，暂别不知道怀没怀上的任遐迩再上小雷家。

06

雷霆今年所获的政府支持，比之去年略有减少，对此，有关人士解释说，不可能把所有政府支持都押在一家，去年扶起一个雷霆，今年就得侧重其他企业，希望雷霆更多依靠自我造血功能发展壮大。

雷东宝深信不疑，因为去年已经有人这么提醒他，可他当时不大信，觉得争取争取总能拿到政府支持的贷款，他今年就照旧快速上马基建工程。但后来陈平原不知从哪儿听来小道消息，说有人在传雷东宝和前小舅子宋运辉的关系其实并不如想象中的亲密，还有许多由此猜测引发的联想。陈平原提醒雷东宝，会不会是这种传言影响了贷款。

但连陈平原自己都否认传言对贷款的影响，毕竟宋运辉不是这边领导的直系上级或者亲密战友，应该没那么大的影响力。陈平原与雷东宝讨论后认定，估计是政府看到前段时间的扶持出了成效，但是有饭大家吃，不能总喂雷霆一家，所以关注点转移一些也有可能，再说又不是不给贷，只是稍微少了一些而已。

问题是雷霆今年发展所需的资金规划却比去年更上规模，而今外贷不足，自然得从自身挖掘潜力了。

考虑到做内贸虽然价格稍微好一点，可付款方面却是问题多多，最好的算是货到付款，很多则是压货一段时间才给付款，更有少许千年不赖万年不还的无赖客户，因此内贸需要的流动资金数量庞大，资金周转千难万险。外贸的利润虽薄，可有信用证提前打来，雷霆可以据此到银行全额贷款，不须占用流动资金。如今已经上马的工程急等钱用，那就只能牺牲内贸打那信用证的主意了。

但红伟提醒雷东宝，内贸的那些老客户是多年交情浇灌出来，如果雷霆多做外贸少做内贸，那些客户势必投向其他工厂怀抱，部分正好落入正扩张的省电缆手中。雷东宝心想也是，虽然很多小客户是有奶便是娘，但有几个国营大客户却是他们千辛万苦上下打点后一路合作至今的，这些人如果脱钩，那损失大了。他让红伟在操作上斟酌着办，那些效益好付款及时的企业还是供着，其他反正以后只要雷霆有奶就能唤来。

如此操作下来，雷霆的工程进度照旧，非高层都不会知道财务方面曾经出了一些状况。

但是雷东宝却从正明那儿了解到一个意外消息，项东竟然与一家类似铜企有所接触。雷东宝不是太相信正明的告状。雷东宝也观察了项东几天，没看出异常，项东照旧生产工程一手抓，非常忙碌。他就把这事存在心里，不去提起，照旧是用人不疑，疑人不用。他相信他提供给项东的各方面条件一流，很少有其他企业能比他提供得更多。

倒是杨巡的来访让雷东宝有些意外，那小子从来就是无利不起早的，今天怎么会有时间说什么闲聊来？而且那小子约的是早上八点的上班时间，赶什么热狗屎？

其实杨巡来那么早是有目的的，对于那些他很难硬顶的老大，为了他的生儿育女大计，不得不早到早办事，办完事脚底抹油快溜，省得被逼上饭桌，那时候推烟推酒就麻烦了。尤其是雷东宝这样的老大，他知道他若敢上了桌后不喝酒，雷东宝定会把他五花大绑了硬灌。

雷东宝见杨巡进门，一个招呼后先站起来往楼下看，一看就道："还开着你那小破车？"

杨巡笑道："书记太关心我了。不过这回书记不对，我今天开的是小新车，我老婆的捷达。"

"一样，还是小破车。瞧你小气的，娶个大学生老婆，连辆好点的车子都不给买。坐，自己倒水。"

杨巡坐下，但没倒水，还是笑眯眯地道："书记，你猜是谁让我来的？"

　　雷东宝舒舒服服地躺老板椅上，一猜就猜到是谁让杨巡来，但不肯说："你结婚半年多了吧，儿子呢？"

　　杨巡只得顺着雷东宝的话题，依然笑道："哪那么快，怀胎还要十个月呢。书记，最近新闻看了没，中央电视台总在报泰国菲律宾的事，那边现在国家都管不住自己的汇率，给投机商逼着往下跌呢。"

　　雷东宝奇道："我看啊，可这关你什么事，难道你想去泰国开商店？"

　　杨巡笑道："我哪来的钱，换辆车都不够。书记，我是替宋总传话，他跟我说最近东南亚金融形势波动得厉害，而且还不止东南亚，日本、韩国年初就开始把他们的货币一点点贬值了，宋总担心说情况要是发展下去，肯定会影响我们国家的出口形势，让你早点做好心理准备。"

　　雷东宝直直看着杨巡，心里猜度，为什么宋运辉自己不跟他说，却让杨巡来说。杨巡既然跟他来说这种高来高去的事情，必然需要宋运辉花上不少时间调教，要不然这种小子哪儿说得出那么有见识的话。宋运辉肯花那么多时间教杨巡，却为什么不直接跟他打电话？宋运辉又似乎是关心他，向他提供资讯，又不肯与他接触，究竟是什么意思？雷东宝百思不得其解，因此也没好好领会杨巡的话。等杨巡说完，才问一句："我怎么做准备？"

　　杨巡被雷东宝的问题问得眨巴了好几下眼睛，心说他都说得够简单了，雷东宝怎么还听不出该做什么不该做什么。杨巡根据他最近跟着任遐迩看到的新闻，耐心地解释道："说是一方面调整出口产品结构，另一方面调整内、外销比率。像宋总最近就在从调整出口产品结构入手，听说投入到研究中心的钱非常多，宋总自己也是一半时间在研究中心坐镇。"

　　雷东宝眼珠一转，问："他们研究中心不能打电话？"

　　杨巡闻言一愣，不知道雷东宝为啥问出这种牛头不对马嘴的话来，忽然回过神来，才想到雷东宝的问题其实与他接到宋运辉电话时候的想法一样，他也好奇，这点子事一个电话不用十五分钟就可以解决的，宋运辉为什么叫他特意跑一趟小雷家，难道是这两人现在有矛盾，他今天成了最尴尬的中间传话人？

杨巡有心把自己的夹板芯身份变为良好媒介，积极向雷东宝解释他最近对时事有多关心，他又正好因为工作告一段落在老家度假，可是雷东宝心里先入为主，对杨巡本人的印象还停留在当年滑头滑脑的小杨倒爷，因此对杨巡的解释并不采信。两人话不投机，杨巡只得起身告辞。

虽然有正明将杨巡送上车，可杨巡为雷东宝如此慢待心生不快。他不由想到宋运辉为什么不自己打电话给雷东宝，难道也是不喜欢雷东宝现在的为人？雷东宝对宋运辉也不客气？那不是自毁江山吗。杨巡心说，即使在小雷家占山为王，也不用这么嚣张吧，小雷家才多大。

雷东宝其实只是心烦宋运辉的态度，不知道宋运辉这么不三不四地来一下算什么意思，反而让杨巡那小子看好戏。他不免立刻想到陈平原带给他某些有关他和宋运辉关系疏远的传说，不管别人怎么看，宋运辉首先在表现疏远，比如今天，那说明上回杨巡婚礼上两人不坐一起，也是宋运辉有意为之。好吧，那次其实也知道宋运辉因与他前一晚话不投机而生气，可今天还这样不三不四，那也太小气了，雷东宝因此很生气。

但雷东宝一边不满着宋运辉的态度，一边却是认真回顾杨巡刚才带来的话，没大事的话宋运辉肯定不会这么费劲地要杨巡把消息带到，那说明杨巡带来的肯定是大事。只是这方式真是太抹他面子，让他在杨巡那小家伙面前没脸。

雷东宝生了一下气，又想那传话，想来想去，就是减少出口和提高产品档次两点。可他现在减少出口就等于减少信用证，减少信用证就等于自绝资金来路。提高产品档次倒是年前项东跟他提起过的事，可远水不解近渴。他想到，杨巡提起那些事还只发生在泰国，才传染到菲律宾，都还在那些没有生意接触的小国打转呢，那么遥远，或许他不急，拖过半年，等目前已经上马的工程完工了再说。他这边的工程停不得，停下就等于把原先投入的那么多钱押死在废墟里，那么多的钱如果是自有资金倒也罢了，那都是贷款，押着不动每天还得生出大量贷款利息，那利息靠现有产能的利润没法对付。因此他还得依靠外贸换信用证一阵子，争取工程尽早完工，尽早投产，尽早还贷。宋运辉叫杨巡传来的话他现在没法照做。最先的时候是他规划工程，可等到工程上马，是工程推着他和进度一起走，谁也无法停止。

但宋运辉的态度和杨巡传来的话，不免都压在他心里，令他心情不佳。他便去工地巡视，晒出一身油汗，人才稍微轻松些。绕到正安装的车间，正好见项东在现场与工程人员谈话。他才想进去看看，却见正明匆匆赶来，他止步问正明："谁找我？"

正明将手中的安全帽递给雷东宝，笑道："听说书记来工地，赶紧过来陪着。书记，不戴安全帽可危险。"

雷东宝接了安全帽戴上，埋怨道："这帽子谁弄的？这么小东西，都只能顶头上，戴都戴不进去，你真没事？"

正明轻笑道："那俩笔杆子又过来了，这个时间来还不是想吃中饭吗，反正书记也是要吃中饭的，不如一起坐坐。"

"又是他们，有完没完，每次都把我写成什么。"雷东宝虽然嘴上"抱怨"，脸上却笑出来，因那两个笔杆子与他关系很好，多次一起吃饭，为他写宣传文章，难得是这两个人说话风趣，每次吃饭都是享受，当然雷东宝给他们的礼物也是不菲。他看看车间深处的项东，又看看手表时针已经指向十一点半，就打了回头。正明忙在后面跟上，不过忍不住回头也冷冷看看项东，不小心踩到地上一截废钢管，一脚滑了出去，幸好扯住雷东宝的袖子才没摔倒，倒是被雷东宝取笑了几句。

杨巡和任遐迩如愿以偿，他们在老家没几天竟真怀上了一棵豆芽。杨巡每天都猜是男是女，却又说男女都好，只要是自己生的。加上老三出国几年后终于来电话说找到工作，近期回家一趟，杨巡这几天欢天喜地的，还想去老三美国飞来的第一站香港接机，可惜政权交接临近，他没拿到签证。

梁思申最近倒是经常出入香港，与同事密切关注东南亚一带发生的风暴。

07

七月一日，香港顺利回归。

七月二日，泰国央行被迫推翻前两天泰国首相有关泰铢不会贬值的讲话，宣布放弃泰铢与美元挂钩的联系汇率制，实行浮动汇率制。

多少人从电视里看到了被香港回归新闻压缩得超短的国际新闻栏目里的这条消息，但绝大多数人并没给予太多关注。杨巡和任遐迩从新闻联播上看到这一新闻，更多的也是隔岸观火的距离感。

没几天，菲律宾比索也告失守。

与此同时，马来西亚和印度尼西亚的金融市场开始步泰国、菲律宾的后尘，陷入腥风血雨。接着是经济状况非常良好的新加坡也未幸免。众人都猜疑下一站会是香港。

梁思申忧心忡忡，挂牵梁凡那边会不会出事，她心里隐隐感觉，梁凡若是出事，必然牵出她已经退休在美国养老的爸爸。八月的时候，炒家果然没放过香港，大举来袭，但被港府击退。金融界人士都在问一个问题，炒家会对香港就此罢休吗？若再有炒作，祖国大陆政府会否出手？谁都知道祖国大陆和香港的外汇储备相加是个天文数字，可又谁都看到了"四小龙"在炒家手底下纷纷溃败，束手就擒。因此谁都无法给出明确答案。

但是梁思申却看到一条令她惊异万分的消息，八月二十七日，香港回归后首次进行的土地拍卖创出新高。小甜甜龚如心旗下的华懋集团以55.5亿元击败李嘉诚的长实，投得底价仅3600万元的浅水湾豪宅地。梁思申非常相信，这一天，梁凡肯定人在香港，而且肯定是第一时间获知回归第一拍的消息，梁凡早跟她说过，他就盯着这一拍。至此，梁思申觉得都不用再跟梁凡通话，通话是自取其辱。土地拍卖价这个最敏感的风向标，已经明明白白指向香港社会对回归后市场繁荣的信心。梁思申明明是知道自己松了一口长气。

结果，九月十五日，恒基地产以56亿元地价，刷新前不久刚创造的地王纪录。

连外公都觉得匪夷所思，不得不感慨祖国大陆自改革开放以来取得太多出人意料的成就，或许回归后的香港也会打破英美等国的回归将令香港死亡的不良预言。

可是，回归才不过几天，香港经济真被祖国大陆神奇化了吗？梁思申不信，她更相信市场。

不过这一段时间的忙碌和紧张，以及对世界金融市场的全神贯注，还有外公的回归，让梁思申心里的积郁没机会抬头，她又恢复忙碌并快乐的日子。

锦云里桂花飘香时节，外公有老友惠然到访。梁思申见是休息日，就自己开车带着外公去机场接老友夫妇。正好戴娇凤带着一大捧桂花来锦云里，她本就是个爱凑热闹的人，也笑嘻嘻地跟上去了机场，又坐后面一辆车跟到宾馆，到宾馆时候，戴娇凤已经与外公老友儿子聊得挺好。但梁思申陪同登记的时候，却意外看到接待台后面那个笑容可掬的女孩竟是杨逦。她想阻止戴娇凤过来，可已经来不及，戴娇凤见到杨逦也愣住了。

杨逦也见到戴娇凤，但她正工作，又是本就不怎么在意戴娇凤，不过睨了一眼便不理会。戴娇凤却是花容失色，令得其他人都以为杨逦是戴娇凤的情敌。旁边梁思申心说，看起来戴娇凤对那段往事非常在意。戴娇凤后来都没怎么说话，送老友上去电梯，她就与梁思申单独告别一下，快快而走，梁思申想送她都被谢绝。

外公见此不解，告别老友出来问外孙女这是怎么回事，梁思申就把杨巡结婚期间发生的事情说了一下。外公走到大堂时候就忍不住特意拐去接待台，看了出来道："什么样的人家养什么样的儿女，儿子杨巡那样，女儿也是十足小家子气，看人的眼神不正。戴小姐好性格，幸好早早没跟那杨巡一起，否则让欺负死，落不下好。"

外公拿梁思申手机拨老友房间，说了杨逦的工号，要老友想方设法投诉杨逦。

梁思申在一边儿听着心说杨逦惨了，外公和那老友都是久经世界各处好宾馆的油子，他们想搞杨逦，杨逦还有几条命。外公打完电话道："你以为爹娘的债不算到小孩头上，算谁头上去？"

梁思申被爹娘债孩子还的话弄得又心烦意乱。最近她爸妈有电话来，她都是不大敢接，怕听到什么，总是三言两语打发。若是她能替爸妈还债倒也罢了，可是她都不知道爸爸做了些什么，甚至连爸爸做没做过都只是凭猜测。随着时间推移，他们不打电话，她就当爸爸什么都没做，他们来电，她就怕，她现在是什么都做不了，只有送东西去孤儿院的时候才安心一些。

回到锦云里，却见到宋运辉在。她扶着外公出车子，嘴里早奇道："你不是说有谁去你那儿考察吗？"

"完事了，正好一起乘飞机来上海，送到上海，够意思吧！可可刚才喊我小宋，哪儿学来的？"

梁思申捂着嘴笑："可可，带爸爸看小宋去。"

宋运辉惊讶，可早被怀里的儿子扯着头发往屋子方向走。外公感慨："小辉这几年变得快，跟那张照片上面的人完全不一样了。看那张照片，叫他小宋是理所当然，现在看着他，没几个人敢再叫他小宋，他再年轻也只有我们几个家里人倚老卖老叫他个小辉，做人乏味许多。"

"谁说的，不是挺好的吗？"

"跟你当然挺好，跟别人你看看？他看得上的，话不投机就沉默，拿那么双眼睛看着你，让你没好意思再说；他看不上的，话不投机也是沉默，看都不看你。你还好，你要是哪天不好了，等着吃苦头吧。"

"不会，我们不一样。"

"你们当然不一样，我不过是白提醒你一下。哪个傻女人都是听男人几句好话就以为自己独一无二了。"

梁思申只得拿眼睛白外公两眼，进去里面吩咐小王搬椅子和乌龙茶去院子，她只好再次打退堂鼓，没法继续孝敬外公。里面可可与宋运辉正对着相框里宋运辉那张嘴上长燎疱的照片笑，她走过去也跟着开心。

待得可可闲不住跑出去玩了，宋运辉才问："你还没主动跟你爸妈打电话？这样也不是办法。"

梁思申腮帮子鼓鼓，一脸黯然："梁大又打电话给我，炫耀前不久才刚转手一套房子，净赚30%。"

宋运辉笑着打诨："原来你生气你铁口不灵。"

"谁生气那个啦，我又没存心咒他们房子压在手里。"

"我不看好。近期我接触的国外客户已经有动摇倾向，我不看好香港经济能一花独放，香港是个深度依赖贸易的地域。不过经济有个惯性，现象没那么快呈现，梁大不用太早翘尾巴。"

梁思申叹息："我还宁愿他翘尾巴，我总担心他哪天不翘尾巴哪天暴露什么事。"

宋运辉考虑之下，还是道："你妈妈来电跟我抱怨。他们很寂寞，可你总是说忙，一个电话说不上三分钟。再说现在住的地方人生地不熟，电视只能看懂翡翠台，他们更闷得没处散心。你妈妈说起来一直哭，你妈妈还说你爸爸情绪很低落，她很担心你爸爸。"

梁思申听着垂泪："可是……爸爸说了什么没有？"

宋运辉摇头："都是你妈妈说电话。"

"我也是，都是妈妈说电话，可过去他们都是两人一起说。我很怕，我真怕爸爸忽然拿起电话，又斥责我怀疑他，我会不知道怎么回答。我怕他说真话，又怕他说假话，全怕，我都不敢多说电话，怕他们说到什么上去。"

"我昨天听着你妈妈的电话也想落泪。"宋运辉也很替梁思申为难，只有纸巾伺候。他知道梁思申理智上早已认定她爸爸有问题，可是父女亲情，让她至今无法彻底承认事实。他理解她的害怕，她最怕她爸爸冲她一再否认的真相，可她更怕她爸爸忽然又承认真相。她是那么遵循职业操守，严谨得他开一丝后门都不肯，她一向为自己的高标准骄傲，而那坚定的操守，却又来自她良好的家教，她原是多么骄傲于她优秀的爸爸妈妈，又让她如何面对可能的真相？他也宁愿梁思申一直做鸵鸟，也好过由慈父击碎她所有的骄傲、所有的信任。

外公却让小王进来喊："王先生请两位挑桂花去。"

宋运辉往窗外看一眼，道："我们有些事，不去。"

小王转回身，可可却扭着屁股爬上台阶爬过门槛，来找爸爸妈妈。宋运辉忙迎过去管住可可，可可却是径直走到妈妈面前："妈妈，哭哭。"一边说着一边要爬上妈妈膝头，帮妈妈擦泪。梁思申忙抱起可可，可可的手顺势软软地抹上她的脸。她一时心有所感，流泪更甚。多年以前，她也那么小的时候，她对爸爸妈妈还不是与可可对她一样，可现在她却忍心让妈妈寂寞，不听妈妈哭泣。将心比心，妈妈是多么伤心，她又是多么痛心！

可是可可被妈妈的哭吓坏了，见一双手总是抹不完眼泪，他小嘴一瘪，也开始抽泣。弄得梁思申立刻没了哭的心思，与丈夫一起哄儿子，总算又是度过一次困扰。

看到可可现在活泼地横冲直撞，宋运辉总担心锦云里那么多硬木家具磕坏他儿子，趁周末有闲，拿布条将桌椅的腿脚都细细包上软垫。连外公都哭笑不得，说可可最近对小树跃跃欲试，要不要给小树装上扶手便于攀爬，宋运辉还真考虑上了。

08

雷东宝终于感受到资金的困扰，小三提醒他入不敷出，他让红伟出差回来就过来谈话。

谈话的时候，雷东宝手里捏着小三给他的报表，紧皱着眉头："这个月出口订单比上月少，真是让小辉说中了？"

红伟揉了揉疲倦的脸，道："我们集团一个月的表现还不能算，他们外贸说，他们有些生意遇到老外拖着观望的现象。不过还看不出进一步的动向。"

雷东宝想了想，道："老外什么时候开始观望，什么原因观望，你弄清楚没？"

红伟摇头："没问那么清楚，应该是近期的事。好不好再问一下宋总，他们也做外贸的，再说他们早已开始关注。"

雷东宝心虚，却反而批评："你这懒汉，做人有点志气嘛，你现在是这么大公司的老总，你工作要自己做，脑筋要自己动，不能总靠在别人身上偷懒耍滑。这样吧，你安排外贸的跟我吃饭，我们一起问问。你先睡一觉去，看你眼皮都睁不开了。"

红伟笑道："昨晚跟他们搓麻将一直搓到上火车。唉，现在不敢睡，我还是自己过去一下进出口公司，问问他们出口到底怎么样。我们的出口要是受影响，得影响全局呢。"

雷东宝只有比红伟更关心全局："你先谈谈，谈的东西先跟我通个气，晚上一定约吃饭，我自己再问清楚。"

红伟走后，雷东宝立即致电项东，问他有没有办法调整在建工程进度，改齐头并进的大兵团作战为各个击破，以便完工一个投产一个，投产一个产出一个，这样负担较小。雷东宝打这个电话，可谓厚着脸皮。因为去年规划这个大工程的时候，项东谨慎，建议按照产品工艺流程，先建下游项目，再以下游项目的产出和需求支持中、上游项目。项东说这样的话虽然工期会较长，但是稳扎稳打。雷东宝当时不以为然，那规模太温吞，何来令人耳目一新的国际化？而现在，雷东宝看到工程资金链面临的隐隐危机，他无法不想到项东过去的提议。

项东在电话那端却严肃地道："书记，现在收缩战线已经没用了，不会降低任何费用。首先，我们已经订了全部的设备，即使我们不安装，设备还是得依照合同运来，我们得执行合同支付设备款；其次，安装公司已经进场那么多天，忽然要他们一半以上的人员和设备撤离，我们未必付得起那退场费，也等于浪费前期高额进场费；最后，我们已经养熟一半的工人现在没法遣散，遣散的话一方面是对过去已经付出的培训的浪费，同时遣散工人对士气打击极大。我们还得照旧养着，因此人力成本也没法降。现在是箭在弦上，不得不发。"

雷东宝皱眉沉默良久，时间长得让对方项东都以为断线，"喂"了好几声。"小项，你先别说那么满，你今天别忙，给我关小屋子里好好想半天，怎么把最近每天的支出降低一半。"

项东道："行。不过书记，还有电缆方面的新工程也在上。我建议是不是开会讨论一下？"

雷东宝皱眉："好，明天上午八点半，集团总部开会。"

雷东宝很想下午就开会决定，可是他现在还没接触外贸人员，在摸清出口订单本月比上月少的确切原因之前，这个会不能开。雷东宝一只胖手一直按在电话机上，他其实从小三那儿拿到报表开始，就很想打宋运辉的电话。刚才批红伟不动脑筋总想找宋运辉求助的话，其实一半是说给他自己听，逼自己不要没骨气，不要涎着脸又找上宋运辉的门。做人得争气，宋运辉明显疏远他，他是宋运辉的大哥，不是小弟，没有他找回去的理儿。

他按在电话机上的手慢慢抬了会儿，又沉沉落下，如此再三，始终没打出那个给宋运辉的电话。他想再看看，再听听，起码落个胸中有数，别找上门去讨人取笑。

红伟下午就传递给雷东宝各处拜访寻来的消息，并不乐观，除了外商对从哪国采购举棋不定之外，进出口公司还说那些已经遭到冲击的国家原先下的订单基本告吹，有些对方单位都已消失。没告吹的这边担心他们的支付能力。红伟总算以餐叙名义邀来四个出口业务比较多的外贸经理，但大家都说没心思吃饭，最好是找个清静包厢方便说话。

雷东宝一听着急了，立刻要小三清查雷霆的每一份出口合同，要求每份合同全部电话或传真落实合同另一方的情况。首先必须确保手上的合同万无一失。

反馈还没回来，雷东宝已经在办公室坐不住了。他心里记得清楚，他手下电缆厂的出口订单大多来自亚洲国家。杨巡不是说亚洲国家是重灾区吗，红伟不是也说那些进出口公司出现变故的合同大多来自亚洲国家吗，雷东宝额头冒出黄豆般的汗珠，他焦躁地想，可别让他手下的公司中奖。

小三非常能体会雷东宝的心情，因此每查证一份依然有效的合同，他就一个电话赶紧报喜一下。但是他不敢向雷东宝报告可能有危险的合同。红伟看不过去，不许小三报喜不报忧。红伟与雷东宝是开裆裤交情，到底是胆子大一些，他好好坏坏全说，让雷东宝心里有数。这时候红伟觉得平时把他也伺候得挺周到的小三这小子真像奸臣。

眼看到吃晚饭的时间，红伟不得不丢下手头事情先走。他不由自主地拨了个电话给项东，自作主张地希望项东放下手头工作，抽时间过来一起吃顿饭。他在正明和项东之间，本能地选择了项东，他认定项东应该更能从饭桌上听出动向。但是项东在听他解释原因后，却说现在正有重要设备吊装，实在走不开。红伟无奈，只能让正明赶去饭店。

饭店包厢八个人，四个分别来自不同的进出口公司，四个来自雷霆集团，其中一个是雷东宝的专属司机。大家就当前形势对出口的影响讨论再三，都觉得形势不容乐观。到七点的时候，大家几乎是一致要求小姐把包厢里本来拿来给食客即兴唱歌用的电视机换到中央台，大家难得专心地关注新闻联播。虽然他们关注的内容在三十分钟时间里才占了一小会儿。

越讨论，雷东宝心越寒，话越少。大伙儿心里也不舒服，吃完饭谁都没提余兴节目，各自散去。雷东宝站在车边对红伟、正明道："都回家好好想想，明天开会拿点主意出来。"

正明道："项总刚才要是也在就好了，不会明天开会一上来什么都不知道，现在时间等不起。吃饭前我打电话让项总来，他说没空。"

红伟睨正明一眼，没说什么，不想得罪同村人，可也不愿落井下石。雷东宝听了也没说什么，但心里不快，他想到很多，比如过去项东一再劝他谨慎扩大规模，又一再告诫不要完全依靠外贸，还提出必须抓紧产品更新换代以应对市场风云，而今似乎都被项东说中了，可今天对于他缩减工程规模的要求，项东却又说不可行了。项东今晚拒绝正明的晚饭邀请，是不是与这些事有关？雷东宝不免疑神疑鬼，更想到项东曾经与其他同类厂老板私下见面的事情。

回到家里，难得见到还没睡觉的宝宝。可雷东宝心不在焉，对于胖乎乎的宝宝掷上来的乒乓球懒得接招，坐在沙发上喝闷水。直到一只乒乓球掷上他的水杯，发出一声脆响，母子一起大笑，连在屋里做功课的韦春红儿子小宝也跑出来看，雷东宝才放下水杯。韦春红让儿子继续回去做作业，她顺手带上那间书房门，轻声问雷东宝："什么事不舒心？"

"资金可能出问题，而且问题不小。我们手头还有多少钱？"

韦春红装傻："前天刚收到一笔租金，还没用出去，我留下一千块，其他可以都拿走。"

雷东宝才不吃韦春红那套，道："我们所有家财折价多少？"

韦春红只得道："我的折价多少，你管不着。你的，扣去给那狐狸精的，加起来一百多万，我都替你买了街面房。干什么，你想拿自己的钱贴补村里？你应该从雷霆拿的奖金，还跟大家的一起扣着没发呢。"

"你嚷嚷什么，我就那么想想。明天先开会，看有没有办法解决，如果不行也先找关系要贷款，要后面问题真严重了，还得动员几个钱多的掏出来支援，我总得带头。"

韦春红道："你愿意别人还不愿意呢。再说了，你那一百多万，其中三十几万还压在买了一直造不好的高楼里，你拿不出多少，你的钱对雷霆来说只是些毛毛雨，还是想办法找贷款吧。"

雷东宝"啧"了一声："加上你的。等过这个难关，我加倍还你。"

韦春红扭头走开："不要，别人抢都抢不到的街面房，我卖掉干什么？不用两年那些街面房价钱准翻倍，还翻得不看任何人眼色。你别提什么加倍还，老夫老妻的，我不好意思挣你的钱。"

雷东宝脸色非常不快，冷冷道："担心我还不起？算了。"他起身进了卫生间洗澡，紧张一天，出了一身臭汗。

宝宝被雷东宝惊得扑进韦春红怀里。韦春红心不在焉地安抚着宝宝，两眼则是看着卫生间的门若有所思。不，不管雷东宝肯给她多少，她的钱，她得自己管着，她又不是管不来的笨蛋。

一会儿雷东宝出来，见韦春红还抱着宝宝晃来晃去，就道："宝宝怎么还不睡？"

韦春红正出神着，闻言惊起，道："差点忘了时间。东宝，你那儿资金真那么紧张？"

雷东宝没好气地道："雷霆要是出大问题，我要是再坐牢，你想怎么办？"

"什么话，触一次霉头还不够？"韦春红抱起眼睛半开半闭的宝宝进去卧室。心里却不禁想到，如果雷东宝再来一次牢狱之灾……她才想到一半，就"呸呸"起来，怪两人都是乌鸦嘴："那么大雷霆，现在想倒也没那么容易呢。"

雷东宝却道："倒？太容易了，越大倒得越狠，你没见宝宝摔跤，一骨碌就起来，我们倒是摔一跤试试。"

韦春红轻道："别胡说，你们现在跟过去不一样，你们现在那么多人，那么大产值，倒了那么多人失业怎么办？那么多贷款还不了怎么办？政府这回才不会跟过去一样看着你们倒不管。"

雷东宝心头一亮，也是啊，现在的雷霆已经不仅是小雷家村的雷霆，现在雷霆的影响力已经扩大到涉及参股的镇政府，扩大到需要他们的产值奔百强县的县政府，还有市政府。现在谁敢眼看着雷霆倒下啊，最起码的，雷霆关系到那么多人的吃饭问题呢。还有银行，他现在要告诉银行的是，来，帮我渡过难关，否则我还不出钱，大家一起死。

这么一想，雷东宝心情好了许多，即使后面红伟又来电话，告诉他电缆厂的两单外贸订单现在几乎可以确定已经无望，他还是能够安心睡个大觉。因此第二天早上开会，红伟、正明、小三，甚至项东的脸色都不大好，雷东宝却依然精神抖擞，而且反常地早到一步。因此正明进门就笑道："看到书记坐镇，我就跟吃了颗定心丸一样。"以往红伟听了会觉得肉麻，今天看着雷东宝镇定如昔，倒真是与正明一样如吃下定心丸。

项东坐下就主动开口："书记，昨天二号工地主机吊装基本上是一次定位。安装公司的那个吊装工是个老鬼，晚上光线不好，只用两只小太阳照着，他照样找准位置，一次成功，看起来进度可以因此加快一些。"

原来昨天项东没来一起吃晚饭是因为这个。雷东宝因此又舒心了一些，他不由瞥了正明一眼，但没说什么。会议开始，雷东宝让正明将昨晚讨论的情况先说明一下。等正明说完,他才道:"看起来雷霆要准备过紧日子,而且也不知道紧张到哪天才完,你们都发表一下意见,看有什么解决办法。有个前提,一定要把工程进行到底,不能半途而废。小项你把你昨天的话再说一遍。"

项东无奈,只好把昨天跟雷东宝说的工程无法停顿或无法收窄战线的话重复一遍。

但项东话音刚落,正明就道:"我有一些意见跟项总探讨一下。设备款的问题,实在不行就拖着暂时不付嘛,我们过去的登峰曾经靠这种办法渡过一次次的难关,现在难关当头,再来一次也没什么。"

项东当然反驳:"这么做是短期效应。比如说我们至今没法从两家铜矿进货,我们的人上门就给赶出来,对方说是过去吃我们苦头太多。所以我们不得不舍近求远到别处进货,影响成本。"

正明反唇相讥:"现在不是得罪一家就吃不上饭的日子,现在东方不亮西方亮,这家不供那家供,断不了顿,跟过去物资局卡你一下就死完全不一样。我们现在要解决的是摆在眼前的大困难,必须采取非常措施,你想做长远,你也得留条命拖到长远,项总你说对不对?这种事项总可能接触不多,我们小雷家人经历得多了,没什么大不了。"

雷东宝听了点头,他昨天听到项东的话,也是与正明一样想法。但项东道:"我们按照合同都是有付款期限的,过期不付,后续设备他们肯定不发。"

正明见雷东宝点头,忙再接再厉道:"看催货的怎么说话。合同是死的,人是活的。再说职工问题,我们可以把三台设备的安装人员集中到一台,只要安排得当,正好集中火力打歼灭战。"

项东冷笑一声:"安装人员的培训都是针对特定机组,放到别的机组安装,做个基础工打个下手倒是可以,做主力可不行。雷副总的这个提议以及前面拖欠不付的提议,恕我能力不够,做不到。"

其他人都听得出正明的步步紧逼,却都想不到项东否定得干脆,其他人都不说,红伟也在笔记本上圈圈画画,头也不抬。雷东宝想做个裁决,可一边是他倚重的技术能手项东，一边则是有应急对策的正明，他得思考如何进行一个折中。

但这时正明抢着又道："既然是改变计划，肯定需要在某些方面做出牺牲，比如几家安装公司的进场离场问题，我们不可能照顾得面面俱到，需要在某些方面做出少许让步。没办法，牺牲小节为大局嘛。当然，改变进度是一个几乎需要推翻过去布局，全盘重来的辛苦事，但凡事只要有心，只要心在小雷家，人在小雷家，没什么做不到的。"

项东听到这儿，脸色剧变，他不看正明，对雷东宝道："书记，对于这种人有多大胆、地有多大产的唯心提议，恕我能力有限，不能无限跟进雷副总的超前思想。但我提请书记注意，工程安装必须以科学、严谨的态度，积极稳妥地推进，决不能一哄而上，追求不切实际的时间效益，等投产运行时候事故频发，甚至爆炸出人命，那就来不及了。"

正明闻言也脸色剧变，当年铜厂爆炸，他的脸上还留着明显疤痕，他将杯子一顿，正想开口，雷东宝大喝一声："都闭嘴，让你们想办法，不是让你们吵架，继续发言，红伟。"

红伟当即放下描画半天的笔，抬头发言，但他就事论事，只讲与自己一块工作相关的问题，坚决不涉及其他，讲完就闭嘴。他不是雷霆正式员工，理所当然不说。但在场的人也几乎与红伟差不多的态度。只有电缆厂的人因为也涉及基建工程，他不敢再说一句与刚才项东正明争论相关的话，只一个劲表态争取加班加点提前完成安装。

雷东宝听半天找不出一句有用的，心里感叹小雷家每遇大事情，总是绝无例外的只有他一个人来拿主意。他不想再听下去，草草结束会议，留项东谈话，他让项东不要多心，整个雷霆谁都没拿项东当外人。然后他要求项东回去再想想，真到资金严重紧张时候，是不是可以考虑做做小人做做无赖，首先考虑雷霆自己的存活问题。

项东领命而去，雷东宝却头痛。他心知以项东这样一个行事正规的人，让项东做小人做无赖拖延账款不付或者别的，那是为难项东。项东不是不肯做，而是做不到，他没那花言巧语的无赖厚脸皮，还真是只有正明这个经历过起落的人才做得到。他昨天还想着让正明协助处理那些设备厂家，可是今天开会两人当场冲突，那往后两人还如何配合？说不得，到时候还得压压正明，让正明老老实实配合项东。目前在小雷家，没人能取代项东。雷东宝想，要不在电缆项目上先开始动用正明的办法，在现实表明可行的前提下，再要求项东照做。

他把正明叫来，要正明到电缆厂蹲点。正明领命而去，非常踊跃，当然很有好好做出来要项东好看的意思。

而雷东宝找到陈平原会商，陈平原基本同意雷东宝以贷款绑架银行的想法，让雷东宝先人一步，从银行和政府机关两方面着手，开始密集筹款工作。

可是，小钱容易，大钱太难。

09

杨巡最近在种种项目之间举棋不定，最主要是没看到有让他眼前一亮的项目出现。再说他根据任遐迩从网上找来的资料分析，很可能国内经济会遇到一些波折，他找宋运辉商量，也找申宝田等企业界人士商量，还找其他机关人员讨教。尤其是申宝田那一块，因为出口做得不少，已经面临种种问题，整个公司的支出，包括申宝田本人的消费，都开始节衣缩食。一叶知秋，种种线索都印证他和任遐迩的分析比较正确。因此杨巡更举棋不定，这回愁的不是找什么项目的问题，而是愁要不要上大项目的问题。怕万一市道不景气，大项目上得去却盘不活，砸手上了。

因此杨巡无聊得发疯，在家跟任遐迩抢育儿书看。反而还是任遐迩比他忙，任遐迩现在管着他所有产业的财务。

中秋时任遐迩托毛毛给杨逦捎去一盒月饼，一套白玉般的金边骨瓷英式茶具，一瓶绿葫芦薄荷酒。杨逦收到挺喜欢，打电话赞美任遐迩眼光不错，说她用骨瓷茶具泡立顿红茶，月饼放在雪白茶碟上，顿时似乎有了英式下午茶的感觉。任遐迩不过是因为正好有人送杨巡三套茶具，她一套自己留下，一套给了杨速，一套就顺便和月饼薄荷酒一起给了杨逦，却没想到被杨逦用出别样风味，当即在电话里笑嘻嘻表明，她与杨逦英雄所见略同。于是杨逦很喜欢，还说准备去找些小银匙来相配。一来二去，姑嫂两个话就比较多。

杨逦工作上受了气，当然也一个电话打到任遐迩手机上，要任遐迩打过去，说有苦要诉。任遐迩如今是杨家兄妹之间的桥梁，当然有求必应，一分钟不拖地打电话给杨逦。时值夜晚八点，杨巡坐一边捏着分机旁听。

杨逦开门见山："小任，我真是气死了，怎么有人做事这么无耻！你知道戴娇凤吗？是大哥最初的女朋友……"

杨巡当即不顾他这是偷听，插嘴道："不要胡说，关我什么事。"

杨逦怒道："怎么不关你事，要不是你，戴娇凤跟我有什么关系啊，她干吗净来我们宾馆生事，没事总让人投诉我。我这个月的奖金都被她搅黄了，要不是她沉不住气出来现身一下，我还以为最近撞煞呢。你自己好汉做事好汉当，戴娇凤的事你一定要处理好，别让她来害我，我才是跟她完全不相干，做了你的替死鬼。"

杨巡当着任遐迩的面极其尴尬，道："你下次给她我的电话，要她有冤找我。"

杨逦口不择言："你那个梁思申全知道，你问她去。她外公帮着戴娇凤一起害我，不晓得那老头跟戴娇凤是什么关系，恶心，你们，都是你害的，你作孽我受罪。"

杨巡听杨逦又扯上梁思申，只得道："你别胡说八道，我去查清楚，谁那么闲专门搞你脑子。"杨巡将电话摔了，也夺下任遐迩手中的电话，不让继续。"才安顿几天，又闯祸。"

任遐迩冲杨巡做个鬼脸："你那些糊涂账你自己解决，但我要替小宝宝监督你解决。"

杨巡只得道："哪有什么不可告人的，你爱听就听着。"他嘀咕着拨打梁思申的电话。刚才要不是他听着，不知道杨逦还会说些什么，真是一点都不顾及他这个亲哥哥，做人怎能如此没良心！接通电话，梁思申说确有此事。杨巡奇道："为什么？你能不能给我戴娇凤的电话？我直接找她说。"

梁思申却道："戴小姐没捉弄杨逦的意思，纯粹是我外公吃饱了没事干帮戴小姐出气，我去劝我外公。"

杨巡看看身边的任遐迩，硬着头皮道："真是这么回事？不如你帮我告诉戴娇凤，有什么，尽管找我了断。还有你外公，那老人家……肯听别人的吗？"

"我会劝说，前阵子我外公说起的时候，我还以为他不会那么无聊。戴小姐那边我建议你别多事了，她是个爽快人，现在的日子也很幸福，最多有些小小的想不开，你多一事不如少一事。"

"好，谢谢，不好意思又打扰你。如果你外公老小孩脾气不肯放手，那就算了，杨逦如果做事让人抓不到把柄，人家也投诉不了她，她也该好好反思她自己的问题。"

梁思申反而吃惊，愣了一下，才道："我会处理。另外我关注了一下与萧然合作的那家日本公司的情况，最近他们的股票不大稳定，不知道会不会影响他们的在华业务。如果萧然又跟你谈转卖股权的事，你得小心。眼下东南亚与日本韩国的形势越来越不稳，任何投资都须谨慎。"

"谢谢你提醒，萧然那边我说什么都不敢碰。"

杨巡放下电话后，看任遐迩似笑非笑地看着他，就扑上去拧她腮帮子："又想哪儿去了？女人怎么都爱惹事呢。"

"呸，你的梁思申不惹事，你说话也特文明。"任遐迩看着杨巡跟梁思申打电话时候不战而退的腔调就莫名地来气，"不管杨逦了？那我跟她说一声。"

杨巡只得赔笑："你跟杨逦再怎么说她都不会听，她只相信她自己想到的。你要不具体问问她受些什么气，究竟是不是她工作的疏忽，怎么可以改进。工作到底是挣人家的钱，不能像对家里人那样自说自话。"

任遐迩笑道："哟，这事儿我干不了，我只会顺口帮腔，不敢逆你家大小姐的意思。"

杨巡笑道:"这就是了,你说以杨逦的性格,在宾馆那种伺候人的地方工作,能放下身段吗?让她受点刺激去。"

任遐迩撇嘴:"才一个电话呢,改口真快,妹妹也不要了。"

"你又冤枉我,我要有那心思,还不让宋总拧下头来。我猜了,你肚子里孩子肯定是儿子,酸儿辣女,你那么爱吃醋。遐迩,我们儿子以后再生个女儿,怎样?那谁家的女儿多好,小背心一样。"

"你想让我做超生游击队啊。我偏生女儿,明天开始啃辣椒。"

"那生女儿后再生个儿子,一儿一女,宝一对。"

任遐迩笑道:"你呢,生个儿子后再要女儿,是因为女儿可爱,生个女儿后再要儿子,是给杨家传宗接代吧?倒都是出于意识形态的考虑,全无俗气的物质考虑,非常形而上。"

杨巡只好讪笑,这种酸玩笑他不会开。

10

梁思申忙完工作回家,却见大门口打横一辆黑色跑车拦住。看去,车窗探出来的却是梁大焦躁的一张脸。梁思申当即明白梁大为什么来,最新一场地皮拍卖惨况当即引发第二天地产股暴跌,而国际游资则是正面袭击香港,又使香港恒指暴跌四天。梁大境况可想而知。梁思申也没下车,只探出头问:"什么事?"

"找个地方说话。"

"进去说。"梁思申自己下车,打开大门,梁大那车加速快,先"呼"地冲进门去,似是生怕梁思申把他拒之门外。梁思申也跟着进去,好歹梁大下车替她关大门。梁思申看一眼依然灯火辉煌的一楼,低声警告道:"有什么话悠着点说,我家可可还没睡觉,别吓到他。"

梁大喉头咕噜一声,没说什么,但在锦云里安静的环境里还是听得分明。

两人进去，果然见可可还没睡，还在跟外公玩掷软沙包的游戏。掷出去的沙包若是落地上，自有两只黑拉布拉多犬抢着捡来。梁思申就跟久别重逢似的与儿子腻一起，外公则是笑嘻嘻地对梁大道："老大，吃瘪了？来，坐这儿，说给我听。"

梁大最头痛外公，却又最想请教外公这个久经沙场的老法师，只好乖乖地坐到外公的那张金銮宝座般的雕花罗汉床边，赔笑道："现在股市和房市都跌得厉害……"

"知道，你还没抛？不会还捂着吧？"

"想抛，没人接手。还有……"

外公拿手指弹弹矮几，道："我知道你，一则不舍得割肉抛，二则不相信时运这么差，完全一副赌徒等翻本心态。"

"外公看这形势，是不是我该割肉抛？没回暖迹象了吗？"

"这几天割肉还有谁要？臭肉一块。思申，你告诉他，日本的房价至今还比80年代末的低多少？"

梁思申抱着可可过来，身上笔挺的衣服早被可可揉成一团问道："你真一点都没抛？"

外公不耐烦地道："他哪见过这种风浪，他以为钱很好赚，碰到这种黑煞日子还想翻本。告诉你，都赚钱的时候你也赚不是本事，都亏钱的时候你不亏还赚，那才是真本事。比如思申，这几天替我做期指，赚了，她是日本那次动荡练出来的快手。我早说你没那能耐，少去香港狂，你还不听。你给我仔细讲来，老头子今天晚睡，陪你发会儿愁。思申带可可睡觉去。"

梁思申带可可上去，两只耳朵却听得清楚，梁大说他一套都没抛。刚跌的时候不舍得抛，总想再看看，再看看，没想到现在市场如凝胶，交易停滞。后面的她没法听了，她得对付可可。可可总是不肯扔掉手上的沙包，他喜欢这种简单的玩具。这玩具原是外公想出来给小男子汉可可锻炼臂力用，但方案到了爸爸宋运辉手里那就变复杂了，宋运辉一口气让服装店的人做了二十个大大小小的布袋，每个布袋按等差数列分别装上100克、200克、300克……直至2000克的炒熟淡沙，说是方便可可循序渐进地使用。而梁思申则是与可可一起在布包上画了好多可可和爸爸妈妈等的画，果然可可爱不释手，睡觉都不舍得放手。因此每次睡觉，其中必不可少的程序是缴械可可手里的沙包。梁思申以前看见妈妈们如行星一般围着恒星孩子转，还很是不解，很佩服那些妈妈超常的耐心。现下可是知道了，她做妈妈后也一样，对每一件与可可相关的事都乐此不疲。唉，妈妈……梁思申不免想到她又鸵鸟了一个月。

终于对付了可可，下楼看到梁大还在，梁大见她下来就六神无主地问一句："这现象还要持续多久？"

梁思申道："我们都估计这场危机的影响会比较深远，谁都说不准香港还要折腾多久，外公看呢？"

外公不怀好意地笑道："谁知道，危机有自己的生命。刚问啦，老大不仅绝大部分资金来自贷款，手头还有一笔事发前刚借的高利贷。我本来还想英明地帮他理出个止损点，甚至割肉点，现在看来只有一个保命点了。我睡去啦，老大，神仙也救不了你。"

外公说到做到，他又不是真想帮梁大，他只是非常好奇，想弄个究竟，既然知道了详情，那么，撤，天大地大，他的睡眠最大。梁大听到外公的结论性发言，怔怔地看着外公走向卧室的背影，好久才回过神来，对梁思申道："你说呢？特区政府说这不是股灾，而且金管局也表示他们已经击退炒家。"

梁思申道："我不是预言家，总之不大可能再有前段时间鲜花着锦般的景气。你自己好好想想，你实地看见的香港人心是怎么样的。有些时候虽然情况并不如此，但若人人心中都往一个方向想，市场也会朝着人心所向开步走的。"

梁大神思恍惚地想了好一会儿，文不对题地问："真的吗？"

梁思申奇道："你怎么了？我倒是想弄清楚你特意跑我家来，到底是想说什么。"

梁大的眼神有些呆滞，想好久，才似是下定决心地问："我是不是该不惜代价地卖？"

梁思申摇头："这个问题恕我不能直接回答你，市场有其不确定性，万一我说了跳楼卖，明天市场却转好了——难说得很，外公说很多事沾上中国就会变得不符合经济规律——那责任我怎么担得起。"

梁大不甘心地道："如果我们换个位置，你说你会怎么办？"

梁思申道："我只说我自己会做的，我是快手，我绝不会做你这种变现麻烦的炒卖。因此我遇到这种情况，肯定是快卖，早卖了，不等今天。"

梁大的脸色早已一变再变，闻此也没能再变到哪儿去，只道："我明天就飞回香港。麻烦你告诉我，你爸妈住哪儿，万一……我去投靠。"

"你竟然这一年没为自己留下后路，只买了几辆车？"

梁大喃喃道："这几个月钱来得太快了，来不及多想。我走了，提醒你爸，我们是一条绳子上的蚂蚱。"

"什么意思，你们有牵连？"

梁大不敢置信地看梁思申一眼，起身道："我走了，谢谢你，不管怎么说我们都是梁家的，我知道这时候找你应该能拿到专业意见。你外公逼我一项项说出资金来源其实也已经替我厘清思路，晚安。"

梁思申送梁大出去，回来却听呼叫铃大作，她大吃一惊，连忙冲进外公卧室。却见外公好端端看着她和紧接着冲进来的小王。外公挥挥手让小王出去，道："门关上，我有话说。"

梁思申惊魂未定，道："以后不可以这么吓人，吓成狼来了，以后真有事没人救你，什么要紧事？"

外公倒是一声不响地任凭梁思申"教育"他，等梁思申说完才道："赶紧联系你大伯父，把真实情况告诉他，你得弄几个脑袋清楚的人盯着梁大。一定尽快抛，别让事态扩大。"

梁思申不假思索地道："让他们恶有恶报去。"

外公却严肃地道："你听我的。梁大刚才已经告诉我全部资金安排，很疯狂，我看他现在即使能成功全部割肉，他从内地带去的资金全部归零也不无可能，他最终欠下巨额贷款无法归还。快去，连夜打电话。我最担心梁大干脆搜罗手中所有资金潜逃，得有人盯住他，不能造成烂账，牵涉太大。这事我管到此为止，睡了，天塌下也别叫我。"

烂账！梁思申脑袋"哄"的一声炸了。她立刻致电大伯父。大伯父最先懒得接，还是梁思申再三威逼保姆，大伯父才肯起床接听，但听梁思申陈述梁大面临厄运将导致血本无归，造成巨大贷款黑洞时，大伯父那边连呼怎么办。梁思申就告诉伯父，梁大可能看到巨亏填平无望，索性潜逃。梁大若是潜逃，影响范围就不知道了。

梁思申心里越来越认为，她还得告诉梁大的舅舅们去，免得大伯父父子情深，放纵儿子。因此也不等大伯父再问，她就放下电话，却发现她不知道那些亲戚的家庭联系电话。她转念之下打电话给宋运辉说了此事，问宋运辉知不知道那些个电话，果然宋运辉有。她也没多说，匆匆结束与宋运辉通话便强行找上梁大的舅舅们。她悲哀地听到，他们都惊住了，然后转而变为他们在过阵子之后，纷纷主动打电话轰炸她。她只够一会儿时间去想宋运辉怎么有那些人的家庭电话，却没等她想出个所以然来，她的脑袋便被来电侵占，大家都开始拿她当权威，他们的焦急，让梁思申心里更是惊悚，梁凡究竟贷了多少钱，她爸爸究竟插手多少？

梁思申看看解释得差不多，便关掉手机休息。睡前不由又想到宋运辉为什么这么清楚梁家那些权贵亲戚的所有联系方式，这绝非一次见面交换名片便可得到。他跟那些权贵亲戚那么熟干什么？她觉得不可思议。心中不由又想起宋运辉接待老徐时候的神情。

梁思申还想到，她该不该通知大伯等人之后就置身事外，她又能不能置身事外？她心里很矛盾，梁大的倒下，看起来势必牵连她爸爸。虽然爸爸已经在迈阿密享受阳光沙滩，可是，爸爸造成的窟窿，是无法也迁居至美国的。她现在唯有指望梁大在长辈们的监督下赶紧断臂求保，或者尚有一息生计。

11

　　杨巡晚上应酬回来，迅速溜进楼下客卫赶紧洗去烟酒味道，免得家中孕妇闻到反胃，却在浴室里听到手机声响，他探出头来看，见任遐迩已经接起，便继续放心洗澡。等他出来，任遐迩道："申总亲自打来电话，让你去他家，说是几个老朋友说说话。我说你今天手机落家里，等你回来我再跟你说，这么晚了，什么事？"

　　"胎教，胎教，我们孩子在你肚子里听你撒谎呢。"杨巡笑着拿起手机翻看一下号码，果然是申宝田家里打出来，"申总家这个时间来客人，还几个老朋友，谁？看上去挺要紧的样子。"

　　"这么晚，黄鼠狼进门准没好事。"

　　"就是，我洗得香喷喷的，懒得出去。"杨巡说着也坐到饭桌边，吃一碗白木耳，看饭桌上半桌的书，半桌的零食，她还在读她的MBA。杨巡对此很是佩服，他也自学过，知道那得非常自律。比如杨速的妻子毛毛，结婚后以为靠上大山，早早安心做住家太太了。他回遐迩："申总没说到底是哪几个？"

　　"没说，可能平时秘书伺候惯了，自己说话反而没套路。但我估计不是要紧事，他说话声调不急，很平常。"

　　"这种时间谁来电话都有问题，没要紧事他可以明天打给我，难道是三缺一？三缺一不会找我，我又不是他嫡系。"

　　"别抓耳挠腮了，换上衣服去一趟，大不了回来再洗个澡。肯定跟钱有关，那些都是无利不起早的人。"

　　杨巡看看自己身上柔软舒适的睡衣睡裤，嘀咕了一声，上楼换了衣服，到底还是去了。到申宝田家，在门口稍稍整理一下领带才敲门进去。却见除了几个相熟大款之外，还有一个久违的萧然，他一愣。更让杨巡吃惊的是，萧然脸色晦暗，神情焦躁。杨巡看着心里痛快，无论因为什么原因，只要萧然不舒服，他就舒服。

萧然还不好意思说，申宝田只得做主持人："杨总，萧总想把他在市一机的股份卖了，如果你有意，价钱可以商量，不会要你原价。"

杨巡在看清萧然模样的时候已经想到了，萧然肯定又想卖市一机。这几天他和任遐迩查看网上香港新闻就已经看到香港房地产市场动荡，他当时就幸灾乐祸地跟任遐迩念，萧然那窝里横准在香港吃瘪。现在被申宝田的话一印证，他心里乐得飞飞的，但硬是克制着道："市一机资产太大，把我扒光了也买不起啊。"

当即有人附和："是啊，市一机拔根毫毛都比我们大腿粗。再说跟日本人合资，外国人的肚肠摸不透。"

杨巡立即将自己隐身，满心欢喜地看着眼前大款们个个板着脸叹穷经，心说这要换作两年前萧然的老爸还在位，不仅萧然不可能找上这帮个体户帮忙，个体户们也不敢说话这么不客气。估计是萧然硬闯申宝田的门，申宝田无奈拉众人走过场。但借钱这事儿，免谈。

想通这点，杨巡也没客气，等第一个人借故告辞，他托辞家中有大肚婆等，几乎是与第一个告辞的前脚后跟地走了。走到外面，黑暗中他与第一个告辞的相视一笑，才各自钻进自己车子。看起来做人做成萧然那样，也太失败。

回到家里，杨巡无比兴奋，刹不住车似的乱笑，弄得任遐迩好生奇怪。杨巡便没收任遐迩手中的书，抓着她硬是把过去在萧然那儿吃过的亏原原本本告诉她。这个时候说出来，心里真是无比痛快，就跟大夏天喝一碗冰镇酸梅汤一般舒服。任遐迩听了咬牙切齿，说死也不能借钱给那种瘟生，老天开眼惩罚那种瘟生的时候，凡人绝不能插手帮忙，只能落井下石。杨巡连声说对，好生痛快。只觉得秋高那个气爽，门外的草虫儿叫得如仙乐一般动听。

12

雷东宝却烦死窗外的草虫儿叫，他的耳朵现在说不出的敏感，即使坐在楼上也能清晰地听到埋伏在一楼草丛中的虫叫，他烦得冲上阳台，狠狠砸一块装修时用剩的瓷砖下去，果然草虫儿不叫了，但随即传来楼下住户的叫骂。韦春红见此连忙大力将雷东宝拉进房间，按他坐在床上，道："你坐着，我给你拿两瓶啤酒来。"

"有没白酒？给我白酒。"

韦春红二话没说，拿来一瓶五粮液和两盘晚上吃剩的菜，让雷东宝自饮自酌。但雷东宝一把拉住准备离开的韦春红，道："你也坐，一起喝。"

韦春红为难地看看外面客厅，道："你儿子还等着我呢。"

雷东宝却不放手："我麻烦了。今天说好说歹总算弄来一笔贷款，放进财务室，没半天全用完，就跟大夏天下毛毛雨，吱儿一声，毛都不见。转个身，小三又愁眉苦脸问我要钱，你说我哪来的钱？"

韦春红走不掉，听着雷东宝的话又担心，看看外面宝宝好好儿的，就坐下道："你不是那些出口做得好好的吗，还是国内又哪家公司赖账了？"

"坏的是那些出口的生意，国内的都没事。我数给你听，铜厂一单已经做了一大半的，国外公司倒闭，我这货没人要了，偏偏这货是非标产品，没人要就得报废回炉。所有本来已经谈好的合同，还没开信用证过来的，那边都单方面取消了……"

"为啥？说好要的怎么赖了？"

"有些破产没钱了，有些一算还是去泰国菲律宾那些钱贬值的地方进货更合算，还有些说要再看看，我看也没戏。没生意，明天开始，得先停一半的设备。我雷东宝从做厂子起到今天，从来都是只愁人手不够，明天却要开会让人停工，这会，我怎么开？"

"这到底是怎么了，怎么坏事儿都冲你来了？"

"也不是，那不是……咳，跟你说不清。你说，怎么会乱成这样呢，奇了。"

"那开什么会啊，直接让下面的人通知，你你你不用来了，留个电话去家里等着，不就完了？"韦春红前阵子听雷东宝说什么资金问题后，这几天又看到雷东宝愁眉苦脸，可没想到事情严重到需要停工一半，上回还说政府不会看着不管呢，看来不是那么回事。她顾不上外面的宝宝了，给雷东宝又倒了一杯酒，坐着继续说话。

雷东宝没说话，闷头喝酒。连下三杯，才道："给我五万。村里有两家人结婚，要拿回存在雷霆的钱。财务拿不出，还是我先垫着。"

"明天我去银行拿给你。"韦春红这回没反对，知道人家结婚的钱拖不得，"可万一元旦春节一个个地结婚，都问我们家拿也不行啊。你今天开了这个口子，往后谁再来要你能不给？除了婚的还有丧的，生孩子的，上学的，生病的，没完没了。我看你们财务还是划出一笔钱来不能动，专门得给村民生老病死备着。"

雷东宝夹下小小一块豆腐，举到两人中间，道："现在村里的钱就好比这块豆腐，塞牙缝都不够，哪里划得出一块不能动的。"雷东宝说着把小小一块豆腐扔进大嘴里，真是腮帮子都不用动一下，没了。

韦春红忧心，帮着想招："我看不管多难，这一块一定得划出来。你短谁都不能短村民的，村民的人心最要紧。别的人出点事就跑，可以去别家厂里做，有奶就是娘，只有小雷家人会守着你，你看你以前坐牢，那时候各个厂子日子多不好过，就剩小雷家的人没走。我看还有明天停工的名单你们也得留意一下，本村的都不能动，不是本村的先下。"

雷东宝点头，将酒杯举到韦春红嘴边，算是敬她，韦春红会意，就着雷东宝的手一口喝了。外面宝宝没人理急了，叫起来，雷东宝只得放韦春红走。他默默想了好久，先给正明打电话，要正明重拟电线厂暂停人员名单，把小雷家人全留下。正明答应得很爽快。下一个打给的是项东。但项东告诉他没办法，铜厂用的本村人大多技术不过关，项东只能倾向少停本村人，无法全部保留。

雷东宝本来心里就烦，又喝了几口酒，被项东一顶，火气上来了，道："小项，你要搞清楚，每一个在雷霆做的村民都是股东，开谁都不能开股东。我就是这句话。"

项东却坚持："书记，越是困难时候，我们越不能放弃技术，放弃质量。铜厂渡过这个难关，村民股东才有得利。"

"小项，技术、质量都是人做的，我要的是留下最忠的人，忠心，这是第一。还有，正明在电线厂试点他的方案，事实表明可行。你明天去电线厂取经，给我立即压缩一半基建支出。现在是雷霆最困难的时候，你先把其他什么都搁一搁，第一要保证渡过难关。"

"书记……"

"你叫对了。我是书记，谁的书记？小雷家的书记。别人再占着书记位置都没用，大家只认我一个书记。我是小雷家的书记，我就要替小雷家人做主。小项，你技术好，工作好，人也好，就有一样不好，太书生气。你这个时候一定要偏心眼，偏心本村村民。你也不能不要点手段，想办法把工程支出能拖的拖，能赖的赖，只好这样，否则你好人是做了，可雷霆倒了，怎么行？你说对不？你听我的。我上月已经提醒过你，你说回去考虑，你怎么还说不行？"

项东听得出雷东宝提高了声调，只得道："好吧，书记，我再认真考虑考虑。"

雷东宝却坚决地道："没时间考虑啦。我说了，听我的。以前你管铜厂我不管你，现在情况不一样，你要服从大局，先渡过难关再说，明天你必须做到。你必须今天给我回答。"

项东沉默半天，道："书记，不是我不服从大局，而是我做不到。我没法在人手配置不良的情况下保质保量地坚持生产，我也没法失信于工人，失信于安装公司和设备制造厂。"

对于项东的回答，雷东宝以前或许会理解，但是现在一来深陷资金困局，二来是正明的思路在电线厂被证明行之有效，因此他这回不予妥协，厉声道："你什么意思？"

项东道："正如书记所说，我书生脾气，有些事我是真做不出来。"

雷东宝怒道："小项，你虽然不是小雷家本地人，可我自认对你一直不错。现在雷霆有困难，你就不能牺牲一些你的什么书生脾气，帮我渡过难关？难道大家都有困难的时候，你还得让我优先供着你？我对你好，你为我想过没有？"

"书记，我没忘恩负义的意思。我如果忘恩负义，我大可以昧着良心做下去，继续拿我的工资、开我的车、占着老总的位置，可是我不能这么做，我怕误事！雷霆已经不容易了，我不能再雪上加霜，我是真心实意说我不行，任凭书记处置，但应做的工作我还是会做好。"

雷东宝无法再怒，闷声道："我会把正明插过去控制进度，控制支出，你要有思想准备。"

项东那边明显叹了声气，说声"有数"。两人心知肚明，正明插下去会生出什么事来。可是现在雷东宝只能选择正明，牺牲项东，他唯有希望项东能坚持住，他想明天上班当面再跟项东谈谈，电话里没法说清楚。

他一声不响地扫掉一瓶酒，将两盘菜吃得精光，将鞋子一踢往床上一躺，醉倒睡觉算数。

韦春红抱着宝宝进来睡觉，但被雷东宝的鼾声吵得不行，雷东宝酒后的鼾声特别重，宝宝烦得直往韦春红怀里钻。韦春红只好抱着宝宝进另一个房间睡觉，出卧室时候瞥一眼茶几，见一瓶白酒竟然见底，心里重重一震。

"问题很严重。"这是萦绕在韦春红脑袋里的想法。结婚那么多年来，这种情况不多见，最没见过的是拉着她不让走，非要说话不可。韦春红仔细回忆雷东宝刚才所有的话，还有她在客厅断断续续听到的电话内容，越想越不对，都要停掉一半的工了，那事情是真大了。她自己管过饭店，一般她不会考虑裁人，更别说裁一半。只有那次雷东宝坐牢，她从县里搬到市里，才算是做了一次人事大变动，由此可见，雷东宝那儿问题严重，并不是她过去想的那么乐观。什么政府不会乐见那么大的雷霆工人失业，政府一定会出手扶持等等的猜测，看来有些想当然。

那么雷东宝今天问她要五万的这种事儿可能还会继续。当然，韦春红是不认为雷霆会倒闭的，这么大的实体，资产这么多，倒闭？寻开心吧。她只是担心，怎么办，若是雷东宝再问她伸手要，她是不是该卖掉一家店面房，她手头毕竟没那么多现金。

韦春红盘算来盘算去，眼一闭心一横，不能再给了。今天拿钱是小雷家两家人结婚，明天其他什么事，没个底的。她最怕的还是这个雷东宝同志上回提的话，他还想把家里的钱全拿出去先救济小雷家呢。他做得出来，雷霆是雷东宝的大儿子。韦春红心里彻底清楚地画出底限：家里的钱是家里的，雷东宝绝不能公私不分，韦春红因此必须想出对策。

第二天一早，雷东宝载着韦春红去银行取了钱。韦春红将钱取出交给雷东宝，又让他看看存折，道："你看，基本上没剩几个子儿，你往后别打家里钱的主意了，这点现金还得留给宝宝买奶粉。"

雷东宝看存折上果然只有两千多，就道："不行卖掉一个铺子。"

韦春红道："行，我开始找买家，急赶着卖铺子，也不知道卖不卖得出去。你跟那造高楼的房地产老总常一起开会，要不我们找他把这房子退了，能换多少钱就换多少，总这么吊着拿不到房子也不是办法，反而那家的最容易解决。"

雷东宝一拍手，道："对呀，差点忘记那房子，反正我们现在有住的，那边卖了算数。"

"行，我回头把合同和收款凭证找出来。你把我和宝宝送到路口。"

雷东宝上车吩咐司机把韦春红和宝宝送到路口，自己上班去。韦春红则是领着宝宝慢慢往回走。她其实很不待见那高楼的房子，想起那房子就想起那个狐狸精。这样也好，卖掉那房子算是让她表明一个支持态度，她并不是扣着钱不给雷东宝，但到此为止。

雷东宝将韦春红母子放下，就赶紧直奔那家房地产公司，软磨硬泡却无法退房，人家也正愁钱呢，雷东宝快快回小雷家。他一到便立即把正明安插去铜厂，负责日常事务的协调，又去各办公室转一圈，才找项东闭门谈心。

他发现谈心效果挺好，本来一直担心正明插下去后会和项东闹矛盾，可几天下来，什么事都没有，部分工人则开始慢慢被请回家待工。工程安装的战线缩短，资金紧张的局面终于稍得缓解，雷东宝放下心来。他这时候可以有心力再找政府机关的人要钱，他现在已经面临重大问题，需要帮助。县里和市里都说已经关注到各进出口相关单位的这种动态，他们正开会研究讨论对策，并上报上级机关等待回复。他们请雷东宝咬牙挺住，寒冬过后就是春天。

雷东宝可以理解，这么大国家又不是他的雷霆，政策哪是说变就变的。

雷东宝在外面跑的时候，其实项东的日子很不好过。非小雷家村的人被停工的占多数，剩下的小雷家人与正明同姓一个"雷"，很快铜厂工人里开始出现新的论调，有人开始用"你不是小雷家人"来顶嘴，顶得他哑口无言。项东在小雷家这片土地上耕耘多日，一直把自己当作雷霆一员，而今才知这是他的一厢情愿：雷霆与小雷家是一回事，他不是小雷家人，就注定不是雷霆人。就像大多数村办企业一样，外人永远不能进去管理。他本来还想自己退一步不要紧，只要小雷家渡过难关。可现在仔细一想，心里越来越没意思，这样的地方再做下去，永远都不会被认同，这个地方认的是忠心。再说这回铜厂遭此出口打击，不知道猴年马月才能实践雷东宝一年后放他开发新产品的承诺，而且看雷东宝的短视态度，以后也不知道会不会研发新产品，他再待下去也是重复劳动，很没意思。

项东想得心灰意冷，关门秘密联络一直想请他去的一家铜企，两下决定妥当，他暗中处理完棘手工作，全部不声不响地移交给正明，一边卖掉小雷家分给他的城里房子，一半钱自己拿了，另一半钱存入一张存折，写的是雷东宝的名字，与手机、BB机一起寄到雷东宝的办公室，包裹中留下两封信，一封上书感谢书记这两年里的培养和重视，他自认才不可大用，自行告退；另一封是详细的工作交接。他不想与雷东宝谈，因为觉得与雷东宝的谈话未必能说得清楚，两人的思想体系有明显分歧，他还是悄悄地走吧，别弄得面红耳赤，到底雷东宝也是重视他的。

同城邮寄，包裹第二天才到雷东宝手上。雷东宝本来在为正明报告给他的项东一天未请假也未出现还电话联系不上的事情困扰着，见到这个包裹就全明白了，气得砸桌子，大骂项东忘恩负义。雷东宝不能接受，他曾经委以重权的项东的出走，等于是往他的脸上扇了一记响亮的耳光，让他好生没脸。他重用的人不忠于他，他岂不让天下人笑话死？再加雷霆面前难关重重，雷东宝本就心里闷气，借此机会整整骂了三天。

雷东宝的态度无疑是下面众人的风向标，因此在雷霆工作的所有其他非本村人个个心里没意思，而本村人则是个个抱成一团警惕外乡人。不久又有几名技术人员辞职。

项东的离开和几名精干技术人员的辞职，令小雷家上空一时愁云惨雾，只有正明如愿以偿。

13

东海公司也面临出口市场波动的问题。但是他们的产品因为技术含量较高，出口销量在出现弹性震动之后，渐渐恢复正常。再加上宋运辉起初为了平衡内外销市场，有意扶持国内下游产业的发展，因此外销不足内销补，东海的销售并没出现太大问题。反而在外公提醒之下，他调整原料采购方向，有意趁某些国家和地区的经济动荡，积极面向海外寻找培植原料基地。新的挑战上手，宋运辉做得意气风发。外公的大手笔终于可以在宋运辉手里得到发扬，外公也高兴，每当宋运辉来上海的时候，他总不顾老脸地与外孙女抢人。

梁思申今天还真抢不过外公，但抢到刚响起的电话。一听是梁大焦急的声音，她当即严肃起来："你那些房子都出手没有？"

"小七你赶紧帮我去李力家找人，他除了那别墅，还有这么几个地址……"

梁思申奇道："你们不是连体婴一样的吗？你不会自己回来找？"

"你别跟我抬杠，现在都什么时候了！我这边的钱被李力席卷一空，他不知道跑哪儿去了，我要找到他，你快给我去找这几个地址……"

梁思申大惊，记下地址，忙道："你安静，照我说的做。首先你在香港报警，查看李力究竟有没有出境，出境的话又去了哪里，国外还是内地，你手头钱够不够用？"

"用的钱还是有的，多谢，我怎么忘了报警。"梁大说完就急急挂了电话。

外公听后也惊道："无毒不丈夫啊，李力够狠，看不出啊！看起来他们情况很糟，李力大概看怎么都是死，干脆拿一笔大的逃亡，弄不好隐姓埋名还能过好生活。思申啊，这下你们老大更死定了。"宋运辉都没评价，早已拿出手机打给梁大舅舅，让梁大舅舅着手在国内查找。

外公还是"啧啧"称赞："李力是个人物，以前没看出来，不晓得这孩子有没有做本假护照，要有，这世上再找不到这号人。啧啧，这也是公子哥儿，公子哥儿跟公子哥儿还是不一样的。"

梁思申拿起钥匙道："我去那边别墅看看，好歹帮梁大一个忙。"

外公道："你去有什么用？要那么容易，那就不是做得出这种事的李力了。"

宋运辉抱起可可："走，我们一起去看看，尽人事，知天命。"他不放心梁思申一个人去。

梁思申出去车上，向宋运辉介绍："香港股市前阵子又大跌，连带美日股市也跟着大跌，全世界鬼哭狼嚎。日本中小金融企业纷纷倒闭，韩圆大幅贬值，大量韩国公司破产倒闭。现在是大环境不利，香港没法独善其身。"

"还是那个索罗斯？"宋运辉问出这话，他身上的可可就跟着问："爸爸，罗罗斯谁？"

梁思申肯定："还是索罗斯，不过他身后跟的游资越来越多，包括我的一份在内。索罗斯有他的信条，'我生来一贫如洗，但绝不能死时仍旧贫困潦倒。'"

"这个人倒是直言不讳。"宋运辉回答完这句，只好应付可可的提问，告诉可可，罗罗斯是条大鳄鱼。

梁思申一笑，驱车直奔李力别墅，敲门进去，廊灯下只有一脸惊讶的保姆。她和宋运辉看这保姆的神情，都感觉李力不可能在，要不这保姆简直是演技出众了。他们没逗留，梁思申却想到不远处萧然的家，找去一敲门，却被告知已经换了主人。两人抱着可可惊讶地走回头路，都感觉梁大这回非常麻烦。

回家的路上，宋运辉却接到杨巡打来的电话，说是红伟出差路过，希望与他见面吃饭谈谈小雷家的现状。宋运辉心说奇怪，虽然他与红伟的关系不错，但红伟见他之前肯定都由雷东宝事先来电招呼，难道雷东宝现在已经倨傲到即使有事找他，自己也不出面的地步了？宋运辉"哼"地一笑，告诉杨巡他在上海，让杨巡接待红伟。

梁思申的手机也是电话不断，除了梁家亲戚纷纷来电，竟然还有来自美国的吉恩的电话。吉恩周末依然早起，给梁思申的电话劈头就是一句："梁，现在是秃鹫的盛宴，你还要待在中国吗？"

梁思申先是愣了一下，不由笑出来："怎么会不关注，你放心，我关心着日本每一只股票的动态。"

"既然如此，为什么不回来？我们已经备足弹药，急需高手。你若答应，我现在就把他们揪出被子问他们要人。"

"非常感谢，可是你也知道，我这儿现在上有老下有小，走不开身。"

"嘿，梁，你不觉得很可惜吗？据我所知，我们这边过去的职业银行家在中国普遍水土不服，业绩反而不如土生土长最多只出国接受一两年培训的人。在那个做生意之前先交朋友的地方，你的良好职业技能没法尽情施展。你年中跟我说起的困惑其实已经说明你融入不良，我一直在寻找让你回归的机会，现在是了，你是我见过享受秃鹫盛宴的最合适人选之一。"

梁思申非常感动："吉恩，正是如你所言，不过我感觉我已经有很多进步。"

"可是梁，你本可以创造更高的价值。"

吉恩结束电话的时候满是遗憾。但旁边听着梁思申电话的宋运辉心里却是很高兴。到家时宋运辉考虑之下，提醒梁思申应该给她父母打个电话，告知此重大事件。梁思申愁眉苦脸的，想半天才问一句："叫他们回国处理？"

宋运辉听了一笑，点头道："也是，不如不说，省得他们操心。"

梁思申叹口气："父债子还，如果梁大需要我，如果我能帮得上忙……"她无法不想到，梁凡顺风顺水的时候，自然是不会听她啰唆的，但是而今梁凡需要她的建议，梁凡爸爸舅舅更需要她这来自自家唯一一个专业人士的建议，她跑不掉。她不知以后将因此接触到些以前不愿接触的什么。

14

杨巡前去红伟下榻的宾馆。在红伟说出宾馆名字的时候杨巡就觉得奇怪了，红伟怎么住这么个暖气都没有的地方？说是宾馆，其实是旅馆。等敲开房间，却只有红伟一个人。杨巡二话没说就要给红伟换饭店。但红伟按住杨巡的手机，道："算了，替书记省点钱，现在雷霆日子不好过，钱紧。走，吃饭去，这回你请客。"

杨巡有些不信："真话？"

"当然真话，我还能瞒你，我这回其实是瞒着书记来找宋总，所以什么其他人都没带。"

杨巡惊讶，闷了会儿才道："红伟哥，你收拾行李，住我家去，你手上戴的脖子挂的哪样不值钱，住这儿不安全。"

红伟也没客气，收拾收拾跟杨巡离开，边走边问："宋总今天真没空？"

"不是没空，是不在，他周末去上海过，老婆在上海，你早约也没用，早知道你不如直接去上海跟他见面。"

"那算了，我时间紧，前两年侧重外销，弄得原来的市场都荒了，现在得从头开始打江山。今天是硬抽出时间过来，算临时决定。没见宋总之前不好意思跟他预约，这事不想让书记知道，你应该看得出书记和宋总两个人现在关系有点僵吧？"

"我早在怀疑，你以前还跟我否认，他们到底是怎么回事？"

"唉，书记现在派头大，宋总虽说见面都是让着书记，可久了也……"

"那是，就算一个娘胎爬出来的亲兄弟也得给面子呢，何况宋总是有头有脸的人。时间长了换我也吃不消，不过宋总已经是仁至义尽，心里不舒服归不舒服，有事还是不会忘了书记。"

红伟笑道："你倒是护着宋总。"

杨巡也笑："我们这儿的老乡团结着呢，平时都是我在联络，但大家都知道老大是宋总，我是老二。呵呵，同乡人不护着同乡人哪行，最忌窝里斗。"

红伟点头，跟着杨巡上车去杨家。

任遐迩早披着羽绒服等在门口，热情欢迎红伟到来，将红伟迎到客房住下，客房早已窗明几净，准备就绪：雪白的床单，厚实的床垫，柔软的棉被，还有一室明亮的灯光。红伟拍拍杨巡的背，笑道："兄弟，福气好啊，找个能当家的。"

"那当然，那当然。"杨巡接了红伟的旅行包，放进壁橱，拖红伟出来吃饭。

红伟出来左右上下观望，笑道："你会装啊，外面开辆小破桑，家里弄得比宾馆还豪华。"

杨巡笑道："红伟哥你先喝杯热茶，这几天自来水冷，我去看看遐迩有什么菜要洗的，我洗了再过来。"本来是保姆洗菜，但过来吃饭的决定出来得晚，保姆已经下班，因此杨巡眼明手快地进了厨房帮忙。

红伟见杨巡就跟五好青年一样，觉得好笑，捧着茶杯过去与任遐迩客气几句。杨巡忽然发现不喜欢红伟这个手脚比较放得开的人与他妻子说话，就道："红伟哥这回过来好像心很急，预先也没跟我招呼，是不是小雷家除了资金紧张，还有其他困难？"

"最让我头痛的是，项东走了，就是那个铜厂的外来老总。"

"外地人，心不齐？"

红伟犹豫一下："让正明挤走的。"红伟将经过简单叙述："我跟忠富议论，这是小雷家又露败象了。忠富说书记能冲不能守，以前有个士根替他做宰相，书记只管冲就是。现在不行，忠富说书记现在冲得没边儿。小杨，我说士根好话，你听着别生气啊，他这人总有几点可取之处。"

"不会，都过去那么多年了，我还有什么气的。红伟哥，你最好详细说，省得我跟宋总说的时候走样。"杨巡说话间，手脚利落地洗好菜，又主动布置饭桌。红伟旁观杨巡的忙碌与任遐迩并无冲突，显然杨巡并不是他来才动手下厨，心说过去的小倒爷还真是有居家好男人的样子了。

待得杨巡搬上一碟五香花生米和一碟鱼干，红伟特意过去向奋战在厨房一线的任遐迩道声乏，才回来与杨巡坐下喝酒吃菜，因他从杨巡的举动看出，任遐迩在这个家的地位不低。然后，红伟索性把杨巡当宋运辉的耳朵，一五一十地把杨巡六月去小雷家之后发生的事情告知。然后他预期小雷家即将面临的严峻形势有三：一是年底将至，本就正是内销市场趋缓时候，更难打开内销局面，而外销则是只见萎缩，并无向好趋势，年底又有大笔贷款到期，以及大量设备、基建需要结算，钱从何来？二还是钱的问题，书记扣下众人的大部分收入，大家都等着书记年底分红派息好过年，大家还等着起码与上个春节一样的年货，后者若是少发倒也罢了，最多被村民烦上几句，而前者则是麻烦，前者是众人的血汗钱，书记要是给弄没了，发不出，大伙儿还不造反？三是在技术人员纷纷辞职的情况下，雷霆拿什么拳头产品和优良品质抢占别人已经坐稳的内销市场，以及要求更严的外销市场？红伟说他看到项东辞职开始发愁，但他不知道宋总还肯不肯援手，他怀疑宋总心灰意冷不想再管小雷家的闲事，顺带不想见小雷家的人，而非人在上海。

杨巡忙笑道："你别乱想，你要真不信，我当着你的面给他们上海的家打电话，看接起的是谁。宋总不是我们小生意人，他忙就忙，不在就不在，不像我们有时候嘴上跑马。"

任遐迩端菜上来，笑道："呀，你也有承认嘴上跑马的时候？你不是每天冲我拍胸脯说大丈夫一言九鼎吗。"

红伟忙道："小任别做了，菜够吃，你也坐下一起聊，别累着。小杨，你看我这不是急了吗，项东刚走那天我打宋总手机，他秘书接的，说忙，就没下文了，你怎么联系的？"

杨巡道："我也得问他秘书有没有时间，红伟哥，今天你说的这些，我看最麻烦的是村民们给扣住的那些钱，其他倒是能赖赖，能拖拖，你们小雷家以前也不是没干过，是不是？"

红伟道："从上到下的钱都扣，书记的也扣。"

"你别不当回事，我看这事才是最重要的。你自己钱多，直里不来横里来，给扣点无所谓，别人不是，别人一年到头就这点儿死钱，要知道拿不回来了，会怎么样？书记别想安生做人了。钱啊，红伟哥，不是别的，春节前大伙儿要是看到年货发少了，你看着，大家准追着书记要回那些给扣的钱。"

红伟心里有些动摇，好一会儿才道："大家都还是很听书记的，也怕书记。"

杨巡道："他有钱有权，大家听他怕他，要知道雷霆周转不灵了，还得吞没村民钱了，看还谁怕他？书记上回牢里放出来时候，谁怕他？都是靠你们几个义气撑起来的。红伟哥，早做打算，也让书记早做打算。"

任遐迩出来听见给杨巡使个眼色，杨巡看见了却道："遐迩你不用阻止我，红伟哥知道我说的是不是实话。"

红伟却道："不至于吧，到底是那么大家业在，大家都还是很相信书记的。"

杨巡见好就收："如果是这样，众心齐，泰山移，现在又不是你一家企业遇到这种事，国家肯定会想办法解决。去年初不是加出口关税了吗，谁知道明年初会不会降关税，熬过去这段就好。"

任遐迩道："国外媒体还有猜测人民币可能也会跟着贬值的。"

"这话我也听说过，可它现在不贬啊。"红伟愁眉苦脸，"上面也是这么宽慰书记，问题是现在雷霆拖不下去，我看着后面人息越来越少，开销越来越大，特别是春节前。难啊，难！"

杨巡一直安慰红伟这只是短期困难，不要气馁。但红伟身处其中，只觉得身边随时可能有地雷爆炸，危急犹如当年雷东宝坐牢那时。

杨巡翻来覆去说好了一会儿，终于安顿下红伟睡觉，他回头与任遐迩回到主卧，关上门轻道："小雷家麻烦了，红伟都乱成那样，以前书记坐牢时，他都还清楚得很。"

任遐迩道："我怎么觉得他们高负债大干快上时已经昏了呢，你敢负债率这么高吗？"

杨巡有点得意地笑道："我这么负债过，一次是刚造市场那会儿，一次是造商场那会儿。那两次每天都提心吊胆，怕出个什么意外，资金链那个脆弱啊，以后再也不敢这么乱来了。我看雷霆现在不会比我好，可他们的钱是大家的，欠债也是大家的，大家的就等于谁都没责任，我说红伟急什么，他该急的却不去急，跟他提醒也不听，这才是昏头。"

"要跟宋总说吗？"

"看机会再提，宋总现在好像不大想插手这事，我又不知道红伟今天来究竟是书记要他来，还是真是他自己要来，你说万一是书记自己不肯拉下面子求宋总，要红伟来求宋总去跟那边朋友打招呼，你说我追着传话过去，让宋总怎么回答？如果是红伟急书记不急，或者书记不想找宋总，又让宋总怎么主动？我还是别追着为难宋总去。"

任遐迩听着连连点头，没想到这里面门道儿这么多，但任遐迩心里有疑问："万一宋总心里在意那个前姐夫呢？你看以前他特意让你去小雷家预警，这种事只有有心人才会想到做。"

杨巡抓抓头皮，道："要不我打个电话给宋总，我们明天见红伟都别提这茬，当宋总还不知道，让宋总自己决定怎么处理。老婆，我打电话，你再给我做面膜行吗？就那种胶水一样撕拉的，拉出来特爽，我继续帮你洗脚穿鞋。"

任遐迩伸出两根手指，抓抓坐到床头柜边拿电话机的杨巡的头皮，笑道："帮我洗脚穿鞋是你这个预备爸爸应尽的义务，不用交换你就得做，你该洗头了……"

杨巡按下最后一个号码，腾回手做个噤声手势。任遐迩刚想走开，杨巡就皱眉道："忙音。"看看手表，"这个钟点还忙音？再打。"可杨巡却试了十分钟都没打通宋运辉的电话，宋运辉的手机一直占线。

继锦云里电话成为梁大热线之后，宋运辉的手机也被占领，这回是梁凡舅舅直接给他打的电话，他在接到电话的第一刻起就想到一个问题，梁思申无欲则刚，因此梁家人一直对梁思申只来软的不来硬的，而他则不同。梁大的舅舅非常直接，上来就问："小宋，你知道梁凡的事没有？"

宋运辉犹豫了一下："我刚听说。"他有意把自己撇清，模糊自己在上海的事实。

舅舅道："帮我谢谢思申，她第一时间给梁凡出的主意不错，你让她再出个主意，如何让梁凡避免巨亏。香港那边的金融形势非常严峻，你问问她怎么可以让一个场内人把损失降低到最小。"

宋运辉不客气地直说："思申也在场内，不过她赚得挺开心。思申至今给梁凡的主意还是尽快抛，收回现金跟思申做对冲，可惜梁凡依然没有有力执行，想帮他都是隔靴搔痒。"

外公听了对梁思申轻道："小辉这话不是给你揽事吗？"

梁思申没回答，她虽然不愿看到梁大彻底垮掉，可并不意味着她肯与梁大同流合污，她把宋运辉的话当作对舅舅的敷衍。

舅舅道："思申有没有想该怎么做才是最好？对李力的处理我们会着手，可再怎么处理李力，梁凡的那块亏损必须缩小到可承受范围。小宋，你今天务必给我一个答复。"

宋运辉道："行，舅舅，很快给您回复。"

梁大舅舅的电话和梁家之后接二连三的电话让宋运辉心里更是确信，

梁凡的钱牵连甚广。

外公道："他们估计已经做出最基本处理，希望李力已经出境，要是走投无路回到祖国大陆就死定了。他们这是开完会了，个个分头出击以图挽回损失。呸，靠梁凡那大头娃娃继续管着那笔钱，神仙也救不了。"

梁思申感慨："我当初幸好出国独立，要不然准也是一衙内。"

外公愤然："你怎么不感谢我和你外婆做出的英明决定？怎么不感谢我和你外婆把你教育得好，扭转你的人性？"

梁思申继续翻白眼："我心里感谢外婆，实物感谢你。"

外公道："你只要记着就好，我怕你忘恩负义。"

梁思申道："你是不是希望我割肉剜心还你的情？"

外公诡笑："外公还要利用于你，留你一条小命。"

宋梁哭笑不得，两人有时候真不知道该怎么对待外公才好，没法依循传统尊老爱幼的方式，又不好抹杀外公的长辈身份，真是左右为难。宋运辉只好以不变应万变，梁思申则是拿外公练中文会话。

梁思申带可可去厕所的时候，外公对宋运辉道："你得感谢我分散思申的注意力，笨蛋，你以为你越过思申与梁家亲戚勾勾搭搭很有意思吗？以后打这种电话避开她，你怎么与梁家亲戚勾搭是你的事，被思申知道准反感？你说梁家亲戚为什么找你不找她？"

宋运辉只得谢了外公。

宋运辉的手机几乎被梁家人一个个的电话霸占，因此杨巡一直打不进电话，只得与任遐迩有一句没一句地闲扯。

任遐迩忽然想起一件事，道："客人来前我去老二家找人帮忙换个煤气罐，老二没在，毛毛过来帮忙。听毛毛的口气，隐隐约约好像是埋怨你做大哥的太小气，给弟弟一处房子住，却不给产权。"

杨巡道："那房子我跟老二说过，实际归他。我不喜欢毛毛娘家人，那家人要是知道老二名下财产多，还不插手？那房子在明面上，其他归在老二名下股份的事你有数，也别跟毛毛说起。"

任遐迩听着不甚满意："可人家已经是夫妻，你这么做太生分了他们两个，你就不怕我这个外姓人唇亡齿寒？"

杨巡却当仁不让地道："毛毛为人与你不一样，你爸妈也跟毛毛娘家人不一样，我完全区别对待。对老二，我做大哥的当然不能阻止他找什么对象，但我得想得远一些，替老二管住后方。还有我家老四，冲她那么不理智，我一分都不会多给她，否则更养坏她，倒不是有意对外姓人刻薄，说起来我对老四更刻薄，你别联系到自己身上。"

任遐迩一听，也是道理，她也有些看不惯毛毛花钱如流水的派头，仿佛花的是瘟生的钱。但她忽然醒悟一件事当初刚谈恋爱时，杨巡都还没进她的门，却想尽办法缠着去她老家，是不是有踏勘她娘家方才决定下一步行动的意思？肯定是，这奸商什么做不出来。她当时还奇怪杨巡怎么一上门就封一万元的大红包送礼，还以为杨巡求爱心切，不惜血本，现在对这个奸商的心思越来越清楚，再经今天一席对话，她忽然想到，杨巡当年那一万元会不会是投石问路？当初她父母若不是退还不要，她和杨巡的现在会怎样？她想到这些，不由有些来气，这小子净算计她。

杨巡见任遐迩斜睨着他不说话，而且面色不善，奇道："我说错了？我说的是事实，我洗把脸回来再打电话。"

"嘿，你别溜滑，我们做个考古挖掘：你去年追着我乘的公共汽车硬赖着去我娘家，到底什么意图？是不是考察我爸妈的人品，看如果不好，立刻风紧扯呼？"

杨巡被问得一愣，没想到任遐迩会想到旧账上去，他笑道："你想哪儿了，我那是赶紧做下记号，宣示所有权。说起来我正要跟你提呢，你现在不方便，赶紧请你爸妈过来一起住吧，这回总算是理由充足，你爸妈不会拒绝。"

"先说清楚，我爸妈当场收下红包时你怎么想的，回城路上我把红包拿出来退还给你，你又是怎么想的？"

"我没想啥，我要把你爸妈养那么大的你追求到手，那一些谢礼总是要的，我本来就指望他们收下。他们退还给我，我当然佩服你爸妈的人品，从此更敬爱他们，我又没多想，你怎么疑神疑鬼的。"

任遐迩却坚持："不对，肯定不是，我不是疑神疑鬼，我现在是荷尔蒙不正常，非常执着地追求真理，也非常能够明辨是非，荷尔蒙告诉我你说的不是实情。"

杨巡也不知道荷尔蒙这玩意儿究竟有多大法力，但现在任遐迩母凭子贵，他又能对孕妇如何？更何况任遐迩真是猜对他当初的意图，但他当然不肯承认，不能留下把柄被任遐迩抓住辫子，就硬是不承认。但任遐迩还是道："但愿你不是心怀不轨，我可讨厌人对人什么试探什么考验，摆明了欺负人。如果相爱，应该以诚相待。比如怀疑毛毛那种事，那只有你这个做大哥的来做，老二要是也那么想，就是猥琐。"

杨巡知道考验这种事摆不上台面，但没想到在任遐迩眼里会是那么严重，心说知识分子就是爱上纲上线，但他极其认同任遐迩说的相爱就该以诚相待的话，凭他看人的眼光，早清楚任遐迩对他是如何坦诚。只是他自己……他发现自己有些有心无力。还有，他不知道要如何爱得死心塌地才能一开始就坦诚相待。他做生意以来见过的形形色色的人太多，他早已不敢轻信任何人。如他现在对任遐迩公开所有资产，那是在深入分析任遐迩的性格和任家人性格的基础上审慎做出的决定，要换成老婆是毛毛，他一准一结婚就把妻子与公司隔离，他觉得坚持的结果就是，过程既然影响夫妻关系，从此闭口不谈。

好在他一直按着重拨键终于拨通了宋运辉的手机，他忙跟任遐迩说声"通了"，赶紧结束任遐迩的考古发掘。看到任遐迩倒还真没不讲道理地纠缠不休，他松口气。任遐迩答应交往后从没忘记跟他宣传"自由、民主、平等、博爱"，既没因为他文凭低而减少对他能力的敬佩，也没因为他钱多而对他低眉顺眼。久而久之，杨巡很适应这样的夫妻关系，觉得在家做的是正常人。他感觉得出自己对妻子是越来越真心，越来越当自己人，因此他不愿破坏与妻子的良好关系。他今天还真有些怕任遐迩挺着个大肚子跟他没完没了。

宋运辉听杨巡起头一说，就感觉事态严重。但等杨巡详细说完，他却问："你确定书记没让红伟找你，红伟找你纯属自发？"

"红伟是这么说的，我旁敲侧击确认红伟这话说得没假，我也并没跟红伟保证传话到你这儿。宋总有个了解便是，不用心里存下压力。"

"嗯，谢谢你。"宋运辉答应后，想了好一会儿，才道，"你帮我招呼红伟，小雷家那边的事我得再了解一下，你暂时别跟红伟说已经联络上我。"

"我有数，宋总放心。红伟是我兄弟，我本来就有义务招呼他。"

宋运辉放心，他知道杨巡现在做事非常牢靠，可以托付，也可以相信杨巡的判断。说给梁思申听，梁思申倒是觉得理所当然，道："大哥刚愎自用，我实在不明白你们怎么都认为他是鲁智深？他是赤膊上阵的许褚。"

宋运辉这个时候没心思给雷东宝定性，问外公道："他们小雷家应该怎么办？"

外公道："他们那么大烂摊子，素质又不高，不到死翘翘的话没法援助，一方面是东宝爱权霸着不肯放手，另一方面援救的人只有等它死实了才能指望合理收购价。"

宋运辉点头补充："我听介绍，似乎大哥有指望政府出面援手的意思。可现在是全社会面临问题，一般总是先帮国企，再考虑大集体。可我现在如果对大哥提自救，我怀疑他抹不下面子向村民承认困难和失误，要求村民共渡难关。"

梁思申道："你们以为他现在那样的为人，还能有什么号召力带领村民心甘情愿地共赴难关？"

宋运辉感觉梁思申的话异常刺耳，太过绝情，可也不能不承认她说得对。村民都有非常实际的考虑，为未来雷东宝可能带来的好生活而坚持团结在雷东宝周围。而今雷东宝因扣留村民的奖金，已经走到村民的对立面，再若明确是因为决策失误而致雷霆难以为继，村民还会愿意听从雷东宝的号召吗？他不看好，而且现在的雷霆，已经不是他提供一份合同就能苟延残喘的规模了，他可以说，他无能为力。

但宋运辉还是不死心地问外公和妻子："真没有办法？"

外公却反问一句："你想要什么办法，是维持东宝的地位，还是维持雷霆的性命？"

宋运辉被问得一愣，道："雷霆和大哥，分得开吗？"

外公道："分不开一起死。雷霆嘛，都是被东宝搞死，出这种问题的时候不知道下死命挽留技术人员，还想着扩扩扩，扩他个头，气球会吹爆知道不知道？东宝该引咎下台，让雷霆活下去。"

宋运辉只得硬着头皮道："其实东南亚的金融危机导致的出口困局，对于雷霆来说只是轻轻刺破气球的小小的稍微尖锐的物体，甚至都不是针，根源还在大哥。"

"你知道得很清楚嘛，知道还问我？寻我开心？"

"这也算是秉承您的教导，人要玩点性格，学您老一样让别人跳脚。"

外公笑道："猫师傅教会老虎，猫师傅自己没命了，我睡去了。"

宋运辉勉强笑笑，看外公有些耀武扬威地进了自己卧室。回头见梁思申还在应付梁家人电话，心说他们两个劳碌命。他此时很希望雷东宝有奇招出来，就跟过往一样，总有怪招迭出，就像老徐说的，雷东宝是员福将。

梁思申应付了大伯母的哭诉，放下电话立刻道："刚才没说完，我想到小雷家没救，没人敢注资进去。我先想到几点原因：一、雷霆植根小雷家村，既是优势，又是劣势，优势是这种企业有根基，劣势是村外资本无法插入，注资的人必然需要参与管理，不可能不考虑到这个困难；二、大哥这个人的存在对于注资人是一大障碍；三、雷霆既不是带壳的上市公司，又不掌握独特技术或者资源优势，这样的企业遍地都是，没有特别吸引力。现在的情况是，雷霆贷款找不到，如果再没注资人，它就没活路了。"

宋运辉心里其实闪过一个想法，那就是请外公或者梁思申给予小雷家短期资金支持，但他自己心里都已经感觉这个想法不现实，支援的数目太大，祖孙两个肯定会算一笔风险账。这不，梁思申一给就是三点，每一点都是切中雷霆的要害。说得通俗点，没倒下之前的雷霆，根本没有注资价值，祖孙虽各有表述，可都直指其中最大障碍竟是雷东宝。

宋运辉作为一个多年从事企业管理的人员，心里也知道今天的雷霆浮肿虚胖，这个时间砸钱进去的人是傻瓜，但是他一方面希望着雷东宝或许又有神来一笔，一方面心里割舍不下那块他姐姐幸福过的土地，他心里有些不愿想不敢想，甚至还不愿听取梁思申理智的分析，反而失去果断。可是他又怎能果断？难道打电话去让雷东宝退位？他可记得清楚呢，雷东宝早说过，雷霆是他雷东宝的。

梁思申难得见宋运辉优柔寡断，也不打扰，拔了锦云里所有电话插头，领可可上去睡觉。她也烦着呢，刚才梁大舅舅跟她明人不说暗话，指示梁大那边的烂摊子必须处理好，否则影响全家，包括宋运辉的政治前途。被梁大舅舅这一提醒，她才想到宋运辉刚才表态他会帮忙并不是敷衍。她才想到即使宋运辉不受牵连，也会被梁大舅舅迁怒，话都说出来了，还能做不出来？相比之下，她真觉得雷东宝的事情根本不算什么，雷霆那边只要雷东宝肯退，谁也不可能抹平小雷家村上面的集体资产，死样活气地总能撑着不倒。而她这边……天哪，还都拿她这个吃过几年洋墨水的当救世主呢。可那摊子有那么容易救的吗？她脑袋乱哄哄的，现在唯一希望今天能睡着，明天睁开眼睛是个大晴天，什么事情都已经结束。她没跟宋运辉说，一则丈夫正被雷东宝的事儿纠缠，一则……她想到宋运辉越过她跟梁家亲戚的那么多联系，他还能有什么态度？她不敢让他表态，那是让他难堪，也是让自己难堪。她忽然发觉很多事都没意思，爸爸那样，妈妈那样，丈夫也那样。她想到外公的官僚论，一夜翻来覆去，无法入睡。

朦胧之中，她无法不得出最后结论，她依然得保护他们。她得想方设法地堕落，与梁大同流合污，让梁大脱罪，而且她似乎还只许成功不许失败。

第二天一起早饭，梁思申实在独自承受不住压力，忍不住冒出一句："举报呢？"

外公一脸"怜惜"地看着外孙女，"关切"地问："你几岁？你确信你精神正常？"

梁思申顿时泄气，都不用再看宋运辉的神色，就知道自己很傻很天真，或者说是狗急跳墙，那么，摆在她眼前的路有且只有一条了。她默默地做着咖啡，两眼不时看向一起床就动个不停的可可，大约只有那么小的孩子，才可以一切言行完全发自内心。她做完咖啡，反常地拿一杯上楼去，并叮嘱大家别打扰她。宋运辉没阻拦，但看着梁思申上去，总觉得她似乎是踩在荨麻路上，步步荆棘。外公瘪着嘴看外孙女消失在楼梯上，良久没有吱声。

梁思申捧着咖啡，昏沉沉的脑袋却非常清晰地精算出，她无论做什么或者不做什么，她个人都没实质损失，最多是损失一点看不见摸不着的良心。可是对于宋运辉，却是整个人生改写，她能无动于衷吗？因为她梁家的事让宋运辉承担巨大损失，她能无动于衷吗？傻子都知道，她应该选择什么。爱他，就选择自己牺牲。当然，她如何决定也没法与宋运辉商量着办，即使她的决定是他指望的，让他又该如何面对她的牺牲？她得为他的骄傲着想，不能压给他太多心理负担，因为她爱他。

她没有犹豫多久，拨通了梁大在香港的电话。难得的，梁大今天也早起。梁大先抢着汇报说经查李力从罗湖口岸入境，他通过朋友查深圳飞出的航班，没有李力的登记，梁大竟是忙了一夜。"既然李力回了国，就有办法。"梁大嗓音嘶哑地说，"小七，你帮我想招没有，现在我只指望你了。"

听着话筒里梁大满满的落魄，梁思申有刹那心软："总有办法，我现在有个思路，你知道秃鹫吗？"

梁凡不晓得堂妹为什么这种紧要关头提起动物，道："知道，去西藏时见过，出名的捡剩的鸟儿，怎么？"

"用我们的行话，现在这种危机时刻，又叫秃鹫季节，是危机，却又是机会。东南亚及日韩等国或地区不少经济体在冲击中无力招架，而今遍地都是秃鹫的食物——破产企业。国内目前也有这种趋势出现，不少前阶段极速膨胀的企业面临资金链断裂的危险，海南北海的烂尾楼可能全国开花。如果你处理完香港资产后手头还有结余，可以回国来进行弥补亏空操作。后面的操作很简单，我举个例子，比如目前我自己看中的是萧然的资产，与他合作的那家日本企业受金融危机影响，自顾不暇，我打算趁火打劫低价收购他们在国内项目中的股份，萧然不是也在香港巨亏吗，我更可以极低价买下他手中的股份，因为没人敢买萧然的烫手股份。打比方说，那份资产的实际估价是一百元，而我收购只用五十块，于是收购完成，我的账面资产就从五十元变成一百元，这就是一个比较简单典型的秃鹫思路。这样多做几笔，账面上的窟窿可以填平。关键是你必须当机立断处理香港那边的累赘，我说得够明白吗？"

"可行！"梁大几乎不用深想，立即肯定。梁大甚至立刻聪明地举一反三，"国内操作更简单，只要资产评估上去就可以跟银行交差。"

梁思申哑然，她除了一个"对"，再无应答，她奇怪梁大究竟是什么特殊材料做的，总能将身份发挥应用到极致。

梁大则是得到指点，豁然开朗，一改接电话时候的垂头丧气，变得喋喋不休，说到后来梁大兴奋地道："哈，小七，如果纯国内收购，都不用再麻烦你。"

"哎，很好，不会变卦吧，保证？"

"不过我们届时会有很多问题向你请教，请你别推辞。"梁凡至此在梁思申面前更没脾气。

梁思申道："别客气，你们肯定用不到我，恭喜发财。"

"我还有个打算想跟你商量，你不是准备收购萧然的资产吗？能不能我们联手，我收购萧然手上的部分，日本方面的你来操作，可以吗？现成的机会，让我占个便宜，早日摆脱困境，行吗？"

"你干吗征求我意见，你现在跟萧然天天在一起，买他的股份还用得着跟我打招呼？"

"这是你发掘到的机会，我不便没良心地横加插手，可是我现在又急需，所以一定要征求你的意见。可我如果收了萧然的股份，另一方股东不是你的话，我不敢放心。你收购中如果有什么资金困难，我帮你一起解决。"

"你该不会是打算拿下后在资产评估上面做手脚吧？恕我不配合。如果你买定萧然手中的股权，我弃权。"

"小七，帮忙。我只要渡过这个难关，等账面做平，我立刻让评估恢复原值。这种事不是自家人不方便合作。"

"对不起，即使秃鹫也是盗亦有道，我的市场化操作与你的暗箱操作格格不入。如果你在收购中有技术问题，我会提供意见。"

"不要这样嘛，你要讨厌我个人，我可以这就过去向你赔罪。你说你丈夫瞒上欺下，上市前为了做份漂亮报表，他们那家合作股份企业的下岗工人被他处理得闹事，你不也还好好跟他在一起的嘛。你怎么就对我深恶痛绝呢？帮我一把，我们好歹都是梁家人，即使我跟你爸以前做过什么让你对我有成见，可现在已经时过境迁啦。"

"等等，你说他下岗工人是怎么回事？"

"啧，小七，有必要吗？又不是火漆封印的事，你护那么紧干什么。萧然那事你考虑吧，要肯帮我再重谢你，不行你也尽管说一声，我帮你联系萧然。咱们还是一家人，我才不想跟你闹得那么生分。"

梁思申听得两眼发直，一方面为梁大忽然转踏实的态度，一方面为梁大话里漏出来的小鱼一条："我是真不知道，你到底说的是什么，我护着谁啦？"

梁大终于意识到自己说漏嘴："这事你自己打听吧，反正都知道他现在去当地办事，都不敢住当地宾馆。谢谢你小七，我这下有心思吃早餐了，想要我从香港带些什么给你？"

梁思申当即想到去年的一件事，她从宋运辉嘴里知道他在合作的股份公司那边出差，却因为翻照片从宋运辉的包里翻出邻近城市的住宿发票，当时宋运辉的解释是当地宾馆紧张，他没处住。现在被梁大一说她心惊，宋运辉为什么瞒她？"这个收购艰难的部分在于同日方的谈判，但收益却主要靠萧然手中那部分鸡肋股权，萧然早就放话跳楼大削价，他那是不知道日方也已经根基不稳。我怎么舍得出让只要一块钱买十块钱货的机会让给你。"

"真精。"梁大只能放弃。

梁思申打完这个电话，感觉是刚解决一个问题，又感觉是制造了一个错误。她无奈地敲着指头想，人不犯错，只是因为还没遇到压力。看，她现在多踊跃地凑上去帮梁大继续在错误的道路上深造。可是，她有选择吗？

她下楼去看到关切地注视着她的丈夫，将电话叙述一遍，让他放心，可还是黯然道："这回……证实爸爸的那啥了，还有大伯、二伯等等。"

宋运辉很难回答，只得宽慰道："幸好你想出避免损失的办法。既然漏洞能弥补，那些……就当它是程序错误吧，别多拿这件事责备你自己。"

"可是他们原本都是我敬仰的人，他们教给了我很多冠冕堂皇的道理。"

"金无足赤，人无完人。"宋运辉小心地应对。梁思申点头，确实，人无完人，可想到那些亲人嘴上一套背后一套，她又接收不良。她一时越不过自己心里打小建立起来的长辈形象，虽然她知道这很不现实。

可可此时嘻嘻哈哈地扯着一只黑拉拉的尾巴冲进屋里，他似乎永不知疲倦。可可一看见妈妈已经下楼，就放过黑拉拉的尾巴，挤进妈妈怀里。梁思申一向对于既不是失业又不是就业的所谓"下岗"这个中国特有的名词很没感觉，被可可一闹，只得全抛到脑后，与儿子玩在一起，可是她心里沉沉地难受。

上班后梁思申还是没忘记去调查一下宋运辉那边究竟是怎么回事。那是上市公司，信息比较公开，一查之下，她就有些坐不住了。原来宋运辉也与杨巡差不多，为了美化上市公司业绩，对下岗工人做了甩包袱处理。

对于那些下岗职工，梁思申心里一向很矛盾，她一方面知道这有历史原因，是中国社会的特殊产物，可一方面又觉得对于企业来说，背职工一辈子是件荒唐事。可是对于报道中所描述的上市公司充满欺骗性的手段，她看着又觉得主事者太过阴损。她想，这等人事方面的"小"事一定与高层决策者宋运辉无关。她希望无关，因那上市公司处理下岗工人的手段太不讲人道，就与当年的杨巡差不多。她想，她的丈夫一定不会是那么阴损没人性的人。

她忍不住回家告诉外公，想与外公分析究竟怎么回事，外公却不耐烦地道："小辉就是一个普通官僚，跟其他官僚没什么两样，就你当他一朵花。"

"可是他比很多人聪明、努力、正直，否则你为什么不收别人当徒弟，却非追着他教不可？"

"你只说中一条，他比很多人努力，这是我看准他的原因。其他都差不多，你爸没比他笨。说到正直，他在他那环境里要是跟你一样单纯，早几百年前就变白骨了，你别跟官僚谈正直，官僚都只有权谋，只会说权宜之计。小辉好在还年轻，还想做事，没走太远，可离那一步也不会远了。"

"可梁大舅舅和我爸他们做的事，他一辈子都不会去做。"

"谁知道他做不做，你妈原先也死心塌地当你爸是正直人呢。你臭着一张脸干吗？你总得承认，遇到同一件事情，你会凭心里一根什么屁准绳上去阻止，他是什么态度？他肯定是衡量利害关系才会做出决定，也不一定阻止，他最擅长旁观，对不对？"

梁思申当即语塞，好久才支支吾吾："可他还是……不做坏事。"

外公不屑地斜外孙女一眼，道："小辉那样很正常，你才不正常，有你这样黑白分明的吗？我看你是家境太好，发展太顺，我早该多修炼修炼你，唉，现在着手来不及了，你已经成形，可惜了一块好坯子。"

梁思申郁闷地道："我要是块百炼精钢，看你还敢不敢死皮赖脸跟着我住？"

外公不客气地道："总算有点自知之明。"

梁思申闷得不行，打电话给宋运辉问起那家上市公司处理下岗职工的事，问是不是他的决策。宋运辉不知道梁思申为什么想到这件事，犹豫了一下，回答："是我。"

梁思申吃惊，却坚持着问："你肯定不知道他们是怎么操作的吧？他们无视那些下岗工人的生存。"

"我知道他们的操作，但是不剥离那些冗员，企业别说是无法生存，更不可能上市筹集资金获得发展，害的是更多人。权衡之下，只有牺牲一部分，你也知道，老国企的包袱非同小可。"

"应该有更好的安排，哪怕是维持他们的温饱。"梁思申觉得电话那端的丈夫前所未有的冷酷。

"思申，你让我往哪儿安置这些下岗人员？"

"可你起码不能说得这么理直气壮，是不是？你其实也知道这么做是不好的，否则你为什么瞒我，说你住不上宾馆才住到邻市，是不是？"

宋运辉很不愿意被如此责问，可是那是他爱的妻子，换作别人他早不予理睬，他只好认真地解释："思申，现实中很多事情的处理没法理想化，因此你在做决策的时候必须做出选择，有选择就有放弃，拖泥带水的结果是牵累更多。我并不是因为你猜测的有意瞒你，而是我们在一起的时间不多，我怕说了后你在看不到我的时候为我担心。"

"可是……"梁思申听了丈夫的话，有些不知道怎么回答。

"思申，这件事说来话长，我们下次见面的时候我把具体决策环境和我们究竟做了什么跟你详细说明，你别道听途说，有些报道并不客观。"

外公小心打磨着他的沉香如意，嘴里却是一点不会放弃趁火打劫："当你发现你跟周围所有人的行为准则不一样的时候，说明你的价值观有问题了，最该反省的应该是你。"

梁思申泥塑木雕似的坐在电话机旁，只余两只眼睛瞪着外公冒火。自爸爸去往美国后她情绪低落至今，幸得背着奉养外公的责任，和丈夫儿子的爱，心情才渐渐平复。可最近又接二连三发生让她无法认同的事，让她进一步否定以前尊敬的所有长辈，以及生气最爱的丈夫。她回想外公对宋运辉的定位，分析宋运辉过去一言一行的背后，她惊悚地发现，她似乎在怀疑丈夫。她忙打住不想，可是心情却是跌落低谷。难道她的价值观真是有问题？

偏偏这时候电话响起，她懒洋洋地接起电话，却是戴娇凤在那头焦急地道："小梁，那个杨逦听说请一天事假后还想再请，被他们上司拒绝后一直旷工，三四天了，怎么办？"

梁思申有气无力地道："放心，她是成年人，既然知道请假，就不会有事。"

"会不会是我们找她麻烦弄得她没法上班了？哎呀，我其实不想……我只想寻寻开心而已，不想太为难她的，她要是想不开怎么办？"

梁思申迟钝了很久才想到戴娇凤说的是什么意思，没精打采地道："好，我通知她哥。"

外公笑了："戴小姐这个没脑袋的，杨逦小，她那时候不是更小？怎么心肠这么软呢，我真是白替她出气。"

梁思申白外公一眼："都是你做的好事。"她打电话给杨巡，没敢说原委，只说有人反映杨逦旷工三四天。那边杨巡一听急了，以为杨逦又是要小性子，有始无终。杨巡接这个电话的时候正在回家路上，一路气闷回到家里，对任遐迩愤怒地道："你说要我怎么管杨逦？要不要把她捆回家？"他都不肯喊"老四"了。

任遐迩奇道："又怎么了？厨房有桂圆莲子汤，你用微波炉热一下吃掉，又喝酒了？"

"宋总太太跟我说，杨逦旷工三四天了。你说，才正常几天啊，又……我胀，吃不下。"

任遐迩起身，道："大爷，我给你端来总成了吧？你给杨逦打个传呼，别什么都没问清楚先自己生上气了。"她进去厨房将桂圆莲子汤热了，加一勺蜂蜜端给杨巡。这边杨巡果然开始给杨逦打传呼。她微笑道："你这是怎么了，一说到杨逦就火气特别大，可千万不能急，你看看现在几点，杨逦看天那么晚又那么冷，明天才回电都难说。"

杨巡闷闷不乐地吃桂圆莲子汤："这么晚，我也不好意思叫宋总太太去看。我想想谁在上海，最好是男的。"

"凌晨一点有一班火车过路，我替你收拾一下，你过去一趟吧。"

"我都做她多少次工作了，哪次见效过？都还招她一肚子埋怨。"

"杨逦这样还不是你做大哥的宠的。她不是前几天抱怨你前女友专门找碴儿吗，或许她受气想不开呢，你别净挂着她过去不讲理，女孩子出不起错，出错就很糟糕。"

杨巡其实心里早急得恨不得插上翅膀飞到上海去，可就是生杨逦的气，气杨逦一次次地不争气，听了任遐迩的话，他感慨："你们年龄差不多，老四怎么总不长记性，好吧，我去一趟。"

杨巡很希望他收拾行李的当儿，杨逦回电，可是一直没有。拎一只小包下楼去，却见任遐迩早准备好一只饭盒和一塑料袋吃的。他一看就知道饭盒是他的，塑料袋里吃的是给杨逦的，他又感慨："你隔三岔五给老四送吃的，老四倒是说过一声谢没有，她怎么就不学学你呢？"

"杨巡，恭喜你，你真好福气，不世出的好人让你捡到做老婆了。你辛苦些去一趟上海是应当的，谁让你占着好大福气。"

杨巡只好笑出来，却又忧心忡忡道："你说老四会出什么事？"

"别太担心，成年人能坏事到哪儿去，估计又是小姐脾气发作，你劝劝，实在不行骗回家来好好管教。"

"嗯。我不在你一个人怕不怕？不行我叫老二一家都过来陪你。你早该请你爸妈过来，别再拖啦。"

"杨巡，你再婆婆妈妈，我现在就缠缠绵绵送你去火车站一起挨冻到凌晨一点。好像我没结婚前不是一个人住似的，我遇到唯一危险的人物就是你。快上去睡会儿，我给你设好闹钟，十二点闹你。"

杨巡听着窝心，窃笑道："要不我先抱着你睡着了再走？"

"去，都当爸爸的人了，还老不正经，不理你，我上去睡觉。"任遐迩走出几步，又旋回来，"你快别这么笑，别见到老四没教好老四，反而把她带坏，瞧你这模样儿，贼都比你正经。"

杨巡扑上去狠狠亲几口，发觉被任遐迩一搅和，他憋闷的心情舒畅了许多，还真是侥幸娶到一个宝。他扶着任遐迩一起上楼，看着她睡下，被子在她肚子部位隆起一座小山，才拿闹钟下楼，心说现在怎么越看任遐迩越顺眼呢，面包看着挺有福气啊。

杨巡惯常出差，夜奔上海对他并不算什么麻烦事，他自有办法多花点钱找到个铺位，一觉睡到上海。

到达杨逦房子的时候，冬日的太阳还没晒到南窗。他敲门，没人答应。他心里一沉，这才取出钥匙开门，门却没有反锁，应声而开。杨巡心里更慌，难道杨逦这几天旷工，却没在家待着？她一个女孩子会跑哪里去？

可这时候他的手机却响了，竟是杨逦打电话给他。他站在门口忙道："老四，你在哪儿？怎么不在家？"

杨逦那边却是一声尖叫："你在哪儿？大哥你在哪儿？"

"我敲门没人应，才开门你倒是来电话了，你在哪儿？"听到小妹的声音，杨巡放心不少。

"我下来吃早餐，大哥你也赶紧下来，小区门口，小笼包子店。大哥你还没吃早饭吧？我请客。"

原来是这样，杨巡放心不少，立刻扔下行李包，关门出去吃饭。

还在楼梯上，杨巡便接到一个电话，是梁思申打来，问他杨逦地址，检讨说她昨晚考虑不周没有当晚赶去察看。杨巡忙说他已经到了。梁思申因此越发不好意思。杨巡却为这个电话而高兴，昨晚他在火车上到底是埋怨戴娇凤与梁家外公联手为难他的小妹，虽然知道梁思申绝不可能参与到为难行列中去，可心里总是不愉快，现在好了，事实证明他没看错梁思申。再等走到小区门口小笼包店看到面色红润团圆一个大活人的小妹，提了一夜的心终于放下来，心里忽然觉得健健康康地活着就好了，不要求其他。

杨逦看大哥的眼睛则是充满惊惶。杨巡心说老四还是知道做坏事了的。周围那么多吃早餐的人，杨巡一时不好多问，只好问问这几天没生病吧，得知一切安好，就蘸着米醋吃小笼包。他吃得很快，可杨逦一会儿叫个豆腐脑，一会儿又再要一份小笼包，一个劲儿说一定要请大哥吃饱。杨巡觉得老四这是做了坏事后怕他责备，他怕自己吃少了老四更害怕，只得勉强塞下好多，终于饱胀得不行，杨逦才停止客气。

两人回去，走到楼道下，杨逦快跑几步，道："大哥你在下面等等，我被窝还乱着呢，先整理一下你再上去。"

杨巡一愣，这是从没有过的现象，他一转念就想到一个问题，不由背后三根汗毛翘得笔直，脸上却勉强挤出笑容："怕什么，是不是有男朋友在？大哥又不是老古板。正好今天让我见了，我请吃饭。"心里则是后悔不迭，不该刚才没进门好好查一遍，又让杨逦拖住塞了半天小笼包，否则，看现在杨逦这架势，刚才那男友或许还在被窝里。原来老四旷工是为男朋友啊，杨巡心里立刻对那未曾谋面的男子打了个叉叉。

现在跟进去已经没意义，杨巡背手停步，一直等几分钟后杨逦再次出现，他才沉着一张脸上楼走进由他出资买的房子，而此时洞开的内房门都表示屋里没人。杨巡在沙发坐下，严肃地看着小妹一言不发，心里冒出很多不好的想法。最大的疑问就是，当年放她一个人在上海，是不是个大错误？

杨逦被大哥盯得浑身发寒，急了："大哥，你想问什么尽管问，别心里尽冒脏想法。"

杨巡火大，原来还是他脏，不是杨逦做错事："你为什么旷工？"

"你怎么知道的？"

"我问你为什么旷工。"

"我忙，请事假不批，除了旷工我还能怎么办？你怎么知道的？"

杨巡心火腾腾地烧，可是知道一发火，准又陷入僵局，只好克制。他无视饱胀，狠狠喝了几口茶，才略微平静地道："你刚才是给他买早餐去？大冷天的，应该让男人出去买早餐。"

"我愿意。"即便是杨巡口气和缓，杨逦依然斗志昂扬。

杨巡便获得一个肯定信号，他来时那男人果然在这屋里。他继续忍耐，道："你大嫂让我给你带来些吃的，有人送的日本巧克力，她分给你一半，她说你爱吃，你自己去看，大哥吃太胀，起不来。"

杨逦终于肯垂眼看向态度好得令人不敢相信的大哥，她当然无法看出异常，就乖乖去门口将拎包拿进来，翻出里面属于她的食物，果然都是她爱吃的："帮我谢谢小任。"

"本来你大嫂也要来，还说你要真不想去那家五星级宾馆上班的话，正好你们姑嫂两个可以整天逛街。我不让她来，大着肚子怎么行，她倒是挺想你，要不你带着男朋友一起回家，你们回家逛几天街？"

杨逦伸手不打笑面人："我也挺想小任，等我处理完这儿的事就去。男朋友就不带去了。"

"他的事？如果麻烦的话，大哥正好在，大哥办事跑腿的本事还不错，你跟你男朋友提一下。"

杨逦听了迟疑，此时她已经卸下对抗情绪，反而对大哥说的跑腿本事不错有了兴趣："我……跟他提一下，不过该做的我们也快做完了。"

"噢，他的事，你真不打算上班了？"

"旷工五天，够开除了。"

"也是，我那儿看准一个项目，我想起你以前好像在公司房地产项目部门待过，你原先公司看上去管理正规得很，要不你办完这边的事情后过去帮我的忙，贡献点经验给我？也不要你多帮，只要给我策划好项目大纲就行。策划大纲最重要，以后都要围绕大纲去做，交给旁人还真不放心啊。"

杨逦听得浑身舒坦，当即道："行，我这儿的事情处理完就去。需要我带去什么资料？"

"你看着办，我也一时说不清要带些什么。"杨巡顿了一下，"昨晚大哥很担心你的安全，你大嫂说女孩子最出不得错，让我连夜赶来。你这年龄也该交男朋友，我们上面没爸妈，你呢最好尽快带男朋友给大哥过目一下，像今天这样躲躲闪闪没必要，有什么呢，大哥又不是老封建。还有什么要大哥帮忙的？"

"嗯，有件事，甲不在，乙要怎么办才能去打开用甲的名字在银行租的保险箱，取出属于乙的东西？"

杨巡心中推理，怀疑杨逦的那个男朋友可能是有家有室的人，现在急于取出以妻子名字在银行开户租用的保险箱里的东西，就像他家存钱租保险箱都是任遐迩的事。他心里更加生气，可脸上还是不动声色："这事情麻烦，如果在我们那边，大哥跟行长打个招呼或者还行。还是让乙想办法找甲协商一下，要协商不成，打电话让大哥帮你来硬的，你这儿要没什么事，大哥回了，家里事情多，这几天每天谈判。"

"大哥，谢谢你来看我。"

"跟你亲哥哥说这客气话干啥。你等等。"杨巡拿出手机给任遐迩打，"遐迩，已经上班了？……让老二送一下嘛。别省钱不开空调啊，我很快回去查你室温，老四跟个男朋友住一起，你跟她交代些女人家的事情，我不方便说。"

杨巡说完就把手机递给杨逦，自己出去阳台吸烟，心里越想越火，将一支烟吸得哧哧响。明明脑子挺好使的杨逦，怎么净做傻事，还招来个不明不白的男朋友一起住，他一来，男朋友就鬼鬼祟祟躲出去，这做派一看就不像是正经人。而杨逦这人是个不听劝的，他决定明修栈道，暗度陈仓，另做布置。

等杨逦与任遐迩通完话，杨巡便拎包走了，他要杨逦送他去火车站，又一起在火车站边的肯德基吃顿中饭才持票进站上车。但杨巡进站后就从另一个门出来，找上海的朋友帮忙，招来朋友的几个手下全天候监视杨逦的房间。他自己也窝进小区门口的一家饭店盯着，指给朋友手下哪个是杨逦，然后他被告知，杨逦三次下楼回传呼，然后去菜市场买很多菜回来。杨巡心说他妈的那小子肯定还得来。他就指示朋友手下，只要看到有男人敲杨逦的门，打！

杨巡与朋友晚饭后坐在朋友的汽车里监视。一直到深夜，周围窗口透出的灯光一一熄灭，杨巡和朋友都困得想打盹，可是人一直没出现，大家商量后，决定留下一个人，其他人轮班监视。

这一轮班，却整整轮了两天，连杨巡都怀疑自己是不是判断失误。可他处理的是唯一的妹妹的大事，他硬着头皮也得顶着，从杨逦的言行看，那俩人肯定还得接触。一直到第三天傍晚，派出所通知电话过来，说有人在小区打架被告到110，让单位领导过去领人。杨巡和朋友一听都是眼睛一亮，从酒桌边飞起来，摩拳擦掌直奔派出所。

但杨巡在门口一看清打架的对方，那个所谓的杨逦男友，立刻将头缩回，发觉事态严重了，那个流着鼻血的男子不正是他熟悉的李力吗？杨巡将朋友也拉回，叮嘱朋友千万别以公司出面，他然后跑到外面给梁思申打电话。

"梁小姐，我妹不是旷工吗？我问出来是给男朋友缠住。我想那男的不是东西，想找朋友揍那男的一顿，不想揍到李力……对，就是那个李力，麻烦大了。"

"太好了，你千方百计稳住他，不行就强留，一定要留住，我正找不到他。"

"不用稳，现在都在派出所。我怕朋友吃李力亏，我们都不敢露面领人。"

"哎，你尽管大胆出去领人，李力现在涉嫌在逃……"

"什么？"

"对，你告诉我李力在哪家派出所。"

杨巡结束通话，才刚想开心一下，忽然想到不好，李力是逃犯，那么他妹妹又是什么，窝藏犯？审讯李力的时候肯定会牵出他的小妹，那么小妹该怎么办？眼看着迅速有新警车进门提走李力，杨巡放下朋友，打车直奔杨逦家。

进门，却见杨逦哭得花容失色，他也来不及说，先给梁思申打电话："我看到李力被提走，看来犯的是重案？"

"具体我不便说，刚才你电话的意思是李力这段时间和杨逦在一起？"

"是，要命了，这下。你知道我们家杨逦傻，现在还为李力哭。你说是不是该去自首？"

"去吧，我会替你们杨逦说几句的话，你尽管放心，但你得让杨逦交出所有李力让代保管的东西。"

杨巡说话的时候一直盯着杨逦，说完就拨打110说明详情。然后板着脸问杨逦："李力有什么东西放你这儿？都拿出来，警察一会儿就到。"

"他……他说那都是贵重物品，要我千万保管好。"杨逦也吓傻了，"他真是逃犯？"

"这还有假？警察立刻上来，你快跟我说一遍你们怎么回事。"

杨逦结结巴巴地说，李力前阵子称与妻子闹翻，与她交往上了。前几天说要离婚要转移财产，到她这儿避一阵风头，来的第一天就带来好多贵重东西，就是因为杨巡忽然上门才匆忙逃离，随后两人又联系等看两天风平浪静，李力才过来拿，没想到会打架被邻居报警。杨逦还说李力让她拿一本李力照片别人名字的护照买下飞澳洲的机票，机票也在她这儿。

杨巡气急败坏看着小妹，一张嘴根本没法说话，知道杨逦傻，没想到杨逦傻成这样。但他现在只希望杨逦没事，希望梁思申果真能帮得上他。

但杨巡没敢奢望，因为他发现上门的警察如临大敌的样子，他不知道李力究竟犯的是什么罪，家里给搜得乱七八糟，搜完后杨逦被带走。杨巡对着一屋子的凌乱心想，李力犯的肯定是大事，如果是小事的话，这种子弟大多能走走关系蒙混过关，连他杨巡这样的小小商人都有几个公安朋友呢，要真是了不得的大事，恐怕梁思申也指望不上。

他先给任遐迩打个电话说明大概情况，让她明天就给他银行卡里汇十万进去，弄不好他得在这边好好通关，随即立刻打电话给梁思申。梁思申那边倒是拿起电话就没客套："来人走了？"

"走了，我家老四也给带走，看样子好像情况很严重，你……"

"杨逦的事我已经托付人了，你回去吧，等着也没用。还有，你别自作聪明活动去，反而坏事。这回得谢谢你歪打正着捉住李力，你帮了某些人一个忙，我让他们用杨逦还你情。"

杨巡赶紧把杨逦说的情况跟梁思申详细说了一遍，听梁思申保证不会让杨逦坐牢，还保证杨逦一有消息就通知他，他才提心吊胆地乘夜班火车回去。这一路，他可是一分钟都没闭过眼，满脑子都在揣测究竟李力犯的是什么事，凭他有限的法律知识判断杨逦究竟有没有触犯法律。他回到家都来不及睡觉，先去找律师询问。

杨巡非常痛心，他自己进去过一次，在里面吃尽苦头，出来还差点让茶叶蛋噎死，他很担心娇生惯养的杨逦受不住那里的苦。杨巡更痛心的是，杨逦竟这么不爱惜自己，竟这么轻易地被李力利用。杨巡都没脸跟任遐迩细说，好在任遐迩跟他一起痛心，他心里舒服不少，不过他暂时不跟老二讲了，就怕毛毛也知道，影响以后杨逦做人。为此他跟任遐迩说，他很希望未出生的孩子是男孩,男孩子出点错犯点事,总是容易糊弄一些。

梁思申回头跟为这事兴致盎然的外公说李力竟然躲在杨逦那边,估计是李力知道一个人住的杨逦小丫头迷恋他,而杨逦又不是个平常与他接近的,因此任谁都不会想到李力会躲在杨逦那儿中转,还能消受艳福。外公听着乐不可支,推测李力早有脱身准备,这回可能是打个时间差,趁梁凡还没察觉之前先回国搜取贵重物品,用一本假护照带出国去,毕竟这种人只会窝里横,钱多带走一些是一些。这计划本应是够冷静够大胆,堪称经典,没想到却会犯在没一点技术含量的打架斗殴上,可算是天亡他。

外公嘻嘻哈哈,梁思申心里叹气,没想到李力这人还能做出这么猥琐的一手,怎么她在这边遇到的人都问题多多。

15

宋运辉经过外围了解之后,还特意抽出一晚上时间考虑,才决定打电话给韦春红,而非雷东宝。小雷家的情况出乎他的意料,他没想到小雷家的摊子铺得比他料想的更大。他是个做企业的人,就此情况稍做判断,就大致明白,即使没有出口受创的打击,小雷家的资金链也是够呛,何况现在因东南亚金融局势动荡,出口形势风云变幻。

但是他也想到,雷东宝如今好面子,他自己也不愿热面孔贴雷东宝冷屁股,他还是绕一下曲线吧。他就打电话到他们的家,选择的是晚饭时间,估计雷东宝不会在,果然电话接通,韦春红说雷东宝在外面应酬。

两人交流几句各自的儿子,宋运辉便转入主题:"大哥企业最近的日子不好过?"

"啊,连你住那么远的也知道了?东宝还说控制消息,不让传开,免得人心浮动呢。"

宋运辉心说,难怪红伟是偷偷去找杨巡,因此宋运辉愈发谨慎:"我从最近经济形势分析,感觉应该对小雷家不利,因此向有关方面打听了一下。我想大哥可能不大喜欢外人提起这事，正好这个电话是你来接。"

韦春红听着异常感动："唉，宋总，谢谢你关心，关键时候总还是你，我本来一直想找你，你哪是外人，可那头笨猪……我都没脸找你……"

"情况真的不好？"宋运辉插上一句，打断韦春红的客套。

"不是一点点不好，是很不好。雷霆现在资金很紧张，东宝每天都在外面跑资金，公司管理都交给正明，可跑来的贷款不够用，他们那新车间安装吞起钱来哗哗哗的，多少钱进去都跟打水漂一样，一会儿就没了。他又不想让村里人知道村里没钱，碰到要紧时候就自己掏腰包，我这儿现在左一次右一次已经让他拿走不少了，我不给他，他就喝醉了跟我闹。你说……两个儿子一见他回家就躲起来，全家都怕他，保姆辞职不肯干了。我都在想了，他心里到底是雷霆重要啊，还是这个家重要啊。"

宋运辉听得直摇头："春红姐，大哥怎么想……不，不管大哥怎么想，他心里应该是装着妻儿老小的。可雷霆资金缺口大，再加十个你也填不满，你要有考虑。"

"宋总，都不知道该怎么谢你，我也思量着我这几年挣的这点子钱放到东宝手里有没有意义，可看着他艰难，我又不能没良心，守着钱袋子一分钱都不给。你一说，我心里有数了，不管怎么样，家里得上一副双保险，往后的日子还长着呢。可宋总，你在这儿老家认识的官多，交情肯定比东宝铁，凭你身份走出去说话，谁……"

"春红姐不用跟我客气，该做的我都已经做了，要不然我不会随随便便乱打一个电话说些空话给你听。可大哥早前还贷不及时，已经上了银行黑名单。市县的银行已经不同过往，他们现在也要考虑风险。我一圈打听下来，看来大哥得立刻采取措施积极自救。我目前想到一个自救措施，可是我有个顾虑，这个措施执行起来，可能很伤大哥颜面。尤其由我说出来，他更会觉得我是在削他面子，所以我先找你了解一下大哥的近况，看他心情好不好，能不能好好说话。"

韦春红感动地说："宋总，你对东宝那真是别提了，亲兄弟都不会有你这份关心。我实话说吧，在你面前我也不用遮遮掩掩。东宝最近脾气坏透了，没法跟他说实话，特别不能跟他提雷霆。宋总要不嫌我程度低，你费点劲先教会我，多说几遍，我好记性不如烂笔头，记下来照单子说，总不会说错，回头我死皮赖脸地磨，总能磨出点道道来。"

宋运辉没想到韦春红竟然那么快就理解他的处境和意图，又积极主动地请缨，卸除他心中的顾虑，心里感慨，雷东宝这人做事，别的不说，找老婆却是一找一个准。不过宋运辉要说的主意不多，寥寥十几句，无非是个思想，一条饵食，让韦春红传达给雷东宝，让雷东宝知道有这么一个办法。如果雷东宝心里有这样那样的障碍，这十几句话足以让雷东宝做出选择，用，还是不用。如不用，那么他跟韦春红多说无益。

韦春红自然也了解宋运辉的意思，当然韦春红也是多年职业带来的一张甜嘴，一直见缝插针地恭维宋运辉的贴心和气度。宋运辉都当耳边风，这种话他听多了。他只想快快了结雷东宝的事，回头应对太太去，太太正要找他问话来呢。梁思申他们已经全面贯彻双休日，宋运辉公司还在单双周，因此这个星期是梁思申抱着可可来探亲，宋运辉心里清楚，他得给梁思申在职工下岗问题上有个说法。问题是他了解梁思申这个人，这一周考虑下来，他发现他无论从哪个角度解释，可能都不会符合梁思申心中的道德准绳。

他今天忙得连晚饭都没时间吃，给韦春红的电话还是在机场大厅等妻儿时见缝插针打的。

他见到梁思申出来时旁若无人地只关心怀里的孩子，不及其余。若不是梁思申怀里有个孩子，她梳马尾巴、背双肩包的简单打扮真像个学生。宋运辉有些感慨，以前的她可不一样，以前她怎么噱头怎么打扮，性格非常直接，只得三个字——"我喜欢"，到哪儿都是焦点，生孩子后判若两人。宋运辉没良心地想，他其实更喜欢意气飞扬的梁思申。

但无论喜欢或者更喜欢，眼前的两个无疑是他的最爱，看到他们，虽然有被兴师问罪之虞，他还是一颗心欢快起来，转化为行动。他看到梁思申抬头的瞬间一张脸上笑开了花，很快就见她嘴唇一撮，做出小声举动，示意他看怀里似醒非醒的可可，可可迷迷糊糊间看到了爸爸，轻轻叫声"爸爸"，伸出两只小手要爸爸抱，过程中连打了三个哈欠。宋运辉的一颗心软得化为饴糖，忙伸手接了孩子。

梁思申笑道："我下班急着赶回家，见可可跟外公两个在玩不知从哪儿弄来的缅甸香粉，家里那些老家具雕的人脸上都让一老一小扑了两团香粉上去，古怪得紧。两个人也是满手满脸的香粉，一个寒山一个拾得。我时间紧，捉了可可就奔机场，才刚把他收拾干净，飞机就降落了，可可也睡着了，也不知他们两个下午怎么疯玩的。"

宋运辉听着笑道："人说隔代亲，外公隔两代才亲。"

"我早说过外公，他反应迟钝，想到该隔代亲了，已经来不及，幸好我生个可可让他捞到。"

"你还每天赌咒发誓以后要稍微礼让一些外公，背包也给我。"

"算了，他巴不得我每天跟他磨嘴皮子呢，我哪天要是精神不畅懒得说话，他准一个精准的窝心脚把我惹毛了。我们还是继续针尖对麦芒吧，这辈子改不了。"梁思申看看周围，笑道，"这儿是你的地盘，背包还是我背着吧，不能让我们宋总失面子。"

但走到外面，寒风凛冽中只见宋运辉的车子恰到好处地停在门边上，走出大门，一步之遥，梁思申感慨："二伯的车子都不大停机场门口呢。"

"今天冷空气来，怕你们走一段路去停车场冻着。可可睡得半醒不醒的，最容易受风寒。"

"不怕，可可结实着呢，你没见他每天跟黑拉拉练赛跑，免疫力很强。"

"刚刚给春红姐打电话，大哥的儿子正感冒着，说最近天冷下来，小孩子动不动就感冒，又是打针又是吃药。吓得我赶紧回去停车场把车子开到门边上。你猜大哥那边情况怎么样？"

"很不好！"

"对。更不好的是大哥的考虑，他竟想凭一己之力渡过难关，而不是发动村民，他从家里拿钱填补雷霆的急需。春红姐有些为难要不要把她的私房钱拿出来支援大哥。"

"换成以前，春红姐可能肯，可大哥跟别人在外面生个宝宝回来，春红姐还能不寒心？"

宋运辉倒是没想那么多，又联想到被雷东宝剥夺奖金两年的小雷家村民，不由叹一声："大哥别弄到众叛亲离才好，难道他是因为知道村民可能不会跟他同甘共苦，才不去想发动群众那条捷径？"

"没同甘，谁跟他共苦？"

"话是这么说，可大哥到底是带领小雷家致富的功臣……呵，我这话作废。"宋运辉才说一半，就理智地想到，人向来记仇容易报恩难，他经历这么多年还能不清楚？不能指望别人感恩戴德。

梁思申微笑："可可又是被外公歪论熏陶着，又是被我们的高论培养着，你说以后可可长大会是怎么样一个人？"

"希望他是个思想独立，对世界充满好奇和热爱的人。"宋运辉不知不觉就把自己的憧憬加到儿子头上，"小引有没有给你打电话？她现在跟我说的东西充满新奇，她正好好体会享受。"

"我常给她打电话，她的很多感受，就是我刚出去时候的心情。我鼓励她不要害怕。"

"难怪，她说跟你谈得很好。"宋运辉把女儿跟亲妈说电话后的感受吞进肚子里，"是不是环境不同的关系，我感觉你常驻国内后，性格变化很多。"

"有吗？"梁思申沉默一小会儿，道，"这一年来我似乎总拉着脸儿。"

宋运辉腾出手摸摸妻子的头发，犹豫再三，还是决定自己主动提出："我再让你失望一下。那家合作企业下岗工人的事是我拍板的。关于理由，我想了一周，决定不解释。无论出发点如何，过程如何，结果还是这个结果。换个时间，我可能还是会这么做，我选择挽救更大一部分人。不过现在通过上市操作，企业获得融资，已经恢复生机，我准备考虑那些下岗工人。"

梁思申无话可说。宋运辉说的这是现实，发展和生存，在这个发展初期的社会里，冲突特别激烈。只是，面对理直气壮的丈夫，她无语了。

"在想什么？"宋运辉没听到梁思申搭腔，有些焦急。

"不知道。我在想，我是不是该补休长假。"

"应该，我建议你出去走走，以前设计的印度香料之旅，或者自驾环游欧洲，都值得考虑，我还以为你想问我怎么安置那些下岗工人。"

"我想先知道，既然让一部分人下岗是企业生存的必由之路，你为什么不可以理直气壮地做，而是先用把一部分人分流到服务公司的名义将那些有待下岗的人剥离到一家服务公司，然后才让那家挤满待剥离员工的服务公司难以为继，造成人员不得不下岗，而且那部分人还因此得不到买断工龄或者企业帮助交付养老保险等最有限的补助，甚至找不到对口的主管单位，这可不可以说是有计划有步骤的欺骗？"

宋运辉心说，来了，他终于等到。他轻呼一声"可可"，稍扭头看看，见可可依然熟睡的样子，才道："国企里面，让谁下岗，不让谁下岗，是件异常困难的事。"

"经济考虑？"梁思申也是问得艰难，从小，她一直佩服宋运辉，而现在却要质疑。

"我们曾经小范围试点分流部分职工下岗，但是难度非常大，有技能的按说早自己找到活路，有些还是停薪留职的，可一说分流，又全回来了，说什么都不愿意脱离铁饭碗，这是最出乎我们意料的。没技能的更不愿下岗，说生是企业的人，死是企业的鬼，在企业干了一辈子，最后一定要拿着企业给的丧葬费才肯上路，这是一种难以解决的意识死结，对不起，我还是解释吧。"

真是公说公有理，婆说婆有理，梁思申接着问："可是经历被欺骗性质的剥离之后，下岗人员还能信任你们有余钱后的安排吗？你们除了拿得出钱，还凭什么来管理他们？"

"你知道，这事有难度，有些难度我们已经遇到。有些下岗工人有了出路，可是他们隐瞒了，那边挣工资，这边让我们继续交养老保险，有些做了双份养老保险。有些希望我们解决出路，可是你看看那些老企业安置老职工的附属单位，金州这么一家工厂五脏俱全，从幼儿园到中学，以及技校都有。养殖场从种菜种瓜种粮到养鱼养猪养鸡。那么大的附属包袱，拖得金州蒋总怎么改革都没法改成。我一早已经有放弃附属企业的打算，但是把这帮人推向社会会怎样呢？我不是有偏见……我让大家想办法，大家都没有好办法。"

"读书的时候也讨论过，太周全的福利制度，比如欧洲的，会不会是国家赡养懒人。刚开放的时候我们是被企业沉重的福利包袱吓走的，我们当时都想，企业纳税，按说处置失业人员的事情应该是国家的责任，为什么却要企业负责职工的生老病死？在国内工作一段时间后才明白，这是让企业为国家旧体制还欠债呢，很不合理。可我总觉得，你的处理方法还是不人道的，一定程度上，你毁了企业的公信力。"

"说对错容易，做起来难。不说别人，我妈原来工作的厂子先是承包了，后来不知怎么一转手二转手，低价转到个人手里了，所有老工人一下不知道医药费往哪儿报，本来就已经拿不到的退休费以后该问谁拿。我这一周才把一些社保福利之类的窍门弄清楚个小半，一团乱麻。最难的是还不知道以后还要怎么改进，现在做的工作会不会作废。"

梁思申不知道怎么回答："但愿可可以后不用碰到这问题。"

"活着总是要碰到问题的，不是这个，就是那个，但愿可可他们时代的时候，有些问题不用那么复杂。我……应该是比我早一代的那辈子人，遇到的变革太多了。他们说，该读书的时候他们支边支农了；等知识荒废得差不多，粉碎'四人帮'了，他们又费劲争取回流，可没有好工作等他们；好不容易生活稳定些，结婚生孩子了，却又遇到下岗失业。这话是我从合作厂的报告里看到的，说实在的，那些人没有工作技能，也不能全怪他们。回头想想，我也是，一个初中毕业为读高中而插队的人，哪能想到后来翻天覆地的变化。这一周想了很多，头痛，急切地等你和可可来，又怕你见面就说我没人性。"

"我有这么面目可憎？"

"没没没，你这段时间想得太多，太……所以我建议你出去走走。"

"可是，作为一个旁观者，我当然无权作为评判人，我只有资格做一个质疑者，你会不会因为自身所处位置的局限，太多看到你自己的困难，强调你自己的困难？"

宋运辉一愣："或许……吧。"

两人抱着可可下车进去，宋季山夫妇早准备了清淡却丰富的晚餐等着，可可脚一落地就全醒了，又闹得不行。宋运辉看着热热闹闹的客厅，心想，梁思申小学时候的锐气，其实一直埋在骨子深处。他看得出，梁思申的眼神有些不对，总是有意无意避开他。他知道梁思申心里还在别扭着。可是这也是他的选择问题，在对待梁思申时，他选择不隐瞒。那么，他只有承担不隐瞒的结果。但他相信梁思申应该会理解。

吃饭的时候，梁思申接到戴娇凤的电话。戴娇凤说她才刚从锦云里出来，问杨巡妹妹出事是不是真的。梁思申心说外公还真八卦，但还是应戴娇凤要求，把事情经过大致说了一下。好在她倒是没听出戴娇凤口气中有幸灾乐祸的成分。

但是梁思申的心里空空的，她没找到答案，或许是她最近工作和心理的压力过大，她真应该出去走走吗？

16

雷东宝很晚才回来，醉醺醺的，走路脚步沉重。即使心里在提醒自己不要吵醒两个孩子，可是没用，两只脚由不得他。韦春红早已习惯，等雷东宝进门，就帮他把外面西服脱了，把他往浴室推。雷东宝不想去，累得只想睡觉，可韦春红却道："晚上宋总来电话，跟我说了好一会儿。"

"他？怎么不打给我？"

"他说打你的打不进，你们又去哪儿胡闹去了？连手机都不接。"韦春红不便实说，反而赖到雷东宝头上。

"还真是，喇叭放那么响，手机哪闹得过话筒，小辉说什么？"

"你去洗澡，我才跟你说。浴缸干净的，去吧，你泡着，我们说话。"

"冷。"

"你大男人还怕冷，你说你几天没洗了，老垢都能当皮揭了，我把电暖器拎来给你照着。"

"不洗，要睡觉。"

"不洗就不把小辉电话说给你，洗不洗？不洗拉倒。"

雷东宝闷闷地起身说："你放水。"一路脱着衣服进浴室，脱裤子时还走路，差点把自己绊一跤，硬是扶着洗衣机才没摔倒。

韦春红没想到这回劝洗这么容易，连忙开煤气打火，往浴缸放水，又手脚利落地找出替换衣服拿进浴室，顺带拎进来一台电暖器。小小浴室很快温度上升，雷东宝挪来挪去躺舒服了，嘴里一个劲地催促："快说，可以说啦。"

韦春红忙碌完准备工作，擦干浴缸裙边，坐下来帮雷东宝洗头，嘴里一刻不落地开说："宋总跟我说到儿子，不是说我们宝宝说话比他们可可早吗，现在我们都会唱儿歌啦，差不多。不过听说他们儿子不感冒，按说他儿子肯定比我们宝宝娇养啊，我问他可可吃啥补品，他说不吃，只说早中晚照旧吃奶粉，其他跟着大人吃。你看，你还说再吃奶粉老断不了奶长不大怎么办，人家也还一直在吃呢，宋总和小梁看书多，学他们的，以后别再提断奶。"

"嗯。"雷东宝闭着眼睛随老婆搓拿，"他们可可多重？"

"还是我们宝宝重，听说他们可可已经能拎三斤重的哑铃，扔半斤重的沙袋，我回头也做沙袋给宝宝扔。"

"他们可可会骑车了吗？"

"没问，不过听说特爱爬树，有次爬上去跟尿不湿一起挂树杈上。他们院子大，我们宝宝比可可文气些。"

"住小雷家去嘛，满山都可以跑。"

"太灰。宋总还说，他从朋友那儿听说你雷霆现在不顺，他来电话就是要问问，你到底好不好。"

雷东宝睁眼，全没了醉意，似是跟平常日子一样正常，他紧张地道："你怎么说的？你跟他说，我好得很？"

"他又不是别人，我说你钱紧，问他有没有办法催一把他在这儿的朋友。他说他打听的时候已经催了，可他到底是别处的官，使不上太大的力。"

雷东宝又将眼睛闭上，却是不知不觉竖起背，没再靠着浴缸沿："你应该跟他说，困难是有的，可我正找人跑关系解决。小雷家十多年来什么没撞上过，我还坐过牢呢，还不是都过来了。"

"可是宋总跟我讲，他看着这回情况不一样，很危险……"

"他爱操心，以前我坐牢时他操心我回不了小雷家，要给我另找地方，他还说什么？"

"你都那么有道理，还问我干吗，宋总连一声危险都不能说？"

"谁说他不能说？但他不能乱说。你说他想知道不会来问我？外围打听我，让别人知道还以为我怎么他了，或者我雷霆里面有多见不得人，叫我回头还怎么找人要钱？"

"你意思宋总关心你还是错的？你倒是问问你自己，你是怎么对宋总的？最近你给过他好脸色没有，宋总的事情，你又哪天关心过的？你还叫宋总来问你呢，人家肯关心你已经够上路。"

雷东宝给问得语塞，瞪目道："你到底是谁老婆，你向着谁说话，你这是。没见我忙吗，别给我添乱。"

"死鸭子嘴硬，谁给你添乱来着？一说宋总来电话，洗澡都肯了，一身轻骨头，你以为我看不出，我净看见你添乱，害我一句囫囵话都说不成。"

雷东宝臊了："去，老子洗澡，谁要你看着，骚货。"

韦春红最恨雷东宝骂她"骚货"，气得一扔毛巾，掉头就走，走到外面一只手放到煤气瓶开关上，终于还是没狠心关上煤气冻死里面那头猪，可还是忍不住将煤气阀门旋大，烫死那头猪，褪那身猪毛。她回头走进朝北的小房间，跟宝宝躺一张小床上生闷气，每天都这样，没一天有好脸色看，这日子还咋过？

雷东宝一见韦春红转身，心里已经生出后悔，但是他才不肯低声下气求韦春红回来，自己打好肥皂粗粗洗一遍，就算完事。只是他心里惦记着宋运辉托韦春红捎的话，即使喝酒有些上头，有那么几个人的名字，他还是在心中重视加重视。可再怎么重视，也不能让他向韦春红低头。他洗净抹干穿衣出来，到卧室见墨黑一片，就毫不犹豫扭头拐进北屋，一头钻进被窝，倒有一半身子还露在小床外面，摇摇欲坠。

韦春红正生气呢，忽然被身后伸过来的一双热烘烘的手抱住，想叫他滚，又怕吵醒宝宝，两人就这么僵持着，黑暗中一言不发。韦春红等着雷东宝酒后嗜睡打呼噜，雷东宝等着韦春红贴上来发骚，可是老夫老妻知己知彼，都没给对方可乘之机。

终于雷东宝半截身子挂在床外挂得累死，"忽"地起身坐在床沿，压低声音道："跟我去那边。"边说边伸手来拖。

韦春红不想去，心里着实厌烦这头猪，可是又怕挣扎打闹吵到宝宝，只得恨恨跟上，心里却是想，明明宝宝是这头猪的儿子，偏被这头猪拿来胁迫她。她还担心，总是吵架，被已经初中的半大不小的儿子听见不雅，尤其雷东宝醉后什么事都做得出来。

走进那间卧室，雷东宝将门一关，跳进被子里躺下，就道："接着说下去。"

韦春红不愿钻进被子去，忍着寒冷，简单地道："很简单，宋总说你现在很危险，出口一时半会儿好不了，得靠内销支付开销。他建议你暂停新车间安装，集中精力开动现有最挣钱的设备，保住性命再说，形势总会好转，等形势好转，银行借钱容易了，你可以再上马别的，完了。"

雷东宝集中心力听完，没想到只那么几句，头伸到外面忙道："就这些？你别短斤缺两，又不是你开饭店。"

"就这么这几句，你想知道多的，自己打电话问他，没人拦你。"韦春红说着就走出主卧，又回北边的房间。冬日夜晚，北屋明显比南屋寒冷。韦春红不由想到妹妹来时与她说的贴心话，妹妹看到她睡的是北屋，为她打抱不平，说这房子是她出钱买出钱装的，凭什么好屋子让雷东宝住？韦春红今晚更是摸着刚才被雷东宝拽痛的手腕，愤怒地想，现在的雷东宝完全吃她的用她的，还没一个好脸色，她真是还不如养条狼狗，狼狗虽然拉着脸，起码还能看着门。

想到宋运辉现在打电话说要紧事都干脆绕过雷东宝，找到她来。韦春红想，其实雷东宝对越亲近的人越是不克制，如今他火气旺，最受气的不是别人，正是她韦春红。有时候看他每天忙碌焦躁得两眼血丝，口气臭得生人勿近，她很怜惜他，想着忍忍，再忍忍，他心里苦，可看到雷东宝总没反过来怜惜她的一天，她又为自己不值。她最近回想，好像一年半前那一晚，她忍气吞声什么条件都没提，就放雷东宝抱着宝宝第一次踏进这房子，她已经输了阵脚，她早被雷东宝一眼看穿，从此雷东宝更把她踩在脚底。那以后，她兢兢业业地替雷东宝养着儿子，雷东宝可有说声好听的？

想起来真灰心。韦春红想到妹妹说她在饭店里八面威风，多少意气，没想到在家里被姐夫摁在脚底，还得替姐夫养着野女人的儿子，妹妹说起来就不服，她当时还斥责妹妹挑拨，害妹妹好久不给她电话。今晚回想，她只会长长地叹气，心里翻来覆去地想，她这过的是什么日子啊。

雷东宝没管韦春红出不出去，听说就这几句了，就缩回头睡自己的。跟韦春红还讲究个什么，他又不是而今脸色白净的宋运辉，在老婆面前低三下四。韦春红是他的人，他还怕她逃到哪儿去，明天一早，准又是热汤热水伺候。

他只顾想宋运辉的话，停止新车间安装，削去几近一半的产能……那不跟中风半边瘫差不多了？那不等于敲锣打鼓遍告诸人他雷东宝半边风了吗？他最清楚，他现在说得响说话有人听，都是因为背后有欣欣向荣的雷霆打底，周围电线厂靠着他的铜，县里财政等着他的税，市里统计需要他的产值，他的雷霆一举一动影响着那么多人，他走到哪儿去哪儿才有笑脸相迎啊。若是半边风了，谁还重视他？这是他首先在社会影响方面的考虑。

其次，早在资金刚开始紧张的时候，他已经想过停止新车间建造，可是他最终无法下这个决心。他停止建造当然容易，可是国企出身的宋运辉不会想到他拿的是银行的钱，银行贷款是需要利息的，他已经投入那么多资金在新车间的建造上，若是停工，那么多贷款的利息日日夜夜地产生，根本不是他现有车间利润能支付得起，何况宋运辉还说关停利润不高的生产线，他更是不能考虑，他是一个电动机都不能停。他必须咬牙撑住，必须撑到新车间开工，产生利润，他才算可以歇一口气。

他的艰难，又有几个人能理解他。现在连宋运辉都没出息，说出这种没见识的轻描淡写话来，他还是靠自己吧。

雷东宝生了会儿气，当然不准备回电宋运辉，没什么可商量的，宋运辉他们的国企观念已经落后，他雷霆的突围，需要靠他自己的努力。

雷东宝酒意上涌，翻身便睡着。醒来时候却是第一时间又想到宋运辉的电话，他想来想去，还是昨晚的结论。早晨清醒了他想到，他不愿打电话给宋运辉，更因为受不了宋运辉而今的高高在上。但是他想给王老先生打个电话，请教那个闯过好多外国码头的老法师。

令雷东宝意外的是，起床见冷锅冷灶，啥吃的都没有，连韦春红也不在，不知带宝宝去哪儿逛去了。他只好就着冷水洗把脸，穿戴整齐了出去上班，肚子里什么都没有，走到外面被冷风一吹，人觉得冻。他只好让司机赶紧找家餐饮店，进去暖暖吃一顿，才算打发。他心说韦春红还给他脸色看，反了，晚上他索性不回这个家，看她急不急。

请教老王先生的电话，得关上门打才行，绝不能让别人听到他着急讨救兵。无论宋运辉提供的主意有多馊，但宋运辉说的什么向外围打听都说他现在处境艰难的话，却让他心惊，他一直维持着雷霆欣欣向荣的表象，为此他有意命令提货的车子即使晚上提货，也必须白天过磅发车，而不能装一车货物黑灯瞎火没人看见就走。可现今他必须提高警惕了，因为宋运辉那么远也知道，别人只要有心一定也知道。只是他一时急得没主意，最想请教老王先生。

外公却是接到电话，旁若无人地打断雷东宝的问候，笑嘻嘻地问："东宝，最近日子不好过？"

"小辉说的？别听他的，我最近只有出口不大顺，其他都好，机器照转。"

"妈妈的，你吹吧，吹死了我也不信你，你当我老糊涂？你那摊子，我只要看过一次，足可以管教你五年。"

"早不一样了，你说的那都是老皇历。"雷东宝嘴里反对，心里却迫切希望外公说出管教之辞。

外公倒也不坚持，依然笑嘻嘻地道："你倒是给我说说你上个月的资产负债表，让我看看到底不一样在哪里。"

"我立即传真给你，等会儿。"

雷东宝连忙让财务将最新一份资产负债表复印好，裁成长条，传真给外公去。都没留给外公看资产负债表的时间，他在文印室看着传真纸吐完最后一张，就回去自己办公室立刻给外公拨电话。却被外公骂骂咧咧地埋怨："妈妈的，现在都用电脑了，只有你们这些乡下笨蛋做报表还手写，看得我拿放大镜照着都累。这份报表是做给你看的还是做给银行税务老爷看的？"

雷东宝听到这话，精神一振，问这话的人是内行，有门。他忙道："都一样，我们没第二份。"

外公嘀咕："小辉还跟我说要你扔下辎重，轻装突围……"

"对，昨晚小辉也这么跟我说。我看不行，他这主意胡闹，想死也不能捆住自己手脚扑通往河里跳。"

外公还是慢条斯理地道："小辉那主意，换正常情况下是正确的，但对你不适用。"

雷东宝一拍大腿，道："对，老爷子您火眼金睛，一看一个准。"

外公却道："对个屁啊，你死期临头，知不知道？这么高比例负债，亏你做得出，我都不要说你，我没小辉有良心，我跟死人没话说，跟笨死的更没话说，你死定啦，除非有瘟生掏钱救你。"

雷东宝错愕地看着"嘟嘟"作响的话筒，怎么都想不到老头子一言不发就把电话挂了。他早知老头子脾气，以前问老头子讨教，十有八九是骂人的，老头子骂起人来滔滔不绝，都不知哪来的精力。他今天是准备着一边挨骂一边听主意，没想到今天老头子却都不要骂他。老头子的举动震得他都忘了老头子刚才对他左一句死，右一句死，他竟是举着电话想半天，为什么老头子都懒得跟他说话，难道正是因为他死定了？

雷东宝背后渐渐渗出冷汗，因他知道王老先生是骄狂得都懒得掩饰的人，老头子挂他电话骂他死人，那绝对是老头子的真实想法，绝无掺假。难道那火眼金睛的老头子看了他的报表后，认为他死定了吗？不过老头子还有一句，若有瘟生掏钱相救，他还不会死定。但雷东宝想到最近他四处要钱的艰辛，他想到，除非那个掏钱的人真是瘟生，目前好像真没谁肯掏钱借给雷霆，他许以再高的利息都没用。

他怎么办？

雷东宝还在那儿想不明白，外公则是很爽快地一个电话打到宋运辉手机上，却是听到周围一片嘈杂。

外公好奇地问："你们这么早出去玩？玩什么，撇开我玩得那么高兴？为什么不提早告诉我计划？"

"快新年了，公司搞活动，我带上可可到福利院给小朋友们送礼物。"

"假惺惺搞什么活动，要去福利院不会自己去啊，平时多的是时间去，新年跟着扎什么堆？我问你，东宝这人智商究竟怎么样，我今天怎么看他愚不可及？"

宋运辉没想到他昨天巴巴儿地打电话给雷东宝递秋波，雷东宝却找上外公，他心里没意思得很。问："他说什么？"

外公笑道："他以为我是算命测八字的，我顺势给他测一卦，告诉他死定了，除非有瘟生救他。看来还是思申对，这个时候出钱救他的肯定是瘟生，你看过他们的报表没？再笨的人都不会弄出这么高的负债来。"

宋运辉道："雷霆的发展一向如此高负债。只有大哥出狱后那阵子，也就是外公去指导的那一次，是他们融资最低潮的时候。外公认为缩小战线的方式不可行？"

"小辉啊，没救的，你趁早放下，别自找罪受，更别当那瘟生去。还有，以后有好玩的先把计划告诉我。对了，它那么高的福利支出是怎么回事？"

"雷霆提供全村老人的退休工资，小孩子的教育费用，保障全村人的医疗费用，我看尤其是医疗费用一项，越来越尾大不掉。"

"东宝充什么大头鬼，他才一家乡镇企业，想学通用还早得很，别是东宝这粗人还存着什么理想主义？"

"他最初或许是理想主义，现在应该不是。他当初坐牢后还能回来，大部分靠的是全村老少被他拿优厚福利灌出来的拥戴。他第二次创业时因此即使手头再紧，也不能放弃福利提供。我担心他哪天断供了会怎样。"

宋运辉是撇开紧紧跟随的院长才有办法把这个电话打完，打完后心里不是味道，却什么都不能做，先得照顾好眼前，他虽然不是组织者，却是中心。活动结束，他让女同事把可可送回家，他还得回东海上班，回去路上，他才有办法闭上眼睛提示同事不要干扰他，他得仔细考虑雷东宝究竟怎么想。可是，他越想越火，他最火的是，为什么雷东宝现在这么愚，他更是无奈。他真不知道现在拿起电话跟雷东宝说什么好，又，雷东宝肯不肯听他说什么。

雷东宝也是想到要不要给宋运辉打电话，问问外公那话究竟什么意思，可最终也是没打。他现在心里没底气，没底气的时候不想见人，怕被言语打击了。

偏偏小三这时候又拿着几张申请单子进来，小心翼翼地问雷东宝这几个打算春节结婚人的钱，村里准备怎么退还。雷东宝无法回答，坐在大班椅上转来转去，但小三也是实在没办法才找来，小三继续小心地说，春节就在下个月，这回春节来得早，分发年货的钱得预先想办法留出来。

雷东宝这几天财务上有多少钱，心里门儿清，可他想到一个大问题：

"那几个结婚的你怎么不早点告诉我？早几天说，有几笔钱就不给设备了。"

小三小心地瞅着书记的脸色，道："我也正奇怪呢，这几个朋友倒是谈着，可原先没说春节结婚，怎么忽然都打报告要结婚了。"

"妈个逼，谁要有本事打报告春节死要丧葬费，我现在就掏给他，谁泄露消息的？"

"村里谁家都有人在雷霆上班，看看情况心里就清楚，不用特意泄露。书记，刚给您倒的水，我出去了。"

"慢着。"雷东宝想了会儿，才道，"圣诞节的钱呢？"

"正明总问我这笔钱能不能给他买材料，他说他星期三一直到元旦，都准备装病关机，不敢见人，捂家里看电视。"

"给我上课啊。圣诞节两天的包厢不能退，龙虾一定要上，洋酒上两瓶，唱歌包厢也不能退，我一脸穷酸，谁还借钱给我，去吧。"

小三自然是无话，不像以前的士根。雷东宝生气正明妄图给他上课，拿起电话找到正明，开口就骂："正明，你妈教你的规矩拉屎里啦？我做什么，凭你小子也想手指甲吧嗒吧嗒说三道四？摸摸你后脑勺骨头痒不痒……"

"书……书记，我哪敢，再借我十只苦胆我也不敢对书记说三道四。"正明被雷东宝骂得找不到北，尤其是他办公室现在好多人，手机漏出去的声音那么清晰，肯定被好多人听见，他忙插进去表明态度，免得被骂个没完。一张依然留着烧伤痕迹的白脸早已红了。

"这话是人话，下星期三跟我去请客，准备好酒量。"

雷东宝的电话刚挂，小三的电话立即找上还红着脸的正明，小三说帮他问书记要材料费被打回，因与书记圣诞元旦请客送礼的开支冲突了，没办法。正明这才明白是怎么回事，心里憋了一肚子的窝囊气。

雷东宝又打电话问这几天一直在外面追账的红伟，近期有没有收入，但红伟说现在大家都口径一致年底关账，钱得等元旦后拿出来，他让业务员们天天蹲点追账，只要对方有钱，一准立刻掏来。雷东宝心说这就麻烦了，那几个忽然冒出来想春节结婚的该怎么办？他只好又想到韦春红的钱，那是他看得到的捷径。

这会儿韦春红倒是在家，他开口就道："早上死哪儿去了？早饭也不弄。"

"你儿子想吃豆腐脑，他小人家不吃会哭，你大活人反正饿不死。知道了，晚饭不会等你。"

"你知道个屁。我问你，手里多少钱？"

"没钱，前儿刚让你扫荡了，幸好你每天外面吃饭，要不然真供不起。"

"让你出个店面，你怎么……"

"要有个当铺就好了，过年过节我这儿还有几件旧衣服拿去当掉，换几个钱糊口。"

"哪来废话，赶紧价钱压一些，卖了，星期三之前给我准备三十万。"

"没有。要卖卖你市里的办公楼去，价高，钱多。还有你的车子。"韦春红说完就将电话挂了。现在但凡雷东宝稍微好声好气地说话，必定是要钱。她昨晚想明白了，要钱没有，要命一条。

雷东宝刚要解释车子和办公楼是雷霆的门面，越是紧日子时候越是要守住门面，即使勒紧自己裤腰带也要让相关人等吃好玩好了，可是电话里却传来电频声音，韦春红居然把他的电话挂了。雷东宝这才考虑到韦春红的情绪，什么，跟他闹上了？但雷东宝想来想去昨晚也没什么出格的地方，与平时没啥差别，难道是韦春红听了宋运辉的电话，认为雷霆没前途了，所以收紧钱袋子，甚至因此不肯巴结他了？

想到眼前这几张结婚要钱申请单子也是可能看雷霆资金紧张，竟然想出提前结婚的馊主意赶紧把交给雷霆收着的钱套现，雷东宝气得一拳捶桌面上。他现在的桌子结实，捶不破，倒是捶痛他自己的手。雷东宝心里痛骂，他十多年带着大家发财致富，为了大家坐牢，雷霆稍微有点事却没人跟他同心同德，反而一个个打自己的小算盘。

他火气一大，扯开嗓门叫小三进来，告诉小三，雷霆年底手头紧，从今天起，财务上所有的钱都要用在刀口上，全心全意搞生产。结婚的钱，自己筹；想吃年货，自己买。

小三担心："书记，大家会不会有意见？"

"有个屁意见，谁有意见，跟我学，自己掏钱出来给雷霆用，只要谁掏得比我多，我听他的。"

小三不敢多问，唯唯而退。走到外面着实不放心，这个通知他不敢发，想来想去，很想找个有把年纪、德高望重的跟书记说说，一点不发年货很不好。可是目前好像最能说得上话的红伟正出差，小三才跟红伟一说，红伟立刻就想到与杨巡讨论时说起的民心问题。红伟让小三压一压，他想办法跟书记说说。小三巴不得红伟有这句话，连忙答应了，将手头的草稿纸推到一边。

那边韦春红虽然勇敢地撂了雷东宝的电话，但心里非常担心，雷东宝既然手头那么紧，又怎么会放过她手里攒着的钱，必定会千方百计逼她拿出来。除了生活费，她是一分钱都不会再给雷东宝了，她现在手里的钱，是她的养老钱。自打那次小狐狸精之后，她是再也不敢相信雷东宝了，第一回侥幸，她又抢回老公，以后就难说，她更老，社会更开放，要是再来一个心计更好的狐狸精怎么办？她不敢完全指望雷东宝，但是她不放钱，必然会与习惯一个人说了算又最近心情不好的雷东宝发生激烈冲突，她自己倒也罢了，她怕长得半大不大的儿子看见。最近小宝已经对雷东宝大有反感。

韦春红越想越担心，她本就是个泼辣的，干脆留下一张纸条说去上海探亲访友，抱上宝宝，带上保姆，通知上课的小宝，收拾收拾搬去她另一间只有两室一厅，以前买来给饭店职工住的小房子暂时避祸去了，那是雷东宝不知道的巢穴，居室简陋，韦春红却反而安心，她还关了手机，让那猪头反思几天去。

红伟接到小三电话，翻来覆去思考好久，设计好多种可能性下他的应对之后，才敢打电话给雷东宝。

雷东宝接到红伟电话，当头就是一句："这么快有钱了，多少？"

红伟赔笑："书记别这样，我都给问得没敢给书记打电话请安了，听说结婚费和年货不打算发了？"

"你倒顺风耳，对，给你减轻负担，雷霆的钱集中搞生产，机器转着，总有缓过来时候。"

"书记，结婚的钱，即使他们心里再有猫腻，我们也不能扣着不发，道理上说不过去。"

"我知道，所以我以前掏自己腰包，可你看一个个来劲了，你说他们为村里着想没有？这帮孙子，我十几年时间把他们养出个人样，现在村里困难我急，他们哪个拿良心出来，索性一刀切不给了，对付没良心的，我比他们更没良心。"

"书记，他们结婚这事儿，你还真很难找他们漏子。你说现在年轻人都这么开放，万一他们本来打算开春结婚的，现在一不小心肚子给搞大了得着急结婚，你管得着人家吗。他们都找出结婚这种理由了，我们还是当不知道把钱给了吧，全村现在能结婚的也就这几个，有底的，我这儿多讨些来就是，你大人大量，犯不着跟他们那些小诡计计较。"

雷东宝听着有理，虽然生气那些借结婚打劫的，也只得道："好吧，那你给我下死命地追钱。"

红伟想乘胜追击："还有那年货……"

"年货没了，除非你个人垫钱给我。"

"稍微发点吧，有些人没我们有钱，还等着年货改善生活呢。"

"不行，这儿挖一块那儿挖一块，加起来没个底，今年先欠着，明年补发。"

红伟了解雷东宝的脾气，只得作罢，但又不死心地问："书记，我这几天在宋总这边出差，你有没有什么话要我捎给宋总，或者要不要我买些什么提上去给宋总拜个新年？"

雷东宝当即拒绝："用不着，有话我自己跟他说。"

红伟只得再次作罢，心里凉凉的，总觉得雷东宝现在很难听得进劝诫，事情看上去很不好。他只好将刚说好的内容转达给小三，让小三写通知的时候多提一些村里的困难，让大家相信村里相信书记，共渡难关。

但小三将草稿拿去给雷东宝过目的时候，那段村里有困难大家该同舟共济的话被雷东宝删掉了，现在还没几个人想出结婚掏钱的馊主意，这要是全知道了，难保有人想出住院、有人想出怀孕的理由，为了钱连结婚都可以无中生有，还有什么乱七八糟想不出来的。但雷东宝看了删掉后的内容，又想干脆不通知了，别打草惊蛇。他让小三告诉那些想结婚的等等，等村里有钱再发。

小三终于可以缓过一口气。

雷东宝晚上十万火急地回家，想跟韦春红商量筹钱的事，没想到只有一张纸条等着他，他一看就知道韦春红这是躲出去了，气得打韦春红手机，却是关机，他这下真是有气无处出。而钱的问题更是直逼心头，他想到钱就更火，一个人背着手在屋子里绕来绕去地咆哮。

楼下人家隔着一层薄薄楼板，实在受不住雷东宝一夜沉重的脚步，派出男主人上楼敲门交涉，雷东宝正憋着没地方出气，打开门与来人大吵，吵得不过瘾，又找钥匙想打开中间隔着的防盗门冲出去吵。楼下男主人在雷东宝吼出第一声时已经后悔，纯粹是为了维护在左邻右舍以及妻儿面前的面子苦苦挣扎，见此哪敢坚持，连忙屁滚尿流冲进自家防盗门里面，牢牢锁死，生怕尸横当场。

雷东宝虽赢但满心萧条，回家继续踱步出气。

17

宋运辉还没下班时，梁思申已经看到外公转发的雷霆财务报表。等宋运辉回来吃饭，她把传真交给丈夫。她心里有个疑问，雷东宝究竟看不看得懂报表所指示的经营状况？她接触过有些企业家不会算利润，他们经常看到的是账上有多少钱可以周转，流动资金总是在账户里流，因此经常错觉银行借来钱让机器转得欣欣向荣，那么就意味企业肯定是挣钱的。她怀疑雷东宝也是那种大老粗。

可是宋运辉虽说厌烦雷东宝，又实在不忍就此放弃，他跟梁思申道："如果……我东海存一笔钱到银行，指定贷款给雷霆……"

"犯法，而且东海的钱进去，也是用于低水平扩张。救得雷霆一时，明天雷霆依然倒闭，雷霆的经营有问题。"

"我只是想想而已。"宋运辉还是那句话，"不忍心放弃。"

"外公说现在唯有背后打大哥一闷棍，打得他住院一年半载，起码还能保留大哥一世英名。"

"老活宝。"宋运辉啼笑皆非，可也想到，对于雷东宝，他无处着力，因为只要雷东宝的策略不改，迟早雷霆还将面对同样的灾难。雷霆的关键问题，在于雷东宝。可就那么眼睁睁看着不救吗？

"时至今天，你难道还不厌烦大哥？看你花那么多心血为大哥考虑，他还那样，我真讨厌他。"

宋运辉低头沉默，好久才道："我相信他应该还是我的兄弟，只是他找不准对待我的方式。以前他是姐夫是大哥，一直骄傲地跑在前头，对我慷慨解囊。但从他入狱那时起，变为他单方面向我索取，我现在回想起来，意识到他每次拜托我做事时，反而口气特别粗暴，他似乎是不适应我们之间予取关系的转变。我想，现在他事业低落，他更不想见我，怕在我面前抬不起头。更怕我指出他的错误，那意味着揭他伤疤，他心里头大男子主义很强。"

梁思申听着却是狐疑："你说得那么美好，会不会又是你的一厢情愿？"

宋运辉刚刚还在为自己寻找出的理由激情澎湃，被梁思申的疑问轻轻一戳，不由泄气："我这么想，应该是这样。"

梁思申伸手给丈夫一个大拥抱，觉得这样一厢情愿的丈夫很可爱，他对她一定也是这样的一厢情愿，却不料可可拿着电话机冲进来，后面跟来宋母，宋母看见儿子儿媳如此亲密很不好意思，连忙退出房间。梁思申吐吐舌头，听可可说是外公阿太来的电话，她伸手接了："外公，我才离开一天，你至于电话打得跟追命一样吗。"

外公笑道:"谁追你,我又不是无常鬼。戴小姐找你,她傻傻地在替杨巡那个傻妹妹跑关系,二傻。她听说你能在上面说上话,你自己跟她说。"

戴娇凤焦急地道:"我今天跑了一天,大家都说这事儿棘手,要是没上面谁的点头,他们不敢放人。你能说上话,梁小姐,帮帮忙,那种地方小姑娘一天都没法待。"

梁思申一个劲儿地惊奇,今天怎么净遇见大好人烂好人:"我已经跟他们打招呼了,至于能不能无罪释放,我想得看杨逦有没有犯法,好像我们不便干涉司法。"

"对对,我们当然不好干涉,但我听老公战友说,小姑娘没什么大事,审得也差不多,但就是这个案子比较特殊,有人在上面盯着,一定要上面的哪个人点头才能保释。你既然已经跟他们打过招呼,要不再让你招呼的那个大人物跟管这个案子的人开个口子,这就放小姑娘出来?"

"谢谢你打听到,我会立刻联系。戴小姐,你以前跟杨逦关系不错?"梁思申实在是忍不住,因为看以前两人相遇的情况,实在看不出戴娇凤与杨逦关系好到值得戴娇凤上下打通丈夫那边的关系,为杨逦奔波。

"不……不是,我……以前有欠杨巡的,这下两清,你不用谢我,做这些……我为我自己安心。"

"不是说杨巡对不起你吗?你别为了救杨逦,故意拿话糟蹋自己。"

"我……梁小姐你今天怎么磨叽起来了,这种账算得清吗,我反正把我欠的清了,我安心,省得每回想起那家子人生气。你就帮我一回,就这一回。"

梁思申心说不容易,真不容易。宋运辉知道一些杨巡的事,一针见血地道:"杨巡妈以前看不起小戴,恐怕小戴这回抓住时机为没出息的杨家老四做些出息事儿,这个鲜明对比足够让她扬眉吐气,从此心里头可以放下杨家。"

"戴小姐没那么复杂。"梁思申不相信,一边给梁凡打电话,让梁凡放人。

宋运辉没有争辩，这事儿对他们而言不是什么大事。他见梁思申跟梁凡切切叮嘱，限定解决时间，又似乎是做了几个经济问题答疑，才结束通话，看来经上回一个折腾，梁凡在最小的堂妹面前已经没了志气。

18

杨巡虽然因为急事不得不回家，可终究是担心杨逦，一转身又去了上海，找朋友到处活动。可他打听到的情况与戴娇凤打听到的差不多，案件特殊，下面人没敢越过专人乱出主意。

杨巡自己判断也是这么回事，一件涉及李力那种人的案子，如果不是特殊，估计早就大事化小、小事化了。因此他才为杨逦分外担心。至此他只好期待梁思申对他的承诺。可他又不便多催，显得他多不信任人似的，只好借什么恭贺圣诞给梁思申打个电话，那边梁思申倒是主动说在替杨逦活动。

二十四日一早，梁思申就给杨巡打电话，告诉他可以去某个地址找谁领人。杨巡大喜，连连说感谢。梁思申被戴娇凤叮嘱不能告诉杨巡，只得领了感谢。

杨巡忙打电话告知任遐迩最新情况，随即找出所需文件，又去银行取款，还不忘带上一盒蛋糕，直奔杨逦所在。

杨逦一脸憔悴出来，看见等在外面的大哥，想放声大哭，却觉得自己毫不理直气壮，只有低头垂泪，都哭得没法吃杨巡递来的蛋糕。杨巡本来一肚子的教训想趁热打铁，但见杨逦这样子，反而没有话说，除了安慰。走楼梯时候遇见一个邻居，那邻居看见杨逦就跟看见西洋镜似的，看得杨逦更没法抬头。但那邻居转眼一触杨巡的眼睛，吓得立刻快步逃开，不敢回头。

杨逦哭哭啼啼地洗完澡，穿戴整齐，才啜泣着站到大哥面前。杨巡肚子里千言万语，临了却道："没什么，大哥比你坐的时间更长，现在还不是什么事情都没了。快吃点，不要吃多，等下我们外面吃顿好的。"

"我不要去外面吃。"

"为什么，怕碰到邻居？这房子以后关着不住了，上海多大，换个地方重新开始。或者你跟我回去，这事除了你大嫂，你二哥二嫂都不知道，以后也不会让任何人知道。"

"大哥……"

"我知道，你想认错，你自己心里有数就行，以后别做给人卖了还替人数钱的傻事。学着点遐迩，我是她老板，她都一直把我关在门外，关到领到结婚证为止。最好跟我回家，我正好有个大项目要上，需要帮手。我们是一家人，老三现在美国找到好工作不回来，我们国内的三个最好天天能见到，省得我成天为你们提心吊胆。"

"我去整理一下，晚上回家。"杨逦老老实实起身想去整理行李。

杨巡道："不急，晚上我去谢谢人家梁思申，都是她在帮忙，还有……你暂时也不能离开上海。要不我给你临时换个地方住下？去什么宾馆包个房间吧。"

"大哥，你真好。"杨逦终于憋出这么一句。

"你既然这么说，大哥也不跟你说客套的。我们一家现在只剩四兄妹，我在外面再怎么作威作福，回家对你们肯定是好的，我在妈病床前面前发过誓，妈也相信我，把你们都托付给我。可惜，我没照顾好你，对不起妈的托付。你不知道，你出事，最吃苦的是你，最心疼的是大哥，连你大嫂这几天都没睡好。你别以为我以前管教你，是怎么怎么你，我这是恨铁不成钢。唉，还是我说话没注意方式，遐迩说你会有抵触，以后我注意着点。这回事情了结后跟我回去，我也改改以前对你的说话方式，你也改改你对我的抵触，我们好好做事，没啥大不了，我以前给抓进去十二天，出来什么影响都没有，只要自己挺得过去就行。答应就点点头。"

杨逦听得眼泪跟泉水一样，刹也刹不住，连忙点头。杨巡这才舒口气，他最怕杨逦这时候反而要跟他争口气，一定要在上海好好发展挣回面子，还好杨逦这回吃过苦头总算明白一些道理。

杨巡本想圣诞节带杨逦好好玩玩，散散心，不料杨逦在外面吃过中饭后说什么都不肯再出房门，还说房子也不用另找了，反正这儿只是临时居住。杨巡只好答允，自己出去帮买菜买米找梁思申道谢，不料梁思申去了日本，没见到，难道早上的电话是从日本打来的？圣诞节兄妹俩悄没声地窝家里自己烧煮，反常得不行。

杨巡最后还是不得不带着担心回去工作，年底时节，多少庙要拜到，多少菩萨要烧香烧到，可是他真担心杨逦，这么进进出出一闹，杨逦就跟变了个人似的，安静得可怕，日日夜夜就是窝在家里看书看电视，哪儿都不去。杨巡真怕杨逦闷出问题来，追着杨逦保证绝对不会胡思乱想之后，才忐忑不安地回去。

但任遐迩分析给他听，说杨逦现在感情还受伤呢，让她一个人安静几天也好，女孩子遇到坏男人最麻烦。杨巡听了真想杀了李力，总算他曾找人把李力打得鼻青脸肿，算是讨回少许公道。

终于元旦的时候，他还是带着任遐迩去了一趟上海，他不放心杨逦，觉得让安静两天都太久，他这时候得多给杨逦亲人的关怀，可是最终杨逦却是抱着任遐迩关上卧室门大哭，姑嫂两个整整在屋里说了半天话。杨巡在外面客厅焦急乱窜，但心想，也好也好，跟任遐迩说等于跟他说，女人的事当然不方便直接对哥哥说，杨逦只要说出来，听人劝就行。但是任遐迩出来后，拖着杨巡出去药店转了一圈，杨巡心惊肉跳地看到任遐迩买的竟是验孕棒。

姑嫂两又关上门哭哭啼啼说了一晚上话，第二天两人伺候着杨逦去做了流产。杨巡黑着一张脸回家，这一年辞旧迎新做的，他即使三天三夜不睡，都没这么心力交瘁，好在这回有任遐迩与他患难与共。

但杨巡在家萎靡了好几天，虽然白天他掩饰得好好的，连杨速和寻建祥都不大看得出来，可回到家里关上门就忍不住唉声叹气，为自己对不起妈妈的嘱托，还为杨逦未来的日子而难受。只有妻子可以安慰他，听他翻来覆去地忏悔，他这几天不由自主地做了跟屁虫，任遐迩去哪儿他黏到哪儿，黏到任遐迩终于怒目而视，他才算慢慢恢复正常。

1998年

01

小雷家众人虽然都看得出雷霆今年艰难，但时近年关，大家心里都还是向往着年货分发，多点少点都行，最起码有个过年的喜气，可大家没等到一件年货，更别提年终奖金，却看到村里由妇女主任正明妻子带头，把橱窗红红火火地布置起来，将灯笼彩绸从仓库搬出来挂满树梢屋檐，看上去似乎是热热闹闹迎新年的样子。

大伙儿不知道年货究竟发不发，当然一拥而上，去橱窗看看有没有透露一丝消息，消息没有看见，却见满橱窗的奖状、锦旗和照片。大家对奖状锦旗没兴趣，视线大多落在放大成一尺来高的照片上。照片上大多数是雷东宝红光满面地接受锦旗奖状，接受领导会见，与领导举杯同庆等。大家都是一边看着一边心里嘀咕，好个什么啊，年货都发不出，还吹吹打打，穷闹。

也有心细的人看一眼照片右下角的时间显示，更有心细的看到有两张照片乃是新鲜热辣出炉，分别是吃喝和唱歌，吃喝的那一张上，龙虾的两根长长胡须和旁边的两瓶XO洋酒触目惊心。大家一传十，十传百，纷纷猜测上了，不知道这一桌需要多少钱。大家猜着猜着，都是悄悄嘀咕，花那么多钱也不过是两小时吃喝，若是拿来分年货，每人足够分一刀肉，可都还不知书记一年吃掉多少这样的饭菜呢……难怪，吃得那么胖。

众人的情绪随着发年货的希望越来越渺茫，渐渐发酵。

既然说没钱没钱，连发年货的钱都没有，那么圣诞元旦的那些吃喝玩乐钱是哪儿来的？每天雪亮汽车进进出出的钱又是哪儿来的？敢情大家伙儿没年货，都肥了他雷东宝一个人啊。众人敢怒而不敢言，于是雷东宝经过的时候，大家原本迎候的笑脸都变得勉强，有些甚至远远避开。

小三一看到橱窗里的照片，心里就说不妙，他想取下橱窗的照片，但是考虑到布置橱窗的是正明的妻子，打狗看主人，他可绝不能在橱窗上乱动手，因此小三赔笑去村办协商。村办的办公室现在已经几乎虚化，因为村办不用做实事，本应属于村办的事，现在几乎都是雷霆兼管，村办几乎成了士根带领的养老办。小三进了小小一间不到二十平方米村办的时候，里面有士根，有正明妻子，还有其他几个老年村干部，不过里面倒是温暖整洁。

在这个办公室里，小三没有受到常规的善待，他也不敢奢求，这些人别看没权，可个个老资格，尤其是士根尚存三分余威。因此小三赔笑进去，先跟士根打个招呼，递上香烟，又跟其他几位招呼递烟斟水，完了才能坐下说话。

他斜插着坐正明妻子对面，脸却对着士根，笑道："士根叔，村里让彩旗灯笼这一布置，过年气氛全出来了，还是士根叔高，不用多少钱营造出节日气氛。"

士根道："小三客气，本来我们也插不上手的，每年都是你们主动帮村里把这些事做了，我们乐得偷闲。"

正明妻子脆爽地道："是啊，我们等啊等啊，还等着看两家戏班子唱对台戏呢，等来等去等不到，想到你三主任做事一向不会拖拖拉拉，那肯定是有原因了。看来我们没法偷懒啦，只好调集有限人力小打小闹，三主任，不会冲撞你们的大布局吧？"

"哎哟，嫂子这话说的，谢都来不及呢。不过书记希望橱窗内容尽量不要突出他个人，还是应该多宣传宣传集体……"

"哟，三主任，你这是假传圣旨吧，谁都知道突出书记个人那是非常应该，我们村哪件大事不是书记带头领跑？三主任，别书记客气客气，你就认真上了。你回去跟书记说，说这是我们村集体对书记一年来辛苦工作的肯定和感谢。"

小三被正明妻子真真假假地指出假传圣旨当然心虚，就冲着士根笑道："士根叔，我另外拿些照片来吧……我们村去年变化很大，很多照片是专业人士拍摄的，跟我们寻常见的不一样。"

士根却是深深地看了小三好一会儿，才道："我们肯定是坚决配合公司决定的。"他让正明妻子把橱窗钥匙拿出来交给小三，"呵呵，小三，我们几个继续偷懒啦。"

小三千恩万谢出来，心里很感激士根的好。他回头赶紧把橱窗里的照片扒拉下来，换上新的，再看焕然一新的橱窗，他拍拍脏手心里很满意。

小三走后，士根过来。穿上冬衣的士根显得壮实许多。他看看内容完全变换的照片，微微摇头，一声不吭地离开。他早看出刚才小三是假传圣旨，雷东宝这个人他熟悉，估计那橱窗挂上一年，雷东宝都不会看上一眼，然而小三毕竟年轻，做事考虑到一二，考虑不到三四，已经挂上的照片被这么一换，那就更欲盖弥彰，谁的心里不是明镜儿似的。正明妻子也过来，跟士根招呼了一下，想说什么，但士根装聋作哑地走开，也不去办公室，直接回了家里。

小三收拾完橱窗，本想跟雷东宝打个招呼，但一想这事儿牵涉雷东宝宠信的正明，他要是万一说的哪句话不中听，被雷东宝骂了，那不是吃力不讨好吗？但想到刚才在村办被正明妻子的一顿夹枪夹棒，他心中又是不快，橱窗照片的事是一定要作为一个动向反映到书记耳朵里的，可怎么说才好？

小三想到韦春红，老板娘一流的精明，书记还不一定挂心上的事情，老板娘定会领会其中三昧。

韦春红离家之初狠狠关了手机，但一边关着一边挂牵，第二天晚上都挂牵得恨不得偷偷溜去看有没人在屋里。第三天乖乖把手机开了，雷东宝倒是打来电话要她立刻回去，韦春红提出条件，要雷东宝发誓酒后不得喧哗和不再问她要钱填小雷家亏空，她才回家。雷东宝心说多大的事儿，想答应，却开不了口，大老爷们怎能被老娘们要挟，绝不。他就不信韦春红能在外面待多久，再说春节很快就到，他最清楚韦春红过春节的时候那是非在小雷家的家里出现一下，明示她的正房身份不可的。他不急，韦春红爱来不来，他就回老娘家去住了，反正哪儿都有饭吃有床睡。

　　韦春红当然不会自己送上门去，这回说什么都憋着劲不回，但憋了几天后还是忍不住将宝宝塞给找回的保姆，找个白天偷偷回去家里，想帮雷东宝收拾一下，但进去屋里，却见屋里几乎没动弹，而桌面上都积起薄薄一层灰。韦春红一颗脑袋空白了好久，他会不会在外面乱来？她借着给婆婆请安打个电话，好在婆婆说儿子这几天每天回家，她才放下心来，可心里又憋屈上了，为了不发问她要钱的誓言，雷东宝竟可以就此抛下她不理，后来连个电话都没有。

　　韦春红生气，更是给自己打气，发誓这回一定要争气，雷东宝不答应她的条件，她绝不回头。

　　但韦春红没想到，小三却找上她，告诉她小雷家现在的困境，村民们背后对书记的不好议论和某些人趁机做的手脚，包括正明妻子做的橱窗照片。

　　韦春红听了立刻觉察出问题的严重性，她几乎是在小三结束通话的那一刻，就想立刻给雷东宝打电话。但是她儿子这时候放学回家，看到妈妈皱眉看着手机，都没留意到他回来，心中起疑，上前抢了妈妈手里的电话，道："妈，你想给雷叔打电话？"

　　韦春红猝不及防道："对，手机还给妈。饿不饿？妈先煎个蛋给你吃。"

　　小宝看看宝宝和保姆，懂事地将妈妈拉到阳台，关上门，才道："妈，你看我们没雷叔过得更好。雷叔不是个好丈夫，我同学爸爸都没那么对待同学妈妈的，我同学爸爸有的会炒菜，有的会整理家务，还有的会陪一家人玩，只有雷叔从来不管家里的事，而且现在还对我们没好脸色，我常听你们吵架。妈妈，我们都已经逃走了，你别再理他。"

韦春红没想到儿子会说出这些话来："可他是宝宝的爸。"

"宝宝是他儿子，不是你的，他想要你退还给他。妈，你是不是缺钱用，等他拿钱来养家？我长大了，我可以去工作，我来养家。"

"妈有钱，你快别这么想。雷叔最近公司有些问题，他心急。他那么大老总又不好在别处胡闹，只好回家跟妈说。妈当时生气，回头就没事了。妈只是气他喝酒伤身体，要他答应戒酒，否则妈不回去……"

"妈，你别以为我是小孩，你们是不是吵架我看得出来，你都是为了我和宝宝忍着他。我原以为你终于逃出来，我们终于可以过没人欺负的日子，可是你还没被他欺负够啊？妈，我都不忍心看你总委曲求全，你要再回去，我不跟你，不，我跟着你，他再欺负你，我决心跟他对打。"

韦春红惊讶地看着儿子，没想到儿子会那么激动，眼睛里满是倔强，还竟然闪着泪光。她一时愣在当地，说不出话来。好久，才道："妈……妈跟他是夫妻啊。"

"我是你儿子，我更亲。"

韦春红看到儿子紧紧握着手机的两只手因用力过甚，手指关节发白。对于自己亲生的儿子，韦春红无法不愧疚。当年丈夫早亡，她为生活出来开店，怕儿子在三教九流的饭店学坏，不得不寄养在爷爷奶奶家，她亏欠儿子。而今终于生活安定，她最想给儿子一个父母双全的家，可没想到这个家这个继父在儿子眼里却是如此不堪。儿子对雷东宝的抵触，往韦春红本已动摇的天平上加了一块砝码。她叹声气，道："小宝，你当然是妈妈最亲的人。手机你拿着吧，省得妈忍不住。"

她伸手拭去儿子忽然奔涌而出的泪水，自己的眼眶也湿湿的，该怎么办才好，她都有些拿不准主意了。她想，拖拖吧，拖拖吧，东宝不是寻常人，他能挺过去，她帮他管住宝宝这根独苗便是。

小宝怕抢似的将手机插进自己的裤兜，怕妈妈一时心软又是引狼入室。韦春红拉儿子走进屋里，准备晚饭的时候，心里一直七上八下，一边为儿子终于长大懂事，懂得维护妈妈而非常欢喜，一边又为小三电话打来告知的雷东宝的险情而担心，但又忽然想到，小三打来这个电话会不会是他们雷家人串通好挖的一个陷阱，看着她和雷东宝不和，他们找个理由软化她，让她主动放弃条件，总之最后又是她主动缴械投降，乖乖地回去？

韦春红等保姆走后，与儿子和宝宝吃晚饭。考虑到儿子如今的成熟，她将小三的电话向儿子转达了一下，算是试探也算是征询儿子的态度，看看儿子会怎么处理。小宝果然迷茫了会儿，道："他那么凶，别人真敢对他使坏吗？"

"就是因为他那么凶，大家都受不了他，连我们都逃开不回家了，你说别人会怎么想。"

儿子道："他那是自作自受，他犯错应该受到惩罚。"

"可他怎么说都是我们自家人，我们不理归不理，可不能看着别人欺负他。我们不知道便罢，既然知道，我们却没帮，别人还以为我们无能呢，看扁我们。"

小宝思虑再三："妈，我来打这个电话。我不让你打，万一你心一软，我们又前功尽弃。"

韦春红无奈，看小宝拿出手机，熟练地拨出雷东宝的号。那边雷东宝正在请人吃饭，看到是韦春红的号码，本能地想摁掉，他吃饭工作时候她来骚扰什么，但忽然想到现在两人的处境，只得接起道："什么事？"

小宝道："是我。今天妈妈接到三主任电话，说是正明叔的太太故意把你大吃大喝的照片放橱窗里，三主任要求她换掉，她还不肯的样子，但最后还是被三主任给换了，妈提醒你留意正明叔这个人，说那是个小人，没了。"

雷东宝听着又好气又好笑，母子俩玩啥啊，真够做作："叫你妈废话少说，早点回家。"

"我们不回。我们家都是妈妈在辛苦，吃的用的都是妈妈花钱，连煤气瓶都是我和保姆拎上楼，你一点用都没有，却还要回家欺负妈妈，我今天跟妈妈说，我们不要你。这个电话是妈妈不愿看到别人欺负你才让我打的，因为妈妈说你被人欺负是丢她的脸，妈妈丢不起这脸，我们可不是低三下四来讨好你，再见。"

韦春红猜测着雷东宝在电话另一端的态度，哭笑不得，可又觉得解气，没想到儿子平时不声不响，原来全看着呢。她不清楚儿子还知道多少，心说以后再做什么，看来得参考儿子的建议了，儿子大了。

看儿子说完就警惕地把手机又掖进裤兜里，韦春红不再反对，反正，该跟雷东宝提醒的已经提醒了。

雷东宝被小宝的一个电话打得晕头转向，好一阵子回不过气来。这年头，谁敢这么跟他说话，谁敢说他没用，可偏他又无法反驳，首先他再有脾气也不能跟小孩子一般见识，其次小宝说的都是实情，即使他这么做事出有因，可是……雷东宝忽然发觉他所谓的事出有因的那个因，并不见得很站得住脚。

等饭局结束，他这回没去老娘家里住，而是让司机把他载到市区的家里，这个家里当然是黑灯瞎火。他进去打开灯一看，前几天离开时候没叠的被子叠好了，桌椅摆放整齐了，脱下的衣服被洗好挂在阳台，所有的似乎都是井井有条，可唯独没丝毫人气。

雷东宝躺床上回想小宝数落他的那些话，他现在无法不正视。他作为一个大男人，不往家里拿家用，也不给家里扛煤气瓶，似乎该属于一家之主做的事他都没做到。或许他可以说他忙他没时间，他要忙大事，搬煤气这种小事可以花钱叫别人搬。可是，他也没拿钱回家，不仅没拿回家，他还想往外拿。小宝说不要他，是，要他何用，人说吃人家的嘴软，他在家可横着呢。小宝的话简直比掴他耳光还狠，狠得他都没脸见韦春红。

可是，他是不是该向韦春红承认他没好好顾家？唉，韦春红应该理解他最近工作上遇到的困难，她这回的做法怎么这么欠考虑呢，也不想想他最近心情很不好。换作往常，他或许可以粗声粗气地道个歉，叫韦春红立刻回家，可现在他颇有底气不足之嫌，他担心他的道歉出去，会不会让韦春红给鄙视了，尤其是让那个小小的继子鄙视，大小两个一起说他软骨头。

雷东宝终于不肯道歉。他想，等雷霆的日子恢复后再说，否则他依然不会有钱拿回家补贴家用，而且还得在家白吃白喝。在被小宝指出后，他还真没脸再理直气壮地做得出来。

但雷东宝很沮丧，沮丧得都忘记韦春红儿子打他电话提的醒。

雷东宝难得睡不着觉了，雷霆目前的情况让他第一次忧心得茫无头绪。以为十拿九稳的韦春红都会离他而去，那么那些村民呢？还有宋运辉等亲朋好友呢？

雷东宝忧心了一晚上，无法不想到他当年入狱的时候，那时候还有谁认为他会东山再起？可当时起码有几个人对他不离不弃，其中就有宋运辉和韦春红。其实村民也没离弃他，虽然不是很坚定，村民大多是有良心的，是知道这十几年来谁带给他们好日子的，他在狱中最大的安心和依靠就是整个小雷家村民的民心，因此当年宋运辉说他回不来，他才不信，他相信整个小雷家拥护他。这不，他不是回来了吗？说明他说得没错，小雷家就是他，他就是小雷家。

想到这儿，雷东宝心头一亮，整个人终于舒爽起来，对啊，相比过去他坐牢，现在这才多大的事儿，有什么可担心的？还有韦春红那边也是，他以前坐牢，他以前还出轨抱来一个儿子呢，韦春红离开他了吗？没有。他何必把继子的小孩子话太当真，这绝不是韦春红的态度，韦春红是他的人，这辈子离不开他。

还有宋运辉，不急，等他重拾河山，再找兄弟一起喝酒吃菜，宋运辉不会走远。

这么一想，雷东宝心头敞亮，其他的问题都不是问题，关键只一条，那就是他得千方百计把雷霆搞活了，只要雷霆恢复正常生产，其他所有问题都迎刃而解。

于是，酒意立马卷土重来，雷东宝躺倒就睡。第二天起床已晚，他打电话给韦春红，没想到还是继子接的手机。他告诉小宝，让母子三个今天搬回家住，他最近心情不好，不会再回家骚扰他们，让他们安心生活。

韦春红的手机被儿子没收着，等儿子中午放学回来告诉她这事儿，她心中叹息，雷东宝说到底是不了解她，她要的是雷东宝的这个保证吗？但她还是带着儿子和宝宝当天搬了回去。她却是非常了解雷东宝，即使雷东宝的话只是对小宝这么个孩子说，相信雷东宝说不回就不回，没有含糊。

雷东宝果然是信守诺言。但雷东宝的借款大业也并无建树，临近春节，只见请客送礼哗哗地数票子出去，却不见贷款滚滚而来。而且春节前讨账的效果也是可想而知，小雷家出去的业务员千辛万苦，要来的钱还不够每天购买原料，春节前的生产规模一天小过一天，车间经常停工待料，搞得整个小雷家上下全无过节的喜气。

然而，红伟手下的那些业务员终究得回家过年，等待春节后再行出发。但是等那些辛苦的业务员打道回府，却发现家里没有年货进门，更无年终奖到手。所有人都看着雷东宝，希望雷东宝在最后一天大开金口，开仓放粮。

红伟也只能回家过年，他带来一些讨要来的承兑汇票，但这些汇票才到账，就被背书一下，又转出去交给原料厂商。人家上游原料商已经了解他们雷霆的困局，再说雷霆名声在外，生意青黄不接时候惯会赖账，因此现在如果钱不到账，上游厂家概不肯发货，非得一手交钱一手交货。

红伟回到小雷家，几乎还没坐稳，就有来人向他痛诉小雷家今天的困顿。连忠富都打电话给他，问他小雷家究竟是怎么回事。红伟应接不暇，连喝口水的工夫都没有，却又被小三请去雷东宝那儿。来到雷东宝办公室，毫无意外地，撞进一室的烟雾，他自作主张地将门关上，将窗户打开，眼看着一缕青烟袅袅穿窗而出，飞向户外。

雷东宝并没阻止，他转着大班椅看红伟来往穿梭，道："红伟，是不是其他企业情况也不好，今年收钱咋都很难啊，没一个人回来不叫难的。"

红伟道："每年年底都一样，今年大家都被我催着，一个个都是跑到对方公司关门放假才回，要来的钱已经比往年多，不过年前要的钱多，年后的就得比去年少了。"

雷东宝无语，低头看着脚面，他的皮鞋已经不知几天没擦，可以在鞋面写大字，他好一会儿才道："我年前没要到贷款。"

红伟道："年后的贷款有没有希望？"红伟同时管着一半采购，最忧心的是钱。

"这回县里派专人跟我一起去省工行联络贷款，估计贷出来的话也得年后了。现在没几个现钱，用钱的地方倒是不少，每天追账的……你看到没有，财务室都是人，还从哪儿搞些钱来呢？我打算高息问个人借，拖过几个月，等新车间上马，应该可以好转。"

"书记，听说年货一点没发？我看，即使账上只有五万块钱，也还是发点吧，图个热闹。刚才忠富跟我说，实在没钱，先从他那儿拉几头猪，回头年后把钱补上也行，再不行，我们几个凑点钱。"

"忠富难得，以前问他拿几头猪，他都要我们先把钱打过去。算了，不发，这么大个村，五万能发多少东西。前几天才好不容易把几个结婚的钱给了，村里账上还是留点钱，免得谁生病谁什么的拿不出钱报销。你们的钱嘛……你能拿出多少？五万撞顶了，多了不用说你，你老婆都得找我拼命，五万能做什么？"

红伟松口气，他到底也是不想从自己口袋掏钱的，他有些试探地问："过年了，跟宋总那儿打过电话拜过年没有？"

"打过，他大忙人，电话手机没一次是他自己接，他秘书接的都让我撂了，懒得说。"

"他们都那样的，我们留个话就是，宋总会打过来。"红伟心说，看起来他去杨巡那儿白说一趟，宋运辉没伸手帮忙，他于是更不便跟雷东宝说起他去找杨巡的事。

"小辉已经直接找了市里他那几个朋友，可没大用，原来市里跟他合作的项目现在已经结束，人家也不买他账了。放心，我们等省工行那笔贷款，县里出面帮忙，不会没结果。"

红伟将信将疑，感叹道："不知道今年开春出口会不会恢复，只要出口一恢复，信用证一开进来，我们日子立刻好过。"但红伟心中却是犯疑，那么看来宋运辉是接到杨巡传达的，可是听雷东宝的意思又似乎哪儿不对。他估计宋运辉那边是抹不过多年情面，帮忙还是帮，但已经没过去的全心全意。也是，又不是血亲，谁受得了雷东宝这样的对待啊？红伟现在都怀疑，反而如果是他直接上门请求宋运辉帮忙的话，所得的帮助还比雷东宝所得来得多。

雷东宝道："我看很快会恢复。你看这么多年来，我们雷霆哪年不是大灾小难不断的，哪次不是熬一熬就过去了？最难的时候我们都过了，现在没啥，人都在，设备都灵，就少点钱嘛，放心，钱也会来，市县两级都说不会看着我们不管。镇里比我们急，他们也占着股份，现在每次跑市县，他们都跟着。"

红伟一想也是，多少次了，小雷家绝境逢生，大风大浪里走来，这回还真算不得什么，这回上面领导还支持着，下面雷东宝还带着头儿，小雷家的人也一个不缺，能坏到哪里去？即便是出口有麻烦，可又不是只他们小雷家一家出问题，国家能看着那么多公司出口出问题而不管？如雷东宝所言，再熬俩月，应该出头了吧。回头狠抓外销。

临近大年初一，杨巡打电话过来拜年，红伟反而让杨巡放心，过年后百废待兴，小雷家照旧春暖花开。杨巡好奇他们春节后的市场定位，红伟却是文不对题地说，春节后还是老样子，主抓外销，但绝不放弃内销。

杨巡没话说了，都那样了，还不放弃原来思路，难道就不能总结困难的原因吗？总不会把原因都归结为国外金融危机，而不反省自身为什么对抗风险能力如此薄弱吧？他打完电话不住摇头，总觉得雷霆那帮人思想落后了，竟然发展得没头苍蝇一样没有准确定位。

任遐迩那儿也刚接了杨逦的电话，顺口汇报一声："老四买好票了，明天回。"

杨巡也是顺口道："她刚来没事做，要不住过来照顾你？"

任遐迩顿时头痛："你信不信，你敢让你家老四关照我的月子，我一准给你生个很不保险的女儿。"

杨巡嬉笑，此刻任遐迩肚子里孩子性别已经儿大不由娘，两个播种的人所能做的事唯有等待揭盅："其实女儿也好啦，女儿是爸爸小背心……"

"什么叫也好？什么叫也好？女儿哪点不好？生男生女从源头追溯，都是你干的好事。"

杨巡一说到孩子性别，心里总是想到杨逦先前的流产。若是父母在世，看老四又是受骗又是流产，心中之痛切，只有比他这个做哥哥的更添百倍，他不知道如果他的孩子是个女儿，他该如何保护他的女儿不受伤害，他倒说不上是重男轻女，他纯粹是怕有一个难伺候不保险的女儿。

"女儿很好，只要是自己的都好。如果是女儿，我第二天就去牵两条大狼狗来守着。"

任遐迩看杨巡难得一脸紧张，知道他是当真的，不由好笑："怕什么？有你这么个阅人无数的爹，你女儿还怕吃亏？男人接近三尺，坏心思还没发动，大狼狗还没嗅到，你一准灵敏上了。"

杨巡确实阅人无数，可坏也坏在他阅人无数，他作为一个过来人深知拿下一个女孩子是多么轻而易举，即便没出杨逦那档子事儿，他都担心。女孩子要出事，老天都拉不回，他心里求爷爷告奶奶地希望妻子生下的不是女儿。其实任遐迩心里也希望生个儿子，她作为女孩，又是个心气高能力也强的女孩，在工作中受制于性别天花板太多，深知做女孩的不易，她希望自己的孩子能活得容易一些，那就首先不要输在性别这条起跑线上，她逼着杨巡承认女儿更好，其实那是给自己壮胆。

夫妻俩都是忐忑不安的，决定不再讨论儿女的事，两人继续给红伟电话前讨论的项目选定事宜。申宝田介绍过一个房地产老总给杨巡，说是可以合作。杨巡当然知道经申宝田删滤过的项目不会肥到那儿去，要不申宝田准得豁出性命拿下。不过后来听那房地产老总说，申宝田本来确实有意，可申宝田的大本营目前受出口减少之困，手头资金紧张，腾不出手做别的投资。杨巡这才热衷起来，将项目拿来与任遐迩一起商讨。

最近市道不景气，从萧然提出希望转让手中股权始，已经不断有这老总那老总直接或托关系联系上杨巡，询问可否合作。杨巡从这一次次的接触中嗅到强烈的荤腥之气。但是他没立即下手捡取送上门来的便宜，他得等待入市时机，确定他现在出手，算是抄底还是可能被一同拖向深渊。他不敢想当然地认定是东南亚一带发生的事儿导致所有的那些送上门的合作，事关金钱，他需要确切答案。广泛地从朋友中寻找答案，然后回来与任遐迩、杨速一起多方论证。

从讨论中他当然也看出老二见识不如任遐迩，不仅底子不如，脑袋也没任遐迩转得快。但他还是每次都叫上老二，能提携老二多少就多少，他相信老二多听多讲多参与，总能比别人跑前一步。

杨逦终于获批可以离开上海，但她没好意思跟两个哥哥住，一个人住到由任遐迩设计杨巡布置的两兄弟过去住的那套房子里。杨巡没让杨逦躲避，叫上杨逦也跟进参与研讨论证。杨逦至此才知，大哥什么叫她参与提供经验策划项目的说法都是大哥客气，她临时跟进，几乎听不懂大家的讨论，觉得从大哥大嫂嘴里吐出来的字眼也是那么高来高去，非她平时所能接触。跟着任遐迩计算每个项目的得失，她也不懂从何下手，更不知任遐迩采用不采用某个数据的原因是什么。她本来就已经没了骄傲，这下更发现自己其实什么都不是。她更蔫了，从此不敢小看大哥。

杨巡和任遐迩都觉得杨逦的骄狂已经被磨削得差不多，该是拉她一把的时候了。这才由任遐迩出手，选出合适的书籍交给杨逦翻阅。任遐迩的教导自然是不同于两兄弟，有的是杨逦自来欣赏的理论高度，因此杨逦虽然情绪低落，却从春节长假始，便一直翻看任遐迩给的书。

杨速当然也看出小妹精神空前绝后地不对劲，问大哥，大哥说是工作中受了严重打击。杨速心里认为绝不是那么简单，可是他问不出来，只好作罢，但他见不得小妹一直郁郁寡欢，提出初三后带杨逦去海南晒太阳，却被两个人拒绝。杨巡说老四有必要春节后立刻投入工作，帮两个哥哥的忙，杨逦则说没有兴趣，杨速越发摸不到头脑。

倒是韦春红眼看春节临近，既不见雷东宝登门道歉或改过自新，又不见儿子软化态度，她骑虎难下，难以决定这个春节将怎么过，总不能涎着脸自己送上小雷家，假模假样地上几天，再缩回阵地继续冷战吧。

她考虑再三，等到儿子考完试放假，她便非常高调地煽动得雷母跟她一起，老老小小一行四人风风光光乘飞机去海南度假去了，只留下雷东宝一个人在小雷家过冷冷清清的年。

韦春红光顾着掩饰自己与雷东宝的关系，解决今年没法上雷东宝家门的大问题，却没想到她的高调触及没有分到一丝年货的小雷家村民的痛处。以韦春红的伶俐，她是怎么都不会想到小雷家今年竟然会不分丝毫年货，又不是一分钱都没有，这么不近人情的做法她是做梦都不会想到。雷母做人更是浑浑噩噩，儿媳煽动她去海南玩，她就高兴地收拾行李，高兴地遍告左邻右舍，说她去海南是飞机来飞机去，最关键的是钱全部由儿子出。

于是所有的村民看着吃得肥头大耳的雷东宝，愤怒的心燃烧了。春节又正是走亲访友的好时节，大伙儿聚一起悄悄议论，说敢情大伙儿没分到的年货，全都肥了雷东宝一家。雷东宝在众人心目中的崇高地位，随着众人的窃窃议论，一分一毫地下降再下降。但是雷东宝不知道，他只看到春节时节他家依然高朋满座。

等红伟等人也听说此事，转告雷东宝，雷东宝只觉得好笑，声明韦春红开了那么多年饭店，钱比他还多，但是没人相信雷东宝的解释，大家宁愿一厢情愿地相信自己的判断。众人拾柴火焰高，既然大家都这么说，三人成虎，大家心里更加确认雷东宝的猫腻，大家反而更愤怒雷东宝还想欺瞒于他们。

有人说，捞就捞了，当权的谁不捞，可赖什么？

有人说一个人捞那么多，也不说剩点骨头渣子给同宗同姓的村人。

还有人说……

即便是雷东宝，都开始觉得这个春节变得有些诡异起来。

02

梁思申圣诞节的时候与外公一起去日本商谈，但无果而回。她和外公都不死心，元旦回来继续保持接洽，眼见得日本经济形势越来越图穷匕见，那家日方企业的立场越来越动摇。外公玩得兴高采烈，一步步地设局做出欲迎还拒的样子，挑逗日本那家公司的神经。梁思申本来一本正经地做着，却看外公玩得有趣，就罢手看着外公玩，配合外公挑逗。没想到外公跟她吵架总能黑虎掏心，玩正儿八经的收购也一样能牵着对方的神经摆布，搞得对方欲罢不能，一步一步地进入外公设下的圈套。共同经历了，一起深入了，梁思申才能叹为观止，这才明白外公虽然并不一定会她那一套中规中矩的办事手段，外公却有几十年练就的老到眼光和过人阅历。

于是她把搜集到的其他企业信息也说给外公听，让外公的业余生活变得丰富多彩，令外公的眼神又迸发蓬勃朝气，因此外公时常得意地摸摸自己因年老而头发稀疏的脑门，故作深沉地问可可，外公是不是越来越像秃鹫？可可哪里知道外公的意思，看到外公给的秃鹫图片，对比研究之下，从妈妈衣橱里拿出一条毛围巾在外公肩膀那儿围上一圈，这才严肃承认外公像秃鹫了。

外公揽镜自照，本来还是笑嘻嘻的脸一下凝住，看着和秃鹫一样满是皱褶的脖子和脸，很是不自在起来，竟然郁闷了一整天。他想赖掉，偏偏可可已认准他是秃鹫，追着叫秃鹫阿太。梁思申不知，还以为外公自我标榜强悍的收购作风，心里还觉得外公挺自恋，就没阻止可可，弄得外公更是灰头土脸。

梁思申本想带上外公、小王和可可一起去宋运辉那儿包个宾馆套房过春节，顺便让外公看看宋运辉的公司，没想到总部发函让她回去一趟，有事相商。既然梁思申不去，外公自然是不肯屈尊去宋家的，那似乎显得他老无所依太彷徨。他也不让宋运辉带走宝贝可可，害得宋运辉只好两头跑。

梁思申被通知回总部与人力资源相关人员谈话，说是谈她的职业安排。梁思申想到的是吉恩的秃鹫盛宴邀请，一路好笑地想到，难道吉恩三番两次劝诱不成，干脆直接从大本营着手挖墙脚了？她当然不能答应，她现在安家中国上海，虽然最近诸多不快，可她已经变得逐家而居……可是，梁思申自己也不知道，为什么她乘上飞往美国的班机，想到彼岸熟悉的环境风情，心情却是那么愉悦甚至畅快呢？

　　她似乎是冲出什么令她呼吸艰难的羁绊，她好像迫不及待地想登陆那另一片陆地。

　　但令梁思申惊讶的是，吉恩并不知道她来的消息。这下梁思申有些糊涂了，与吉恩无关，那么有关她的工作安排究竟是怎么回事？

　　答案并不需要太久等待，梁思申如约上去谈话，但是她没等一小时约谈结束，已经变脸出来，可梁思申的心里在笑，抑制不住地笑。她没想到，人事叫她来所谓详谈她的职业安排，竟是希望她回来美国，接受短期培训，原因……哼，梁思申心里还是笑，不用笑别人，这回只笑她自己，笑自己的幼稚。

　　她没有逗留，她哪儿都不想去，熟悉的华尔街已经在她眼里变得可笑，她顶着寒风匆匆回到酒店，在温暖的浴缸浸泡良久，绷紧的肩膀才松弛下来，她茫然地望着天花板，心里却是再也笑不出，只余浓浓的沮丧。原以为自己英明神武，臂可跑马，却原来只是该死的无知的眼高于顶。水冷了，她才出来，拔掉电话捂头睡觉。只觉得横贯全身，令她几年来精力充沛地享受工作、享受生活、工作生活两不误的一口真气全泄了，此刻除了睡觉不想做任何事。

　　醒来时候梁思申脑袋空空荡荡，伸手开电灯，才发觉这里不是她的家，她又是发了好一会儿呆，才打电话到锦云里。她拨下上海区号的时候，才想到拨的是外公的电话，她脑袋里犹豫了一下，手上却顺势拨下去，没有停止。她想到，她似乎应该先跟丈夫说，而不是跟讨厌的外公说，但外公已经接起电话。

　　"什么事啦？小辉明天才来，你算算时差，别搞错。"

听着外公一如既往的强悍和不耐烦，梁思申反而感觉亲切，似是怕被电话那端外公看见似的，偷偷伸手轻轻揉开凝固了不知多久的颜面，尽量平静地道："外公，我决定全职与你合作做秃鹫。"

"少来，给人开除了还想我记你情，珠算没学，算盘倒是天生能打，怎么回事？"

梁思申这回没顶回去，老老实实地道："没被开除，我好像还有点用，他们想把我调离中国，还想让我深造，给我升级，可是我忽然不想做了，其实都是一回事，是我原来无知。"

"到底怎么回事？说痛快点。"

"没，没事了。今天进去就问爸爸的事，我说不知道不知道不知道，我全不知道。然后他们说我什么能力很好，过往的工作考核也很好，总部需要我这样的人……我全知道了，他们的潜台词是我不再适合待在中国……"

"你们上海办事处不也早先因为这种事请走一个子弟？这种事情是迟早的，你难道不知道？"

"我原以为上海办是入乡随俗。"

"天下乌鸦一般黑，因为什么派你到中国，当然有同样原因让你回去。很简单，你以为你能力超群？比你强的人多的是，比如我和小辉。不过你还行啦，老美没把你就地正法，还把你调到美国高升，算是没辱没我王家血统，怎么，哪儿不对？把你就地正法才对？"

"不是，我没想到全不是这么回事，我没想到事实跟我想的全不一样，我还以为这边都很职业，很讲规则，我没想……"

"那是你傻。"外公都不要听梁思申的申诉，"我走遍全世界，哪儿都一样，什么事只要跟钱搭一起，都没个干净的。你们那行当算计的都是大钱，即使规则也是黑的，你还什么讲规则，你是给洗脑了才不觉得黑。你跟我说秃鹫，秃鹫是干什么的？你做秃鹫玩得高兴，你想过被秃鹫吃的人是什么想法？股票又是什么？衍生品又是什么？都是内行人空对空玩外行人的游戏。只有你才以为是数字是科学，笨蛋！难怪你一会儿控诉你爸一会儿又控诉小辉，敢情你学校出来还没长大过啊，会不会太弱智，难道以前是我高看你了？"

梁思申被外公骂得无法应答，无奈地道："原来我比我能想象到的更傻。"

"幸好只有我发现，要是你那些老美同事也知道，你一早给就地正法了。"

"我再好好想想。"

"想什么啊，有什么好想的？一清二楚的事，你又不是可可，这么简单的判断都没有？早点辞职回来最好，我调教你。你别告诉我你厌恶这个黑暗世界，从此关门做家庭妇女，有闲了去证券公司玩数字，你别告诉我，我警告你。做人现实点，都是让迪士尼教傻的。"

梁思申放下电话哭笑不得，她又不是不知道外公是什么德行，却还第一个打电话给外公，难道她正是讨骂去？可是她心里却明白，外公把答案打包给她了。不，其实她已经知道答案，外公只是点穿而已。现实地说，确实哪儿都是一样，她再不用把这边当作天堂当作最后的精神家园，除非她是精神病。那么她对此还有什么可留恋的？

只是她的心里很失落，理想呢？幻灭了？那么容易？还是她早等着这一天？

她办完辞职手续，毫无悬念地直飞迈阿密。爸爸妈妈在等着她，等了一年，幸好还赶在春节，但愿爸妈不会拒她于门外。

飞机向南，阳光越来越明媚。但世界的色彩看在梁思申的眼里，已经褪尽瑰丽。想到正要去见的爸妈，她硬下心肠坚持了那么多天不去探望的爸妈，可她到今天才知道这个坚持非常可笑，到今天才知道以前这二十多年的认识都是被她人为地涂上理想主义色彩的假象。二十多年，人家杨巡等人估计早在童年时期就适应了的世界，她今天才看清。其实爸爸不是……的，妈妈不是……的，宋运辉不是……的，所做的工作不是……的，所接触的规则不是……的，遍数下来，似乎只剩下小小的可可是真的。对，还有硕果仅存的外公，外公率性得彻底，倒是有属于外公自己的真实的世界观。梁思申不由得深深怀疑，她第一时间给外公打电话，是不是潜意识中早认定外公的真实。

时至今日才能体会外公的可爱，理解外婆一辈子对外公的纵容。

而原本高大的爸爸，原本睿智的丈夫，还有那些原本伟岸的亲戚们，反而都不是那么回事。她自己也不是，她只是个外公说的理想主义傻瓜。这些人是怎样，包括她是怎样一个人，其实外公早就跟她提起过，而且一直挂在嘴边，果然她愚钝，她以前反而还认定是外公嘴坏。其实外公嘴上虽不歌颂礼义廉耻，做人倒是说一不二，最不虚伪。

她想到事后给宋运辉打的电话，丈夫很理解她的选择，也支持她的选择。但是宋运辉的意见与外公的不同，他说她逃避，没有挑战现实的勇气。梁思申心说挑战也要看挑战什么，她现在厌恶那种满嘴标榜高尚的企业文化，实则百无禁忌的虚伪，话说窃钩者诛，窃国者侯，后者偏要摆出道貌岸然的职业精英状，她以前不知道便罢，现在知道了，既然活在这个世上避无可避，她宁可学外公直来直去。

梁思申一路胡思乱想，看看这个西装笔挺的可能是衣冠禽兽，看看那个笑容可掬的可能是道貌岸然，一下子忽然看出去似乎都没了好人。即便是下了飞机坐上租来的车子，也依然不知道该如何去面对父母。一生做人的行为准则忽然成了虚妄，那么她现在该如何言如何行？再加今天去看爸妈，本来就是一件高难度的事情。

她将车子开到爸妈住的地方，一眼便认出已经在照片上多次见过的建筑，她没敢下来，就坐在贴膜的车窗后面深呼吸。她不知道该怎么开口，该解释还是道歉？还有，爸妈会怎样地怪罪？她甚至有了临阵退缩的打算。

而此时爸爸走了出来。爸爸显然是诧异自家院子外怎么停了一辆车子，不免多看了几眼，看得梁思申心里"咚咚"打鼓，更想逃避。但是爸爸没过来，爸爸精神很好，他出来是来剪花，但才一刀下去，屋里的妈妈也冲了出来，梁思申从微降的车窗后听出，妈妈在"教育"爸爸插花用的花应该剪长柄，别总不舍得下刀子，爸爸唯唯诺诺。梁思申看着，眼泪抑制不住地流淌。

眼看爸妈剪好花转身进屋，梁思申脑袋发热，便冲出车去。爸爸妈妈这时也看到了，妈妈比爸爸反应快，冲在前头，三步两步，便与女儿撞在一起，抱在一起，哭成一团。

其实见面很简单，什么话都不用说，爸爸还是爸爸，妈妈依然是妈妈，女儿就是女儿。

最简单的关系，梁思申发现她给搞得复杂化了。

她陪爸妈住了几天，帮他们买了台电脑，连上网络，教会他们发送电邮，浏览网页，又跟着爸妈与几个华裔见面吃饭，还陪爸妈去医院做了一次全面体检。上飞机去日本前，又被妈妈用美食喂得无法弯腰，但是她一直没跟爸妈说她工作变动的事，自然更不会与爸妈说梁凡出事大家乱成一团，此时的爸妈在她眼里已成了需要她照料的老先生老太太，那些伤筋动骨的事情，她担着。

03

宋运辉没料到梁思申速战速决去了父母那儿，他跟外公一起接到电话后，听外公自言自语，他没听清楚，他忽然也有了去看一个人的冲动，他看看手表上的日历，对外公道："外公，我想去看看东宝大哥，你有没有兴趣一起去？"

外公犹豫一下："我这老保姆得替你们看着儿子。"但又忍不住道，"那边冷，吃不消，呃……有没有好点的宾馆？"外公也好奇那个鲁莽的雷东宝究竟做了些什么事，而且外公闲不住。

"有宾馆，还不错，我让人给外公订个套房？"他说话的时候拨电话打听得今天有航班过去，又让红伟订房。

外公点头，立即让小王着手准备行李。宋运辉则是自己上去收拾行李，他还得收拾可可的东西，偏偏可可跟着上来一定要蜷在行李箱玩密室藏宝，宋运辉将他拎出来，他笑嘻嘻地又爬回去，他嫌箱子逼仄，就把爸爸收拾进来的东西扔出去，弄得宋运辉手忙脚乱。外公看上面两个人总是没个完，心里奇怪，让小王上去瞧，小王看见就笑死了，转达给外公听，外公连连夸奖可可干得好。

宋运辉终于拖拖拉拉下来，可可还兴奋得嘎嘎乱笑，抱着爸爸的头乱搓头发。宋运辉一手拎箱子一手抱可可小心觅着楼梯终于走到平地，才看清楚外公已经换上一件黑色貂皮领子呢大衣，手套围巾帽子戒指一件不少。宋运辉不由看看自己随意套上的羽绒服，赶紧把可可放下，自觉冲上楼去换了一件大衣，也是黑的长大衣，是梁思申给他的配置。外公这才满意地点点头，一行带着可可保姆浩浩荡荡地出去。

两个人心照不宣，尤其是外公，他喜欢出众，喜欢权威，因此不等人家认识他的心灵美，他先装备齐全压倒众人。宋运辉则是知道此去必与雷东宝交谈，他不免想到上回雷东宝见他时那妄图压他一头的念头，因此他也需要装备。

飞机到达便见到红伟吊着脖子等待，但宋运辉没见到雷东宝，心里失望，外公则是不客气地问宋运辉："东宝为什么不来接我？架子那么大？"

宋运辉见红伟为难，就道："我只说我来，没说外公来。"

"才初六，正月初六，他有多大屁事拖住，你来他也不接？摆脸子给我们看？"

宋运辉自己心里也生气，就没回答，只对红伟道："你们稍候，我去看看回程机票。"

红伟忙拖住宋运辉，内疚地道："宋总别生气，机票的事情都交给我，我们先去宾馆，我开着书记的车来。"

外公跟宋运辉道："你去看机票啦，我们休息一晚上，明天去你家。我看你东海公司去。"

宋运辉冲红伟笑笑走开。红伟异常尴尬，又不好说什么，只好一直赔笑。他来前通知雷东宝接机，但雷东宝春节没人给他烧饭，这几天一直吃东家喝西家，他去人家家里，当然都是好酒好菜，起码酒要喝足。他听说宋运辉来，但宋运辉不是直接给他打电话，令他心里很没意思，就屁股黏在椅子上不动，将车钥匙交给红伟让红伟看着办，因此就不高兴地多喝了几杯，躺在家里睡午觉了。

红伟很无奈，他不用转身都能猜出外公一定是黑着一张老脸。宋运辉买好机票，一行上了雷东宝的奔驰车。红伟只好对宋运辉说实话："宋总，书记大概是喝醉了，小三打门叫不醒。最近他本来心情就不大好，还不知什么原因，大过年的韦嫂和书记妈扔下书记去海南玩了，这几天我看书记每顿喝醉。"

外公明辨秋毫："妈妈的，孬种，怕我骂他，装醉做缩头乌龟。"

红伟辩解："书记不是做缩头乌龟的性格。宋总，书记最近难，我看着他酒量也不如从前。今年春节上门的人倒还是挺多，但大多是要债的，像你们这样专程来看书记的今年不多。书记要是没喝醉，不知道该多高兴！"

宋运辉原是想学梁思申，放弃其他杂绊，专心兄弟感情，面对面地与雷东宝商讨面临困难，为此他特意拐来经验老到的外公，没想到他的主动换不来雷东宝的接待，他也怀疑雷东宝佯醉避他。但红伟说得那么恳切，他也不便说什么，就道："我们先住下，外公需要休息，回头还得劳烦红伟哥带我去小雷家转转，很久没来了。"

外公道："不去小雷家，我睡午觉。"

宋运辉冲外公赔笑："小雷家冷，外公就宾馆待着，我去请大哥来。或者……外公有没有兴趣去我老家看看？"

"不去，哪儿都不去，我累啦，别跟我说话。"

红伟也跟着赔笑，但是没敢插嘴，知道这老头脾气暴。宋运辉安抚下外公，才问："红伟哥，春红姐与大哥……没什么吧？"

红伟却不知道那茬："能有啥事，韦嫂还带着婆婆一起去海南，婆媳好着呢。对了，听说书记最近倒是一直住村里，忙得没时间去市里住。"

宋运辉闻言，不由自主地点了点头，看来那两夫妻有问题了，也看来雷东宝现在工作生活全都一团糟。一念及此，他只好又一厢情愿地替雷东宝开解，因为雷东宝工作生活都不如意所以才避他，并非其他原因。

安顿下了外公和可可，他跟红伟去小雷家。但宋运辉心不在焉，他已经准备调整思路，将来此献计献策改为纠正雷东宝的不良心态。红伟则是一路感谢，又不断告诉宋运辉现在小雷家的困难，以及村民对雷东宝的误解。

宋运辉从来就没指望村民能服服帖帖，有议论才是正常。他听了半天，看到面目全非的小雷家出现在眼前，他这才能将看过的报表、梁思申的描述和小雷家的发展联系在一起。他让红伟停车，步行走进村子。红伟后面缓缓跟着，开着车窗大声指点给宋运辉听，这是什么，那又是什么。

宋运辉自己是做工程一步步进阶的，看着这么大规模的安装场面，又想到红伟找杨巡所说的技术人员纷纷离职，他连连摇头，安装工程千头万绪，需要一个极其内行的领导班子，类似小雷家的现状要搞好眼前这一大摊子，他凭经验觉得难。他又回头向红伟确认："你说的那个技术骨干没回来吧？"

红伟道："那个没回来，但等我回来，工程师又走了三个。"

宋运辉点头，心说即使资金不出问题，这么大规模的安装工程也肯定是问题不断，进度必然是跌跌撞撞。没想到小雷家搞了十多年，至今依然保持土法上马的风格不变，这种管理意识，若不是过来亲眼看了，还体会不到。

路上照旧的脏，风吹起来扑面的细灰。宋运辉且行且问，红伟将车子开到空旷处也停住下车，跟着他一起步行。他们不急着去雷东宝家，两人一起先将几家工厂大致绕了一圈，才往回路走。

红伟避开来来往往的村人，轻声问道："宋总，你看呢？怎么救才对？"

宋运辉摇头，"没救"这两个字在舌尖转个圈，又咽回去："需要动大手术。"

红伟却松口气，道："只要还能动手术就行，等下我让其他几个人也一起来听你指点。"

"不敢说指点，红伟哥，我们讨论。可是……我担心的是大哥，他能不能转变观念。"

"书记说你曾叫他削掉一半产能，组织最精锐力量强攻，他说他绝不。"

宋运辉笑："以前我没号脉，乱开药方。红伟哥暂时不要请其他几个，还是让我跟大哥单独谈谈。"

"好，你们慢慢聊，我让我老婆做几个菜。"

宋运辉点点头："大哥会发动群众，却不大会团结群众，幸好还有红伟哥你这样的兄弟朋友不离不弃。呵，门口的树都长这么高了，你们都没钥匙？"

红伟站门口打门再三，又仰头叫好半天，都没听见雷东宝在上面有任何动静。宋运辉仰头站着想，雷东宝究竟是真没听见，还是假没听见？这时候他注意到，雷东宝家的窗户还是过去的那种老式木框窗，风吹雨打，木框上的油漆早已脱落，老旧不堪。而周围其他人家的大多已经改头换面，换成铝合金窗。宋运辉想，雷东宝或者是做人不拘小节，也或者是跟不上时代，但总之是对潮流变化不敏感的。

不断有人听见叫喊声探出头来瞧，又看到红伟身边的宋运辉而好奇，好多人认识他，自认有头有脸的就赶紧过来握一下手。但来人如士根、正明者，都秘密小心关注着宋运辉的神色，揣测他与雷东宝的互动。毕竟宋运辉自雷东宝释放后，再没来过小雷家，今天还是第一次，但细心的来人也从态度较以前和蔼可亲的脸上看出宋运辉更加权威，因此更加留意宋运辉的一举一动。

宋运辉可比雷东宝细心得多，他跟每一个说话握手，都是不加掩饰地观察着握手的人，一圈儿下来，他对红伟道："还没应声？"见红伟摇头，他断然道："砸块玻璃，谁爬进去开门。"

小三连忙找砖头砸碎玻璃，又举起另一个精壮小伙子，扒开插销，翻窗进去，将房门打开。宋运辉当即走进去，拍拍那小伙子的肩让他出来，他跟大家说声不好意思，就关门落锁将自己关在门内。他心里有个不好的推测，他怀疑雷东宝装醉避他，估计让大伙儿活捉现场的话，雷东宝这傻瓜本来现成可用的宋氏虎皮大旗就此失效。他有时还真厌憎雷东宝，可让他今天当着那么多人给雷东宝没脸，他做不出来。那么，就关上门，做成人民内部矛盾。

他走上二楼，就听到楼上鼾声如雷。循声源找去，见雷东宝大冷天手臂露在外面手掌放在脑袋下面正睡得痛快，模样就跟图画中的放牛娃似的。宋运辉看清楚这些，转身下楼，开门对外面还站着的众人道："有什么办法解酒？"看到雷东宝是真醉真睡，宋运辉心里释然，虽然依然清楚雷东宝明知他来却喝醉，无非是借喝醉不与他面对。

正明笑道："书记喝醉了叫不醒，叫醒了也没用。"

宋运辉道："以前不是号称千杯不醉吗？我记得他中午喝醉午睡一会儿就可以上班。"

红伟如实道："书记现在酒量差了点，喝醉了也比过去爱睡。有次喝醉了我们没注意，他自己滑桌底下躺着睡着了。"

"得睡多久？"

红伟看向小三，小三道："现在书记只要喝醉躺下，一般都得第二天早上才起，不管是中午喝醉还是晚上喝醉。"

宋运辉当众拉了好一会儿脸，才道："红伟哥，你安排个人看着大哥，他如果醒的话……我们几个先过去宾馆，士根哥，正明，还有这位三主任吧，我们一车过去，难得见面，我请大家吃饭。大家……跟嫂子请假没问题吧？"

士根讪笑道："我还是不去了吧，我现在半退休，喝酒不会，聊天说不到一块儿。"

宋运辉拖住士根，笑道："士根哥若肯赏光，我开车接送。"

士根不好再说，但脸上显然是皱纹缓和，扬声与站在不远处的儿子打个招呼，跟宋运辉一起走向车子。宋运辉抢了红伟手里的车钥匙，众人客气一番，见实在拗不过宋运辉，也只得鱼贯进入坐下。宋运辉这才道："大哥不管怎么起落，最后跟在他身边的总是你们几个，说起来，除了三主任，我们几个已经认识十多年了。"

小三忙道："宋总请叫我小三，我才多大，当不起三主任。"

士根坐在前面，闻言只是笑笑，但是没说话，红伟道："说起来这十几年变化还真大。"

宋运辉道："士根哥，你儿子上初中了吧？看着他长大了。"

士根才道："刚上高中了，犟得不行，每天跟我争长短，什么事情都要辩个高下，宋总女儿还没初中吧？"

"还没，不过快了。你说他们这么疯长，我们还能不老？士根哥有五十了吧？"

"明年，明年请宋总过来喝酒。"

"刚才说大哥现在酒量减少，也该是时候了，我都忘了大哥也奔五十了。印象里大哥好像一直是那样子，每天使不完的精力。"

士根笑道："书记以前可没那么胖。宋总倒是一直不胖，宋总生活有规律。"

"太太管着。"宋运辉呵呵一笑，"士根哥，不瞒你说，我今天来想讨教你这个旁观者，小雷家到底是怎么了？刚才跟着红伟哥一路看下来，一路都是问题。"

士根也不由看了看宋运辉，但士根现在也无所谓，他已经是给压到底层的人，他就直说："小雷家现在看上去麻烦很大，但书记看上去没有办法。原因追究起来，根子还是出在书记个人身上。宋总找我们谁都没用，最应该是好好找书记谈，让他不要一意孤行。我以前仗着老面子找书记提过意见，书记没听，看来还得宋总出马，其他具体我也说不上来，我离开雷霆很久啦，他们怎么操作我没权过问。"

"哦，士根哥能否把以前跟大哥提的意见和我说说，方便吗？"

"方便，以前我提的时候想单独谈，不过书记说公开谈，大家都听到我提问书记解释。一条是村原有猪场鱼塘没归在雷霆，那部分承包收入由谁保管的问题；二条是征用村土地后的土地征用费由谁保管的问题；三条是在雷霆上班的村民只拿有限工资，上缴奖金由雷霆支配是不是合理的问题。"

不用等士根说出雷东宝的解释，宋运辉就已经知道依雷东宝的性格，那些钱会流向哪里，由此，宋运辉不由深深担忧起雷东宝在小雷家村的群众基础来。雷东宝对他都这样，对村民还能有什么好辞色？如此看来，这雷东宝别说是活路没有，连死路都被他自己堵死了。宋运辉无心开车，也无心掩饰，将车停到路边交给小三，自己退到后座。

他做企管多年，最清楚钱在大家眼里的分量，因此每到加工资或者岗位工资调整时期，他都是严阵以待，再三再四拟订调整方案，小心掂量各方平衡，可即使这样，每次依然麻烦不断。那么那些已经记在村民名下不菲的钱却被雷东宝强行占用，村民该有多少不满？而如今又眼看雷霆陷入困境，村民被雷东宝占用的钱眼看将陷于泥淖，大家将如何憎恨占用他们的钱又管理不善让他们的钱有去无回的雷东宝？他不知道雷东宝还做了那么多蠢事，果然士根旁观者清，三个问题直指雷东宝死穴。而雷东宝却笨到要求士根公开对话，而非私下解决，真是无知到狂妄。

一旦雷霆有个风吹草动，这三笔钱归还成疑，那些村民都得揭竿而起。

车上众人都沉默，都偷偷看宋运辉脸色。红伟以前出差没亲耳听到士根谏言，只是风闻士根与雷东宝吵过一架，今天详细听了，又见宋运辉严阵以待，他不由想到杨巡的提醒，他钱多，对那些个钱不是太在意，但是别人呢，连正明都再次回头认真品咂士根这三个问题的滋味。

车到宾馆，宋运辉安排他们几个在他的套房歇息喝茶，他则是上楼找外公说话。他将雷士根的三个谏言一说，外公奇道："东宝脑袋灌水泥了？"

宋运辉没有回答，又把他见到的小雷家一幕跟外公详说。外公认真听着，一直摇头。等宋运辉说完，外公道："东宝还待在村里干什么，赶紧转移资产逃走，我看没办法。"

"只有救活一个完整雷霆，大哥在小雷家才能好好待下去。外公你看……"

"他待小雷家干什么？继续祸害？到一定规模后，他不是管小雷家那料了，他该被历史抛弃了。我看你现在被传染笨病了，这么简单的问题你还没看清？你现在只有一件事能做，给东宝留条后路，让他有地方投奔，其他没了。"

"外公能不能下去跟小雷家的几位大员谈谈？"

"去干吗，医死马？我才不干那蠢事。你赶紧打发了他们，找辆车带我四处看看，别白来一趟。"

宋运辉只好放弃，他打电话要宾馆派一辆车，他写下地址，让司机趁天还亮，带外公、可可、小王、保姆去几个地方转转。他则是下楼与小雷家四个聊天。至此还有什么可聊？宋运辉也没了帮忙的信心，他不信失去民心的雷东宝能有本事力挽狂澜，再度带领小雷家村民绝境逢生。但既来之，则安之，他还是找话题与众人谈了两个小时，又一起吃了顿饭，才亲自送他们几个上车离开。

宋运辉回到自己房间，单独想了半天，越想越燥热，将窗户打开透入冷空气。他在寒冷的窗口站了好久，才回身给正在海南度假的韦春红打手机，他告诉韦春红，雷东宝可能会在小雷家待不住，他要韦春红做好最坏打算。

韦春红大惊："为什么？又是坐牢？"

"我今天到小雷家，情况不乐观，坐牢不坐牢还是次要，最严重的是众叛亲离。"

韦春红失色："宋总，你说这话要负责任。"

"我负责任地建议你，转移所有财物，静观事变。对大哥我已经没建议了，你可以转告他，他没处去可以找我。"

韦春红无法抑制地问："这么严重？有这么严重？"

"对，你好好考虑。你任何选择我都会尊重都会接受，但希望你跟我打个招呼，让我有所准备。"

韦春红听着那边挂断电话的"嘟嘟"声音，一直倒吸着冷气没法接受宋运辉所言。

但外公说他打草惊蛇，弄不好韦春红就此卷铺盖离开，雷东宝落个人财两失。宋运辉觉得韦春红应该不会离开雷东宝，当年雷东宝坐牢时候韦春红的表现让他印象深刻。但他也不知道韦春红这次会如何选择，无论韦春红怎么做，他相信自己言行一致，都能接受，只是，心中则是最希望韦春红别离开雷东宝。

外公却不管宋运辉心不在焉，拖住宋运辉道："你好像在老家挺是个名人嘛，问路只要提到你的名字，十有八九不会落空，你家那房子是你工作后造的？"

宋运辉应声"嗯"，转头应对付可可的纠缠，良久才又回答一句："我出钱，大哥代我去世的姐姐出力。"

"你那时候工资够造房子？"外公惊奇，"现在工资反而少得我都替你叫屈。"

"我自己造肯定不够，揩大哥的油，不过那时候出国一趟省下来的生活费兑换成人民币，数量可观。"

"那倒是，以前国内外生活水准相差巨大，有钱先修祖屋，这想法倒是乡土。"外公在宋运辉背后眯起眼睛，冷不丁问一句，"你当年在那么个偏僻的农村，心里的理想是什么样子的？今天的发展在不在理想之内？走到外面后，有没有忽然发现以前的理想全部很可笑？"

宋运辉被外公问得一愣，定下心来回想，但得再细看外公表情，确信外公问题之后没有陷阱，才道："还在农村的时候理想很局限，书本教育多少，我的思维空间也就多少，我家庭成分不好，当然不敢奢望能有今天，那时候的理想是做个科学家，当时想只要好好读书逃出去。"

"不过我听思申说好好读书对你来说是奢侈的想法。"

"好在恢复高考。那时候坐着火车去上学，火车轮子滚一圈，我的眼界扩一圈，到了学校更是被那些有经历的大同学和纷至沓来的信息打得眼花缭乱。大学四年就是海绵一样吸收知识，以期跟上大城市同学的脚步，脑袋里的想法被快速发展的社会裹挟着剧变，经常在现有认识上确立一个理想，却很快被下一波思潮否定。毕业后社会正等着我们去创业，忙得都没时间想太多，等到一定程度，更多是回顾总结，展望未来，再也不会有不切实际的幻想。"

外公听了点头："我也说，哪来那么多理想信念，我当年战乱时候最想的是活命保本，除了汉奸什么都可以做。妈妈的，所以说能坚持理想、信念到成年的人都是蜜水里泡大不知世事艰难的幸运儿，以后再看思申一把鼻涕一把泪，我啐她。你以后也不许宠着她，养个好高骛远的老婆，你累不累？"

宋运辉不同意："自己辛苦，不希望再看到亲人重蹈覆辙。做男人的有能力让妻儿享福，算是本事吧，可惜我的收入跟不上思申的开销。"他至此才明白外公为什么问他这么古怪的问题，外公从来只关心自己，即便关心他，也不可能关心到心里去，交流思想还是第一遭，原来是为思申。看起来老头子不声不响挺在乎外孙女。

外公道："你这想法老派，我喜欢老派男人。不过别矫枉过正，养出一帮不事稼穑的寄生虫来，可可的教育我得盯着，你才脱贫，不懂高深教育。思申自己还是小孩子，小孩子带小孩子玩还行，教育？呸！"

宋运辉哭笑不得，又不便揭发外公养出两个大好儿子，至今有家归不得，只得道："外公经常当着可可面非议她妈妈，应该不是好教育。"

外公老脸一红："你别管我，你还是教育你那好大哥去，想办法怎么给他自己在小雷家留条活路。你千万别妄想通过你那些官朋友拉东宝过这一关，不过我相信你不会笨到没救，搭上自己得来不易的地位。"

宋运辉不死心地问一句："真没希望了？"

外公道："你脑袋还正常吧？"

宋运辉讪笑："此一时，彼一时也，时势造英雄，时势毁英雄。"

两人议论的当儿，一车回家的小雷家四个骨干却是各怀心事。尤其是士根，更不可能在这几个人中间随便说话。但快到小雷家的时候，正明却开口了："你们有没有看出，宋总到宾馆后态度有变化？"正明说完很久，见大家都不搭话，就点名道："小三，你说士根叔的三点是不是对宋总影响很大？"

小三不敢乱说，但又不能不答："我光顾着开车看路，没怎么留意。"

正明轻"哼"一声，又对红伟道："红伟哥，看了宋总的变化，我很担心。本来……我是把宋总当救星的……以前小雷家最难时候，靠宋总提携才活过命来，这回我看他后来吃饭说的话都是绕圈子。"

红伟断然道："那是因为宋总还没跟书记谈话，我们算什么，他跟我们拍胸脯拍错地方了。"

正明道："也是，你看我心急的，眼看一根救命稻草在眼前晃，心急得不管三七二十一先抓住再说，也不看看自己是不是这角色。士根叔，还是你最有资格，老资格，没说的。"

士根却是在黑暗中闭目打盹，一言不发。该说的他都倒给宋运辉了，从宋运辉的态度，他看得出宋运辉比这一车其他三个都明白，他倒是看不出宋运辉前后态度的变化，估计那是正明杜撰，宋运辉不是那么肤浅没城府的人，显见正明别有用心。他绝不会敷衍正明递来的探询，正明是什么货色，他旁观几年更看得明白，小雷家落在正明手里，更没他的好。

红伟也烦正明，见车子拐上村道，不得不抓紧时间道："今天与宋总的谈话，我看局限我们四个人小范围知道，都别传出去。"

小三立刻答："我有数。"其他两个都没回答，红伟也不好强求。

但小三回家却是好好琢磨正明车上说的这几句话，再琢磨红伟与士根的态度，心里越发感受到雷东宝的权势犹如比萨斜塔，岌岌可危。

红伟回到家里也是回想宋运辉的态度，但他想来想去，宋运辉除了将方向盘交给小三之外，看不出态度有什么变化，可是又不能由此认定正明没看出什么，他又何尝不是担心得恨不得宋运辉当场拍板表态，他自己也很失望于宋运辉的态度一直模棱两可。

红伟想来想去，走出家门，站在寒风中对着这一溜五幢与众不同的房子发呆，过去的四大金刚，如今还剩两个。其间有人来了，有人走了，走的人都是让人如此遗憾，但是他无力改变雷东宝的决定。原以为今天宋运辉终于肯来，会是小雷家的转机，他没想到雷东宝知道宋运辉来而喝醉，纯粹是故意，书记为什么故意回避谁都看得见的救命稻草？

红伟皱眉看着白天被宋运辉敲碎的玻璃窗，不甘心机会就此错失，他从家里搬来凳子，拔开插销跳进屋去。屋里鸦雀无声，红伟惊异一下，忽然意识到，雷东宝如雷的鼾声呢？他轻手轻脚地摸上楼去，才到卧室门口，就听干涩的声音道："干什么，小辉走了？"

红伟吓了一跳："宋总回宾馆了，书记刚醒？哪儿开灯？"

"不开，你们说些什么？"

"宋总只问我们一些雷霆存在的问题，他可能有话只肯跟书记说。"

"他不说，你们也不问？"

"宋总架子大得很，正明看见他都两手自觉放腿上，跟幼儿园孩子似的，谁敢乱问。"红伟说话的时候，自己摸出手机拨打宋运辉所住宾馆的电话，却不料被雷东宝伸手将手机抢去。红伟奇道："书记，你真不想见宋总？"

雷东宝不语。黑暗中，红伟看见雷东宝好久不眨眼睛。"书记，多个帮手多条路。"红伟不知道雷东宝究竟什么想头。见雷东宝依然长久不语，红伟火大了，"书记，宋总请来王老先生，老老少少专程来一趟不容易，为此他明天得耽误春节后第一天上班，你不说别的，起码见个面请顿饭，尽个道理。他们明天早上飞机走，你说吧，你想不想明天早上六点醒，送送他们。你要想送，今天不管多晚过去一下最好。你要不送，你这个亲戚从今算没了。"

雷东宝没料到红伟捅出他急欲回避的话题，他终于开口："我家的事，你少插手。"

红伟不依不饶："宋总早已跟你不是一家，你们关系跟宋总和我一样，只是朋友。我帮宋总问你，你到底见还是不见，做人不能对不起朋友的好意。"

雷东宝翻身而起，炯炯双目盯着红伟，即使在黑暗中，红伟都能感觉到其中之压迫。"不见。"但是雷东宝无法说出理由，他旋即又钻进被窝，他有些被动地希望红伟赶紧离开。

红伟却追着问："书记这么对待朋友？"红伟终究不敢用小雷家安危来挤迫雷东宝，怕雷东宝臊了翻脸。

"给我拿点吃的来，快。"

"书记是对朋友说话，还是对下级说话？"

雷东宝被逼得躺不住，摸出手机一把塞进红伟怀里，道："你看着办吧。"

红伟看看雷东宝，稍做动摇，旋即稳定心神将电话拨打出去。很快接通，但没人，红伟让总机转接到王老先生房间。果然是宋运辉接听。"宋总，今天这么累还没休息？有个人倒是睡醒了……"

"红伟哥，多谢你今天一直帮忙，大哥就在你身边？"

"是啊，书记不知道你宾馆电话……呵，你看我废话这么多，我让书记接听。"说着赶紧将电话塞回雷东宝手里。

雷东宝无奈接了手机，耳机里却传来宋运辉并不客气的声音："大哥怕见我？"

雷东宝没想到一向对他说话婉转的宋运辉来个黑虎掏心，但他既然已经接了电话，也就硬撑着场面，不知不觉又坐了起来："对，这儿的闲事你别多管。多大的事儿，让你大忙人操心。"

雷东宝没想到电话里却传出的是外公的声音："我不忙，但我了解情况后也不想为你操心啦，看起来你还有自知之明，知道自己没救，干脆不给我们添烦。东宝啊，最后一句忠告给你，赶紧安排个接班人，你啊，这么胖的人多的是病，借口来上海治病住院吧，以后雷霆的事与你无关。别等大伙儿明白过来撕碎你。"那边外公拿着分机说完，就把电话搁了，因为他知道宋运辉不会跟雷东宝说得那么直接。他抢着说了，省得看宋运辉磨蹭，他眼睛出血耳朵生茧。他搁下分机，对宋运辉道："违心的话易说，肆意的话难说，难说的话我替你说，急病用猛药，你不用谢我。"

"你这几乎是休克疗法。"宋运辉不置可否，因电话那端的雷东宝一直没有出声。

雷东宝果然被外公的话打击，但想了会儿，却道："王老先生也有看错的时候。这儿不比别的工厂，这是小雷家村，村里大多数人是不出五服的亲戚。打断骨头连着筋，这边的人只要我一声令下，立即抱成团。"

"你不要自欺欺人，我已经找红伟、士根、正明和小三谈过话，看来不是雷霆没救，而是你没救。你在，以你的经营思路，雷霆一定没救。你不许忠言逆耳挂断我电话。"

"他们说什么？士根懂什么？"雷东宝焦急，一点都没感觉身上只穿一件棉毛衫，室内天寒地冻。

"大哥，你有局限，这么大规模企业不是你能掌控的。你的文化程度跟不上，你的学习能力跟不上，还有你的观念更新也跟不上……"宋运辉不知不觉也跟着外公下了猛料，但他终究不如外公的生猛，"该是你放手的时候了……"

但是雷东宝听不下去，将电话塞回红伟手中，自己跳下穿衣，冲去卫生间。

宋运辉听到红伟的声音响起，不得不中止："红伟哥，大哥十几年来没有功劳也有苦劳。"

红伟也无言以对，他不知道两兄弟电话里说了些什么，可是雷东宝这种态度，他无可奈何，只有放弃，颓然看着雷东宝出去的方向。

雷东宝没想到宋运辉这种时候严厉指责他，将他鞭挞得一无是处。他当初坐牢时就感觉宋运辉有否定他的嫌疑，当初就有指挥他的意图，被他抵制了。但这回果然，他不过是遇到点困难，好了，宋运辉又急着跳出来说他不适合。他都懒得说，他不是今天才空投到小雷家的，他自己打造的企业，他跟不上？笑话。他最清楚自己的雷霆，如果不是出口受阻，什么事都没有，但雷东宝没话跟宋运辉说，谁让他总是倒霉的时候被宋运辉逮到呢。他不想再说什么，就跟过去在牢里一样，不解释，事后做出来就是最好的证明。

但雷东宝心里隐隐感觉到，其实宋运辉与他那个妖精老婆差不多，本质上否定他这个大老粗，否则宋运辉怎么会说出他文化程度跟不上的话，还说他学不进去，当他的脑袋是大粪塞饱的吗？雷东宝自尊非常受伤，摸出香烟点燃，也不回卧室，开灯下楼找吃的。

红伟见此，现在很能理解千里迢迢飞过来的宋运辉的心情。

走下楼梯，红伟见雷东宝从堆满礼物的八仙桌上拎出一包什么饼，拆开来吃，雷东宝还问红伟要不要，红伟摇头，他哪里还有心思吃零食。他有点想开门离开，但终究没走，从雷东宝的烟盒里抽出支烟，点上坐雷东宝对面闷吸。

雷东宝三口两口吞下几只饼，摇摇热水瓶没热水，随便接了一些自来水喝下。虽然吃得不舒服，可好歹算是打发了饥饿。当然，生水喝进肚子里总归是不舒服，尤其是在这种天寒地冻的天气。他见红伟不肯走的样子，只好问："你晚上和小辉吃的？"见红伟点头，跟他赌气，他心里反而好受，又问："小辉他自己公司没事了？那么闲。"

红伟替宋运辉不悦："我问了，他们公司出口更麻烦。国外现在不承认人民币的汇率，国内银行汇率又不变，他们又是进口原料又是出口成品，每次报价都要再三讨论，很影响利润。"

"他们不怕，他们大国营有国家抱着，要钱给钱，要政策给政策。"

"听说现在也没了，现在一边喊国企深化改革上面不给钱了，一边喊做好下岗工人安置工作，国家看来不抱。宋总说他们公司算是有名的效益好，因此这回汇率动荡，中央来人先到别的公司调研，最后才到他的公司，看了之后好像说东海公司都勉强，看来需要调整政策。宋总说政策总是会有的，国家不会扔下出口创汇企业不管。"

"唔。"雷东宝吃完饼，将包装袋往茶几上随便一扔，见搁在烟蒂堆积如山的烟灰缸上的烟已经燃尽，掉下来将茶几漆面烧出一团黑，他懒得管，又抽出一支烟点上，"你有没有跟他说只要出口恢复，我们这边就没事？"

红伟道："书记，我开车载你过去一趟吧，不管好坏，多听听别人的意见总是好事，王老先生也在呢。"

雷东宝有苦说不出，他怎么跟红伟说那两个人劝他引退，怎么跟红伟说宋运辉批评他不上进不好学，他只好道："算了，没法解决内销，也没法解决外销……"

"见朋友！朋友老远过来，见见总应该吧。"红伟忍不住怒气，声音开始拔高。

雷东宝还是有苦说不出，定定看着红伟，道："你知道他电话里跟我说什么？"

红伟一愣："宋总既然特意来，不管他说的话好听难听，单是冲着他的诚意，我看书记硬着头皮也得去听着。"

雷东宝冷着脸道："你不知道别乱指派，回家睡去，我头痛，我也睡觉，几点啦！"

红伟愣愣地看着了雷东宝一会儿，终于一声不出，大力将烟蒂揿进烟灰缸里，揿塌一座烟蒂山，招呼也不打就走了，开门关门，弄得地动山摇。红伟满怀愤懑，在门外闷站了会儿，没有拐进去自己的家，取车直奔忠富的养猪场。

雷东宝默默看红伟走出去，很久很久，头发都没动个分毫。一个人安静下来，他回想王老先生说的话，回想宋运辉说的话，包括以前王老先生对他说的，以及宋运辉通过韦春红传达给他的话。今天王老先生说得更明确，连退路都给他想好。可他们为什么这么看死他？还有宋运辉今天说的更是新鲜，好像是他搞垮雷霆似的，他在雷霆才没救。那他倒是要问一下宋运辉，雷霆到底是怎么来的？宋运辉明明最清楚雷霆的来龙去脉，凭什么睁着眼睛说瞎话？问问全天下的人，谁不知道，雷霆就是他雷东宝，雷东宝就是雷霆，他怎么可能离开雷霆，宋运辉不笨，因此这么说肯定别有用心，他不想撕破面皮，也不愿与宋运辉对吵。对，他为此才不去见宋运辉。

但雷东宝吸完一支烟上楼继续睡觉，却一时睡不着，脑袋里翻来覆去都是宋运辉的质疑。宋运辉以前从没说他跟不上雷霆发展，今天听了红伟他们几个的话，哪儿看出他不行了？究竟是哪个问题让宋运辉认为他不适合管雷霆？

雷东宝毕竟是重视宋运辉，将宋运辉的话翻来覆去想了好久，可他想来想去，还是认为宋运辉不理解他也不理解小雷家。比如他当年搞承包，起砖窑，哪件事做出来都有人反对，可最后结果呢？结果证明他正确，他完全正确。

雷东宝翻一个身，舒坦地伸直四肢。对，他应该相信自己，不能被一时困扰所迷惑。

他又想，好汉子敢作敢当，他要对宋运辉说个明白。可直起身子却发现他忘了问红伟他们住的是哪家宾馆，更别说房间号，而且他多年不打宋运辉的手机，知道宋运辉手机早换号码，他最多只能打到秘书手里。他犹豫一下，又没好意思问红伟，就找小三要宋运辉所住房间号。

雷东宝开门见山："小辉，我刚才睡醒，脑袋还迷糊。我跟你说，你看错我啦。我，雷东宝，这十多年，从做承包开始，用陈书记的话说，一路跑在别人前面，不为世人理解。我每次领奖上台，领导都是表扬我敢为他人先。这点，你承认不承认？"

宋运辉看看身边刚睡下的可可，不敢惊醒他，只好压低声音道："以前对。"

"现在还是对。你屁股坐在国营，你不知道我们这边做事比你国营要艰难多少，说到底你不理解，你没法理解，我们这边太复杂。复杂程度，就像我是大人你是小孩，你小孩没法看懂我大人在做什么。但我不怪你，我给你半年时间，不用半年，我拿性命担保你收回今天的话。"

宋运辉听了发觉自己很无力："我也最希望看到半年后我收回我的话。但我有个疑问，你除了凭过去经历推断你这回依然是跑在别人前面之外，还有其他什么依据来说明你现在依然意识超前？"

这还需要依据？雷东宝豪气干云地道："小雷家群众的支持就是依据，我年前又拿来一堆奖状就是上级部门的肯定就是依据。你还要什么依据？过去大家都说，群众的眼睛是雪亮的，你作为领导，你也应该培养一些群众意识。"雷东宝此话出口，感觉说得畅快，而且感觉这些话的水平够可以。

"都不是科学依据。"宋运辉继续无力，两人的对话完全牛头不对马嘴，"说到超前意识，我去年让杨巡提醒你留意出口问题，调整产品布局，你做到没有？但我不做事后追究，你也请好汉不提当年勇。我只问你三点，你对今后一年的市场格局如何理解，你将如何调整产品布局，你将如何调配手下人事？"

"你不用问，我今天再怎么说你都不会信，我说了你也不会懂，体制不同，但半年后我恢复元气，我不说你都信。明天早上你们几点去机场？我送你们。"说出这些，雷东宝躺床上挺了挺腰杆子。

"明天六点，你能起就来，起不了也没关系，我已订下宾馆车队。"

雷东宝这回终于把宋运辉驳得无话，但是他短暂开心过后，却又忐忑，心里七上八下没了底。但想到宋运辉问的三点，这真是太简单了，这是企业最基本的套路，他怎么会不知道，宋运辉说到底还是不理解他，看低他。半年，他咬牙切齿地想，半年后看宋运辉怎么说。当兵时候就知道，穿皮鞋的打不赢穿草鞋的，他的雷霆是农村走出来的草鞋兵，别看样子不好，可战斗力强，战斗意志更强，不信，走着瞧！

宋运辉回想与雷东宝的对话，他想到几个方面，首先，自信到极端，便是盲目；其次，知己知彼，百战不殆；最后，做企业的首要是市场意识。雷东宝资质有限，偏又现在盲目自大，他真拿雷东宝没办法了。

他想，他现在应该够资格说句仁至义尽。多年管理经验告诉他，资质差的人，多说无益。他一向是这么做，但是他这回感性当头，因此他出师不利，本身就是他自己的问题，谁没个偏执的时候呢？就像雷东宝追着过去经验跑，他则是追着雷东宝苦口婆心，都是痴人。他更灰心了。

红伟也是灰心，指望宋运辉能够对雷东宝有所为，没想到雷东宝一意孤行。他跑到忠富养猪场，将已经睡下的忠富拖出被窝，满屋子搜出一瓶酒几块饼干一包猪头肉，两人对酌。

忠富倒并不觉得意外："书记一向一意孤行，又不是今天第一天这样。"

"以前没那样。"

"以前你跟书记臭味相投，没觉得。书记为人，我敬服，但是要我跟他相处，我不行，我以前这么跟你说过吧？说到原因，我当时说不适应书记的工作方式，其实就是不适应他的一言堂。书记一向不听劝，他不跟你讲道理，他只服从自己的理由，也要别人都服从他的理由。别人别想说服书记，除非书记哪天脑袋开窍自己转弯。我常干着急，干脆不跟了，我着急自己的，落个清静。"

"可是书记以前走的路都对。"

"红伟，我们今天说的你可别说出去，被人听见显得我没良心，你看我的养猪场现在发展得怎么样？"

"好。我没想到你这么快连冷库都有了。刚才也看了一下，一个春节下来，你这儿的猪卖得差不多。"

"不瞒你说，红伟，我心里有两个字：踏实。我扩张得虽然不快，可是一步一步都是看准市场需求来走，每一步走出去，我都是心里有底。不像过去，别看老大的沼气池很噱头，还全市第一家养牛蛙养罗氏沼虾弄得轰轰烈烈，可我一直提心吊胆，总是摸不准书记决策的准头。好像是遮住眼睛做事，蒙对一个是一个，没有延续性的规划，没有可预见的长远。可是我这话跟书记没法说，一者他不会听，二者他做的事好像总是抓大牌总是抓对牌。我只有出来做自己的，起码落个心里踏实，你信不信，我的规划都可以延伸到三年后。"

"你的意思是，书记这回抓牌没抓对？"

忠富犹豫一下，道："我不大方便说，你喝酒想想，对比对比我的三年规划。"

红伟依言不语，猪头肉下酒，好好思考忠富的话。果然，他们雷霆的规划除了铜厂因为以前由项东设计项东规划，还有头绪可循，其他的现在回想起来大多东一榔头，西一榔头，缺乏连贯。他以前有意不多管雷霆闲事，免得与其他人员冲突，因此没觉得怎样，现在还真不能回想，这一回想，他心里不踏实起来："忠富，你闷声不响，蔫主意太多。"

"不敢，我跟你们不一样，从开始就没心服口服。红伟，我在想士根的那三条，不能不说，士根以前做到老二，还做得让人心服口服，水平到底是有的，你看这三条，眼光毒辣。"

红伟点头："我也在想士根的话，你说大家会不会反？"

忠富道："我不知道，没人带头，我看难反。能带头的你或者正明，除非你们以后不想做事了，要是宋总不满，你们以后还想做人？"

"我当然不会，于情于理都不会，做人这些义气肯定有。我担心正明已经估摸到宋总不满书记，有些蠢蠢欲动，我回头踢正明一脚，别以为书记上面没人。"

忠富却道："红伟，你先自保。你们那个不归属雷霆的公司名不正言不顺，要是别人捏了把柄，存心搞死你们的话，书记首当其冲，你老二。"

红伟脸色大变："你知道？你怎么知道？"

忠富道："凭我对你们几个的了解，基本能猜个八九不离十。别以为村里其他人都是傻瓜，总有几个脑袋清楚的。"

"没事的，关键的人都有股。"

忠富点头："那就好，书记仅凭这个公司，轻易抓住几个关键人物的人心，高！"

红伟摇头道："当时考虑镇里参股雷霆，不想让镇里不劳而获，而且我们手脚干干净净，每一笔账都有规矩。不会像过去士根藏的那几张白条，白痴看见都知道有问题。"

"这个出发点的话，大家都是自己人，一条心。红伟，我们多年兄弟，还是提醒你，先自保，不要愚忠。"

红伟从忠富那儿出来的时候已经是第二天黎明。酒早已喝完，猪头肉和饼干也早见底，但他拉住忠富不让睡，终于把埋藏在心底最深处好几个月的忧虑向老兄弟吐露。这些忧虑说起来很对不起书记，很否定书记，要不是忠富，他对别人还不敢说，可忠富不同，尤其忠富肯定了他的忧虑。

难道小雷家那么大的家业，这回真的又将面临大劫？想到过去雷东宝坐牢时小雷家经历的那次大劫，他这回该如何自保？

红伟回家，车子开到车棚，却想到节后追讨货款与雷东宝位置安稳之间的关系，心里压力很大，坐在车上发呆，从杂物箱里摸出香烟来吸。可是抽刀断水水更流，越想心越烦。

过了一会儿，朝着旁边车位倒入的车灯打断红伟的思考，红伟心说谁还这么晚回，却见小三从副驾位置跳出来。透过头顶打开的天窗，红伟听到正明的声音在对小三说："你先走一步，我后脚再走。"红伟惊异，看着小三离开，没有吱声，他立刻意识到，这两人开车找地方一直谈到现在，估计话题与他找忠富谈的差不多。而从小三和正明的言谈，可见两人之间已经达成什么谅解。

红伟心头思绪翻滚，等着小三走得不见人影，他跳下车，拉开那辆车门。正明显然是一脸吃惊，捏着香烟的手紧张地停留在唇边一动不动，两眼满是慌乱，两人对视良久，红伟俯身道："收敛着点，别不给宋总面子。"

"呃，红伟哥你别走。"正明手忙脚乱，一个趔趄冲出车门，紧紧扯住红伟的袖子，四顾无人，才轻道，"红伟哥，不瞒你说，我愁啊。你说今晚宋总提的那些个问题，有几个是我们正经答得上来的？我回家将宋总那些问题与雷霆一比照，我们雷霆全是漏洞，我坐不住了，找小三商量该怎么办才好。我们总不能再盲目等着国家政策不知道什么时候下来，万一政策不下来呢？我们这样东抓抓西扒扒得到什么时候？我还想明天找红伟哥谈呢，要不现在就找个地方说话？我担心雷霆，雷霆是我们大家这么多年的心血啊。"

正明紧张地看着红伟，他不知道红伟这个钟点一个人待在车里究竟是什么意图，逮他和小三勾结的现场，还是等他回来说话？因此正明将话说得恳切再恳切。整个雷霆他可以得罪其他人，却不敢得罪红伟，因所有客户都捏在红伟手里，这几年一方面是雷东宝有意放权，另一方面是红伟自己加意笼络组合，雷霆的进出两道口子全被红伟掌握，这样的人，除非得罪了就离开雷霆，否则以和睦相处为上。

红伟听正明所言正是他今晚所虑，心说英雄所见略同，估计小三也是一样。想到还不肯接受谏言，甚至躲避见宋运辉的雷东宝，他不由叹了口气，递一支烟给正明："我刚才睡不着，躲出来想想后怎么做。催款还是要催，可是该怎么催，该怎么与你生产配合，我心里没底。我在想，能不能要书记开个会来协调年后资金安排，可以让我们心里踏实地照做，我愁死了。"红伟说着，有点身不由己地被正明"塞进"驾驶座后面的位置。

正明钻进车子："红伟哥，我跟小三讨论的就是这个，但是操作上……一言难尽。"

红伟想了好一会儿，却道："你和小三讨论了就好。"他伸手将车钥匙一转，拔钥匙出来，交到正明手心："别年轻气盛，记得把方案随时通知我。我困死了，睡觉去。为了雷霆，你们多辛苦。"

正明愣愣地看红伟离去，心里七上八下。他也知红伟当然与小三不同，红伟资格太老，不可能三言两语便与他交心，但是细细回味红伟今天跟他说的所有话，感觉前后半夜立场已经不同，似乎越来越善意。他眼看着红伟的身影在路灯下转来转去，最后消失，不久，寂静夜空中传来关门的声音，他又在车上坐了会儿才慢慢踱回家去。他心里有一丝兴奋，但也有被红伟警告过后的警惕。

大概是因为白天睡得太多，雷东宝晚上睡得并不好，时时警醒，醒来则是看一眼手表，翻转再睡。五点多醒来时候见外面天色依然黑沉，他没有犹豫，起身下床，他准备去送送宋运辉。他下楼从八仙桌上挑了几件看上去比较登样的礼品，飞车直奔市区宾馆。到达时，正好见宋运辉在总台办理退房。他大声与宋运辉打个招呼，冲着外公走过去，但外公双手支在拐杖上，一双眼睛睡意蒙眬地看着他，面无表情。

雷东宝当即很尴尬，将伸出想握的手缩回来，斯斯文文地招呼道："王老先生没睡好？"

外公斜睨雷东宝一眼，懒得说话，刚才宋运辉已经告诉他昨晚两人的一次通话，他心里早在后悔来这一趟，不该好奇心重，他懒得跟这种说不通的人白费劲。不像跟外孙女吵架，那反应多灵敏，吵起来才好玩，反而是可可站在一边儿看着这个庞然大物，好奇地打量。

雷东宝见外公不理他，这才有空看到穿得小圆球似的可可。他稍微蹲下，与可可对视片刻，道："叫我姑父。"

可可却从太外公腿边躲到爸爸腿边去，一路叫道："No, you are a big fat man."

雷东宝顿时气馁，虽然他儿子壮过可可，可是人家一口英语，岂是他儿子可以企及。他不知道小孩子说的是什么，只见板着脸的外公终于一笑。宋运辉也回头笑道："可可不认识你，以后多见见就好。"

雷东宝却细心地想到几年前他坐牢的时候，宋运辉带着女儿去看他，见面第一件事就是让宋引叫他姑父，他一颗心温暖至今，对了，那次也是春节，室外天寒地冻，他干脆地对宋运辉道："还没听你儿子叫我姑父。"

宋运辉道："小引跟我打电话时问起你，说今年暑假回来不知道能不能见你一面。"

"小引是个好孩子。"雷东宝只好放弃，但心里更生疑窦，因他知道宋运辉是个非常讲究细节的人。"她在美国成绩好不好？"

"还行，好了，我们走。大哥，你回吧，去睡个回笼觉，我们叫了宾馆车子，谢谢你来送我们。"

雷东宝都听出生分："你前面走，我后面跟着。"他不由分说拎了一只箱子出去。

外公慢吞吞跟上，走到外面，看看雷东宝的奔驰，又看看宾馆的半新皇冠，却钻进皇冠里面，又招呼一声："小辉，你来管着你儿子。"

宋运辉没有犹豫，安置好行李，与雷东宝打个招呼，便钻进皇冠车里。雷东宝一愣，等前面皇冠车子开出，他才钻进车里，气得面色铁青。他没依言跟上，方向盘一转，去了韦春红的那个家。但是见到小区大门的时候却是发愣，对了，他跟韦春红儿子保证不骚扰他们母子的。他将车习惯性地开进小区，熟练地停到楼下，却没法走出车门，他得说话算话，但是他看了宋运辉活蹦乱跳的儿子后，很想自己的儿子，他的宝宝。

他犹豫再三，考虑到韦春红正带着老少几个在海南晒太阳，他下车上楼，即使看看熟悉的屋子也好。

但令雷东宝意外的是，防盗门应声打开，他的钥匙却没法插进房门锁眼里去。他还以为没找准锁眼，俯身看清，却发现眼前的锁眼呈十字形，与他手里的扁平钥匙全不相配。韦春红难道这么泼辣，将锁换了？显然是。雷东宝在宾馆门口累积起来的火气更进一步，狠狠一脚将防盗门踢上，噔噔下楼回去车上。他妈的，个个都是白眼狼，他饿着肚子开车回村，依然是冷锅冷灶，但家里有一整八仙桌的别人春节送来的礼物。

宋运辉没见雷东宝跟上，脸上也没流露出什么，连外公也没提起雷东宝，一行若无其事地上了飞机。

但上班间歇，宋运辉忍不住打个电话给老徐。一则开市拜年，二则通报雷东宝的情形。他并没向老徐隐瞒任何雷东宝的近况，他也说了他的担忧。老徐倒是没有回避话题，还劝宋运辉放宽心，说有些事情有其必然发生发展规律，外人更多的只能尽心，尽力还得看有没有地方让使力。老徐还说，他关注雷东宝本人，而不再如过去做县委书记时候一样关注小雷家。宋运辉豁然开朗，是啊，他这是给雷东宝的"雷霆就是雷东宝，雷东宝就是雷霆"的话给绕进去了。老徐的话提醒他，他前阶段确实管得太宽。

04

杨家的整个春节在等待中度过，随着任遐迩预产期的渐渐临近，杨家上下军号已吹响，钢枪已擦亮，行装已背好，部队要出发。

杨巡早就摩拳擦掌，就等着儿子出生，早早让他完成人生一件大事——向爸爸的升级。在焦急的等待中，他早已做好所有预备工作，包括与妇儿医院最好的妇产医生搭上关系，保证随叫随到；包括请来岳父岳母过年，帮忙一起照顾任遐迩。但他最乐此不疲的是给还钻在娘胎里的孩子起大名小名。

任遐迩提议，她和杨巡的名字都是走字底，弄得一生劳累，吃尽苦头，孩子的名字一定要讨个好口彩，不要再辛苦走路，而是要装上四只轱辘，选车字旁的字给孩子，当然如果有飞字旁的就更好。杨巡满口叫好，当即请出任遐迩的字典，两人好好挑选中意字眼。可惜没有飞字旁，两人只好转攻车字部首。

车字部首的字没几个。杨巡翻到那页，一眼便将所有字看全了。他拍腿大叫难怪难怪，将其中一个字指给任遐迩看。任遐迩一看，也不由跟着大笑，那个字正是"辉"字，两人不约而同想到了宋运辉。难怪宋运辉少年得志，原来是名字里面安了四个轱辘，当然跑得飞快。杨巡当下对车字部首的字更感兴趣，一个一个字地研究下去，将所有字的字意翻看个清楚，两人一起选中"轩"字，又觉得苏轼的"轼"字也很好。

说到小名，两人这下就天马行空了，到最后任遐迩想到男孩"小锅"女孩"小碗"，杨巡不同意，小锅小碗多随便，没一点雅致富贵气，但是任遐迩说十月怀胎的老娘最有权给孩子起小名，非要坚持。而令杨巡奇怪的是，眼高于顶的杨逦竟然也非常喜欢"小锅小碗"，直说这小名别致，杨巡无可奈何，非常不明白这小名好在哪儿。

说也奇怪，一等这对预备爹妈将大名小名确定，任遐迩如期给送进产房。杨巡在岳父岳母和杨速杨逦的陪伴下坐立不安等了半天，才等到母女平安被推出产房。任遐迩用尽最后一丝力气，亲口告诉杨巡："小碗"！

杨巡原以为自己会失望，但一眼看到这皱成一团的红皮小脸，他满天地都找不到失望，只有满满的喜欢。小碗易碎？不怕，他这做爸爸的有本事给小碗包上铜墙铁壁，对，他有的是本事。但是他才一触女儿小碗的小手，便知抱孩子是个大难题，这嫩豆腐一般的小身体怎么经得起一抱？他只好将孩子交给岳母打理，自己手舞足蹈地在一边观摩，都没留意杨逦神色黯然离去。

等任遐迩休息完醒来，杨巡已经在岳母的教导下敢抱包成蜡烛样的女儿。他小心把小碗凑到任遐迩面前让她看，信誓旦旦地说他其实心里最想要的就是女儿，女儿好，女儿贴心，就怕说太多女儿，要是生出来不是，会让妻子内疚，他才一直说要儿子。现在生下来真是女儿，他如愿以偿。杨巡说得如此真诚，令任遐迩都以为以前领会错误。尤其是见杨巡抱着小碗爱不释手，恨不得事事亲力亲为，她更是心里迷糊，产后还没恢复精明的脑袋被杨巡搅得一团乱，心中渐渐相信，或许杨巡真心喜欢的应该是女儿。

但任遐迩此后陷入水深火热，她妈妈岂肯在女儿月子时候离开，硬是盯在身边，照着陈规将她的月子伺候得浑身瘙痒，人神共臭。任遐迩背后叫苦连天，几番要求杨巡施展迷魂大法将她老娘骗回老家去，可是杨巡的三寸不烂之舌不敌任母的拳拳爱女之心，任遐迩只好继续忍受传统月子大刑。

其间宋运辉与梁思申一起到杨家祝贺，任遐迩笑眯眯地在心里转坏念头，她家小碗与宋运辉同属车字辈。

梁思申是到日本中转，跟市一机的日方会谈后方才回国的。这回她身后没工作追赶，随心所欲地多逛了几天。但外公可可都在宋运辉那儿等她去接。她用最快时间办完辞职交接，立刻就在交接完当天乘火车赶去团聚。

她感觉辞职后好像眼光改换，原来的日本在她眼里是个忙碌的地方，从机场开始就感觉那地方的人行色匆匆，她自己也是非常适应那样的节奏。可是现在她行程安排宽松，心里也是有意给自己放假，却发现日本是个别有风情的地方，东西方的文化在这块土地碰撞交融，孕育出的独特市场令她流连忘返，返时则是添了一只大行李箱，行李箱里满满的别致趣怪小东西。

回来的路上她不由检讨，她在以前忙忙碌碌的工作中究竟干了些什么。她当然有所得，她从工作中得到学识、阅历和能力的提升，令她自己都觉得没白活这几年。但是她在日本悠闲逛街中却发现而今重捡情趣，找回对世间万物好奇的眼光，学校出来后再一次能细心体味大千世界无处不在的美丽。

她此时在飞机上回忆忙碌工作的那几年，有些不堪回首。那段时间，似乎工作生活都成了任务，而她则是女超人一般攻克一个个堡垒，速战速决，绝无拖泥带水地完成一件件任务，包括升级、结婚、生孩子这等人生大事。回首往事，她不知道该不该笑，她怎么有本事过了那样一长段的亢奋日子？

回来看到气定神闲的外公，对比觉得丈夫宋运辉虽然看似气定神闲，其实浑身每一块肌肉都紧张，紧张得全无情趣。比如她才到家，宋运辉就给她一份时间表，总算第一天开恩，让她休息，第二天周末，他安排的可选项是祝贺杨巡升级，非可选项是一大家子去新开外资连锁市购物，中午一大家子在外公住的宾馆吃饭，下午参观由东海公司资助的当地民间绝活展示，晚上请外公到别墅吃饭。虽然这些活动都是必须的，或者是有趣的，但是，情趣呢？

梁思申没反对，因知道宋运辉忙，难得一个两人在一起的周末，得分秒必争地用足这段时光。其实，这又何尝不是她过去的生活方式？因此她能很得体地按照日程表行事，而且并不会忙得披头散发。

杨巡送走宋梁夫妻后回屋，却一直疑问梁思申何以亲自来他家祝福小碗儿降生，她当年拒绝了他送给可可的大礼，今天似乎也没特意来看小碗儿一趟的理由。她哪来那么闲？

任遐迩不知杨巡之虑，她抓住刚送走宋家夫妇回来的丈夫，道："我刚才问宋太太外汇什么的事情。她跟我说现在趁火打劫收购金融受灾严重区的优质资产最合算，她跟我算了一笔汇率账，还真是，问题那是境外收购，虽然知道利益肥美，可是我们心有余而力不足，我们申请外汇都是大问题呢，这种好处只有宋太太他们享用了。"

"怎么算汇率账？"

任遐迩找出纸笔，举例演示一番，杨巡看了点头，果然好。任遐迩道："梁思申说，这种时候是现金为王，跟我们俩每天商量的一样。我也跟她说了我们在看一些资金链出现问题的企业，准备接手，就是不知道底在哪里。她说她也在看，她看中两个目标都是国外的，公司因为业绩所逼，需要对股东交代，会不得不做出一些大举剥离附属企业的行为。你看，她那境界跟我们比，真是不一样啊。"

杨巡更是奇道："他们外资公司上班那么忙，她哪有时间做这些？就算让她便宜买来，她有时间管理吗？还是立刻转手？"杨巡问出这些问题的时候，心里转出一个念头，再度合作，可不可以？但心里早又自我否定，那不可能，旧怨哪是容易遗忘的。

任遐迩想来想去，道："不知道，我忘了问。老四还说听我们讲投资的事，好像很高深。我听梁思申讲她的投资，更加神龙见首不见尾。他们那种出国见多识广的人到底不一样，我以后看来得多看英文财经版，什么都看才好。"

杨巡道："我们起码是地头蛇，可以抵消一些经验不足。其他很多事情我们即使有力也使不上，你看政策对外资对国企的优惠，还有政策对我们的限制，我就不明白了，为什么能给老外的东西就不能给我们私企？他们老外的不也是外国私企吗？还有你听梁思申今天说的，她几天时间美国日本中国一个来回，到日本都不需要签证，她是美国国籍，我们能行吗？我们去个回归的香港都得办那么多天手续。办事效率怎么跟她比？稍有机会都让他们抢了。"

"呵呵，由不得你不服气，认命吧，你不是说了，以前还得戴红帽子交管理费呢，现在已经对你从宽了。"

"越来越从宽是不错，我就怕东海那样的国营企业越来越强大，那就没我们的活路了。你看市轻纺的打包上市，一下子圈来多少钱，他们国字号的公司来钱太容易了，投资起来气魄那个大，我知道跟我联系注资的人另一只脚也都踩在那边上市公司呢，那边挖不到钱才来找我。好项目都让国字号挑了，害我价格也压不下来。"

任遐迩现在站在企业高层，很能理解杨巡的牢骚："不过我们是野生的，生命力强，等我们长足了，看他们国家抱大的怎么跟我们比。不过外资要是个个跟梁思申那样国内国外好处均沾，我们也麻烦。我们私营企业真是前有狼后有虎。"

杨巡犹豫一下，道："梁思申做事没我们灵活，她条规太多。不过那是以前，现在不知道变化没有。"杨巡没说梁思申家族背后的权势，哪是他敢望项背的。

两人说话的时候，小碗睡醒了，两人忙着给小碗喂奶，换尿布。这一折腾就是一个多小时。但是杨巡心里一直在想一个问题，既然梁思申工作那么忙，那么那些收购后的具体操作需要由谁来做？另外，梁思申今天尽弃前嫌来他家看小碗儿，是不是事出有因？

杨巡做生意那么多年，知道生意场上从来没有解不开的结。梁思申现在为人做事比过去现实许多。他自己现在也是家大业大，收敛了跳脱。那么为什么不可以再谈合作？杨巡决定慢慢接近观察。

　　梁思申与宋运辉也在议论杨巡。可可跟着爷爷奶奶在新开的大超市里蹦跳，宋运辉推着车子在后面跟进。梁思申不当宋家，不知道要买些什么日用品，就在旁边跟着，只有到毛巾床上用品区的时候才想起宋家的毛巾更换不勤，她抓了两打毛巾一打浴巾扔进购物车里，又抓来一打被套床单。宋运辉知道梁思申的生活习惯，见此只有笑，他回头又得跟勤俭的父母做半天思想工作，以期改变老人们常年养成的生活习惯了。

　　梁思申做了这两件事后就不再干涉，宋家主事的是公婆，她毕竟来得少，尽量不插手。宋运辉却不得不提醒她："呃，小姑娘，挽着手臂可以，不可以再做其他小动作。"

　　梁思申一愣，才想到刚才眼睛正对上丈夫鬓角的白发，就忍不住疼惜地伸手摸了两把。她晓得宋运辉在这个小地方认识的人多，不想破坏形象，但她还是悻悻地脱口而出："虚伪。"说出这个词就想到，这个词她最近想得最多，宋运辉当然也在她这个词的打击范围之内。

　　宋运辉不疑有他，笑道："别走开啊，这就生气了？"

　　梁思申背着手走路："没劲。"

　　宋运辉还想说什么，可正好旁边一个局长过来打招呼，两人握手热情谈了好一会儿。梁思申旁边一脸贤淑地看着，依然觉得好虚伪，但她也无奈地知道，那是宋运辉那个阶层人的普遍生态，而非宋运辉这个人有什么特殊。爸爸当年也是这样，哪像现在可以随随便便穿汗衫大裤衩戴一顶大草帽走过两个街区只为买一份报纸。就像她上班的时候，连裙子都不穿，一身装扮尽量掩盖性别，其实呢，外公骂得句句中的。

　　有些事情不知道便罢，一旦戳穿了，旁观都是煎熬。看别人的，比如那个局长的做作，还可以当猴戏看，但看自己丈夫的，那滋味并不太好。梁思申提醒自己不要走向另一个极端，可提醒归提醒，心里总是有些不好受。

　　这么忙忙碌碌度过两天周末，梁思申才有时间与外公单独相处。外公也等她久矣，周一早上一见她领着可可单独出现，立即两只眼睛活络起来，似是找到吵架对象。但事情也有美中不足，外公看到他带了那么多天的可可这个时候千呼万唤不来他身边，尽是钻在妈妈怀里做扭股糖。他只好委屈自己坐到梁思申身边去，以便就近接触可可。

梁思申将她在日本接触的两家企业与外公谈了一下，另一家是通过市一机日方引见，彼此才做了一个粗浅的会面。两人的目标都很明确，低价接手，分拆重组后快速出手。祖孙两个谈得难得如此合拍，外公更是谈得兴奋的时候，站到正对着市一机的窗口，眺望着市一机妙语连珠。外公给梁思申举个例子，一农妇卖葱，十斤的葱，按平常价是一元一斤，销路不过不失。农妇挑出好葱四斤卖一元五一斤，剩下的卖八毛，却正好迎合需求，卖得快了，而且反而多赚八毛，这就是市场。

梁思申当然知道市场是怎样的，但外公既然爱炫，她就听着呗，反正现在也没急事在身后赶着。外公说得急了，让口水呛住，大大咳嗽了几声，可可立刻操起他的奶瓶无私地递给外公，外公更笑更呛，梁思申忙上前端水捶背，外公咳嗽平息下来，却是有些黯然，老了，老了，小小呛水都要兴师动众，说明他再也不能主抓大事了。他思虑之下，主动提出，有些事务性工作交给梁凡去做，梁凡公司坐落上海，手底下有素质不错的员工一大堆，正好借用，他愿意割一部分好处给梁凡。

外公的提议正中梁思申下怀。她立刻与梁大联系，梁大正巴不得，非常乐意地就将国内部分的工作承接下来，而且立刻通知员工，将原属李力的办公室重新布置，交给梁思申使用。

外公等梁思申与梁凡达成口头协议，便笑嘻嘻捅上一刀，说梁思申而今堕落，甘愿同流合污。梁思申嘿嘿地笑，没法否认。以前她或许会说一句她借用梁凡公司是起稀释作用，但今天她不会再说这种话，做人，还是实际点儿吧。她在以前的驻上海办工作，又何尝没有利用身份的优势？看开些，辞职之后，她的心很闲适，很踏实。

但是外公并不打算放过外孙女，即使中饭餐桌上有外孙女婿托关系叫主厨做的金牌猪手，他都不会丧失立场，不打击外孙女，尤其见梁思申虎口夺食，帮同样爱好猪手的可可趁热抢食，是可忍孰不可忍。他故作得意扬扬地道："你跟小辉结婚那么多年，有没有看出小辉其实是迷失青年？呵呵，他让我三言两语套出是个理想迷失的。想知道？不说，急死你。"

梁思申还真急，外公透露出的三言两语充满玄机，让她非常想知道他们究竟谈了些什么，不过回头一想，不急，她可以问丈夫。于是她反手一枪："可可，外公阿太做了坏事还不说，还想急死妈妈，怎么办？"

"唱小兔子乖乖，十遍。"这是可可经常接受的惩罚。

外公笑得嘴唇乱抖，咬不住猪手，好久才正色道："还是告诉你吧，省得让我唱小兔子。"他把没见到雷东宝那晚与宋运辉的对话转达一遍，有些记忆偏差，但大致意思都在。"你呢，这回算是悟了，虽然来得晚了点，可我想你应该有很多新的想法，影响你的世界观，对不对？"

梁思申不得不点头："对，不过我正在适应这改变，做人通达点儿才好。"

外公道："你通达？我看是小辉惨了，你敢不敢承认你看他不顺眼？"

梁思申看看可可，一时无语，果然她在外公面前等于透明："可是我依然爱他，只是……偶像不起来了。"

"成长过程嘛，总是伴随着一个个偶像的倒下，所以我宁可不要当谁的偶像，只当谁的对头。小辉是个踏实人，不过他受生活所迫，就跟我年轻的时候一样，挣生活都来不及，偏偏生活也不放过我们这种聪明人，不让我们安闲，所有的回顾啊总结啊对我们来说都是奢侈，我们没有时间精力做这些。我一直到退休，甚至等你外婆去世，才想了些人生一世的大问题，小辉呢，我前几天跟他提了一下，他还没在意的样子。我懒得跟没开窍的人多说，你自己逮空跟他谈吧。做人，怎么做都行，但心里一定要有个信念，明确自己该做个什么样的人。"

"可想清楚了之后没法随便怎么做都行，那会让自己很痛苦。可能还是浑浑噩噩比较好。"

"那你和小辉的关系准备怎么办？总得有个人转变。我不管你们别的，我只在乎可可。"

"不会怎么办，他是我的爱人，是我的亲人。"

"自欺欺人。"外公并不多说废话，"看金牌猪手分上跟你说这些，说完两清。你别以为我还跟你们这种小毛蛋蛋谈什么人生理想，你不是对手。"

"谁跟你欺来欺去，这完全是我的问题，该调整心态的是我，小辉已经够倒霉，受我无妄之灾。"

"我传给你的基因哪条是三从四德？受不了。"

"不是我想三从四德，是他事事让着我，我好意思学你？"

"也是，你那段数跟小辉比，就跟小泼皮撞上林冲。"

"幸好，小泼皮众多，每天跟我吵架的就有外公等人，不愁寂寞。"

外公难得宽容地笑笑，没有说什么，再接口就坐实小泼皮称号。两人斗嘴时候，小王和保姆奋勇吃菜，可可则是两眼滴溜溜看着两个人，似乎学足一招一式。

可是梁思申话虽这么说，心里却是对外公的话认真上了。她回国后对宋运辉一直有心理障碍，明知这样不好，也明知自己很爱丈夫，可是她也不知道为什么，总是左看丈夫不顺眼，右看丈夫不顺眼，她总以为是自己的问题，被外公一说，难道，也有宋运辉的问题？可是，晚上与丈夫关上门畅谈理想信念吗？她都觉得有些荒唐。

她终是想不出该如何开口，在宋家住了几天，外公不愿再住宾馆，她只好护送外公回沪。而后，她开始紧张的收购整合工作。其实，忙起来的时候，反而整个人正常起来，再没时间精力胡思乱想。梁凡把他的资金也交给梁思申策划，梁思申隐隐成了李力走后，公司的首脑。

05

小雷家人心惶惶。

春节过后第一个月的老年人劳保工资虽然发了，可是老人们凑一起晒太阳的时候，见面第一句就是议论雷霆。大家心里都有朝不保夕的感觉：这个月的工资是如期发了，不知道下个月还有没有，或者会不会拖，大家都不敢大手大脚，一个个更加精打细算。

而雷霆的高层则是关注着人民币的汇率会不会如外界猜测，调整向下，放外贸企业一条生路。中央台新闻都在说日本汇率失守，台湾汇率也失守，香港那边则是苦苦支撑，也不知能坚持到什么时候。周围国家地区的汇率都跌，我们国家的汇率坚守不跌，那不是把自己往死里整吗？不是说国家需要外贸企业挣外汇吗，大家都乐观地觉得国家不会那么没考虑。人民币的汇率应该也会顺应民心地跌，跌到出口企业又有活路为止。

三月在大伙儿的焦躁中到来。雷霆的资金情况越发紧张，无数的口子等着用钱，每一笔钱进来，都得主事者掂量着轻重缓急，将钱安排下去，塞住其中最嗷嗷叫的一个口子。

三月初正好一笔钱进来的时候，供电局终于等得不耐烦，要雷东宝一定设法将电费结了。雷东宝对着最要紧的口子供电局和小雷家一众老人的月劳保，还有雷霆工作人员的工资，着实委决不下，这笔钱给谁才好？给了供电局，其他就没了，给了劳保，工资就得打折扣，反正处处捉襟见肘。

雷东宝还犹豫着，供电局在三道金牌之后，不客气地出手了。当时雷东宝正在电缆车间，忽然只听一声轰响，随即整个车间归于寂静，只余头顶一卷电缆在行车下面沉甸甸地摆动，带动钢缆"嘎嘎"作响，于此寂静之中显得分外狰狞，终于等电缆摆动结束，小三气喘吁吁打电话报告，说供电局来电下了最后通牒。

雷东宝无奈，只有答应。过不久，电来了，来去就跟常见的停电或者线路故障一样，车间里除了陪同雷东宝的正明，谁都不知道这电的一来一去有其原因，车间旋即又陷入轰隆隆的机器声中，但雷东宝再无心关心生产和原材料库存，臭着一张脸一声不响离开。

正明在初春的太阳下等雷东宝走远，立刻远远走去车间外面的空地，打电话给小三，问钱送去没有。

"在路上，是没到期的承兑，还得找朋友贴现。正明哥，没办法给你，供电局催得紧，都拖两个月了，再大的面子也给拖没了，看样子这回是来真的。"

正明道："我的意思，你贴现后想办法留几万下来，我看供电局那儿把大头交上的话，应该可以混过一阵子。我们村那些老头老太的劳保不能拖，那些人本来就没几个钱，急了会找我们拼命。小三，这事一定要办到，你要是在供电局那儿应付不过去，给红伟电话，供电局的人头他熟。还有……这种苦日子我以前独立支撑过，有经验，你相信我。"

小三当然清楚当年雷东宝入狱，正明独立支撑四面楚歌的电缆厂的过往，他现在只能相信正明的经验。"行，要是成的话，我跟书记说一声，这几天已经有老头老太找我要钱了。"

"你傻啊，书记是喜欢下面人自作主张的人吗？尤其这种紧要关头，他能让你乱动他的钱吗？别让他捏出你卵黄子。快去快回，回头我们商量怎么悄悄把劳保分出去。"正明顿了顿，又道，"小三，我前儿跟你说的话你忘了吗？小心划清界限。"

小三心里一个激灵，连忙答应。大家都说他是书记的大管家，现在人们有气不敢找书记，都是找他来闹，要是如正明所言，以后有个万一，书记怎么样不知道，人家起码还有宋运辉保着呢，可他小三没依没靠的还不给当作助纣为虐的典型，让全村人民生吞活剥了？他很快就将正明留下几万的提醒举一反三，想到这是他偷偷划清界限、留下活路的机会。

回头他果然得叫去红伟，才把供电局的头头脑脑摆平，虽然还差十万，可供电局的领导还是大手一挥，放他们一马了。请客吃饭后回到村里，正明指示小三把这笔钱先捂几天，让村里老头老太着急几天再悄悄发放，以谋求某些效果。大家都是在一条筏子上沉浮的人，总得给自己留条后路。小三借着酒意大胆地答应了，他在心里一径地告诉自己，答应的那些话是醉话，是不能当真的醉话，可是等他醒来后，他并没找正明纠正醉话，而是默默将电费余下的钱存进活期，默默观察事态发展。

雷母从海南回来后便回了小雷家，连她都感觉出小雷家世态冷暖，回家后不敢多提海南的所见所闻。但村里的老头老太们在发钱那天领不到三月份的劳保，终归是不会放过每天一同晒太阳的雷母，大家都追着雷母要她回家跟儿子好好要钱，大家说话的语气一天比一天暴烈，越来越难入耳。雷母当然传达给儿子，雷东宝让她这么转达：先保证生产，有生产才有未来的劳保。但雷母回头这么一传达，大家却闹上了，都骂干脆停发劳保，先饿死他们这帮老头老太，帮村里一年省下几十万换什么未来，都骂雷东宝这主意断子绝孙。雷母起先还赔着笑脸解释，后来听怕了，知道这帮人不敢跟她儿子闹却敢跟她闹，她索性闭门不出了。

但两天关下来，她就给关闷了，她又无法说服儿子，只好给能说会道的儿媳打电话，让儿媳帮忙解决。

韦春红回来后一直根据朋友和律师的指点，悄悄转移她的家财。有朋友好心提供建议，说可以假离婚，可是韦春红在家独自想了三天，她好不容易撷来的婚姻，心里非常不舍，而且她猜测雷东宝既然眼下如此艰难，她若是再拿什么离婚去干扰这浑球，这浑球还不知受不受得起刺激。

她最终想出一个主意，托朋友找关系，将所有的产权都转到她儿子小宝名下，小宝的财产，并不属于夫妻合有。

但是对于现婆婆让她劝动雷东宝的要求，她有心无力。雷东宝现在果然依言不来骚扰，她哪里还敢惹这浑球。其实她知道的并不比婆婆少，她自家里闹一次狐狸精后，在小雷家安了桩脚，她只要时时与桩脚联络，偶尔送小零小碎，不仅把她的耳朵安插在小雷家，顺便也把雷东宝给监视了，但她当然是不可能知道正明和小三的主意。

其实正明和小三也很顾虑，这种背着雷东宝做的事情万一被捅出去，他们两人的下场很惨，而他们又知道天下没有不透风的墙，在一个村子做任何事情都捂不长。可是他们想到雷霆万一下个月的工资再出问题，下下月的工资继续出问题，以及已经开始的设备商接二连三的讨钱诉讼经过漫长程序被判决被执行，到那时候雷霆将面临的惨况，以及众村民对雷霆这几个核心高层的集中愤恨，他们又不敢不预做准备。正明犹豫再三，把他的担忧与红伟交流，红伟也是忧虑得脸色铁青，没有反对，只说让正明自己看着办，众人都意识到，再大的靠山，都不如不倒的雷霆。

但红伟心里有矛盾，这么多年同学同事下来，不忍看着雷东宝一意孤行走上绝路。不过他得等又一笔款到账，才有脸去见雷东宝。此时雷霆的债主们再也不谋求什么途径，直接留下专人每天盯着雷东宝车轮大战般地要钱。红伟还没走到雷东宝的办公室，便听见吵闹声从总办飘出，响彻整条楼道。吵闹声中，他有些费劲地找到雷东宝沙哑得如同破锣一般的大嗓门，听着却是那么陌生。

红伟看了一会儿，知道进去也没法与雷东宝说上话，只好退走。等下了班，雷东宝从债主们的包围圈中杀出，甩掉众人走出办公楼。红伟这才跟上，才刚靠近，就听雷东宝喉咙如拉风箱，"呼噜呼噜"地气喘如牛。红伟与雷东宝并排了，赔笑道："书记感冒了？"

雷东宝斜睨红伟一眼，道："上火。"

即使天色已经微暗，红伟都能看清雷东宝的眼白布满血丝，两只眼睛激凸如愤怒的牛眼。红伟还是犹豫了一下，道："书记，我手头一笔钱到账，你看是不是先付了劳保？"

雷东宝一天"战斗"下来，火气冲顶，闻言道："跟你说几遍了，啊，没见墙上贴着通知？先保证生产。"

红伟依然赔笑道："你收收火气，我是红伟，不是讨债鬼。我说我们这些人的工资缓缓就缓缓，他们劳保没多少钱，占不了多少经费，就算我们尊老爱幼一下？没几个钱。"

有来来往往的村民听见两人的大嗓门，都竖起了耳朵，听雷东宝会给出什么说法。

雷东宝一刻没让大家等："就算停一个月，也死不了人。"他今天吵了一天，大嗓门刹不住，说出来的话如敲锣打鼓一般，与闻者众。

红伟想到雷东宝的身心可能还处于战斗状态，怕他再大声说出什么，只好闷声不响。

但祸不单行，红伟还没跟着雷东宝走进生活区，一个做外贸的朋友打来电话，说新闻已经出来，中国承诺人民币不贬值。红伟只觉得眼前一黑，这么多日子来，天天几乎烧香念佛地盼着人民币贬值，没想到晴天霹雳。那外贸朋友在电话里悲哀地说，承诺都出来了，看起来起码三个月之内，汇率咬紧美元。

如今这样的状况再拖三个月，对雷霆意味着什么？红伟用脚指头想都不会想错。

红伟发了半天呆，才要跟雷东宝说，却发觉雷东宝早已走远。他只有叹一声气，他知道雷东宝也不易，忙得都一头扎在小雷家不回城了，换他早挺不住，起码得生几天病。红伟想了想，回到家里先一个电话打给正明，再打给小三和其他相关人等，将承诺传达出去，然后才敲响雷东宝家的门，告诉正捧着饭碗吃饭的雷东宝如此这般。

雷东宝的反应不出红伟所料。他见雷东宝捧着饭碗的手一动不动，凝固在半空，而一张脸却如充血一般，涨得通红。红伟心中担心，真怕雷东宝出事，连忙伸手拍打，道："书记，说话，说话。"

但雷东宝过好久才回过神来，手中饭碗"啪"一声掉落桌上，一丝沙哑的声音从喉咙底部滚出："没指望也好，也好，索性无赖到底。"

红伟趁机道："看来要过一段苦日子，书记，先把村里大家安抚好，把劳保发了吧。现在村里已经没一块可种的地，大家都指着劳保吃饭，别处没地方刨食。"

雷东宝却并没听红伟说什么，自言自语地道："真要把所有安装停下？还是停下没优势的铜厂铸造车间？"

红伟只得大声道："书记，我问你劳保发不发，这个时候不能惹众怒，一定要发。"

雷东宝大掌一挥，道："这几天没钱，等有钱立刻发。明天让小三出个通知，说明一下情况。你不当家，只看到你爹娘等钱用，你没见我这边每笔钱都是火烧眉毛才发出去。"

"书记，老头们会造反。"

"造什么反？雷霆要倒了，他们更没饭吃，一个个只看紧眼前一块自留地，一点大局意识都没有。这么多年啦，从来不会自我改造改造，没钱不发。"

"书记……"

雷东宝将红伟从椅子上拎起，一脸凶神恶煞："你还想说什么？"

红伟当即哑炮，快快而走。回到家里长吁短叹，一个电话将正明叫来，想了想，又把小三叫上。三个人一合计，觉得雷霆再这么被雷东宝搞下去，更没指望，可是又不能推翻，雷东宝头顶有无数光环，雷东宝身后又有不知道会不会出手的宋运辉等人。三个人密谋到午夜，初步决定架空雷东宝，第一步就是明天开始，小三和正明辛苦一点，晚上挨家挨户分发劳保，再等有钱，逐个分发部分工资，以安抚人心，并引导人心向背。密谋结束，红伟将口袋里放了一下午的汇票交给小三入账，以后雷东宝发雷东宝的令，他们三个做他们三个的事。

雷东宝看红伟出去，只觉得清心，这几天他被追债的搞得一个头两个大，火气上来，恨不得自己拿头撞墙。今年不同以往，大家村口拦债主的火力不够，于是他便遭了殃。

但即使红伟离开，雷东宝也再没端起饭碗。他一支接着一支地抽烟，考虑小雷家的未来该走向哪儿去。他越想越是心寒，耳边盘旋的都是王老先生认准他雷霆必死的话语。而他现在是真的开始束手无策，不知道下一步该怎么走才能带领小雷家走出困局。他想来想去，发现可以走出的每一步都是关系一个"钱"字，而没钱则是步步不通。

如今手头的钱维持生产已经艰难，而设备商则是在法院要求诉讼保全。若是设备商得逞，小雷家被封一半，那么他说什么总得拿出一些钱出去打点，这样手头就会更紧，生产更加紧缩。唉，他每天就在钱眼里打转，白天黑夜脑袋里都盘算着怎么用好每一分钱。他不是不想发工资劳保，他自己自从没法从韦春红那里拿钱后手头都紧，可是哪来的钱？发了工资劳保就得少进多少捆料，其他人能知道吗？而且市道不好，做出来的产品利润微薄，不够应付。所以无论如何，都得勒紧裤带渡过难关，大家一起刻苦，他打算要小三起草一份报告，过几天召开村民大会，跟村民们摆摆道理，让大伙儿还是跟以往那样跟着他使劲。

其实雷东宝心里最想的是韦春红手里不菲的产业，还有正明红伟两个手里历年积累的钱财。如果这些钱都拿来，雷霆可以稍喘一口气。可是韦春红已经拒绝他，红伟跟正明两个也是侧面说起自家的钱不能动用。他断无拿拳头押着这几个将钱取出的可能。红伟家开会到半夜，雷东宝一个人也是想到半夜，可是依然没有想出万全之策。唯一的希望，就是小雷家万众一心，与他共渡难关。

这时候雷东宝头皮嗞嗞地痛了起来，他握拳捶了脑袋两拳，当然是没用。头痛起来想什么都不再有思路，他无奈之下只得上楼睡觉。可躺到床上脑袋却反而清楚起来，他于是又想。可是越想越乱，想到后来也不知道是做梦还是清醒，混沌了一夜，折腾了一夜，天色却是亮了起来，他只好翻身下床，晕眩着脑袋出门上班。还有那么多事等着他去办。他不知道在这危难关头，没有他的话，这个雷霆会变得怎么样。

但是到了办公室，却又是那么多债主来讨钱。他应接之余，通知高层开会，研讨对策，然而现在的办公室难容一张平静的办公桌，所以他们只好撤到市区的集团办公室开会。

看到久违的豪华装修的集团办公室所在大楼，雷东宝下车后怔忡许久才走进门去。他心里冒出一个想法，是不是该把集团办公楼卖了换钱？但这样的门面如果卖了，看在别人眼里会怎么想，会不会想到小雷家穷得当裤子了？还有他的奔驰他的佳美呢？可卖了那些都是钱啊。

但会议还有更重要的议题，雷东宝坐上主席位，便将自己的观点摆上桌面。

"今天开会，我们统一一下思想。昨天得到消息，汇率不会变了，那么我们雷霆该怎么办？我有一个打算，今天开始把所有基建停了，安装一半的设备擦上牛油封起来，只开现在在转的设备，所有的资金也全部收缩到电缆和铜厂，所有工作都以确保这两家厂的运作为前提。我的意思就是这样，你们每个人给我一个表态。"

红伟听了这样的开场白，不由想到春节时候忠富跟他说的话。书记什么时候听过别人的意见？红伟第一次认识到，原来以前的会议也是差不多形式，与其说是开会讨论，不如说是表态同意雷东宝的意见，因此红伟今天觉得说什么都违心，不愿表态。但是他又不能不表态，按照顺位，他排雷东宝下面的第一号，他得率先表态支持。他想到昨晚与正明和小三商定的架空决定，可还是希望他能说服雷东宝。

"其实现在在转的设备也存在吃不饱的问题，而现在在转的设备生产的未必是适销对路的产品，我们可以考虑关停一部分挣钱少的设备。安装接近尾声的预3号车间的设备生产的产品，我看正是近阶段市场需求量大的，一刀切停预3号车间的想法，我看书记是不是再考虑一下。"

"红伟，你没做过车间，你知不知道，预3虽然看上去已经像模像样，但真想让机器转动起来，生产成品，这中间还要多少投入？我们哪来的钱投入？我们现在只有依靠现有设备，挣钱保命，挣钱求发展。正明你表态。"

正明看看对面低下头去的红伟，略一思索，便对着雷东宝道："书记的讲话给我指明方向。昨天我知道人民币不贬值后心里很乱，现在好了，就这么干，我回去立刻抓紧时间落实。"

雷东宝的脸色这才缓和下来，道："正明在一线，还是懂生产的。下面谁说？"

大家纷纷表态，有红伟和正明两个鲜明对比的例子摆前面，大家自然是众口一致。红伟没有再说什么，整个会议期间一直摆弄手中钢笔，但脸上一派平静，他至此已经非常理解项东，他至此也已经决心坚定，不复动摇。

到最后，雷东宝才问："你们看，集团办公室要不要卖了？"雷东宝问话的时候，脸则是朝着正明，他对现阶段正明的表现比较满意。

正明道："我有两点考虑，一点是卖了的话，像今天这种情况，我们想开个会都找不到地方。再一点是现在还没到完全过不下去的地步，我们前面的路没全堵死，我们还得整出门面争取贷款，争取政策，卖了显得我们实力出问题。"

正明的话正好是雷东宝所顾虑的，如今有正明与他合拍，他便更加肯定自己的想法，于是也没继续征求大家意见，拍案将会议结束了。正明说书记脸色不大好，劝雷东宝在集团清清静静地睡个午觉，雷东宝没答应，他的身子还没娇贵到这地步。

红伟开完会就先一步走了，他也并不满意正明，看到正明堂而皇之地说瞎话，他并不赞同，可是又想到，正明不这么说这么做，又能怎样。他都感觉得到，他如果再顶撞下去，雷东宝会当场一纸文件将他的职位免去。但红伟开车没走出多远，就被正明一个电话请回去，接上正明和小三，在车上商议。正明问了红伟很多工厂生产的产品系列哪个好销哪个不好销，又问小三好销的毛利怎样，不好销的毛利又怎样。小三还根据常规的资金周转情况提出自己的想法。三个人一路议来，行至小雷家村的时候，基本统一了做什么不做什么的思路。迈下车子的时候，红伟心中也有了忠富所说的"踏实"的感觉。

但红伟心头还是暗自叹息，以前雷东宝坐牢的时候，他坚持下来了，而现在路还没走到头，他反而不忠了，他心里一时有些接受不了。但再难接受，小三主导派发劳保的时候，他有空就他跟着，正明有空就正明跟着，悄无声息地将劳保先发了下去。他看到老头老太们在怨声沸腾后忽然意外地拿到这笔钱的时候，那神情和那语言都在说明同一个问题。而红伟、正明和小三心里都知道，从这个时候起，他们属于另一阵线了。尤其是红伟，开弓没有回头箭，这条路他得走到底了。

不久，再拿到另一笔钱并计算出盈余之下，他们将工人的工资也发了。

所有人对红伟正明几个非常感激。

而这个时候雷东宝犹如孤胆英雄一般与众债主缠斗着，又因群众向镇上反映情况而与镇政府县政府一干人说明着，他一身披挂所有的火力，依然忙碌得不可开交。而同时今年又是要紧会议众多的年岁，开会，传达文件，学习精神，总结经验，有得他忙。他整天忙碌得像个陀螺，旋风般地飞旋于这事那事之间，累而充实。小三悲哀地觉得，一贯英明神武的书记这回真像堂吉诃德。

但正如大家并非坚贞不渝地忠于雷东宝一样，大家拿到劳保拿到工资，保持一段时间的守口如瓶之后，便有了百花齐放。就像第三者的传闻总是最后落入当事人的耳朵，雷东宝一直被身边人刻意屏蔽着话题，但终于有只言片语传到韦春红的耳朵里，韦春红凭东鳞西爪意识到问题有点不对，便一个一个电话打出去加意套取问题背后的实质，很快，韦春红便敏锐地捕捉到问题实质：有人在背着雷东宝收买人心。

韦春红心里又生气又悲哀，这种在小雷家村明晃晃做的事情，却只瞒住一个雷东宝，这说明什么？即使她作为雷东宝的妻子，她现在都觉得雷东宝该下台了。可是她想，即便是死，也得让雷东宝死得明明白白吧。她拿起电话想拨雷东宝的号码，可事到临头，却一个电话给红伟打去："老史，为什么背着东宝做手脚？"

红伟自开始做起，就想到有泄露的一天。他原以为泄露得很快，没几天雷东宝就应该拍着桌子找上他，可没想到时间竟拖延了那么久，而最先找上他的却是韦春红。以红伟对雷东宝的了解，他猜知雷东宝一定还不知情，否则，雷东宝断无让老婆出马拍桌子的可能。他这下倒是有些狐疑上韦春红的态度，为什么不先告诉雷东宝，而先找他问话。还有，韦春红究竟知道多少？因此他先施缓兵之计："春红姐，你说的是哪件事？"

韦春红冷笑道："老史，这就是你的不是了，你和正明做的好事，怎么反来问我。"

红伟沉默了好一会儿才道："春红姐，雷霆再也拖不起了，我们再不行动，雷霆死掉烂掉就在眼前。"

韦春红沉着地道："只因为这个原因？"

红伟道："还能因为什么？如果是想造反，我们不会那么曲折。不瞒你说，该做的我们都做了，包括请你春红姐劝书记，可都没用。你也知道书记的脾气，你说我们还能怎么做，等死还是行动起来？”

韦春红当然清楚雷东宝的脾气，只得叹一声气："你们好自为之，消息总有一天传到东宝耳朵里。"

红伟却反将一军："春红姐既然已经知道，要不请你告诉书记。"

韦春红道："你们都已经架空他，你们还想怎么样对他？搞死他？还是他自觉退位？我看你们最后只有这两种选择。"

红伟虽然已经将事情做出，却还是被韦春红的话逼出一身冷汗："我们没那意思，我们都是书记多年的手下。可你说我们该怎么办？我们除了架空他，还能做什么？我们都是提着脑袋还得好好做事，我们又跟谁喊冤？"

"可是总有一天你们要冲突。"

红伟沉吟："到那一天，我立即跑去找宋总说明原因。跟书记，我该讲的理都已经讲了。我看长痛不如短痛，春红姐还是替我们把情况跟书记说了吧，也好让书记有个准备，免得没准备的话当众出丑。"

春红哀叹："东宝做了那么多年，为村里做了这么多事，就没一个人记挂他的好？就没一个人抵抗你们的架空？"

红伟道："工资面前，爹亲娘恩也得搁一边放着。再说我们做的事不是阴谋，只要是正常人，谁都看得出我们对事不对人，我们为的是雷霆。我们没想逼书记退位，我们辛辛苦苦还得担心书记逼我们做出什么。所以，春红姐，拜托你了。"

韦春红根本就没话好说，默默将电话挂了，坐在沙发上忍不住垂下眼泪。那个浑球，到底是怎么了，要不要提醒这浑球？他毕竟是她的丈夫。她再不提醒，雷东宝更被人当笑话看待。她从红伟的话里已经听出，大家用架空，还供着雷东宝这尊神，并不是因为雷东宝还真是个神，而是因着遥远的那个宋运辉，为此，她真是替雷东宝彻底地悲哀。

她擦掉眼泪，打电话给雷东宝，她不要什么大公无私地为小雷家全体着想，她只要管住她老公。但是电话里传来雷东宝因上火而沙哑的声音的时候，她又是没原则地心软。而雷东宝一看显示中是家里的电话，就道：

"找我干啥？"

韦春红收起悲切，道："跟你谈件公事。"便将从小雷家媳妇们嘴里听到的消息一五一十告诉雷东宝，她暂时隐下红伟的电话不说。但她说完，却发觉电话那端反常地安静，只传来明显的"呼哧呼哧"声。韦春红急了，道："东宝，你吱声，告诉我你听着。"

雷东宝却没吱声，只瞪着眼发呆，什么？红伟正明背着他搞鬼收买人心？这不是推他上架火烤吗？他只觉得热血冲顶，好久说不出话来。这怎么可能？清楚过来的时候听韦春红在电话里喊他，他马马虎虎地道："知道了……"

韦春红才稍放心："你准备怎么办，去撕了红伟他们？你有没有想过，本来大家还碍着面子认你是老大，碍着宋总的面子，大家还相安无事，如果你去点破，去闹事，会不会大伙儿索性横下心来赶走你？"

雷东宝却是无法相信韦春红说给他的现实，整一个村的人架空他？他问道："哪几个女人跟你说的这事，你耳朵没听错？"

韦春红因开饭馆，与红伟打交道多年，又是上回雷东宝坐牢时与红伟危难见人心过，本来还想护着红伟，听雷东宝这么浑，竟然还怀疑她，而不是发现苗头即刻深挖，只得对不起红伟了："我跟老史也谈过，我看，要不你回市区一趟，我们找个地方说话，我要知道你怎么做，你千万别鲁莽，别撕破面子。"

雷东宝一声"知道了"，却将电话结束。韦春红听着"嘟嘟"声响，只会干瞪眼。想来想去，一个电话打去雷东宝的靠山，但是雷东宝并不承认的宋运辉那里。

宋运辉听到韦春红的描述，心中惊异，但转念一想便是释然。前儿刚与老徐说起过，雷霆是小雷家全村的雷霆，他因雷东宝而关心雷霆，而小雷家全体村民因切身利益而关心雷霆，小雷家村民对雷霆的感情比他深不知几倍，雷霆是村民的命根。因此眼看雷东宝拖着雷霆走向深渊，村民岂能坐视？"大哥准备怎么处理这事？"

韦春红道："他不肯跟我说，他最近脾气坏得不像人，为了保护两个儿子，我跟他事实分居了。"

宋运辉想到春节赶去小雷家听说韦春红去海南过节，心说原来如此。"事实上春节的时候我们已经建议大哥退出，让他借口生病治疗，体面地离开雷霆，可大哥不肯。"

韦春红急道："你也认为他……雷霆不再要他？可你知道雷霆是东宝大儿子，宝宝都不如雷霆在他心中的分量。除非他死，否则没人劝得走他。罢了，我现在赶去小雷家，我刚告诉东宝这事，不知道他要怎么闹，我得去看着，宋总，求你打个电话给红伟，压红伟正明一把。"

"好。"宋运辉答应。

但是放下电话后，宋运辉却想到，他跟红伟说什么？让他们继续拥戴雷东宝？还是让他们对雷东宝手下留情？可问题是雷东宝能放过这几个人吗？矛盾激化时，以雷东宝的脾气，谁敢手下留情，那么伤害的就是他们自己。

宋运辉思之再三，想给红伟打个电话，可铃响半天却没人接听。他预感，小雷家出事了，他也恨不得学韦春红，立即赶去小雷家现场。

雷东宝此时却是沉思：是真是假，怎么会这样？他扯起喉咙叫小三问话，但办公室和财务室的人同时回答，三主任出去办事了。雷东宝打小三电话，问小三是不是背着他调度资金，小三接了电话便吓得语不成调，却是一口肯定。雷东宝又问主使的是谁，是正明还是红伟，小三说好多人开会决定的。雷东宝无语，挂了电话。他最了解雷霆的人事，这事，除红伟与正明，别人没那么大号召力，而小三自然是其中的骨干，不抓住小三没法调度资金。

雷东宝在办公室暴跳如雷，冲去正明和红伟的办公室，都没见人。而办公室里的同事见此早已第一时间电话通知红伟和正明，通知他们书记冲天的火气。

红伟接到韦春红的电话后，便知道今天无法善了，韦春红不可能将这么重大的事情瞒住丈夫，因此他十万火急找到正明，通知正明避走或者如何。但是正明却不肯走避，他反问红伟，今天避了，明天怎么办？书记一直发火，他们难道一直走避？凭什么？话虽如此，红伟还是不忍与已被架空的雷东宝当面对峙，可是接到电话却知道对抗无可避免。他们只好分头行动，红伟坐镇车间，维持正常生产秩序，正明出去调运救兵。

红伟紧张得坐不住，神经质地在车间办公室绕圈。可他抬眼间却见到听闻消息的几个村民工人已经持械拦在办公室门口，说是由他们保护他。红伟惊住，忽然之间明白人心的向背乃大势所趋。工人们做到今天这一出，其实不仅仅是因为从他和正明手里拿到一次工资，不，一次的工资还不至于有那么强的效应，估计应该是他们也是明眼人，他们也早在心中否定了雷东宝。红伟不知道怎么说才好，他开始为雷东宝悲哀，这原是一个全村人民爱戴并尊崇的书记啊！

雷东宝在办公楼上下找寻，不见几个主使，又退回办公室，捶着桌子考虑对策。罢免这两人？还是怎么办？敢反他！雷东宝将因果胡乱考虑，拳头捏得嘎嘎响。呸，不管怎样，先揍死这两人。红伟且不说他，正明，肯定猫在车间。雷东宝跳起来黑旋风一般又冲出办公室，耳边只听有此起彼伏的声音叫"书记"，但雷东宝一个都不理。走到楼梯的时候被一个男人拦住，他一看是正明的堂弟，顿时两眼血红，伸出大掌一把将那堂弟拍向墙壁，他满意地看着那人不堪一击，骂声"妈的"，继续前行。

冲下楼梯，冲出办公楼，跨越小广场，走向通往车间道路的时候，他血红的眼睛发现前面出现一层障碍。

然而这回雷东宝却无法肆意拍出他的大掌。

密密麻麻排在雷东宝面前，挡住雷东宝去路的，竟是小雷家村的老人。这些老人有男有女，站前面的人愤然举起早已锈迹斑斑的锄头钉耙，站后面的有两个还得靠扶住锄头柄才站得稳，这些人，没一个能挡住雷东宝的一根手指头。

但那些人的目光非常坚定，等雷东宝离他们两米之外站住，他们齐声高喊："雷东宝，退位。雷东宝，退位……"

在众老的高喊声中，雷东宝恍惚看到十多年前小雷家被县里清查，正是他发动全村老人对抗工作组的入住，令工作组无法正常展开工作。当年，也是个大夏天，那几天太阳都很亮，小雷家老头老太被他培养出反抗的光荣传统。他们后来还围剿拖欠小雷家工程款的市电线厂，力拒讨债的进入小雷家村……而今天，没想到他们反抗的却是他，带着他们找饭吃，找到好饭吃的他雷东宝！为什么？

雷东宝忽然觉得今天的日头也特别大，日光也特别亮，而忽然之间又如天狗吞日，眼前一片昏暗。

雷东宝庞大的身躯轰然倒塌在众老面前，泼出浓厚的一蓬灰土。

06

还是红伟第一个打电话报告宋运辉有关雷东宝送医院的事。但宋运辉此时已经通过安检进入候机厅，准备出发去北京争取一个项目的审批。看着窗外起降的飞机，他无法不想到命运竟是如此起起落落，无常轮回。他万万想不到，雷东宝会倒在众老面前。雷东宝带领小雷家风风雨雨走过二十年，其扎根，在小雷家的肥沃土地；其成长，是小雷家村民的众志成城。而当小雷家众老也揭竿而起的时候，雷东宝岂能不倒？

年初外公奉劝雷东宝装病退出，竟是一语成谶。

宋运辉公务在身，没法立即赶去小雷家，只得委托刚从日本返回的妻子。宋运辉让梁思申看情况，如果有需要，由他出钱来替雷东宝治疗。梁思申行前，宋运辉又是诸多叮嘱，说的最多的是要求梁思申别再追究雷东宝的错，雷东宝病中爱说什么就让他说什么，让她听过算数。梁思申哭笑不得，她难道就是那么多嘴的人？

第一次的，梁思申为雷东宝做事而又如此甘心，完全是因为宋运辉。因为她真喜欢宋运辉于婆婆妈妈间流露出来的关切，这等关切是如此真切，如此人性，绝非来自什么宋总，而应该更来自那张嘴唇挂着燎疱的年轻侧影。她不由取出票夹中的这张照片，相对微笑，她总算明白这段时间为什么总在心里排斥丈夫了。

梁思申只有与韦春红确定行程。她没想到出站的时候竟有一男子举牌接机，那男子自我介绍是雷东宝的司机。梁思申跟着司机出去，到外面再看到那辆车牌熟悉的佳美，才敢确信。但梁思申隐隐觉得司机有些紧张，不敢说话。

车子在静默中驰往宾馆，司机说雷东宝和韦春红都在医院。梁思申不想留下替宋运辉兴师问罪的印象，就只好和蔼地找话来说："师傅以前好像开的是奔驰。"

"是啊，奔驰。"那司机顿了好一会儿，忽然觉得不妥，忙补充道，"我们刚把奔驰卖了，现在村里最好的就是这辆佳美，史总指定这辆车来接您，但听说这辆车也快卖了。"

梁思申不由想到雷东宝当年参加杨巡婚礼时候那驾驭奔驰的气派，再想雷东宝才刚倒下，村里上层所做的最先几件事之一就是卖车，可见雷东宝行事之不得人心。"雷霆现在谁在负责？"

司机犹豫好久："没定，听说还得开会，镇里领导也得参加了，才能最终决定。"

梁思申"唔"了一声："韦嫂一个人伺候在医院，吃得消吗？她家里的孩子有没人管着？"

司机道："韦婶娘家有人过来帮忙，村里也配了帮手给她。"

梁思申点点头，她还想继续问，却被来电打断——是萧然的电话。萧然从梁凡嘴里得知梁思申肯收购他手里的市一机股份，他又不知道日方股份的收购也在梁思申的计划中，还以为梁家势大，梁思申又善于与国外公司做生意，敢仗势与日方挑战，如此千载难逢的脱身机会他怎肯放过，因此天天电话追着梁凡要求与梁思申正式会谈，一得知梁思申回国，也是天天电话追踪，想尽早敲定，以免夜长梦多。

若不是雷东宝出事，梁思申也想打个时间差，在与日方正式签约，一手交钱一手交货之前，先将萧然拿下。无奈现在她得替宋运辉分忧解难，不知得拖多少时间，没想到她将最近日程一说，萧然立刻提出他很快赶来见面，先谈意向。梁思申也没拒绝，就这么定了。

司机只听梁思申对着电话强硬地说报价高于多少万就谈都不谈，司机还以为是寻常的生意，但那生意可真够大的。司机因此还想，为什么书记以前不找这位有钱亲戚帮忙？

　　梁思申来到医院。她从小到大，在国内见的都是高干病房，这回却是第一次来到普通病房，而且还是三人一间、在她看来无比嘈杂拥挤的病房。她循着房号找到病房，站在门口看见一屋子的人一屋子的杂物，一时不知所措。但她很快见到韦春红，顺藤摸瓜，便见到躺在病床上堆积如小山的雷东宝，小小的病床似乎盛不下这庞然大物，看上去雷东宝连转身都难。但韦春红却挽起袖子上阵，正独自帮着雷东宝翻身。梁思申连忙走过去帮手，她发现雷东宝似乎还在昏迷，两人这样的大动作，雷东宝都没睁一下眼睛。

　　等终于艰难地将雷东宝翻成侧身，韦春红才喘着粗气，叹息道："总还是你们，这浑球以前好事坏事都做，可最后身边只有我和你们，谢谢你来看我们，你们这么忙的，唉！"

　　梁思申道："宋心急得不行，可他这几天约见的都是由不得他的人，对不起，大哥情况怎么样？"

　　韦春红拿一只手指指脑袋："醒来过，可我看着他这边好像有些浑。我跟医生已经打好关系，医生也说没办法，中风，慢慢来。谁让他太胖呢，脾气又躁，医生说这血压这血脂这脾气，今天才倒下已经算吊得长久了。唉……你坐这儿，别站着，你从北京大老远赶来也累，这浑球整天躺着肯定难受，我给他捶捶背活活血。"

　　这事，梁思申不便帮忙，就挪凳子坐在韦春红旁边，嘴里安慰。韦春红却摇头道："我没太难过，知道他渡过危险期，我这几天心里反而比过去踏实。你看他现在这么乖，不会乱发脾气闹得全家鸡飞狗上墙，不会在外面闯祸让我晚上睡不着，也不会整晚不回家不知道做些什么。我只想跟他安生过日子，可不知道他醒来清醒后会怎么想，我现在只忧心这个。"

　　梁思申听着心里只觉得酸楚，这么好的一个女人，雷东宝却不珍惜。她见韦春红说着说着眼泪断线珍珠似的淌落，忙伸手替她擦了："那也是以后的事了。这几天你千万悠着点，别太累着，现在家里只靠你支撑，你可不能自己先累倒下。春红姐，要不要换个清静点的病房，大哥可能不在意，你却可以好好休息。"

"得等着，刚来的时候是四人间，昨天才搬到这儿，也不知道什么时候能轮到双人间。跟护士站已经打好招呼，有轮出来的病床总是先给我们。没事，我贱命，只要他不跟我吵，我哪儿都睡得着。小梁，你知道他醒来翻来覆去说的是什么吗？我听着真是伤心死。"韦春红的眼泪更是抑制不住，只好收回手，从梁思申手里接了纸巾擦拭，"他只有一句话，他连我是谁都还没认出来，却把一句话说得清清楚楚，'你们为什么反我'。"

梁思申愣住，心中替雷东宝悲哀。良久，她才有力气说话："小雷家人都不来看看？"

"我不让他来，这样离了小雷家正好，省得他整个人跟着魔似的不知道自己是凡人，人家现在又不认他。我自己有点积蓄，我也还不老，我伺候得来。"

"宋说了，大哥的医疗费我们来出，日子长着呢，这笔费用不会小。春红姐你留着钱……"

韦春红斜睨梁思申一眼，打断："你来已经够尽心。现在东宝还有什么呢？他们小雷家的人能有点良心，还不是看着他身后的你们。我本来想离他们越远越好，可你来我一定要叫他们派车，我们只有靠着你们，他们才不敢进一步骑上头来。唉，话说回来，你们和这浑球又不是血亲，怎么好让你们拿钱出来。你放心，我有钱，几家店面房的房租收起来，这浑球就是这辈子每天住高干病房都住得起。"

梁思申震惊，才知为什么有小雷家的车子去机场接她，而且司机对她态度恭敬有余，她心里顿时有了主意："大哥够住高干病房的级别吗？要不我们搬上去，我找医生去说说。"

"浑球混那么多年，白混，不够级别，我倒是想去住。"

梁思申当即打电话给梁大，问有没有办法帮弄一间高干病房。她相信肯定弄得到，只要梁大肯，当然，她相信梁大肯定不遗余力，今时不同以往，梁大和他的那些舅舅看见她比看到亲妹妹亲女儿还亲。韦春红还想客气，但梁思申轻声告诉她，还有比宋运辉更狠的人在上头，这会儿从权，搬出来使了再说。她了解企业，虽然雷东宝倒下，可雷东宝在雷霆做的事却都白纸黑字留在那儿，那些村人若想一劳永逸地解决雷东宝，不让病愈后的雷东宝回去小雷家，肯定得从若干年的经营中找出问题，想出招术将雷东宝掀翻在地并踏上一脚，她认为宋运辉还不够分量阻止那一切。

韦春红半信半疑，她只知道梁思申有个钱多的外公，倒不知道还有权大的亲戚，心说这姑娘怎么命好到啥都占了。但她不敢拿这么一个电话太当回事，这似乎太轻易了点。她含着眼泪，继续给雷东宝捶背、按摩腿脚。

没过多久，一个年轻男医生和两个护士客客气气地赶来，说是来给雷东宝搬病床的，搬去高干病房。再过一会儿，等病床搬好，韦春红在电视上见过的一位市领导亲自匆匆赶来，抓住梁思申亲切地说话，关切地询问还需要帮忙做些什么。韦春红目瞪口呆地看着梁思申从容应对，却没听到梁思申在市领导面前讲出躺在床上的这个人是大名鼎鼎的小雷家村的雷东宝，当然，梁思申也不可能为雷东宝申冤。

韦春红不便插嘴，但她在一边儿却是矛盾地期盼梁思申为雷东宝说上几句，让领导为雷东宝做主。可是一直等梁思申送走领导，她都没听见梁思申提到"雷东宝"三个字。她一时非常犹豫，要不要跟梁思申提一下，可否让雷东宝回去小雷家，因为雷霆是雷东宝的命根子，她估计即使雷东宝正常的时候也不大容易见到这位市领导，可刚才她又跟梁思申说离了小雷家最好，岂不是前后矛盾？

一会儿梁思申送走人回来，先发制人："春红姐，我想还是不跟来人提大哥，免得来人乱插手。现在事情已经激化到这个地步，大哥已经不适合再回小雷家，靠上级关系硬插进去不理性。"

韦春红无言以对，怔怔地看着梁思申，又落下眼泪，人家小姑娘可比她明白得多，做事也干脆得多。

梁思申看着韦春红心软，看着躺床上血色不复当初的雷东宝也是心软，但是她坚持不松口。她早提出现在的雷东宝已经不适合雷霆，她必须适可而止，不能擅权，让雷东宝回去容易，可是回去以后呢？她刚才跟来人只提病人是丈夫的大哥，她不提大哥的名字，也没提她丈夫宋运辉的名字，她从对话中听出来人已经去医生那儿了解过病床上的人病情如何，估计来人当然不会漏看病人的名字，但是她既然不提，来人必定不会节外生枝。

可是她心里真替韦春红难过，这样一个女人，要什么拿得出什么，能独当一面将饭店开得那么好，怎么遇到雷东宝，就没自我了呢？她不知道如果宋运辉不重视她、出轨还坏脾气，她能有韦春红这样不屈不挠的贤惠吗？

晚饭时分，一个中年妇女送饭菜过来，进门时眼睛挂满惊异，而且一直看着梁思申。韦春红当即收起悲切，起身介绍说这是四宝媳妇，饭菜做得最好，这几天在她家帮忙，又似是不经意地提起刚才那位什么什么长真客气，都已经帮那么大忙了，还拎水果鲜花过来。四宝媳妇没敢说什么，她刚才还是一径去的普通病房，那边人告诉她来了一个很派头的年轻女人，坐在病房里一个电话就把什么事都搞定。四宝媳妇还以为是谁，看西洋镜似的跑来高干病房区，才知原来是宋运辉的太太。

四宝媳妇以为这是理所当然的，但回去将一天的情况向老公一汇报，却没想到红伟和正明两大头亲自到市里找她问个究竟，四宝媳妇才知天外有天。正明原本在集团里负责公关，早八百年就已经把宋运辉的关系玩得比雷东宝还熟，最清楚宋运辉的能量能到哪一层，但今天四宝媳妇的传达显然不是那么回事，他们急了。向四宝媳妇问清所有细节，红伟立刻打电话问杨巡，果然杨巡反馈，别惹姓梁的。红伟和正明两个顿时脸色煞白，比躺病床上的雷东宝的白脸有过之而无不及。

红伟问正明要不要去找宋运辉请罪，正明不敢答，坐驾驶位上没主意。两人都想到几年前的夏天，宋运辉太太过来，雷东宝亲自踩三轮车引导参观，其实雷东宝也清楚。

两人不敢怠慢，去宾馆找梁思申，打着拜访的旗帜。但梁思申拒见，梁思申有意将架子端得十足，她让小雷家人自己揣摩分量去，人总是更容易被自己心中放大的恐惧击倒。

这全是她自己的主意，没有事先与宋运辉商量，她觉得宋运辉如果理智处理，肯定也是一样的办法。她打电话告诉宋运辉处理结果，宋运辉长吁短叹："无法接受事实，却不得不接受事实。"

两人在电话中不约而同地聚焦雷东宝心心念念的"你们为什么反我"。梁思申吟出她最近又重拾起来的古文，"舟已行矣，而剑不行，求剑若此，不亦惑乎。"滚滚长江，大浪淘沙。

这以后，雷霆的红伟和正明几乎隔三岔五地发一份情况通报到锦云里的传真上，于是外公经常是第一个通过通报了解雷霆的人。雷霆在市区的集团办公室贱价卖了，因最近市道不好，无法卖出好价。雷霆的车队只剩下运输车和一辆普桑用于办事，其他车子全部转卖。雷霆召开董事会，集体讨论管理层人员安排，基本上是拉开后雷东宝时代的序幕。猪场收归村有，折价进入雷霆，忠富再度执掌养猪场。经过多次会议讨论，安排红伟全面负责电缆厂，正明全面负责铜厂，雷霆集团三足鼎立，而所有雷东宝时代定下的福利，却经过会议讨论，暂停实施……

但这些通报只有宋运辉关心。外公最先关心几下，后来就不理了，那种小眉小眼的格局，外公才不喜欢。

不管锦云里的人关心不关心，通报却是风雨无阻地送到，从不耽误，而韦春红还不如足不出户的外公了解雷霆。

杨巡从一个朋友口中获知，萧然在市一机的股份似乎成功转手了。杨巡非常好奇，这世上竟然还有比萧然更蠢的人？杨巡也愤然，原本他看着萧然四处推销可就是卖不出那傻到极点的市一机股份，他心里暗爽，这才叫恶有恶报。杨巡虽然无法自己亲手报复，可看到萧然落魄，他还是很不高尚地高兴着。每次遇到有朋友提起萧然和市一机，他就回家与任遐迩说"活该，活该"。可没想到，萧然竟然得以脱厄，这如何能让杨巡不扼腕愤慨。

于是杨巡千方百计地各方打听那个替代萧然做了瘟生的人是谁。他心里有个强烈的愿望，如果收购还没到达交钱办手续阶段，他很想使手腕破坏这宗交易，让萧然的钱永远困死在日本人手里，永世不得翻身。

可没想到多方消息条条大路通罗马，那罗马分明就是东海公司老总的老婆。别人或许不知道东海公司老总老婆是谁，杨巡却是知道得分明，这一打听到手，反而是他糊涂了。梁思申当年不是告诫萧然不上日方当的第一人吗，现在怎么反而成了跳火海的第一人？若是别人，杨巡一定认为那人是傻到家的，梁思申却应该不是。可杨巡又想，万一梁思申这回鬼迷心窍呢？

杨巡觉得，作为朋友，有义无反顾地提醒的义务。

杨巡打电话给梁思申，梁思申还奇怪："咦，这么快就传开了？"

杨巡道："这么说是真有其事？也没太传开，我听说是萧然的事，特意多关心了点，你这是钱多了烫手？"

梁思申笑道："知道也没什么，很快会公开的。不出一个月吧，你看消息。"

杨巡奇道："我不知道你葫芦里卖的什么药，你不怕日方，还是你另有奇招？即使钱多烫手你可以到银行办零存零取，拿最低利息，只要你高兴。可没必要送钱给别人把持还让别人看你笑话。市一机萧然怎么回事，全市人民都知道，可你当年比全市人民知道得还早，现在反而是怎么回事？"

梁思申不想把她的计划在尘埃落定之前说出来，只是笑道："谢谢你提醒，我回头再考虑考虑。不过我不会重蹈萧然覆辙，他那是太笨。杨巡，尽量不要把我买萧然股份的事情散播开去，可以吗？"

杨巡何等机灵："好，我会闭上嘴巴，以后也不会再去打听，最近有什么好消息坏消息没有？"

梁思申道："好消息是减息啊，个人贷款松动啊……总之是个趋势吧。目前还没明朗，我也不知道会松到什么程度。你最近做什么？"

杨巡道："最近房价跳楼，比最高房价低一半，几家房地产公司做不下去，出现一种叫烂尾楼的东西，你有数吗？"

"知道。你准备接手烂尾楼？据说因为产权不明晰，敢接的人不多。

很多人怕接手后有莫名其妙的债主找上门来。"

"对，我正跟几家谈，我们逶迤说那些公司的账烂得一塌糊涂，不知多少黑窟窿躲在后面，所以我上回跟申总说起，要是让政府做中间人，拿文件把前后两个经营者之间划条分界线，我这事情做起来就顺了。可现在烂尾楼都才开始烂起，没烂到家，政府都还在看。我跟几位机关朋友说起，他们都说很难插手。这不，我一直拖着。"

梁思申将杨巡的话回味三遍，道："债务难道容易躲？万一有人忽然拿出一张过去的借条来让你还，你还不还？这种公司普遍都是过去那种贷款——抵押——再贷款——再抵押的产物，挥霍到资金链断裂，结果留下几幢烂尾楼，所以这几幢烂尾楼的价值与其身上背负的银行贷款或者其他渠道借贷相比，简直不值一提。但银行怕负烂账责任，宁可拖着不处理，让账上永远有这笔账挂着，也不敢折价交给你，我估计这不是地方政府协调一下能划清界限的问题。"

杨巡奇道："你怎么知道那么多……哦，对，你家里都是银行。我插手处理这些事情之后才慢慢知道还有那么多没法讲道理的蠢套路。可有什么办法，只有干着急，公家的钱，人家银行不急，那你为什么不做？你有人脉。"但杨巡说出来就想到，梁思申不肯利用那人脉。

梁思申却说道："我正在考虑，你说个人找上来的债务怎么处理？"

"个人的太容易了，千年不赖万年不还，都那样处理，又不是我欠下的，打官司也有办法让它没法执行。"

杨巡说的时候无心，回头想起来却是热血沸腾，为什么不可以再次合作？当然，有历史原因在，梁思申估计对他还心存芥蒂，但谁都不能否认，合作的前景确实非常美好。梁思申有人脉，有资金，有前瞻的融资手段，他杨巡也有资金，更有过人的活动能力。只是，合作的前提呢？他有前科，梁思申还不敢再度信任他？

杨巡想到工作中遇到的那些难题，想到去银行打交道遇到的门槛，他相信，即使不用梁思申的背景，只要抬出宋运辉来，便可在本地银行畅行无阻。东海每天多大的资金流转啊，哪家银行行长对宋运辉不是趋之若鹜。

可是上回合作的失败，那前科，他现在已经非常清楚，那是最犯忌的前科。

杨巡又一次扼腕后悔，年轻莽撞时做下的污点，需用一辈子来洗刷。

但杨巡不是多愁善感的人，他更想到梁思申对萧然在市一机股份的收购，为什么？难道已经与日方达成什么谅解了？或者是切割一部分资产出来，由她经营？可是市一机那种制造业企业，又不是什么好吃的蛋糕，完全是长线投资的玩意儿，梁思申究竟是什么样的打算，难道又是跟以前那样三言两语就认定一个项目？而杨巡最不敢猜测的是，会不会梁思申把日方的股份也买下来了，梁思申有那么大的资金实力吗？可以前梁思申曾跟他提起，现在是收购在金融危机中出现问题的国外企业的好时机。

杨巡很多猜度，可是不想与任遐迩讲，反正一讲到梁思申，任遐迩肯定得跟他过不去，女人也不知为什么总那么多小心眼，又不可能的事，怀疑他做什么。

可是女儿小碗啊，每想到小碗，杨巡到哪儿都能眉开眼笑。他细心地跟随女儿成长的每一步：能睁开眼睛了，能盯人了，能认人了，还会咧开小嘴笑了，还能咿咿呀呀地发声。哦哟，这样小小的一个人，长起体重来还挺快，每天称重每天都有增重，门后挂的一张体重曲线图一直是噌噌往上升的，非常健康。便是连一头黑亮的头发也长得飞快，很快就长出小姑娘的清秀模样来。而今老二家的也怀孕了，但杨巡确信不疑，谁都没他的小碗可爱。

因此杨巡很有回家动力，回到家里小碗总能第一时间给他一个最闪亮的眼光以示招呼，那个时候，杨巡的心里总是跟酥糖一样甜蜜。他很小就没了爸爸，家里赤贫，从小吃尽苦头，他对着可爱得都没法形容的小碗，嘴边出现频率最高的一句话就是"爸爸好好挣钱，让我们小碗做小公主。"任遐迩说他是个二十四孝老爸。

因为关心电视上的东南亚形势，杨巡现在只要有空就看新闻联播。他发现，最近的国内新闻头条被大江南北的洪涝灾害给占领。电视里放出来，现场那个浊浪滚滚。杨巡不由得想到自己在东北时，愤怒的人潮过后一室如洗的惨况。那边若是真让洪水洗上一遍，可是惨了。或许是最近刚有了个女儿，杨巡觉得自己很是心软。他对灾区的人感同身受着，因为他曾大起大落过，面对突如其来的灾难，他能明白当时的心境。他关注着，不晓得灾情能不能被控制住。

07

宋运辉从北京回来，便去探望了一下雷东宝。他见到的雷东宝已经能正常睁眼睛，可是一张脸变得歪鼻子歪眼，四肢则是不灵光了一半，生活无法自理，最要命的是思维依然迟钝。他看得出雷东宝不想见他，非常不想见，以至于一起吃了顿病号饭后，雷东宝就借睡午觉不理他了，可是看到他进门那一刻，雷东宝却又分明满眼睛的欣喜。他能理解雷东宝此时的心情，没有一只老虎是心甘情愿地待在动物园里让人参观的，被铁笼禁锢的老虎个个无精打采，理都不理外面的人。雷老虎也是一样，捆住手脚的凄凉时节，雷东宝心里一定宁愿没人看见。

雷东宝睡着后，宋运辉与韦春红商量，未来是住市区还是住回小雷家，住回小雷家有没有顾虑。韦春红却是只有一个答案，雷东宝连市区的家都不愿回，不愿以现在这副面目见任何一个熟人。她现在也不知道回头该怎么办，要不到见不到熟人的乡下找间房子，每天晒太阳种菜，让她的儿子寄宿在学校算了。

宋运辉考虑之下，联系杨巡，问杨巡暂借老家的房子，杨巡岂有不答应的，送都送不进呢。韦春红当即过去一看，虽然这个家荒芜多年，草木森森，她还是非常满意，回来市区就推着宋运辉别回医院，坚持让宋运辉回去上班，不用搭理现在的雷东宝。宋运辉也知道雷东宝现在需要心理疗伤，但好歹他来看过一趟之后可以放心。

回到家里，他也有私人问题需要面对，他隐隐觉得梁思申对他与过去很不一样。但究竟好或者不好在哪里，他也说不上来，梁思申依然对他亲呢，跟他单独在一起时也还是黏在一起，可他为什么觉得她好像离得他有些疏远了呢，问题究竟出在哪里？宋运辉有些提心吊胆。

趁着这回梁思申过来办理接手萧然在市一机股份的手续需要住上一段时间，宋运辉想与妻子好好谈谈。事前，他请教感情生活丰富的虞山卿，却觉得虞山卿的答案不适合真正相爱的两个人；请教家庭和睦的寻建祥，又觉得寻家的精神生活与梁思申格格不入。

然而，怎么与梁思申开口？已经惯于在大会小会上面对台下千万双眼睛的宋运辉忽然有了裹足不前的胆怯，那胆怯甚至犹如当年第一次走上厂部会议室讲台，面对咄咄逼人的水书记、费厂长、刘总工等人的时候。可那时他起码心里对技术有底，现在心里的底却是虚无得很，爱，可以成为他的底气吗？而他现在担心的正是两人之间爱的变化。他不免想到当年对待程开颜的时候，当他心中无爱，他可以做得如此决绝。梁思申会吗？

没等宋运辉下定决心开口，梁思申却在到达第一晚握住宋运辉的手，严肃而认真地道："我有话要跟你说。"

宋运辉不知道妻子要跟他说什么，却毫不犹豫地道："你说，我全部答应。"

偏生梁思申知道宋运辉对她一向是说到做到，听闻丈夫如此爽快，愣了一下："你知道我要跟你说什么？"

宋运辉并不讳言："你最近对我有看法。我不愿我们之间有隔阂，可我没找到原因，既然你已经找到……"下面的话宋运辉忽然咽住，觉得很是信誓旦旦的肉麻。

梁思申一下很内疚，感觉自己好像恃强凌弱似的，在两人感情的世界里，一向是她主动，她总是索取很多很多，丈夫总是包容着她，就像今天，他全无招架，开门揖盗。她忽然想放弃，做人不能太得寸进尺，有这样爱她的丈夫，她还想要怎样；反而是宋运辉今天非解决问题不可，不愿再看到妻子在他身边的时候却目光游移，他鼓励梁思申继续。

梁思申犹豫之下，终于将手中的本子打开，将那张宋运辉在金州新车间开工现场的照片拿出来，放到丈夫手里。她说："我这几天考虑了，我爱这样追求事业的你，爱直言不讳批评我对老师胡说的你，爱那个直言'我很骄傲'的你，爱为大哥操心得没原则的你，爱帮我跟外公斗嘴的你，爱西湖边内敛又奔放的你，爱一直坚韧智慧的你。但是我最近心里对你越来越有非议，觉得你越来越面目模糊，前阵子我才想到，你变了，你变成外公嘴里那种千人一面的官僚，直到见你又黏黏糊糊对大哥割舍不下，我才意识到，你如今已经很少流露人性的一面。对不起，我会不会说得太严苛？"

"你尽管继续。"宋运辉被说得面红耳赤，即使他知道自己道路的最终肯定是官僚，可被梁思申如此点明，他还是吃不消。"可是工作环境……我可能已经有些职业病。"

"是，我也觉得太苛求你，一定是我太不宽容。可是，我们相识相知这么多年，我真的觉得你丢失了很多过去很好的品质，你变得很冷漠。外公说你工作环境太复杂，你又奔跑得太快，因此来不及好好地思考。这方面我也有同感，我辞职后才考虑，我在忙忙碌碌中究竟迷失了些什么，我发现我迷失了我的性情。"梁思申见宋运辉不由自主地点头，她将手中照片竖起，"我要一个有血有肉有爱的性情中人。"

宋运辉终于不得不婉转指出："你真正想说的是不是我工作中缺乏人性，现在距离民众越来越远？"

"是的，你现在工作中对成事的因素考虑太多，人的因素考虑太少。包括考虑你自己，为了成事，你个人也放弃太多。"梁思申认真上了，她基本上也是认准了宋运辉不会生她的气，她颇为有恃无恐。

宋运辉却得为妻子的指责找出理由："你对我的工作了解并不全面，当然与我平时说得不多有关。现在我们的话题，包括电话中的话题，80%是有关可可，5%是有关其他人，属于我们两个的只有15%。而我更擅长倾听，导致你了解我工作的时间不多，对不对？"

"两码事。"

"不，一码事。我没告诉的你是，我做那么多事，很大一部分原因是为提高员工收入。比如在老家合作项目的收入大部分用来提高东海的福利，你知道而今国企的收入相对外资而言很没优势吗？可是我们国企又有这样那样的规矩，我只好另辟蹊径。还有整合那家上市公司也是基于同样的考虑，现在基本上实现个人收入与企业效益双丰收。其他还有许多，有空你可以调查一下社会工资与东海公司员工工资福利之间的对比，比上不足比下大大有余。对于人的因素的考虑，我一直没有放弃。"

"是的，你一向做事很有考虑，可是现在你越来越理性，理性得可以牺牲一部分东西来达到目的。比如牺牲你自己的好恶原则，牺牲有些人的生计，最麻烦的是，决定牺牲某个群体的时候，你很理所当然的态度。换作若干年前，当你作为某个被牺牲的群体，从小到大遭受不幸，你作为被牺牲个体是何感受？你有没有将心比心一下？如果为了某个目的可以理所当然地牺牲某人或者某物，那么谁也难以保证哪天你我，以及你我的某些底线也会被谁牺牲，那实在是很危险的想法。"

宋运辉差点被噎住，心头不免有些激动。虽然以他之丰富阅历，依然可以宽宏地把妻子的指责一笑置之，可是既然牵涉他最不愿意回忆的过去岁月，他心里不以为然："套用你的话，两码事。这是个百舸争流的年代，有竞争，就必然有淘汰。竞争选择，不能说是牺牲，与那个时代的选择不同概念，然后你看，我们集中力量办成事，成功后可以做很多事，带动很多人过更好的生活，包括提携那些被竞争淘汰的人。"

"先破坏，后修复，已经被证明是条歪路，修复的社会成本与经济成本都很巨大……"

"思申，这已经是社会问题，你这么要求我个人，不公平。"

梁思申虽然在丈夫面前几乎为所欲为，可是到底不愿看他气急，更因为这些问题更多涉及社会制度的完善，宋运辉到底不可能闹独立王国，她便立刻转了话题："好啦，我该说的说完。大前年我去小雷家，大哥指给我看一处山道，据说正是你走出大山求学深造的通道，听说也正是在那条路上，你姐姐遇到大哥。我对那条山路很好奇，灰狼，我现在有闲，要不等小引放假回来，你请假出来，我们一家去那条山路走走？"

宋运辉奇道："那条路还通着吗？你……想探访我的心路历程？"

"你草木皆兵。"但被宋运辉一说，梁思申倒反而牵挂上了，好像走那条山路真的有什么象征意义了似的，她是真的不愿意看到丈夫变成真正意义上的政客，她挺希望，他是一个例外。

宋运辉被妻子纠缠不过，其实他也好奇那条他双脚丈量着走出的山道如今会是怎样，他也不担心妻子的探寻，那都是小事。他只担心与妻子的一席严肃谈话，那看来是她的心结，那么必然得成为他的心病。他回想刚才的对话，他怎会是失去人性，这一严重指控显然不正确。他虽然先说一步，她任何要求都可以答应，可是不合理的要求呢？考虑到梁思申心里因此的龃龉，想到夫妻关系可能转向"貌合神离"，宋运辉却无法不把谈话当回事，不把要求当作不合理。他太爱她，他无法想象哪天她对他失望，就像她失望于她父亲的贪婪。她若冷落他，他的人生会崩塌一半。

他想，或者他应该与妻子更多沟通，关于有些事的考虑，他有诸多无奈，可他也意识到，如果是意识形态方面的重大差异呢？就像……他以前看待他的导师水书记，当时，那时怎么看水书记怎么是白脸奸臣。想到这儿，他不由一阵心惊，他的太太，会不会也像他当年看水书记一样地看他？他再想，即使时至今日，他又如何评价水书记的人性。扪心自问，他对水书记的人品评价还真不高。那么，而今他自诩水书记的嫡传弟子，旁人评价他，是否亦如他评价水书记？

宋运辉虽然极其推崇水书记的手段，可毕竟并不认同水书记的为人。他注视着遥远的水书记，不由在行动决策时候开始顾虑。

08

杨巡很快打听到梁思申成功买下萧然在市一机的股份。他虽然不知道价位如何，但想到萧然当初肯以白菜价卖股份给他，当然梁思申所得报价肯定更低。如果梁思申能凭借自身优势再摆平日方，那么，这笔买卖的所得就别提了。他拭目以待。他甚至很怀疑，梁思申会不会趁此经济动荡时期，将日方的股份也抄底了。如果这样，他替梁思申算计，只要平价转手，她就已经大赚一笔。天哪，简直是玩家。

可是考虑到宋运辉坐镇东海总公司。万一梁思申买下市一机，目的不是转卖，而是打算落地生根好生运作呢？他考虑到梁思申不是个能处理鸡零狗碎的人，他倒是想看看她下一步如何出手，他很有心再度提出合作。

然而不用杨巡正儿八经拭目以待，第二天上班，杨巡便接到一条更加震撼人心的消息，梁思申进驻市一机，日方管理人员于会后退出管理。究竟是怎么回事？难道梁思申真的也买下了日方的股份？杨巡好好地定下神来，才打电话去恭贺。

反而梁思申奇道："你在我身边安插着谁？千里眼顺风耳都不如你。"

"你这么招摇的身份，用得着我安插人吗，一举一动都在全市人民眼皮子底下，难道以后市一机全归你？"

"基本上，没问题了，是笔好买卖。"

杨巡倒吸一口冷气："日本人给你的，也是萧然那价？"

"稍高，但还算合理。"

"加倍，转手给我吧，我一次性付款，砸锅卖铁都得筹资一次性付给你。你拿着钱做你的下一笔大生意去，不要陷在那工厂的事务性工作里。"

梁思申一笑："再说吧，我还没头绪。"

杨巡又提出："或者你有很大计划，你可以考虑，我是这儿的地头蛇……你今晚有空没？我们见面吃饭详谈。"

梁思申却半真半假地笑道："你晚上不需要回家看你的宝贝女儿？"

杨逦旁边听见电话，"嗤"的一声："给拒绝了？认命吧，你们怎么还可能合作。"

杨巡郁闷了好一会儿，但即使再郁闷，他还是写出一份方案，传真给梁思申，他建议梁思申将市一机的市区厂房置换到郊区，这地块与市中心直线距离近，又是面积巨大，好好开发起来，即使没有热点也可以做出热点，只要有能力有能量有资金，想怎么折腾那地块就怎么折腾。

但梁思申只回电谢谢。杨巡很是失落。他从小杨馒头一步步地发展到今天，项目是越做越大，而今虽然看到很多赚钱机会，他也正着手操作，可缺乏挑战，总是缺少激情。可像市一机地块改造那么大的项目，一生人只要做上一个，到死都有吹牛的资本，那都是挑战极限啊。可是梁思申显然对过去的合作记忆犹深，杨巡无处着力。

杨巡心里其实还有另一重考虑，以前与梁思申的第一次合作，他没规矩，坏了规矩，造成自己重大损失，也因此对梁思申心怀愧疚。他很想寻找机会，通过与梁思申的第二次合作，让他哪儿跌倒哪儿爬起。但这话他对谁都没脸说。

他依然是后悔，可杨巡一边后悔，一边加紧做事。他浑身是改不了的紧迫感，总觉得生活是不进则退，他不敢耽于片刻安逸。

09

天气一天一天地热起来，蔷薇谢了，栀子开了，茉莉与玉簪也次第在夜晚开放。锦云里在梁思申的悉心操持下，自春到夏，鲜花不断。

可外公却在这般典雅繁华中，想到粗糙的雷东宝，不知那个一会儿鲁智深一会儿李逵的汉子现在恢复没有，精神头如何，健康状况会不会比他这个老头子更糟？

可是他现在懒得离开锦云里走那么远的路，他只好问宋运辉，雷东宝而今有没有音信。宋运辉告诉外公，他只联络得到韦春红，雷东宝一直不肯接听他的电话。他只知道雷东宝现在能走路了，神志完全清楚了，戒酒了，戒烟了，而今最大爱好是捏一把柴刀上山砍柴，一去就是半天，砍柴回来是劈柴，劈柴之后是烧柴，可以耐心地蹲灶窝里半天都不出来，人瘦了，落形了，嗓门小了。

外公心说，什么嘛，这也叫卧薪尝胆？一个才届中年的汉子打算就这般无所事事打发后半辈子？年龄比雷东宝大一倍的他都还老骥伏枥，壮心不已呢。比如他最近非常关心长江洪水，待在电视机前的时间比以往任何时候都长。

杨巡因关心经济形势而看新闻联播，捎带着也关注上了长江洪水。杨巡最先还看得兴高采烈的，对着电视上浊浪翻滚的画面大呼小叫，让任遐迩一起"观赏"。他告诉任遐迩，他以前所住的山村每到雨季，四周山上的水全部往底部村庄里流，他们经常是眼看着小溪里的水翻滚上涨，变成宽阔的大河。然后大河里的水漫开来，他们小孩子在水里痛快打水仗，那时候的水真清，打水仗乃一大享受，现在好生怀念，估计那什么洞庭湖鄱阳湖一带的孩子现在也可以狂打水仗了。当年等水一直漫到家里，大人们的脸上才严肃起来，带着他们背上家当顶一大块油布往山上躲。小孩子还高兴得稀里哗啦的呢，现在想起来都好玩。不过雨总是那样有规律的，下着下着，过了梅雨季就晴了。他估摸着电视里的浊浪翻滚画面到了七八月也得因为夏季来临降水减少而得以缓解，所以都没当回事。

但随着雨没完没了地下到七月，杨巡不好意思再没心没肺地"观赏"了，他开始每天关注电视上的洪水情况。即使有时因为应酬错过新闻联播，回家还是会问一下那边情况如何，有无恶化。他没亲眼见识过山洪，却知道村里有几处遗迹，竟是山洪冲垮的石头墙。电视上的洪水若是决堤，沿岸百姓的家那就得跟他当年东北时期遭愤怒矿工洗劫的电线店一样，数年积累，一朝完蛋。他至今想起当年的困境还有点胆寒呢。他因此也不知脑子里哪根筋搭上了，特别关心长江沿岸局势的变化。今天一回家，任遐迩就告诉他，新闻播出了年纪那么大的朱总理亲自抵达重灾区探望灾民。

杨巡当即感觉那边的境况可能比想象中更糟，要不然怎么会惊动总理大驾。他打开电视转了一圈，没看到类似新闻，就上楼洗澡，看过睡梦中的宝贝女儿小碗儿，下来正好赶上晚间新闻。同看一条新闻的上海的外公看完后严肃地瘪着嘴睡去了，这边的杨巡对身边的妻子道："遐迩，我们刚才吃饭说到捐款了。他们有几个被各自的婆婆叫去要求捐款，饭桌上净听他们骂人，不肯捐，可都说这回估计逃不过，要不报个数字上去，回头捐不捐另说。"

任遐迩奇道:"都那么有钱,捐点儿出来又伤不了筋骨,也忒鸡贼。过几天我们也得被找上吧,你怎么办?"

杨巡道:"不过听他们一说,还真是那么回事。国家平时有好处都给了东海他们那些企业,要捐钱了才先想到我们,凭什么啊?我们个体户不偷不抢,猫角落里做边缘分子,前几年才被承认身份,让开私营有限公司。轮到捐起款来,怎么就那么认我们法人地位了?你说谁会一个电话请走宋总谈话,让他掏钱,即使让掏也掏的是国家的钱,他个人能掏多少?明显不公平。"

"唉,是啊,每个月税费教育附加费城市建设费什么的我们私企从来不落下,可说起来我们私企好像是三等公民,这个不准入那个不准入,怕我们扰乱经济秩序,等捐起钱来又要我们做道德楷模,什么逻辑!"

杨巡"扑哧"一声笑出来:"发牢骚也得听知识分子发啊,你这话放今天饭桌上,就把他们的盖了。说实话,我本来想怎么伸把手,今天听他们一席牢骚,我也气不打一处来。都当我们的钱是不义之财一样,以前拿个白条谁都敢上来收费,今天变成捐款了。就算退一步,要捐也得先找萧然他们那些人,他们那挣的才是不义之财,说什么也得捐点儿出去安慰良心。哪像我们提心吊胆挣这么点儿产业,每分钱拿出去都是割肉。"

两个人夫唱妇随,同声共气。临睡,任遐迩却问一声:"这个月要不要拿笔现金出来放着?"

杨巡抓抓头皮,再抓抓头皮:"真要做好人?"

任遐迩莞尔:"真是,狗肉包子上不了席,肯定这几天得找你,你做好思想准备吧。"

杨巡愣了会儿,连声说"睡觉"。今天这顿饭吃得,本来看电视看得满腔都是热血,硬是给吃出满腹的反社会来。

隔天杨巡在酒店遇见宋运辉,却得知当天早上,梁思申买了一车子的消杀药品,带上刚从美国回来过暑假的宋引自驾赶赴九江了。杨巡想想那辆牛高马大的切诺基,心说那车真派上用场了。杨巡很想知道梁思申带去多少钱，但追问之下，宋运辉不肯详说，只说不是小数目。

其实宋运辉不便将梁思申准备用于灾区的钱公之于众。梁思申的意图很明显，替她爸爸消孽。她不仅自己出钱，还大大勒索了梁凡一笔，倒是放过外公，还是外公自觉将钱奉上，因此她不肯留名，不愿公开，一切都希望悄悄地完成，谁也不惊动。宋引是听说计划后自告奋勇跟去做保镖的，爷爷奶奶好生不舍，但是爸爸鼓励，她几乎是在车上倒的时差。

杨巡估计宋运辉嘴里的不是小数目应该起码十万起档。但再想到梁思申的大手笔，那个不是小数目，会不会百万起档？他都无心应酬，回家便告诉任遐迩，宋总太太估计捐了上百万，这还是保守数字，两人一时相对无言。

任遐迩好久才问一句："宋总太太的是不是不义之财？"

杨巡摇头："应该不会是，以前跟我合作的时候再怎么辛苦都不愿搬出特权，人这种性格应该很难改变。"

任遐迩想了会儿，道："他们国外的，慈善方面与我们很不同。他们那边的富豪经常回馈社会。小碗她爹，我们现在也算是有点儿头脸的，那个……虽然我们一肚子的反社会，可别为富不仁，我们也得有自己做人的准则。"

杨巡虽然点头，可并没回答。他想到很多。他想到在正统社会里低三下四讨生活的日子，想到过去几乎遭全民唾弃的个体户生涯，想到虎口夺食般从萧然等强权手指缝里扒来钱财，想到那在计划体制下提心吊胆的生存，想到至今即使手头再多的钱也无法准入的某些商业领域。他想到他心中缠绕不去的恐惧，那是长期游离于体制边缘人的警惕，警惕任何可能致使擦边球变为违法的政策风吹草动……他能没有怨气吗？他即使再是人们口中的大老板，却依然似乎不受体制承认。他被那些个体朋友提醒，心里没法不对捐款要求产生反感。他不能总吃最差的饲料，挤出与人同样的奶，太不公平。

可杨巡即使已婚，多少在心中还是把梁思申当作天上那弯皎洁的明月。对于梁思申的举动，他更一厢情愿地往好里想，往高里倾慕。想到梁思申和他看着长大的宋引而今正在奔赴灾区的路上，他有点没法将"不公平"三个字像前天一样理直气壮地挂嘴边上。他问任遐迩，究竟要不要捐。任遐迩奇怪他旧事重提，就说她的意思是，本来想捐的话，还是捐，别因为别人说几句话就改变立场，做事得听从自己的第一意愿。

杨巡心中的天平摇摆着，但第二天被个私协会请去谈话的时候，他还是毫不犹豫地嘴上开了一张空头支票。他不甘心被那些人理所当然地要走一笔他的血汗钱。

回来后正好有人找他询问市一机的相关事宜，希望杨巡这位众所周知的宋总老乡搭桥，向宋太太转达运作市一机的意向。杨巡绕过宋运辉，直接一个电话打到梁思申的手机。可三言两语，梁思申的话题就转到所见所闻上。

"杨巡，不出来不知道，情况比电视上说的可能还严重。长江安徽段都没逃过，堤坝岌岌可危。"

听着梁思申充满叹息的语气，杨巡忍不住道："你帮我看看，我能做点儿什么。"

梁思申道："我原先想，先带上肯定有用的消杀药品，带着的钱到目的地再见机行事。现在看来都不用到目的地，凡是民生物资都需要，怎么，你也准备过来？"

杨巡愣了一下，脱口而出："这么花钱，不心疼吗？"

梁思申不便解释她心中最强烈的本意，只得避实就虚："东海公司号召捐款的口号说，拿出你的社会责任心来，奉献你的爱心。"

杨巡笑道："都这么说，可看到那些肥头大耳的人说这种话，你不觉得讽刺？不过这话从你嘴里说出来，我信。"

梁思申寻了一句开心："既然相信，那么拉两车方便食品来。"但梁思申绝不相信杨巡这个把钱眼儿看得比天大的人会舍得花那个大钱。在她印象里，对于杨巡，做什么都好，就是别打他钱的主意。跟杨巡合作，根本不能有双赢这个概念，只能讲求奉献。

杨巡却一根筋搭牢，认真上了，觉得好像是他对梁思申有了承诺似的，若赖账不做，他便是连这么个最后一次表白自己的机会也丧失了。他回头没二话，让任遐迩取出钱来，从自家市场里的批发商那儿用出厂价直接进了一卡车矿泉水，一卡车方便面，一卡车食油、火腿肠、饼干等物，一车防风挡雨的塑料篷布，装了满满四大卡车的货色，他亲自押车上路。

不仅是所有认识杨巡的人，连任遐迩都惊奇，觉得杨巡这么做是太阳从西边出来了。清晨在市场门口统一装车时，一行四辆一汽卡车，非常威风。杨巡自己坐在旧旧的普桑里面，车后放满自家捐出来的旧衣物被褥，与妻子依依话别，东西还在装着，消息就一传十十传百地哄闹开了，连市场里面的摊主都围过来将杨巡当西洋镜看，因为都知道这人绝非善类。有头有脸的几个人笑话杨巡究竟背后是不是拿这四车货跟谁做了交易，却竟然没一个人表扬杨巡做得好。杨巡反而觉得自在，嘻嘻哈哈应付着，不料节外生枝，区委书记也闻讯赶来了。

面对书记带着表扬的询问，杨巡竟然吭吭哧哧地应答艰难，先是避而不认，推说别人让买，书记就逼问别人是谁，杨巡想扯到梁思申头上去，却被杨逦大大方方地揭发。那书记是杨巡认识并友好的，见此好笑，索性打电话让电视台过来采访，让给宣传宣传。杨巡愕然，回头看妻子，却见她幸灾乐祸地笑，因一家人都知道他每天强调低调低调，最不愿做抛头露面的出头鸟，就担心给飞来横祸打中。一会儿记者扛着摄像机十万火急赶到，杨巡心里已经有了草稿。记者问他为什么，他说有人比他去得更早，报说前方缺粮，他才跟上。记者又问他那个"有人"是谁，他说他保密工作没做好被暴露，绝不能再招供那个"有人"是谁，大家不过是凭良心做事，都不想敲锣打鼓趁灾给自己脸上贴金。后面记者再怎么问，杨巡都装傻打浑过去，让他表现崇高非常勉为其难，让他装傻打浑他却是得心应手。最后还是书记说了几句场面话，杨逦也很体面很文艺腔地帮大哥唱了几句责任义务之类的高调，杨巡才千载难逢地红着厚脸皮在大伙儿的鼓掌起哄声中领着车队浩浩荡荡上路。他从倒车镜中看到的是刚才一直沉默的妻子担忧的目光。

一直开到外环，杨巡才给任遐迩打电话，让她别担心，人家总理副总理都在都去的地儿，他也不会有事。他心说不到危难时候看不出真情，杨逦还在人前口若悬河，小碗儿妈更应该发言也肯定能说得铿锵有力，却一声不吭，杨巡很是感慨。互道珍重的话说完，杨巡一声"遐迩"，嘿嘿笑着却有点难以启齿，他的心情很愉快，又是非说不可。"遐迩，要早知道今天场面那么大，嘿嘿，应该组织一下啊。你晚上千万守着电视，不，你先回家试试录像机还好不好用，你把那段新闻录下来，全部新闻都一起录，以后给小碗看她爸……不行你拿摄像机对着电视机拍，最好双保险。我那些讲话不知道会剩下多少，弄不好都剩老四在说。"

任遐迩听着发笑："不不，你今天说的话才好呢，实在话，即使不上电视也没什么。小碗她爹，今天你真……怎么说呢，平日里大家围着你喊杨老板杨哥，都没今天来得风光。而且你表现得特别好，不虚伪，不浮躁，小碗懂事后看到这段录像，一定会为她爹骄傲。你心里高兴吧？"

杨巡道："没想到今天人模人样一下，还真挺高兴。你说我从小到大，没挨老师几次表扬，今天让大伙儿那么表扬，我手脚不知道往哪儿放了。"

两人一齐大笑，任遐迩本来很担心杨巡一路的安全，这会儿也放松下来："啐，才正经一会儿工夫，又贫上了。哎，小碗她爹，你有没有觉得其实我们也不一定得做边缘人物。说实在的，以前我对个体户的印象也不好，说起个体户就跟坑蒙拐骗联系到一起。个体户被边缘化，爹不亲娘不爱的，一部分原因还在自己平时的行为。即使你说那是给逼出来的也罢，你说呢？像我们今天这样实实在在负起区书记说的社会责任，谁还敢说我们的不是？头脸还是得自己挣，我刚才看着你那么登样，我也真欢喜，一边还替小碗儿欢喜，她爸多好。"

杨巡听着更加欢喜，是的，今天还真有这样的感觉，好像狗肉包子上了台面。他自己刚才也是扬眉吐气的，他这回被示众得心里踏实，因此面对着电视镜头，他很有平常心，不用吹牛，不用浮夸，有一说一。说实话，这感觉真好。他想，这是不是走出边缘人物，拿自己当作堂堂正正的社会中坚？这几年，手头越发殷实，而弟妹们也基本上成家立业，对家庭的责任，他应付起来已经绰绰有余。或者，他是应该把责任心贡献出来给社会了。

杨巡还没来得及与梁思申会合，他的四车援助物就已经送到前线撤离的民众手里。杨巡办事能力强，做出的事情有板有眼，很受当地民众的称道。但他一直没讳言他是个体户，听到大伙儿说现在的个体户真不错，杨巡心里想，正如任遐迩所说，头脸是靠自己挣的。就像过去银行不敢贷款给个体户，他说实话，那时也觉得贷款就跟国家钱落进自己口袋随时可以卷走一样，那时他这人还真不是很值得相信。不像现在社会渐渐规范起来，他的心态也渐渐稳定下来，就认识到人得有所为有所不为。眼下银行已经挺相信他，当然是看在他有家有庙的分上，这回他自发做了好事，应该给他的信誉加分了吧？看来回去还得好生修炼。

杨巡并不是那种一腔热血冲上头脑就勇往直前啥都不顾的人。他自然不会忘记记挂自己能获得的好处。

等他从长江沿线奔波了好几天回家，晒得泥鳅一样地又上机关办事，他得意地发觉大伙儿对他的态度有了变化。有人虽然开玩笑说他跟着电视上的副总理一块儿变黑变瘦，可是言语间少了轻佻，多了尊重。杨巡因此也不知不觉地言行扎实大气起来。以前宋运辉曾教导他到一定阶段后别再对人低三下四赔小心，现在看来，光有财力做底气不够，心里也得有口真气才行。

不久，杨巡对任遐迩提出组建集团，规范管理的设想，或许他心中某些无名的恐惧，真正走到阳光底下并不成问题，他要为自己争取社会认可。

但是杨巡的豪情壮志没亮相多久，都还没放到家庭会议上与杨速杨逦讨论，他就已经把组建集团的设想打包封存到心底仓库"梦想"一栏。他头脑还没发昏，并不会以为凭他个人努力一小把，社会环境就会仙女点化一样地发生瞬间改变。他全身多的是小辫子，他依然担心太过招摇会引得有些人气不过清算他的旧账。他最终还是没弄什么集团，但开始设计企业管理的规范化，结合逐步完善起来的劳动人事制度，制定内部员工的福利保障。

10

梁思申知道自己手不能扛肩不能挑，又是外国公民，留在前线只是累赘，而且她也知道更多的志愿工作在以后。沿路了解情况，通过梁凡与当地有关人员获得稳固通信联络之后，她反而先杨巡一步带领宋引回家，通过电话电视继续关注那边的灾情。

回家整休不久，经宋运辉多方了解确认那条古栈道犹在，他们一家四口如期上路了。

八月天，清晨已经骄阳似火。一家人绕过肮脏的几家小厂，跃过厂后隐藏堆积的工业垃圾，才终于见到蜿蜒山道就在眼前。宋引激动得振臂高呼："爸爸老家，我来啦！"可可被姐姐的举动吸引，小人家好热闹，也跟着一起喊，与姐姐比谁的声音大。两姐弟放虎归山一般，两个大人扯都来不及。

宋运辉面对似曾相识的山野，面对一双活泼可爱的小儿女，面对如花似玉的太太，心中生出无限感慨。二十年弹指一挥间，故地重游，物是人非，舜华潜改。想当年走出山道，抱满腔豪情万丈，今日来思，原以为不过是携家带口了太太一个心愿，不料触景生情，无法不感叹如今胸中尚存几许当日同学少年心，他真的变化很多。

梁思申见山道有一米来宽，路面犬牙交错地铺着鞋底磨圆的山石，年久失修，山石东一块西一块，小儿缺牙似的。奇的是山路上面只有零星几棵小草夹杂于石缝，其余几乎寸草不生，而山路两边却是藤萝薜荔，一棍打将下去，草虫漫天乱飞。她与小姐弟一样，也是第一次见到这样原始的山路，兴奋之下，"嗖"地冲前面与儿女并排去了，留宋运辉发了会儿呆，才快步跟上。

很快便跳跃着走过一座由两条石板拼成的已经歪斜的小桥，一家人转入满眼葱茏的山谷。山路变为一边是曲折欢唱的小溪，一边是草木葱茏的山壁。宋运辉不敢大意，连忙小跑上去拦住前面三个。他是农村长大的孩子，知道这种天气下，山路行走最怕蛇虫，尤其是这种有溪水的地方，更是蛇虫出没重地。他这么一说，连梁思申都逃到他身后，只除了可可还无知无畏。

除了宋运辉，其他三个都拿这一路当玩儿，尤其是宋引，看见一朵花，就问爸爸这叫什么花，看见一粒果儿，非要问能不能吃。宋运辉的水平仅仅停留在能不能吃上，其他一概不知，于是大家都很遗憾。太阳热辣辣地烘烤着山谷，空气中蒸腾着花草的清香，耳边流淌着潺潺的水声和幽幽的鸟鸣，还有两小儿的叽叽呱呱。终于对花草的认识告一段落，宋引忍不住问："爸爸，你小时候真的从这儿走出去赶火车吗？为什么不到公路上坐汽车？"

梁思申自作聪明："爸爸家那时候经济紧张，而且那时候走路没我们轻松，爸爸要挑一只皮箱，一捆被子，还有很多碗啊杯子啊等生活用品，是吧？而且爸爸那时候才跟高一生那么大，还小呢。"

宋运辉解释道："对的，那时候不仅爸爸家里穷，大多数人家普遍没钱。经常一个月的工资吃饭零用下来，手头紧巴巴的，只剩一块两块钱了。可那时候一张到市里的车票要五毛钱，一家人送我，来回就得半年积蓄。乘不起，只好摸黑靠两只脚走路，完全靠天上星星月亮照明。幸好那时候大家都烧柴草，山上给搂柴草的割得寸草不生，连蛇都没处窝，一路才有惊无险。那时候我们穿的是自己编的草鞋，还不舍得穿布鞋或者塑料凉鞋，怕一条山路走下来鞋底给走坏。走出山才收起草鞋，换上体面的鞋子。可你们知道吗，因为穷，还有其他原因，为了让爸爸读大学，姑妈放弃体检也放弃前途，唉，否则，姑妈不会那么早逝。"

宋引听得似懂非懂，回头问梁思申："Mum，你呢？"宋引总被可可追问为什么喊他的妈妈为阿姨，宋引解释不通，又是与梁思申非常投缘，在可可滴溜溜的大眼睛追踪之下，改口叫梁思申Mum，算是折中。

梁思申惭愧："我生在特权家庭，从小穿皮鞋和白跑鞋。"

宋引想了想，道："我也是生在特权家庭，我从小坐爸爸的车子，别的小朋友都没有，爸爸，那不好。"

宋运辉走在前面挺不好意思的，幸好大家都看不到他的尴尬，他岔开话头，道："那时候很多人一辈子没有走出过大山，没有电视，看的电影是翻来覆去的几部，大家都不知道好的生活是什么，但都懵懂地认定只要靠参军或者考大学走出山村，做上干部就能有好生活。听大哥说他当年是凭着在县小学操场一口气跑一万米不倒，被征兵的看中了去，算是找到活路。我当然只有考大学一途。没想到走出农村走进城市，全不是自己心中以为的世界，生活一下乱套了，每天接触的都是新事物。思申，那时候也不大会深入判断什么是好什么是坏，只是疯狂地学习学习学习，什么都新奇什么都有一套道理，结果学得一肚皮的良莠，非常神奇，就是从这条山路走出去，好像走进一个新世界。"

两小儿都听不懂，也不爱听，梁思申知道这话是跟她说的，道："算不算迷失？"

宋运辉想了想，道："不知道，但心里一直有一根弦：求知，前进。我记得那时候一下涌进来大量西方思潮，打得人眼花缭乱的，还真够让人迷失。"

梁思申笑道："李力曾经推荐他收藏的《走向未来》丛书，我没想到他也看这种书，而且几十本全部通读。这个人，可惜走了歪路。"她说的时候见丈夫回头一笑，她也会心一笑。宋运辉都没从她眼里看出一丝不好意思。

宋运辉道："对，那时候大家面前忽然展现一个新世界，有人裹足不前，有人勇往直前，整个社会忽然不再是一潭死水，于是导致人与人之间的差异越来越大，差异又逼得人无法安于现状，即使再胆小安稳的人也不得不想方设法跟上发展，整个社会充满躁动。有大哥率先走出农村改革一步，有大寻成了迷惘一代，有杨巡成了个体户，还有那时候很有争议的双轨制，真可谓摸着石头过河，思潮千姿百态。"

梁思申道："混沌初开。"

"更像宇宙大爆炸，到90年代后反而单纯起来，一心一意搞经济，至此方向已经非常明确。"

梁思申会心点头，但立刻叫道："可可别钻草丛里去。"

可可正追一只蚱蜢，哪里肯罢手，梁思申只得飞扑过去，先将蚱蜢逮住，交给可可玩，可放手才想到，天哪，她抓了昆虫，心里这才后怕，似乎手里都是毛茸茸的触感。忙展开手心细看，还好，什么刺都没留下。小心看可可，却什么事儿都没有，捏着蚱蜢的两只大腿玩得开心，连宋引都避开三尺，黏到爸爸身边，不敢再接近可可。梁思申心想，可可到底是男孩子。宋运辉今天一心一意探索自己，忽然想到李力从那时候开始在唯利是图的路上走得越来越远，他自己呢？他若有所思。

宋引忽然道："我一路看到好几只塑料袋了，我们可不可以都捡起来，扔垃圾堆里去？"

梁思申忙道："好建议，我们出于安全，把登山杖够得着的垃圾捡起来，其他只能等它们自己风化。"

宋运辉从身后双肩包里掏出一包零食，每人手里分一块蛋糕，这样就空出一只可以盛垃圾的塑料袋，宋引拿着塑料袋便有了副业。宋运辉从纷乱的思索中拉回自己，笑道："早先不会想到塑料袋会成为污染，最早时候一只塑料袋洗了再用，非要用到千疮百孔才舍得扔掉。没想到现在成为公害，还有下面的溪水，小时候走这条路不用带水壶，这种水都是可以拿来直接喝的，现在谁敢喝？还有流经小雷家的河，我出去读大学的时候，全村洗碗淘米都在那条河里，现在恐怕连鱼都找不到了。"

"连你在东海初期发展的时候，可能因为资金紧张，也对东海的环保不大以为然，更不用说小雷家。"

"咦，你怎么知道？"

"可可爷爷说的，他说刚搬来的时候，海鲜可好了，可等东海的设备一开动，后来吃到嘴里的近海鱼虾都有一股气味。我只要照着时间推算一下，特殊时期，那就对了，我前儿跟你说的，先破坏，后修复，很消耗，你还不认。"

宋运辉回想一下，才道："是的，那时候资金非常紧张，唯一庆幸的是物价在那时候停止前一段时间的猛涨，才没超预算太多，但也不得不从附属配套设施下手节约，比如生活配套，还有环保配套，现在说起来，做了亏心事似的。"

"极速发展时期，总是因经济飞涨带来的兴奋掩盖伴随极速发展产生的大量社会问题，可问题总是要揭盅，不是你的个人问题。"

宋运辉回头一笑："你替我开解，还绕到那么远地替我找理由。"

梁思申一愣，憋了好一会儿，才道："我在给自己找答案，我经常在想，你是那么好的人，为什么有时候也能做出不可告人的事来？"

宋运辉闻言不由站住，一张脸唰地红了。梁思申见此，上去轻轻抱住他。

可可不知道爸爸妈妈忙什么，见此夹到两人中间，大声道："可可也要亲亲。"宋引正用登山杖戳到一只塑料袋，闻言忙道："先亲我，先亲我，我最辛苦。"

宋运辉被儿女打岔消去尴尬，忙招呼大家捡一棵大枫树下歇息补充能量，反正不急。两夫妻各自拿出包里的食品，巴不得大家赶紧多消耗点，省得肩上背着辛苦。宋运辉等喝下几口水，冲梁思申笑道："我越想越险，你要是心里有疙瘩又埋在心里不说，只看着我越来越厌恶，怎么办？"

"我肯定不瞒你，我相信你。"

宋运辉一笑，心里没底，这会儿他自己心里都一片混沌。

四个人休整后继续上路，翻过一座山头，下坡就松快许多，身边都似能生出风来，很快就走出山路，来到一处群山环抱的村落。那村子自然不如小雷家富裕，一望过去，田野还在，嫩生生的稻秧映立水中。随着他们的脚步踏上田间小路，前面的青蛙纷纷从路沿草丛跳进水里，"扑通"声不断。三个城市长大的看着好玩，宋引更是弯腰跟一只埋伏在水里的青蛙对视许久，又是装鬼脸又是装恐吓手势，青蛙却岿然不动。

走出农田就是民居和晒场，阳光下的晒场满是夏收打下的金黄稻子。晒场阴影处猫着的农民看这一队离奇闯入的陌生人，这队陌生人则是在宋运辉的带领下研究稻谷是怎样长在稻草上，农民又是如何用手摇的稻桶脱粒。一帮人都感到非常新奇，轮流将晒场边闲置的稻桶摇了好几圈才肯罢休。而这时四个人都已经给热得面如白灼对虾。

走出晒场，可可就骑到了爸爸肩上。宋引小声问梁思申，可不可以找地方乘车，太热，不知道会不会中暑。梁思申也有些担心，可是见丈夫兴致勃勃，她也正有兴致着，就好言劝慰宋引，风景还在前头。宋运辉在前面听见，回头道："我们坚持一下，翻过前面那个山头，看到没？就是小雷了。走到小雷家，我们的任务算完成。"

宋引吐吐舌头，又跟梁思申轻道："Mum，奶奶说过，爸爸是个累不死的，我早知道爸爸不会答应。"

梁思申看前面骑着个可可还脚步稳健的丈夫，满脸笑意。丈夫重视她的意见，看来他今天想到的真多。

翻越第二个山头，又是夏天最热的下午，四个人都感到辛苦，连可可都在爸爸肩上晃得心慌，要求爬到背上。宋引在刚才的村子里把垃圾袋扔了，这会儿也不提再捡塑料袋，埋头闷声爬坡。宋运辉身上背着个可可，到底是辛苦，说话的劲头也减了，小心找路，还是走在前面。梁思申接手了丈夫的双肩包，一个人背两只包，此时备觉辛苦。四个人只要看见山路边有遮阴的大树，就扑去好好喝水好好歇息。大树大歇，小树小歇。

宋运辉坐在大树下大歇时，喘着粗气告诉梁思申："翻过山头，再往下点的缓坡上，以前那儿有个大坑，是挖泥做砖干的好事，我那年春节回家，姐姐去市里接我，那年雪好大，我们走回来特别辛苦，结果滑进那坑里了，是大哥拉我们上来，那是我们第一次见面。虽然我们……可我还是想，那次要是没见到就好了。"

"那是。"梁思申知道宋运辉指的是他姐姐的早亡。

"可是……唉，说不清，命运啊，认识大哥，也是我的荣幸。"

宋引开始担心能不能爬到山顶，好在可可休息了一会儿，又想自己走路，于是一家人互相提携，吭哧吭哧地终于爬到山顶。

宋运辉忍不住快走几步，又腰站在山顶，也不顾头顶烈日炎炎没遮没挡，站住不动了，看小雷家在脚下一览无余。但梁思申却和宋引皱眉交流着上来："什么味儿？""好像是小雷家的臭味儿。""怎么会这么臭？大杂烩臭。"可可也闻到了："屁屁味儿，臭。"

宋运辉却兴奋地指点着道："看看小雷家，面目全非了。"

宋引道："一点不好，又臭又脏。"

宋运辉不服，跟女儿争辩："怎么不好？你看，工业遍地开花，屋顶下是现代化的机器设备，看看那边，是多么整齐的民居。"

宋引也不服："不好，就是不好。爸爸你回头看，后面的村庄多干净，多安静，画儿一样。小雷家呢？又臭又脏，而且还有黑烟囱。这样的环境不适合居住，人住在这儿会生病。"

梁思申问："以前的小雷家也是像刚经过的村庄一样的田园牧歌吗？"

宋运辉自己也察觉到刚才的兴奋其实更多的是来自故地重游："唉，以前，几乎差不多。"

宋引道："那姑父做错了，他把好好的地方变得这么糟糕，变得没法让人类居住。"

宋运辉笑道："又来一个学成归国的小梁思申。"

梁思申一笑："赶紧下去，太晒了。"

可是一路之上，宋引坚持不懈地指着地上的垃圾，说小雷家不好，指着手臂从树叶上沾染的黑灰，又说小雷家不好，这也不好，那也不好，一直说到山脚下。大家赶在进村前先在一棵树下整理仪容。宋引不肯在脏石头上坐下，又捏着鼻子以示抗议。宋运辉只得严肃地对女儿道："把手放下，这儿有很多爸爸的朋友，你这样子很不尊重人。"

"我必须诚实地表达我的不满。"

"还没臭成那样，放下。"

宋引见爸爸是真的严肃，挺怕，只好放下，但白了爸爸一眼。宋运辉严肃地解释道："这是农村发展的局限……"

"如果是这样，宁可不要发展。"宋引还是坚持。

宋运辉道："我们先不急着赶路，我们来说说为什么要发展。吃不饱的时候，风景再好，有没有用？"

宋引道："为吃饱，环境却变得又臭又脏，可能还致癌、短命，那么吃饱又有什么用？"

梁思申本来从不打断父女俩的争辩，但见两人一个坚持自己的世界观，一个对小雷家饱含情感，互不相让，只得插话打圆场："我们别只看到浅表的一面，猫猫，我们更要看到人的思想进步。小雷家的开放、富裕，带给小雷家人丰富的物质生活之外，也带来对外界的广泛接触和认识的机会，他们的思想因此得以越过大山阻挡，走向全国，走向更高更远。他们思想的改变，又反过来指导他们对生活对工作的态度。最近最明显的表现是，他们懂得争取自己的权利，懂得抗争不合理的管制，他们还懂得很多很多，这都是封闭在前面一个画境般的村庄里所做不到的。听懂我的意思吗？"

宋运辉最明白梁思申的意思，他指的是村民对雷东宝自发自觉的反抗。宋引则是似懂非懂地点头。

梁思申看着心说，估计以前宋运辉也是这么绕晕的她，不由心里觉得好笑，她现在绕晕他女儿，哼！她接着说："既然他们进步，他们懂得更多，他们就会凭自己的判断，为自己的生活做出更好的选择。你要相信，进步才能开启民智，民智的开启更促使进步。所以小雷家以后会自我纠正，走得更好。"

宋引想了会儿，才慢慢点头："好吧，他们以后会不臭不脏。"

"不仅如此，还会更好。"宋运辉补充。

宋引小大人一样地道："那希望他们懂得更多。"

宋运辉这才欣慰地与妻子交流一下目光，带领一众走进小雷家。

如同预期，不，甚至超出预期，他们受到比雷东宝主政时更热烈的欢迎，但是他们没多停留，只是客客气气地与鼎立的三足打过招呼，便去山上拜祭了宋运萍，下山后挡不过红伟的殷勤，由红伟亲自驾车送他们去杨巡老家。

宋运辉借着倦意，不大说话。他虽然对雷东宝和小雷家之间的事情不予干涉，但并不表示他支持，他不愿搭理红伟等人。车到最后一道山坡，宋运辉示意红伟停住，他要徒步走进去。红伟很是不解，但不敢用强。

四个人于是继续走路，可可又回到爸爸背上。

这段路不短，夕阳西下，他们拖着长长的身影，走得残兵败将一般，都眼巴巴看着平地里的村落，希望最近的一幢房子就是杨巡老宅。梁思申等一辆晚归的摩托从他们身边经过，忽然对宋运辉道："我有些明白杨巡的性格了。"

宋运辉道："我一直理解他，可有时又爱又恨。如果不是你们合作的事，我对他的欣赏可能会更多一些。"

梁思申点头："他那么小的时候，挑货物从这边走出去做生意，即使只是才走我们进来的这一程，那得多少狠心才走得出这重重山峦。那样的狠心……今天我自己走过才知道。"

宋运辉道："小杨肩上有一大家子等着吃饭的嘴。"

梁思申沉默，心中的某一块开始隐隐松动。

当四个人在来过一次的宋运辉带领下终于来到杨巡家老宅面前时，天色已经暗淡下来，家家户户的门窗透出深深浅浅的灯光。

宋运辉拉住妻子和女儿，对着空无一人却满是柴垛的院子，对着敞开的门和门里传出的孩子叫闹声，静默了一下，声音略略提高，喊了声："大哥，我来了。"

他看到雷东宝瘦得走形的身子迅速出现在门口，背着光，却还是挺拔如铁塔。

他忽然想到梁思申在小雷家村口说的那些话，大哥现在也懂得更多了吧？既然懂得更多，不管以后大哥再掀轰轰烈烈，还是从此泯然众人，应该都属于大哥雷东宝更好的选择。

一丝清凉的山风突破炎夏的闷热，送热烈拥抱在一起的人们进去房间。

外面，群星在天幕运转，一年一年，生生不息。

读客®知识小说文库

读 小 说 · 学 知 识

什么是读客知识小说？

畅销全国的读客知识小说文库，每部小说都在精彩的故事中，融合了丰富系统的人文知识；让您每一次充满乐趣的阅读，都成为汲取知识的智慧之旅：

◎ 关于西藏宗教、文化、地理的百科全书式小说《藏地密码》（何马 著）

◎ 逐层讲透村、镇、县、市、省官场现状的自传体小说《侯卫东官场笔记》（小桥老树 著）

◎ 讲述中国社会底层结构变迁的黑道小说《东北往事：黑道风云20年》（孔二狗 著）

◎ 讲透中国传统政商关系的至高经典《红顶商人胡雪岩》（高阳 著）

◎ 从"文革年代"的胡同里杀出来的京城大亨成长史《北京教父》（王山 著）

◎ ……

每个系列，都是人文知识丰富、销量过百万册的超级畅销小说。翻开读客知识小说文库的每本书，您都将在感受小说无穷魅力的同时，轻松获取某一方面的系统知识，增强自己对这个世界的理解，成为一个学识渊博的人。

读小说，学知识，锁定读客知识小说文库。

《红顶商人胡雪岩》系列全套全国热卖中！

讲透中国传统政商关系的至高经典。

从店伙计到大清首富花了30年，从首富到倾家荡产只花了3天。

经商的看到生存的安全边界；从政的看到权力的雷区所在。

大清首富胡雪岩，幼时家贫，替人放牛为生；稍长，入钱庄干杂活，扫地、倒尿壶，得老板赏识，提为跑街；遇贵人王有龄（浙江巡抚），资助其开钱庄，并与官场中人往来，很快成为杭州巨富；王有龄兵败自杀，胡雪岩改投新任闽浙总督左宗棠门下，长袖善舞，眼光独到，囤积居奇，操纵市场，垄断金融，操办洋务，阻击外商，筹措军饷，30年间扶摇直上，直至富甲天下，得慈禧赏黄马褂穿，赐紫禁城骑马，授二品官衔，大富大贵，无人能比；更乐善好施，赢得"胡大善人"的美名。

一夜之间风云突变，慈禧下令革职抄家，积攒多年的隐患全面爆发，三天之内一贫如洗，成为政治斗争的牺牲品，两年后郁郁终老，埋骨乱石丛中。

胡雪岩一生谨守"戒欺"与"真不二价"的经商原则，所向披靡，显赫一时，其辉煌成就被后人尊为一代"商圣"；但皇权无边，必然无情，商人的命运并不在自己手中。

翻开本书，了解官僚体制下，一代商圣的天才与宿命。

本书出版40年来，一直被视为胡雪岩研究的至高经典。